古典文库

续小五义

（清）佚名 著

浙江古籍出版社

出版说明

《续小五义》是古典名著《七侠五义》的续书之一，又名《忠烈续小五义传》《三续忠烈侠义传》，是中国传统侠义公案小说的代表作之一，深受读者喜爱，流传较为广泛。

《续小五义》故事情节紧接《小五义》展开，接叙众英雄几经周折，终破铜网阵，叛王赵珏由暗道遁走，逃至宁夏国；众义士奉开封府尹包拯之命搜捕盗窃皇帝冠袍带履的采花贼白菊花晏飞；南阳团城子东方亮与反王赵珏私通，设擂比武，借以收伏绿林中有能为之人，共同谋反，众侠义设伏生擒东方亮，毙其弟东方清，瓦解该团伙；东方亮之妹东方玉仙欲为兄报仇，夜闯开封府，刺包拯未逞，盗相印而去，徐良等奉命至朝天岭寻印；襄阳王赵珏于宁夏国兴兵伐宋，派先锋进攻潼关，徐庆、徐良等率乡民大破反贼；蒋平等走水路探朝天岭；众人夺回相印，火焚朝天岭；晏飞率贼众攻陷陷空岛，钻天鼠卢方在守岛战中身负重伤，群雄闻信后回救陷空岛，终于风雨滩斩杀晏飞，沈仲元不幸罹难；赵珏亲率叛军再攻潼关，引群雄与之决战，众义士大破反贼，生擒赵珏，被解开封府后的赵珏气极身亡；宁夏国见势，递来降表归顺宋廷；天子降旨，所有平叛有功人员，皆各有封赏。

本书最早的版本为清光绪十六年（1890）北京文光楼刊本，另有光绪十八年(1892)泰山堂刊本、善成堂刊本、上海书局石印本、上海广百宋斋石印本等。全书共一百二十四回，不题署名。卷首有伯寅氏、郑鹤龄序。从行文风格上来看，《续小五义》和《小五义》疑似出于同一个作者。全书语言浅近亲切，叙事生动传神，情节曲折多变，人物对白多口语化、大众化，运用了较多的方言土语，使作品更富有生活气息。正如鲁迅所评价的："绘声状物，甚有评话习气。"

由于本作品很可能未经文人修饰，且版本间差异较大，所以存在的问题亦不在少数。这次整理校点，以北京文光楼刊本为主，同时参照对比其他各本。原书中文字错讹不少，校点中对明显的差错径予纠正，对专有名词前后有出入者试作统一。另如《小五义》中已提及的人物名字，至此本上写法殊异，但却是全书统一的，此类未做处理，如《小五义》中提及的“路素真”，此套上作“路素贞”。书中所用的俗俚语、方言较多，编校整理过程中对部分较难理解者做了粗略注解，方便读者阅览。

三续忠烈侠义传序

天地间惟忠烈侠义最足以感动人心。学士大夫博览诸史，见古人尽一忠烈，赐尊之敬之；见古人行一侠义，则羡之慕之。读正史者概如是，读小说者何独不然！今岁秋间，友人石振之刻有《续忠烈侠义传》，即世所称之《小五义》也。传中所载，人尽忠烈侠义之人，事尽忠烈侠义之事，非若他书之风花雪月，仅足供人消遣者。嗣复欲刊刻三续，商之于余。余曰：“善！凡简编所存，无论正史、小说，其无关于世道人心者，皆当付之一炬；其有关于世道人心者，则多多益善。使忠烈侠义之书一续出，人必争先快睹，多见一忠烈侠义之书，即多生一忠烈侠义之心，虽曰小说，于正史不无小补。”因劝之亟为刊刻，以公诸世云。

光绪十六年岁次庚寅嘉平七日燕南郑鹤龄松巢氏撰

目 录

第一回　冲霄楼智化逢凶化吉　王爷府艾虎死而复生

上部《小五义》未破铜网阵，看书之人纷纷议论，辱承到本铺购买下部者，不下数百人。上部自白玉堂、颜按院起首，为是先安放破铜网根基。前部篇首业已叙过，必须将摆阵源流，八八六十四卦、三百八十四爻相生相克，细细叙出，先埋伏下破铜网阵之根，不然铜网焉能破哉！有买上部者，全要贪看破铜网之故，乃是书中一大节目，又是英雄聚会之处，四杰出世之期，何等的热闹，何等的忠烈，当另有一种笔墨。若草草叙过，有何意味？因上部《小五义》原原本本，已将铜网阵详细叙明。今三续开篇，即由破铜网阵单刀直入，不必另生枝叶，以免节目絮繁，且以快阅者之心。近有无耻之徒，街市粘单，胆敢凭空添破铜网、增补全图之说。至问及铜网如何破法，全图如何增添，彼竟茫然不知，是乃惑乱人心之意也。故此，本坊急续刊刻，以快人心。闲言少叙。

眼前得失与存亡，富贵凭天所降；乐枯高下不寻常，何必谆谆较量。

且说黑妖狐智化与小诸葛沈仲元，二人暗地商议，独出已见，要去上王府盗取盟单。背着大众，换了夜行衣靠，智爷百宝囊中多带拨门撬户铜铁的家伙，进王府至冲霄楼。受了金枪将王善、银枪将王保两枪扎在百宝皮囊之上，智爷假说扎破了肚腹、肠子露出，满楼乱滚，诓王善、王保出来，沈仲元同智化结果了两个人性命，二番上悬龛，拉盟单匣子。幸而好百宝囊扎了两个窟窿，预先解下来，放在下面凳子之上，就只背后背着一口刀，爬伏在悬龛之上，晃千里火照明。下面是一个大方匣子，沈仲元说过是兵符印信。上头有一个长方的硬木匣子，两边有个如意金环，伸手揪住两个金环往怀中一带，只听见上面“咔嚓”一声，下来了一口月牙式铡刀。智爷把双眼一闭，也不敢往前蹿，也不敢往后缩，正在腰节骨上“当啷”一声，智爷以为是腰断两截，慢慢的睁眼一看，不觉着疼痛，就是不能动转。列公，这是甚么缘故？皆因他是个月牙式样，若要是铡草的铡刀，那可就把人铡为两段。此刀当中有一个过陇儿，也不至于甚大，又对着智爷的腰细，又对着解了百宝囊，底下没有东西垫着，又有背后背着这一口刀，连皮鞘带刀尖，正把腰节骨护住。两旁边的抄包，尽教铡刀刃子铡破，伤着少许的皮肉，也是鲜血直流。智爷连吓带气助着，不觉疼痛。总而言之，智化命不当绝。可把沈仲元吓了个胆裂魂飞，急晃千里火，只见里边尘土暴起，赶紧纵上佛柜，蹿上悬龛，以为智爷废命，原来未死。智爷说："沈兄，我教刀压住了。"沈爷说："可曾伤着筋骨皮肉？"智爷回答："少许伤着点皮肤，不大要紧。"沈爷道："这边倒有个铁立柱，我抱着往上一提，你就出来了。"智爷连嚷："不可！不可！我听白五弟说过，每遇这样消息，里头必还套着消息。"沈爷说："难道你就这们压着不成？"智爷说："你先下楼去找宝刀宝剑，或你师兄的宝剑，或欧阳兄的宝刀，拿来我自有道理。"沈爷说："你在这里压着，我一走，倘若上来外人，你不能动转，岂不是有性命之忧，我如何走得？"智爷说："我要该死，刚才这两次就没有命了。再说生死是个定数。你不要管我，你取刀剑去为是。"沈爷无奈之何，下了悬龛，只得依着智爷的言语，出了楼外往正南一看，方才见那楼下之人，也有出来的，也有进去的，口中乱喊："拿人！千万不可走脱了他们。"沈爷不知甚么缘故，不顾细看下面，一直扑奔正西。正要将软梯放下，忽然见西北来了一条黑影，渐渐临近，见那人闯入五行栏杆，细看原来是艾虎。

你道艾虎从何而至？皆因他在西院内解手，暗地里听见智化、沈仲元商量的主意，等着他们换好夜行衣靠，容他们走后，自己背插单刀，也就蹿出了上院衙，施展夜行术，直奔王府而来。来至王府，不敢由正北进去，知道沙老员外他们埋伏在树林之内，若教遇见，岂肯教自己进去。也不敢由东面进去，知道也有巡逻之人。倒是由顺城街马道上城，自西边城墙而下。脚踏实地，一直的奔木板连环，由西北乾为天而入，进的天地否，脚踏卍字式，当中跳黄瓜架，直奔冲霄楼而来。渐渐临近，一看全是朱红斜卍字式栏杆，一层一层，好几个斜马吊角，好几个门，不分东西南北。他焉能知晓，按五行相生相克，全是两根立柱，上有大莲花头，这就算个门户。栏杆全是披麻挂灰朱红的颜色，莲花头儿可是分出五色：青、黄、赤、白、黑。行家若是进来，由白莲花头而入，就是西方庚辛金，再走黑莲花头的门，不管门户冲甚么方向，再找绿莲花头的门，然后是红莲花、黄莲花。白莲花正到里面即是金，金能生水，水生木，木生火，火生土，土生金。如若走错一门，白莲花奔了绿莲花，就是相克。金能克木，走三天也进不来。艾虎如何能晓得相生相克？进了西方庚辛金，走的东方甲乙木，绕的中央戊己土。绕了半天，心中急躁，他也有个主意，用手一扶栏杆，蹭往上一纵，竟自跃在五行栏杆里边去了。恨的他咒骂起来，不知这是甚么地方。随手背后拉刀，把栏杆"咔嚓"乱砍了一回，赌气把刀插入背后，回手掏出飞抓百练索，搭住栏杆，往上就导。导上约有七八尺高，上面有人叫他说：“下面可是艾虎？”他就紧握飞抓百练索，眼看上面栏杆，往上问道：“沈大哥呀？”沈仲元说：“不错。”你道艾虎怎么管着他叫大哥？先前叫大叔，此时是打甘妈妈、兰娘他们论起。沈仲元说：“艾虎，你这孩子怎么来了？”艾虎说：“你们的主意，我早听见了，我见一面分一半，我师傅不要功劳，那功劳算我的。”沈仲元说：“你师傅都叫铡刀铡了。”艾虎说：“你说甚么？”沈仲元说：“你师傅都叫铡刀铡了。”艾虎一声哎哟，一撒手，咕咚一声，躺在地下，四肢直挺，死过去了。沈仲元吓了个胆裂魂飞，赶紧放软梯到二层。放二层的软梯到了平地，把艾虎往起一抽，双腿盘上，朝脊背拍了几掌，又在耳边呼唤，艾虎才悠悠气转。艾虎睁开二目，坐于地上放声大哭。沈仲元说：“师傅又没死，你为甚么如此？”艾虎说：“你不是说我师傅叫铡刀铡了么？”沈仲元说：“原是个月牙铡刀，把他压在底下，不能动转。”艾虎说：“你为甚么不说明白了，叫我哭的死去活来？”沈仲元说：“你没等我说完，你就死过去了。你这孩子，造化不小，不是遇见我，你性命休矣。”艾虎问：“怎么？”沈仲元说：“你拿绒绳挂住栏杆，必然拿胳膊肘撑住，跳身上去，那上头有冲天弩，定射在你胳膊之上。那弩箭全是毒药煨成，遇上一枝，准死无疑。”

艾虎说：“我师傅现在哪里？”沈仲元说：“就在冲霄楼上。你来的甚巧，你师傅打发我取宝刀宝剑，我正怕走后上来王府之人，你师傅有性命之忧。你去找宝刀宝剑，我回去看着你师傅。”艾虎说：“我得先去看看我师傅，然后去取。”沈仲元说：“你先取来，然后再看不迟。”艾虎说：“我总得先看看师傅，然后再去取。”沈仲元无奈，先帮着艾虎爬上软梯，自己也到了上面。卷上软梯，二人又上了三层软梯，把三层的卷起，同到楼门，晃千里火，艾虎先就蹿上去了。隔扇一响，智化连忙问道：“是谁？”艾虎答应：“师傅，是我。”智化哼一声说：“怪不得圣人云：‘愚而好自用，贱而好自专。’你这孩子，多般任性，连我在冲霄楼上，都受了两次大险。”沈仲元说：“他来的正巧，或者教他看着你，我去取刀剑；或者教我看着你，他去取。”智爷说：“既然这样，教他去取。”艾虎说：“师傅还用取刀剑？我把这铁柱一抱，你老人家就出来了。”智爷说：“胡说，哪能这么容易！快去取来。”艾虎说：“我可是见面分一半，师傅你不要功劳，可算我的。”智爷说：“你把刀剑取来，横竖有你点功劳就是。”艾虎无言，飘身下来。沈仲元当路放下两道软梯，带他出五行栏杆，脚踏卍字式，艾虎就要跑，说：“我师傅要有点舛错，冲着你说！”沈仲元说：“你放心，快去快来。”

艾虎出了南门，走火风鼎，出离为火，至木板连环以外。自己一愣，心里思忖：也不知义父与云中鹤他们现在哪里，王府地面甚大，哪里去找？忽然听见东南方杀声震耳，火光冲天。艾虎直奔前去，绕过前边一片太湖山石，只见搬山探海、千佛投降相似，灯笼火把亮子油松，照如白昼。艾虎就知道是大众在此动手，背后拉刀，杀将进去，叱嚓磕嚓乱砍。王府的兵丁闪开一条道路，艾虎闯了进去。

镇八方王官雷英、金鞭将盛子川、三手将曹德玉、赛玄坛崔平、小灵官周通、张宝、李虎、夏侯雄，迎面之上，是北侠欧阳春、云中鹤、南侠展熊飞、双侠丁兆蕙、钻天鼠卢方、彻地鼠韩彰、穿山鼠徐庆。内中还有一人，说话唔呀唔呀的，手中提一杆没缨的枪，枪缨全叫火烧去了，此人名叫圣手秀士冯渊。这些人均陷在冲霄楼的下面、盆底坑的上头，被上面雷英用火攻烧的无处躲避。四条地沟，有一百弓弩手，早教雷英调将出去，盖上木板，还怕不坚固，又压上石头，派兵丁在上面坐定。里头的人，要想出去，比那登天还难。圣手秀士冯渊带领众位闯了四面，正南、正北、正东、正西都有木板盖着，干自着急，不能出去。卢爷叹道：“五弟呀，五弟，你活着是个聪明人，死后应当是个聪明鬼，我们大家与你报仇雪恨，你怎么不显一点灵？莫不是生有处，死有地，大家应当死在此地！”徐庆骂骂咧咧说：“你有灵有圣，应当下一场大雨才是。”二官人说：“就是下雨，怎能到得了这里！”

云中鹤说：“无量佛！我有了主意。只要大家命不该绝，随我走，就可以闯将出去；若是大家命该如此，这回可不用打算出去。”北侠说：“计将安出？”云中鹤说：“随贫道来。”北侠跟在后面，大家鱼贯而行，扑奔正南。云中鹤在前直走，到了上面压木板之处，云中鹤回头叫道：“欧阳兄，助贫道一臂之力。”北侠点头，所苦者地道窄狭，不能并立二人。北侠从魏真肩头之上，伸过一只手去，云中鹤用手叭叭叭连拍木板，就听上边有人说：“老二你瞧，他们底下人拍这个板子呢，正在我坐的石头底下。”魏道爷又换了个地方，叭叭叭又拍几下，上面人言：“我这屁股底下可没有石头，又挪在这里响呢。”魏道爷用宝剑尖认定了这个地方，用力往上一扎。列位请想，这口宝剑能切金断玉，何况是二三寸厚的木板，焉有扎不透的道理。就听见哎呀一声叫唤，噗咚一声响动，正扎在那人屁股尖上。道爷把宝剑抽回，北侠也用力朝上一推，上面那块木板一起，云中鹤纵上来，用宝剑乱砍众人。北侠等也就蹿上来，一阵削瓜切菜相似，把那些弓弩手砍的东倒西歪。也有漏网之人，飞奔八卦连环堡之内，将信息传于搬柴运草之人，又报于雷英。雷英一闻此言，气冲两肋，大吼一声，率领众人出冲霄楼，杀奔前来，正遇北侠，大家杀在一处。

王府各处兵丁，尽行来到，各举长短的单刀，点着火把灯笼，喊杀连天。正在杀得难解难分的时节，正北上一声大喊，只见那人手中刀上下翻飞乱砍众兵丁。原来是艾虎取宝刀宝剑来到，见北侠众人与王府人正在交手，宝刀宝剑乱削长短家伙，就是金铁锏、四条鞭不敢削，因他甚粗，怕伤了自己的宝物，其余兵刃，挨着就折，逢着就伤。正在动手之间，艾虎由正北闯进来了。北侠是夜眼，早就看见艾虎杀将进来，遮前挡后，手中一口刀闪砍劈剁，乱砍众人，好似生龙活虎。北侠又是恨又是爱，恨的是他没见过大阵，倘有疏忽，那还了得！爱的是初经大敌就是这般骁勇。只见他杀奔前来，用左手将北侠一拉，杀奔正北去了。北侠暗暗纳闷，也就杀将出来。离动手处甚远，艾虎方才说道："义父，我师傅现在冲霄楼，被月牙式铡刀压在底下，教我前来寻找义父，将你老人家的刀拿去解救我师傅。"北侠一闻此言，吃一大惊，说："你说此话可真？"艾虎说："孩儿焉敢撒谎。"北侠说："既然如此，将我刀拿去。但有一件，你也知道，我全仗这一口刀。你救了你师傅，赶紧回来，倘若来迟，我使你这刀不顺手，我要死在他们手里，如同死在你手里一样。"艾虎连连点头，将自己刀交与北侠，把七宝刀换将过来。北侠二番又杀将进去。艾虎得了七宝刀，暗暗欢喜，心中思忖："久后义父出家，此刀落在自己手内，走遍天下哪有对手！今日我先试他一试。"复又奔到兵丁的身后，一声大叫说："反叛看刀！"众兵丁回头拿长短兵刃一迎，艾虎就这么一过，叱嚓磕嚓削了不少兵器，洋洋得意，救师傅去了。

艾虎正要扑奔木板连环，迎面之上来了两个人，挡住去路。艾虎细看，却是翻江鼠蒋平、白面判官柳青。若问两个人怎样出得地沟，且听下回分解。

第二回　云中鹤宝剑穿地板　蒋四义牙齿咬绳索

且说蒋四爷、柳青本是在地道之中，四马倒攒蹄，寒鸭浮水式，被四个王官捆了个结实。皆因蒋爷通出自己的名姓，说姓蒋名平字泽长，小小外号人称"翻江鼠"。又说："这位是常州府武进县玉杰村人氏，姓展名昭，字熊飞，人称南侠，御前带刀四品护卫，万岁爷亲赐御号叫'御猫'的就是此公。我们今天奉大人之谕来破铜网，冲霄楼是拆了，我们连官带兵并侠义来了好几百万人。我们两个人虽然误中诡计，我们伙计此时也就把王爷拿住了，要知时务，随将我们放了，保住你们全家性命，连祖上骨殖都不至抛弃坟外。”王官闻听，哈哈一笑，说：“我当你们是无名小辈，原来是现任的护卫！拿你们报功去罢。”说着举刀就砍。那个王官急急拦住说：“且慢！你看这个瘦鬼，咱们将他的小脑袋砍下来报与王爷，雷王官他们岂肯深信？不如拿住活的，报与王爷，倒是一件美差。”众人都说：“正该如此。”这二人说：“你们看着，我们去报。”那两个人说：“你们报功是个美差，那可不行，你们看着，我们去报。”那个人说：“不用争论，大家一同上去。且把他们放在一处，两个人头对着头。”四个王官扑奔东南，拉着一根铁链。那人说：“先把消息上好，不然咱们一蹬翻板，也掉下去了。”众人说有理有理。只听见吱喽喽一阵铁滑子响，各处翻板的插管俱都插好，王官拉铁链推翻板而上。

蒋爷听见四个人上去，卜通卜通的四声，蒋爷冲着柳青哈哈一笑，说：“老柳，你可好哇！”柳青怒道：“病夫，瘦鬼！我这条命断送在你手内！我要同着大众前来破铜网，杀王府一人，我就算与五弟报仇，你偏邀我盗王爷盟书，立这宗丧气功劳。如今被捉，顷刻就死，难道你还乐得上来？”蒋平又大笑，说：“老柳，你大喜。”柳青说：“对，出大差就是喜。”蒋平说：“咱们绝处逢生，岂不是一喜？”柳青说：“还有活路呢！据我说要想活命，除非是认母投胎，另世转来。人家常说：‘宁死在阵前，不死在阵后。’同着大众破铜网，总然死了也有人把尸首背回去；死在这个地窨子内，谁人知晓？”蒋平说：“你是吓糊涂了？这明摆着就要出去，怎么说是死呢？我听见四个王官上去一个一卜通，上去四个四卜通，准是熏香香烟未尽，四个人上去闻见躺下了。”柳青说：“就是熏过这四个人去，你我捆着，也是出不去的。”蒋平道：“只要四个人躺下不去送信，你我如同没捆着一样。”柳青问：“我倒要领教领教。”蒋平道：“亏你还是九头狮子的徒弟哪！若是一个人倒翦二臂捆着，有个金蝉脱壳之法可以解得开绳子；若是四马倒攒蹄捆着，那可没有法子。这是两个人四马倒攒蹄，一个人滚过来给那一个咬绳子，只要咬断了一人，这个再给那个解开，岂不是与没捆着一样么？”蒋平说毕，柳青哈哈一笑，说：“病夫，真有你的！”蒋平道：“既然这样，你滚过来罢。”柳青说：“还是你滚过来。”蒋平道：“你连这么点亏都不吃？你滚过来咬绳子。”柳青说：“不能！偏叫你滚过来给我咬绳子。”蒋平说：“你太不吃亏了，我就滚过去。”说毕，一翻一滚，就到了柳青身旁。柳青把身子一歪，蒋平的嘴拗着柳青的膀子，用牙咬断绳子。柳青双手一伸，翻身站起，说：“哈哈，好病鬼！我这条命几乎断送在你手，活该我命不当绝。哥哥，你在此等着我，我破铜网阵去了。”说毕就走。蒋平喊道：“老柳，柳兄弟，好柳兄弟，千万别走，你给我解开罢！你一走，我可就苦了。”柳青回头说：“我要与你解开，你又要出主意。”蒋平连声说：“我再不出主意了。”柳青这才与蒋平解开。蒋平伸双手纵身起来，直奔东南，要导铁链而上。柳青先把铁链揪住说：“你先等一会，你上去把盖儿一盖，把我闷在里头，你为的好报前仇。你先让我上去罢。”蒋平说：“那样行事岂不是匹夫！”说罢，二人一笑。柳青在先，蒋平在后，导铁链而上。

柳青低头一看，说：“四哥，真有你的，四个王官果然叫熏香熏将过去。”蒋平说：“如何？我听见四个人上来俱都躺下了。”二人亮出兵刃，噗哧噗哧，尽都结果性命，然后出来。就听见正东上杀声震耳，二人杀奔前来。看看临近，尽是王府的兵丁，执定灯球火把、亮子油松，照如白昼。里头是北侠、南侠等，有王官雷英、盛子川、曹德玉、崔平、周通，使的是金、银、铜、铁四条鞭，张保、李虎、夏侯雄，各拿兵刃乱杀一阵。蒋、柳二人由正西杀奔前来，正遇艾虎。蒋平问：“你从何处来？”艾虎就将他师傅压在铡刀底下，教他取宝刀来的话，说了一遍。蒋平催他快救师傅去。艾虎点头，直奔正北去了。蒋、柳二人大喊一声：“叛贼，四老爷来了！近前则死，退后则生！”叱嚓磕嚓一阵乱砍。王府的兵丁焉能是蒋、柳二人的对手，也有把军刀磕飞的，也有带了重伤的，也有死于非命的。北侠等看见蒋、柳二人杀将进来，暗暗欢喜，会在一处，一同与王府人交手，暂且不表。

单提小义士艾虎，得了宝刀，一直的奔连环木板而来，仍进离为火，走山水蒙，脚踏卍字式当中，直奔冲霄楼而来。至冲霄楼下，在五行栏杆之外，早有沈仲元在那里等候，见着艾虎，忙问：“可曾将宝刀借来？”艾虎说：“已将宝刀借来。”沈仲元说：“好！快跟我上去。”将艾虎带进五行栏杆，由楼柱子上放下软梯，二人爬软梯而上，上一层卷一层，来到三层上面，把软梯卷起，直到正当中隔扇。

进了里面，晃千里火筒，艾虎先就上了佛柜，蹿上悬龛，手拿着七宝刀，说：“师傅，我把义父的刀借来了，是怎样的砍法？依我的主意，这不是立着一根铁柱子么，横着一剁，把这个铁柱子剁折，师傅就好出来了。”智化连忙说：“不可！不可！若要那样剁法，不如先即往起一扳，省许多事情，又借宝刀何用？”艾虎说：“你老人家说怎么办法？”智化说：“你把刀尖贴着我的腰，从铡刀的刃子里头插将进去，七宝刀的刃子冲上，一点一点的削他那个铡刀。

削到铁柱子上，可就别削了，我打这半边就可以爬出来了。总是别动这根铁柱子才好。”艾虎依了这个主意。沈仲元站在佛柜之上，晃着千里火筒，照着亮子。艾虎将宝刀贴着智化的右胯，刀刃冲上，插将进去，又怕伤着师傅的皮肉，问道：“师傅，伤着你老人家无有？”智化咬着牙说：“不要紧。”眼看着鲜血淋漓，焉有不痛之理！艾虎用力往上一挑，“呛”的一声，铡刀下来了一半。又削来削去，削在当中铁柱子那里，艾虎不敢往下再削，就告诉师傅已然到了铁柱子那里。智化叫艾虎躲闪开。智化爬伏身躯，牙关一咬，往东一蹭，仍把皮肉划了一下，往下一纵，站在佛柜之上，仰面一声长叹，说：“利害呀！”连艾虎与沈仲元都有些凄惨。

艾虎就问：“师傅，把这铁柱子扳起来，你老人家出来，省多大事，不叫扳，是甚么缘故？”智化笑道：“当初有老五之时，影绰绰听他说过，每遇消息里头，若有立柱铡刀落将下来，上面必定套着消息。此事也不可深信，也不可不信，总是防范着好。”沈仲元点头道：“贤弟言之有理，古语说‘君子防未然’。”智化问艾虎取刀的经历，艾虎就将取刀之事细说一遍。艾虎又问：“师傅，怎么叫‘消息’，里头套着甚么消息？”智化说：“你把刀交与我，咱们试验试验。”遂用力将七宝刀对着铁铡刀的立柱儿一剁，“呛啷”一声，将铁柱砍为两段，就见上面黑洞洞一宗物件坠落下来，“当啷”一声响亮，地裂山崩相似。三位爷早吓得由佛柜上蹿将下来，直奔门口。尘土暴烟，迷人双目，千里火都全无光。艾虎、沈仲元倒吸一口凉气，智化说：“如何？方才一扳这个柱子，这个横梁岂不把人压个骨断筋折！”沈仲元点头道：“幸亏你听五老爷说过。”智化又问沈仲元：“这里还有甚么消息？”沈仲元皱眉言道：“我原是王府的人，知道这上头甚么消息也没有，想不到这里头消息层见叠出。我往下也不敢说了，除非是我上去拚我这条性命。”艾虎说：“师傅，他净藏私，不肯说。”沈仲元说：“我若知道不说，教我死无葬身之地！”智化说：“不可起誓，知礼者不怪。你不算算，你们王府的人，逃的逃，跑的跑，降了大宋的降了大宋，难道你们走了之后，人家没有准备不成？”沈仲元说：“是了！这都是我们走后，人家后来安的消息，我们怎么能知道？”艾虎说：“沈爷也不用上去，师傅也不用上去，待我上去。”智化说：“住了，小孩子家老往前抢，哪里用得着你呢。”艾虎不敢多言，诺诺而退。智化说：“还是我上去。”

教艾虎急速将七宝刀送去与你义父。艾虎说：“等你老人家将盟单盗下来，我再走。”智化说：“不用！先去送刀，把刀交与你义父，赶紧回来，咱们会同着回上院衙。倘若你交刀工夫甚大，我们就不等你；若是你送刀急速回来，咱们仍在此会聚，盗盟单有你一半功劳。”艾虎一听，将眉头一皱说：“我前脚一走，你们后脚将盟单盒子一背，我如何赶得上？”沈仲元在旁说：“你只管放心，我们焉能作出那样事来？你师傅无非怕你同王府的人尽自打仗，耽延工夫，教你疾去快来。”艾虎连连点头，回身便走。仍然是沈仲元前边带路，出了冲霄楼奔西北，一层层放软梯下来，带出五行栏杆。艾虎脚踏卍字式，直奔正南前去送刀。

沈仲元一人上来，智化晃千里火，仍然蹿上悬龛，把刀由背后抽将出来，戳上面天花板，并无别的声音。爬过铁梁，再把盟单匣子往起一抄，一点动静没有。原来这楼上，是镇八方王官雷英，由长沙府回来见他干老被蒋四爷盗去，雷震对他说明，教他弃暗投明、改邪归正，他不但不听，反绝了父子之情，把雷震气走，自己入山去了。雷英回到王府，各处多添许多消息，在卧龙居室假设王爷，在冲霄楼上安月牙铡刀、铁梁，全是后添的消息，沈仲元焉能知道。智化把盟单匣子拿住，下了佛柜，教沈仲元晃着千里火，智化将盟单匣子打开，说：“费了好大的事，舍死忘生，今番必要瞧看明白再走，不然再有点舛错，岂不是往返徒劳。”沈仲元点头称善。打开匣子，里面有一块黄云缎子包袱，将包袱打开，内中若一本缘簿相似，皮面上贴着个签子，写的是“龙虎风云聚会”。沈仲元说：“不必看了，众人名字均在其中。”复又包好。智化将自己刀背好，又将自己百宝囊复又带上，用抄包把盟单匣子裹好背干背后，约会沈仲元一同下楼。沈仲元说：“何不等艾虎？”智化说：“话已对他说明，谁能紧自等他。”

沈仲元也就同着智化出楼，直奔正西，放软梯下去，出五行栏杆，仍奔正西，走泽水困小门，出兑为泽大门，直奔正北府墙而来。就见东南上火光冲天，智化就知是大家正在动手。忽见一条黑影赶奔前来，沈仲元细看，原来艾虎到了。艾虎自从离了冲霄楼，出了八卦连环堡，寻找义父前去交刀。来至动手的所在，自己拿着七宝刀，心满意足，要试试宝刀的好处，抖丹田一声喊吓，说道：“贼人闪开了！”并不杀人，叱嚓磕嚓一阵乱削，就听见叮叮当当，把这些人的刀枪，削得乱纷纷东飞西折。王府的众人异口同音说：“利害呀，他们哪找的这个兵器呀？”艾虎杀了一条路进去，把北侠一拉，二番又杀将出来，找僻静所在，将师傅的话对北侠说明，将刀交与义父。欧阳爷二番杀将进去。

艾虎追上师傅说明交刀之事，三人一同蹿出府墙，将要奔上院衙，迎面来了一人，亮刀挡住走路，把三人吓了一跳。要问来者何人，且听下回分解。

第三回　武总镇带兵围府　襄阳王率众逃生

且说迎面来了一人，亮刀拦住去路，哼了一声："是甚么人？少往前进。"艾虎眼快，高声叫道："来者可是三哥？"对面答言："正是老西。老兄弟，还有甚么人？"艾虎道："是我师傅。"山西雁徐良过来见礼，说："原来是智叔父。"又见沈仲元，说："师叔，你们三位怎么要回去了？"沈仲元说："你在此等候，里头动了手了，倘若里头有逃走了的，你在此守定，千万别教他们走脱。"徐良问："你们三位上哪里去？"智化说："我们请大人去。"徐良问："请大人作甚么？"智化说："铜网阵已破了，这就要拿王爷了。破铜网是私事，拿王爷是官事，非有大人不成。你可好好把守此处，不可稍离，防着贼人漏网。"徐良点头。

智化同沈仲元穿树林而过，直奔上院衙而来，到上院衙蹿墙而入，正遇见大众来往巡更。智化先到自己屋中，将抄包解将下来，又将抄包打开，把盟单匣子放于桌上，叫手下从人看守。智化、沈仲元、艾虎三人，俱都脱了夜行衣服，换了箭袖袍，系上狮蛮带，肋下佩刀，前来面见大人行礼，说："回禀大人得知：此时铜网阵已破，请大人知会同城文武官员，请旨拿王爷。"大人点头，立刻吩咐公孙先生外面传话，知会同城文武官员，至上院衙门听旨。公孙先生出去，派人知会同城文武官员。三鼓多天，上院衙门外轿马盈门，按院大人升会客大厅，同城文武官员进见。襄阳的总镇姓武，叫武魁，带领属员，文官是藩、臬两司，带领文官属员，至大厅参见代天巡狩天使钦差按院大人。行礼已毕，分班站立。大人身后站定智化、沈仲元、艾虎、龙滔、姚猛、史云、邓彪、胡列、韩天锦、马龙、张豹、胡小纪、乔彬、朋玉、熊威、韩良，两旁有二位文墨官员，就是公孙先生、赛管辂魏昌。大人对着两旁言道："本院本是奉旨出都，察办荆襄地面，并察看外藩留守襄阳赵千岁谋反的虚实。现今王府内设摆铜网阵，御前带刀右护卫白玉堂为国捐躯，坠网身死。本院尚未修本入都，皆因未能准见王爷的虚实。前番拿住王爷的余党，审供切实，今晚本院先派行侠作义之人破铜网，然后本院请旨拿王爷入都复命，故此知会众位大人一同前往。"总镇大人武魁答言："卑职伺候大人。"颜按院说："武大人，火速派马步军队围困王府，不要走脱一人，倘若王爷余党有漏网者，大人听参。"武魁答应，转身退将出去，点起马步军队，围困王府。文官各带本衙署的捕快班头。大人吩咐外边预备轿马，带领着大官人智化、沈仲元、韩天锦等，连公孙先生，请定旨意，灯火齐明，直奔王府而来，暂且不表。

且说北侠与艾虎换了自己的七宝钢刀，又杀将进去，乱削大众的兵器，众人齐说："又来了哇，这倒仿佛是他们自己家里头一样，爱出来就出来，爱进去就进去，由着他们的性儿来往走蹚，我们可受不的，这兵器伤了多少了。"正说话间，二官人一宝剑结果了张保的性命，卢方一刀将夏侯雄杀死。云中鹤拿宝剑正要削雷英的朴刀，李虎前来接救，抡刀照着魏真后脊背砍来。魏真道爷可算得眼观六路、耳听八方，正与雷英动手，忽听后面"嗖"的一声，将身急忙一闪，躲开了李虎这一刀，一抬腿"砰"的一声，就把李虎踢了一个跟头。李虎身不由自主，当啷啷撒手扔刀，"噗咚"一声正扒在徐庆的面前，徐庆抡刀就剁，"咔嚓"一声，红光崩现，又叫冯渊赶上扎了一枪。王府内死了三个王官，一阵大乱。顷刻之间，尸横满地，血水直流，也有带着重伤的，也有死于非命的，也有满地乱滚爹娘混叫的，也有跪在地下苦苦求饶的。惟有盛子川、曹德玉、崔平、周通这四个人的兵器未伤，皆因彼等是金、银、铜、铁四条鞭，又重又粗，宝刀宝剑皆不敢削，怕伤了自己的宝物，因此上反倒轻纵了四个反叛。雷英那口刀终是不行，被北侠七宝刀削为两段。柳青赶上拦头就是一刀，雷英一弯腰，"砰"的一声，将头巾砍去了半截，把雷英吓了一个胆裂魂飞，撒腿就跑。大家乱杀之际，也顾不得追赶雷英。

王府兵丁越聚越多，阖王府各处兵丁俱都凑来。正在乱杀之时，忽听见正西上"当啷啷"一声锣鸣，一片灯火齐明，有人大声喊叫："雷王官有令，我兵退下。"又听正西大众喊道："我兵退向西南、西北，别闯了正西大队，是君山救应到了。飞叉太保钟寨主带领君山水旱二十四寨的寨主和五千喽兵，如今见了王爷，说明要立头功，我们府内人退下。"众人一声答应，如风卷残云一般，分两股尽自退往西南、西北去了。这边北侠、云中鹤、二官人与冯渊、柳青等一闻此信，个个面面相觑。依着徐庆，要闯将上去，被众人拦住，气得破口大骂："好钟雄囚囊的，人面兽心、反复无常的小人，原来假意投降大宋，说是帮我们，如今又随了反叛了。咱们要拿住他，把他剁成肉泥，方消心头之恨。"北侠说："别忙，等他临近，叫钟雄答言。"又向蒋四爷说："老四，全是你的不好，人家带领君山人来，拔刀相助，你不肯重用他们，偏教他们扎在城外，等着拿人。必是金枪将于义、黄寿他们挑唆钟雄，谅钟雄太保绝不能做出这样事来。”蒋平说：“此话真假难辨，也许是王府他们的诈语。”北侠问：“怎么见得？”蒋平说：“钟雄由君山带来不过二百兵丁，扎在小孤山，如今怎么会有五千多人？”北侠一听，说：“也倒有理。你们在此等候，待我向前看看虚实。”大家点头称是。北侠往前观看虚实，一头跑回来，哈哈大笑说：“众位，咱们中了他们诡计了。你看前面灯火虽然一片，连二十个人也没有，竟都是把那些个灯火挂在树上。”众人不大相信，来至跟前，果然见是把那些灯笼都绑在树上。约有十数个人，俱都是老弱的兵丁。冯渊奔上前去用枪挑了两个，骂道：“好混帐羔子，可恶透了，冤苦咱们了。”那几个老弱兵丁一齐跪下说道：“非是我们的主意，我们已然都是这样的岁数了，你们要杀，我们就求死；你们要不杀，我们也活不了几年啦。”蒋平说：“我们也不杀你等，只是一件，方才那些个动手的人，都往哪里去了？”那些老弱兵丁说：“我们就管看灯笼，别的事情，一概不管，就是把我们剐了，我们也一概不知。”大众无奈。

众人正欲往西南、西北方向追赶，忽听外面一阵大乱，灯球火把，照如白昼，就见由正南上闯进许多人来。头一个就是铁背熊沙老员外，后面是孟凯、焦赤、山西雁徐良、白芸生、卢珍、韩天锦。几个人往前飞奔，口中嚷道：“大人亲身请旨捉拿王爷，现在会同同城文武官员在府外。”大众一听，就顾不得追赶那些兵丁，全都扑奔府门来了。

来至府门，颜按院大人的轿子将到府门之外，后边有许多的马匹，两旁许多灯火，照如白昼。大人下轿，众人过来参见，颜按院问铜网阵之事，南侠、北侠一五一十说了一遍。大人又问王爷之事，二人也就将脱壳之法，树上假设灯笼，众人逃窜，正要追赶，忽见大人驾到等情回了大人一遍。大人一闻此言，即刻叫总镇大人武魁过来，吩咐将马队围住府墙，带步队进府拿人，拿获王爷者，重重有赏。武魁连连答应。大人带着公孙先生直奔银安殿，然后武总镇一声令下，步队发一声喊嚷：“拿王爷呀！”西面八方，各处搜查，遇着就捆，逢人就拿，碰着就绑，撞着就锁，顷刻之间，把王府的兵丁人等拿了无数。也有爬墙出去，被马队拿住不少，就是不见襄阳王与雷英，并两个世子殿下赵麟、赵凤，盛子川、曹德玉、崔平、周通、王府宫官等这些人，俱也不知去向。直到东方发晓，天光大亮，并不见襄阳王。

大人急躁，连蒋平带南侠、智化等百般追问拿住的王府兵丁，并无一人知晓王爷的下落。所有破铜网的一干人，连颜大人带来的人，总镇大人带来的偏裨牙将与兵丁等，围着王府，没有一处不搜到的地方，就是不见王爷，大众好生气闷。红日已然上升，蒋、展二人来见大人，颜按院言道："今日拿不住王爷，本院不好入都复命。趁着四门未开，大约王爷不能出城，先派人四门送信，不许开城。然后着地方官晓谕阖城内庵观寺院、大小铺户，连住户人家，一体清查。若有拿获王爷者，献来赏银一千两；有人送信者，赏银五百两；若要隐匿不报者，全家处死。"大人这道谕一下，阖城震动，声若鼎沸一般。四门不开，城里关外军民人等无不纳闷，并且有城内地方官按户细细搜查。要问襄阳王的下落如何，且听下回分解。

第四回　看盟单智化逃走　专折本展昭入都

且说此时四门紧闭，清查保甲，襄阳城内，尽都查到，并无王爷与群寇的下落，只得禀报大人。此时破铜网的一干人俱都派人取白昼的衣服，脱了夜行衣，换上箭袖袍，肋下佩刀佩剑，在大人旁边伺候。早有蒋平回明大人，将王府内死人俱都垛于后面，带伤的任他逃蹿，拿获者俱派官人看守。有外厢地面官报将进来，并无王爷下落。大人复又派蒋、展、卢、韩四人至城墙上面，问城外钟雄可见王爷否。四人领命去了。大人又派金知府，带领着主稿文案先生，会同公孙先生、魏昌清查王府仓禀府库、各处陈设，俱都上了帐目，回禀大人，不在话下。

且说蒋平等四人，由马道上城，往外一看，人烟甚众。君山的人、待要进城的人，连做买卖之人，乱成一处。四人在城楼请钟兄答话。少刻，钟雄到来，问不开城缘故。蒋平与他说了一遍，并问可见着襄阳王没有。钟雄回答："连王府一名兵丁都没见，空守一夜，并未见人出来。"蒋平无奈，只好同着三位回见大人。大人一听，一声长叹，无计可施，还是蒋平给大人出主意：城门不可久闭，不如开城，四门派人把守，进来之人不必盘查，出去之人必须细问，并且要认得襄阳王的在那里把守。倘若彼等在城内窝藏，开城后必要混出城去，那时节，被守门认得襄阳王的，将他拿下，岂不为妙。颜按院连连点头，立刻派认得王爷之人四门把守。顷刻间，四门大开。仍派君山寨主至上院衙，喽兵还小孤山去。大人回上院衙。拿住王府兵丁收有司衙门，所有死去之人，在城外挖坑埋在一处。王府内各处门户封锁，外面派地方官把守。大人回院衙理事，大众面面相觑，皆因没拿住襄阳王之故。

忽见智化、沈仲元后跟艾虎，智化手捧一物，来至大人面前说："回禀大人得知：王爷虽然未能拿获，现有王爷府内盟单，乃是沈仲元沈壮士盗来，请大人过目。”大人一见，哈哈大笑说：“乃是沈壮士的头功。”公孙先生接来，放在桌案之上，打开一看。沈仲元往前抢行半步说：“回禀大人得知：盟单乃是智壮士所盗。”并将如何遇险，如何被铡刀压住，禀告了一遍，说：“此乃智壮士用性命换来，小民焉敢冒认盟单是小人所盗。”智化在旁说：“沈壮士，我先前已曾言过，如能将盟单盗下来，我绝不要些须的功劳，我若要一丝之功，教我死无葬身之地。前番已对你说过，怎么在大人面前又让起来了？”沈仲元说：“你舍死忘生几次，我若图你的功劳，居心何忍？况且还有你徒弟借刀之功，我决不要此功劳。”大人说道：“你二人不必谦让，本院打折本时，言明智壮士盗盟单，沈壮士、艾虎巡风。”智化还要往下争论，大人把脸一沉：“本院主意已定，不必往下再讲。”智化诺诺而退。

公孙先生把匣子打开，取出黄云缎的包袱，将麻花扣一解，露出里面盟单，皮面上写“龙虎风云聚会”，展开一看，上面写：“天圣元年元旦日吉立。”头一位就是王爷的名字，霸王庄马强与马朝贤，邓家堡的群贼，连君山带黑狼山、黑水湖、洪泽湖，吴源、吴泽等俱在上面。王府内的那些个王官名字也在其内。大人看盟单，早有展南侠与蒋平过来给大人行礼，求大人格外施恩，所有投降之人，在盟单上的名字求大人撤将下来。沈仲元、圣手秀士冯渊、君山的钟雄，带领许多寨主，分水兽邓彪、胡列、魏昌，俱都跪在大人面前，恳求大人天恩，将他们的名字撤下来。大人点头应允，众人退下。

大人教公孙先生、魏昌打折本，白玉堂死在铜网之内，一并奏明万岁；收伏君山钟雄另有夹片；襄阳王逃走，不知去向，大人另有请罪言语，也单有夹片；破铜网众人一干花名俱都修在折上。底稿整写了一天工夫方才写好，请大人过目。大人看毕，公孙先生、魏昌誊好折本，派展护卫入都。

忽然外面有人报将进来：“智壮士把自己所有物件带走，不知去向，留下了一个给大人请安的禀帖。”大人一闻此言，仰面朝天，一声长叹，说：“智壮士，乃是本院将你逼走。”蒋平在旁说道：“智化不愿为官，与魏真说明，情愿拜魏道爷为师兄。如今他这一走，必然是回家祭扫坟茔，辞别亲族人等，大事一毕，出家当老道，跳出三教外，不在五行中，大概他准是这个意思。”大人也无可奈何，说：“只是一件，若论功劳，属智壮士，他这一走，折本上若将他撤下，显着本院不公；如不将他撤下，万岁倘若封官，又不知他的去向，这便如何是好？也罢，折本已然打好，听万岁爷的旨意就是了。”

你道智化为何走了？皆因大人的主意，写他盗盟单，不写沈仲元盗，自己有心往下再说，见大人面带沉色，只得诺诺而退。回到自己屋内，写了一个禀帖，留在此处。随将应用物件、珍珠算盘、量天尺、天地盘子，还有几本道书，俱都带好。没敢走上院衙前门，怕有人碰见，由后门逃走，混出城去，直奔黄州府黄安县。晓行夜住，饥餐渴饮，直奔自己门前而来。这日来到门首，家下人等迎接进去。次日叫家人预备祭礼，买了些金银锞锭纸钱等类，自己亲到坟上烧钱化纸，奠茶奠酒，心中祝告祖墓坟茔，无非是要出家的言语，不必细表。又在坟地间游玩半天，看了会子坟茔的树木，自己倒觉得好生凄惨，又叹息半天。看坟的人请智爷吃茶，智化随到阳宅[1]内吃了几杯茶，仍然叫人引路归家。次日又往亲友家住了几天，这才想着要去找云中鹤。自己带上散碎银两盘费，仍然还是壮士打扮，肋下挎刀，将应用的东西，连夜行衣，俱都包裹停妥，肩头上一背，暗暗偷走。

一路晓行夜住，这日正往前走，听见过路之人纷纷议论，提说颜按院大人入都。智化忽然心中一动，说："且住，此时尚未到魏道兄庙中去，大概他也不在庙中。我在大人跟前不辞而别，还不知大人怎样办法。大人乃是国家之大员，性情与平人不同。倘若一时之间怪我不辞而别，定要写我盗盟单，那时万岁爷封官，找不着我的下落，又没人上去谢恩，总然是蒋四哥、展大哥也不能护庇于我。万岁一怒，是为抗旨不遵，这便如何是好？也罢！魏道爷亦是入都，此时我到庙中，弟兄也是不能见面，不如到京都走走，在风清门外找店住下，且听大人见驾之时，万岁怎样降旨。如若封官，我就出去谢恩；如不封官赠爵，我再回三清观寻找魏道爷不迟。"主意已定，直奔京都大路。

这日正往前走，忽然前面来了许多驮轿车辆，远看尽是穿孝的男女。前面有两匹马，马上之人全是六瓣甜瓜巾，青铜抹额，箭袖袍，狮蛮带，薄底靴子，肋下佩刀。一个是黄白脸面，胡须不长；一个面黑，浓眉阔目。智化暗说："却不是别人，是开封府两名校尉张龙、赵虎。若要叫他们二人看见，又得费话。"抽身直奔树林，隐起身来。早被赵虎看见，一催马追赶下来，连声喊叫："智大爷，往哪里藏？"智化明知藏躲不开，只得转身迎出，一躬到地，说："你们二位上哪里去？"赵、张二人翻身下马，彼此各施一礼。赵虎问智化："破了铜网，盗了盟单，你怎么跑掉？你可小心点，万岁爷找你呀！"张龙说："别吓他了。"智化问："你们怎么知道我的事情？"张龙说："有我们展大爷折差进京到开封府交包相爷替递。"智化说："我打听打听，皇上怎么明降谕旨？"

① 阳宅：堪舆家称人住的房子为阳宅，相对阴宅而言。

张龙将皇上召见颜大人，所有破铜网阵之人，一体进京陛见，俱已升赏；案后访拿襄阳王的余党，交各州县严拿，若能拿获，解往京都交开封府审讯明白回奏；现今已拿住的王爷余党，就地正法，凌迟处死；外藩留守，着金辉署理；府内抄出陈设银钱物件，交金知府衙门入库；生擒府内兵丁，全行释放；白护卫为国捐躯，加一级，赏恤典银一千两，着金华府藩库拨给；白玉堂之子白云瑞，此时还在怀抱，三岁赏给四品荫生，待出学时，着开封府带领引见，另加升赏；万岁降旨，着开封府派妥员护送白夫人、公子到襄阳接古磁坛，准其穿城而过，回原籍葬埋，一路上驰驿前往，逐细告诉了一遍。智化听罢，暗暗称赞："真乃有道明君！"随问道："后面就是白五太太？"张龙说："正是。"智化说："带我过去见见。"

张龙引路，来至驮轿前，智化向着白夫人一躬到地。五太太在轿内抱定公子，叫家人将公子抱下，去与智伯父叩头。智化再三拦阻，白五太太说："我家老爷死后，多蒙众位伯叔父与我家老爷报仇，本当至府道劳才是。"智化说："不敢当！"又说了些谦恭言语，转身退下。赵虎拖住智化死也不放，叫他一路同行，智化无奈，只得跟随。

众人正要起身，忽见前面又有一宗奇事，且听下回分解。

第五回　赵校尉当面行粗鲁　李钦差暗地用机谋

且说智化见白五太太一身重孝，抱定公子，心中好惨，说了几句言语，急速退下，又被赵虎拉住死不放，说："我们开封府实在没人，但分有人，不会派我们两个人护送白五太太。我想五老爷在时，与王爷为仇，这一路之上，万一遇见襄阳王的余党，我们两人如何能行？可巧遇见你，没别说的，你跟着我们辛苦一趟罢。把五太太送到原籍，一同回来，准保平安，别说不遇见仇家，就是遇见仇家，有你老人家，大约无妨，不枉你与白五老爷好了一场。"张龙在旁，亦是这等说法。智化无奈，只得点头应允。赵虎一回头，把他手下从人叫来，说："把你那匹马拉过来，叫智大爷骑。"从人说："我骑甚么呢？"赵虎说："你先将就走这几步，等至晚间到驿站上再与他们要一匹。"从人无奈，将马匹拉过来，给智化骑了，同张、赵二位，三个人并马而行。一路之上，赵虎与智化打探破铜网之事，智化一五一十学说了一回。

这日晚间，应当住在上蔡县地面，看看临近，早有前站下去找办差的，预备公馆。张龙、赵虎、智化至公馆，承差过来报禀："请老爷们下马。"三位下了坐骑。公馆原本是一座大店，驮轿车辆，直进店内。丫鬟婆子下了车，抱公子，搀夫人下驮轿，进上房，打脸水，吃茶，不必细表。夫人吩咐下来：虽然奉旨出京，驰驿前往，是三间房、一桌酒席。除此之外，另要住房、用酒饭等，俱都如数开发钱文。叫办差的来告诉明白此事。虽然上房三间、一桌酒席，可算应差，夫人外赏八两银子。办差的赵升哪里敢受，五太太的管家说："我们到处皆是如此，少时把你带上去谢赏就是了。"办差的一闻此言，连连夸奖："白五老爷在世时节是盖世英雄，五太太亦是这样宽宏大量。"

且说张龙、赵虎、智化在西屋住下，洗完脸，早有人把茶献将过来。依着赵虎就要教他们备办酒饭，智化说："别忙，天气尚早。"赵虎说："咱们随喝随说话，今天尽醉方休。"正说话之间，忽听外面一阵大乱。赵虎叫从人出去看看外面何事，从人出去不多时，进来说："老爷，不好啦！外面来了钦差大人，他要住咱们这个公馆。"赵虎问："甚么钦差大人？"从人说："查办黄河李天祥李大人。"赵虎一闻此言，大吼一声，说："好囚囊的，怎么配住咱们这个公馆！待我出去会他。"说着就往外闯，智化一揪没揪住。

赵虎蹿出去，来至店外，就见办差的在那里跪着。李天祥轿子打住。李天祥趴在扶手上深出身子来，摇晃着脑袋，说话唔呀唔呀的，是南边人的口音，此人就是六堂会审艾虎的时节，他本是与马朝贤一拜，教艾虎认真假马朝贤，就是他的主意。马朝贤一死，他也不敢贪赃了。后来得了工部侍郎，现今出京查办黄河两岸。自从一出京城，逢州府县，把地下的土都要铲起三尺，一路之上，怨声载道。如今正要回京，由此经过。他本是奉旨钦差，亦是驰驿前往，也来在上蔡县，就叫办差的给他预备公馆。办差的上前回话，说："在上蔡驿给大人预备下公馆，离此还有二十里路。小人此处预备的差使，乃是伺候白五太太所住。"李大人不答应，说："我不管五太太不五太太，我要在此居住。"办差的说："我们全凭着滚单札子办差，再说五太太亦已入了公馆。总是屈尊大人贵驾多行几里，奔上蔡驿罢！"李天祥说："不行，我乃是奉旨钦差。"办差说："五太太也是奉旨。"李天祥说："唔呀，你这混帐东西，分明狡辩，与我打！"办差吓的双膝跪下，苦苦哀求。正遇赵虎出来，一问办差的，赵升就将李大人言语述了一回。赵虎道："你起去，交给我啦。呔！李天祥。"李大人在轿内认得是赵虎，言道："赵校尉请了。"赵虎道："我听说你们要住这个公馆？"李天祥说："我住与不住，与你何干？"赵虎说："你奔上蔡驿多好呢！如若不然……"说着就将袖子一挽，赶奔轿子前来。李天祥知道势头不好，幸而张龙赶来把赵虎一拉，说："还不退下去。"又向着李天祥一躬到地，说："大人不必动怒，方才这是我无知的拜弟。卑职闻听大人要在此处下马，卑职乃奉包丞相之谕，护送白夫人接灵，行至此处，本县就给预备公馆。大人又要住在此处，其实就将五太太搬出来也不大要紧，只是请问大人一件事，白五老爷是忠臣，是奸臣？"李天祥说："那是大大的忠臣。"张龙说："大概忠奸二字也不是自己辩论的，自然有个众人皆曰忠自是忠，奸自是奸。方才大人说过白五老爷是个忠臣，如今他的公子才两三岁，入店之后，已然是睡熟了，若教白夫人让店，必得将公子抱将出来。倘是借此为由受了风寒，得病还是小事，万一若有好歹，倘有性命之忧，比不得五老爷尚在，又比不得有三位两位少爷的人家，白家就是这一条根，若有疏失，只怕连大人心中都过意不去。大人如肯施恩，只当就看在白公子面上，不但五太太感念大人的好处，连去世五老爷都感念大人深恩。大人如不愿奔上蔡驿，此店后面房屋，约有三十余间。大人如再不愿意居住，本街上还有大店，另找一座，就怕铺垫不齐。再不然，只得叫白五太太搬出来就是了。"李天祥说："岂敢！这等沉重我可不敢担。再说我与他一殿称臣，就是素不相识，我也不作这伤德之事。方才那位说话，要像三老爷言语一样，何必费这么大事情。我就在后面居住，慢说还有三十余间房屋，就是只有三五间屋子，也未为不可。烦劳三老爷替我与五太太道劳就是了。"张龙复又深深一躬。

若论张龙，也说不出这样一套话来，全是智化教给的。赵虎先一出来，智化、张龙随后也就出来了。智化一瞧赵虎要打架，就告诉张龙："你快过去劝劝。"张龙说："打了也是白打。"智化说："你们浑人浑到一块了。此时你打了他，他也不与你一般见识。明天他入都，折子就上去了，说你们包相爷纵放属员，勒索驿站，殴打钦差，就是这个考语上去，轻者都得罚俸。"智化随机教给张龙一套言语，这就叫骂人不带脏字。

张龙、赵虎、智化三人一同进店奔到西屋中，扒着窗户瞧看。办差的在前引着大轿直奔后面，就听见叮儿当儿全是驮子上的铃儿所响，一驮子一驮子，约有五六十驮子，前前后后有许多家人保护，谅情是黄白之物。后面还有两个人并马而行，到店前下马进来，二人都是身高七尺开外，一个是黄缎子六瓣壮帽，豆青色箭袖袍，鹅黄狮蛮带，月白衬衫，肖缎子薄底靴子，闪披墨绿色英雄氅，面似淡金，两道浓眉，一双怪眼，狮子鼻，阔口，半部黑髯将搭胸前，肋下佩刀；一个是皂青缎子头巾，皂青箭袖袍，薄底靴子，狮蛮带，英雄氅，肋下佩刀，面似锅底，熊眉阔目，胡须不长。人是一黑一黄，马也是一黑一黄，马上捎着两个长条包袱。智化一看，就知道是两个夜行人，暗暗心中纳闷："李天祥是奉旨钦差，怎么带了两个贼？莫不是带的金银钱财太多,这是保镖的？"又问张龙:"你可认识这两个人？"张龙说:"我不认识。"智化说："你可否过去打听打听？"张龙说："那可行的了。"智化说："等他们消停消停。"遂要来酒饭饱餐一顿。

将残席撤去之后，张龙说："我到后面打听去了。"智化说："可别冒撞。"张龙说："不能，跟李天祥的那些人，我们见天都在朝房见面，找两个相熟的打听打听，便知分晓。"去不多时，笑微微的回来说："真有你的！我找着李天祥两个跟班的，一个姓宋叫宋信，一个姓谢叫谢机。听他们两个人说，李天祥有个表弟姓潘叫潘永福，做过兰陵府知府，这两个大汉，乃是潘永福收伏的。两个人在他府内，一半护院，一半帮着办案拿贼。可巧李天祥瞧他表弟去了，见着这两个彪形大汉，他就与表弟借来，一路之上，保护他入都。"智化问："姓甚么？"张龙说："他们是亲兄弟两个，姓邢，一个叫邢如龙，一个叫邢如虎。"智化说："李天祥不一定是要他们保护着他入都罢！我想内中还怕有别的事情。"张龙说："那我可不知道了！"智化说："我有主意，等他们吃完饭，我过去听他们背地里说些甚么言语。"

等至二鼓时候，智化把衣服掖将起来，把袖子一挽，由东边夹道过去，直奔后院。李天祥住的屋子是个大后窗户，智化把窗户纸戳了一个小窟窿，往里面一看，正是李天祥把邢家弟兄请进来，待承酒饭。酒席筵前，原来是商量着叫两个人上开封府行刺包公。智化一闻此言，吃惊不小。若问邢如龙、邢如虎怎样上开封府行刺，且听下回分解。

第六回　英雄户外听私语　贪官屋内说谎言

且说智化看这二人神色不正，来至李天祥屋子后面，窥见房内摆列一桌酒席，李天祥居中坐定，一黑一黄两个人在旁坐着。李天祥说："二位贤弟。"那两个人说："小人焉敢与大人称兄唤弟！"李天祥说："哪里话来！你们两个人是当世英雄，终久是国家栋梁之材。我还有大事奉恳二位，不知二位胆量如何？"邢如龙、邢如虎一齐说道："我二人受大人的厚恩，碎身难报。若问我们的胆量，学会一身来无踪迹去无影响之能，叫我们上山擒虎、下海捉龙，只要大人差遣，万死不辞。但不知大人所差何事？"天祥说："我实对你二人说罢！我的老师是当朝庞太师，与开封府包公那黑炭头有铡子之仇，至今未报。屡次的上折本，万岁爷偏心护庇，总未降包公之罪。我看二位堂堂仪表，必然本领高强，技艺出众，特邀二位一路前往。你们要能结果包公性命，必定高官得做，骏马得骑，我老师必定保举二位作官，奉送纹银一万两。不知二位意下如何？”邢如虎大吼一声，说：“杀包公！”李天祥慌忙站起拦住，作惊道：“别嚷！此是机密大事，不可高声。”又叫家人出去外面看看有人没有。家人出来一看，复又进屋中说：“外面无人。”焉知晓他只瞧了前头，没看后院。李天祥又问：“我说到包公，二位何故这般的动怒？”邢如龙说：“我实对你老人家说：我们在黄河岸上，作的是绿林买卖，听见绿林中人传说，我们天伦死在包公之手，可又不知确实否。如真死在他手，岂有不与父报仇之理？”李天祥说：“只要是开封府的事，我无一不知。”邢如龙说：“先父姓邢单名吉字，先作绿林，后来出家，当了道士。”正说在这里，李天祥答言：“此事我是深知。原来邢道爷就是二位的令尊。皆因你们令尊好下围棋，常常陪着我庞太师弈棋。那日包公派展熊飞行刺庞太师，总是太师爷造化大，可巧这天出去会客，姓展的到斜月轩见着你们天伦，未容分说，就将他结果了性命。你天伦一半丧在包公之手，一半丧在南侠之手。若论男子生于天地之间，父仇不报，算甚人物。”邢如龙说：“我若不杀黑炭头，誓不为人！”李天祥说：“明天我在商水县写一封书信，你二位到我家中，务必白天将开封府路径探好，至晚间方好行事。若要甚么应用物件，只管与我少爷去要。我就假说染病，在商水县等候。见了你们二位回来，或事成，或事不成，我再入都。”

智化听到此处，把舌头一伸，转身便走。来到了屋中，见张龙、赵虎，说：“我这趟可将他们的消息全听来了。我明天可不能同着二位上襄阳了。”就把天祥差派邢如龙、邢如虎上开封府行刺的话说了一遍。赵虎一听，破口大骂，说：“咱们别容他们去行刺，连李天祥一并拿住，叫本地方官将他们解往开封府。”智化说：“不行，就凭一句话，如何就将他们拿住？总要见他们的真赃实犯，才可将他们拿住。再说，包公怎么派展大哥错杀邢吉，是甚么缘故呢？”张龙说：“不是那回事。那是李天祥捏造的言语，为的是用假话激发他二人，好尽心竭力，前去行刺。”智化道：“是了。原先倒是怎么件事情？”张龙说：“说起话长。有个黄老寡妇，他有两个女儿，叫金香、玉香。玉香给赵得胜之子为妻，过门之时，叫金香顶替。赵家一瞧不是，两下里一闹，金香乘乱跑回家去，两亲家揪扭着击鼓鸣冤。包公升堂一问，女家报男家害了他女儿，男家说他用金香顶替。包公传金香到案一看，金香一则长得丑陋，二则是个疯子，上堂来他说：‘咚咚咚！叹叹叹！嗢嗢嗢！哇哇哇！妈呀，上头坐着佛爷。’这一句话包公便一晕摔下公位，从此包公中了邪啦。后来大相国寺扶乱，那几句话我还记得哪：‘心地不提防，上堂觉渺茫。良医无妙药，友到便有方。’当时谁也不明白，后来才知道横着一念一拐弯，便是‘心上良医到便有方’。可巧展熊飞来了，半路上碰见邢吉的徒弟小老道拐骗衣箱，展熊飞听他们说，邢吉有一本书叫《阴魔录》，庞太师请他去害包公。展熊飞夜入庞太师府，正遇老道作法，被展熊飞瞧见。作法最怕人瞧，老道用符咒一催，摄魂瓶崩碎，打死邢吉。包公病也好了，拿问玉香原案，后来展南侠作了官，怎么是他害的呢？分明假造的言语。”智化说：“这事我如何知道？明天我跟下这两个去，他们必想着开封府此时无能人。他不去行刺便罢，如要真是行刺，不是我说句大话，他二人走脱一个，拿我是问。”赵虎也不敢让智化一路同行了，反倒给智化行礼，嘱咐前去要小心着。智化说：“明天我也不见五太太了。”

次日五鼓，智化就等候李天祥起身。忽听外面有了动静，智化悄悄地先就出了店门，在前途等候。不多一时，远远就望见李天祥的轿马人等。智化就在他们前后左右，他们打尖之时，智化也用饭，等他们起身，智化又跟下来了。至晚间，果然住商水县中。午时就有前站先下来，见商水县办差的，把官话私话都说明白了。李天祥到的时候，不用费事。要是官话私话说不明白，本地知县担架不住。智化看着李天祥轿子进了公馆，邢如龙、邢如虎押解驮子，也走进店中去了。

智化方才转身，在他的公馆至近的地方找店住下，预先告诉店家：“我今天行路劳乏，要早些安歇。我也不要茶水，你们也别惊动于我。”伙计点头出去。智化随后就把双门一闭，把灯火吹灭，在床榻上盘膝而坐，闭目合睛，吸气养神。直到天交二鼓之半，住店的俱都安歇了，智化也不换夜行衣服，自己出了屋子，把双门倒带，由窗户纸伸进手去把插管插上，“飕”的一声蹿上房去，蹿房跃脊，直奔李天祥公馆。由后界墙穿过去，寻得李天祥上房，仍是在后窗户用指尖沾口津，在窗户纸上戳一小窟窿。往里一看，见李天祥拿着一封书子，叫从人预备四封银子，吩咐一声：“有请邢壮士。”家人答应，转身出去。不多一时，邢如龙、邢如虎打外面进来。李天祥起身说道：“二位贤弟请坐。”二人说：“不敢，大人请坐。”李天祥道：“我有话讲，坐下细谈。”二人方才落坐，从人献上茶来。李天祥说：“明天我可不走啦，就在此处听候佳音。我这里有书信一封，你们二位千万要好好收藏。你们进风清门十字街，打听有个双竹竿巷，路北大门，问明李宅，尽管问我的名字：李天祥李大人是在这里居住不是？如若问对之时，此信尚不可递进去，必要见了我儿子，当面投递。我儿必将你们请进去。我儿名叫李黾。到我家之后，要甚么应用的东西，叫我儿给你们预备。我这里有二百两白银，可不是酬劳你们，这是给你们二位作路费。事成之后，保二位作官，让老师奉送你们二位白银一万两。”二人齐说道：“不敢领大人赏赐，我们去杀包公，一半是与我们自己报仇，如果事成之后，大人提拔提拔，我们就感恩不尽了。大人在此等候，我们进城，见天色行事，天气若早我们就出来探道，当日晚上就入开封府，把他头颅砍下，用油绸子包好，不露血迹，我们跃城而过，就连夜回奔大人公馆。大人早早见着黑炭头脑袋，亦好放心。”李天祥说：“全仗二公之能。二位早早歇息去罢，明天早晨起身，也不用过来见我，我在此处听好消息就是了。”说毕，对着邢家弟兄二人打了两躬。邢家弟兄倒觉有些过意不去，捧着银子，拿着书信，李天祥送出门首，千叮咛，万嘱咐，这个事情，总要谨慎方好。

智化见两个人出来，急忙抽身欲回转自己店房，忽然望前窗户上一看，但见雪白窗户纸上头有一个小月牙孔，倒把智化吓了一跳，究竟总是夜行人知道夜行人的规矩，智化一看这个小窟窿，就知前窗户那里有个大行家，必在外头窥探屋中之事。智化一矮身躯，施展夜行术，直奔正西往墙头上一纵，就见有一条黑影，往西南一晃，再细看，已踪影不见。智化倒觉心中纳闷：这条黑影是甚么人，这样快的身法？此人比我胜强百倍。意欲追赶，又不知往哪里去了，只好回店。蹿进墙去，回到自己屋内，并不点灯，仍是盘膝而坐，闭目养神，等至天明起身不提。

且说邢如龙、邢如虎抱着银子，拿了书信，到了屋内。不提防有一宗物件，吧嚓一声，正打在邢如虎脖子上。邢如虎哎哟一声，回头一看，甚么也瞧不见，说：“哥哥，这事可奇怪了，哪里来的一块石头，正打在我脖子上。”开口要骂，被邢如龙拦住说：“不可，由外面打不进来，里边也没人，这店中闲房太多，也许是仙家老爷子，好闹着玩，打你也是有的。千万可别口出不逊，要是冲撞着他们，那可不好哇！”邢如虎说：“哪有这些事故！”将银子放在小饭桌子上，先就把书信贴身带好，又叫店中预备酒菜。二人越想越高兴，直吃的大醉，叫店家把残席撤去，二人头朝里沉沉睡去。第二日早上起来，直奔京都开封府前去行刺。不知后事如何，且听下回分解。

第七回　拚命的不干己事　逃生者移祸于人

且说邢如龙、邢如虎受了李天祥重托，头天晚间饮酒大醉，次日早晨起来，叫外边人将马匹备好，把银子分散带着，一看饭桌上银子，剩了两封，短了两封银子。如虎说:“哥哥,怎么剩了两封？必是店家偷去了。”邢如龙说:“不能，店家敢偷？既然开店，难道就不知店内规矩，就是寻常旅客，他也不敢动一草一木，何况这是公馆。”邢如虎说：“不管那些，没了与他要，不是他也得他赔。”邢如龙说：“不可！咱们在大人跟前说下大话，连咱们自己的东西尚管不住，倘若咱们一闹，岂不是叫大人放心不下？我们只当少得了些个。拿着那些个也觉路上太重，我们办大事要紧。”邢如虎无可奈何。两个人将这银子收拾好了，出了店门，早有人把马拉出伺候。二人乘骑，一直扑奔京师大路，哪晓得智化早在那里等候了。智化或前或后，跟踪行走，隐约听见说丢了银子，智化心中纳闷：怎会丢了银子？甚么人偷了他们的东西？

智化正疑惑间，前面一骑马，由西南往东北，撒开腿大跑。马上坐着一个人，青缎壮士帽，青布箭袖袍，薄底靴子，皮挺带，肋下佩刀，黄脸皮，骑的一匹玉顶甘草黄彪马，手中执打马鞭。智化一看这人就认得，心中暗想道：“他这是从哪里来的？”此人原来是江樊。皆因他跟随邓九如在石门县拿住自然和尚、朱二秃子、吴月娘。和尚总没有清供，枷了打，打了又枷，又怕刑下毙命，实系没法。如今江樊上开封府，领教包相爷主意。江樊保护邓九如上任，相爷嘱咐他，若邓九如稍微有点舛错，拿江樊全家问罪，故此江樊尽心竭力。邓九如派江樊上京，教他越快越好，请教了包相爷的主意，叫他连夜回来，江樊才借了这匹好马，不分日夜赶路。哪晓得为这一匹马，几乎送了自己的性命。

那日正往前走，用力打了两鞭，那马四足飞开，如鸟相似。江樊也是心中得意，不料后面有一个人跟下来了。邢如龙、邢如虎、智化均皆看见。这匹马可称得起千里马，后头跟下一个千里脚来。看此人三尺多高身量，酱紫壮士巾，紫色小袍子，腰中皮挺带，青铜搭钩，三环套月一双小薄底靴子，腰中牛皮鞘子，插着一把小刀，长有一尺五六寸，刃薄背厚。此人面似瓜皮，青中透绿，眉毛两道高岗，两只小圆眼睛，黄眼珠，薄片嘴，芝麻牙，高颧骨，小耳朵，两腮无肉，细腰窄背，五短身材，类若猴形。虽是两条短腿，跑上比箭射的还快些，先前离马甚远，后来就把那匹马赶上了。见他双手一揪马尾，把两足一踹，双手往怀内一带，脚沾实地，就由马的旁边撒腿往前跑下去了。看看跑过马头，就见他往起一蹿。那马一眼咤，正走着好好的，忽然一见这光景，往起一站，江樊就从马后胯掉了下来。算好，马真通灵性，四足牢扎，一丝不动。

江樊掸了掸土，拉着马，气哼哼地问道："呔！你是干甚么的？"那人叉着腰一站说："此山是我开，此树是我栽，要打山前过，留下买路财，牙崩半个说不字，一刀一个不管埋。今天你寨主走在此处，这个地方虽不是寨主爷所住的地面，皆因我有紧急之事，看见你这一匹马，脚底下倒也走的爽快，你将这马与我留下，饶你这条性命，逃生去罢。"江樊听说，哈哈大笑，说："原来你是断道劫人的吗？"那人道："然也。"江樊道："看你身不满三尺，貌不惊人，你也在此打劫于我？我不忍杀害于你，我有紧急事件。按说将你拿住，交在当官追问，你大概别处有案，我作一件德事，放你去罢。"智化远远听见，暗暗发笑，知道江樊是口巧舌能之人，本事稀松平常，就是能说。焉知这个矮人不肯听他花言巧语，一定要马，说："善言好语，你也是不肯与你大王爷这匹马。看你肋下佩刀，必然有点本领，要胜得你大王爷这一口小刀，爷输给你这颗首级；如不能胜爷这口利刃，连你这性命带马全算我的了。"江樊说："好朋友！你容我把马拴上，我们两人较量较量。"那人说："使得，容你把马拴上。"江樊就在一棵小树上把马拴好，回头说道："依我说，我们二人算了罢，不如留些好儿罢，改日再较量，你不看，论身量你六个也不行。"那贼人哈哈一阵狂笑，说："你过来受死罢。"就见江樊飕的一声把刀亮将出来，恶虎扑食相似，来的真猛。那贼一回手，抽出他那口短刀，并无半点惧色。

此时邢如龙、邢如虎也就来至跟前，停马瞧看。倒是智化远远的隐着自己的身子，替江樊着急，明知江樊不是那人对手，自己又不好露脸，恐怕邢如龙、邢如虎的事情不好办。那个贼人打量江樊拿刀过来，必是要动手，原来不是。江樊一回手，又把刀插入鞘内，深深与贼人作了一揖，说："寨主爷，实不相瞒，我是任能耐没有，受了人家的重托，与人家办点要紧的事。我是最好交朋友的人，我要不是紧事在身，这一匹马情愿双手奉送。无奈我受人重托，你容我到京内把这件事办完，你在此等候，我把这匹马送与你骑，绝不食言。我若口是心非，叫我死无葬身之地，"贼人听了一笑，说："你打算我是三岁娃子，受你哄骗，如若将你放过去，你还叫我在这里等着，你看通京大路有七八条，你还能走这里来？你别饶舌罢。”江樊见那人话口太紧，他就索性与人家跪下大哭，苦苦哀求放他过去，令人听着替他凄惨。他本生就的伶牙俐齿，他没把贼的心说活，倒把邢如龙、邢如虎说得替他难受。邢如虎说：“哥哥，这个人敢是窝囊废，不然，我们给他讲个人情罢。”邢如龙说：“依我的主意，咱们少管闲事。”邢如虎说：“我们见了合字，还不是三言两语就没事了。”邢如龙说：“我也是见他哀告，怪难受的。”

二人就下了马，南边有株树，把马拴上。两个搭讪着过来说：“朋友，算了罢。”贼人翻眼一看，说：“你们二位，说甚么来着？”邢如龙说：“我们可是过路的，看他哀告怪可怜的，瞧着我们的面上，把这号买卖抛了罢。”江樊一听，有了台阶啦，他又向着这两个人哭哭啼啼，苦苦求怜。这二人本是浑人，最见不的人一托。他二人说：“全有我们哪！他不答应，叫他与我们试试。”回头又与贼人说：“得了，放他去罢，瞧我们了。实对你说，我们也是合字儿。”贼人一听道：“你们也是合字儿？”二人答言：“全是线上朋友。客见孙氏抛诉，合字苏软也要抛，胎罢，龙儿看合字盘让了罢。”你道他说的是甚么话？原来是贼吊坎哪。“合字苏软要抛”是“我心一软也要哭”，“胎罢”是“高高手让他过去罢”，“龙儿”是“马”，“看合字盘”是“赏我们一个脸，不用要了”。邢如龙说了这套话，把矮子肺都气炸了，说：“你们还是绿林，哪有向着外人道理！不若我把马得了来，你们二位若要，我奉送你们，倒是全绿林的义气。怎么反与外人讲情？”邢家弟兄被矮子问住了，闹了个恼羞成怒。邢如虎说：“与你这么说，是给你个脸儿。”矮人说：“要是不给脸哪？”邢如虎说：“连你都走不了。”矮人哈哈一阵狂笑，说：“这倒好了，你们两个人可有名姓没有？”邢如龙说：“要问你寨主爷，我叫黑风邢如龙，那是我兄弟，他叫黄风邢如虎。小辈你叫甚么名字？”那矮人说：“要问你大王爷，居住五华山鸳鸯岭，姓皮，我叫皮虎，外号人称三尺短命丁。你们两个人既是帮外人，我问你是单打单个，还是两打一个呢？”邢家弟兄齐说道：“你们一千一万人，也是我们两个人一齐上，你一个人，也是一齐上。”皮虎说：“好，你二人过来受死。”先就亮出刀来。邢氏弟兄丢英雄氅，挽袖子，掖衣襟，将包袱内银子担在马背上，一回手拉刀。江樊在旁苦苦相劝，说：“使不得！使不得！为我的事情，怎么你们两下反目，这倒不好了。”皮虎说：“这倒没你的事了。”江樊在旁看了他们两下动起手来，顷刻间杀了个难解难分，两长加一短。矮人本事更绝，这口短刀上下翻飞，身体灵便，跳高纵远，脚底下连一点声音皆无。

江樊看他们杀的正在难解难分之时，过去把树上自己的马解下来，将身一纵上马，大叫一声说："那二位解围的恩公，论说你们二位为我与矮贼交手，我应当帮着二位才是道理，但因我事在紧要，我可少陪了。"说毕，吧吧几下马鞭子，胯下一蹬劲，那马似飞地跑去了。邢如龙、邢如虎回头一看，好，真懂交情！智化远远的瞧着，暗笑江班头真是机灵鬼。皮虎见江樊跑了，更觉气上加气，心中一想，量小非君子，无毒不丈夫，自己学会一趟滚堂刀，类如地堂拳一般，是在地上乱滚，净取人的下三路，轻者带伤，重者即死。邢家弟兄只见皮虎刀法改换门路，噗咚一声躺在地上，邢如龙打算捡个便宜，抡刀一剁，皮虎躺在地下咕噜咕噜滚起来了。邢家弟兄一看，吓了个胆裂魂飞，眼睁睁招架不住，大概要想逃命，有些个费事。要问邢家弟兄生死如何，且听下回分解。

第八回　使心用意来行刺　安排巧计等拿贼

且说邢如龙、邢如虎这就叫多事。皮虎一施展这趟滚堂刀，二人真魂都吓冒了。皮虎这一趟刀，是有高明人传授。他还有一个哥哥，叫三尺神面妖皮龙，两个人是一般高的身量。皆因他二人身矮力小，他师傅才教给他们一手功夫，每一施展这个招儿就抢上风，非有大行家方能破得。他们就这满地一滚，可有门路，全仗肩、肘、腕、胯、膝沾地，横着把小刀子在那膝盖下或扎或砍，要是碰上，虽然不能死，也得残废。此时邢家弟兄撒腿就跑。皮虎说："我当你们有多大本领，替别人充勇，我定要追你二人的性命。"皮虎苦苦直追。邢家兄弟一直扑奔正北，跑来跑去，好容易前边有一座树林，二人进树林，也不敢站住。皮虎腿短，跑得却快，眼看就跟进来了，邢如龙就知道不好，跑又没他快，动手又不是他的对手，只可拚命奔跑。皮虎将到树林当中，不提防由正西来了一块石子，正打在右腿节骨上，噗咚一声，栽倒在地。邢如虎回头一看，皮虎躺在地下了，叫道："大哥，这厮摔倒了。"二人忙跑回来要剁皮虎。皮虎他不知被哪里来的一块石头打了一个跟头，自可认着丧气，一瘸一点地跑出树林，直奔东北逃生去了。邢家弟兄也不十分追赶，也是纳闷，不知道他怎么栽了一个跟头。就是智化见皮虎与邢家弟兄一交手，倒觉着高兴。这叫作鹬蚌相争，渔翁得利，要是皮虎杀了邢家弟兄，省得自己上开封府去了；若是邢家弟兄杀了皮虎，地方上除去一个祸患。不料邢家弟兄败下去，后来皮虎苦苦的一追，智化总是离着远，看不真切，忽然间一瞧，是两个皮虎，复又长身躯细细一看，就见一晃，再看就看不见了。智化心中纳闷，莫不是自己眼离了？又一看，就见皮虎一瘸一点跑出来，邢如龙、邢如虎在后面紧追，追赶没多远，也就不追了。邢如龙说："我们这就是万幸，管闲事，差一点没废了性命，咱们这一路上可甚么事情也别管了。"智化隐住身子，看着二人上了坐骑，扬长而去。

智化仍是在后面跟着，一路无话。到了风清门进城之后，见日已西坠，找一个小店，吃过了晚饭，写了个柬帖。等到二鼓之半，带上刀，揣好柬帖，出屋将房门倒带，纵身上房，出离店外墙，由城墙上去，由马道下去。到开封府，正打三更，蹿墙进去，找寻包公的书斋。原来包公已沉沉睡去，屋中半明不暗点定一盏灯。智化把窗棂纸搠了一个窟窿，往内窥探，见桌案上灯烛花结成芯，李才扶桌而睡。智化暗叹：总是包公造化不小，鬼使神差，我要不同张龙行走，怎知此贼前来行刺。暗暗把门一推，并没拴着，把帖掏将出来，往八仙桌子上一放，转身就走，仍将双门倒带。

智化一走不大要紧，把包兴儿吓着了。这天包兴叫李才支更[①]，恐他贪睡误了事情，又再三嘱咐。李才说："我绝不睡，哥哥你歇息去罢。"包兴到外间放倒头和衣而卧，睡到四更，猛然惊醒起来，疑着李才必然睡熟，慢慢下地，扒着里间屋子门缝往里一看，果然李才睡去。就进去在李才身背后轻轻拍了他一下，李才由梦中惊醒。包兴说："你还是睡了罢？"李才说："没有。"包兴说："你还说没有？多是嘴硬。"李才说："情实没有，我刚一眯胡。"包兴说："灯花那么长，你还一眯胡呢！"李才说："觉着刚一闭眼。"包兴一回头，见桌子上有一个半全帖子，问李才这个帖子是甚么人递进来的。李才说："不知道哪！许是先前就有的罢？"包兴道："胡说。"包公睡醒问道："甚么事先前就有的？"包兴、李才二人彼此害怕。包兴过去，先把幔帐挂起。包公披衣而坐，问道："甚么物件？"包兴不敢隐瞒，说："桌子上有一个半全帖子，门户未开，不知甚么人投进来的。"包公说："呈上来我看。"李才执灯去了烛花，包兴呈帖子，包公接将过来，展开一看，上面写："天生无妄之人，有无妄之福，就有无妄之祸。相爷忠君爱民，尽有余力。明日晚间，谨防刺客临身。门下慕恩人叩献。"包公看着上面言语，心中暗暗忖度，事情来的奇怪，把旁边包兴、李才吓的浑身乱抖。包公并不理论此事，叫将此帖放在书案之上。包公起来，净面整服冠，吩咐外厢预备轿马。包兴伺候包公入朝。

---

① 支更：打更，守夜。

可巧这天早朝无事，不必细说。包公下朝，用了早饭，饭毕吃茶，又办理些公事。天交正午，包兴、李才心中捏着一把汗，明知今天晚间有刺客前来，先前有展护卫在衙门中，有壮胆的，如今开封府乏人，焉有不怕之理。见相爷却不提说今晚之事，包兴疑为把此事忘了，又不敢过去提，李才望着包兴使眼色、努嘴，教他提起昨晚之事，包兴摇头，也是不敢说。无奈何，搭讪着给相爷倒了一碗茶，才低声说道："晚间那个柬帖……"还要往下说，包公瞪了他一眼，哼了一声，把他那半截话也吓回去了，诺诺而退。包公性情永远不许提"刺客"二字，包公总讲，忠臣招不出刺客，总是贪官污吏才能招出此等事。包公自己正大光明，又无亏心之事，见智化柬帖，毫不在意。

此时天已过午，包公午歇。包兴趁着这个工夫，将柬帖袖出来，告诉李才别离老爷左右，伺候听差，我出去教他们晚间防范捉拿刺客。李才答应说："很好，你快去吧。"包兴出来，由角门奔校尉所，启帘进室，见了王朝、马汉。王、马二位赶紧站起身来，说："郎官老爷请坐，今天怎么这样清闲自在？"包兴说："我是夜猫子进宅——无事不来。你们这差使所管何事？"王、马二人齐说道："我们所有不明白的差使，望郎官老爷指教，怎么今天倒问起我们来了，岂不是明知故问么？"包兴道："怕你们不知所司何事，我好告诉你们。"王朝说："侍候御刑、站堂听差、侍候上朝等事。"包兴又问："还有何事？"回答："捕盗拿贼。"包兴说："你们还知道捕盗拿贼那？把贼拿在衙门来行刺来了。"王朝问："何出此言？"包兴说："你来看。"王朝接将过来一看，吓的胆裂魂飞，说："此物从何而至？"包兴就将昨天晚间之事，对着他们细说一回。又问："别位护卫老爷又不在家，你们二位看看怎么办好？"王朝说："我即刻派人，晚间在包相爷两旁埋伏着拿贼就是了。"包兴说："你们也晓得，相爷若有舛错，我们该当甚么罪过。"王朝说："这个我们知道。你老人家请回，伺候相爷去罢，我们晚间预备。"包兴把半全帖拿将过去，回内不提。

王朝、马汉叫韩节、杜顺两个班头到里面，就将昨天晚间有人送信，说今天晚间防备刺客的话说了一遍。两个班头一闻此言，急速出去，挑选伙计，俱要手灵眼亮、年轻力壮之人。当日晚间吃毕晚饭，各带短刀、铁尺、绳索等物进来。王朝、马汉过来，点了点数目，共四十个人。叫他们提上灯笼，俱用柳罐片盖上，用的时节把柳罐片摘下来，立刻就亮了。王、马二位也忙着吃罢晚饭，带领四十个差役和二名班头，慢慢进了包公住居的跨院。就在书房前面，另有三个西房。王朝在东，马汉在西，每人带了二十一个人，用香头火把窗户纸戳出梅花孔，分一半人往外瞧看，恐防困倦，到时节再换那一半人。包公在书房之内，听着外边有些动静，明知道他们防范刺客，也不拦阻他们，自己拿一本书，在灯下观看。包兴、李才两个人也有防范。

此刻有二鼓多天，包兴约会李才，先把书房隔扇闭好，后又将横闩上上，从那边搭过一张八仙桌子顶上，桌子上又放着一把椅子。包兴低声告诉李才说：“当初听白玉堂说过，要是大行家，早也不出来，晚也不出来，等至三更天前后才来。他们要是进来，就从这横楣子上进来，我站在桌子上面椅子上看着。贼要一爬横楣子，我就先看见了。我要看见，我好喊叫他们拿贼。”李才说：“哥哥，到底是你有招儿。”包兴说：“甚么话呢！咱们守着高明人，听他们讲究过。”说话之间，忽听外面正打三更，包兴说：“到时候了，我们上去罢。”包兴爬上桌子，又上了椅子，站在桌子上面，够不着横楣子，上了椅子，又太高了些，只可弯了腰，把横楣子撕了一个洞，往外看着。李才上了桌子，把隔扇开了一个大孔，趴着往外直瞧。包公正在灯下看书，听着他们在那里踢蹬噗咚，也不知作些甚么，抬头一看，倒觉好笑，笑的是他们胆子又小，又是义仆的气象，总怕老爷有失，真要是有本事刺客，他们挡得住吗？开封府的事，暂且不提。

单说两个刺客，头天进城，到十字街下马，打听双竹竿巷李天祥的宅子，到了门首，说明来历，门上有人回禀进去。不多一时，李天祥的儿子李黾说请。二人把马上包袱解下来，有人带路，来至内书房，见了李公子要行大礼。李黾把他们搀住，知道是天伦派来的人，不敢怠慢。问二人名姓，他们将姓氏名字，怎么来历，一一说明，又将书信往上献。李公子接过来，拆开看明书信，置酒款待二人。次日晌午，邢如龙、邢如虎换上李天祥家人的衣服，奔开封府踩了一回道，俱都看明。复又回到李家，用了晚饭。到二鼓之半，李黾问二位壮士所用何物。二人齐说：“就用油绸子一块，再用包袱一块。我们两个人杀了包公就不回来了，拿着他的脑袋去见老爷去了。”李公子说：“但愿二位壮士大事早成，二位高官得做，骏马得骑。”二人换上夜行衣靠，将白昼的衣服尽都包好，随身背起。待杀了包公，跃城而过，明天走路之时就可换上白昼衣服。收拾停妥，李公子每人敬了三杯酒，说了些吉祥好话。正打三鼓，二人出屋，转眼之间，蹿上房去，一溜烟相似，二人踪迹不见。李黾心中想道：二人此去，大事必成。

单说邢如龙、邢如虎直奔开封府，一路并没遇见行路之人，到府墙根下，纵身蹿上墙去，由上面蹿到院中，寻找包公卧房。二人往两下一分，东房上一人，西房上一人，蹿在前坡，趴在房瓦之上，瞧看屋中。二人一怔，见屋内烛影照定，有人趴在横楣子上，还有人扒着隔扇往外看。二人正在犹疑之间，腿腕子全叫人揪住了。扭头一看，每人身后一个人，将他们揪住，不能动转。要问拿刺客这两个人是谁，且听下回分解。

第九回　擒刺客谷云飞奋勇　送禀帖黑妖狐有功

且说智化头一天把禀帖搁下，第二天早早把晚饭吃完，饭钱店钱均已给了，看看快关城门，出店进了城，找了一座茶馆，进去吃茶，直坐到喊堂之时。出了茶馆，又在大街上游玩一回，天已交二鼓，方到开封府的西墙，就蹿将进去。他原就知道包公的书房，离书房不远，有一株大树，智化盘树而上。此树极其高大，四面八方，全都看的明白，又且枝叶茂盛，要想看见他却有些费事。此时天交三鼓，就知道行刺之人看看快到。不多一时，远远望见有二条黑影，由墙上蹿将下来，直奔书房的后身。智化见两个人往两下里一分，一个往东，一个往西，心中为难，他们是两个人，自己是孤身一人，又不会打暗器，若会打暗器，先打下一个来，剩一个就省事了。倘若抓住一个，那个再跑了，可就有些不便。只可先奔东边，这一个还近些，然后再拿那个。智化下了树，邢如龙正在东屋上前坡，智化蹿上后坡，到房脊那里，往上一探身子，见贼人趴在房上，净瞧着包公的屋子纳闷。

忽然间，又见从西房脊后头露出一人，把智化吓了一跳，以为是他们一同行刺来的哪！智化往下一矮身，怕那人看见。原来那人倒不怕智化，看见时，双手往上一招，冲着智化一打手势，指了指智化，指了指自己；又伸了两个指头，是你我二人，又用双手一比，是两只手掐刺客腿腕子。智化方才省悟。心中暗道：这是谁？又不认得。智化又是欢喜，又是纳闷，欢喜是有他帮着我拿刺客，刺客就不能跑了，纳闷的是不认识他是谁。自己也把双手一招，又一点头，那人早就溜到刺客背后。智化也就爬过背后来，见那人面貌，好似蒋四爷。两下里把刺客腿一掐，这一掐不打紧，就听底下屋内一阵大乱。包公屋内也有“哎呀噗咚”声音。东、西厢房里，王朝、马汉带领着四十二人。王朝瞧见西边房上有人，马汉是看见东房上有人，先过来一人蹲着走，后过来一人是爬着。王朝告诉众人摘柳罐片，以为马汉那边没瞧见；马汉也教摘柳罐片，疑王朝那边没看见，却原来两边俱都看得明白。包兴他是趴着横楣子往外看的真确，东、西厢房上先过来两个人，趴在房上往屋里瞧。包兴将要嚷，一瞧，又过来了两个，心中暗道：今日来了多少刺客？就大声一喊："有了贼了！"一迈腿，忘了他在椅子上，整个往下一摔，正摔在李才身上，椅子往下一翻，咔嚓噗咚。包公一惊，正要翻书，"哧"的一声，把一篇书撕下来了。外边喊叫："拿贼呀！"房上已将两个刺客扔下来了。王朝、马汉带领众人往上一围，裹住了两个刺客。

房上拿贼的二人也跳下房来。一个是智化，那位是倒骑驴的神行无影谷云飞。皆因瞧看徒弟，与山西雁大众分手，正打算上陕西汝宁府寻找苗九锡，路过商水县，遇见李天祥，见邢如龙、邢如虎形迹可疑，自己盘费也没有了，遂找店住下，要想晚间与李天祥借盘费。至二鼓多天，到了李天祥公馆，听见他们要行刺包公。自己心中一动，谁人不知包公是应梦贤臣，就有意前去搭救。且先试试两个刺客有多大本领，就打了他一飞蝗石，方知二人没甚能耐，又拿了他们一百两银子，路上作盘费。路上又遇见三尺短命丁皮虎，也是给了他一飞蝗石。他的心思与智化两样，他怕刺客死，刺客死了，他便不能在包公面前显手段。他救了邢如龙、邢如虎二人，就暗地跟了下来。早瞧见智化是拿刺客的，智化可没看出他来。

谷云飞当下把邢如虎扔下房来，自己也跳下，始终没撒手，攥着他腿腕子翻过来、翻过去乱摔，口中还嚷道："唔呀，翻饼烙饼，翻饼烙饼。"把刺客摔的坑吃坑吃的，又不敢言语，甘受其苦。包公在屋内听着奇怪，怎么饼铺掌柜的也来了？智化也照样将贼摔下房来，也打算将他翻来翻去的，到底智化手里的力气不成，将一翻，邢如龙缩回一条腿去，那只腿一蹬，智化也就撒手了。邢如龙一挺身躯站起来，亮刀对着智化就砍，智化用刀相迎，二人战在一处。谷云飞嚷道："我要是净烙饼，你心内也不服，我先撒开你，让你歇息歇息。"智化一听着急说："你别撒开他，将他捆上。"谷云飞说："我忘了，现在再捆也不迟。"哪知邢如虎一挺身躯，便跳起拉刀在手，咬牙切齿，冲着谷云飞就是一刀。他见谷云飞手内没有兵器，以为这一刀下去，准把他劈为两半。焉知哓刀砍下去，人却没有了。王朝、马汉带着众人，打着灯笼，拿着单刀、铁尺，全要动手。智化明知道众人没甚本事，刺客眼是红了，别看他两个人本事也有限，要杀王朝、马汉和那些个班头，就仿佛大人逗小孩子一般，一转身就得死几个。随即喊道："二位老爷、众位班头，不用你们帮着动手，这两个小贼交给我们拿他吧，你们上书房门口保护相爷要紧。"王朝这才答应一声，会同马汉带领众人直奔书房而来。此时智化与邢如龙动手，不分胜败。智化心中急躁，恨不得将邢如龙拿住，好帮着那人再拿邢如虎，奈因不能一时就将邢如龙拿住。倒是那边“当啷啷”一声，把邢如虎刀踢飞了，他就扎撒着两只手，一个箭步，蹿出圈外，要想逃性命。谷云飞嚷道：“唔呀跑了。”智化闻听跑了，一着急，说：“别叫他跑了。”谷云飞道：“邢老二你别跑哇，他们说，不叫你跑了呢！”连那打灯笼之人瞧着都是暗笑，又是纳闷。这个人，又不知从何处来的，手中又没拿着兵器，瞧着刺客那口刀神出鬼没，可又砍不着那蛮子，他一转眼，倒把刀踢飞了。他只喊说“不叫你走呢”，他可也不追，眼瞅着刺客一跺脚纵上房去，单脚刚一着阴阳瓦垄，蛮子说：“你下来罢！”那刺客真听话，“噗咚”摔下来了。就见蛮子过去，用脚一踢说：“你别动了，你这歇歇罢！”那刺客也真听话，就一丝儿也不动。复又过来，冲邢如龙说：“你兄弟在那里歇着，你还不歇歇么？”智化虽然在此动手，也曾看见，暗说真是高明。邢如龙哪还有心肠动手，打算三十六着，走为上策，虚砍一刀，转身就跑。刚一转身，就见蛮子在迎面站着，用手一指，说：“别走。”要往西跑，蛮子早在西边等着。自己一想，这还不便宜，对着蛮子就是一刀，并没见他躲闪，只一抬脚，正踢在邢如龙右手腕子上，这口刀就拿不住了，“当啷”一声，落于平地。邢如龙回头就跑，智化就追，蛮子就嚷说：“姓邢的，你教我好看不起你。你们二人是亲弟兄，一个被捉，一个要跑，纵然逃了性命，你还活的了多少年？你们事成之后，高官得作，骏马得骑；事情败露，应当同赴其难，各各受死才是。按说大丈夫生而何欢，死而何惧之有！岂不闻伯夷、叔齐不念旧恶？”包公一听，心想：饼铺掌柜的还晓得四书？智化听见了也想：此公倒是文武兼全之人。蛮子又说：“你别走哇，走了不是朋友，何况你也走不了。就便是交朋友还得有官同作，有难同赴，何况你们是亲弟兄呢！”邢如龙跑到墙下，正要越墙而去，被蛮子这话说的好觉无味，一跺脚说：“也罢，我不走啦，你们过来，要杀要剐，任其自便。”智化说：“罢了，这是真正英雄。”叫官人过来，把他扯了一个筋斗，四马攒蹄，将他捆上，邢如虎先就有人将他捆好，众人说道：“全拿住了。”

王朝、马汉、马快班头给智化道劳。智化过来，问那人贵姓高名，仙乡何处，怎么知道刺客的来历？谷云飞将自己的事情，一五一十说了一遍。众人过来，也与谷云飞道劳。此时包公叫包兴开门，请校尉。包兴、李才两人把桌子椅子搬开，开了隔扇，站在台阶石上高声叫道：“相爷有请王校尉、马校尉。”二人答应一声，跟着包兴进了书房，见相爷道惊，自己请罪。包公问道：“外面贼人是谁拿获的？”王朝就将智化、谷云飞拿贼之事，回禀一番。包公说有请二位壮士。王朝出屋，说：“有请二位壮士。”二人答应，随着王朝至书房，见相爷双膝跪倒，口称：“小民智化，参见相爷。”蛮子说：“小民谷云飞，与相爷叩头。”包公说：“二位壮士请起。”吩咐看坐，二人不敢坐。包公让之再三，方才坐下。包公看智化仪表非俗，看谷云飞身不满五尺，瘦弱枯干，面如重枣，短眉圆眼，类若猿形，衣衫褴褛，甚么人也看不出那身功夫来。包公说：“多蒙二位壮士贵驾，助一臂之力，事结之后，必保二位作官。”这二人说：“小民不愿为官，但愿相爷贵体无恙。”包公一声吩咐：“将两个贼人绑进来！”众班头将他们五花大绑，身上的包袱，早就解将下来，推到屋中，至包公面前立而不跪。众人说：“跪下！”两个怒目横眉，仍然不跪。包公见两个人一黑一黄，非是良善之辈，一声吩咐，将狗头铡抬来，要将二贼铡为两段。若问二人生死如何，且听下回分解。

第十回　诚心劝人改邪归正　追悔己过弃暗投明

且说两个刺客见包公，站而不跪。原来预先就商量好了，邢如虎说：“哥哥，我听见他们说了几句言语，你就不走啦？”邢如龙说：“我怎么能舍你逃生？只可你我生生在一处，死死在一处。”邢如虎说：“既然这样，咱们见了他们，也不必与他们磕头。”邢如龙说：“就是磕头也不能饶咱们，不如先快乐快乐嘴，见面大骂他一场，也无非是个死罢。”邢如虎说：“使得，再过二十年，又是大汉一条。”两个人主意定妥，故此见了包公立而不跪。二人暗暗一打量，包公在上面端然正坐，戴一顶天青色软相巾，迎面嵌宝玉；天青色缎子袍服，斜领阔袖，上面绣五彩团花；厚底青缎子朝靴，乃是一身便服。又往面上一看，恰若乌金纸，黑中透亮，两道剑眉，一双虎目，海口大耳，一部胡须遮满前胸，犹如铁线一般。这位爷虽是文职官员，却是武将相貌，虎势昂昂，端然正坐。二贼一瞧，毛骨悚然。包公一见两个刺客，用手一指，说：“本阁有甚么不到之处，招你们起这不良之心？来！把那三品御刑狗头铡抬将上来。”王朝、马汉答应一声，速到御刑处，把狗头铡抬入书房。吩咐撤去蟒套龙服，将二人拿下。邢如龙、邢如虎一见这个御刑式样，好生可怕，怎见得？有赞为证：

书房内，一声吩咐人答应。这御刑，令人观瞧不敢抬头。奉圣旨，放粮之时将他造，为扬天下镇陈州。王与马，神威抖；撩起袍，挽上袖；

吩咐搭，往上走；书房搁，声音丑，令人观瞧把心儿揪。虽然怕，又要瞅。见王朝，一伸手，猛翻身，把龙衣抖，神见也忧，鬼见也愁。铜叶子裹，钢钉儿凑，刃儿薄，背儿厚。分三品，龙虎狗。审出口供，把真刑抖。虎呲牙，龙须抖，这狗头铡尖嘴棱腿吐着个舌头。见王朝，一低头，铡刀背，拿在手。有马汉，往前走，但见他，双眉皱。奔刺客，就要揪，当时间把邢家弟兄二人魂魄吓丢。

且说包公见了两名刺客，也未审问他们，就吩咐预备狗头铡要铡两个刺客。智化、谷云飞全闪在一旁。智化背后，有人一拉，智化回身出去一看，原来是江樊。他与智化行礼，智化说:“你还没走哪？多有受惊。”江樊问:“受甚么惊？”智化说：“你遇见劫道的皮虎，还不是一惊么？”江樊说：“你怎么知道？”智化就把前番怎么见着之事说了一遍。江樊说：“你老既知道更好啦。方才我听说拿住刺客，我进来一看，原来是他们两个人。他们本待我有恩，你老人家在我们相爷面前请个人情。要是铡完了时节，我就预备两口棺材，表表他救我之情。”智化说:“你既有这番意思，我着实爱惜这两个人，心地忠厚，绿林之中，诚实之人甚少，他无非受了李天祥蛊惑给他父亲报仇，又许他们做官发财，故此前来行刺。他与皮虎交手救了你，看起来，可算得好人。我进去给他说情，相爷要赏我一个全脸，碰巧连他们的性命都保住了。”正说话之间，院子里把芦席铺上了，眼看着把两个人推出来。智化说:“众位慢动手，我到里面给他们两个人讲个情，看看如何。”随进了书房见包公，跪倒说:“相爷大人，暂息雷霆。”包公说：“智壮士请起，有话慢讲。”智化就将半路碰见白五太太，李天祥要夺公馆，自己在背地里听李天祥蛊惑这两个人，说他天伦的原由，因此上为父报仇，又且报答李钦差待他们的好处，半路又怎么救了江樊的话说了一遍。末了说:“相爷请想，为父报仇是孝，报答李天祥是义，救江班头是恻隐之心。虽然前来不利于相爷，总算两个是好人。相爷若肯格外施恩，饶恕他两个人死罪，他二人虽肝脑涂地，死不敢辞。小民大胆谏言，请示相爷天裁。”包公听罢点头，说:“原来还有这么一段情由哪，倒是本阁将他们错怪了。”遂吩咐把两个推回来。

王朝答应一声，复又把邢如龙、邢如虎推回，二人仍然挺身不跪。包公说道:“方才本阁未曾问明你二人，到底因为何故前来行刺？”二人说：“我们是杀父之仇，不共戴天，父仇不报，畜类不如。”智化在旁说道：“你二人真是浑人！你们受了李天祥蛊惑，冤你们前来行刺，这叫个借刀杀人，你二人却信以为真。前者他与你们说话，我却在外面听着。说你们天伦被展熊飞所杀，是与不是？”邢如龙、邢如虎一齐说：“不错。可还有一件事，我们那银子，也是你盗去了罢？”谷云飞在旁说：“是我，不要错赖好人。”包公暗说：“这可倒好，不打自招。”邢如龙又问道：“我们天伦到底是怎么死的？”智化又将《阴魔录》砸碎摄魂瓶，他乃是自己把自己打死的话说了一遍。又道：“你要不信我这话，当着相爷、众位校尉老爷们问一问，是真是假。”包公言道：“智壮士所说，分毫不错。你们二人，原来就为此事前来行刺，本阁也不深怪你们，念你等是一对孝子，放你二人去罢。如若不改前非，再将你们捉获，绝不宽恕。尔等来为二人松绑。”王朝、马汉过来，把绳解开。这二人倒觉一怔，智化说：“还不给相爷谢救命之恩！”邢如龙、邢如虎方双膝跪下，齐说道：“小人见识不明，险些害死相爷。我们身该万死，蒙相爷开恩，不结果我们性命，实如再造。”智化在旁说：“你们何不求求相爷，就在开封府讨点差使，报答相爷。俗话说：宁给好汉牵马随蹬，不给赖汉为父为尊。”邢如龙说：“我们受人的重托，要是投在相爷门下，岂不被人说是反复无常的小人？”智化说：“你们真是浑人！你要尽忠竭力，也须分个忠奸，跟了忠臣留名千古，跟了奸臣遗臭万年。别听说庞太师要保举你们为官，连他自己此时尚且闭门思过，他如何能保举你们二人？”邢家弟兄一听，十分有理。邢如虎说：“哥哥，咱们就求求相爷。”二人磕响头碰地苦苦哀求。包公无奈，也就点头，将二人收留下。这就叫但行好事须行好，得饶人处且饶人。邢家弟兄要没有半路救江樊的事，也就没有活命了。包公要不收下两个刺客，到下回书天子丢冠袍带履也就不好办了。全是前因后果，人不能得知。

闲言不必多叙，单说包公叫邢家弟兄更换衣服，此时谷云飞告辞，包公要保举他，谷云飞一定不愿为官。包公赏他银两，他执意不受。相爷知道这个人性情古怪，只好赏一桌酒席，令校尉相陪。又问智化襄阳城的事情，王爷的下落。智化回答襄阳破铜网之事，王爷的下落实在不知。此时天已不早，智化等告辞出去，至校尉所。王朝、马汉陪定谷云飞、智化、邢如龙、邢如虎吃酒，众人开怀畅饮一回。大家安歇。

到了次日，包公上朝不提。单说智化保举了邢家弟兄，倒觉着后悔，思量起来，人心隔肚皮，万一两个人变心，又守着相爷更近，要作出意外之事，自己如何担待得住？只得日夜相守，查看他们的动作。谷云飞回店拉驴不表。包公下了朝，将至书房，就有人报将进来，说鼓楼东边恒兴当铺内，杀死七条人命。包公一闻此言，吓了一跳。要知甚么缘故，且听下回分解。

第十一回　班头奉相谕访案　钦差交圣旨辞官

且说包公下朝至书斋，刚才落座，就有人进来回活："鼓楼东边恒兴当铺，昨夜晚间有夜行人进铺，杀死两名更夫，五个伙计在柜房被杀身死。今早祥符县亲身带领忤作人役，至铺内验看尸身，验得被杀者刀口赤色，是夜行人所杀。验道时，由东墙而入，盗去约计百两有余。连学徒的李二小带管事的，俱都带至开封府，以候相爷审讯。"包公一听，又是一场无头的官司，遂问道："祥符县知县可在外面？"回答说："现在外面候相爷传唤。"包公说："请。"差人答应一声，转身出去，不多一时，县台来到书斋与相爷行礼，口称："卑职陈守业参见。"包公说："免礼。"问恒兴当铺之事。陈知县复又禀告相爷一回，把管事的与学徒口供、验尸的验格，一并献上。包公看了看，问道："贵县将当铺之人可曾带到开封？"答应说："现在外面，候老师审讯。"原来陈守业是包公门生。先前的知县徐宽，如今升了徐州府知府，现今换任陈守业，也是两榜底子，最是清廉无比。这案官司，可为难了，人命又多，故此详府。

包公吩咐："把管事的带进来。"有人答应，出去不多时，将管事的带进书房叩头。包公看此人，青衣小帽，慈眉善目，倒是做买卖人模样，并无凶恶之气。见了包公，口称："小民王达，与相爷叩头。"包公问他铺中之事，回说："昨夜晚间，贼人进来，我们在前边睡觉的一概不知。后柜房连学徒共是六个人，杀死了五个，就是学徒的没死，他连那贼的样儿，甚么言语，都听明白了。"包公吩咐带学徒的。差人把王达带出，带学徒进来。包公看他十八九岁，拿绢帕裹着脑袋，进来跪下。包公问："你叫甚么名字？"回答："姓李叫二小。"包公问："学了几年？"回说："三年有余。"又问："你脑袋受了伤了？"回答："不是，我是偏脑痛，我要不是这个病，也被他们杀了。"包公问："甚么缘故？"二小说："我们后柜房没有炕，我在柜上睡觉。皆因我脑袋痛，怕风吹，有一点风儿就痛的钻心，眼睛一翻就昏死过去。杀死的那个姓李的是我叔叔，他给我出了一个主意，教我在柜底下睡，省得门口风吹我脑袋。我就依着他这个主意，睡在柜底下。有三更多天，我脑袋痛得睡不着，就听见院内打更的说：'哎哟有贼！'咔嚓噗咚一声，大半是把打更的杀了。又听见叭噔一响，窗户洞开，就从外头进来两个人，手内拿着东西晃，就像打闪一样。看他们拉刀出来，吔嚓咔嚓，一会的工夫，就把五位掌柜的都杀了。里头屋内是首饰房，他们进去把锁剁开，就听屋内哗唧作响，大概拿了不少东西。我也不敢言语，把我吓瘫了。他们出来说：‘咱哥们明人不作暗事，把咱们弟兄的名姓，与他写下了。’那个黄脸的就说：‘写咱们哥俩不要紧，反正到处为家。咱们常在草桥镇路大哥家住着，若有个风吹草动，路大哥比咱们身份重，别教路大哥担了疑忌。难道说前两天咱们没告诉当铺那话呢？教他慢慢想滋味，你我也不算作得暗事，有能耐，尽管叫他们访咱们去。’那黑脸的就说：‘有理有理！’然后两人走去啦。”包公听罢，问说：“你们铺子可有甚么事情，你知道不知？”二小说：“我知道。前三四天头来了两个人，当了一支白玉镯子，他要当五十两，我们给他二十两。两个说话不通情理，教写定五十两，我们给添到三十两。两个人口出不逊，说：‘写不写罢！’我们说当不到。他说：‘你敢说三声不写？’我们掌柜的说：‘慢说三声，三十声也敢说！’他们说：‘你们小心着点！我们三天之内，来收本钱。’这才走的。杀人的那两个贼一晃火亮儿，我瞧出他那样儿来了，就是当镯子这两人。”包公问：“他们可说姓甚么没有？”二小道：“始终没说姓甚么。”

包公一想昨天晚间之事，那两人一黑一黄，别是邢如龙、邢如虎罢？一声吩咐，教将邢如龙、邢如虎和智化一并叫进来。三人进来，两旁一站，包公问李二小：“你认的那两个贼人相貌不认的？”二小说：“认的，再等一年我也认的。”包公道：“你说一黑一黄，比我这两个人怎么样？”二小说：“比这二位矮多着呢，也瘦弱些。”包公吩咐：叫王达把他这学徒的带回去，照常挂幌子作买卖。死尸用棺材成殓，暂不下葬，城外找一个僻静处厝起来，完案之后，准其抬埋。王达与学徒叩头出去。包公又着知县和马快，分头缉访贼人下落。知县告退。包公叫包兴把两名班头韩节、杜顺叫将进来，二人进来与相爷叩头。包公就把恒兴当铺的事，对他们说了一遍，教他们带数十个伙计，至草桥镇访这个姓路的和这一黑一黄的两个贼人。并说：“本阁与你们一套文书，准你们在草桥镇要人相帮。”相爷亲自赏他们盘费，又言破案之后重重有赏，二人叩头转身出去。包公教主稿将文书用印后交给韩节、杜顺。发放已毕，韩节、杜顺到外，挑了十二名伙计，都是高一头宽一膀，在外久管拿贼办案，手明眼亮之人。各带单刀、铁尺、绳索等物件，等着领了盘费，悄悄起身。余者班头，在城里关外暗查探访，暂且不表。

单说李天祥之子李黾打刺客走后，就是提心吊胆，整整一夜没睡。五更多天就派人到开封府门首探听消息，天亮回禀道：包丞相仍然上朝。李黾就知道大事没成，复又派人打听两个刺客的下落。等了两天，方才知晓邢如龙、邢如虎降了开封府了。这才赶紧修下一封书信，派人连夜上商水县与李天祥送信。李钦差一闻此言，吓得他心胆俱碎，明知这一进京，性命难保，不入都也不行啦。心想：我虽死可别把这些财帛丢失。遂找了镖行的人押着这些驮子送往原籍去了。自己壮着胆子，入都交旨复命。算好，包公并没递折本参他。万岁爷也未降旨说他办理不善，也未说他办理甚善，无非是“知道了，钦此”。李天祥自己羞愧，告终养辞官，暂且不表。

单说韩节、杜顺带领十二名班头，巧扮私行，直奔草桥镇而来。到了草桥镇时节，找了一座大店住下。这个草桥镇，今非昔比。先前太后带着范宗华住破瓦寒窑，自从太后入宫，万岁发银十万，重修天齐庙，设立了宝座。万岁要封范宗华官职，皆因他不称其职，教他自己要一个差使。他说三辈子当地方，就要当个地方，可是天下的地方，全属他管，要这么一个天下的都地方，万岁爷就赏他四品天下都地方，为的是他与知府平行，故此才赏他四品前程，四品俸禄。天齐庙周围香火地连庙都属他管，家道由此陡然而富，就是无儿。本地有个路家，是个破落户，名叫路云鹏。他有两个哥哥，一个叫路云彪，一个叫路云豹，全作小武职官。皆因他弟兄常打官司告状，两个哥哥搬往异乡去了。他跟前有个儿子，叫路凯；一个女儿，叫路素贞，全学了一身好功夫。皆因路云鹏认的人杂，都是绿林中人传授他们的本事。路素贞这本事更透着出奇，是他干娘教的。他干娘是谁？就是前套《小五义》上，闪电手范天保的妻子喜鸾、喜凤。因为路云鹏贪图范家是财主，就把自己儿子过继范家。后来范宗华死了，路凯披麻戴孝，如同父母亲丧。出殡后，范家又没有亲族人等，又没人争论，公然他就把四品都地方袭了。过了三年之后，慢慢有人劝解他，教他认祖归宗，他心一活，就把范家好处忘了，自己仍然改为姓路，这个天齐庙周围香火地，还是属他。家大业大，家内有的是钱银，文武衙门不敢碰他，军民人等人人惧怕，公然就成了一个恶霸。重利盘剥，折算人口，占人田地，夺人买卖，抢买抢卖，霸占房屋，欺压良善，种种恶事，任意胡为。就后路云鹏一死，更为无法无天。人给送了个外号，叫他活阎王。若要和他打官司，更不行了，他去二指宽的帖子，教把这个人押一个月，衙门里就不敢押二十九天半，他说不教送饭，这个人就得活活饿死。但他有般好处，不贪女色，连老婆都不娶，家中就是他妹子路素贞带着个丫鬟，两个婆子，除此以外，别无妇女。如今，他妹子已经是二十岁了，也没许配人家，总是高不成，低不就。论他妹子品貌，却是十分人才，又是一身好功夫。二十岁的人，已通人道，常常背地埋怨哥哥不作正事，有误自己青春。每见少年男子时节，就透出些妖淫气象，故此人给他送了个外号，叫他九尾仙狐。

看看到了三月二十八，就该开天齐庙的日子。路家单有帐房，赶庙的各行买卖全得上帐房挂号。有历年间准占的地方，有现占的买卖，估衣细缎，珠宝玉器，金皮两当，针篦两行，大小买卖前几天就乱成一处，都要上这里挂号的。这些事路凯自然一概不管。这日路凯正在书房坐着，忽然打外面进来两个朋友，全是山东莱州府人氏，一个姓贾叫贾善，外号人称金角鹿；一个姓赵叫赵保，外号人称铁腿鹤。两个人进来，与路凯行礼。路凯让坐，叫人献上茶来，问道："二位贤弟，一向可好？"二人说："托赖哥哥之福。"又问："二位贤弟从何而至？"贾善说："由京都而来。"路凯说："京都可作好买卖？"贾善说："哥哥别提啦，我们在京都，这个祸可闯的不小。"路凯说："咱们弟兄多，怎惧个祸么？"二人一齐说道："我们这个祸，好几条人命。"赵保说："我那支白玉镯子，在咱们这里当，那时拿上去，都是五十两。在京本打算不作买卖，心想把镯子当了，就够盘费。焉知晓他们只给三十两，我们口角纷争，话赶话，说三天之内收他本钱，闹了个骑虎势。话说出来了，不能不办。那日夜晚之间进了恒兴当铺，杀死两个更夫，到柜房一顺手又杀了五个，得了些个首饰，本要留名姓，又怕连累哥哥你，我们是常往你这里来，万一风声透漏，岂不是与你招祸么？"路凯哈哈大笑，说："就是这个事情！再比这事大着点，劣兄也不惧，你们好小量[①]人。"吩咐一声："摆酒，咱们喝酒罢。"二贼说："酒我们是不喝了，话已对你说明，我们得躲避躲避。"路凯说："你们走在哪里都不如在我家里便当，你们哪里也不用去。"二贼无法，就在路凯这里吃酒，欢呼畅饮。

过了两天，就到开庙日子，贾善、赵保会同路凯，更换衣襟，商量着要到庙上走走。路凯吩咐十数个家人，叫他们拿着口袋，为的是在庙会摊子打地分钱。刚才要走，忽见一个家人跑进来，喘吁吁的连话都说不上来，说："大爷，可了不得啦！咱们庙上这几年，也没有打把势的。今年来了两个人，在此打把势。我们问他挂了号没有，他说：'不懂的。'与他要地钱，他不但不给，还骂人。"路凯一听气往上一冲，说："你们好生无用，不会打么？"家人说：

---

① 小量：小看、低估。

“我们瞧着这两个家伙，怕打不过他。”路凯说：“多丢人哪！”言还未了，跑进五六个人，头破血出，齐说道：“大爷，有人扰庙。”路凯说：“待我去。”随带贾善、赵保匆匆赶去。这一去要把天齐庙闹个地覆天翻。这段节目，且听下回分解。

第十二回　龙姚二人卖艺闯祸　姑娘独自奋勇拿人

且说路凯家中，有许多豪奴与路凯送信，说把势场打坏人了。路凯一听，肺都气炸，说：“好小辈，敢在太岁头上动土！”随带贾善、赵保，三个人带领十数人上庙。又告诉家人，知会那些闲汉，教他们上庙。一传这信，就有四五十人，一个个磨拳擦掌，狐假虎威，一窝蜂似地跟着路凯直奔庙外。就听前边一阵大乱，又见人众四散奔逃。原来天齐庙一开，人烟众多，也有烧香还愿的，也有买卖东西的，也有逛的。这庙几年工夫没有打把势的，忽然一来，都要瞧看瞧看。从前把势一到就得去路家挂号，给许多地钱。路家一高兴，就来帮场。大半打把势的有多少有本领出色的，只是一半生意，一半武艺。这几年生意把势上庙，路家来了，就赶跑了，为的是显路家的能耐，一半也是敲山震虎，使本地人惧怕他。把势一传信，不敢上这庙上来了。

哪知这二人不是打把势卖艺的人，是跟随颜按院大人当差使来的，一个姓姚叫姚猛，一个姓龙叫龙滔。皆因智化私自走了，蒋四爷与大众商量明白，大众散走入都，一半找智化，一半打听王爷的下落，大人发给盘费银两。龙滔、姚猛是亲戚，二人商量，一路同走，倒不是要寻找智化、王爷，要到家内瞧瞧，怕的是以后留京当差，不易回家了。二人就在步下行走，也没有马匹，走到草桥镇，就该岔路信阳州。这二人本是浑人，走着在树林稍歇，就此睡了，把所有东西都丢了，净剩身上衣服、刀锤没丢——人家拿着太重；腰间围着皮囊铁钻子没丢——在腰内围着呢。这两个人一醒，面面相觑，身边净存些碎银子，不上一两了。相对抱怨会子，也就认丧气站起就走。到了第二天，龙滔说：“到了信阳州交界上，咱们就不挨饿了。”自可两个人赶路。早晨打了打尖又走，可巧正走在天齐庙，一看人烟稠密，姚猛说：“龙大兄弟，这里好一个地势，咱又没有盘费，何不在此想几个钱，也省得满处商借，岂不省事？”龙滔说：“怎么个找法？”姚猛说：“你不会本事么？人学会艺业还不许卖哪！”倒是姚爷把他提醒，回说：“对！人穷当街卖艺，虎瘦拦路伤人。”两人凑了凑钱，还有二三百钱，就在庙西边找了一块地方，教龙滔在那里等着。不多一时，姚猛买了一块白土子，夹着一块板子来到。龙滔纳闷：“要这物件做甚么？”姚猛说：“好往板子上施展咱们的錾子。”龙滔说：“有理。”姚猛去借枝笔来，在板子上画了一个人形，画了五官肚脐眼，闲人立刻就围上了。龙爷要先练，又不会说打把势生意话，口里就说：“我们是异乡人，不是久惯卖艺的，皆因无钱使用，吃饭要饭钱，住店要店钱，我们会粗笨的气力，众位别当看打把势的，只当周济周济我们。”说完就练，就是自己的刀，三刀夹一腿，砍了半天，外头也搭着人多，也真有夸好的，收住了刀要钱。哗喇哗喇的钱，见了不少。姚爷抡了一路锤，也见了些个钱；又打錾子，立起板子来，冲着画的那个人打眉毛，打双眼，三支全中，大家喝彩，钱更扔多了。看的人又扔钱，要打肚脐眼。

这个时候，外头进来四五个人，全是歪戴帽子，斜眉瞪眼，问道：“谁叫你们摆的这个场子？”这二位哪里会说柔软话，说道：“用你管！”那人说：“你们挂了号没有？”二位说：“我是不懂的。”那人说：“不挂号，收哇。”这二人见一转眼工夫就挣了这些钱，叫收哪里肯收，三句话不对头，就打起来了。这些人如何是这二位对手，一转眼的工夫，这几个人就是头破血出。那几个恶奴就说：“你们可别走哇！”撒腿就跑。看热闹的人说：“你们快收拾起钱来走罢，他们可不是好惹的。”姚猛说：“他们要是好惹的，我们也就走了，既不是好惹的，我倒要惹惹。”龙滔随即把钱拢了一拢。

外头一阵大乱，看打把势的人，胆小的全都跑了。就听外边说：“在哪里呢？”有人答言说：“没跑，在这里呢！”路凯、贾善、赵保三个人先进来，回头告诉家人，不要动手。路凯问道：“你们两个人就是打把势的吗？”姚爷说：“不错，你小子是作甚么的？”赵保说：“你是甚么生意人，怎么见面口出不逊？”龙滔说：“放你娘的屁，甚么叫生意人？你没打听打听二位老爷！”赵保说：“甚么老爷，舅舅打你。”往前一蹿，就奔了龙滔，上面一晃，紧跟窝里发炮就是一拳。龙滔伸手一抄腕子没抄住，二人就打，不过三五个回合，就教铁腿鹤一个横踩子脚踢在龙爷身上，龙爷一歪身躯，噗咚摔倒在地。龙爷本没多大能耐，要是使刀，还得他先动手，他会使那迎门三不过的三刀夹一腿，要是猛鸡夺素，还可以抢上风。要论拳脚，如何行的了。这一躺下，姚猛就急啦，就往前一蹿，伸手就抓赵保。赵保如何肯教他抓，双手往上一分，就使了一个分手踩子脚，“当”的一声，就踢在姚猛身上，“崩”的一声，姚猛晃了两晃：“哎呀！好小子，你再来。”赵保当腰“当”又是一腿，又踢在身上，姚猛仍又晃了两晃，说："小子再来。"赵保又是一腿。姚爷单臂用力，冲着贼磕膝盖"叭"就是一掌，赵保"哎哟"一声，摔倒在地。金角鹿奔将过来就与姚猛交手。三弯两转使了一个水平，用他头颅冲着姚爷一撞，姚爷往后一仰，单臂用力，就给了贾善一拳。这个贾善，怎么人称金角鹿？皆因他会使一个羊头，将身往上一撞，凭着身子，拿脑袋往上一撞，若要教他撞上，总得躺下。遇见姚猛，他这个苦头吃上了！姚爷虽不是铁布衫、金钟罩，天然皮糙肉厚，自来的神力，他如何撞的动！随即就给了他一拳，"崩"的一声，贾善栽了一个筋斗，躺在就地。姚爷赶上去要踢，贾善使了个鲤鱼打挺，纵起身来。旁边早有路凯说："出家伙砍他。"那边赵保爬起，就把刀亮出来。龙滔也把刀亮出来，施展他那三刀夹一腿，把赵保砍了个晕头转向。这边贾善也拉刀对着姚猛就砍，姚爷拉出那把腰圆大铁锤，等着贾善的刀到，将锤往上一迎，"当啷"一声，贾善就把虎口震裂，撒手丢刀回头就跑。那边赵保倒不顾龙滔，过来对着姚爷后脊背，用刀就扎。姚爷一回身，用锤横的一撩，赵保那口刀也就拿不住了，"当啷"一声，坠落于地。幸好有路凯过来挡住姚猛。路凯来的时候，本没带着兵刃，一弯腰将贾善那口刀捡起来，奔了姚爷，用刀就剁。姚爷拿锤一招，路凯的刀早就抽将回去，绝不叫他锤碰上。斗了两三个回合，只听那边"噗咚"一声，龙滔叫贾善一头撞了一个筋斗。姚爷一发怔，这么个工夫，不料身背后叫铁腿鹤冲着他的腿腕子给了一脚，姚猛腿一软，"噗咚"往下一跪，正在路凯面前。路凯用刀要剁，忽然他背后有个南边口音说："唔呀，混帐忘八羔子，难道你还敢杀人吗？"随着就是一刀。路凯躲过，见那人一色大红缎子衣襟，壮士打扮，也未问姓名，两个人就交手。

原来此人是圣手秀士冯渊，他同着艾虎、卢珍三个人一路前来，一半寻找智化，带找王爷的下落。走着找着，艾虎叫他两个人先走，说："我要找一个人去，前途若等不上，京都再见。"因为艾虎与冯爷不甚知交，自己要上扬州府找他师傅去，故此单个行走。卢珍同着冯渊一路走，可巧走在草桥镇打尖，正要来酒饭，店家多话说："你们二位不瞧热闹去！"冯渊就问："瞧甚么热闹？"店家说："这地方有一座天齐庙，十分热闹，二位逛逛这个庙再走。"二人吃完饭，直奔正西，到了天齐庙外，就见那边人众东西乱跑，喊说："杀砍起来了。"冯渊赶到人丛中往里一挤，正遇着路凯举刀要杀姚猛，又见龙滔也教人捆上了。冯渊一急，拉刀一骂，剁将下去，与路凯两个人交起手来。姚猛也叫人捆上啦，贾善拿着龙滔的刀，赵保拿着自己的刀，三个人战冯渊一个人。冯渊随动着手，边骂骂咧咧，并不惧怕。三个战了多时，不分胜败。忽然，打正南上又闯进一个人来，细声细气说道：“你们因为何故杀的难解难分？到底所为何事，我先打听打听，说明白了然后动手。”冯渊喊说：“唔呀，大哥帮着拿他们，咱们的人全教他们绑上了。”卢珍一听，往那边一看，何曾不是，也把刀亮将出来。原来卢珍走进庙门，回头不见了冯渊，转身寻到这里。卢珍把刀亮将出来，闯将上去。卢珍那个本领，可就强多了，转眼之间，把大众杀的前仰后合。路凯一着急，打算要用莽牛阵，一拥齐上。将要一声吩咐，又见正南上一阵大乱，众人喊：“姑娘来了！”见那些人齐往两旁一闪，从外边进来了一位姑娘，瞧见他们大家动手，叫一声：“哥哥们躲开，让我拿这个狂徒。”卢珍不肯奔他，想男女授受不亲。冯渊见他有二十多岁，乌云用一块鹅黄绢帕扎住，玫瑰紫小袄，油绿汗巾扎腰，桃红的中衣，大红的弓鞋；满脸脂粉，并没带甚么花朵，耳挂金勾，蛾眉杏眼，鼻如悬胆，口似樱桃，生得虽然美貌，却带妖淫的气象。冯渊把刀一剁，姑娘并不还手，一闪身躲过，一抬腿正踢在冯渊的膀子上，冯渊撒手刀飞，姑娘往下一蹲，一个扫堂腿就把冯渊扫倒。吩咐把他捆起来，然后扑奔卢珍，与公子爷交手。两个人杀在当场，战在一处。要问胜负输赢，且听下回分解。

第十三回　天齐庙外大家动手　把势场内好汉遭擒

且说九尾仙狐路素贞，见公子卢珍长的品貌端方，心中就有几分喜爱他。公子见冯渊也叫人拿住了，叫道：“反了！”把自己平生武艺施展出来，恨不得一刀就将路素贞杀死，然后拿那几个蛮子就不费事了。明明知道这个姑娘武艺超群，公子爷这口刀上下翻飞，闪砍劈剁，遮避拦挂，上三下四，左五右六，神出鬼没，削耳撩腮，这一路万胜花刀，砍的九尾仙狐没有还手的工夫，只可招架而已，全仗着掩避躲闪，招架腾挪。姑娘就知道势头不好，暗一忖度，今天要输于这厮，连哥哥一世英名付于流水。自己心中一害怕，心一慌，手眼身法步全不跟趟。卢珍公子看了一个破绽，一抬腿，正踢在姑娘右腕之上，姑娘“哎哟”一声，一撒手，钢刀“当啷啷”坠于地上。

卢珍这口刀往上一递，就在姑娘后脊背那里，要是稍一用力，这口刀就扎进去了。是卢珍一点恻隐之心，不肯杀害他的性命，微丝一停手，把姑娘吓了一个粉脸焦黄。姑娘见卢珍不肯扎他，心中暗想，这个人是成事君子。可是人无害虎心，虎有伤人意，说的可慢，那时可快，就这么一转眼的功夫，卢珍就见姑娘一回手，手中有一红赤赤的物件，冲着公子面前一抖，卢珍就觉着一晕，眼中一发黑，"噗咚"一声，人事不知，栽倒在地。姑娘说:"哥哥，快将他捆上，抬回家里去，可别杀他。"路凯答应一声，叫带来的那些个人，将他们四个抬回家去。瞧热闹的众人，一哄而散。

单说路素贞拾起刀来，先就回家去了。路凯押解大众，赵保、贾善拿着龙滔等人的家伙，直奔路凯家中而来，把这几个人押在书房门口，他们大家进了书房。贾善、赵保问:"大哥,这几个人怎么办？"路凯说:"把他们杀了吧。"贾善说:"不可，我看这几个人不俗，咱们先问问他们的来历，然后再杀不迟。再者妹子说不教杀那个相公。我瞧这几个人，也不像咱们本地人，又有一个南方蛮子，不是绿林，定是鹰爪孙①，问问他们的来历为是。"路凯说:"不错。"刚要带这几个人细问，家人进来报:"崔大爷到。"路凯说:"请。"到来之人姓崔名龙，外号人称镔铁塔。就是前套《小五义》上，绮春园掌柜的。叫艾虎追跑啦，后来又到孤树岗。开兴隆店的是他兄弟叫崔豹。后又遇见老西徐良，艾虎没拿住他，哥俩由梁道兴庙中，受了徐良的暗器，哥俩失散，崔龙投奔襄阳王去了。王爷事败，遇见黄面狼朱英，把王爷的事情告诉他，叫他各处约人，仍帮着王爷谋反，故此他奔此处来约路凯，投王爷共成大事。路凯三人迎出书房之外。路凯与崔龙见礼，又与贾善、赵保一见，提起来全都慕名。当时崔龙瞧了捆着的几个人一眼，也不能细看是谁。

冯渊一见崔龙，暗暗欢喜，说:"这就不怕。"此时卢珍已缓过气来了，"哎哟"一声，喊叫:"好丫头！"睁开眼一看，这几个人全是四马倒攒蹄在那里捆着呢，冯渊低声说道:"趁着家人都不在这里，我告诉你们一句话:回来就说我们都是王爷府的，我回来与他吊坎。他要问你们时节，你就提叫甄卢，你叫龙猛，你叫姚滔，你们两个，是后入的王府；珍兄弟，你是我带的绿林投王爷。记住了，咱们可就有了命了。"大家点头，也不知道他是个甚么主意，事到如今，由着他办去罢。就听人家里头屋内说话，问了会子好，问他来意。这个说:"路老大哥，我来找你来了。"路凯说:"甚么事情？"崔龙说:"现时襄阳王……"说到这里一怔，说:"路大哥，我说这个话可犯禁哪，你把手下从人叱退了罢。"路凯说:"我这手下没有外人，有甚么话只管说。"崔龙说:"我进来时，看见那边捆着几个人，是甚么缘故？"路凯将要回答，就听外头说:"唔呀，崔大哥，似乎我们这个朋友就不认得了，眼眶子太高了哇。"崔龙说:

① 鹰爪孙:黑话，指官府。

“这是谁说话呢？”路凯说：“大半准是认得大哥，快出去瞧看。”崔龙出来一看，冯渊说：“崔大哥，你还认得小弟呀？”崔龙说：“冯爷呀！路大哥，怎么把他捆上了？不是外人，这是王爷府内集贤堂的朋友，怎么得罪了哥哥，把他们都捆上了？”路凯就把前项事说了一遍。崔龙说：“没甚么大不了事呀。”路凯说：“没有。”崔龙说：“既然这样，都是自己人，看在小弟面上，把他们放开罢。”路凯一声吩咐，把他们四个人解开，大家起来。冯渊先过来，与崔龙见礼问好说：“崔大哥，这本家，大概也是合字线上的朋友？”崔龙说：“不是！”路凯一听，就知他们也是绿林的人，全会说行话。崔龙与路凯引见冯渊说：“这是圣手秀士冯渊冯爷，这是活阎王路凯路爷。”又叫冯爷把那些朋友给见见。冯爷就把那三位也与路凯见了，又与崔龙见了。路凯又叫贾善与大众见了一回，方才让坐，家人献茶。

崔龙问冯渊，可知王爷的事情。冯渊说：“我们同王爷的王官等，与北侠、南侠大众交手，不料事败，王爷一走，我们全找不着了。我们正是四下里找寻王爷，如今不知下落。方才走在这里，在庙上与路大哥闹起来了。多亏崔大哥到，不然，我们也不敢说自己的真事。你老人家来，是我等的万幸。”崔龙说：“你们不知王爷下落，我倒知道。皆因我走德安府，遇见朱英朱爷。”冯爷问：“就是黄面狼？”崔龙说：“是他。王爷一看事败，带着世子殿下连雷英等，由影堂柜子底下，下了地道。这地道直通到城外头四里多地的杏花店，那里有王爷一座花园子，打花园里头出来，那有车辆马匹，起身奔了宁夏国。宁夏国国主见着王爷，让国与王爷，王爷不坐。那国国主，念当初赵光美老王爷时候，杀到宁夏国城门，人家情愿写降书降表。依着别位带兵大臣，就要攻破城池，杀他们个干干净净。老王爷不准，留下了他们宗庙社稷，准其纳降。老王爷回朝，老贼赵普有一误不可再误之说，老王爷回府自缢身死。宁夏国一闻此信，也不纳贡，训练兵马等着与老王爷报仇。襄阳王爷在襄阳练兵，他就有书信前来，有日兴师，给他一信，愿效犬马之劳，以作前站先锋。如今王爷到他国中，他情愿让位，王爷不受，愿帮助人马，以雪前仇。雷英与朱英商议，聘请天下山林的朋友、海岛中英雄，谁愿帮助王爷，情愿平分疆土，裂土分茅。如今，请的是南阳府伏地君王东方亮，陕西朝天岭金毛狮子王纪先、翠麒麟王纪祖，金弓小二郎王玉，姚家寨黑面判官姚文、花面判官姚武、周家巷火判官周龙，桃花沟病判官周瑞，土龙坡飞毛腿高解，金凤岛金箱头陀邓飞熊，太岁坊伏地太岁东方明、紫面天王东方清，这是几大处的人。还有许多水旱哥们，我已记不清楚。我先到路大哥这里来，请大哥先到南阳府团城子东方亮那里聚会。他们定下了五月十五在白沙滩摆擂台，选拔人才，候着王爷兴兵的日子。冯兄你不知晓，这就是已往从前。”

冯渊等听了，暗暗的欢喜，想不到涉一大险，倒得着王爷的下落了。冯爷说：“好好好！我们这就有投奔了。”路凯吩咐一声备酒。冯爷要告辞。路凯拉住说：“冯兄不可，借着崔兄这个光儿，咱们得多亲近亲近。冯兄若要嫌弃，兄弟就不敢高攀了。”冯渊说：“哪里话来，辅佐王爷登基之后，你我还是一殿称臣呢！”路凯说：“不必推辞了。”冯渊说：“我要不走，可得叫我这两哥哥先走。我们还有几个朋友，找王爷不知下落，早早给他们送上一信，也好叫他们放心哪。”崔龙说：“既然要走，在这里吃几杯酒再走，也还不迟。”龙滔、姚猛说：“我们不饿，早早走罢。”冯渊说：“你们见着他们，叫他们上这里来，也不是外人。”两个人答言说：“是了。”姚猛说：“我们那个兵器，还给我们不给？”路凯说：“焉有不给之理。”教家人把他们的兵器给他们。冯渊说：“把我和甄大兄弟的兵器也都给我们罢。”路凯点头，就叫家人一并拿来，交与冯渊、卢珍，两个人俱带上。龙滔、姚猛俱已告辞，大家要送，冯渊拦住，说：“连我还不送哪。”两个人径往外走，冯渊嚷着说：“二位哥哥，我告诉你一句话：要是见了神火将军韩奇、一枝花苗兄弟……”随说着可就走出来了，谁也不疑他这里头有别的意思，并且他提的都是王府之人。说着可就到了龙滔身旁，低声说：“见本地官，三更天派差人来接应咱们。”说完往回里走，嚷道：“可教他们快来呀！我们在这里老等，他们不认识道，还是你们两人带着上这里来。”连路凯也帮着说：“对了，带着朋友们上这里来吧。”

大家让坐，顷刻间罗列杯盘，路凯亲身执壶把盏。酒过三巡，菜过五味，大家慢慢地谈论起来。冯渊问：“贾、赵二位兄台，大概准是合字罢？”二人一齐答言：“全是线上的。”冯渊问：“做哪路买卖？”二人说：“现打井字里来。”冯渊问：“井字必是大油水买卖？”也是活该，鬼使神差两个贼人就把恒兴当铺的事情细说了一遍。冯渊一想，这才真是机会哪，虽然受一大险，头一件大快人心的事，得着王爷的下落；二件事，破了京都七条人命的案子。自己向着卢珍使了一个眼色，用酒苦苦的一劝路凯、崔龙、贾善、赵保，打算着用酒将他们灌醉，等官兵一到，大家会在一处，并力捉拿贼人。这一段热闹节目，且听下回分解。

第十四回　素贞有心怜公子　卢珍无意要姑娘

且说冯渊打发龙滔、姚猛知会本地方官去了，然后回来归坐，酒都摆齐。饮过三巡之后，又套出贾善的命案。与卢珍使一眼色，苦苦劝他们大众吃酒。冯爷很觉着欢喜，心想，也不枉自己弃暗投明，给北侠叩了头，跟随大人当差，这趟差我算立了二件功劳了：得了王爷下落，破了恒兴当铺的命案。这一来连我师傅脸上都有光彩。正在自己盘算事情，外面有人请路大爷说话。路凯辞席出来，不大时候，进去把崔龙请进里间屋内说话。

到了里间屋中，靠个月牙桌，有两张椅子，让崔龙坐下，说："烦劳大哥一件事情，就是那个姓甄的在庙上，是我妹子将他拿住。我看着我妹子先前输与他，他要把刀往上一递，我妹子就性命休矣。他不肯伤害我妹子，可见得这个人诚实。方才是后面的婆子过来，一句话倒把我提醒了。我妹子如今二十多岁了，终身大事尚且未定。我看这个姓甄的，品貌端方，骨格不凡，日后必成大器。我请兄台作个月下老人，可又不知道这个人定下姻亲没有？若是他没定下姻亲，才是天假其便。"崔龙连连点头："只要是他没定姻亲，我管保一说就成。"说毕，两个人过来归座。崔龙说："冯贤弟，甄大兄弟定下亲事没有？"冯渊往上一翻眼，说："唔呀，我这个朋友是新交的，我还不晓得那。兄弟，你定下姻亲没有？"一边又冲着卢珍使眼色，教他说没有。冯渊早就明白，必然是那个丫头看中了卢爷。教他说没有，假意应承下来，好诓他手中那个物件，他要没有那宗东西，拿那丫头就不费事了。焉知卢公子不是那种人物，他心内也明白冯渊的意思，可就不能点头应承。冯爷问了几句，卢珍无奈，说："我早已定下亲，都过门啦。"皆因卢公子天然生就侠肝义胆，正大光明，不肯作亏心之事。冯爷暗暗一急，心中说，这个人太无用了。卢爷这一句话不要紧，路凯大失所望。冯渊他倒憨着脸，搭讪着说道："我兄弟成了家了，我倒没定下姻亲。崔大哥问的有因哪，莫不成有甚么大喜的事情？可不是我不害羞哇，圣人云：'不孝有三，无后为大。'我倒托托众位，要是有对事的，给我提说提说。"说毕哈哈大笑。卢公子恶狠狠瞪了他一眼。崔龙回头瞧着路凯笑道："怎么样？"路凯一皱眉，暗暗的摇头。冯渊一心要诓姑娘的那个东西，紧跟着说："二位，你们这是打哑谜，有甚话怎么不明说？"崔龙无奈，就把话实说了。冯渊又说："唔呀！那我也不敢说了，我是甚等之人，怎么敢高攀？”这句话一说，闹的路凯倒没主意。崔龙又说：“据我瞧冯大爷不错。”冯爷又跟着说：“不可不可，我是甚么人物哪！联姻之事，总得门当户对，女貌郎才，方可成配。鸾凤岂配鸱鸮，蓬蒿岂配芝草。大哥不必往下再说了，再说小弟竟无驻足之地了。”这一套话，叫崔龙、路凯更有些搁不住了。崔龙又说：“路大哥，要据我说，妹子年岁大了，我们不久得跟着王爷打天下去，妹子一人在家也不便，随营带着更不便了，不如把妹子终身定妥，便完去了一件大事。”路凯被崔龙这套话，说的心中有些愿意，崔龙又紧紧催逼。路凯说：“也罢，就是这样办罢！”崔龙说：“这是月下老人赤绳系足。我的媒人，谁的保人？烦劳贾、赵二位作保人罢，这是好事。”贾善点头，赵保摇头说：“我向来不管这个事情，众位可别恼。”这里有个缘故，赵保常往路凯家里来，通家之好又不避讳，常常见着姑娘，在一处说话，他见路素贞说话的时节，有些个眉目的意思，他总打算要托人说这个姑娘，总未能得便，自己又不能出口。今在酒席筵前见崔龙苦苦的给冯渊说合，心中好生不乐，如今教他作保，他岂肯出力？不但不管，他还打算把这亲事打退了才好，这是闲话。崔龙一求不行，只可又问贾善说：“贾大哥可愿作个保人？若要不肯时节，媒人保人都是我的。”贾善说：“保人是我的就是了。”崔龙说：“路大哥，媒人保人都有了。”路凯说：“这就是了。”崔龙说：“冯爷，你也不用拿话激发我们了，甚么鸾凤鸱鸮、这个那个了。据我瞧这就算是户对门当。冯爷以后跟着办成了大事，官职再不能小，这不算户对门当！别怔着了，冯爷快取定礼呀！”冯爷随身带着一个玉佩，拿将出来，交与崔龙。崔龙双手奉献与路凯。崔龙说：“礼不可废，冯爷这里来，你们叙一回亲戚之礼。”二人离席，复又见一回亲戚之礼。崔龙说：“你们这就是妹丈郎舅了。”路凯才冤，这一回作了个舅爷。见礼后，复又归席。崔龙众人给两下里道了一回喜。

崔龙对着冯爷说：“大事已妥，你是怎么谢媒人？”冯渊说：“现成有我舅爷的酒，我与哥哥敬上三杯。”说毕，大家同场大笑。冯渊又说：“还有一件为难的事情。我们不能在此久待，明天我们就要找王爷去了，还要跟着王爷择日兴师，随着王驾征伐大宋，三年五载几十年也不定，能把宋室江山夺得过来夺不过来在两可之间，何日方能迎娶，也要问明哥哥一个日限才好。行营之中，可不许娶亲。”崔龙说：“这话可也说的有理。”望着路凯说：“哥哥你想怎么样？”路凯一皱眉说：“只可教我们亲戚多住个把月，择日拜堂就是了。”冯渊说：“不行，我们但得一时知道王爷下落，恨不能肋生双翅，见着王爷方好。再说，王爷一时离不开我的。”路凯说：“论我们敝族，原有我两个叔叔，如今又搬远了，没有亲戚，不然，找人查点一个好日子，就把这事办了，也完了一件大事。再说，我们也要上南阳府。”冯渊说：“何用找人，我就会择日合婚。”崔龙说：“这可更省事了。”随叫他们把黄历取来。冯爷接过历书查看，可巧今日就是黄道吉日。冯渊说：“今天就是很好日子，要错过今天，向后半个月都没有好日子，并且都有妨碍。”崔龙与路凯说：“早也是办，晚也是办，就趁着今天这个吉日，让他们拜了堂，不怕我们跟着王爷打仗，行营之中，也可把妹子带上。他那一身功夫，亦可以建功立业，岂不作女中之魁首？若要不拜堂，那可就不行，有许多不便之处。”路凯本是个没主意的人，这么一说，自己倒透着有些为难。赵保在旁边尽说破嘴，说：“这个事情本不可这样办，再说路大哥这个家当，也得教街坊邻舍知道，必须鼓乐喧天，让妹子坐坐花轿哇。”崔龙说：“这不是那个事情，冯爷单身一人，又没住处，鼓乐喧天，花轿搭到那里去？不然必须冯爷找房，从新立一分家，这边预备些个嫁妆，无非要那个体面。多耗费了银钱倒是小事，全因有王爷大事在身，不然焉能这么急速办理？要说今天在家里拜堂，这也有个名色，叫招赘，古来如今都有的。”路凯问：“可以使得？”崔龙说：“使得。”路凯说：“使得，就这样办理罢。”崔龙说：“事不宜迟，就与后头送信去罢。”路凯点头叫与后头送信，叫婆子服侍姑娘穿戴衣服，二鼓后拜堂，合卺交杯。嘱咐明白，复又回来，叫众家下人预备香烛及天地桌子。自己拿出一套鲜明的服色与冯渊。书不重叙。

卢珍在外书房安歇，此时贾善、赵保告便出去，找僻静所在，二人说话去了，崔龙帮着路凯忙乱事情。卢珍看左右无人，与冯渊说：“你怎么作出这个事情来了？当面我又不好拦你，拿着你我弟兄，怎么要他的妹子？”冯渊笑说道：“你还不明白？你打算我真要他这样老婆哪！我是要拿他哪。先前那个丫头拿着个东西一晃，你就躺下了，我使这个主意，好诓他那个东西，若非这个招儿，拿不成他，准教他拿了。”卢珍一听说：“这就是了。你可得口能应心，别贪恋美色不办正事。”冯渊说：“那我算甚么东西！我若口不应心，教我死无葬身之地。”卢公子说：“非也，非也。”冯爷又说：“你要听着后头有声音，你可就接应我去，我的本领有限，可别教我受了他们的苦哇。”正说话之间，家人进来说道：“请姑老爷沐浴更衣。”冯爷跟着家人进了沐浴房，沐浴完了，换上新衣服出来。有路凯、崔龙同着他到天地桌前，就见丫鬟打着宫灯，后面婆子扶着姑娘，盖着盖头来到，同冯渊拜了天地，然后一同进了喜房，喜房就是素贞姑娘屋子。撩去盖头，合卺交杯。冯渊也好借此因，不出屋子。婆子退出。

路素贞在灯下一看冯渊，吃了一大惊，当时低垂粉面，暗暗自叹，又不好说明。怎么哥哥这样误事，是自己有意许配武生相公，怎么哥哥把我许了这个蛮子？本领又不好，品貌又不强，岁数又大。怎么这般糊涂，就把我终身许了这厮！莫不是婆子说话不明？此时又不好分辩，再说这一拜堂，大事已定，纵然我心中不愿意，也不能更改了。莫不成是我命该如此！也罢，只可找他讲话，抓他一个错处，结果他性命。他要一死，我要再找终身依靠，可就由我自己主张了。要问姑娘怎么拿冯渊错处，且听下回分解。

第十五回　夫妇非是真夫妇　姻缘也算假姻缘

且说夫妇拜堂之后，男女俱没安着好心。皆因路素贞见冯渊，很不高兴，他心想抓一个错缝子，得便把他杀了。冯渊看姑娘那个样儿，明知姑娘不喜欢他，冯渊反笑脸相陪过去，一躬身到地，说："小姐，鄙人姓冯，我叫冯渊。我是久侍王爷当差的，不料与王爷失散，若非王爷上宁夏国，我也不能到此，你我总是姻缘。若非月下老人把赤绳系足，你我焉有夫妻之分。今天白昼，看见小姐武艺超群，可算是女中魁首，你我成就百年之好，我还要在姑娘跟前领教，习学习学武艺，不知姑娘可肯教导于我否？若肯教导于我，我就拜你为师，实是我的万幸。"姑娘一听冯渊说话卑微，心中又有几分回转，暗道：这个人虽不如那个相公，性情却柔和，看他这般讲话，要找他的错处只怕有些难找，真要了他的性命，自己又觉心中不忍，不如我就认了我这薄命就是了。此时就有些回嗔作喜，说道："相公请坐，何必这等太谦。"冯渊说："我非是太谦，因见姑娘这身本领，慢说妇女队中，就是普天下之男子，也怕找不到一二人来。鄙人不敢说受过名人指教，马上步下，高来低去的，十八般兵器，我也略知一二。搁着王爷府的那些人，谁也不是我的对手。现在遇见姑娘，半合未走，撒手扔刀，我糊里糊涂就躺下了。"姑娘听到此处，"噗哧"一笑，说："要是动手一糊涂，焉有不躺下之理。"冯渊说："还有一件事要请姑娘指教：你与我那朋友交手，是甚么暗器？我连看也没有看见，他就躺下了，人事不知。使暗器的，我也见多了，总没见过这宗暗器。"

冯渊苦苦的一奉承，姑娘要杀冯渊的意思，一点都没有了。再说冯渊品貌，不一定是丑陋，无非不如卢珍。姑娘听问暗器，也就和颜悦色站起来，说：

“郎君要问我那暗器，不是奴家说句狂话，普天下人也没有。那是我师傅给的。”冯渊说：“你师傅是谁？”姑娘说：“我师傅不是男子，是我干娘。我干父姓范，叫范天保，外号人称闪电手。除非你，我也不告诉。我干娘是我干爹侧室，把本事教会我，又教我的暗器，他是专会打流星。他有个妹子，叫喜凤，我这本事，也有他教的。他替我求告我师傅，把我师祖与我师傅护身的那宗宝物给我。先前我师傅不肯给，我又苦苦哀求，方才把这宗东西给了我。”冯渊问：“是甚么东西？”姑娘说：“五色迷魂帕。就是一块手巾帕，拿毒药把手帕煨上，有一个兜囊，里面装着手帕，手帕上钉着一个金钩，共是五块，五样颜色，不然怎么叫五色迷魂帕？这个钩儿在外头露着，我要用他时节，拿手指头挂住钩儿，往外一抖，来人就得躺下了。可有一件不便，要使这物件的时候，先得拿脸找风，必须抢上风头方可，若不抢上风头，自己闻着，也得躺下。”冯渊一听，连连赞美不绝，说：“姑娘，你把这东西拿出来，我瞻仰瞻仰，这可称是无价之宝。若要是这药没有了，你可会配？”姑娘摇头说：“师傅给我这东西时候，永远不许我用错，非是看看待死，至急至危，方许我用他。使他一回，我师傅损寿五年。缘故是配这药里有个未出娘胎小孩子，还得是个小子，用他脑髓和他那个心，这两样为君。群药倒不要紧，无非就是贵，总可以买出来。这心和脑髓难找，不定得几条人命。开妇人膛一看，不是小子，白费两条性命，不然怎么不叫我使用！今天我上庙，在家里就听见信，说把势场打架的人扎手，我方带上，可巧用着此物了。”冯渊说：“唔呀，唔呀，这个真是宝贝！拿来我看看。”

姑娘此时想着与他是夫妻，与他看看有何妨碍，过去把箱子打开。冯渊此时说热，搭讪着就把长大衣服脱了，就看见大红幔帐，绿缎子走水帐帘被金钩挂起，里边衾枕鲜明，异香扑鼻。帐子上挂着一口双锋宝剑，墙上还挂着一口刀。冯爷先把兵器看准了地方，用的时节好取。素贞一手将帕囊拿出来，说：“郎君，可别闻那个气味。”冯渊见物一急，顺手一抢，姑娘往回一抽手，身子往后一撤，双眉一皱，说：“啊，郎君莫非有诈？”冯渊方才醒悟，接得太急。赶着赔笑说：“你我这就是夫妻啦，至近莫若夫妻，有甚么诈？你也太多心了。”姑娘说：“别管多心不多心，你等着过个月期，成亲后你再看罢。”说了奔箱子那边去，冯渊涎着脸说：“我偏要瞧瞧！”刚要追姑娘，素贞早把这宗物件扔在箱子里，拿了一把锁，“咯噔”一声，就把箱子锁上。回手一推冯渊说：“我偏不叫你瞧。”冯渊一闪，说：“不叫我看，我就不看了。”外头婆子说："天快三鼓，姑老爷该歇觉罢。"冯渊说："天不早了，该困觉了。"

姑娘点头，自己解妆，簪环首饰全都除去，拿了块绢帕把乌云拢住，脱了长大衣服，解了裙子，灯光之下一看，更为透出百种的风流。要换了浪荡公子，满怀有意杀姑娘，到了这个光景上，也就不肯杀害于他。焉知冯渊心比铁还坚实。姑娘让冯渊先睡，冯渊让姑娘先入帐子。姑娘上床，身子往里一歪，冯爷这里"噗噗噗"，把灯俱都吹灭。姑娘说："怎么你把灯都吹了？我听说，今天不该吹灯。"冯爷说："吹了好，我素有个毛病，点着灯我睡不着。"姑娘说："我听说不利。"冯爷说："这叫阴阳不忌百不忌。"说着话奔到床前，一伸手拿住剑匣，就把宝剑摘下来，往外一抽。姑娘是个大行家，一听这个声音不对，问道："你这是作甚么哪？"冯渊并未答言，用宝剑对着姑娘那里，一剑扎将进去。姑娘横着一滚，这剑就扎空了，然后姑娘伸一腿，金莲就踹在冯爷肩头之上，踹的冯爷身子一歪。姑娘趁着这时，跳下床来，先就奔壁上摘刀。冯渊又是一剑，姑娘闪身躲过，总是姑娘自己屋子，别看没点灯，地方总是惯熟，摘刀往外一抽，口中说："了不得了，有了刺客了！"外头婆子说："头一天怎么就打着玩哪。小姐别嚷了，头一天看有人笑话。"姑娘又嚷："不好了，有了刺客了，快给大爷送信去罢。"冯渊见姑娘亮出剑来，明知不是他的对手，一启帘子，跳在外间屋中去了。迎面有一个婆子喊道："姑老爷，这是怎么了？"这个"了"字未曾出口，早被冯渊一剑砍死。姑娘也打里头屋内出来，口中说道："好野蛮子，你是哪里来的？把姑娘冤苦了！"

冯渊蹿出屋门到院中，忽见打那边蹿过一个人来，口中骂道："好小辈，我就看出你们没好心，果然不出吾之所料。贾大哥，我们把他拿住。"冯渊一看，原来就是贾善、赵保。方才说过，贾善、赵保外头说话去了。原来赵保不死心，把贾善拉到外面商量，说姑娘要嫁他。贾善说："这可不行了，生米煮成熟饭了。"赵保说："我有法子，只要哥哥助我一臂之力，我自有主意。"贾善问他怎么个主意。赵保说："你与我巡风，我等他们睡着，我把冯渊一杀，姑娘就是无夫之妇了，我要再说他，岂不就容易？"贾善说："也倒有理。"两个贼人商量好，就这么来到姑娘这院内，正遇冯渊杀婆子。两个贼人一听诧异，往东西两下一分，忽见冯渊打屋内蹿将出来，赵保赶将上去，骂声小辈，摆刀就剁。贾善也就赶将上来，用刀就扎。冯渊本领有限，手中使着又是一口宝剑，寻常使刀尚可，如今使宝剑又差点事情。拿贾善、赵保倒没放在眼中，怕的是姑娘出来。幸而好姑娘这半天没出来。是甚么缘故？姑娘听外头有贾善、赵保的声音，料定二人把冯渊围住，在院子内动手哪。高声喊道："哥哥，可别把刺客贼人放走。"立即拿钥匙开了锁，打开箱子，取五色迷魂帕，因这么耽误些功夫，总是冯渊命不该绝。冯渊无心与两个贼人动手，蹿出圈外，撒腿一直往前边跑来，打从上房后坡蹿上房去，跃脊蹿到前坡，奔西厢房。刚到外书房院子，就听喊声大作，见从书房里头，头一个是路凯，第二个是崔龙，第三个是卢珍拿着刀，紧追两个人出来。冯渊叫了一声："卢大哥，随我来。"仍是蹿房跃脊，出了大门之外，一直向南，前边黑雾雾一座树林。冯爷穿进树林，走了十数步远，不料地下趴着个人，那人一抬腿，冯爷"噗咚"就倒在地，那人摆刀就剁。要问冯渊生死如何，且听下回再表。

第十六回　冯渊巧遇小义士　班头求见杨秉文

且说冯渊成亲，入了洞房。此时书房内，又预备一桌酒席，卢珍在当中坐，上首是崔龙，下首是路凯，喝着酒说闲话。盘问卢公子的家乡住址，怎么交的朋友，后来在哪里认识。卢爷本是正派君子，哪里撒的惯谎，未免上言不搭下语，就说不上来啦。崔龙一怔，有些诧异，路凯早听出来了，言语不相符，与崔龙使了个眼色，搭出他外面去说。卢珍听见后面有了动静，故意装醉，把桌面一拍说："好话不背人，有甚么言语当着卢爷说来。"崔龙问："你到底姓甚么？"卢珍说："你公子爷姓卢单名珍字，陷空岛卢家庄的人氏。"路凯问："钻天鼠卢方是你甚么人？"公子爷说："那就是我的天伦。""伦"字一出口，卢珍把桌子冲着路凯一翻，路凯往旁边一闪，"哗啷"的一声，把碗盏家伙摔成粉碎。路凯一个箭步，早就蹿出房门去了，崔龙也跟出去。卢爷拿刀追出来。那两个人还得寻着刀去。后院的人正赶奔出来，路凯问道："甚么人？"贾善、赵保说："了不得了！这个冯渊，刺妹子来着。"路凯说："对了，中了他们的计了。"叫家人点灯笼火把，抄家伙拿兵器，家下一阵大乱，"呛啷啷"锣声大震，灯球火把照如白日一般，大家喊叫拿贼。姑娘随即也赶到，说："哥哥你做的这都是甚么事情！"路凯说："追人要紧。"大家追出门外，前头是冯渊，后头是卢珍，尽后面是众贼紧紧追赶。

冯渊入树林内，摔了一个筋头，明知是死，原来不是别人，却是艾虎。皆因艾虎要上黄州府找师傅去，不料半路之上，遇见了张龙、赵虎、白五太太，说了他师傅跟下刺客上京都，保护包相爷去了。艾虎方才知晓，自己也就不用上黄州府，辞别了张、赵二位，奔了上京的大路。可巧走在半路，遇见人便打听，有钦差大人过去了没有。人家说："早过去好几天了。"艾小爷一急，怕误了赶不上见驾，如何能得个一官半职的哩，自管连夜一赶，恨不得一时飞到京内才好。晚间二鼓，正走在树林外，见有人由北往南跑，小爷先就进了树林。可巧冯爷进来。艾虎不知是冯爷，先趴在地下，容他到时一踢，冯爷被踢倒在地。艾虎刚举刀要剁，亏了细细的一看，不然冯爷命不在了。艾虎看见冯渊，叫了一声："大哥呀！"冯爷说："是哪位？"艾虎说："小弟艾虎。"冯爷说："你可真吓死我了！我没有工夫细说，我们拿贼。"正说之间，卢珍赶到。冯爷说："卢大哥，艾兄弟来了，你我三个人行了，与他们动手。"卢珍问："姑娘的那个东西，可曾到手？"冯渊说："要是到手，我就不跑了。"卢爷说："你真没用，使了多大心思还没到手。"艾虎问："甚么东西？"冯爷说："贼人来了，咱们抢上风头，那丫头没法子。他那东西，叫五色迷魂帕，非得顺风而使，逆风使，他自己就躺下了。"艾虎一听，说："好利害。"迎面上，路凯、崔龙、贾善、赵保后跟路素贞、许多家人，执定灯球火把，各拿长枪、短剑、木棍、锁子棍等，一拥进了树林，往上一围，大家乱杀一阵。冯渊喊："咱们奔西北，可别奔东南，丫头纵有那阴功东西，可也使不上，混帐亡八羔子！"姑娘一听，真气得双眉直立，杏眼圆睁，不恨别的，尽恨冯渊直喊，自己纵带着五色迷魂帕，也使不上。他们三个人抢上风头，自己要是一用，本人先得躺下，只可凭本事与他们交手。

正在动手之间，正北上又是一阵大乱，灯球火把，亮子油松，也有在马上的，也有在马下的，人喊马嘶，看看临近。此时众人动手，可就出了树林之外。皆因艾虎三个人总抢上风头，抢来抢去，就退出了树林。艾虎一看黑压压又来一片，马上的，步下的，各执军器，灯球火把，亮子油松，照耀的大亮。忽然间，先有二个人闯到，头一个是大汉龙滔，第二个是飞錾铁锤大将军姚猛，紧跟着开封府班头韩节、杜顺。又见前面一对气死风灯笼，上写着"草桥镇总镇"。原来龙滔、姚猛二人，出离路凯门首，一路问信，有人指点找到总镇衙门，刚到衙署之外，远远有人招呼说："龙大爷慢走。"龙滔一看，来了数十个人，单有两个抱拳施礼说："龙大爷不认识我们，方才多有受惊。"龙滔一看，并不认识这几个人，问道："二位怎么认识小可？二位贵姓？"那人低声说："我叫韩节，那是我兄弟，他叫杜顺。我们奉开封府包相爷谕，京都恒兴当有七条命案，我们下来探访差使，在天齐庙把势场，见你们几位都叫路家拿住了。我认得你老人家，阁下不是上开封府找过韩二老爷？后来你卖艺，我们冯老爷送你银子，我故此认得你老，大概你不认识我们。我们怕你几位凶多吉少，我们上总镇大人这里投文，借兵破案捉贼，救你们众人。不想二位到此，你们是怎么出来的？”龙爷就把冯爷认识崔龙的话，学说了一遍。韩节说：“这可是巧机会，我们一同去见总镇大人杨秉文罢。”说完，四人一同见大人投文，各说自己之事。大人不敢怠慢，立刻点马步军，将到三更，大家起身，直奔路家而来。

走在半路，有探事的兵丁报说：“前面有路家男女连家人等，与三位在树林外动手哪。”龙滔、姚猛一听此信，大喊一声，杀将进去。总镇杨秉文立刻传令，叫马队在外一围，不准走脱了一人。自己跨下马，提着一条长枪，带着兵丁，见人就拿，逢人就捆。开封府的韩节、杜顺带着伙计们，拿着单刀铁尺，跟着龙滔、姚猛杀进来了。冯渊、艾虎、卢珍三个人一看，是自己人到来了，精神倍长。龙滔等刚一进来，就撞见姑娘，不敢过去与路素贞交手，怕他有妖术邪法。冯渊喊：“咱们的人在西北与他动手，可别往东南，须要面向着东南。”高声一喊，果然大家都听见了。浑人就属姚猛，手中鸭圆大铁锤，叮当乱碰，大众家伙碰上就飞，撞着就得撒手。路凯这些家人，见官兵一到，马步队一围，人人害怕，个个胆惊，无心在此动手，要打算逃命，又撞着姚猛这般利害，谁敢向前？要跑又跑不出圈去，满让跑出圈外，也被马队拿住。马上就是长家伙一抖，长枪就挑，一个逃不着。路凯家人，拚命一跑，马上人拿马一冲，就冲一个筋斗，马兵下来就捆。

总镇大人是后进去的，提着一条梅花枪，碰着路家家人时节，不是枪扎，就是杆打。单只一件，他认不出来哪是路家的人，哪是龙滔、姚猛、韩节、杜顺一同的人，故此高声嚷叫说：“呔！哪边是官面的人？咱们可别杀错了。”龙滔说：“这边三位全是咱们自家人。”冯渊喊：“咱们在西北，都是自己人，你可别往东南，你上西北来罢。”杨秉文不知道是甚么缘故，他心想着：我们都在西北，贼人全在东南，东南上没人挡着，怕他们打东南上跑了，自己到东南上挡他们，自料凭着手中这条枪，足可以挡住这些人。他焉知晓九尾仙狐路素贞那个利害？姑娘动了半天手，未能伤着一个人，五色帕又施展不出来，全叫这个假丈夫给嚷嚷的。可见着杨总镇在东南上，路素贞一回手，就从帕囊里把那一块大红的手帕提将出来，冲着杨总镇唰喇一抖，杨总镇就觉着眼前一黑，“哎哟”一声，摔倒在地。金角鹿贾善回头一看，只见杨总镇摔倒在地，一翻身蹿将回来，摆刀就剁。姚猛也看见了，一着急就把手中铁錾子往外一发，就听“嘣”的一声，着在贾善肩头之上，“哎哟”一声，贾善就摔倒在地。众兵丁哗喇往上一裹，将贾善绑将起来，把总镇搀起来，拚着死命，往外一闯。冯渊喊：“往西北！”路素贞又不能抖那绢帕，只可赶上去，要杀那些兵丁，早被艾虎截住。艾虎与路素贞交手，可算称得起棋逢对手，杀个难解难分。此时路凯的家人，虽不曾全被差人拿住，所剩数十个人，也就往外乱闯，逃命去了。路凯、崔龙一瞧，仅剩他们这几个人，心中就有些害怕。头一个是崔龙，只不敢动手，冲着龙爷虚砍一刀，往南就跑。自己越想越害怕，别说不能得胜，满让赢了冯渊他们，路凯也不答应。他是个媒人，闯出这样大祸来，自己抹脖子都对不起路家，只可逃遁他方便了。当下砍倒两名步下的兵丁，那马上的兵丁一追，他又把那马上的砍下马来，自己逃生去了。

单提路凯借着人家兵丁灯光一看，连他妹子只剩下三个人，暗暗着急，只得约会妹子逃命。焉知姑娘想出一个主意来了，从怀中掏出纸来，把自己的鼻子堵了个结实，把迷魂帕冲着大众一抖，不管上风下风，众人全得躺下。姑娘把绢帕一抖，不知大众性命如何，且听下回分解。

第十七回　贼女空有手帕难取胜　侠客全凭宝剑可擒人

且说路素贞无奈，想出一个急见势来，把自己鼻子堵上，往他们这边一栖身子，右手把刀遮挡大众的兵器，左手一抖五色迷魂帕，甚么叫上风下风，闻着就得躺下。正然要抖，西南上一阵大乱，“噌噌噌”蹿进好几个人来。头一个是御猫展熊飞，第二个大义士卢方，第三个徐庆，铁臂熊沙老员外，孟凯、焦赤、云中鹤魏真。这些人一露面，艾虎、卢珍、圣手秀士三个人精神倍长。这么巧，这几个人从何而至？是因大人接着圣旨，入都复命。大人未曾起身，这是大人的前站，不仅是他们这几位，还有文官主簿先生公孙策，带着许多从人，都是乘跨坐骑。一路之上，各州县通知明白，叫他们预备公馆。可巧这天又是徐庆的主意，将到四鼓，他就叫外头备马，众人无奈，只得同着他起身。走在路上一看，方知起早啦，也就无奈。正走着，瞧见这边灯球火把，赶奔前来，教从人一打听，方知道是这么件事情。几位下马，叫从人与公孙先生在那边等着。这几位爷各执兵刃杀奔前来。头一个是展南侠，众位跟随，往前一冲。展爷一进来，就见了艾虎等人。冯渊就喊说：“众位大人到了。几个贼是要紧案犯，千万可别把他们放走了。”展南侠方才知道有要紧的案子。路素贞听见他们口称大人，心想：只要把这迷魂帕一晃，管叫你一个个噗咚噗咚乱倒。忽又听冯渊那里嚷："这丫头抖迷魂手帕哪，大家捏着鼻子与他们动手罢。"这一句话就把大众提醒了，那些兵丁一齐喊道："捏鼻子呀！捏鼻子！"这一下，把路素贞吓了一个胆裂魂飞，全仗着这手帕赢他们，不料叫他们这个主意败了机关,怎么好？那边路凯就说："我们走罢。"这句话未说完，自己那口刀早就教云中鹤魏真削为两段。回头就跑，将一走，又被飞錾大将军铁锤将一錾子钉在腿上，"噗咚"摔倒在地，兵丁过来，将他拿住。路素贞一瞧事情坏了，撒腿就跑，总还是他的腿快，倒跑出去了。铁腿鹤赵保心神意念全在路素贞身上，他见素贞一跑，他就跟着跑下来了。可巧迎面遇着魏道爷，魏道爷用手中宝剑先把他的刀一削，然后向着他的头颅一剁，还算是躲的快,把他的头巾砍去一半,也就逃命去了。到底还是同着路素贞一路前往，下书再表。

大众一看，跑的跑了，拿住的拿住了，大众会在一处，艾虎等过来见礼，然后问各人的来历。龙滔、姚猛说他们丢东西卖艺。冯渊说他们进庙，怎么遇见姑娘，被捉后，又遇见崔龙，说姑娘入洞房，诓手帕，怎么得着王爷下落，如此如彼。展爷大喜，说："只要得着王爷的下落，就好办了。"又问艾虎。艾虎将怎么遇见张三叔、赵四叔与白五婶娘，自己不上黄州府找师傅，直到京都的话，说了一遍。又问韩节、杜顺，两个班头说京都恒兴当铺怎么出了无头案，奉相谕上草桥镇找姓路的。到天齐庙一打听，是范家儿子姓路，原本是路家孩子，贪着天下都地方范宗华的家业。范宗华一死，家业都归路家了。这路凯任意胡为，仍认祖归宗。他认的无赖朋友，家内准窝着作案之贼，我们上庙探他去，可巧遇着龙大爷被捉，我们情知势孤，这才找杨总镇借兵。话犹未了，冯渊接言说道："京都这案，你们准知道是谁作的？"回答不知。冯渊说："就是同着路素贞跑的赵保。"如此如彼，学说了一遍。展爷说："方才那位总镇大人，不是躺倒了吗？"众位回道："此时慢慢苏醒啦。"众兵丁过来报功：兵丁内死了四个，有六个带伤的。拿着他们活的是四十二个，带重伤的十几个。展爷说："你们总镇大人此时不能传令，可认得展某？"大家跪下磕头，异口同音说："认识大人。"展爷说："我替你们大人传令：活的带伤的全解往衙门，连这两个贼头，一并交衙门，我们带着上京。死去的，叫地方派人掘坑掩埋。"吩咐已毕，那边从人与公孙先生也都过来。再看总镇大人，晃晃悠悠过来与大众见礼，展爷见了总镇大人，就把他发放之事说了一遍。杨总镇连连点头。展爷又说："大人索性带兵把路家一抄，所有东西物件，尽行抄出，上帐簿封门，若要有人，还将他们拿住。”说毕，总镇大人带兵前往，单有兵丁头目，带着展老爷上总镇衙门。天已大亮，总镇方回，将抄的东西物件帐目，与展爷一看，带往开封府。路家里面，连丫鬟全然都跑了。展爷说：“那也不必细追。”叫总镇预备一辆大车，就把路凯、贾善锁在车上。叫开封府的班头，同龙滔、姚猛、艾虎等一起走，冯渊、卢珍二人到店里取包袱，给饭钱，也就押解着车辆入都。路上无话。

直到开封府，艾虎等见着师傅，冯渊等都与智化行礼问好，各言自己来历，又把邢如龙、邢如虎带过来与大家相见，说了他们的缘故。班头韩节、杜顺进里面见相爷，把拿住路凯、贾善的话回禀了一遍。艾虎大众等着展爷来到，一同面见相爷。天到晌午时节，展南侠、卢方、徐庆、魏真、沙龙、孟凯、焦赤至开封府下马，小爷等过去行礼。智爷把邢家弟兄带过来，说了他们的来历。徐庆说：“智化贤弟，你才会哪。事情办完，你走去了，大人为你不入都，教我们大家各处寻找于你，原来是你先跑到这里等着来了。哎哟，可是你不在这里等着，相爷不就没了命了！”这句话说的邢家弟兄脸上发赤，也不敢多言，就低着头。忽见包兴进来，与众人行礼，随着说道：“相爷在书房等候，请你们众位老爷相见。”众人到里面见包公，无非问了些襄阳的事，又问了些天齐庙的事，又说些开封闹刺客的事，又提说谷云飞不愿为官，异样性情。俱都说罢，叫众位外厢伺候，包公就将升堂，当差的众人堂口伺候。

包公升堂，两旁边校尉站班。包公吩咐：“将路凯带上来。”问他不法的情形，他尽把这事推在崔龙、贾善、赵保的身上。随后又把贾善带至堂口，包公问他恒兴当铺杀人事情，他全说了：提说当镯子，要当五十两，当铺只写三十两，我们两个人一恨，第四天晚间，赵保杀死两个更夫、五个掌柜的，拿了他们百余两首饰，尽是赵保所为，小的与他巡风。相爷也没用刑具拷打，就把他们钉肘收监，等拿住崔龙、赵保，再定罪名。发放已毕，赏赐班头，批文书，案后访拿崔龙、赵保。又于草桥镇行文：路凯房子入官查收；所有东西，该地方官入库；天齐庙另招住持方丈，周围香火地不属路家所管，归庙中作香火之资。所有拿获路凯家人，一概责放。当铺所杀死之人，等赵保到案方准埋葬。诸事已毕，包公退堂。

单提颜眘敏先接着圣旨，一概事情按旨意办理。金知府署理外藩镇守的差使，所有王府拿住的贼人，神手大圣邓车，钻云雁申虎，一个是行刺，一个是盗印，把两个贼就地正法，人头用木笼装起，在襄阳西门号令。所有拿住的兵丁，大人俱释放。此时有路彬、鲁英由陈起望来，入上院衙，求见大人。有人将他们带进来，见大人行礼，跪在大人面前请罪。二人一齐说道："奉蒋四老爷谕，在我们家中看守着彭起。彭起头上按着个迷魂药饼，早晚把他两羹匙米汤，灌来灌去，日限甚多，他吞吃不下，一摸这人，浑身冰冷，四肢直挺。大着胆子把迷魂药饼取下来，彭起那老儿，气绝身死，我们也不敢抬埋，请大人示下。"言还未尽，大人仰面朝天，长叹了一声说："可惜呀，可惜！便宜他就是了。你们两个人也不用走了，跟随本院入都，听旨意封官。"两个人叩头。大人派差人上陈起望，把彭起尸首提出来，扔弃山涧，叫鹰餐鸟啄。差官领命前往。将四爷拦住路、鲁二位，要那个迷魂药饼，路彬、鲁英就把那迷魂药饼给了蒋爷。

此时，又有差人进来回禀：五太太奉旨迎接古磁坛，不日来到。大人吩咐首县，在上院衙外高搭祭棚，设上古磁坛，请高僧、高道超度五老爷亡魂。大人率领文武官员、众侠义等，亲身上祭。五太太带领公子白云瑞，至祭棚参拜古磁坛，奠茶奠酒，烧钱化纸已毕。接着见大人，大人亲身出衙，劝夫人几句言语，教督催着公子尽力读书，然后送银两，以作奠敬。夫人请古磁坛起身。大人入都，有本城文武官员给大人预备轿子。所有破铜网众人，俱跟大人同行。君山钟雄，就带着于义、于奢，其余众人回山，文职官员送出一站。次日起身，蒋爷等分作三路，前站展爷、魏真、徐爷、卢爷、沙、焦、孟七位先走。大人轿子，是徐良、北侠、芸生、熊威、韩良、朋玉、韩天锦七位护着。一日正走至一片苇塘，忽然蹿出一人，口喊冤枉，冲着轿内就是一刀。要问大人生死如何，且听下回分解。

第十八回　黑树冈范天保行刺　金銮殿颜大人辞官

且说徐良、北侠等保着大人轿子，前呼后拥，头里执事排开，雨墨的引马，从人跟随俱在轿后，两旁有接站的官兵护送，众英雄换替着保护。正走在一块大苇塘，周围都是些树木，地名叫做黑树冈。忽然从苇塘里出来一人，穿了一身破衣服，腰扎抄包，一双靸鞋，口喊冤枉，往轿前一扑。雨墨将要下马，轿子还未打住，那人就到了轿前。原来那人手中拿着一口刀，不甚长大。到了轿前，左手一掀轿帘，右手用力扎将进去。此时保大人的，是熊威、韩良、朋玉、韩天锦。这四个人本领不强。你道这个刺客是谁？原来就是闪电手范天保，那回叫四爷追跑了，由水中逃了命，不敢回家，隔了两日，晚间方敢回转家内，不料门户封锁，叫官人看着。他又不敢上鲁家村去，无奈何，到亲戚家隐藏。亲戚慢慢给打听明白，方知道鲁士杰的干老，是翻江鼠蒋平。知蒋四爷跟着大人当差，自己就投奔襄阳来了。可巧半路遇见黄面狼朱英，二人就找了一座酒楼，朱英就把王爷在宁夏国，怎么聘请天下山林海岛的英雄，与王爷共成大事的话，说了一遍。范天保听在心里，也把自己的事学说了一遍。朱英说："巧了，你要找蒋平，我与你一路前往，你杀蒋平，我与你巡风，然后我杀大人，你与我巡风。"范天保一听，说："这事真巧，有了膀臂了。你杀大人何用？"朱英说："你真胡涂，颜昚敏是王爷大大的仇人，谁要能杀了贪官，王爷得天下与谁平分。"天保说："要是那样，我一人即可杀他们两个，你与我巡风。"二贼议论好了，会了酒钞，就奔到黑树冈，打听颜按院打此经过。二贼商议，这个地势正可动手，怕跟大人的手下人多，现买了一件破衣服，装作喊冤，趁他们不提防，一刀将大人杀死。他们纵有保大人的人，无头就不行了。二贼商量好了，就在苇塘一等，他们从暗处望明处，看得明白，瞧着大人轿子临近，范天保望外一蹿，一喊"冤枉"，谁也想不到他是行刺的。不料他把轿帘一掀，"噗哧"一刀，只听"哎哟"一声。韩天锦喊："了不得了！有人把大人杀了。"熊威、韩良、朋玉三个人忙亮刀，容他们把刀拉出来，范天保也就跑了，三个人就追。

范天保正走，忽见一人挡住去路，一身皂青缎衣襟，黑紫脸面，两道白眉，一双阔目，四字口，手中那口刀，刀把上有一个环子，一摆手中刀，拦住去路，口中说："乌八日的，别走，爷爷在此久候多时。"原来山西雁正在车上坐着，同赛管辂魏昌一辆车上说话。后来一看，这个地势周围树木丛杂，那边又有一块大苇塘，徐良就与魏先生说："这个地方可有点不好。"先生问："怎么不好？"徐良说："白天还不要紧，晚间是藏贼的所在。"先生说："我们念书的人哪懂得这些事情。"徐良就看见苇塘内有两个人影，在里头乱晃。徐良跳下车来，往前紧走了几步，正遇着范天保，徐良蹬一个箭步，就把他去路挡住。范天保不知老西那个利害，把刀就剁。徐良把刀往上一迎，只听"呛啷"一声，就把范天保这口刀削为两段。范天保出世以来，没见过这宗兵器，把刀一扔，回头往苇塘里就跑。依着朋玉、熊威，要往苇塘内追。北侠赶到，大叫："不要追赶，咱们先瞧看大人要紧。"这三个人返身回来。徐良顺着苇塘追贼人去了。北侠带着芸生，又把轿夫叫将回来，收拾轿帘，看了看大人。这一刀，正扎在肩头之上，鲜血淋漓。北侠拿出点药来，给他敷上，嘱咐了几句言语，把那件蟒袍，给他往上提了一提，仍然叫轿夫搭起就走，里面还是哼咳不止。可笑那些护送兵丁，只管执着长枪大刀，瞧见刺客出来一砍大人，各各吓的南北乱跑，不顾拿人。见刺客跑了，大家仍又聚在一处，仍然保护大人前往。连熊威也是纳闷，又见主管雨墨也不深看大人受伤的情形，并且连马都没下，还嘻嘻直乐。你道这是甚么缘故？原来这个轿子里，不是真正钦差。这全是蒋四爷的主意，第二站分三路行走，叫金知府从监内提出一个被罪的人来，叫他假充大人，一路无事，就把他死罪免了，要是遇祸，也是他命该如此。果然，在黑树冈正遇此事。不然，雨墨他有不急的么？总是蒋爷有先见之明。到了驿站，重新又换一个做人人，一路也是无事。大众到京，大人也到了。

山西雁追了一路，也没把贼人追着，彼此全都大相国寺见大人。大人是头天入都，住大相国寺，第二日见驾。蒋四爷大众先到开封府，见着智化。蒋爷说："贤弟，你可算是神龙露头不露尾。"智爷行礼说："四哥别过奖我了。"蒋爷说："但是你见大人不见？若要封官，看你作官不作？"智爷说："这也就无法了。你们先见相爷罢。"又与邢家弟兄见了。蒋爷把智爷拉在一边，低声说道："你好大胆子！这是两个刺客，你敢保举他在开封府当差，二人要是一变性情，你不料想是甚么罪？"智爷说："对呀！我也是一时糊涂，过后也觉有些害怕，不然，我怎么尽看着他们不敢离开？这几日光景，我已看出两个人性情来了。四哥，你只管放心，决没意外之事。"蒋爷说："既然这样，很好很好。我们见相爷去了。"大家到里面见包公。包相爷说道："索性把邢如虎、邢如龙两个人的名字，也提在折本之上，破铜网有功，保举两个作官。"蒋爷连连点头，谨遵相谕。包公又问："钟雄由君山带多少人来？"蒋爷说："回禀恩相大人得知，钟雄由君山就带了两个人来，余者全是钟雄手下从人。"包公吩咐四爷，把君山三人带来一见。蒋爷先把那邢如龙、邢如虎带至大相国寺，面见颜大人，说明了相爷的吩咐。这两个人，跪下与大人叩头，求大人施恩。蒋爷在旁边就把相爷说求大人保举两个人为官的话说了一遍，大人点头，吩咐叫他们起去。蒋爷又说相爷要见君山钟雄他们三个。大人复又点头，教蒋爷带钟雄等至开封府听候相谕。蒋爷随即带着钟雄、于奢、于义，至开封府里面书房见相爷。包公见钟雄，面如白玉，五官清秀，三绺短髯，翠蓝袍，四楞巾，厚底靴子，很是清高儒雅。又看金铛无敌大将军于奢，身高一丈开外，面如淡金，头如麦斗，膀阔腰圆，包公一发欢喜。再看于义，武生相公打扮，白面如玉，恰似未出闺门的少女，与白护卫品貌相仿。包公问他们的名姓。蒋爷在旁，替他们回禀："这个叫钟雄，这个叫于奢，那个叫于义。"包公道："本阁听说，你文中进士，武中探花，退隐居住君山，可算你是聪明反被聪明误。"钟雄叩头，口称："罪民一念之差，身该万死。"包公说："及早回头，总算是个名士，回相国寺，候万岁旨意便了。"三人叩头，跟蒋爷出来。

有一个差人，捧着一个帖儿，说："四老爷，智大爷派我在这里等着见你老人家，这有一个帖儿，说一看便知。"蒋爷接过帖来，一怔，说："不好，大半又要走星照命。"打开帖一看，何尝不是。上写着："字奉蒋四哥得知：小弟智化所以在开封多住几日，为伴着邢家弟兄。如今你们众位已到，小弟卸责，书不尽言，容日再会。"蒋爷见了字柬，一跺脚叹了一声，说："智贤弟行事实系古怪。"只得同着钟寨主到大相国寺，见了颜大人，就把相爷见了钟雄的话说了一遍。又将智化留的这帖子给大人看了。大人也叹息了半天。然后大人叫先生打折本，预备明日投递，所有众人，俱都写在折本之内。卢、韩、徐、蒋四个人辞官不做，也在折本之内写明。折本打好，大人过目已毕，天已五鼓。

大人上朝，至朝房前住轿，少刻包公到，过去见了老师，行师生之礼，至朝房内谈话。不多的工夫，天子升殿，文武百官在品级山前行礼。朝贺已毕，文东武西，分班站立。颜大人的折本，黄门官传递，陈总管接过，在案上展开，天子看了，降旨封官。又下了一道旨意，今日晚膳后，所有破铜网的人，俱在龙图阁陛见。这段节目，且听下回分解。

第十九回　小五义御花园见驾　万岁爷龙图阁封官

且说颜大人见驾，递折本，万岁御览。万岁爷降旨，颜昚敏察办事件，办理甚善，赏给礼部尚书。颜大人又奏，在襄阳为王爷事，呕心吐血，请旨开缺。万岁不准，赏假百日，安心调理，假满赴任当差。颜大人不敢再辞，只得叩头谢恩。万岁爷又赏些金银彩缎，大人复又谢恩。御前四品带刀护卫展昭加一级，赏给三品护卫将军，又赏金银彩缎。卢方、徐庆准其辞官，由后人接续当差，也赏金银彩缎。韩彰、蒋平辞官不准。韩彰赏给四品护卫。蒋平加一级，水旱三品护卫将军，赏给金银彩缎。颜大人替代谢恩。所有一干众人，今日晚膳后，在龙图阁，勿用穿带官服，着龙图阁大学士、开封府府尹包拯，带领引见。降旨已毕，群臣皆散。

包公至朝房，着派南侠、蒋四爷，教给他们大众见万岁爷的礼节，千万不可似上次失仪。又着公孙策，开下大众的花名册，连大众的外号、籍贯开写清楚，投递御前黄门处。蒋、展二位领相谕回大相国寺内，教给大众见驾规矩礼节。总而言之，教他们少说话，多磕头。后来又一议论，把小五义弟兄叫来。蒋爷说："倘若万岁喜欢，要看练武，又知道你们有一身功夫，大概许要看看你们有甚么技艺。不如把你们本事写上，倘若天子高兴就许要看看。"展爷在旁点头，说："四哥你真想得周到。"一问芸生，甚么熟惯，就是单刀。又问艾虎，也是单刀。一问卢珍，也是刀。一问徐良，也是刀。蒋爷说："你们诚心哪？这个上去一趟刀，那个上去一趟刀，天子也就看絮烦了。你们得改个样儿，就让芸生使刀。卢珍是会舞剑。艾虎你将就打一趟拳罢。"艾虎点头。又问徐良："你怎么样？"老西说："也不是侄男说句大话，十八般兵器，你老人家提甚么罢。"蒋爷说："准是件件精通？"徐良说："件件稀松。"蒋爷说："你除了这个以外还有别的能耐没有？"徐良说："别的能耐也有。你老人家写一手三暗器。"蒋爷说："何为一手三暗器？"徐良说："不用问，用的时节，现招儿。"蒋爷说："这可不是闹着玩的。"徐良说："侄儿知道，无非有个剐罪等着哪。"蒋爷又问韩天锦："你会甚么？"大傻小子过来说："我呀，我会吃饭。"蒋爷说："问你会甚么本事？"天锦说："会打杠子。"蒋爷说："你跑到皇上那里打杠子去？"徐良说："找剐呀！我哥哥要出大差。"又问天锦："二哥，你会甚么本事，好写上。"天锦说："就是打杠子、吃饭。打杠子得来钱好吃饭。"将爷说："你走开罢，别气我了。"天锦赌气往西去了。蒋爷告诉公孙先生，写花名册时，写芸生头一个使刀，二个卢珍会舞剑，三个艾虎会打拳，四个徐良会一手三暗器，五个韩天锦力大。展爷问："力大怎讲？"蒋爷说："聪明不过帝王，伶俐不过光棍。天子一瞧力大，见他那个人物，也就知道是个笨货。再我知道，天子圣意，最爱长的俊美人物，把他们貌陋的，排在后面，看来看去，看在后面有貌陋的，满让不爱看，也瞧完了。"展爷笑问："你怎么知道？"蒋爷说："我们三个人见驾的时候，见我大哥也喜欢，见三爷亦乐，见了我这个模样，就一皱眉，问相爷何为叫翻江鼠。我那时显我能耐，我说我水势精通，险些没把我剐了。后来叫我捕蟾。不然我怎么知道老爷子最喜体面的。"展爷听着大笑说："四哥虽是多虑，也倒有理。"随叫公孙先生把花名开写清楚，先递将进去，然后带领大众，在后宰门伺候听旨。

京都地方，有点甚么事情，人所共知，一传十，十传百，都要看破铜网之人。一路之上，瞧看热闹的人越聚越多，也俱跟至后宰门。当差的太辅宫官也都出来瞧看，见着展南侠、卢、韩、徐、蒋过来讲话。展爷大众也给他们道个吉祥，他们齐说："你们大众见了万岁，准要升官，出来与你们道喜。"正说话间，由里面出来两个小太监，全都在十八九岁年纪，手执蝇拂，口中喊道："开封府的老爷们哪？"蒋爷同展爷一看，知道是御前差使，赶着向前抱拳带笑说："二位老爷吉祥。"答道："咱们二人，奉总管老爷之命，前来瞧看你们齐备了没有。万岁爷用膳已毕，你们都把人带齐了。"蒋爷说："俱已齐备，我们在此候旨。"两个人进去，又见王朝、马汉二位赶到，说："蒋、展二位大人，相爷问把他们大众的礼节全都演习好了么？"蒋爷点头："俱都演习好了。"里面传出信来："万岁爷摆驾龙图阁，快带众人进去。"随即答应，进了后宰门，走昭德门，穿金锁门、玉右门，奔御花园门，可就进不去了。单有展南侠、蒋四爷可以进去。他们二位是御前的差使，就是展爷一人至龙图阁下面听差。蒋爷这里看着大众。包公早就进来，在龙图阁三层白玉台阶之下候驾。不多一时，有许多太辅宫官由里面出来，嚷说："圣驾到！"后来又出来一伙，照前番一般也是嚷说："圣驾到！"第三次出来的人不敢嚷，皆因离圣驾太近。

不多一时，万岁爷坐定亮轿，由里面出来。包公就在御路之旁，双膝点地，口称："臣包拯见驾，吾主万岁万万岁。"圣上在轿内传旨："卿家平身。"天子亮轿直上龙图阁。万岁爷下轿，龙案后落座。包公复又参拜一回。陈总管前来，把大众花名册呈将上去。天子一看，大众的功劳，籍贯外号，有不愿为官的，也俱都开写上边。列位，可有一件必得说明，万岁的面前递花名，怎么敢把外号递将上去？皆因那是宋朝年间，与我国大清不同。如今慢说万岁爷的面前，就是告示上要是有个外号，就得躲避躲避，也不论你有多大的英雄。再说如今谁敢在万岁爷面前施展武艺！还有抡刀抡枪的，奈是如今与古时不同。这是闲言，不必多叙。天子一看花名，头一个就是智化，盗盟单，诈降君山，救展护卫，论功属他第一，就是此人不在，不愿为官，自己隐遁。再看就是北侠，此人也是不愿为官，只愿出家削发为僧。再看魏真，是个老道。双侠不愿为官。接下是沙龙、孟凯、焦赤、白面判官柳青、小诸葛沈仲元，降旨意，就把这几个召将上来。御前的往下一传圣旨，下面有展南侠同着太辅宫官，至御花园门首，把这几个人带将进来。至三禅上面，陈总管过来，一拉北侠的衣襟，大众一字排开，肘膝尽礼。天子往下一看，有陈总管过来替他们报名。天子一看北侠，一身紫缎衣襟，碧目虬髯，面如重枣，与神判钟馗一般无二。又看魏真，一身银灰道袍，银灰九梁巾，面如美玉，眉细目长，三绺短髯。双侠丁家弟兄都是一身翠蓝的衣服，武生巾，双垂灯笼穗。弟兄二人全是玉面朱唇，二人一般高的身体，难得品貌也是一样。再看沙龙，土绢袍，鸭尾巾，面如紫玉，满颌花白胡须。孟凯穿红，焦赤挂皂，柳青、沈仲元全是宝蓝的衣服，就是一个胖大，一个瘦弱。天子看毕，知道这些人都不愿为官，万岁也不强迫。北侠特旨在大相国寺出家，拜了然和尚为师，御赐的法号叫保宋和尚。万岁意见，北侠虽则出家，仍可叫他保护大宋，然后在商水县重修三教寺，着北侠摩顶受戒之后，至三教寺为方丈。魏真赏给金簪道冠，道袍丝绦，水襟云履，庙中无非赏赐些白米。双侠赏义侠银牌两面，当面取来，着陈总管挂在二人胸膛之上，此外尚有金银彩缎。柳青、沈仲元、沙、焦、孟尽赐些金银彩缎，叩头谢恩退下。旨意下，又召龙滔、姚猛、史云、路彬、鲁英、熊威、韩良、朋玉、马龙、张豹、冯渊、邓彪、胡列、邢如龙、邢如虎，大家至龙图阁见驾，天子一见，龙心大悦，见这些人高矮不等，丑俊不同，万岁一体全封为六品校尉之职。领旨谢恩，退出龙图阁。

天子复又召白芸生弟兄五个，往下传旨，不多一时，带将上来。陈总管一拉芸生，叫他双膝点地，肘膝尽礼。这五个人，却又古怪，他们鱼贯而跪，一个跟着一个，不像别人上来，一字排开。这是蒋爷的主意，把那相貌长的不受看的，全掩藏在后面。万岁一见芸生，回思旧景，想起白玉堂在龙图阁和诗来了。甚么缘故？皆因芸生相貌与白玉堂不差，又是玉堂的侄子，对景伤情。又看他这外号，叫玉面小专诸。万岁知晓，必是他侍母甚孝。天子先有几分喜爱。常言道：忠臣必出孝子之门。又见他会使刀，万岁一时高兴，要看他武艺如何。顷刻降旨，着芸生试艺。陈总管过来告诉：“万岁降旨，叫你试艺。”芸生望着陈总管叩头，说：“小民的兵器，现在御花园门外，有人拿着呢。”陈总管立刻遣御前宫官，至御花园门去取。不多时取来，交与陈总管。陈总管离龙案远远屈着单膝，往上一捧刀，让万岁爷看了一眼，转身把刀交与芸生。芸生随即就把袖子一挽，衣服一掖，把刀往身后一推，往上叩了一个头，两手往后一背，一手搭住刀把，一手搭住刀鞘，使了一个鹞子翻身。天子只顾瞧芸生在那里跪着，忽然往起一蹿，手中提着一口明晃晃的利刀，只不知道从何处抽出来的。见他这一趟刀，真是神出鬼没，上三下四，左五右六，闪砍劈剁，削耳撩腮。龙图阁的殿前金砖墁地上，铺着绒毡子，芸生蹿高纵矮，足下一点声音没有。这趟刀砍完之后，气不涌出，面不改色，仍然往旁边一跪。天子说："果不愧是将门之后。"天子又看卢珍，粉红脸面，一身荷花色衣襟，细条身材，一团壮足之气。天子降旨，着他试艺。也是叫人至御花园门首，取那口宝剑，交与陈总管，往上一呈，复又交给卢珍。要问卢爷在万岁驾前甚么舞法，且看下回分解。

第二十回　猛汉险些惊圣驾　于奢一怒犯天颜

且说天子降旨，着卢珍舞剑。卢珍就学大爷那个法子，打脊背拉兵器。卢珍本是跟着丁二爷学的这套功夫。先前时节，一手一势，后来，一件快似一件，类若一片剑山相似，直是一条铁链，把卢公子裹了个风雨不露。连天子带众人，无不夸赞。卢珍收住了剑之后，也是往旁边一跪，气不涌出，面不更色。然后露出艾虎。天子见他一身皂青缎衣襟，身材不高，生就虎头燕额，粗眉大眼，鼻直口阔，纯厚体态。天子一见，降旨叫他试艺。这个不用取兵器，就把衣襟一掖，袖子一挽，往起一蹿一丈多高，然后脚站实地，真恰如猫鼠一般，连一点声音都无。打完了这趟拳，收住架势，也往旁边一跪。天子赞不绝声。

然后再叫徐良，万岁一瞧，就有几分诧异：一身皂色衣襟，倒是壮士的打扮，黑紫脸面，两道白眉，眉梢往下一搭拉，真恰似吊客一般。又看他乃是徐庆之子，外号叫多臂熊，又叫山西雁。天子一看他这相貌，就几分不乐，看花名，他是一手三暗器，万岁爷纳闷，何为叫作一手三暗器？莫不成一只手能打三种暗器去？总是天下之才。就往下传旨，着徐良试艺。陈总管过来，告诉徐良。徐良问总管："小民怎样试法？"总管说："咱家不懂得，你怎么倒问起我来？"徐良说："我能把三种暗器一手发出，前面可得有东西挡住，不然也看不出准头来。万岁这里，可有射箭的箭牌没有？"总管说："有。"徐良说："你老人家把后头托上板子，我自有打法。"总管立刻派人，顷刻间，就把箭牌取来。徐良一看，高有七尺，宽有尺四，木作的边框，底下有个木头垫子，用纸糊着，上面粘了一层白布。总管叫人把后面托上板子。过来对徐良说："咱家全依着你这个主意，你看看可打的中。要是打不中，再给你换宽些的去。"徐良说："要是打这个白牌还打不中，那就不叫多臂熊了，那就叫狗熊。求你老人家奏明万岁，在这白牌之上，分三路，上中下，用红笔点上三个点儿，我三枝暗器，全要打中红心，方算手段。"总管说："你过于闹事哩！依咱家说，打中白牌，就算不错。"徐良说："净牌我不打。"总管无奈，只得给他奏闻天子。天子一听，更不愿意。万岁爷明知徐良说的话太大，遂把旁边逍遥管沾着朱砂墨往箭牌上一点，无非只有针尖大小。慢说他打，就是瞧也瞧不见哪。万岁又一想，他若打不中红心，连他父亲一世英名也都付于流水，再说也担误了他这几个朋友。天子遂降旨，派陈总管在箭牌上戳上三个红心。陈总管领旨，叫人搭好箭牌，自己过去，提起逍遥管，把朱砂墨研了许多，总管也是与万岁一样想头，暗想徐良说的话实系太大，我若把这个点点小了，他打不中时节，必然抱怨与我。我若把这点儿点大，又屈了他的才干，又怕万岁不愿意。又一想，总是点大一点为是，谁教我与他父亲有交情呢！想定这个主意，用笔蘸着朱砂墨，噗哧往箭牌上一戳，待笔涂圆也就有小核桃大了，连点了三个，天子一看，早明白这个意思，这叫自来的人情。总管放下笔，还叫徐良看一看，说："你瞧瞧大小如何？"徐良说："这要再嫌小，就是狗熊啦。"吩咐叫人将牌搭在正南。徐良一看，雪白的箭牌上，配着上、中、下三个红心，早把自己暗器拾夺好了。你道他是甚么三暗器？原来是两长夹一短，收拾两枝袖箭，装上一枝紧背低头花装弩。万岁往下传旨，着徐良试艺。陈总管过来，告诉徐良："叫你试艺。"就见徐良站起身来，冲南一点头，双手微换，微然听见点声音："噔噔噔"，谁也没顾得看那边，净瞧着徐良。重新又往北瞧了一瞧，再看他，一丝也不动。万岁又传旨："着徐良试艺。"总管过来说："万岁有旨，叫你试艺。"徐良冲着总管叩了一个头，说："已然打在箭牌之上，怎么还叫我试艺？"陈总管往对面一看，果然两长夹一短，正打在红心当心，暗暗吃惊，怎没瞧见打？全钉在箭牌之上，只得奏闻万岁。天子一看，果然不差，两枝袖箭，一枝弩箭，正打在红心当中。天子夸奖好俊暗器，这样暗器，可称得起古今罕有。

又一看花名册，叫霹雳鬼，天子看见这个外号，倒嘘了一口凉气。往下面一瞧，见韩天锦也没等旨意，他就起来了，挺肚撑胸，两只眼睛瞪圆，看着天子。把个陈总管老爷吓得浑身乱抖，过来一揪天锦，叫他跪下。天锦说："我不得劲。"总管说："不管那些，你总得趴下。"天锦只得趴伏在地。总管离开，他又是照旧挺着肚子，看着万岁。天子并不嗔怪于他，知道他是浑人。总而言之，傻人有个傻造化。天子见他这个名下，并没有别的本事。天子想他这个力大，可怎么试演呢？天子降旨，由他施展施展，也就一并封官。总管过来说："万岁叫你试艺。"天锦问："叫我试甚么？"总管说："我知道你会甚么！你到底是会甚么？"天锦说："我会吃饭。"总管说："胡说！你会甚么本事？"天锦说："我会打杠子。"总管说："呔！你还说甚么，幸亏离万岁甚远，若是教万岁听见，那还了得！你不论练点甚么，也好作官，不然人家都作了官，你可不能作官。难道你任甚么也不会吗？”天锦一急，说:“唔呀，唔呀！我怎么任甚么不会！嘿嘿嘿，你瞧他们会本事不是，我能把他们抓住，扔在房上。”总管说:“那可使不得。”天锦说:“这可怎么好呢？”他一眼就把那白玉栏杆看见了,说:“我把这栏杆扳折了罢。”总管说:“哎哟,那可使不得,拆毁禁地,你该甚么罪过！”正说之间，万岁倒想出一个主意，看这龙图阁，是座西向东，这座殿明是五间，暗是十五间的宽阔。靠着南北墙下，有两个白玉石头座子，上面有两个铁鼎。天子说道:“韩天锦力大，此处有个铁鼎，可不知他可举的起来？昔日秦孟贲与秦武王赛举鼎绝膑，这段故事，包卿可记得？”包公回奏:“臣一一尽记。”总管听见说:“万岁叫你举鼎，你可举得起来？”天锦问:“甚么叫作举鼎？”陈总管暗道，怪不得他说净会吃饭，果然全不懂得。用手一指那边铁鼎说:“就是那个叫鼎。”天锦说:“就是那个小玩艺儿？是一只手举是两只手？”总管说:“两只手还怕不行哪，你先过去试试。”总管带定天锦，直奔正北。天锦往起一站身躯，更透高大。万岁十分喜悦，就要把他封一个站殿将军之职。思忖如有外国朝贺，或筵宴外国的时节，要叫他们看着大邦人品出色，可惜再有一个才好。此时天锦已把铁鼎抱到。总管的主意，把鼎耳子上绊住丝绳。天锦套进一双臂膀，双手一抱两个耳子，就将铁鼎抱起，冲着万岁，转了三个圈，方把铁鼎放下。天子一笑赞道:“天锦可比昔日之孟贲。”忽听他大声说道:“谢主龙恩。”天子一怔，这才封官:芸生四品左护卫，徐良右护卫，艾虎、卢珍御前四品护卫，韩天锦站殿将军。万岁知晓这五个人是盟兄弟，又知道俱是将门之后，天子亲封为小五义。连包公带大众一齐谢主龙恩。总管派人拿着刀剑袖箭弩箭,又叫天锦把铁鼎安放旧位。忽听御花园门首,有人喊冤枉。要问是何人喊冤枉，且听下回分解。

第二十一回　于奢得命二次举鼎　天子一见复又封官

且说天子夸奖韩天锦可比昔日孟贲，他就谢主龙恩。他如何懂得，却是有老四提醒他，叫他谢恩。从此就是御赐的外号，叫赛孟贲。封官已毕，总管叫天锦将鼎安放原处，天锦摇头不管了。总管一着急，说:“你不管，谁挪的动这个大物件。”正在这个时刻，御花园门首，有人喊冤。天子一闻，龙颜大怒，降旨将喊冤之人绑至龙图阁。御前人答应一声，不多一时，将人绑到。天子一见，此人身高一丈开外，面似淡金，头挽发髻，一身豆青色衣襟，薄底靴子，五花大绑。见万岁之时，双膝点地，说冤枉。天子问:“这是甚么人？敢在朕的御花园门首喊冤！”包公跪倒说:“臣启陛下得知：此人乃是君山钟雄手下之人，姓于名奢，外号人称金铛无敌将。”

你道这于奢，因何故在御花园门首喊冤？皆因同定钟雄、于义，三个人在一处，看见他们头一起不作官，下来俱有赏赐，大家给道喜；二起得了官职的下来，也是道喜；三起小英雄们上去，谁练甚么本事，也有人下来送信，把本事俱都练完，封甚么官职，外面也都得信。就是韩彰替天锦提心吊胆，后来得着信息，天锦得了站殿将军之职，众人全给韩彰道喜。蒋爷说:“到底是俊好傻好？”于奢就与钟雄说道:“你看出这个意思来没有？”钟雄说:“看出甚么意思？”于奢说:“别瞧你们是念书的人，我都瞧出这个意思来了。”钟雄说:“你看出甚么意思来了？”于奢说:“咱们不是受过万岁招安了吗？分明把咱们骗进京来，要咱们性命。”钟雄说:“胡说！你还要说些甚么？”于奢说:“你们要不信，只怕悔之晚矣。如果有意招安咱们，怎么不封官哪？人家都封官，我们没信儿。”钟雄说:“也得大家封完了，才到咱们。”这于奢说:“到了咱们，这就推出去剐了，咱们算活活上他们一个大当。咱们要不早作准备，到临死时节，可就怕悔之晚矣。”钟雄说:“胡说！这要按当差之说，你为惑乱军心。”于奢说:“你们要不听我的话，咱们连万岁爷大驾都见不着。依着我咱们索性闹出一个大祸来，绑上去见见万岁，然后再剐，死也落一个开开眼。”钟雄拦住说:“你再要说，我就把你绑上了。”于奢便不敢多言，他早就安了一个主意，慢慢凑到御花园门，怪叫了一声“冤枉”。于义过来就踢了他个筋斗，就把他五花大绑捆起来了。于义、钟雄二人把手往后一背，叫:“蒋四大人，把我们二人捆绑起来，听候圣旨。”蒋爷言道:“家无全犯，一人作罪一人当。”

果然旨意下来，就把于奢绑至三禅之上，跪倒身躯，往上叩头，口称冤枉。天子问包公，方才知道他叫于奢。问于奢:“有甚么冤枉？在朕面前，快些奏来。”于奢跪奏:“罪民居住君山，受万岁龙恩，改邪归正。今有韩天锦举鼎得官，他的武艺与罪民差的甚多，罪民怕不能面见万岁龙颜，只怕少刻降旨，把我们推出去斩首。罪民方斗胆喊冤，必然将罪民绑将进来，到底是见着万岁爷一面，纵死九泉亦瞑目。”天子言道:“既然招安你们，焉能又杀害汝等？朕焉能作那不仁之事！你说天锦武艺不佳，也罢，铁鼎现在此处，你若能将他安放旧位，朕就将你喊冤之罪，一概赦免。”于奢叩头:“罪民领旨。”天子传旨松于奢之绑，御前金瓜武士过来解绑。于奢谢恩，站起身来，将丝绦往肩头一套，双手一抱铁鼎的耳子，用平生之力，他这鼎一举，比韩天锦差不多，看这光景，也不费力。前走三步，后退了三步，绕了个四面二返，又回到万岁爷面前，点了三点，复又奔了正北，安放石头座子之上。自己来到龙案前，双膝点地。天子大乐，原想着天锦那个身躯，再找一个与他高矮不差的，也封他为将军。今一见于奢，二人一般高，本领又好，立刻降旨说："御花园喊冤之罪，一概赦免。朕也封你站殿将军之职。"于奢谢主龙恩。

旨意下，召钟雄、于义。不多时到了上面。陈总管拉他们的衣襟跪倒，肘膝尽礼。天子见钟雄，青布四楞巾，迎面嵌白玉，翠蓝袍，丝绦，皂靴，面白如玉，五官清秀，三绺短髯。见于义一身白缎绣花衣服，与昔日白玉堂相貌一样，天子又是一惨。唯独封钟雄的官，天子为了难：君山八百里的寨主，官职封小，他不愿意，官职封大，他又没有功劳，何况他又中过文武进士。天子封他为三品客卿，这个差使最体面无比，是为客官。王公、侯伯、督抚、提镇、钦差等，都是平行。仍回君山，听调不听宣。于义皆因相貌与白玉堂相同，赏给护卫之职。君山各寨寨主，赏给六品校尉虚衔，待等日后与国家出力，另加升赏。所有喽兵，每人赏给一分军粮，按营伍中一样。升赏已毕，钟雄、于义、于奢三人谢恩，离龙图阁，奔御花园门首。小五义有人给拿着东西，也就下去，至外面大家道喜。天子复又封主簿先生公孙策，加官一级。魏昌赏给了一个主簿。包公替代谢恩。对于智化，天子降旨：着上书房御书匾额一块，四个字，是"介休遗风"。御赐侠义金牌一面，另有金银彩缎。智化虽然隐遁着，差官送往黄州府家内，悬挂匾额。龙图阁所封之官，明日不用带领引见，午门望阙谢恩。所有众人赏两个月假，回家祭祖、完姻。两月假满，回都任差。襄阳王府外藩留守衙，着总镇带襄阳知府金辉，加升一级。襄阳王仍然案后访拿。拿获襄阳王者，赏银千两，给一个千户职分。襄阳王手下所有的余党，拿获一人者，赏银百两。所有各州城府县，拿获襄阳王余党，就地正法，不用解京。

封官已毕，万岁坐亮轿，回凤翔宫。包公由前面出来，奔朝房坐轿，回开封府。所有众人，俱都离了御花园门首，出玉右门，走金左门，奔昭德门，到后宰门。当差使的与大众道喜，然后这才回至开封府衙内。府内差官连公孙先生与魏昌，俱都出来道喜，一个个至里面见相爷。包公说："万岁赏两个月假，假满回都任差。明日你们大众也不必面圣谢恩，万岁有旨，叫你们午门望阙谢恩。”大众就依了相爷言语。

次日，包公代递谢恩的折本，大众在午门外谢过恩。早朝已毕，包公回开封府。大众围着北侠进来，辞了包公，奔大相国寺削发为僧。包公看着北侠，心中发惨，有些不忍叫他去的意思，连万岁爷都不能拦住，这还算是特旨出家，只得吩咐一声：“叫校尉护送欧阳义士至大相国寺去罢。”北侠复又与包公行礼，然后大家众星捧月相似送北侠至大相国寺。方丈早已知晓此事，撞钟擂鼓，层层正门大开。大众进来，至佛殿参拜神像，嗣后北侠与师父叩头，大众与了然长老行礼。了然和尚合掌当胸，念声“阿弥陀佛”。此时了然和尚有百岁光景了。和尚说：“徒儿，暂且陪着众位施主朋友谈话去罢。”北侠同着众人到了客堂，便有小和尚献出茶来。蒋爷说：“咱们由此一别，再要见着欧阳哥哥的时节，可就不是这个体态了。从此跳出三教外，不在五行中，修一个万年不坏的金身。”北侠说：“四弟，你这是何苦！无非我没有你们那个福分，你们众位日后荫子封妻，全部可以挣一个紫袍金带，我如何比得了你们众位的造化！”蒋爷说：“兄长，你这一出家，紧戒的是杀、盗、淫、妄、酒、贪、嗔、痴、爱，对与不对？”北侠说：“正是。”四爷说：“杀是不宰杀，杀人不杀？”北侠说：“要是杀人，还戒甚么！”蒋爷大笑说：“不杀人，你那刀可就无用。先前艾虎打那场官司，几乎废命，你的官司赢了。后来艾虎认你为义父，你许下他的，日后出家，传授他你这口利刀。如今你就出家了，你这刀算无用之物了，该叫艾虎来授刀了。”北侠说：“老四，你把一千年的事都记着哪。”蒋爷说：“甚么话呢，许下人，想死人。艾虎还不过来与你义父磕头？”艾虎欢欢喜喜将要过来磕头，北侠说：“且慢，当着众位在此，我可不是舍不得将这把刀给艾虎，皆因他的年岁太小，怕错用此物，倘若错用，连我都怕有横祸临身。既是老四这样说着，我要这刀也是无用。”回头告诉小和尚，预备香案。不多一时，小和尚把香案备齐，旁边放了一张椅子，将刀供在香案之上，点起蜡烛，北侠把香点着说：“众位在此稍坐。”众人答应，在旁看着，这刀是怎样交法。就见北侠将香一举，插在炉内，双膝跪倒祝告说：“过往神祇在上，弟子欧阳春得了这口宝刀，杀人无数，总未错用此物。如今交与我义子艾虎，只看他的造化如何。”说毕叩头。然后叫艾虎过去，大拜二十四拜。北侠将刀拿起，在旁边站立说：“儿呀！今将宝物交付与你，你可晓得此刀的来历？”艾虎跪着说：“不知。”北侠说：“此物出在后汉，是魏文帝曹丕所造。此刀正名叫‘灵宝’，皆因他纹似灵龟，俗呼叫作七宝刀，能切金断玉，不论甚么样的兵器，削上就折。可有一件，这宝物是有德者得之，德薄者失之。倘若错用此物，必遭天诛地灭。再说你年纪尚轻，初通人道，你可晓得万恶淫为首，百善孝为先。若要犯了这个‘淫’字，连我都有意外飞灾。所有我嘱咐你的言语，必须牢牢谨记，倘有妄杀无辜的时节，你自己起誓。”艾虎说：“我要错用此物，必遭天谴雷击。”然后才把这口利刀交与艾虎。小爷复又与义父叩头。艾虎得刀，大众道喜。小爷一一叩头，然后撤去香案，大众复又落座吃茶。艾虎把刀一带，自觉心满意足。依着北侠，要在庙中侍奉他们的斋饭，大众再三不肯，复又到后面辞别了老方丈。蒋爷等又给托付了托付，然后大家出来。北侠送至庙外，洒泪分别。这一来不要紧，引出白菊花一段节目，且看下回分解。

第二十二回　更衣殿盗去冠袍带履　凤翔门留下粉漏菊花

且说北侠把刀交与艾虎，大家告辞，回奔开封。见了包公，又回禀一回。然后大家出来，谁走谁不走，大众一议论：云中鹤独自归庙。艾虎、韩彰、韩天锦、沈仲元、沙龙、孟凯、焦赤这些人俱回卧虎沟，韩天锦、艾虎成亲。大官人、二官人同着卢方、卢珍等大众上百花岭完姻去了。徐良跟随天伦徐庆，回山西祁县祭祖。余者众人归家祭祖。蒋爷家眷在京都，展爷家眷也在京都。邢如龙、邢如虎两人不走。蒋爷许他们把天伦尸首由庞太师府中取出，在京都地面看块静地安葬。蒋爷又问冯渊：“冯爷，你是怎么？”冯渊说：“我是早就没有坟了。”蒋爷说：“你们家连坟都没有？”冯渊说：“坟我不知在哪里，皆因小的时候，父母双亡，十二岁练的本事，十四岁入的绿林，入了绿林，谁还管坟？”蒋爷说：“你作了官，也该打听打听。”冯渊说：“不好打听，只可买点纸钱遥祭一番便了。”蒋爷说：“倒也有理。”果然就买了些钱纸，冯渊遥祭了一回。蒋爷、展爷到庞太师府见了管事的，回进去，取老道邢吉尸骨。庞太师也是无法，只得叫他们取将去，叫人带着到文光楼后太湖石前，起了灵柩，先有棺木盛殓，至今未坏，把墙拆了一段，拉将出来。早就预备了一块静地，就拿邢吉单身立祖。埋葬已毕，奠茶奠酒，烧钱化纸，然后开发抬夫的钱文。诸事已完，大家回归开封府见相爷，回明此事。然后大家出来，正遇张龙、赵虎到开封府门外下马，从人接去，掸了掸尘垢，先到校尉所见南侠、蒋爷，然后见王、马二位。蒋爷把冯渊、邢家弟兄带着一见，二位不能久待，要到里面交差。包公问他们一路事情。二人把襄阳接古磁坛，按院大人给了些银两，到家中发丧办事，诸多平安等报禀一番。包公叫先生打本，次日奏明万岁。

包公回府，过了数日光景，就是天子万寿。前三后四，文武官员，穿吉服朝贺。正在第三天光景，包公下朝至府，包兴回话，圣旨下，请老爷接旨。包公一怔，问何人押旨，包兴说："陈总管老爷。"包公一听就知道是大内之事。刚然可巧，包公未脱去官服，赶着出来接旨。至大堂之下，陈总管已经下马。包公跪倒说："臣包拯见驾，吾皇万岁万万岁。"陈总管说："二堂开读。"大众转到二堂。总管说："圣旨下，跪听宣读。"包公跪倒。总管打开圣旨念道："奉天承运，皇帝诏曰：昨夜三更之后，更衣殿将朕冠袍带履请出，预备今日早晨呈用。今日早晨，朕用早膳后，降旨入库，更衣殿门窗户壁，一概未动，将冠袍带履丢失。也不知是被贼人外边窃去，也不知是被大内看守之人盗去。今将更衣殿首领值班的与散差，交开封府审讯亲供。如不是大内之人所盗，着开封府府尹，带领校尉至更衣殿验勘。钦此。"圣旨读罢，往上谢恩。包公把旨接将过去，香案供奉，然后方与陈总管见礼，说："总管老爷吉祥。"总管也是抱拳带笑说："包相爷请了。"落座献茶。陈总管就说："包相爷，你看又出了这个事情啦，好容易清静清静。先前白五老爷这个闹法还了得，这更衣殿可比不得御花园，这更衣殿离着万岁爷寝宫甚近。相爷你还是先审咱家带来的人哪，你还是先跟咱家去验看？"包公说："总是先去验盗，若是从外面来的人，就不必追问他们了。"陈总管说："很好。"外厢备马，包公就带南侠、蒋平入宫。跟着总管来的那些大内之人，又都回去听信。

众人到朝房下马，陈总管带领包公，同着蒋爷、展爷一道一道门户走了半天，方到更衣殿。陈总管用手一指说："这就叫更衣殿，随咱家在里边验盗。"展、蒋二位连阶台石都不敢上，就在台阶底下站住。包公跟着陈总管到里面，四面八方瞧看了一回，并没看出甚么情形。总管说："包相爷，你看这贼人还是从外面进来的不是？"包公说："此事须着展护卫、蒋护卫二人验看。"总管说："既然这样，他们二位因何不进来？"包公说："没有圣旨，不敢私入。"总管说："哎哟，你们这个礼也太多了，待咱家替万岁传旨。万岁有旨，宣展、蒋二位护卫入更衣殿验盗。"外面二人答言："遵旨。"二人进来，都抬头往上一看，两个人彼此一笑，然后再往别处一瞧，瞧看了半天。二人齐说："总管老爷，此贼是打外面来的。"陈总管哈哈大笑说："相爷，别看你能白昼断阳，夜晚断阴，怎么也没瞧出一点甚么来，你看人家一瞧便知。你们二位看着，从何而入？"二人齐说："从横楣而入，从横楣而出。"陈总管说："万岁若问，有甚么凭据？"展爷说："总管不信，派人搬过梯子来，教他们上去，把横楣一挪就开。再说夜行人进来，是爬着进横楣子，心口正贴着底下的横凳，别处俱有浮土，这个底凳来回出入，必然蹭了个干净。”总管一听，合乎情理。蒋爷说：“总管请看这一件就明白了，周围俱都糊裱的严紧，这横楣子四周全都崩了缝子，总管请想，不是横楣子开了，焉能四面露缝？”总管连连点头说：“有理，有理！”派人搬梯子上去一瞧，横楣子两边，连一点浮土也没有，上面一看，果然窗凳上俱有浮土，底凳上没有。陈总管说：“下来罢，把梯子搬开。”又吩咐一并看看外面甚么地方进来的，蒋、展二位答应，用手一指：“总管请看，由此处而入。”总管一看，果然靠东墙底下有些个灰片。蒋爷叫道：“总管老爷，你看这宗物件，是旧有的，是新有的？”陈总管一看，在那凤翔门的上坎，有一朵小菊花，一个根儿，配着三个小叶，俱是拿白粉点成。陈总管说：“先前没有。”连包公也看见了，只不知甚么缘故。就见展、蒋两个人低声说了半天话。展爷过来，用他袖子一掸，那个白点点就的菊花踪迹不见。过来在相爷跟前回话说：“这就是盗冠袍带履那个贼，他把万岁爷的物件盗走，还敢留下一个记认。”包公与陈总管说：“总管奏事，我还是在外面候旨，还是明日早朝候旨？”陈琳说：“咱家一并全都替你奏明白，你就赶紧派人拿贼要紧。”包公说：“既然这样，我们就回开封府去了。”陈总管派人，将包公送将出去，随即至寝宫，奏闻万岁。

包公回至开封府，下马入内，至书房，单叫二位护卫书房面谕。蒋爷、展爷进去，包公吩咐：“如今万岁丢失冠袍带履，可没赏限期。此贼总要火速捉拿，若不火速捉拿，万岁圣怒，连本阁都担待不住。”二位护卫连连点头，待包公摆手，这才撤身出来。到校尉所，众位过来，全都打听此事。蒋爷一看，并无外人，就把验盗缘故对着大众学说了一回，又派差人出去，叫马号备马。开封府所管的地方，是一厅二州十四县。随即备文到厅州县各衙，立刻知会那一厅二州十四县的马快班头。

单说开封府那些马快班头，先叫将进来。二个头目韩节、杜顺面见大人，站立两旁。蒋爷说：“万岁更衣殿，丢失冠袍带履，是被外面贼人所盗，贼人好大胆量，在凤翔门上，用白粉漏字，漏下一朵小小的菊花，上头配着一个根儿、三个叶儿。你们久惯办案拿贼探访差使。粉漏子漏下一朵小花，这是哪路贼人？你们必然知晓他的下落。”众班头一齐跪倒说：“下役们实实不知。”蒋爷说：“你们知情是这样说话呀！相爷赏一个月限，三十天此案不破，小心着腿。”叫他们外厢伺候。复又回头叫张、赵、王、马。蒋爷说：“四位老爷你们可都是绿林的底儿，用粉漏子漏出一朵小花，这是哪路贼人？”列公，方才说了半天粉漏子，这个粉漏子，到底是甚么物件？就说念书的小学生，就有作这个玩意儿的。用钱买一个小油折子,除去皮儿,用锥子外面扎上窟窿，扎出一个小王八的样儿，里头挖出四方槽儿，装上定儿粉，把窟窿这半页抿合住，要与谁闹着玩的时节，冲着衣服一拍，就是一个小王八，越是青蓝的衣服，更看得真切，就是这么一个比样。贼的粉漏子，做的无非比这个巧妙些就是了。一问王、马、张、赵，王、马、张三位满面含羞；老赵他可不怕那些事情，说道：“我们在土龙冈放响马的时候，这些个晚生下辈贼羔子们还没出世哪。要问前几年的事，我们还认得几个，这如今后出世的，我们焉能知晓？论起来，这都在重孙子辈哪！”说这话不大要紧，那旁邢如龙、邢如虎就恶狠狠瞅了老赵一眼。蒋爷说：“赵四老爷不必着急，圣人云知之为知之，不知为不知。”赵虎说：“你又来闹这四书啦，我如何懂得？”蒋爷说：“你不知道可也无法。冯大老爷呢？”冯渊说：“唔呀！不用你说，我替你说了罢。我是绿林，应当知道绿林的事情。无奈我在邓家堡、霸王庄、王爷府这三处，整整十六年。我是外头的事一概不知，我要知道不说，我是混帐王八羔子。”蒋爷说：“没有起誓的道理。”又问：“邢大老爷、邢二老爷，你们二位也是绿林出身，弃绿林的日子还不多，大概有个耳风。”二人一听，就有一些慌张的意思。邢如龙说：“兄弟，咱们不知道，对不对？”如虎说：“大人别疑着我们不说哪，我们实是不知。”蒋爷一看，明知邢家弟兄知道此事，不肯说出。蒋爷忽然想起一个主意来了。要问甚么主意，且听下回分解。

第二十三回　开封群雄领相谕　徐州大众去投文

且说蒋爷问邢如龙、邢如虎，早看出那番意思来了。蒋爷说：“你们二位不必着急，咱们大家认真探访就是了。”众人点头答应。蒋爷告诉韩节、杜顺，那一厅二州十四县差人到来时节，你们就告诉明白他们一个月限期，大家认真探访。说毕，蒋爷拉着展南侠，到展爷屋中。各人单有各人的屋子，邢家弟兄在东跨院住，王、马、张、赵住东屋，冯渊住耳房。蒋、展一走，大家散去。

到了展爷屋中，蒋爷说：“展贤弟，你看出点意思没有？”展爷说：“没看出来。四哥你看出点缘故没有？”蒋爷说：“看出来了，就是邢家弟兄。”展爷说：“可别血口喷人哪。”蒋爷说：“我到后头听听，他们背后甚么言语，你在这里等着，听我的回信。”

蒋爷就到了东院。邢家弟兄住的屋子，是个大后窗门。蒋爷就在后窗户那里，侧耳一听。邢如龙说："蒋老爷问你时节，你怎么变颜变色的？我只怕你说出来。"邢如虎说："依我的主意，不如说出来好哇。"邢如龙说："胡说！你不想想，他是咱们的甚么人？咱们若说出来，把咱们钉镣收监，还不定把咱们剐了呢！"邢如虎说："他是要咱们的命呢。小五义要在城里头，拿他还算甚么！要是那时候将他拿住，相爷升堂一审，他看见咱们在两旁站着，他一恨，还不拉扯咱们哪？"邢如龙说："审他的时节，咱们不会躲躲？总是不说为是。"蒋爷一扭身子，来到南侠屋里，把邢家弟兄所说之话，学了一遍。展爷吩咐家人，把邢家二位老爷请来。家人答应，去不多时，就把邢如龙、邢如虎二人请到。

蒋爷说："二位请坐。"邢如龙说："不敢，有二位大人在此。"蒋爷说："咱们这差使，就是一台戏。谁是大人，谁是小人？你们往上再升一步，咱们就是一样。这私下，就是自己哥们。我请你们二位问问，你们懂得当差的规矩不懂？你们这差使，应办甚么事情？"二人说："不知，在大人跟前领教。"蒋爷说："应当捕盗拿贼。大内这个贼可说是要紧案子，一个月拿不住，天子一怒，相爷要罢职。相爷就答应咱们了么？咱们的官职，焉能还在？我怕二位不懂，但是能够知道贼的一点影儿，可是说出来为妙，要是知道不说，日后查出，可是罪上加罪。若要是至亲至友，一家当户，不怕就是亲手足、亲叔伯父子，若要先说出来，可免自己无祸。我怕你有一点不明白的地方，当时害怕，隐匿不说。若要拿住贼的时节，叫他拉扯出来，那时谁也救不了谁！"邢如虎说："哥哥你可听见了没有？"如龙说："我听见了，这可怎么好哪？"如虎说："咱们说了罢，该怎样怎样就截了。"蒋爷说："这不对了吗？你们二位要有甚么罪名，我与展老爷要教你们担一点罪名，叫我不得善终，这你还不敢说么？"二人一齐说道："我们说将出来，这个罪名不小。实对你们二位大人说罢，这个人姓晏叫晏飞，外号叫竹影儿，又叫白菊花。"展爷说："他是晏子托之子，陈州人，对与不对？"邢如龙说："对。"蒋爷说："你们慢慢的说来。"邢如龙说："这个人是我们师兄，我们师兄弟共是四个人，他是大爷。我二师兄，有个外号叫神弹子活张仙郑天惠，陕西人。连我们哥俩共是四个。我们虽是师兄弟，与仇人一样。"蒋爷说："你们不用先推干净，没你们事情还不好么？"邢如虎说："不是我们推干净，提起来话就长了。我们师傅是鹅峰堡的人，姓纪叫纪强，外号人称银须铁臂苍龙。我有个师妹，叫纪赛花，一家就是三口。我们师傅收了他，把自己平生武艺一点没剩教与他，他方肯养活我们师傅一家三口。我们师傅后来又收了我们三个，他不许师傅教给我们本事，怕我们学会了，压下他去。我们师傅一生，就是耳软，不敢教给我们本事了。若不听他的言语，怕他不给银子，一家三口难以度日。又皆因我们师傅双目失明。我们有个师叔，是扬州人氏，外号人称花刀纪采。头年来师傅家里拜寿，见着我们三个徒弟，问我们学会了甚么本事，我们说任甚么不会，就嘱咐我们好好的学本事。到第二年，又来拜寿，又问我们，仍是任甚么不会。皆因多吃了几杯酒，与我们师傅闹起来了。一赌气，把我们三个人带往扬州去了。我们三个人的本事，都是跟师叔练出来的。教我们二师兄暗器，打弹子。我们两个人太笨，教给我打八步电光锤，我们始终不会。这就是我们师兄弟是仇人的意思，这是已往从前的言语，该我们甚么罪名，求大人施恩。”蒋爷说：“你们休提罪名二字，儿作儿当，爷作爷当，何况是你们师兄，更不干你二人之事。”蒋爷又问：“这白菊花到底有甚么本事？”邢如龙说：“他的本事，可算无比。头一件，有一口紫电宝剑，切金断玉，兵刃削上就折；双手会打镖，百发百中；会水，海河湖江，在里面能睁眼识物。”蒋爷说：“现在哪里居住？”邢如龙说：“在徐州府管辖，地名叫潞安山琵琶峪。山后有一湖，名曰飘沿湖。”蒋爷说：“只要有了他的准窝巢，就好办了。”邢如龙说：“还有一件，若要拿他，至潞安山琵琶峪，找姓晏的不行。”蒋爷说：“改了姓了？”邢如龙说：“他早就改了姓了，他姓他外婆家那个姓，复姓尉迟，单名一个良字，就在琵琶峪里，起造了一座庄户，连庄客都是他自己招来的。人家也都不知他细底，都称他叫尉迟大官人。都知道他上辈作官。他出去作一趟买卖，满载而归。他对人家说：山南海北，山东山西，全有他的大买卖，他去算帐去了，人就信以为实。他又拿着钱不当事，乡下人见不得有点好，所有他们那些庄客，无不敬重他。要拿他时节，千万别打草惊蛇。”蒋爷听毕说：“那事我自有主意。你们二位说出了他的住处行迹，还算一个头功，跟着我们见相爷去。”邢家兄弟点头。

展爷、蒋爷、邢家弟兄，全到里面见相爷。至书房，先叫包兴回将进去。说：“请。”展、蒋、邢家弟兄到里面，与相爷行礼。蒋爷将邢如龙说的话对相爷说了一遍。邢校尉过来，与相爷行礼请罪。包公摆手：“二校尉何罪之有！如今说出贼人的窝巢，本阁还要记你们二人大功一次。”二人谢过相爷，垂手在两边侍立。包公着派南侠、蒋爷上潞安山捉拿贼寇，所带甚么人，任他们自己挑选。蒋爷说："回禀相爷，卑职带定邢校尉、冯校尉，数十名马快班头，讨相爷一角公文，到那里见机而作。"包公教二位护卫到外面自己挑选班头。蒋、展二人答应一声，四人出来，叫班头韩节、杜顺挑选了十二名都是年轻力壮的差人。蒋爷又问韩节、杜顺，开封所属一厅二州十四县的班头，可曾到来。韩节、杜顺说："回禀大人得知：自从大人吩咐衙役之后，他们一厅二州十四县马快班头俱都到此处听差。长班告诉他们，也无论远近，他们自己与自己州县送信。"蒋爷说："这就是了。"仍回校尉所。

忽然见帘儿一启，从外头进来两个人。蒋爷一看，是张龙、赵虎。原来赵虎贪功，他知道蒋爷奉相谕上潞安山，对张龙说："三哥，你看见没有，如今这官多少好作！先前卢、徐、蒋他们倒还钻山扒杆，下河拿蛤蚂，这如今倒好啦，行刺的也作了官了。现在你我看守御刑这些年，咱们这校尉就老了。如今他们新收了当差使的，这一趟又是好事，这一去，焉有不把白菊花拿来的哪？这一拿住白菊花，所去之人准是加级记录。"张三爷说："人家本事比咱们强。"赵虎说："咱们也不甚弱，见相爷讨差，叫他们将就着点，咱们沾他们一个光儿罢。论拿呀，你我如何拿得住，总得是他们拿住，进京见相爷，递折本时节不能说没有咱们两个人。"张三爷无奈，被赵虎拉着见相爷。赵虎讨差，包公明镜，知道他两个人无能，又料着有展、蒋二位，绝不教他们吃苦。包公应允，故此二人出来，见四老爷回话。蒋爷见赵虎、张三爷进来，让二位落座。赵虎随说道："相爷方才把我们两个人叫进来，吩咐我二人，说你们拿白菊花人太少，把我们两个人派出来，跟随你们二位听差。"蒋爷说："此话当真？"老赵说："谁还为这个撒谎。"蒋爷说："我们的人足用，我见相爷问问去。"老赵一把将蒋爷揪住，说："蒋爷，不是那么回事情，是我们自己讨的差使。"蒋爷说："这不结了。我这个人，一生就怕人与我撒谎。"又见公孙先生托定一角公文进来，大家迎接先生，让坐。先生说："你们拿着这角公文，见徐州府知府。此人姓徐叫徐宽，是相爷门生，有甚么事他好去办。"蒋爷把文书交给展爷，吩咐外面备马。

蒋爷、展爷、邢如龙、邢如虎、冯渊、张龙、赵虎，带定从人，由马号中备了十几匹马，把大众的东西扎在马上，告诉那十二名班头自己领盘费银两，教他们与首县祥符县要马去。王朝、马汉送将出来，说："你们几位多辛苦罢，我们在京都耳听好消息。"众人一齐答言说："托福！托福！"大众上马，往徐州府投文，拿白菊花。且听下回分解。

第二十四回　官查姚正说道路　地方王直泄贼情

且说众人在开封府外上马，离了风清门下关厢，忽见后面十二名马快班头与县中要了马赶奔前来，大家会在一处，晓行夜住，饥餐渴饮，这日到了徐州府的东关。蒋爷叫从人前去找店，就找下一座福兴店。蒋爷叫冯渊、张、赵、邢家弟兄带领班头，店中等候听信。

蒋爷与展南侠带一名从人，拿着二人名片进城，到知府衙门投递名片。不多一时，见层层正门大开，知府里面迎接出来。展、蒋二位早就下马，从人掸了掸身上的尘垢。知府看看临近，见他是方翅乌纱，大红圆领，粉底官靴，面白如玉，五官清秀，三绺长髯，见展爷、蒋爷，深深一躬到地。蒋、展二位答礼相还。往里一让，至书房落座献茶。知府说："不知二位驾到，有失远迎，望乞恕罪。"蒋、展二位一齐答言道："岂敢。"知府又说："京都包老师相爷他老人家一向可好？"蒋、展二位答言："一向甚好。"知府说："二位到此，有何见谕？"蒋爷说："大人屏退左右。"知府答言，教从人退出。蒋爷说："这里有一角公文，大人请看。"展爷献将出来。知府把公文拆开，从头至尾一看，就见他那乌纱翅颤颤乱抖，言说："这样贼人，大概不好捕捉，请问二位大人还是调兵，还是差捕快班头去拿？"蒋爷说："若要调兵，风声太大，倘若风声走露，贼人逃窜，岂不是画虎类犬！若用班头，又有多大本领，纵然见面，如何捉拿得住？事在两难，我们慢慢计较。这里有知晓潞安山道路的人没有？"知府道："有，敝衙中，有个官查总领姚正，他时常往山中办差，向来道路纯熟。"蒋爷说："既然这样，将他叫来。"知府叫外面从人说："你们把姚正叫来，大人们问话。"

不多一时，就见进来一人，头戴六瓣壮士帽，青布箭袖，皮挺带，薄底快靴，赤红脸面，两道立眉，一双圆目，直鼻方口，花白胡子，过来与知府见礼。知府说："这是蒋、展二位大人，过去叩头。"那人冲着蒋、展行礼说："下役姚正，给二位大人叩头。"蒋爷说："起来。你是官查总领，这潞安山道路，你可熟识？"姚正答言："山内道路，下役一一尽知。"蒋爷问："此山离城多远，共有几个山口，里面有多大地面，后山有几股道路可以出山？"姚正说："回禀大人：出了徐州西门，离五里地，有个镇店，叫榆钱镇，出西镇口，紧对潞安山东山口，直进山口，就是一股道路。往上走就是琵琶峪，北边有四个山湾，南边有四个山湾，若走山湾，仍然还是这一个山口，不然为甚么叫琵琶峪？皆因他类似蝎子。这八个山环，就似蝎子腿形象；这个山口，就是蝎尾。后山无路，有一个大湖，其名叫飘沿湖。”蒋爷问:“这尉迟良住在甚么地方？”姚正说:“他自己盖的一片庄户紧靠琵琶峪西边，他那后院西墙下去就是飘沿湖。”蒋爷问:“尉迟良他是何等人物？”姚正说:“下役就知道他是官宦之子，都称叫他尉迟大官人。此人是个富户财主。”蒋爷说:“你准知是官宦少爷？”姚正说:“不准知，他是新搬来的，要是在此处生长起来的，下役就准知道他的根底。这个人是异乡搬到此处。”蒋爷说:“此人的原籍是甚么所在？”姚正说:“下役不大深知，有说南阳府的，又有说陈州的。”蒋爷说:“这就不差往来了。我实对你说，这是盗万岁爷冠袍带履之贼。我们奉相谕前来。所以将你叫到，问你道路，怕的是风声走露，贼人知晓逃窜，故此办事总得严密方可。但不知如今尉迟良可在他家内没有？烦劳你打听打听。若在家中，大家好去，千万不可打草惊蛇。”姚正说:“此刻在家与不在家，下役亦不深知，前去探听明白，再来回话。”蒋爷说:“既然这样，你到东关福兴店找姓张、赵、冯、邢的几个人，把他们带到榆钱镇，暗暗找下一个公馆，千万告诉明白店东，别教他走露风声。你想想看，住在哪个店好,我们同着你们老爷随后就去。”姚正翻眼一想说:“有一个三义店，店房宽阔，店东又是在我们衙门里当差，就在他那里甚好。”姚正撤身出去。

知府要与蒋、展二位摆酒。蒋爷一拦，说:“你这里可有出色的能人没有？”知府说:“我们这里就是总镇大人，此人是行伍出身，耳闻此人本领高强，技艺出众，马上步下，无一不精，再说要兵要将，非此人不可。”蒋爷问:“此人姓甚么？”知府说:“姓冯，叫冯振刚，外号人称单鞭将。”蒋爷一听说:“既然这样，烦劳大人将此人请来，大家一见。”知府复又把外边人叫来，把自己名帖，请冯总镇至衙，有商办的公事。从人答应出去。知府与蒋四爷打听些京都事情，又问些襄阳事情，叹惜了白五老爷一回。皆因是徐宽当初作祥符县知县，连颜昚敏代范仲淹打官司都是他手中之事，皆因办此两案有功，包公才保举他作徐州知府。正在说话之间，从人进来回话，总镇大人已请到了。知府说:“请至书房，大家相见。”不多一时，由外面进来。总镇心中还有些恼意，他焉知道刻下知府正陪着展、蒋二位说话，焉能迎接他去。总镇到里面，知府早就站起身来，深深一躬到地，说:“未曾远迎兄台，望乞恕罪。这是京都来的二位大人，这位就是此处的冯总镇。”总镇与蒋、展二位各各见礼，通过姓名，大家落座。蒋、展二人一看总镇大人，类若半截黑塔相仿，心中暗暗夸奖。总镇说道:“不知二位大人驾到，有失迎候，望乞恕罪。不知二位大人有何吩咐？”蒋爷说:“所为潞安山中有一贼人，我们请大人商办此事。”总镇说：“此贼有甚么案件在身？”蒋爷说：“这里一角公文，大人请看。”随即将文书递过去。总镇打开一瞧，便问道：“二位大人要捉拿此寇，用多少兵将，小弟赶紧预备。”蒋爷说：“大人先调二百步队，全要巧扮私行，暗藏兵器，上榆钱镇，在三义店相近的所在伏下。还得跟着入山，堵住贼人门首，我们到里面去拿。倘若贼人逃窜，步队外面捉拿。如若捉拿不住，大人可要听参。”总镇连连点头称是。蒋爷说：“大人就去预备，我们在三义店公馆专候。”总镇也知道事关重大，随即起身告辞，点兵去了。

再说蒋爷会同知府，乘上外面预备马匹，随带本衙中马快班头，到店外下马。店东出来迎接，口称大人，方要行礼，教蒋爷把他拦住，使了个眼色，到店门里头，蒋爷说：“我们的事情，你都知道了罢？”回说：“小人们俱听我们姚头提过了。”蒋爷说：“你可嘱咐伙计，不许在外面吵嚷此事。要是机关泄露，把你拿到开封府，先拿狗头铡铡你。”店东说：“小人天胆也不敢。”蒋爷嘱咐完了，走至里面，早有张龙、赵虎、邢家弟兄、冯爷，连十二名马快班头迎接出来。蒋爷就叫五位校尉与知府一见。彼此行礼已毕，大家到五间上房落座，店中伙计打脸水烹茶。赵虎告诉，姚正怎么把他们大众接到此处。蒋爷问：“他往哪里去了？”赵虎说：“他打听白菊花的下落去了。”知府吩咐店中预备早饭，大家饱餐一顿。少时外面进来一人，肩头上扛着一个人。大众看了，原来是姚正。见他把那人“噗”的一声摔在蒋爷面前，屈单膝打千说：“下役交差。”蒋爷说：“你怎样这般猛壮，这是甚么人？”

原来姚正把公馆找好，把众人带来，自己直奔潞安山山口，就见前面树下一块大青石头上坐着一个人，一个酒瓶子，放着几个果子，自己拿着那个瓶子，嘴对嘴，正喝到得意之间，自言自语在那里说鬼话哪，说：“活该！怪不得人家常说一饮一啄，莫非前定。今天早晨，连一文钱都没有，可巧这般时候尉迟大叔打南阳回来，见着他就是活财神爷，磕了一个头，就给了三两白花银。又一说，又给了有二三百钱，你说吃甚么。要不是遇见他呀！我今日这个罪过，可知道了。人歇工呀，挂兑！”说毕，哈哈狂笑。姚正过去一拍他的肩头，说：“老三，一人不吃酒，二人不赌钱，怎么一个人喝上了？”原来这个就是琵琶峪的地方，名叫王直，小名叫三儿。他回头一看，说：“姚头领来了。咱们白得来的酒，你先吹喇叭。”姚正问：“你这里哪有喇叭？”王直说：“你全然不懂，嘴对嘴喝酒，就叫吹喇叭。”姚正一想，在这里问他，拿不定说不说，要带他去回话，他若不走哪？他一喊，琵琶峪的人出来，我带不了！有咧，我把他带的远远的，我扛起来就跑。又叫：“老三，你这里来，咱们说句话，咬个耳朵。”王直站起来，走了几步，说：“你说罢。”姚正说：“你再走几步。”又走了不远，姚正说：“你再走几步，我与你咬个耳朵。”一连说了好几次，就到了潞安山口外头。王三说：“你到底甚么事情？”姚正把腿往底下一垫，上头一靠，“噗咚”一声，就把王直靠了一个筋斗，把他腰带解下来把二臂一捆。王直说：“捆上来咬耳朵？”

姚正并不答言，扛起来就走，直到公馆。进了店门问伙计：“大人们在哪里？”回答：“现在上房。”扛着奔上房，启帘进来。见蒋爷，姚正说：“回禀大人：这就是琵琶峪的地方，山中之事，他一一尽知。”蒋爷叫人将他扶起来，将他带子解了，跪在面前。蒋爷问：“你叫甚么名字？”王直这一吓，把胆子都吓坏了。蒋爷连问他两声：“你叫甚么名字？”王直才说：“我叫王直。我是琵琶峪的地方。你老是甚人？”蒋爷说：“你也不用问我。你瞧，那边是你们知府大人，我是替你们大人问你。琵琶峪的尉迟良，你可认得？”王直说：“认得。那是我大叔，待我好着的呢！今天打南阳府回来，给我三两银子、二三百钱，时常周济我。刚才我们头儿瞧着我喝酒，还是他老人家给我的钱。你老认得他？”蒋爷说：“我不认得他，皆因他偷万岁的东西，我是来拿他。他给你钱就很好。”王直一闻此言，打脑门里冒出一股凉气，连声道：“我可不认得他，酒是我自己打的。”蒋爷说：“先不提那个。这贼准在家里没有？”地方说：“他在家里，也许又走了，我去瞧瞧去。要在家里，我回头来送信。”说着，站起回头就走。蒋爷说：“站住罢，你去送信，报答他三两银子好处。”叫差役：“把他看起来，可别放他出去，这里有一根带子，把他系上。”

蒋爷又把邢家弟兄叫过来，说：“你们二位，先到山中探探虚实。”二人一怔，齐说道：“我们先就说过，我们二人本事，比他差得多，他又有一口宝剑，他又比我们聪明，倘若叫他识破机关，我们是准死无疑。我们死倒不要紧，怕误了大人的大事。”蒋爷说：“不妨，二位附耳上来。”要问蒋爷说的甚么言语，且听下回分解。

第二十五回　邢如龙挖去一目　邢如虎四指受伤

且说蒋爷附耳低言，如此这般告诉了几句言语。二人一皱眉，齐说：“倘若他不肯听这套言语，如何是好？”蒋爷说：“他要不听你们言语，我再教你一个主意。”四爷又说了几句，两个人才说：“有理！有理！”他们各带兵器，披上英雄氅，随出公馆去了。邢家弟兄走后，展爷说道：“四哥，他们本事可不强哪。这一去，可别闹出舛错来。”蒋爷说：“无妨，我自有道理。”正在说话之时，忽见总镇大人从外边进来，还带着两个人，那二人也是酱巾折袖，蛮带扎腰。大家站起身来，迎接总镇。蒋爷就引着张龙、赵虎、冯渊见了总镇。总镇又把他带来那两个人与蒋爷见了，原来一个都司，一个守备，一个叫张简，一个叫何辉。总镇说：“二百步队兵丁俱在就近地面听令。”蒋爷说：“还有一件，叫他们头上或用白布或用蓝布包上一块，恐怕动手时节看不清楚，自己杀自己人。”展爷说：“不可耽延时刻，总得接应邢家弟兄方好。”冯渊说：“待我先跟下他们去，我算二队接应。”赵虎同张龙说：“我们算三队。”蒋爷同展南侠说：“我们算四队。”叫总镇大人带领张简、何辉，督定二百兵丁，作为五队。蒋爷说：“我教你们一个主意：要是听出里头动手时节，你们大家异口同音，就说天兵天将好几百万人都到了，把要犯贼人门首全都围上，潞安山琵琶峪的官兵尽都塞满山口，外头滴滴拉拉，还有八里多地哪！大家异口同音一喊叫，又借着山音，贼人不战自乱。”张简、何辉连总镇一齐点头。蒋爷又说：“知府大人带着本衙中马快，连开封府十二名马快班头，接应大家。”安排停妥，大家前往，暂且不表。

单提邢家兄弟，到了琵琶峪，直到大门。此门坐西向东，有两条板凳，上面坐着几个二十多岁的人，都是提眉吊眼、异服奇装，在那里讲话。邢家弟兄走上前来说：“辛苦。”那些人回头一看，问：“找谁？”邢家弟兄说：“找你们大爷。”那个说：“我告假才回来，我还没到里头去哪，我不知道大爷在家没在家，我给你进去瞧瞧去。”邢如龙说：“管家，你告诉你们晏大爷去，就说我们弟兄姓邢，他叫邢如虎，我叫邢如龙，你们大爷是我们师兄，自然他就见我们了。”说罢这句话，那人方才进去。不多一时，里面又出来一个人，往外一探头，又走了。又等半天，这才出来一人说：“请！”邢家弟兄往里就走。往南一拐四扇屏风，再往北将进垂花门，就见白菊花降阶相迎，说：“二位贤弟一向好？”邢如龙说：“大哥一向可好？我是买卖忙，总没得到哥哥府上叩头，如今是辽东地面有件买卖，从此过路，特意绕路前来，给哥哥叩头。”白菊花双手把两个人往起一搀，上阶台石，让进厅房，分宾主而坐。邢家弟兄暗一打量，白菊花此时更透着威武。见他白缎扎花武生巾，白缎绣花箭袖袍，上绣宽片金边，五彩狮蛮带，水绿衬衫，豆青色英雄氅，上绣大朵团花。脸似粉团，两道细眉，一双俊眼，鼻如玉柱，口若涂朱，虽然相貌甚美，脸上颜色净白不红，细看又有点斑斑点点的，并且是个吊角嘴。肋下佩一口双锋宝剑，绿沙鱼皮剑匣，杏黄绒绳飘垂。三个人见面之时，就见晏飞满面笑容。

落座谈话，问了二人来历，复道："二位贤弟远路而来，还是尽为瞧看劣兄，还是另有别事？"邢如龙说："一者是看望兄长，还有一些小事，可不大要紧。我们无非听过耳之言，说你把万岁爷冠袍带履盗来，可不知是真是假，我们来问问兄长，果有此事没有？"白菊花复又哈哈大笑说："不错，果有此事。皆因我在酒席筵前，受他人轻侮，我才投奔京都，将万岁爷冠袍带履盗来。总是年轻之过，又不为己事，虽然盗出冠袍带履，此时后悔，也是无用的了。二位贤弟何以知之？"邢如龙说："我们听绿林人言讲，不定是真是假，今日闻兄长之言，方晓得是真。按说你把冠袍带履盗将出来，压倒群英，我二人与你贺喜才是。"晏飞说："我总怕事情作错了。"邢如龙说："你这惊天动地之事，压倒绿林，怎么说错事？若论我二人，慢说是盗，连看见都不能。借着哥哥你这个光彩，拿出来我们瞻仰瞻仰。"白菊花一笑说："你们早来几天，可以看见。我实对你们说，那日在南阳府团城子伏地君王东方亮酒席筵前，大家说'近时没有许多英雄'，内中多有不服之人言道：'这东方大哥人称伏地君王，谁能到万岁的大内，把万岁爷的冠袍带履盗将出来，与东方大哥穿戴起来，看他像个君王不像！'问了半天，总无人答言。那时是我也多贪了几杯酒，自己承当前往。将此物得到手后，我就送与东方大哥了。今日才由南阳府回归。若在此处，你们看看，又有何妨？"邢家弟兄一听，大失所望，彼此面面相觑。

晏飞复笑道："你们二位与劣兄贺喜，本应当我与你们道贺才是，你们倒真是可喜可贺。"邢家弟兄说："我们有甚么喜可贺？"晏飞说："你们二位如今不是作了官了？六品校尉，开封府站堂听差，日后岂不是紫袍玉带，耀祖荣宗，也不枉人生一世，这才叫可喜可贺。"邢家弟兄一听这番言语，也是微微一笑说："原来你知道我们作了官了。"晏飞说："不但我知，人所共知。你们必然是做此官，行此礼，到此处追取万岁爷的冠袍带履，一半拿我入都交差，是与不是？"邢如龙说："我们可不敢。既然你已识破机关，你把所盗之物献将出来，不但没有你的罪，我们两个人还尽力保举你为官，方称我们心意，这教有官同做。"白菊花说："住了！我盗万岁爷之物，献出了还做官？轻者是剐。"邢如龙说："你不知道，如今万岁喜爱有本领之人。先前，白玉堂开封府寄柬留刀、御花园题诗杀命，后封为御前护卫。"晏飞说："快些住口！

封白玉堂的时节，万岁有旨：再有这样，绝不宽恕。”邢家弟兄所说言语俱是蒋爷教的，再多说则不行啦，就要告辞。晏飞说：“不行，你们要想出去，把首级留下。”邢家弟兄一着急说：“晏飞你好言不听，我们可要拿你了。”说毕，甩了大氅，亮刀，蹿在厅内大骂。晏飞也甩了大氅，亮剑出来。要问二人如何抵敌，且听下回分解。

第二十六回　冯渊房上假言诈语　晏飞院内吓落真魂

且说邢家弟兄见白菊花亮剑出来，头一个邢如龙劈头盖脸就是一刀。白菊花一闪，使了个白蛇吐信，宝剑正到面门，邢如龙往右边一歪头，那宝剑正扎在左眼之上，“噗哧”一声，把那一只左眼挖瞎，“噗咚”摔倒在地，鲜血淋漓。邢如虎一见哥哥躺下，恶狠狠把刀剁将下来，白菊花先把宝剑往上一迎，“呛啷”一声，就把邢如虎的刀削为两段，紧跟着宝剑往下一劈。如虎一急，手无寸铁，就有个刀把，对着晏飞打去，晏飞将身一闪，如虎回头要跑，白菊花那口剑仍是白蛇吐信，对着如虎胸前扎去。如虎不能躲闪，一急，用左手往外一推，就听见“噌”的一声，就把四个指头削落。白菊花一抬腿，正踹在如虎身上，“噗咚”摔倒在地。晏飞回头，叫家人捆将起来，四马倒攒蹄捆好，撂在廊檐底下。

其实一报进来的时节，晏飞就知道邢家兄弟的来意。皆因他盗冠袍带履之时，在京都就知道开封府有甚么人。如今听二人一来，就知道为冠袍带履而来。他先派人出来看看，他们身后带了多少人来。那人探头一看，说：“只两个人。”然后请将进去，先说好话，后才反脸。晏飞此时后悔，先时节忘了问问他们，共总来了多少人，都在哪里住着。此时二人身带重伤，再要问，他们定然不肯说出真情实话。恶贼一转身躯，上了阶台石，冲着邢家弟兄说道：“你们身带重伤，可是自找其祸。我好意把你们请将进来，你们口出不逊，你们两个拉刀，一定要与我较量。若不是师兄弟情分重，我立追你们两个人的性命。我问你们句话，只要你们吐出实言，我就放你们逃命。”邢如虎说：“你问我们甚么？”白菊花说：“你们共来了多少人？在哪里居住？说了实话，放你们好走。”邢如龙说：“你要问我们来了多少人么……”邢如虎咬着牙，忍着痛说：“哥哥千万可别告诉他。一问明白，前去行刺。咱们两个人死了倒不紧要，别给旁人招祸。”

说到此时，忽听门外一阵大乱，忽又从墙上蹿下一人，一身大红箭袖袍，说话南边口音，说："唔呀，唔呀！好恶贼，你们乃师兄弟，有这等狠心贼人，挑目削手，快些过来受死！"白菊花早就下阶说："你是何人？"那人回答："要问我，乃辽东人氏，复姓欧阳，单名一个春字，人称北侠是也。"白菊花一听吓了一跳。久闻北侠，未见其面。闻说此人有一口宝刀，天下第一英雄，如今这一来，自己打量，非是他敌手，总要仔细方好，又不能不过去。随说道："欧阳春，你我远日无怨，近日无仇，依我劝你，快些去罢，你我何必反脸。"冯渊骂道："混帐东西，招刀。"原来冯渊早就到了，远远看着邢家弟兄进了大门。等得工夫甚大，他也到门前，硬要进来。门上人把他拦住，问他找谁，他说找白菊花。门上人说："我们这里没有白菊花，倒有黄菊花，还没开哪。"冯渊又复骂人。门上人过去一揪，他硬给了人家一个嘴巴，那人又过去一揪，他又一脚踢了那人一个筋斗。他撒腿就走，贴着墙根直奔正南，往西一转弯，跳进墙来，直奔垂花门南边那段卡子墙，蹿在墙上头，一见邢家弟兄，就成血人一样；再瞧白菊花，手拿宝剑正施威吓。冯渊跳下去，自称北侠，真把淫贼吓住了。晏飞不敢拿剑迎那口利刃，两个人约有五六个回合，冯渊是得理不让人，一刀紧似一刀。白菊花动着手，心中忖度：那北侠是辽东人氏，这个人说话是南边口音，再者人称紫髯伯，生的是碧目虬髯，这个人没有胡子，可别教他冤了。想到此处，虚砍一剑，蹿出圈外，大声招呼说："小辈你且等等动手！你说是北侠，因何是南边口音？北侠人称紫髯伯，你又为何没胡子？你怎么是北侠？"冯渊说："拿你这个混帐东西，还用他老人家来？那是我师傅，特把七宝刀交给我拿你，只要我这口刀，杀你如割鸡一样。"白菊花说："好小辈，你叫甚么名字？"冯渊说："是你冯老爷！"复又把刀就剁。二人又走了三四个回合。晏飞看他这口刀，不像宝刀的样子，大着胆子，把剑盖住他的刀背，"呛啷"一声，冯渊刀头坠地，气得白菊花咬牙切齿。冯渊回头就跑，蹿上房去。白菊花后面就追，也要往房上一蹿。冯渊一伸手，揭了两块瓦，见白菊花要追，对着他面门就打将下去。也算晏飞闪躲的快当，那瓦坠落于地。冯渊就喊："这真是我师傅来了！"就听有人从外边厢喊叫："拿贼，拿钦犯！"冯渊说："就是这个，你拿罢。我师傅到了，这是真正北侠。"白菊花一转身，见这人身高五尺，面目发黑，手中拿一口腰刀，这个可是有胡子，却是一部短胡须，扑奔前来。白菊花说道："你是北侠？"来者本是赵虎与张龙。他们三队到了大门，就不见邢家弟兄，也不见冯渊，忽然听得冯渊喊叫之声，知道在内动手，二人直闯进来。白菊花听得冯渊一说赵虎是北侠，问了一声："你是北侠？”赵虎说声“然也！”摆刀就剁，白菊花心想别管是与不是，盖住他的刀背，先试试如何。宝剑刚一沾刀，“呛啷”一声，腰刀削为两段。赵虎一跑，恶贼后面又跟着追。冯渊又一喊：“这才是我师傅哪！”白菊花又是一怔，见张龙一身蓝缎衣襟，黄脸面，半部胡须，手中也是一口腰刀。恶贼问道：“你是北侠？”张龙说：“我叫张龙。”白菊花一笑，全是无名小辈。张三爷用刀一砍，白菊花剑一找他这口刀。冯渊又喊：“他这是口宝剑，别叫他碰上。”张三爷把刀往回一抽，没容他削断。

忽听外面一声叫喊：“钦犯休得猖狂，还不快些前来受捆！”话言未了，纵进二人，一高一矮，白菊花早就看见，头一个蓝缎壮士帽，翠蓝箭袖袍，鹅黄丝带，月白衬衫，青缎快靴。面如白玉，剑眉阔目，准头丰隆，方海口，大耳垂轮。手中明晃晃一口宝剑，光闪夺目。再看那个矮的，身不满五尺，一身枣儿红衣服，拿着一柄三楞青铜刺。小小头颅，两道眉似有如无，一双眼圆丢丢神光闪闪，尖鼻子，薄片嘴，小耳朵，窄脑门，形如瘦鬼一般。晏飞一见，更觉轻视。冯渊再一嚷道：“妙个哉！妙个哉！白菊花这可要送你姥姥家去了，北侠没来，南侠到了。展护卫，蒋护卫，这就是白菊花。千万别把混帐狠心贼放走，他把两个师弟，一个挖去一只眼睛，一个削去一只手。”白菊花一闻此言，暗暗恨这个蛮子，我要得手之时，把他剁成肉泥，方消心头之恨。不说北侠，又说南侠，少刻还有双侠到来，真不管他是谁！把心一横，焉知晓这可碰在钉子上了。展爷蹿将过来，对准晏飞盖顶搂头，劈山剑剁将下来。晏飞用手中紫电剑往上一迎，用了个十分力，只听“呛啷”一声响亮，只见半空中火星乱迸，当啷啷，半天工夫，剑尖上响声不绝。把两个人齐吓了一跳，彼此俱都蹿出圈外，低头瞧看自己的宝剑。展爷这口宝剑，一丝没伤。白菊花一看自己宝剑，吓了个魂不附体，原来是把自己宝剑磕了一个口儿，约有荞麦粒大，自己暗暗着急，心痛此剑乃是无价之宝。晏子托临死时节，交与他宝剑之时，再三嘱咐：此剑若在，你性命也在；此剑若伤，你祸不远矣。如今晏飞见宝剑有伤，故此心中害怕。你道两口宝剑，凑在一处，怎么单伤白菊花这口宝剑？俗话说：二宝相逢，必有一伤。皆因白菊花的这口剑，是晋时年间的宝物；展爷这口剑，是战国时造就的，故此年号所差，晏飞这口剑敌不住展爷的那口剑。展爷这口剑一得力，准知道碰着紫电剑，自己的剑不能伤损，就把自己平生武艺施展出来。要拿白菊花，且听下回分解。

第二十七回　校尉火烧潞安山　总镇兵困柳家营

且说展南侠初遇白菊花，两口宝剑一撞，展爷明知白菊花的剑软，展爷就把平生之力施展出来，与白菊花较量。又有蒋四爷在旁边，那柄刺使的也是神出鬼没，并且不与白菊花一对一较量。他尽看着展南侠与白菊花较量，晏飞稍有落空之时，他便把刺往上就递，并且不奔上三路，尽在下三路或钩或扎或刺。按说白菊花这身功夫，真算出色，可惜自己把道路走差，若要取其正路，可算国家栋梁之才。一个人敌住一侠一义，毫无惧色，无非就是剑不碰剑，又想拿自己的剑把蒋爷的刺剁折。蒋爷更是留神的，只管动着手，不求有功，先求无过，焉能教他的宝剑粘着自己的青铜刺？白菊花明知一个敌两个，早晚必败，吩咐家下人，一同齐上。家下人众抄家伙，没有刀枪剑戟，无非厨刀、菜刀、面杖、铁镢把子、顶门杠，此时冯渊早就蹿下房来，就把张龙手中那口刀要将过来，挑邢如龙、邢如虎两个人的绳子，叫张龙、赵虎两个人，把他们背将起来。赵虎说："三哥你背着龙，我背着虎，咱们是龙对龙，虎对虎。"冯渊拿着这口刀，上下翻飞，砍的那些家人一个个东倒西歪，也有带着重伤的，也有死于非命的，大家谁敢拦阻。冯爷一行砍杀，一行护着张、赵二人背负邢家兄弟闯出垂花门，直奔大门，眼望那些兵丁来到，才翻身回来，也帮着展爷动手。

此时忽听外面一阵大乱，犹如山崩地裂相似，听大众异口同音说："是天兵天将到了，调大兵来的，好几百万哪！都到了门口，将琵琶峪都塞断了。杀呀！拿钦犯哪！"白菊花一闻此言，就无心动手，他就打算三十六着，走为上策。展爷、蒋、冯三个人，围定甚紧，白菊花卖了一个破绽，好容易才蹿出圈外，撒腿就跑。冯渊大嚷："混帐东西跑了！"大家就追。展爷在前，蒋爷在后，冯渊无非虚张声势。白菊花奔垂花门，扭项回头，早就见蒋四爷、展南侠追赶下来。晏飞一回手，"叭"就是一镖。展爷是久经大敌之人，将身一闪，蒋爷在展爷身后，看不见前面，见展爷一闪，蒋爷也跟着往旁边一闪，那镖"噌"的一声，就将蒋爷头巾打了一个窟窿，若不是身材矮小，性命休矣。白菊花一镖，把展爷的暗器也勾出来了，一缓手，把袖箭装好，"噔"的一声响，正打在大门的框上。晏飞也是久经大敌的人，只管跑着，不住的回头，看见展南侠双手一凑，就知他要发暗器，果然他一伸手，一股寒星飞奔自己喉嗓而来，一闪身躲过袖箭，蹿出大门。

一看前边黑压压的一片兵丁堵住周围院墙，见了他异口同音喊：“贼人出来了。”张简、何辉在门的两边。这些兵丁，每人一块蓝布包头，可没穿上号衣号褂，各执短兵刃。只见对面上，总镇大人是酱巾折袖打扮，面赛乌金纸，手中一柄水磨竹节钢鞭，有鸭蛋粗细，迎门一站，虎势昂昂，犹如半截黑塔相仿。白菊花一瞧，就知道他是总镇。总镇两边，有那二十名长挠钩手。张简、何辉两个人往上蹿，一个是熟铜双锏，一个是齐眉木棍。白贼一想，要与他们走上三合两合，后面那个姓展的就追上了。只见他们锏棍齐奔面门而来，白菊花这口宝剑一磕，“呛啷”兵刃全折，使了个顺手推舟的招数，“噗哧”一声就把张简的膀子砍落下来。一回剑又是一声响，就把何辉的头巾削去了半边。迎面总镇大人，眼看着伤了二员偏将，自己抡鞭就打。晏飞怕他力大鞭沉，不敢碰他的兵器，使了个乌龙入洞，躲过他这一鞭。众挠钩手全把挠钩往前探，白菊花用剑使了一个拨草寻蛇的架势，叱哧咔嚓，把那些挠钩手的挠钩，全都削折。二十个人往前一扑，白菊花迎面上，遇人就杀。可怜那些兵丁，就有带伤的，也有送命的。晏飞闯出来，到山口，马快班头如何能挡得住他，也就被他砍倒了不少。恶贼出了潞安山，一想上哪里方好，是往周家巷好，还是上柳家营好哪？自己未能拿准主意。忽见后面众人追来，只得顺着山边，往北又往西，窜上山去。只见山下火光大作，烈焰飞腾，万道金蛇乱窜，自个暗暗的叫苦，明知自己窝巢不在了。事到其间，也就无法，反怨恨邢如龙、邢如虎，早知事到如此，还不如把两个小辈结果性命，也消心头之恨。走不到二里光景，就到柳家营门首。

且说柳家营前面一带，尽是柳树。庄主姓柳，叫柳旺，外号人称青苗神。先前也是绿林，后来坐地分赃，自己挣的家成业就，洗手不做绿林的买卖了。皆因四十岁无儿，又搭着挣下了万贯家财，足够后半世用的了。恰巧弃绿林后生了一个女儿，更要作些好事。他这女儿，名叫姣娘，长到十八岁，聘于宋家堡。头年妻子又死去了，今年正是六十正寿，上他这里来祝寿的甚多。白菊花他们素无来往，然而彼此慕名，正是他生日这天，白菊花同着周家巷火判官周龙，备了一份厚礼，前来与他拜寿。白菊花一来，柳旺就觉着亲近于他，生辰后，留晏飞住了数十余日，终日上等酒席，待如上宾。后来，两个人结为义兄弟。如今白菊花要上周家巷，皆因后面追来，逃脱不了，故此才直奔柳家营。可巧正遇柳旺在他门首，往潞安山那面瞧看，见杀声震耳，火光大作，透着诧异，要派人前去打听。忽见白菊花迎面而来，面现惊惶之色，再看后面追来的人不少。青苗神这个人，最有机变，叫家人先进去开了大门。门前有两个石头鼓子倚着，家人先把石鼓子一挪，等白菊花到了门首，柳旺拉着进了大门，忙叫家人把大门一闭。白菊花正要行礼，柳旺一搀说："此时没工夫行礼，快说是甚么事情？"白菊花草草把自己的事一说。柳旺翻眼一想，随说道："必须如此如此的方好。"白菊花连连点头说："此计甚善，只请哥哥救我了。"说着就双膝点地。青苗神把晏飞一搀说："你我自己兄弟，没有那些礼节。"随叫家人带着白菊花去了。又叫家人过来，附耳低言，家人答应，转身去了。

忽听门外一阵大乱，有人在那里叫门。柳旺亲身开门，迎门遇见展南侠、翻江鼠，一齐说道："你是本家主人哪？"柳旺点头说："不错，小可名叫柳旺，但不知你们二位贵姓高名，因为何故，带领这些人到我家中，有何贵干？"蒋爷答言："你要问我们，乃御前三品护卫将军。后面还有你们知府、总镇。我们都是奉旨拿贼，如今贼人进了你的门内，快些闪开，容我们捕盗。"柳旺把双手一拦说道："且慢，我们院内没有。"蒋爷远远地看见进了他的门首，皆因有那些柳树挡遮，未能看得很明。柳旺开口就不承认，他一耽延工夫，白菊花再打后头跑了，那时间枉费了许多事情，顾不得与他说话，先叫兵丁："把他这个宅子与我围了。"蒋爷与柳旺说道："你说贼人不在你的院内，我们搜将出来，拿你一同治罪。"柳旺满口应承："老爷们若打我院中搜出贼来，连我一同治罪。可求老爷们一件事，别叫这些个人进去，都一进去，我家中不定得丢多少东西。"蒋爷说："使得。"告诉兵丁："叫你们大人堵门。"蒋、展二位往里一闯，将到屏风后，就看见白菊花后影儿往厅房里面一跑。蒋、展二人一齐往门内一闯，两面的绷腿绳往起一绊。要问二人怎样逃躲，且听下回分解。

第二十八回　因贪功二人坠翻板　为拿贼独自受镖伤

且说展、蒋二人将到屏风门外，往厅房上一看，见白菊花往里面跑。二护卫心在白菊花的身上，那里想得到门内有埋伏，只顾往里一跑，两边的绳子往起一兜，二位就往前一栽。幸亏展爷将刀顺手一划，绳子全断，两旁拉绳的家人，一齐跌倒，蒋、展二位纵起身来。蒋爷说："好贼人，中了你们的圈套了。"此时，白菊花早又出了厅房，抽出一只镖来，对着展爷打来，早被展爷躲过。白菊花这一镖没打着，只好又赶奔前来动手，走了三五个回合，转身就跑，直奔厅房。展爷怕一进厅房的时节，门坎又有兜腿绳子。到了房门之外，蒋爷探头瞧了一瞧，里面连一个人也没有。忽见白菊花正从暖阁那里，往后一转。二人赶到暖阁东边，往后一看，后边还有一个后门。此时白菊花已经出后门去了。二人也往后门一蹿。岂知门内是一块翻板。二人要是一前一后，也不至于一齐落下，皆因二人一齐纵身，一齐落脚，就听见“嘣”的一声，那地板就翻转去了。展、蒋二人往下沉，也不知准够多深，撒手把兵刃一扔，双手一拢膝盖，用腰找地。焉知晓“噗咚”一声，将身子沉入水中去了。展爷吓了一跳，随着就喝了两口水。蒋爷一见是水，这可到了姥姥家了，欢喜非常。先往上一翻，就把展爷衣襟往上一提。展爷自从喝了两口水，只觉得晕头转向，叫蒋爷一揪，缓了缓气。就听见上边“当啷”的一声，柳旺家人们搬过石块，就把那翻板一压，里边人就是肋生双翅，也飞不出去。

别看蒋四爷只管会水，这所在实系利害，他手提着展爷腰带，自己用着踏水法，在这井桶之中，黑暗暗甚么也看不见，只可伸手去摸，摸着了井壁，周围一转，地方倒很宽阔，水约有一丈多深。再往上看，虽然看不见，估摸着约有数丈有余。再摸这井壁子，溜滑如镜面一样，纵然有天大的本事，也飞不上去。摸来摸去，忽听见有流水的声音。原来这井桶子，不是由地下冒上来的地泉，是由飘沿湖借进来的湖水。由飘沿湖挖出一股地道，约够八尺多宽，上头俱拿石头砌好，如同地沟相似，到井桶子这里，只留了六寸宽一个缝儿，就是会水的掉将下去，偏着身子也不用打算出去。这还怕不牢靠，又打了一扇铜蒙子，都是大指粗的铜条，把他拧出灯笼锦来，预先就砌在这缝儿里头，一者为挡人，二则也免得湖里漂来东西，连大鱼全都挡住。柳旺起的名儿，叫翻板水牢。你想柳旺要这所在何用？皆因他年轻时坐地分赃的时候，制造此物。他也明明知道，所做的事情犯王法，怕的是哪时万一事情败露，有人拿他。若不是人家对手之时，他好把人带到翻板水牢。如系追他甚紧，他还有借水逃命的所在，可也没用着一回。可巧如今晏飞一来，他附耳低言告诉他的就是这个主意。蒋爷摸来摸去，摸到这个借水的地方了，不但窄狭，并且还有铜蒙子挡着。

南侠说：“四哥，事到如今，你不必顾我了，你自己若能出去，早离险地罢！”蒋爷说：“大弟，你看这样一个所在，如何出得去呢？就是出得去，也没有一个人走之理。这个柳旺，可实在人面兽心！你我在此，也不知外面之事怎么样了。咱们这可称得是坐井观天了。”展爷说：“四哥，你但能要出得去，你可就出去，别拘泥着我一人。”蒋爷说：“咱们生在一处生，死在一处死。出去的法子，我是一点也没有，就这么一点盼望！”展爷问：“甚么盼望？”蒋爷说：“就盼望总镇大人冯振刚能把白菊花拿住，还得把柳旺拿住，进来满处一找咱们，或者他们家人说了，或者各处找寻，无心间蹬到翻板上，再掉下一个来，那可有出去的机会了。倘若晏飞与总镇一交手，再把总镇引到这里，总镇一贪功，照样掉下来，那可又多一个该死在一处的了。事到如今，也不用打算，只可就是凭命由天了。”展爷、蒋爷在水牢之中，暂且不表。

且说白菊花将蒋、展二位带到翻板水牢之处，在外面看着他二人中计，坠落下去，叫家人用石头压住，自己转身出来。柳旺在那里叫道：“贤弟怎么样了？”回说：“他们已然坠落下来，兄长可曾看见那些人都到了没有？”柳旺说：“他们把咱们周围的墙壁俱都围满了。贤弟你要逃走，我这里单有一股水道，你自可借水而逃。”白菊花说：“不行，我若借水道而走，他们岂肯与你善罢干休？我与兄长惹的这个祸患可不小。水牢里是两个护卫，外面还有总镇，那总镇倒不放兄弟眼里。无奈一件：我若走了，就给哥哥留下祸患了。依我说，不如丢舍这份家私，你我逃走了罢。你我弟兄走在哪里，到处为家。”二人正在议论之间，就见冯渊由外面进来，骂说：“好贼人，你们全是一类的东西。总镇大人，快拿贼罢，他们这里议论要跑。”那总镇冯大人一听，手提单鞭，大喊一声闯入院内，大家全撞一处。柳旺的家人，早在旁边拿着一条花枪交给柳旺。冯渊往外一跑，说：“我去叫人去了。”白菊花说：“哥哥先走。”柳旺冲着总镇就是一枪，总镇用鞭一磕，“当”的一声，柳旺险些撒手。晏飞早由冯振刚左边蹿过来了，总镇一追，“噗哧”一毒药镖，正中肩头，“噗咚”一声摔倒在地。要问生死如何，且听下回分解。

第二十九回　巧装扮私访淫寇　用假话诓骗愚人

且说白菊花正与青苗神商量主意，不料冯渊闯将进来。按说，大门关着，众人全在外面围着，也听不见里面的信息，冯渊使了一个诈语道：“里面说话的不是王大兄弟吗？”里面人答言：“找我们王三哪？刚才在这里来着，此时没在这里。”冯渊说：“劳您的驾，把他请出来，我们说句话。”那人就叫说：“王三哥，外边有人找你哪。”不多一时，门内问：“谁找我？”冯渊说：“三兄弟，你开门吧，我与你说句话。”那人还纳闷，听不出是谁。把门一开，冯渊使了个眼色，众兵往前一拥，那门就关不上了。家人将要拦阻，冯渊把刀一亮，那些人便东西乱跑。冯渊闯进大门，正听见白菊花与青苗神商议，就往前一蹿，高声一喊。此时总镇大人进来。柳旺用枪一扎，往外就闯。白菊花从旁边过来，总镇一追，就是一镖，正中肩头，总镇大人摔倒在地。白菊花往外一蹿，将到门首，冯渊正教那些人进来，迎面正遇白菊花。冯渊焉敢与白菊花交手，回头就跑。白菊花也没工夫追他，会同青苗神，两个人扑奔西南。这些兵丁，就有奋勇的还要围裹他们，焉能围裹得住？沾着就死，撞着就亡，转眼之间，就是数十名人在地上横躺竖卧。那些兵丁，谁还敢追，任着两个人飞跑。

跑来跑去，天色已晚，回头一看，身后有一个黑影儿在后面远远跟下来了。白菊花低声对柳旺说道："后面有人追着咱们哪。"柳旺说："这便怎样？"白菊花说："待我返身回去，别是那个蛮子。"看看临近，晏飞细细一瞧，何尝不是！

且说冯渊心中怕苦了白菊花，又是恨他，又是怕他。忽听兵丁一阵大乱，说："总镇不好了，教人打死了。"冯渊一急，眼瞧着白菊花往西南去了，一听总镇大人受伤，自己一想：我暗地跟下去，看他下落在何方。天气已晚，他估量大约他们看不见他了。不料白菊花实系鬼诈，又趟回来了。冯渊一瞧见白菊花返身回来，回头就跑。白菊花追了半天不追了，仍然归在柳旺一处。冯渊又跟下去了。柳旺又回头追他，冯渊又跑。等到他们要走，他又紧紧跟着。白菊花瞧见前面一个村庄，就与柳旺商量，若是进村，他就无处可找了。果然冯渊要追进村中，又怕白菊花在暗地藏着，无奈何，在村外找了一棵树下歇息，直等到了天交二鼓。冯爷想着又是恨，又是气，垂头丧气顺着潞安山的北山边，就回了公馆。叫开店门，问了问店家："知府大人与众位老爷回来了没有？"店中人说："知府大人回来了，总镇大人受伤，二位邢大人带伤，我们这里张老爷带伤。"冯渊又问："展大人、蒋大人回来了没有？"回答："没有。"冯渊又是一惊，往里就走。迎面遇见姚正，冯渊又问了一回，也是如此讲。冯渊一跺脚，说："唔呀，唔呀，不好了！"来至厅房，看见知府大人低着头，背着手，急的满屋乱转。

原来知府大人赶到琵琶峪，得见总镇大人身受重伤，邢如龙挖去一目，邢如虎削去四指，张简砍去一臂，兵丁杀死十一人，受伤者十五人。拿获柳旺家人八名，逃窜者无数。并未查点柳旺家中的东西，吩咐大门上锁，上了封皮。又派了两个小武职官，调去五架帐篷，大门外两架，东、西、北三架。知府衙门两位先生，开封府八名班头，徐州府十六名班头，三十名兵，会同看守空宅一座。若遇有人跳墙出入，立即锁拿。死去兵丁，每人赏棺木一口，令尸亲认尸，事毕时另有赏赐。受伤者，知府衙门公所调养，另请医家调治，俱是官府给钱。知府回公馆，内外科医生请来约有五六位。俱是异口同音说，张简、邢家弟兄保管无碍，就是总镇大人无法可治。因所受镖伤，尽是毒药，透入皮肤，无法可医。无论内科外科，皆如此说。又不见展、蒋二位护卫，又不知冯老爷哪里去了，一点音信皆无，急得个满屋乱转，故此哼咳不止。忽见帘儿一启，冯渊从外面进来，徐宽勉强陪着笑，连忙问道："可曾见着展大人、蒋大人没有？"冯渊说："唔呀，我还要问你蒋大人、展大人的下落哪！"知府就把所有的事对着冯渊说了一遍。冯渊说："这可不好了。"知府问冯大老爷："难道说没有见二位大人一点影儿么？"冯渊说："从进潞安山琵琶峪，我与二位大人总没离开左右，就见他们追出白菊花之后，我在白菊花家里放起一把火来，前后勾串着一烧，火光冲天，我就跟下两个贼人来了。直到柳家营，倒看白菊花同柳旺逃入村里去了，他们关着门不教进去，我使了一个诈语，这才把门诈开。要依着兵丁们说，二位大人进了院子，难道说二位大人还输给白菊花不成？满让蒋大人或许不是白菊花的对手，展大人不能输与白菊花啊。"正说之间，张龙、赵虎从外面进来。冯渊见着大家，彼此对问了一回，全是面面相觑。知府传出话去，无论甚么人，有会医治毒药镖伤者，急速请到。大家草草把晚饭吃毕，一夜晚景不提。次日早晨，知府派下人去至柳家营打听，晚间并没有从墙出入之人。

单说赵虎，自己忽然想起一个主意来了，就把官查总领姚正叫在东厢房里。姚正问道："四老爷有甚么吩咐？"赵虎说："你是此地官查总领，应当无一不知，无一不晓。"姚正说："下役也不敢说无一不知，大概的事情尽都知晓。"赵虎说："我问你，这白菊花是个贼，你知道不知？"姚正说："老爷，慢说白菊花是个贼，连他叫白菊花我都不知。倒是柳旺，我倒知道他不大甚好。"赵虎说："你既然知道为何不办？"回答说："他不法是在年轻时节，本地又没案件。"赵虎说："你们这一方还有不法之人没有？"姚正说："还有，也是没有作案，无处下手。"赵虎问："住在甚么所在，姓甚名谁？"姚正说："出了榆钱镇的西口，别进潞安山边山口，就顺南山边有一个村庄，叫周家巷，东西大街由当中分开，东边叫东周家巷，西边叫西周家巷。在西周家巷西头路北，有个大门，内住着一人姓周，他叫周龙，有个外号火判官的便是。在左近的地面，也没有案，我们大众有点疑心，总没探访妥他，早晚间必要动他，皆因他所来往之人，全不正道。”赵虎又问：“他到底是个作甚么的？”姚正说：“据他说，他是个保镖的。到如今他又不保镖了。”赵虎说：“白菊花他们素日可有来往没有？”姚正说：“那我可准知道他们素有来往，他们交往还很亲密。我们还常常言讲，可惜尉迟大官人怎么交他？谁知道尉迟良就是第一的不好人。”老赵说：“这就得了。你不用管，我自有主意。”说毕，二人出来。赵虎就把跟他那个从人叫来说：“我要出去私访去，你仍然给我买那么一身破衣服来。”赵虎私访，前套《七侠五义》之时，访过七里村一案，又访过白玉堂，巧遇三千两叶子金。包相爷就说他是个福将，他自已就信以为真。如今白菊花、展、蒋全无下落，又想着要去私访，故此与姚正打听得明白，又叫家人买破衣服。去不多一时，家人把衣服买来。赵虎就将本身衣服脱却，穿上了破汗衫破裤子，光着脚，撒拉着破鞋，挽着发纂，满脸手脚上俱抹上锅烟子。又由墙上揭下几帖乏膏药贴在腿上，拿了一根打狗杆，提着一个黄磁罐，拾掇好了。

赵爷将往外走，正遇见冯渊，把冯爷吓了一跳，惊说：“唔呀！你是甚么东西？”赵虎说：“你是甚么东西！玩笑哇。”冯渊说：“可了不得了，赵四老爷疯了！”赵虎说：“你才疯了哪。”冯爷道：“你不疯，何故这般光景？”赵虎说：“展、蒋二位大人连白菊花俱没有下落。我出去私访，倘若访出下落也是有的。”冯渊说：“你这个样子，还出去私访，谁看见不说你形迹可疑？就是落魄的穷人也不至于这般光景。纵然扮个穷人，像个穷人就是了，何至于浑身抹些个锅烟子，贴些乏膏药？”赵虎说：“我出去私访的时候，你还没有差使哪。”冯爷说：“你满让遇着案犯，叫人家看破，也是个苦，无非又得我们救你。”赵虎说：“哪里用得着你们哪！相爷说过，我是福将。”冯渊说：“好，你是福将，我是腊醋，别抬扛，请罢。”赵虎提着黄磁罐往外就走。来至店门，把店家吓了一跳，刚要说：“你这乞丐……”那个字没说出来，细一看，是赵四老爷，说：“你老人家是怎么啦？”赵虎说：“你别管我，开店门。”原来这店自从做了公馆，就是白天也把双门紧闭，有人出入时候现开。若要开着门，怕有人住店来，就得教人住，不然就得争闹。店家开了店门，赵虎出了店，直奔正西。

榆钱镇本是热闹所在，来往人烟稠密。大众一看赵虎，无不掩口而笑。本来看着他就形容可笑，并且老赵也真拉的下脸来，放开嗓音一喊说：“行好的爷们，有吃不了的饼饭，穿不了的衣裳，用不了的银子钱，要是给我穷人，我一辈子忘不了你的好处。行好的爷们哪，行好的爷们！”只顾一喊，招来十几条大狗。那狗“汪汪汪”的乱咬，赵虎一看，气往上冲，破口大骂：“怪不得说‘人敬富的，狗咬破的’。你当是四老爷真是这样穷？滚开这里罢！你还咬我，我骂养活你的主人了。”狗的主人一瞧老赵那个样，赶紧把狗叫进去，把门一关，不惹闲气。

老赵四六句子骂骂咧咧就奔了潞安山的山口，顺南山边直奔周家巷，到了东周家巷，往里就走。这一进村，狗更咬的利害啦。赵虎用打狗杆抡开，要打又打不着，狗比他快。随着往西过了十字街，便是西周家巷，东西所分者无非南北一条街冲开，在东便是东周家巷，在西便是西周家巷。将过南北这条街，坐北向南，有一户人家。老赵又一喊叫，只见从门内出来一个人，年岁不甚大，青衣小帽，像个做买卖人的相貌。那人问道：“我这里有点残饭给你，要不要？”赵虎说：“我的肚量大。”那人又问：“我这里有酒，你喝不喝？”赵虎问：“必是剩下的酸黄酒。”那人说：“不是，是小花坛女贞陈绍。”赵虎说：“你既有女贞陈绍，为何不留着你自己用？”那人说：“实不相瞒，我们是搬了家了，这就要交代房屋了。我一看他们，剩下了一碗饭，有些盐菜，还有些不要紧东西，有一坛子酒，你要吃，我省的往那边挪了。我瞧你也不是久惯讨饭的。”赵虎说：“有酒便好，我就是好喝，我要不喝，还落不了这般田地哪。”随说着，把赵虎让到门里，有一个转弯影壁。那人说：“朋友，你在这里等等。”不多一时，从里边拿出一张小饭桌，两条小板凳，又取出一壶子酒来，一碟咸菜，两个酒杯。赵虎把黄磁罐放下，打狗杆往墙边一立。那人给斟了一杯酒，自己也斟上一杯。老赵不管怎样，拿起便喝，一口便是一杯。那人瞧着赵虎尽乐，便问道：“朋友，我瞧着你怪面熟的。”赵虎说：“我是哪里人，你是哪里人？”那人说：“你不用隐瞒，我瞧出来了，你是开封府赵虎赵护卫老爷。”赵虎说：“不是不是，你错认人了。往常也有人说我像赵虎，大概我与赵虎长的不差，我也姓赵，我可不是赵虎。”那人说：“你不是赵四老爷？可惜！可惜！若真是赵四老爷，那可好了，可惜世界上的事，卖金遇不着买金的。朋友，喝酒罢。”赵虎一听，他话里有话，随问道：“你老贵姓？”那人说：“姓张，排行在大。”赵虎说：“张大爷。”那人说：“岂敢！岂敢！”又说：“赵伙计，你是哪里人？”回答：“咱们是京城里的。”那人说：“京城里做甚么买卖？”赵虎说：“开杂货铺。”那人问：“在甚么地方？”回答：“在竹杆巷东口。”那人又问：“宝号是甚么字号？”回答：“是这个甚么来着？我忘了。”那人一笑，说：“是自己买卖，会把字号忘了？”赵虎他一句教人问住，半天才说：“买卖是我的，我可不管事，单有领东的管事。你问的太急，等我慢慢的想一想，我想的起来。”那人又问：“既是你有个买卖，上这里来做甚么？”回答：“上这里找人。”又问：“找甚么人？”回答：“有一个同行的欠我钱文，找他来了。”又问：“欠你钱的这个人居住何方，在哪里做买卖？”回答：“在徐州府十字街鼓楼东杂货铺做买卖。”又问：“这个杂货铺甚么字号？”回答：“我也一时忘了。”又问：“这个人姓甚么？”回答说：“你这人问的怎么这样细微？不亚如当堂审贼的一样。”那人说：“咱们喝着酒，无非闲谈。他到底姓甚么？”赵虎说：“这个，他仿佛是姓……”说话之间又问：“你问我甚么来着？”姓张的哈哈大笑，说：“你说了半天，尽说了些口头语儿，到底姓甚么？”赵虎忽然想起白菊花来了，说：“他姓白。”那人说：“可找着没有？大概是没找着吧？与人家本铺又不认识，总得在外头住店，吃饭要饭钱，住店要房钱，大概是又好喝，又好耍，由京都又没有带多少钱来，此处又举目无亲，人没找着，对与不对？”赵虎说：“你怎么知道我的事情？”那人说：“你不用撒谎了。你是四老爷不是？”老赵说：“是怎么样？不是又怎么样？”那人说：“你若是赵四老爷，有天大一件美差，准保你官加两级。”赵虎问：“到底甚么事情？”那人说：“皆因我们这里，有一个火判官周龙，他家女眷上我们家里来了。妇女们说话不管深浅，说昨日他们家来了两个人，一个叫青苗神，一个叫白菊花，叫官人赶的无处可去。这白菊花竟偷了万岁爷的冠袍带履，无处可藏，现时便藏在他们家里。你若是真正赵虎，这件差使，是怎么样的美差？可惜你不是，那便不行了。”赵虎一闻此言，哈哈大笑，心中想道：怪不得相爷说我是福将。如今赵虎得了白菊花的下落，要问怎样办法，且听下回分解。

第三十回　群贼用意套实话　校尉横心不泄机

且说老赵听见这个人说出了白菊花的下落，不觉欢喜非常，便与那人笑嘻嘻地说道：“事到如今，我也不用隐瞒，我便是赵虎。”那人说：“你算了吧！你这是冤谁呢？你要是赵虎你早说出来了。”老赵说：“一见面，人心隔肚皮，我本是巧扮私行，出来私访，访的便是白菊花下落。如今我一见你，是个买卖人的样儿，也是实心眼的人，我故此才把我的真情泄露。”那人哈哈一笑，说：“你是真正的赵四老爷，我可多有得罪。”赵爷说：“不知者不为罪。”那人复又深深的与赵虎行了一个礼，说：“恭喜四老爷，贺喜四老爷。既是你老人家到此，这里也不是讲话的所在，咱们到后边，还有细话告诉你老人家。”赵虎连说：“使得使得。”一回脚“当”的一声，便把黄磁罐打破，打狗杆折断，搬着桌子，拿着板凳，拐过影壁来，有三间上房，把桌子放在屋中。赵虎一看，尽是三间空房，果然就像搬了家的样子。那人拿着酒壶道：“我再取些酒来。”赵虎便在房中等着。不多一时，把酒拿来，放在桌上，那人道：“可惜你老人家初到此处就是一盅空酒，连些菜蔬也没有，透着我太不恭敬了。”赵虎说：“只要我得着钦犯的下落，比你给我肉山酒海吃还强哪。你若不择嫌，咱们哥俩得换帖。”那人说：“我焉敢高攀。”二人落座，把酒满斟了两杯，那人忽然站起身来说道：“我有几个腌鸡卵在那里，可以下酒。”赵虎说：“不用了，我们两个人说话罢。”那人一定要去取。赵虎的那性情，访案得遇，自己一喜欢，哪里还等得那人取鸡卵来。自己斟上，自斟自饮，吃了三杯，把第四杯斟上，就觉着晕晕忽忽的，也不知晓是甚么缘故，自觉着必然是饿了，怎么头晕，随即站起来走一走，焉知晓刚一站起便觉天旋地移，房屋乱转，身不由自主，“噗咚”一声，便栽倒在地。那人从外面蹿将进来，哈哈大笑，说：“就凭你这个浑人，也敢前来私访，你没打听打听小韩信张大连。慢说你这个浑小子，再比你高明一些的，也出不了大爷所料。”

列公，这人到底是谁？这人是南阳府东方亮的余党。原来白菊花盗取万岁冠袍带履便是他们两个人一路前往。皆因白菊花把冠袍带履交与东方亮，晏飞走的时节是不辞而别的。东方亮怕晏飞挑眼，便叫张大连追下白菊花来了。将到潞安山，便看见山上火光大作，自己便奔周龙家里去了。他将到周龙门首，火判官正在门前瞧潞安山那火纳闷。彼此相见，张大连说了他的来历。少刻，家人回来，告诉潞安山的凶信。依着火判官要跑，小韩信把他拦住，直到初鼓之后，白菊花同着柳旺，上周龙家里来了。是冯渊把他们追进小村，蹿墙跃房，这一家跳在那一家，便跑了。直奔周龙家里来，群贼相见，火判官一问他的来历，晏飞便将始末根由一五一十，细说了一遍。大家用酒饭之时，白菊花说：“我们弟兄二人，还得速速的起身，不然怕再有官兵追至你这里来。我姓晏的，连累一个朋友便是了，别再把哥哥连累在内。”周龙笑道：“贤弟此言差矣。古人结交，有为朋友生者，有为朋友死者。劣兄虽然不敢比古人，柳兄尚且把家舍田园俱都不要，何况我这一所破烂房屋，又非祖遗之物，又算得几何？”张大连在旁说：“二位自己弟兄，何必这般太谦！”晏飞说：“倘若有连累兄长之处，实是小弟心中不安。”大家直饮到天色将明，也派人出外打听，官兵并无一点来的动静。张大连又说：“虽然官兵未往周家巷来，唯恐有人暗访。待我出去，到我们空房子那里去看看。倘有面生之人，我好盘问盘问。”大众点头。张大连走出来，到他空房子那里，院中有两个看房之人，忽听外面叫街的乞丐，声音诧异。张大连一出来，就认得是赵虎。皆因他同白菊花盗冠袍带履时节，那日他在街上闲逛，遇见张龙、赵虎送白五太太至原籍，回都交差，张大连知道他是赵虎，如今见着，焉有不认得之理？诓进来，用他的假话诓赵虎的实话。然后就把他让将进里屋来，二次才用蒙汗药酒，把他蒙将过去，把西屋里两个大汉叫将过来，拿了一条口袋，把赵虎往内一装，把口袋口子一扎，叫一个扛着走，一个看家。二人出了门首，直奔周龙家内而来。

到了里面，进了厅房，晏飞问：“这是甚么？”张大连说：“你猜。”白菊花笑说道：“是银子，是钱。”张大连说：“是人，你看是谁罢。”先把口袋口子解开，把口袋撒开，原来是个乞丐花子。张大连说：“晏寨主细瞧，认得不认得？”白菊花细瞧，说：“哈哈，好张兄，怪不得人称你叫小韩信，真是名不虚传，可称得有先见之明。”周龙问：“他到底是谁？”晏飞说：“便是那个赵虎。张兄怎么把他扛来？”张大连便把方才的话说了一遍。周龙说：“把他杀了，埋在后院，便完了。”白菊花说：“不可，张兄你可曾问共来了多少人？”张大连一跺脚，“咳”了一声说：“便是忘了问这句了。”白菊花又说：“他们都在哪里住着？”张大连说：“我也是忙中有错，也没问他。”白菊花说：“活该，我初见邢如龙、邢如虎的时节，也忘了问他在哪里居住，共来了多少人。”柳旺在旁边说道：“既然把他拿住，还怕甚么？拿凉水把他灌将过来，将他绑在厅柱之上，拿刀威吓着他。要依我说，世上的人，没有不怕死的，那时节若要一问他，据我想，他不能不说。”周龙说：“问那些有甚么用处？”张大连说：“打墙也是动土，动土也是打墙。人没害虎心，虎有伤人意。如今既然把个校尉拿到咱们家里来了，万一有点风声透露，还愁着那些官兵官将不来呀！不如先下手为强，只要威吓出他的话来，咱们夜晚之间，大家一同前往，把他们有一得一，全都一杀，周兄又没有家眷，咱们大家一走，全奔团城子，上东方亮大哥那里，预备着五月十五日在白沙滩擂台上打擂。众位请想，我这个主意怎样？可千万别逢迎，咱们是一人不过二人智。”众人异口同音，全说：“这个主意很好，事已至此，还非这样办不可哪。”立刻叫人取凉水，把赵虎牙关撬开，凉水灌将下去。再把赵虎捆在厅柱上，大众搬出椅子，彼此落座瞧看。

可叹老赵受了蒙汗药酒，迷迷糊糊的驾云相似。待等睁开二目一看，叫人捆绑在厅柱之上，自己衣服已经被他们扯得粉碎，足下的鞋早便没有了，发髻蓬松，如活鬼一般。往对面一瞧，周龙是赤红脸面，柳旺花白胡须，这两个自己不认得。再瞧那边，便是白菊花。迎面站着，便是那个姓张的。赵虎瞧见张大连，把肺都气炸了，说："姓张的，你真是好朋友哇！"张大连说："没有我在这里，你这条命早便不在了。皆因我爱惜你这个人物，忠厚诚实。我问你几句话，你只要说了真情实话，把你解将下来，任你自去。"赵虎说："看你问甚么了！"张大连说："你们共来了多少人，在哪里住着？"赵虎说："就为这个事情？告诉你可准放我呀！"张大连说："君子一言出口，驷马难追。"赵虎说："你过来，我告诉你，可别叫他们听见。"张大连说："使得。"便到赵虎面前，赵虎说："你再往前点儿，你把耳朵递过来。"张大连就把耳朵一递，歪着脸儿，就见赵虎把嘴一开，往前一伸脖子，把张大连吓了一跳，说："他要咬耳朵呢。"复又问他："你们在哪里居住，共是多少人？"赵虎破口大骂，白菊花一听，气往上冲，说："似这样人死在眼前还不求饶，反倒破口骂人。只不用问他甚么言语了，结果他的性命吧。"说毕，亮宝剑往前扑奔，举剑往下便剁。欲问赵虎生死如何，且听下回分解。

第三十一回　捆厅柱一福将受辱　花园内三小厮被杀

且说白菊花亮出宝剑来，要结果赵虎的性命。张大连拦住说："晏贤弟不可性暴，我准知道，赵老爷是个好人。"白菊花便又坐下。张大连说："赵大哥别怪，我晏大兄弟他是个粗鲁之人，你还是瞧着我。纵然你便说出来人多少，在哪里居住，也是一件小事。为甚么拚着自己性命，执意不说哪？"赵虎说："你一定要问，我便告诉你，可便宜了你。"张大连说："只当就是便宜我罢。"赵虎说："我们人来的甚多，尽能高来高去的便有三百余人。"张大连说："你别信口开河啦，哪里有这么些人呢？"赵虎说："你如不信，我便不说了。"张大连说："你把有名姓的，说上些个与我听。"赵虎说："你听着，有北侠欧阳春，南侠展熊飞，双侠丁兆兰、丁兆蕙，云中鹤魏真，钻天鼠卢方，二义士韩彰，穿山鼠徐庆，四义士蒋平，白面判官柳青，小诸葛沈仲元，铁背熊沙龙，孟凯，焦赤。"说完即问张大连有三百没有。张大连说："哪有三百，共总才有几个人。"白菊花在旁说："不用听他的了，他尽是信口胡说。"张大连听着，也觉不确实，说："姓赵的，你要不说实话，我可就不管了。"赵虎说："谁教你管哪！除过是你，别人问我，我还不说哪。”猛然间听赵虎扯开啜子连连喊道：“赵虎被人捉住了，赵四老爷被人捉了，赵虎被人捉了！”周龙问：“这是作甚么呢？”张大连明白他的意思，急速便将赵虎的破衣裳扯下一块，把赵虎颊腮一掐，与他口中塞上物件。柳旺也说：“他这是甚么意思？”张大连说：“他们外头必有一同来的伙伴，不然他不能扯开嗓子乱嚷，为的是教他们伙伴听见，好来救他。”白菊花说：“还是杀了他罢。”

白菊花正要去结果赵虎的性命，忽然从外面进来了三个人。赵虎虽然塞住口，不能说话，瞧这三个人倒也瞧得清楚，全都是箭袖袍，狮蛮带，薄底快靴，肋下佩刀。一个穿红，一个穿青，一个穿蓝，是两高一短。这三个人相貌实在难看，生的实系凶恶。正当中这人，面如蓝靛，发似朱砂，红眉金眼，连鬓落腮红胡须，身高五尺，宽倒有四尺，还有一件奇文——精细的脖子长有一尺。大脑袋细脖子最难看无比。眼瞅这脖子擎不住脑袋，那个脑袋直在脖子上乱晃，类若是铜丝儿缠的一般，东倒西歪，前仰后合，又是难看，又是可笑。看那两个人倒是英雄的架子。一个面似瓜皮，青中透绿，绿中又透着亮，凶眉恶眼，未长髭须。一个是面赛淡金，半个面上有块紫记，上长了许多绿毛，粗眉大眼，也没胡须。那个细脖子的先与火判官周龙见礼，然后与张大连相见，回头又看见白菊花，说：“原来晏寨主也在此处。”二人对施一礼，又问周龙：“这位朋友是谁？”周龙说：“与你们二位引见引见。这位是柳家营人氏，号为青苗神柳旺。这位是兖州府人氏，号为细脖大头鬼王房书安。”彼此一一见礼，又说了些久仰大名的客套。周龙又问道：“这二位是谁？”房书安说：“这是我带出来的两个兄弟，新入我们这个跳板[1]，是亲弟兄两个，过来见见。这便是我与你们常提说的周寨主。这位是追魂催命鬼黄荣江，这位叫混世魍魉鬼黄荣海，俱是杭州人氏。”二人给周龙行礼，挨着次第一位一位，全都见过，然后众人落座，献上茶来。周龙问：“三位贤弟从何处至此，有何贵干？”房书安说：“我带着二位兄弟，特意前来拜望你老人家，然后拜望绿林中众位朋友们，俱都叫他们见识见识。还有一件事，团城子东方大哥立擂台，聘请天下绿林众位哥们前去护擂。我算计着哥哥必然见了请帖了。”周龙说：“事情我算知道了，请帖我还未见哪。”房书安说：“早晚必到。可是此时出了一个与咱们绿林人作对的，并不把咱们瞧在眼内，你们听见说没有？”张大连问：“是谁？”房书安说：“五鼠五义之内，有个穿山鼠徐庆，他的儿子名叫徐良，

---

① 新入我们这个跳板：旧时江湖黑话，意为刚出道。

外号人称多臂熊，又叫山西雁。这个人长的貌陋，黑紫脸面，两道白眉，平白一看，就相似一个吊死鬼一般。他的本领，普天之下找不出第二个人来。土龙坡高家店高寨主叫他杀跑了，桃花村病判官周五寨主也叫他杀跑了，桃花村成了火场。这个人会装死，又会假受蒙汗药，追人往西北追，他能在东南那边等着。崔龙、崔豹叫他追的无路，好容易才逃了性命。此人诡计多端，见了咱们的人，绝不放过。”白菊花说：“房兄别往下说了，休长他人志气，灭自己威风。慢说他一个晚生下辈，便是徐庆，也不放在晏某的心上。”房书安说：“我算是多言，我既知道又不能不说，无非告诉列位，如要见着他的时节，小心点便是了。”白菊花说：“我若见他的时节，务必把他首级割下来，拿回叫众位看看如何？”房书安说：“晏寨主真能如此，可算是给绿林中除了害了。”

房书安只顾说话，猛一抬头，瞧见赵虎捆在柱子上，复又问道：“周寨主，这个是作甚么的？”周龙便把赵虎的这段情由说了一遍，末了说：“问他共来了多少人，在哪里住，他执意不说，正要杀他，可巧你们三位到了，谁顾得杀他哪！”房书安说：“就为晏寨主盗来冠袍带履，闹出这么大的事来。且交与我，问问他们的下落。”说罢自己来在赵虎面前，说：“朋友，我与你商量一件事情。”就见赵虎鼓着腮帮子一语不发，尽冲着他点头。旁边有人说：“塞住口哪。”房书安伸手将他口内东西取出，说：“朋友你姓赵哇，你就是赵校尉老爷么？皆因我们晏贤弟盗来万岁爷的东西，也是一时之错，如今后悔已迟，情愿再把东西送回去，无门可入。你可能够与我们作个引线之人，便连我们都弃暗投明，改邪归正。你能应此事不能？”赵虎说：“你便叫房书安哪？我看着你替你究心。”房书安说：“你替我究着甚么心哪？”赵虎说：“你这个脖子太细，擎不住你这大脑袋，那时脑袋掉下来，准要砸你的脚面。”房书安说：“你说话够多么损！”赵虎说：“你这个脖子太不是样子了，精细挺长。”房书安说：“已然长就的，那可没法了。”赵虎说：“我教给你一个招儿，便好看了。”房书安说：“甚么招儿？这可要领教领教。”赵虎说：“你量着尺寸，揪住脑袋，剁下七寸去趁着热血一粘，准保就好看了。”房书安说：“我要胡骂你了。瞧着你怪憨厚的，说出话来够多么损。我与你说正经事，别玩笑。”赵虎说：“谁与你玩笑？你们如有真心，我便带你们前去。不是我说句大话，在我们相爷那里，我说一不二。”房书安说：“那便很好了。你带着我们，这便上开封府还是去找别人呢？”赵虎说：“自然先见见别人。”房书安说：“先上甚么地方？离此处远哪，还是近？我们好预备些盘缠。”赵虎哈哈一冷笑说：“怪不得你脖子长，你行出这个事，再叫你脖子长出二尺也不为多。”房书安说：“你不用说我脖子。你总得说出实话，他们在甚么地方居住，有多少伙伴前来才行。”赵虎说：“你把我解开，我带着你们一起走，也不用你们的盘费。”房书安说：“你不告诉我们地方，可不能去。”赵虎说：“一定要问在甚么地方，你不是从你们家里来么，会没瞧见？”房书安说：“没瞧见。”赵虎说：“全在你老娘屋里炕上坐着，还有你姐姐妹妹相陪。”刚说完又喊叫起来：“赵虎被捉了！赵四老爷被捉了！”气得房书安也是混骂，给了他两个嘴巴，复又把他口塞上。可巧外面有人进来回话说：“扬州郑二爷到。”周龙说：“请。”房书安正要拿棍子打赵虎，外面有人进来，就不能打了。赵虎往对面一看，这个人一身青缎衣衿，薄底快靴，面如重枣，肋下佩刀，背着一张弹弓，细腰窄背，双肩抱拢，一团雄壮。周龙往前抢行了几步，那人双膝跪倒，周龙用手相搀，说：“贤弟一向可好？”回答：“兄长，这一向纳福。”周龙说：“贤弟你看那旁是谁？”那人一转身，看见了白菊花，双膝跪倒，放声大哭。晏飞忙把他搀将起来，说：“贤弟为何这等痛哭？”原来此人最正派无比。周龙见此人到来，立刻吩咐家人，把赵虎幽囚在后面空房之中，叫两个人看守着他。

家人答应，将他解下柱来，往后面就推。进了后花园，直奔空房。正走之间，忽听“嗖”的一声，赵虎扭头一看，是一条黑影，手中刀兜着家人后脑壳，“磕哧”就是一刀，人头砍落，“噗咚”一声，尸首栽地。要问来者何人，且听下回分解。

第三十二回　活张仙与周龙定计　冯校尉救赵虎逃生

且说姓郑的过去见白菊花，放声大哭。你道这个姓郑的是谁？就是邢如龙所说的他二师兄神弹子活张仙郑天惠。皆因在扬州跟着师叔，学了一身本领。在扬州拜得盟兄弟，一个叫巡江夜叉李珍，一个叫闹海先锋阮成。郑天惠师叔如今病故，依着郑天惠，不与他师傅送信，也不与他师弟送信，自己承办丧仪，报答他师叔教给他这一身本事之恩。李珍、阮成劝他，一定要给师傅、师兄弟送信。他说：“两个师弟没有准栖身之所，往哪里送信？只可给师傅、师兄送信。”就把师叔的灵柩封起来，投奔徐州。这日要上潞安山的山口，只见天晚，又正从周家巷经过，此人最与周龙交好，皆因火判官最敬重郑天惠这个人物，一者没入过绿林，二则知道他师兄弟俱是绿林，便不保镖，也不与人看家护院，无非自己叫个场子，糊口而已。所有他的朋友，俱是正人君子。今天来到此处，天气已晚，不料进来见着师兄，跪倒放声大哭。白菊花一问，郑爷就把师叔死去的情由说了一遍。白菊花一闻此言，叹惜一声，说："可惜呀！可惜！那老儿也故去了。"郑天惠见这个光景，直气得颜色更变，又不好与他师兄争吵。世上哪有师叔死去连个泪珠儿无有，倒还罢了，反说那老儿也故去了，仿佛有甚么仇恨的相似。有心与他分辩两句，他又是自己师兄，当着众人面前，他若不服，二人闹起来，岂不教旁人耻笑？只可拭泪而退，强陪着笑说："师兄不在家中，在周四哥这里，有何事故？"白菊花说："先与你见见几位朋友，然后再谈我的事情，说出来令人可恼。"白菊花把这些人一一全都引见过了。郑天惠又问："你说可恼，到底恨的是哪个？"白菊花说："就是咱们那两个师弟。"郑天惠一听是邢家弟兄，就知道他们素常不对，又不能不问，只得问道："他们两人因为何故？"白菊花说："我实对你说吧，皆因我把万岁爷的冠袍带履由大内盗将出来，又把此物送给了一个朋友……"郑天惠说："你怎么到万岁爷那里偷盗物件去了？倘若有一差二错，你也不料一料身家性命如何？"白菊花说："说得很是，皆因我在酒席筵前多贪几杯，一使性儿，还管甚么身家性命。我盗来万岁爷的东西之后，天子降旨，着派开封府包公捉拿我，满让开封府有几个护卫有些本领，天宽地阔，他也没处找我。包公一急，贴了一张告示，若有知晓我的下落者，赏给官做。邢如龙、邢如虎这两个小辈，自行投首，揭了告示，也不知带领多少人，前来拿我。并且有南侠展熊飞，还有翻江鼠蒋平，又有本地的总镇，带领无数兵将，火焚了潞安山，烧了琵琶峪，只害得我有家难奔，有国难投，只得奔到柳兄家来。无奈我逃在柳兄家内之后，他复又知会总镇，兵困柳家营，连累我这个哥哥弃家逃走。我们又投奔周四哥家里来。他仍不死心，方才你看见，在厅柱上捆着的那个，那就是开封府的赵虎，又把这个人打发来到此处私访，叫咱们张大哥识破了机关，把他诓将进来，问他们的下落，执意不说，正要责打于他，不想你来到此处，暂且把他推在后面去了。"白菊花本是捏造一派鬼话，不肯说出他违理之事，这几句话把个郑天惠气的双眉直竖，二目圆睁，叫着邢如龙、邢如虎骂道："两个匹夫，真乃是反复无常的小人。"

列公，若论郑天惠与邢家弟兄他们最厚，怎么听了白菊花这一篇话，他倒骂起邢家弟兄来了？皆因此人是一派的正气，不论亲疏，谁若行事不周，他能当时就恼。此时若有邢家弟兄在此，他就能当着白菊花结果两个弟兄的性命。随即问道："这两个小辈现在哪里？待我去结果这两个小辈的性命。"

白菊花说："皆因不知这二人的下落，方才拿住赵虎问他，他执意不说。"郑天惠说："既然拿住赵虎，怎么不说呢？"白菊花说："要打要杀，他拚着死命也是不说。"郑天惠哈哈大笑道："既是这样，我有主意，略施小计，管叫他说出真情实话。"小韩信在旁道："郑兄台，我们领教领教高见。"郑天惠说："此人推在后面甚么地方哪？"周龙说："在后面空房之内。"郑天惠说："周兄，你找一个能言的管家，去到后面，就说他是安善良民，无奈暂居在你们这里。周兄，我可是用计，千万可别恼我呀！"周龙说："此言差矣，自己弟兄，怎么能恼你哪。"郑天惠说："那人需对赵虎说：'因为我不愿为绿林，又不能脱身出去，忽见四老爷被捉，就有心来救，无奈一人势孤。如今瞧见把你推在后面，我把你老送出去，四老爷可得救我，这里我就不能居住了。'如此一说，他必应承，情甘愿意。可不知此人会上房不会？"张大连说："不会上房。"郑天惠说："他若不会上房，就先给他立下一个梯子，他一见这个光景，必然更一点疑心的地方没有了。只管跟着他就走，他必然把此人带至他们的所在去。我在后跟随，看他们到甚么所在，或是公馆，或是店房，或是衙门。探准了地方，我回来送信，你们众人，谁去谁不去，我也不管。我就把邢如龙、邢如虎碎剐其尸，是为我哥哥，不要这不仁不义的师弟。"张大连夸赞："好计好计！周四哥，你就派人立刻办理。"周龙回头教他手下从人把周庆儿叫将进来，教他前去行诈。郑天惠说："这个赵虎不知可有人看着他？"周龙说："有两个人看守。"郑天惠说："先把这两个人叫出来，把房门倒锁，把赵虎锁起来，然后派骗他的人去，才好放他，那里有人看着不行。"周龙说："郑贤弟作事真想得全美。"先叫家人去到后面，叫那两个人回来，家人答应出去。少时周庆儿进来，郑天惠把他的主意一五一十教给周庆儿一回。周庆说："你老人家教给小的一回，你老人家就不用操心了，小的比你老人家说的还能完全。"此时已快到初鼓，他也并不打灯笼，打量着是一件美差。不料出去的急速，回来的快当，慌慌张张，颜色更变，口中乱喊说："可了不得了！那个赵虎大半是叫人救出去了。我们家里，三个人被人杀死，血还热哪。绊了我一个筋头，正趴在死尸上头，弄了我一身血，众位爷们请看。"说毕扎撒着手。大众一看，果然全身尽是鲜血，全都吃惊非小。

你道方才说赵虎看见后面一条黑影，刀到处人头落地，不是赵虎教人家杀了吗？列公，赵虎要是被杀，那还算甚么福将？是推他走着的人被杀，不但杀了一个，而且宰了两个。你道这人是谁？却是冯渊。自从赵虎走后，天有未刻光景，张龙不见赵虎，见人打听老四上哪里去了。惟有冯渊知道，就把他的情由说了一遍。张龙一听，吓了一跳，连忙与冯渊行礼，说道：“我们老四是个浑人，不遇见白菊花便罢，遇见白菊花就有杀身之祸。奉恳冯老爷，我们一路前往，他若遇祸，还得求冯老爷解救。”冯渊说：“我劝他再四，他说用不着我们这厢人，他说是相爷封就的，他是个福将。我说很好，他是福将，我是腊醋。他若没有这个话，我要不去，我是混帐东西。他用不着我们这厢人，我是何苦哪。”张龙苦苦哀求说：“不用理他，他是浑人，你总看小弟面上。”直急得张三爷与冯渊下了一跪，冯爷这才无法，点头应允，问说：“哪里去找哪？”张三爷说：“我有地方打听。”随即出去，就把姚正找着，料着老四出去必向姚正问路。果然，一问姚正，他便将赵四老爷要上周家巷的话一五一十学说了一遍。张龙复又见了冯渊，说老四上周家巷去了。冯渊连自己的夜行衣包全都带上，挎上利刃。张三爷也带上刀，告诉明白了知府大人，又把知府吓了一惊。展、蒋二位大人影响全无，如今又走了三位，自料这顶乌纱有些不妥。张三爷同冯爷出来，直奔周家巷。打听明白周龙的门首，前前后后一绕，即听里面喊叫了两声“赵四老爷被人捉了”。张龙听见就急了一身冷汗，说：“冯老爷，你听，我们老四叫人拿住了，在那里喊哪。求你老人家施恩，搭救他的性命。”冯渊说：“我怎么搭救他？”张三爷说：“非蹿房跃脊进去不成。”冯渊说：“可见你们把兄弟关心！天还未晚，我要进去叫人拿住，谁来救我？”张龙一听无奈，只得等到天将发黑，二人走到后墙，冯渊仍然背着夜行衣包，叫张三爷在此等候。自己才蹿上墙头，见里面是个大花园子，蹿身下去，才过太湖山石，就见有两个人推着赵虎直奔空房。冯渊穿过花丛，抽出刀来，往前一纵身子，“喀哧”就先杀了一个，另一个将要一喊，冯爷刀落，也作了无头之鬼。冯渊过去，说：“福将，多多受惊呵！”见赵虎捆着二臂，一语不发，转过身去，似乎要教冯渊解绑的样儿。冯渊用刀挑去绳子，赵虎自己把塞口之物掏将出来，双膝一跪，说：“恩公，我算计你该来了，我可算两世为人了。”冯渊说：“你是福将。”赵虎说：“你再提起那些个话来，我是个狗娘生的。”冯渊一笑，说：“我还得把你背出去，你连鞋都没有了。也罢，你穿我这身。”冯渊就把自己夜行衣包打开换上，他的衣服叫赵虎穿上。正待要走，打前面来了一人，冯渊就把赵虎一拉，叫他在太湖石洞内等着。自己由太湖石后绕奔东南，就在来的那个人身后，“喀哧”一刀，将那人杀死。二番回来，至山洞，再找赵虎，踪迹不见。欲问赵虎的下落，且听下回分解。

第三十三回　二护卫水牢离险地　郑天惠周宅展奇才

且说冯爷前后杀了三个，回头一找赵虎，踪迹全无，急的冯爷暗暗叫苦纳闷。转眼之间，又怎么踪迹不见哪？料着要是自己的人，没有这么大本领的，要是他们的人，那可了不得了。若自己不来救他，就是他死在这里也不干己事，若要这个时候教人家杀了，自己抹了脖子，连阴魂也对不起赵虎。自己正在着急之间，忽见正北上有一黑影子，好像一个人背着一个人的光景。冯渊一见，撒腿就追，只听“叭搭”一声响亮，由正西上打来一块小石头子儿，正坠落眼前。又往正西一看，就见西边约有三尺多高个东西，黑糊糊又不像人，来回乱晃。冯渊一想，这个别是鬼罢，刚才杀了三个人，这就闹鬼？要是活人见鬼，别是死期快到了，我到底过去看看。他往西一追，就踪迹不见。正向太湖石前纳闷，忽听背后“嗤”的一笑，把冯渊脸都吓黄了，扭头一看，“唔呀，敢情就是你老人家，真把我吓着了”。原来是翻江鼠蒋平。

说书的一张嘴，难说两家话。蒋爷、展爷二人俱在水牢之中，南侠全仗蒋四爷提着他的腰带，如不然，往水中一沉就性命休矣。再说蒋爷又得顾着踏水，单臂没有多大膂力，不大的工夫，单臂一乏，又得换上那只手来。展爷过意不去，说：“四哥，想我终是一死，累得你困乏，求你放我下来，或者你能逃得性命，不然，大家都死，无益于事。”蒋爷道：“勿慌，我想着出路了。我问你一件事，你那宝剑，能切金断玉，要砍砖行不行？”展爷说：“慢说砍砖，就是白玉石头、碌碡磨盘，都能应手而断。”蒋爷说：“若要砍砖时节，可怕剑刃有伤？”展爷说：“每遇断金银钢铁皆不能有伤，何况砖石等物！”蒋爷说：“这就好了。你看这个缝儿虽小，我们不会把他剁的大大的么？要是将这缝儿剁宽，你我扁着身子就出去了。”展爷说：“还是四哥足智多谋。”蒋爷说：“你先用手扒住这铜蒙子，我下去摸剑。”展爷就用指头套住了灯笼锦的窟窿，提着气悬着身子。蒋爷沉入水中用手一摸，摸着自己的青铜刺，接着又摸着剑把。蒋爷往上一翻，使踏水法就露将出来，复又过来，单手提着展南侠的腰带，自己把青铜刺别在腰间，手拿宝剑。展爷右手搂住蒋爷的脖子，左手推着那边的砖壁，蒋爷用剑“叱嚓喀嚓”连铜蒙子带砖一路乱砍。蒋爷砍乏，手中无力，将剑交与展爷。蒋爷提着展爷的腰带。展爷又砍，整整砍了半夜，方才砍透，到了宽阔所在。仍是蒋爷提着展爷，直到飘沿湖。二人一声长叹。

整整在黑暗之处呆了一夜，如今复见青天了。看了看，正是红日初升之时。蒋、展二位到了湖岸，这才上来。展爷说：“四哥，若不是你，小弟性命休矣。”蒋爷说：“展大弟，咱们谁也不谢谁。要不是你的宝剑砍砖，我也出不来。要不是我会水，你也出不来。总而言之，你我二人命不当绝。”蒋爷说毕，趁着天气尚早，并没有行路之人，把自己衣服俱都脱将下来，就在那沙滩地面拧了拧衣服，在那里等干。直到天交近午时候，衣服方才半干，只得将就穿戴起来，二人回归公馆，只觉腹中饥饿，二人要待找个地方吃点东西，一者腰中没带着钱文，二则也没有卖的，只得忍着饥饿扑奔公馆而来。可巧正打柳家营经过，正遇着官兵搭着帐房，看空房子。蒋爷过去打听昨天事情，方才知道总镇受伤。

二人回奔公馆，见着知府大人。徐宽一见展、蒋二位，喜出望外，打听二位因为何故今日方归。蒋爷就把自己的事情对着知府学说一遍。知府复与二位大人道惊。展、蒋二位屋内瞧看总镇大人，那意思性命有些难保，又瞧看邢家弟兄二人并张简，也在此处养伤。方才出来，酒饭已尽摆齐，有知府陪定二位用饭。将要端酒杯的时节，蒋爷又问张龙、赵虎、冯渊哪里去了。知府又把赵虎怎样私访，张龙、冯渊随后追去的话说了一遍。蒋爷一闻此言就把酒杯放下，吩咐开饭，连展爷二位饱餐了一顿。用毕，约会展南侠一同前往。此时也就不用更换衣襟，身上衣服俱已干透。二人辞别知府，叫姚正过来问明道路，这才出了公馆，直奔周家巷而来。天气不早，来到周家巷，往后一绕，远远望见张龙靠着一株树，尽望周龙家后墙里面看着。蒋爷叫了一声：“三老爷！”张龙忽然吃一大惊，扭项一看，忽见展南侠、翻江鼠二位一到，犹如见掌上明珠一般，往前抢行了几步，抱拳带笑说：“二位大人从何而至？”蒋爷说：“我们是两世为人，先打听你们的要紧。”张龙见问，就把赵虎怎么私访，他怎么同冯渊来的话，学说了一遍。蒋爷说：“你在此等候，待我们一同进去。”张龙深施一礼。展南侠与蒋四爷一纵身蹿上墙头，飘身下去，一直奔南。就见赵虎与冯渊对换了衣裳，换毕之后，又见从南来了一个人，冯渊把赵虎往太湖石山洞里一拉，他绕太湖山石，奔东南，杀人去了。蒋爷告诉展南侠：“你把他背出去，我戏耍戏耍冯渊。”展爷无奈，直奔山洞，进山洞低声说：“我把你背出去。”赵虎一瞧南侠，说：“我的恩人来了。”出了山洞，往展爷身上一趴，展爷把他背将起来，一直扑奔正北。待等冯渊杀人之后，一找赵虎，踪迹不见，后才遇见蒋四爷，说：“你真把我吓着了。背着赵四老爷走的是谁？”蒋爷说：“那我可不知道，别是白菊花罢？”冯渊说：“你老人家别吓诈我了，这就够我受的了。”蒋爷一笑说：“我们走罢，是展护卫大人。”二人扑奔正北，翻墙蹿将出来，大家会在一处。冯渊打听展、蒋二位大人的事情，蒋爷说：“提起我们的事长，一言难尽。”张龙、赵虎过来与三位道劳。蒋爷说：“别尽在此说话了，快走罢，小心人家赶下来。”众人扑奔公馆。

随走着，蒋爷问赵虎：“你到底是怎样被捉的，里面共有多少人，白菊花在与不在？”赵虎说：“别看受一大险，他们的事情可全给我听来了。”蒋爷问：“他们的甚么事情？”赵虎说：“就为我假装讨饭，遇见小韩信张大连，用蒙汗药酒把我蒙将过去。醒过来的时节，就把我捆在柱子上。本家叫火判官周龙，白菊花与青苗神柳旺全在他家里，后来的三个是细脖儿大头鬼王房书安、混世魍魉鬼黄荣海、追魂催命鬼黄荣江。诓着我，叫我说你们下落。我把他们骂了一顿。又来了一个神弹子活张仙郑天惠，是白菊花师弟，这个人一来，他们把我推到后面，接着冯老爷就到了，展大人也来了。”展爷在旁边说：“四哥，白菊花也在此处，还有群贼，趁着此时还不拿他，等到何时？”蒋爷说：“且慢，我们先把他们送在公馆，然后调兵前来，围了周家巷，还是你、我、冯老爷进去拿贼。倘若拿不住，跑了时节，外面倒还有人哪。此时你我进去，拿他不住，岂不是打草惊蛇吗？他们一远遁就不好办了。依我愚见，此人总要定计而拿方安。”展南侠连连称善。赵虎、冯渊复又打听展、蒋二位因何事一夜未归公馆，蒋爷也就对他们说了一遍。

大家随说着，就到了公馆。店家开门，大家进来，复又将门闭上。大家奔上房，知府大人眼看着天有二鼓还不见大众归回，心中急躁。忽见帘栊一启，大家从外面进来。徐宽赶紧问道：“四老爷出去私访，可曾受险没有？”赵虎说：“我算两世为人，要不是冯渊老爷、展大人、蒋大人到，我命休矣！”知府大人复又与他道惊，又问受险原故。赵虎一五一十学说了一遍。知府叫他们预备了脸水与四老爷净面。赵虎出去洗脸更换衣服，复又回来，要叫摆酒。忽听房上瓦片“嘎嘣”一响，展昭说：“房上有人。”赵虎说：“待我出去看看。”一掀帘子，往外就跑，到院内往房上一看，上面“嗖”的一声，打下一物，“噗哧”一声，正中赵虎前胸。老赵“哎呀”一声，“噗咚”栽倒在地。要问赵虎性命如何，且听下回分解。

第三十四回　猛赵虎出房受弹　郑天惠弃暗投明

且说展南侠与大家正要用酒，忽听房上瓦片一响，说："有贼！"赵虎愣头愣脑，往外就跑，出来就被一颗弹子打倒。你道房上是谁？原来是神弹子活张仙郑天惠。为因听了周庆儿回来一说，群贼俱是一怔，大家抄家伙直奔后面查看虚实，果然三个家人横躺竖卧，鲜血淋漓。郑天惠蹿上北墙，一眼就望见有几个人直奔正东。他复又回来告诉周龙："你们众位不用找了，我看见了，待我追将下去。你们众位前厅等我，得了他们下落之时，我前来送信。"周龙说："再去一个人与你同伴如何？"郑天惠说："不用，是我一人倒好。"说毕，随即就出后墙，远远的跟下展、蒋众位来了。直到公馆，认准了他们这个地方，自己就把弹兜子从腰间解将下来，系于外面，把衣裳掖好，跳上西墙，往里一瞧，但见上房点着灯火。郑天惠飘身下来，绕到大房的后坡，蹿将上去，跃脊到前坡，往房上一趴，里面说话尽都听见。郑天惠就要抽身回去与群贼送信。不料往回一抽身，脚一蹬，就把房瓦踏碎了一块。焉知里面听得出来，说："有贼！"郑天惠知道人家听出来了，按说走是可以走的了，皆因是在周龙家内，是自己的主意，把赵虎放跑，反倒三个人被杀。要是就这样回去，觉着脸上无光。郑天惠本是心高性傲之人，一横心，命不要了都使得，也不能就这样一跑。回手把弹弓摘将下来，在房前檐上一站，取了一把弹子出来，准备见一个打一个，出来两个打一双，打几个人再回去，见了群贼，脸上方觉好看。

头一个恰好老赵跑到庭中，一弹子正打在胸膛之上，打得赵虎满地乱滚。忽见里面"噗噗噗"，把灯俱都吹灭，又听见说："唔呀，唔呀！待我出去。"郑天惠就把弹子上好，往下要打，没见有人出来，又等了片刻，才听见说："唔呀，待我出去拿贼。"待要打，又没见出来。复又听见里面说："唔呀，我的刀怎么找不着了？唔呀，可有了刀了，这可出去了。"忽听帘板"吧哒"一响，郑天惠恨这个蛮子说了几回，总没出来，把身子往前一探，伸手对准屋门，只等一露面就打。郑天惠只顾瞧着屋门，不料后面来了一人，对准他后臀上，踹了他一脚。郑天惠只顾前面，未曾防备后面，又是往前探着身子，这一脚，焉有不坠落下来之理。你道这踹他的是谁？原来，蒋四爷知道房上有人，就把灯烛吹灭，一拉南侠，低声说道："你从后面上房。"冯渊正要出去，蒋爷把他一拉，冯渊就明白了，紧嚷出去，为的是使这个贼的心神尽念着底下，就不顾后头了。果然，展爷把后窗户一开，纵身出去，蹿上房，到前面见郑天惠往前探着身子,用了一个横跺子脚,就把郑天惠踹将下去。冯渊听见“噗咚”一声，这才纵身出去，把刀就剁。郑天惠摔下房来，未能纵身站起，眼瞧着刀到，又不能抽刀招架，忙用手中弹弓往上一迎，只听“吧”的一声，就把那弹弓上的弦打折。郑天惠弹弓弦一折不要紧，这人的性命休矣。此是后话，暂且不提。

屋中蒋四爷嚷道:“别杀害他的性命！”冯渊这才过来，把他绑上，说:“唔呀，这是我拿住的贼。”展爷也并不争论。屋内把灯火点着，展爷蹿下房来，同着冯渊，把郑天惠推入屋中。赵虎被这一弹子，正打在胸膛之上，“哎呀”了半天，细看时起了一个大紫泡，咬牙忍着痛，骂骂咧咧也就跟进来了。他叫郑天惠跪下，郑偏不跪。赵虎在那人腿上踹了一脚，说:“我也报报仇。”郑天惠噗咚跪下，复又起来，仍然立而不跪。蒋四爷、知府、展爷进来，俱都坐下。蒋爷说:“不用叫他跪。我问问你:姓甚名谁？因为何故前来行刺？”郑天惠哈哈的冷笑说:“要问姓晏名飞，外号人称白菊花的便是。前来寻找邢如龙、邢如虎两个小辈，结果他们性命来了。如今我既然被捉，不能报仇，速求一死。”赵虎说:“呸，你别不要脸啦，你瞧着人家姓晏的发财呀！你打算四老爷不认得你呢？”你道这郑天惠为甚么假充白菊花？皆因自己被捉，明知是死，倒不如替师兄把盗冠袍带履之罪，替他一笔勾销，就算给他洗了这一案，这也算尽了师兄弟的情分。万想不到赵虎认得他，再说展、蒋二位俱都认得白菊花，他如何假充得下去。将爷一看这个人，紫面长眉，青缎衣襟，很是英雄气派，一看就爱惜此人，说:“四老爷，这个人是谁？”赵虎还未答言，就听屋内有人答话:“哎呀！四大人，你千万别听他说，这是我们的二哥。”又叫道:“二哥呀！你因为甚么骂我们，反倒冒淫贼的名姓？你不看白菊花狗娘养的害得我们有多苦。哎呀，痛杀我也。”郑天惠一闻此言，透着诧异，听是邢如龙、邢如虎的声音，随说道:“原来是两个反复无常的小辈。哪个是你二哥！”屋内说:“哎呀二哥，我们是怎么得罪你了？”蒋爷一拦说:“二位邢老爷不必往下说，我明白了。定然是姓郑的见了白菊花，受了晏飞的蛊惑，听他一面之词，反倒前来找你们二人来了。姓郑的，我这一猜，准准的不差，是与不是？我先带着你瞧瞧你两个师弟，有甚么话咱们回来再说。”带着郑天惠来到屋中，邢家弟兄二人一见郑天惠说道:“我们二人，不能与二哥行礼了，你来看！”郑天惠一瞧两个师弟，就如刀扎肺腑，原来是一个扛着胳膊，一个瞎了一只眼睛，看二人仍然还是血人一样。郑天惠一瞧，心中就有几分明白是受了白菊花的蛊惑，连忙问道："你们到底是为甚么弄得这般光景？"邢如龙说："你听白菊花是怎么说的？"郑天惠就把白菊花告诉他的言语，学了一遍。邢如龙不觉得那一只眼睛的眼泪就落下来了，说："我们也不用说，让我们蒋四大人告诉你，便知分晓。"蒋爷说："你上外间屋中来，我告诉你他们这不白之冤，让他们好先保养着他们的精神。"郑爷跟随着出来。到了外间屋中，蒋爷就把邢家弟兄前前后后的事说了一遍。郑天惠方才明白，原来晏飞伤了师弟，反说师弟陷害于他。一跺脚说："晏飞呀晏飞，你欺吾太甚了！郑某原来错怪两个师弟。大人，我如今被捉，身该万死，如今此事已明，虽死瞑目。大人快些吩咐把我结果了性命，吾就了却了今生之事。"蒋爷一笑："这也怪你不得，没有晏飞，你也不能如此。并且你两个师弟暗地里常常夸奖你是个好人。蒋某要治了你的罪名，一则也对不起我们邢老爷，二则你此来非出本意。"随说着，就把绑绳与他解了，说："你愿意帮着白菊花，也听你自便；你要弃暗投明，也听你自便。你愿意帮着我等，有我们展大人在此，连你两个师弟并蒋某一同见了我们相爷，定能保举你个大小官职，岂不是好？"郑天惠叫蒋爷这一套话，说的倒觉脸上发赤，又听着两个师弟齐说道："快给蒋大人叩头罢，千万可别把这个机会错过。你要做了官，你我弟兄，朝朝暮暮在一处相守，省得你东我西的总不得见面。"郑天惠听了这些言语，概不由己，双膝点地，说："小人论罪，身该万死。蒙大人开天地之恩，饶恕活命，小民在大人跟前，愿效犬马之劳，肝脑涂地，虽万死不辞。"蒋爷用手搀起，又与展爷相见了一回。蒋爷说："郑壮士，你愿意助我等一臂之力，咱们是先办国家要犯之事。"郑天惠尚未开言，只见展爷一摆手说："外面有贼。"原来后窗户上有一窟窿，被展爷一眼看见，说了声有贼，冯渊就跟着嚷说："有贼，快些拿贼！"就推赵虎出去拿贼。老赵说："我够受的了，你们拿去罢。"展爷启帘纵出屋子，一跺脚，蹿上房去，一看就知道是白菊花。

你道晏飞因何故也上这里来了？皆因郑天惠走后，周龙吩咐家人找棺木把三个死尸装殓起来。周龙等口至厅房，房书安说："虽然杀死三个家人，郑爷这一跟下去，准得着他们的下落了。"小韩信连连摇头说："不好，不好！"白菊花问："甚么不好？"张大连说："你上回说过，郑天惠与你面和心不和。你上次到扬州看你师叔去，在酒席筵前，你与闹海先锋阮成两个人拌嘴，郑天惠反向着他的把弟，倒怪了你一身不是，你从他那里一赌气走了，对与不对？

那还是他朋友，尚且如此。他今一去，见了邢家弟兄这般受伤，决不肯立时下手，这邢家弟兄岂有不把你挖目削手的事对他说明之理？他们要定计前来，你我大事不好。不用别的，他们把计策定妥，回来告诉我们没找着，等他们大众外面到齐了，杀将进来，他在里面，一作内应，咱们大众措手不及，岂不是悔之晚矣！”大众一听，连连点头，全说张爷虑得有理。白菊花说：“事不宜迟，我先跟下去看看，如真有此事，我先杀郑天惠。”说毕，把宝剑就摘下来了。他也是跟着郑天惠身后进来。白菊花到里面时节，郑爷刚叫展爷捉住，绑入屋中。晏飞在窗户后面，用指尖戮了一个窟窿，用一目往里观看，一见展、蒋二人，就吓了一惊，想道二人为何没死哪？先听郑天惠替他洗案，不觉欢喜，后来郑天惠降顺了将平，要帮着人拿自己了，这才上房走。不料后面展爷等赶来了。要问展南侠捉拿淫贼如何，且听下回分解。

第三十五回　奔南阳府找贼入伙　上鹅峰堡寻师求医

且说展南侠蹿上房去，见了白菊花就追赶下来，后面又有冯渊，也追赶下来。白菊花不敢与展爷动手，怕苦了他那一口宝剑，恨不得肋生双翅，跑至榆钱镇后街，倒不奔周家巷，是甚么缘故？皆因怕把展南侠带到周龙家里去，又为的是榆钱镇树木又多，他好穿林而过。他料着展南侠必是大仁大义之人，若进树林，他定然不追赶。果然就跑到树林，窜入树林之内。展南侠果不追赶，同着冯渊转身回来，仍到公馆，还是蹿墙进去，来至上房，面见蒋四爷。蒋爷问：“追赶何人？”展爷说：“追赶的是白菊花。他不敢动手，穿林逃命。”蒋爷一听说：“郑壮士，方才的话未能说完，还是奉恳壮士，帮着我们捉拿白菊花。”郑天惠说：“多蒙四大人不杀之恩，我也说过，用我之时，万死不辞。惟有这一件事小民实不能从大人之命。论说我们是师兄弟，情实是与仇人一般，可教他不仁，我可不能不义。我若帮着众位大人拿他，我也拿他不住，我的本领实在不是他对手，大人不信时，可问我两个师弟。”蒋爷说：“郑壮士，从此后咱们弟兄不可太谦，再要自称甚么小人、小民，我可该罚你了。再说你不肯伤师兄弟情面，我也不能强叫你一定伤了和气，如遇有别的事情时节，再为奉恳。”郑天惠说：“这是大人格外施恩，成全小可。还有一件，我虽不去拿他，大人可要早早去奔周家巷方好。他们内中，可有一个小韩信张大连，此人是足智多谋，大人倘若去晚，只怕他们睡多梦长，若又生出别的主意来，再拿他们，就更要费事了。”蒋爷点头说：“有理有理，承兄台指教。”展爷说：“四哥，我们商量着谁去？”蒋爷说：“叫姚正请何辉何老爷，叫他调兵，立刻前往。”当时就有下人出去，不多一时，把姚正找来。蒋爷附耳低言，如此这般，告诉姚正。姚正点头领命出去。

蒋爷又同着知府大人说：“总镇大人这伤，非找我二哥不行。要有我二哥在此，总镇大人这伤，一点妨碍没有。无奈要找着我二哥，将药拿来，只怕大人性命休矣。”郑天惠在旁问道：“总镇大人可是受了白菊花的毒药暗器不是？”蒋爷回说：“正是，怎么郑壮士还不知晓哪？”郑天惠说：“这都是晏飞亏心之事，他岂能对我言讲？大人不要着急，我自有道理。”大众一闻此言，无不欢喜。蒋爷说：“郑爷，你如能将总镇大人镖伤治好，可算第一之功。”郑天惠说：“我可不会医治。我师傅离此不甚远，晏飞所学这毒药镖，那毒药是我师傅所造，交给了白菊花这个方子，这个解法可没传给他。如今所用药是他拿银子叫我师傅配的，他那里也有，我师傅那里也有。要把此药找来，总镇大人这伤立刻痊愈。”蒋爷说：“老师在哪里居住？”郑天惠说：“鹅峰堡，离此七十里之遥。”蒋爷说：“总镇大人是昨日受的镖伤，要是明天起身上鹅峰堡，从那里回来，可不定总镇大人活的到那时候活不到。”郑天惠说：“无妨，我知道我师傅那毒药的性情，除非打在致命处，立刻就死，如在别处，能活四十八个时辰，若身体健壮，还可以多活一二刻的工夫。”蒋爷随即就一躬到地，说：“恳求郑壮士辛苦一趟。”郑天惠摇头说：“我这么去不行。我先得把我师傅的性情说出来，然后方好办理。论说我可不应说我师傅的不好，事到如今，不能不说。我师傅一生最爱贪点小便宜，素常我与我两个师弟在师傅面前没有甚么敬奉，最不喜欢的是我们三个人，最喜欢我们师兄，是他拿出银子来管我们师傅一家的用度。并且这药又是白菊花用银所配，他又对我师傅说过，凭他是谁，不叫给药。我要空手而去，万万不行。”蒋爷说：“这又何难，拿上几百两银子，只要治好总镇，几千也不要紧。”郑天惠说：“有二百两就行。”蒋爷说：“明日早晨，叫知府大人给你预备二百两银子，明日你就起身，我们这里办晏飞之事。”郑天惠说：“我一人前去不行，无论哪个老爷同我前去方妥。”蒋爷哈哈一笑，说：“郑壮士，你这是何苦！你是怕我们疑惑你拐了二百两银子去了罢？你太多心了，常言道：托人不疑人，郑壮士不必多此一举。”郑天惠说：“不是我多心，我师傅见了我，倘若不给药，岂不误事？无论哪位老爷同我前去，我师傅一见老爷们，那可就准给了。”蒋爷说：“这是何缘故？”郑天惠说：“大人不知，我师傅一辈子就是惧官。见了他，老爷们把话说得利害点，说：‘你怎么叫徒弟偷万岁爷的东西？应当灭十族之罪。’师傅本来惧官，又一听这个话，必然就把解毒散急速献出。我说此话大人不信，屋中现有我师弟，他们知道。”屋内邢家弟兄一齐答道：“不错，不错。”蒋爷说：“去一个人，又有何难。”

正在说话之间，忽见姚正从外面进来，说外面俱已齐备。蒋爷约展爷、冯渊，各带兵刃出了公馆，见着何辉，带兵直奔周家巷。大家到了周龙门首，叫何辉带兵将周龙家围困起来。展、蒋、冯三个人蹿上墙去，跳在院内，先下去开大门。展爷把宝剑亮将出来，把锁砍落，然后开大门。蒋、展二位往后就跑，连外面兵丁带冯渊一齐喊叫拿贼，大家奔到院内一瞧，各屋中全没点着灯烛。蒋爷瞧着就有些诧异，近前一看，各屋全是倒锁屋门，展爷用剑剁开上房门锁，到屋中一看，全是剩下些粗重的东西，连一个人影儿也不见。蒋爷一跺脚说：“展大弟，咱们来迟了，还是应了郑壮士之言。”

你道这些贼人哪去了？皆因白菊花穿树绕林，回转周家巷，仍从房上下来，到屋中见了群寇。张大连先就问道：“晏寨主，怎么样了？”白菊花就将郑天惠被捉，降了人家的话说了一遍。张大连说：“不出我之所料，还怕少时他们就来哪，咱们大家早作一个准备才好。”白菊花说：“他若来时，我就结果他的性命。”张大连说：“他一人前来，好办，倘若又照着柳家营一样，兵丁往起一围，那时岂不费事！”房书安说：“依张大哥主意，怎么好？”张大连说：“咱们大家不久要上南阳府，不如趁此起身，周四哥家内又没女眷，我们大家弃了这座宅子，直奔南阳府，省了许多的事情。”周龙一听，连连点头：“就是这个主意很好。”白菊花说：“是我连累了周兄。”周龙说：“贤弟何必太谦。”大家拾掇备马，连家人全是手忙脚乱，拿东西，带包裹，各拿兵刃，倒锁房门，院内留一个人，待锁上大门，再跳出墙去，至外面，全都上马逃走。群贼一逃，不多工夫，展爷等就到了。

展爷一瞧，连一个人没有，与蒋爷商议，只得大家回去，就留何辉带数十兵丁，在此看守空房。蒋、展、冯三位回来，到了公馆，直奔里面，进屋见了知府、张龙、赵虎、郑天惠。知府见面，先就打听白菊花的事情。蒋爷就把扑空的言语对着知府学说了一回，又说：“不知道群贼何方去了，只可慢慢地打听下落。”赵虎过来说：“四大人，我知道他们投奔何方。”蒋爷问：“你怎么知道？”赵虎就把细脖大头鬼王房书安来约会他们上南阳府帮着打擂的话，学说了一遍。蒋爷说：“只要知道他们的准下落，可就好办了。咱们先打发郑壮士起身，这个事要紧。”徐宽说：“我已把银子预备妥当，连盘费俱在这里。”郑天惠说：“哪位同着我一路前往？”蒋爷一想，他师傅惧官，总得官职大着些才好。回头与展爷说：“大弟，你老人家辛苦一趟罢。”展爷连连答应。蒋爷说：“这时起身，天气太早，二位吃些酒，然后再走。”知府吩咐摆酒，当时罗列杯盘，直吃到红日东升，方才罢盏。

展爷同郑天惠拿了银子，辞了知府大众等，起身直奔鹅峰堡而来。一路上，无非谈谈讲讲，论回子武艺，讲些个马上步下、长拳短打，两个人说的实在投机，直到日落西山，远远望见鹅峰堡。郑天惠告诉展爷：“这前边可就到了。”又约会展爷一同进去，展爷再三不肯。二人找了个树林，展爷把分带在身上的一百两银子交与郑天惠。郑天惠说：“大略着我见了师傅讨药，怕不肯给我，不如咱们二人一同进去省事。”展爷说：“郑壮士，你只管进去说，倘若实系不行，我再见他不迟。”郑天惠只得点头，拿了包裹，提着银子，说：“此处离我师傅门户还远哪，咱们再走几步，你在我师傅那大门西边等我。”展爷点头。二人又走，不多时郑天惠一指说：“这就是我师傅家。”展爷一看，原来是坐东向西一个高台阶、青水砖的门楼，两边白石灰墙，院子不大，里面房屋不多。展爷一拱手说：“我就在这西边等你。”郑天惠点头，展爷看着郑天惠叫门，叫了半天，见里面一个大姑娘出来开门，待郑天惠进去，复又把门闭上。展爷到树林里边，在块青石上坐下等候。左等右等，直到初鼓时候，出树林看看，猛然见由东往西，有两条黑影，前边跑定一人，后面追着一个。要问来者是何人，且听下回分解。

第三十六回　为交朋友一见如故　同师弟子反作仇人

且说郑天惠叫门，里面问：“是谁？”郑爷一听，原来是师妹纪赛花，说道：“妹子开门来，是我郑天惠到了。”姑娘高声说道：“呀，爹爹，娘呀！我二师兄到了。”老太太说：“叫他进来。”姑娘开门，道了一声万福。郑爷打了一恭，说：“妹子一向可好？”回答说：“好。”进了大门。姑娘复又将门闭上，掀帘进了屋中。原来是三间上房，一明两暗。将进屋门，就见着师母，郑爷跪下道：“师母，你老人家一向身体康泰？”老太太说：“好哇，二小子你怎么总也不来了？”郑爷说：“孩子尽在扬州地面教场子，总未能得闲前来与师傅师母叩头。我师傅他老人家，眼睛比先前好了些么？”老太太说：“你师傅那样年岁，如何能好？更不及从前了！你看看去罢，在那里间屋里炕上坐着哪。”郑天惠来到里间屋子，见银须铁臂苍龙纪强在炕上坐着，仍是紫微微的面目，一部银髯飘摆，就是双目不明。郑天惠来至炕沿前，双膝跪倒，口称："师傅，孩儿郑天惠给你老人家叩头。"纪强说："是那位郑二爷？你们快些搀我起来，这不是活活的折受与我么！"郑天惠一闻此言，羞的面红过耳，说："师傅，你老人家何出此言？我数年不到，实出无奈。皆因这二年的买卖不好，手中没有积下的钱文，故此在师傅面前孝道有亏，并非不惦念师傅师母。如今现有镖行的人，找孩子出去保绸缎车辆，投奔辽东。车辆离此还有五里之遥，孩子暂且教车辆在那里略等。我这儿有白金二百，孝敬你老人家，以作零用。等做了买卖回来时节，再多多孝敬。"说毕，将银子递将过去。纪强闭着眼睛一摸，说："姑娘你看看，是银子不是？"姑娘说："爹爹你也不想想，我二哥是甚么样的人，他焉能在你跟前撒谎？"纪强说："我知道他是好人哪，我就常说，这四个徒弟就教着了这两个，要像如龙、如虎两个该杀的东西，到底是丧尽天良，把本事学会，连我的门都不登了。五伦之内，天地君亲师他都忘了，小小岁数，他怎能发达得了。我常提说，就是我二徒弟人又正派，心内又好，就是手内老没有钱，有了钱就想着我，怎么老天爷不加护于他。二小子，你还跪着哪？一路辛辛苦苦的，快上这里歇歇罢。姑娘，你倒是给你二哥烹茶呀！"

且说姑娘不多时烹上碗茶来。纪强复又说："你先喝茶，再叫你妹子备饭。"郑天惠说："孩儿已然用过了，不必要妹子费事。我也不能在此久待，我还要追上车辆去哪。"纪强说："你明日再走罢。"郑爷说："孩子还有一件事。我这是头一次保镖，听见行内人说，现今与先前大不相同，不讲交情，不念义气，说翻了就讲打，并且还使毒药暗器。师傅这里有解毒的药，赏给孩儿几包，以防不测。"纪强说："不行，那是你大师兄拿银子配的，凭你是谁他也不叫给。"郑爷说："给我几包，就是我大师兄知道，也不能嗔怪你老人家。又不是给了外人，我是他的师弟。"纪强说："不行，要是真受了毒药暗器时节，那还可以给你两包。"郑大惠说："孩儿路远途长，你老人家纵然有药，也是无用，不如身上带着方妥。"纪强仍是不给。

郑天惠实系无法，只得说出实话，叫声："师傅，我方才说的全是鬼言鬼语，事到如今，不能不说实话。你老人家说白菊花好，他与你老人家惹下杀身之祸；说两个师弟不好，他们全都作了官了，全是六品校尉。"纪强道："晏飞怎么与我惹下杀身之祸？"郑爷说："白菊花把万岁爷冠袍带履由大内盗出，我两个师弟同着展大人、蒋大人奉旨到潞安山捉拿他。我师弟劝他献出冠袍带履，保他作官。他一怒，挖了邢如龙一只眼睛，砍落邢如虎一只手，一毒镖把徐州总镇肩头打中，看看待死。孩子也是受了白菊花的蛊惑去杀我两个师弟，不料叫人把我拿住，看我两个师弟份上，不肯杀害于我。师傅请想：倘若白菊花被捉，岂有不说出你老人家的道理？官府一追究，你不教给他上房，他焉能入了大内？你老人家岂不是罪加一等？”纪强听到此处就吓出一身冷汗，说：“此话当真么？”郑天惠说：“徒儿在师傅面前焉敢有半句虚言。”纪强说：“好晏飞，我偌大年纪，你可害苦了我了！”老太太在旁边也是抱怨，姑娘又说：“瞧着他就不是好东西。爹爹，可惜你那本领全教给他了。他要是再上咱们家里来，可不教他进来了。”郑天惠说：“师傅不用急，此时只要把那药拿出来，治好总镇大人，保你老人家无事。如今展大人还亲身同来，现在外面等候，如你老人家不信，我把展大人请来一见，便知分晓。”纪强一听说：“不可，不可，我要治好总镇大人，倘若拿住白菊花，当堂将我拉出来，那时怎么办？”郑天惠说：“现有知府、护卫、校尉、总镇作保，你老还不放心么？再者还有救总镇活命之恩，这银子也不是徒儿的，是知府所赠。有这些人照应，你老人家还怕甚么？”这些话，说的纪强方才点头，叫女儿拿药匣来。姑娘由里间屋中将药匣捧出，交与纪强。老头子自己身上带着一个钥匙，这药匣子上有一个暗锁，只管将药匣子交给姑娘掌管，可是谁也不能打开。纪强将药匣子打开，摸了两包药，递给郑天惠，说：“儿呀！这有两包药，一包上镖伤之处，一包用无根水送将下去。然后用大鲫鱼烹汤，葱姜蒜油盐酱醋作料全都不要，将鱼煮烂，把鱼捞将出来喝那个汤，把汤喝将下来，自然饮食如常。”郑天惠说：“师傅，你老人家再多给我几包。”纪强说：“不行，倘若叫你师兄知道，不答应我。”姑娘在旁说：“你还提白菊花哪，险些都要连累了你这条老性命，还是怕他不成？正经人你倒舍不得给，反倒向着那反叛东西。”就伸手从匣子内抓了一把，给了郑天惠好几包，郑天惠给姑娘拱了拱手。可叹纪强看不清。郑天惠说：“孩儿给你老人家叩头啊。我就不用请展大人进来了。”纪强说：“不用，千万别叫大人见我。”郑天惠辞别师母，又与纪赛花打了一恭。

就听见院子内，有人抖丹田一声喊叫，说：“呔，好郑天惠，反复无常的匹夫！原来你是狼心狗肺、人面兽心！晏某来迟一步，你就拿着晏大太爷的药医治仇人去了。这也是鬼使神差，冤家路窄。不必绕舌，急速出来受死！”郑天惠一闻白菊花的声音，吓了个胆裂魂飞，情知不是白菊花的对手，自己又没有弹弓子护身，若有弹弓在手，打一排连珠弹，慢说一个晏飞，十个也挡敌不住。郑天惠无奈，只得拉刀出来，两下就交手。要问胜败输赢如何，且听下回分解。

第三十七回　镖打天惠心毒意狠　结果赛花丧尽天良

且说郑天惠得药，因多说了几句话工夫，不料白菊花赶到。白菊花本是与群贼乘骑，扑奔南阳府。来至双岔路口，白菊花说："不好，我想起郑天惠这一顺了开封府，他可知道我师傅那里有解药，他许买他们的好处，找我师傅去讨药。"张大连说："由他去罢。"白菊花说："不能我作恶他行好。你们几位走着，咱们在前途见。"说毕下了马，说："你们先请，明天在前途相会。"大众又不好拦住他，只得由他去了。大众上南阳府不提。

单说晏飞，可巧他把路走错了，多绕了约有三十多里路。若不然，他到鹅峰堡比展昭在先。但这一到鹅峰堡，天倒已初鼓。到了门首，将要叫门，忽听里面有男子讲话的声音，心中一动：莫不成是郑天惠来了？倒侧身下来，往南走了几步，一纵身蹿上墙去，往里屋中一瞧，见郑天惠那个影儿在窗棂纸上一晃。淫贼飘身下了墙头，把宝剑亮将出来，叫："郑天惠快出来！"郑天惠自己想不出去也是不行，无奈何一声喊叫："白菊花，郑某到了。"咔嚓一声响亮，白菊花往旁一闪，原来是把小饭桌子丢出来了。随着，郑天惠蹿在院内，打算蹿出墙去不与白菊花动手。白菊花是久经大敌之人，早就一个箭步挡住他的去路，说："郑天惠拿首级来！"郑爷拚着这条性命，与他决一死战，这口刀上下翻飞，又得防着他那宝剑别碰着自己的利刀。屋内银须铁臂苍龙纪强说道："晏飞，可千万不可与你二师弟交手，他可不是你的对手，看在为师的面上，让他一步。他比你小，有甚么话你们两个人屋里来说。"老太太说："你们还要闹哇，你师傅的话都不听啦！"姑娘也说："你是没听见哪？你从今后不用上我们家里来，你要是装聋，我可要拿棍子来，帮我二哥打你去了。"老太太说："女儿，你可别出去。"正在这么光景，就听"呛啷"一声响亮，"当啷啷"刀头坠地。银须铁臂苍龙纪强说："不好，把刀头削了。晏飞你千万可别要你师弟的性命！"又听"噗哧"一声，纪强说："你别要你师弟的性命！"先"呛啷"一声是削刀，"当啷啷"是刀头坠地，"噗哧"是把头巾削去了半边。郑天惠扎扎手，剩了半个帽子，把刀把都丢出去了，只可蹿出圈外，撒腿就跑，一纵身蹿出墙去。白菊花也就蹿出墙去。

郑天惠一直奔正西。展爷在树林内等的着急，出树林之外观看，恰看见前边跑的郑天惠，手中也没拿兵器，后面正是晏飞追赶。展爷让过郑天惠去，一声断喝：“钦犯休走！”白菊花一看是南侠，先就把自己心中高兴打消了一半。展爷把剑就剁，两个人动手约有十数余合，白菊花虚砍一剑，回身就跑，一直跑向正北。前面就是一片树林，白菊花进了树林。展爷并不追赶，这叫穷寇莫追。回头一看，见郑天惠也赶下来了。两个人会在一处，天惠问：“大人，没追上白菊花？”展爷说：“贼人穿林逃命去了。”复又问郑天惠：“你们二人怎么会于这里见着？”郑天惠就把怎么得药，白菊花把他堵住的话，学说了一回，又道：“今日不是你老人家，我性命休矣。”展爷说：“方才我要同着你到你老师家中去，那可把他拿住了，总是机会不巧。”郑天惠说：“我还得去告诉我师傅师母，不然，我师傅师母也要怀念于我。”展爷说：“正当如此。”仍叫展南侠在树林等着，郑天惠回奔师傅家而来，将到门首，就见师母与师妹开着门，在那里观看。一见郑天惠没死，姑娘先就问：“二哥，你受白菊花伤了？”郑天惠把怎么输给白菊花，展爷怎么把他追跑说了一回，说：“我不进去告诉师傅了，那面还有人等着哪。”老太太说：“不必了，没事你可来。”随带着姑娘关门。

郑天惠扑奔树林，会同展爷投奔徐州，行着路把那药拿出，交与展南侠。展爷说：“你带着不是一样的么？”天惠说：“大人，此药甚好，一包上镖伤之处，一包用无根水送下去，吐出黑水，用大鲫鱼烹汤，不要油盐酱醋葱蒜姜作料，将鱼捞出去，把汤喝下，与好人一样。”说着便将药摸将出来，交给展爷。正说话之间，可巧前面有一段山沟，就有三四尺宽，里面见些乱草蓬蒿，二人由南往北，从沟东而走。正走之间，忽见沟中“飕”、“飕”的飞出来两宗暗器，“噗哧”一声，正中郑天惠。天惠“噗咚”一声，栽倒在地。展爷将身一歪，躲过那宗暗器，回手抽剑一看，正是白菊花蹿出沟来撒腿就跑。原来白菊花预先就跟下来了，就在郭家坟那里等候，他一见没打着展爷，撒腿就跑。展爷不敢追他，忙看郑天惠死活，原来肩头上中了一镖，自己已将镖取下来，在那里躺着，哼哼不止。

展爷连忙喊叫地方，不多一时，地方来到。展爷说：“我姓展，御前护卫。你叫甚么？”地方说：“小人叫刘顺，给护卫老爷叩头。”展爷说：“你们这里有个姓纪的纪强，你可认识不认识？”地方说：“认识，那还是我纪爷爷哪。”展爷说：“这是他二徒弟，叫他大徒弟用毒药镖打了，你找几个人来，取一块门板绳杠，取一碗无根水来。”地方答应，去了半天，打着灯笼，找了几个人来，扛着门板，夹着绳杠，托着一碗水。大家过来，展爷就把药拿将出来，把他肩头衣襟撕开，上了一包，此时牙关不大甚紧，将他搀起来，将一包灌将下去，哇哇吐了半天黑水，身体透软。大家将他放在门板之上，把绳杠穿好，前面有地方打着灯笼，直奔银须铁臂苍龙纪强家来。

将到门首，展爷就听见白菊花在里面哈哈狂笑，展爷低声说："你们暂且先放下，千万不可说话，凶手在内，待我将他拿住。"把大家吓的不敢说话，将门板放下。展爷叫他们吹灭灯笼，自己蹿上墙去，往内一看，吃一大惊。是甚么缘故？皆因白菊花镖打郑天惠，被展南侠一追，淫贼一想，虽然郑天惠前来讨药，师傅不应给他，他也不想想，那药是姓晏的拿银子所配，给你二徒弟，你可叫你二徒弟养活你们罢，姓晏的不管了。随想着，就到了纪强门首，一纵身蹿将进去，启帘栊进了屋中。姑娘说："你甚么事情，又上我们这里来了？从今以后不用登我们的门。"晏飞说："丫头，你快些住口。"淫贼见了师傅师母，并没行礼。纪强说："晏飞，你实在不听话。"晏飞说："老匹夫快些住口，我这晏飞，也是你叫的么？"老头子一听，气的浑身乱抖，说："你是我的徒弟，我不叫你晏飞？"晏飞说："哪个是你徒弟？皆因你行事不周，这才招出晏某与你断义绝情。"老太太在旁说："老头子，你这个徒弟可教着了，破口骂你是老匹夫。晏飞，你可也真不怕造罪。老头子，咱们命中没有这个徒弟。这是何苦，散了吧，散了倒好。"纪强说："好晏飞，你说我行事不周，我是哪件事对不起你？"白菊花哈哈一笑，说："老匹夫，这解药乃是姓晏的拿银子所配，嘱咐过你不叫给别人。如今你见了银子，他又带了一个作官的来，你就把药给了他救我的仇人去了。不想想，要不是姓晏的拿出银子来，养活你们全家性命，人概你们一家大小早已冻饿死了。"姑娘在旁一闻此言，早气得柳眉直竖，杏眼圆睁，说："好白菊花，实在骂苦了我们了，快与我滚出去罢！"白菊花说："好丫头，你也敢出口伤人！要不是姓晏的给你们银子，你也配花花朵朵，穿穿戴戴？你将身许我都报答不过晏大太爷的好处来。"这句话把姑娘羞得满面通红，说："姑娘不打你，你也不认识姑祖宗是谁！"说着就摘头上簪环，拿一块绢帕把乌云罩住，脱下大衣服，解裙子，到里间屋内取棍。纪强说："晏飞，我们姑娘得罪你，你可看在我的面上，你走罢，从此咱们也不用师徒相论了。"老太太过来，就往外推着说："让你妹子一步，也不算吃亏，你给我们留下这个女儿罢，你要不走，我给你叩头啦。"晏飞无奈何，叫老太太推到屋门以外。也是活该，姑娘拿了一根棍，欲追出，老太太叉手一拦，如何拦得住？白菊花在院中，也不肯走，说："丫头你要出来，可是送死。"也搭着姑娘会些本事，一推老太太，姑娘从旁边纵出来了。晏飞见姑娘出来，回手把剑抽出来，与姑娘两个战在一处。屋内纪强苦苦哀告晏飞，说："晏大爷，你少许看着老汉一点情面，可千万别结果我们女儿的性命。"老太太是在院中跪着求饶。白菊听着纪强说的可怜，并且又有老太太叩头，自己也就不好意思再斗，说："也罢，晏某看在他们老夫妻的面上，饶了你的性命罢！"随说着，又假砍了一剑，直奔墙来，一抖身蹿出墙外。按说姑娘就应不追，这纪赛花性如烈火一般，随跟着也就蹿上墙去，哪知晓白菊花纵身蹿出墙，原来没走，就在墙根下一蹲，摸出一枝镖来在那里等着。姑娘不追便罢，他要追来，说不得将他打死。不料姑娘真又蹿上墙头，往外一探身，白菊花把手中镖往上一抖，只听得"噗哧"一声，姑娘翻筋斗摔将下去，"噗咚"一声栽倒在地，撒手扔棍。老太太眼看着姑娘由墙上摔下来，自己赶到跟前，细细一看，"哎呀"一声，也就跌倒在地。要问母女生死如何，且听下回分解。

第三十八回　三老爷回家哭五弟　山西雁路上遇淫贼

且说姑娘被白菊花一镖，正中咽喉，由墙上摔将下来，仍掉在院内。老太太过去一见，骂道："好白菊花，天杀的！"随即也就死过去了。淫贼复又回来，还要分证分证这个理儿，二番纵进墙来，低头一看，原来他师妹带老婆子一并全死过去了。白菊花反倒哈哈一笑，说："丫头，非是晏飞没有容人之量，谁叫你苦苦追赶，自己招死，大概也是你阳寿当尽，你死在阴曹之内，休怨我晏某。"屋中纪强虽然双目不明，耳音甚好，就知道姑娘掉下墙来，准是中了白菊花的暗器，又听老婆子骂了一声"天杀的"，然后也不言语了，必然也是背过气去了。纪强高声叫道："晏飞你别走，进屋中我有一句话告诉你。"晏飞说："可以使得。"将进屋，老婆子悠悠气转说："晏飞天杀的呀，你要了我女儿性命，我们两口子年过七十，膝下无儿，只生得一个女儿，你还给我打死了。老头子，老天杀的，你教的好徒弟，净教他本事不算，你还教他暗器，如今，他把暗器学会能打你我的女儿了，我女儿一死，我也不要活着了。晏飞，你把我杀了罢。"说毕，爬将起来，把晏飞衣裳一扯，说："你就杀了我罢。"白菊花用手一推，说："要寻死，难道你不会自己行一个拙志么？"老太太复又爬起来，说："我要死在你手里，你也好大大的有名。"说完，对着白菊花将身一撞。晏飞往旁边一闪，对着老太太后脊背拍的一声，打了一掌。老太太如何收的住脚，“噗咚”一声，头颅正撞在墙上，撞了一个脑浆崩裂，花红脑髓满墙遍地皆是。老太太一死，白菊花反倒哈哈大笑，说：“老婆子，你一头碰在墙上，你自己触墙身死，可不是晏某要你性命。”屋内纪强听得真确，连连叫说：“晏爷，晏大兄弟，进来，我有两句好话，说完了你再走。”晏飞说：“可以使得，难道我不敢进来不成！”白菊花进到屋中，一拉椅子坐下，说道：“老匹夫，你叫晏某进来，有甚么言语，快些说来。”纪强说：“晏飞，我一家三口，倒死了两个，全都丧在你手，一个是你一镖打死，一个是你摔死，你看我双目不明，甚么人服侍于我？不如成全了你这个孝道之名罢，以后必然有你的好处。”随说着话，蹿下炕来，就往白菊花怀中一撞，说：“晏飞快些拉剑，我速求一死。”白菊花见他师傅这般光景，把宝剑往外一拉，冷飕飕的那口剑就离着纪强脖颈不甚远了。到底是有师徒之分，恶淫贼总觉着有些难以下手，复又把他师傅一推，老头子“噗咚”一声，摔倒在地。晏飞说：“你要寻死，何用晏某下手？”纪强说：“晏飞，你不敢杀我，你可别走，等着我死后之时，你再走不迟。”随即自己摸了一根绳子，复又上炕，摸着窗棂格，把绳子穿过来，打了一个套儿，揪着绳子，大声嚷道：“街坊邻舍大众听真，若要是会武艺的，你们要教徒弟时节，千万可别像我，教的这个徒弟，将我平生武艺一丝儿也不剩，又传了他暗器。他把本领学全，才能打死他的师妹，摔死他的师母，逼死他的师傅。苍天哪，苍天！只求你老人家报应循环。晏飞呀，晏飞！但愿你小小年纪，一天强似一天！阳世之间，我也难以辩理，我就在阎王殿前与你分辨去就是了。”说罢，把绳子往脖颈一套，身子往下一沉，手足乱蹬乱踹，转眼间就气绝身死。白菊花哈哈一笑：“丫头苦苦相追，教晏某一镖打死；老婆子与我撞头，一头碰在墙上，气绝身亡；老匹夫自己悬梁自缢身死。一家三口，虽然废命，全是你们自招其祸，可与姓晏的无干，晏某去也。”

展南侠在墙头之上，正听见白菊花说他师妹被他一镖打死，师母撞死，师傅吊死。展爷一瞧，地下躺着姑娘，这边躺着个老太太，屋里灯影照着窗棂纸，明现老头在窗户上吊着。展爷一想，天地之间，竟有如此狠心之人，就在房上一声喊叫说：“呔，狠心贼往哪里走！”说毕，蹿下墙来。晏飞一看是南侠到了，吓了个胆裂魂飞，只不敢出屋门，一口气将灯烛吹灭，自己拢了一拢眼光，一回手，先把板凳冲着展爷丢将出去。展爷往旁边一闪，就见白菊花随着那条板凳出来。展爷一见白菊花，手中袖箭就打将出去。晏飞可称为久经大敌之人，赶着一弯身，那枝袖箭就从耳边过去正钉在门框之上。展爷一袖箭没打着晏飞，只得把宝剑亮出来，二人交手。晏飞总得防着，别碰在展爷的剑上，此时就打算卖一个破绽，蹿出圈外，好逃出自己性命。展爷施了一个探爪架势，白菊花用了个鹞子翻身，蹿出圈外，撒腿就跑，左手一按墙头蹿出墙外。展爷也跟将上去，往外一看，白菊花一直奔西。展爷翻下来，尾随于后。白菊花施展平生的夜行术，展爷在后面也是如此。

白菊花急速奔逃，前面一带树林，料着进树林他就不追赶了，行至林边，一抖身躯蹿将进去。展爷至树林，叫道："恶狠贼，按说穷寇莫追，非是展某不按情理，今天总得追捉你这淫贼，将你碎剐其尸，也报不了你这逆伦之罪。"随即赶进树林，白菊花复又蹿出林外。心中害怕，暗想：倘若这厮一定不舍，天光一亮，行路人多，再要逃，只怕费事。忽见前边黑雾般一带松林，远远就瞧见松林外蹲着一人。晏飞心中一动，天有二鼓之时，这个人还在这里蹲着，要是他们一同的人，我可大大不便；要是我们绿林剪径的人，我与他吊个坎儿，他必放我过去，替我挡敌一阵，我就穿林而过，逃出性命。他刚要则声，忽听蹲着那个人哼着声说："前来的是甚么人？快些通名上来，老西在此久候多时。"白菊花一听是山西口音，不觉心中一动，暗想：细脖大头鬼王房书安说过，有个山西人与绿林作对，如要在此处碰着是他，大大不便，此人足智多谋，诡计多端。后面若没有人追赶，我倒不怕。后面那个我就不是他的对手，前边再遇山西雁，只怕我要不好。正在疑惑之间，已然越跑越近，见他是两道白眉，又听得后面展南侠叫道："前面是徐侄男吗？"就见对面那人说："正是徐良。那个敢是展大叔，你老人家追的是甚么人？"展昭一听是徐良，不觉喜出望外，连连说道："这是国家要犯，别放走了，千万把他捉住方好。"徐良说："这就是白菊花王八入的，遇见老子就没有你走的了。"

你道这徐良怎么在此？皆因众人奉旨回家，祭祖的祭祖，完姻的完姻。惟独徐良，跟着穿山鼠徐三爷回山西祁县徐家镇。徐庆就因二十多岁打了人命，逃出在外，如今父子荣归，亲族人等俱都临门贺喜，连本县县太爷都来拜望，家中搭棚请客，热闹了十余日，亲友俱都散去，家中透着清静。徐三爷拿起酒杯来喝过三盅，就想起五老爷白玉堂来了，诉诉叨叨，尽哭五弟。哭着哭着，一抬腿，"拍嚓"一声，桌子翻了过来，碗盏家伙摔成粉碎。少刻又教摆上再喝，喝个酩酊大醉，一睡就是三天。又教摆酒，喝着喝着，又是啼哭。徐良在家实在难过，想着倒不如早些上京任差罢。这日辞别父母，三老爷嘱咐几句言语，在相爷台前当差，必要实心任事。徐良遵听父训，带着川资银两，一路晓行夜住，饥餐渴饮。这日正走在晌午时候，就觉腹中饥饿，找个饭店，到了后堂落坐，要了些饭食，见堂官在屋中贴了许多红帖，上面写着莫谈国事。徐良吃着，就问过卖，那写的甚么莫谈国事？过卖说："皆因我们这里出了一件新闻的事。"又问甚么叫新闻的事？过卖说："离我这里几十里地，有个潞安山，山内有个贼叫白菊花，偷了万岁冠袍带履，开封府大人们，有死有伤的，没人把晏飞拿住。我们这铺子里，吃饭喝酒的，全讲究此事。我们贴上这个帖，也免免口舌。"徐良听在心中，给了饭钱，出了饭店，连夜往上走，暗暗祝告着，只要见着这个贼，就是万幸。将有二鼓多天，就瞧见二人往这里跑，自己　说话，那旁展爷叫他拿人，往上一迎，白菊花"飕"的就是一镖，山西雁栽倒在地。不知生死如何，且听下回分解。

第三十九回　老纪强全家丧命　白菊花独自逃生

且说白菊花教展南侠追定，正然无计可施，前边又被徐良挡住，自己一着急，掏出一枝镖来，一镖先把前边这人打了，剩下一个就好办了。说时迟，那时快，身临切近，"飕"的一声，打出去了。就听那边"哎哟"一声，"噗咚"栽倒在地。白菊花暗暗欢喜，想道："是人只可闻名，不可见面。要叫房书安一说，世间罕有，真如天神一般。一见面就死我手，原是个无能的小辈。"随即过去，要给他一剑。此时展南侠吓了一大惊："为甚么一见面，徐侄男就受了他的暗器？"展爷正在心中难受，白菊花看看临近，正要把剑去剁，就见徐良使了一个鲤鱼打挺，说声："还了你罢！"把那枝镖对着白菊花打将出来。亏得晏飞眼快，往下一蹲身，就从头巾上"飕"的一声打将过去。后面展南侠又惊又喜，惊的是镖没打着白菊花，奔了自己来了；喜的是徐良没有受伤，反倒又发暗器来了。原来徐良专会接暗器，还是双手能接。他原跟着云中鹤魏真学打暗器，所练就是打镖。跟着学接暗器，魏真教给他白昼接镖，学的精里透精。后来又要学晚间接暗器，云中鹤说："那我实系不会。"山西雁也就无法。后来自己生发出一个主意，先教会伺候他的小童儿打镖。早晚间苦教，非一朝一夕之功，把两个童儿教会了。徐良教童儿冲着他打镖，那人自然不敢，他说："只管打来，我可能接。"童儿大着胆子对他打去，徐良一闪身用手接住。后又教他天气似黑不黑时节打自己，只练得一百枝镖连一枝也不会坠地。后来又改月光之下，又改星斗之下，后又到没星斗之时，黑暗中伸手接镖，全仗着手疾眼快，魏道爷才知道自己徒弟已经练成。云中鹤走后，徐良又跟着别人学花装弩袖箭、飞蝗石，故此这才得的外号叫多臂熊。如今见着白菊花，他听展爷说是国家要犯，他就知道是白菊花。如今要拿着白菊花入都任差，可算大大一个体面。忽见白菊花就是一镖，早往右边一闪，用右手把镖一接，不能就往外打，有个缘故：镖尖冲着里，若要当面把镖倒过去，怕人看出破绽。往后一仰身子，用了一个后桥的功夫，后脊背将一沾地，手内不闲着，把镖倒过来，镖尖冲外，腰间一挺，就“飕”一声，把镖打将出去。白菊花刚刚躲过，吓了一个胆裂魂飞，不是眼快，险些中了自己暗器。打算着徐良过来拉刀动手，却见他回身就跑，连后边的展南侠都不知他是甚么意思。原来是徐良的紧背低头花装弩未曾上好，这一跑就把弩箭收拾妥当，一回身说：“白菊花，你真不要脸。你是苦苦的欺侮我老西，我给你磕一个头。”白菊花一想，他给磕头，不定安着甚么意思。房书安说这人诡计多端，必要小心一二。正在思想之间，“飕”的一声，花装弩到，他往下一缩脖颈，就从头巾上过去，算来未能伤着皮肉。又往对面一瞧，“飕”的一声，左手镖打将过来，他往左边一闪，刚刚躲过，右手的镖到，他又往右边一闪。紧跟着左手的袖箭、右手的袖箭、左手飞蝗石、右手飞蝗石纷纷飞来。到底被徐良右手飞蝗石到，吧的一声正打在腮骨上，顷刻间外面浮肿，口中鲜血直流，只痛得白菊花咬着牙往口里吸气，心里又是恨，又是怕。正欲一纵身，徐良那口刀对着他顶门就剁。徐良口中骂道：“好白菊花王八入的东西，你没打听老西是谁？”白菊花说：“你不是小辈徐良吗？今日遇见晏某，咱们二人誓不两立。”山西雁说：“老西不是徐良，是花儿匠，专扎菊花，不管黄的白的。”晏飞说：“你敢出口伤人，好小辈看剑！”刀剑一碰，闻听“当啷”一声响亮，又看见半空中火光乱迸，把二人俱都吓了一跳，彼此蹿出圈外，各看自己兵器。徐良看大环刀没伤，自觉满心欢喜。晏飞看他的没伤，也觉着壮起胆来。你道这两口刀剑碰在一处，怎么俱都没伤？皆因所造这两口刀剑的年月不差往来，都是晋时年间，赫连老丞相所造，故此刀剑刚柔不差往来。再说若用刀剑的招数并没有刀伤刀之理。这二人是白菊花要削徐良的刀，徐良的主意是拿大环刀断他的宝剑，这才刀刃碰在剑刃之上。晚间这二人交手，刀剑上下翻飞，如同打闪一样。展爷此时在旁边瞧看，若要下去帮着，并力捉拿，岂不是有意要抢他的功劳么？这么一想，不肯下去帮他，只是在旁边喝彩。白菊花明知自己要输，打算三十六着，走为上策，自己卖了一个破绽，往前虚扎一剑，徐良刚一躲闪，白菊花一个箭步，早就蹿出圈外，直奔正西跑下去了。徐良尾于背后紧紧追赶。展爷在徐良身后也就赶下来了。

那白菊花惊弓之鸟一般，自恨肋下不生双翅，又带着后面徐良直骂：“你乌八的，就让你跑上天去，老西追你上天去；你要入地了，老西就跺你三脚。”展爷在后面听着暗笑，人家要上天，他也赶上天去；人家要入地，他可不入地追赶，他跺他三脚。怪不得四哥说过，这孩子连一句话都不吃亏。展爷瞧白菊花蹿入树林去了。听见徐良说：“你进树林逃命，老西要是进树林追赶，透着我没有容人之量，皆因我展大叔说你是奉旨捉拿之贼，谁叫你罪犯天庭，这可别怪我了。”先说的很好，后来把这事推在展爷身上，一抖身蹿入树林，又追下来了。白菊花先一喜欢，进树林将一缓气，听着他不追了，嗣后来仍是追，自己无奈，就即往前跑出了树林，扑奔西南。究竟这一方离着鹅峰堡甚近，白菊花道路甚熟，忽然想起一条生路，离此不远，有一条大河。心中想着，这老西要是不会水，我借水遁，可就逃了性命；他要会水，今天我这条命大约难保。随往前跑着，远远就望见前面一带就是水，心中欢喜，向前飞奔。徐良在后面，望见临近大河之时，那白菊花回转头哈哈一笑，倒把山西雁吓了一跳，大约必是他前边有埋伏，也就不敢紧追。细细往前一瞧，远远望见前边白茫茫一带是水。徐良也哈哈一笑，白菊花一怔：莫不成他也会水？就听徐良说：“你打算要借水遁？你没打听打听，老西我是翻江鼠蒋四老爷的徒弟，若在水中拿你，如探囊取物一般。”这句话又把白菊花唬的不敢蹿入水内，只得顺着河沿，仍在旱地逃窜。追来追去，看看临近，白菊花不入水也要叫人拿住，没奈何哧的一声，钻入水去了。徐良站在河岸之上，说：“便宜你，既然你钻入水中去，难道说我一定要到水中拿你不成？那透着我没大量之才。让你多活两天，逃生去罢。”

展爷赶到跟前，低声问：“侄男，你也是不会水呀？”徐良说：“侄男不会水，你老人家水性如何？”展爷摇头。徐良才双膝点地给展爷叩头，问展爷来历。南侠就将万岁丢冠袍带履，奉圣旨相谕前来拿晏飞，邢家弟兄、总镇大人被伤，同郑天惠来讨药，郑天惠带伤，白菊花镖打师妹，摔死师母，逼死师父，自己赶追白菊花的话，学说了一遍。徐良一闻此言，直气的破口大骂。南侠又问徐良的来历。徐良也把自己家中之事，半路在饭店听人讲说白菊花的事情，学说一遍。展爷说：“你来得甚巧，你先同着我到鹅峰堡看看郑天惠，待他镖伤痊愈，帮着他葬埋纪强全家之后，我们再奔徐州公馆相会。”山西雁连连点头，就同南侠奔鹅峰堡，暂且不提。

单说白菊花在水中，见展、徐二人全不下来，自己放心顺水而走，行了有二里之遥，方才上岸，找了一个树林，把衣服脱将下来拧干水在那里抖晾。不料打树后蹿出两个人来，拿着两口刀扑奔自己，把刀就剁，淫贼吓得魂不附体。要问来者何人，且听下回分解。

第四十回　郑天惠在家办丧事　多臂熊苇塘见囚车

且说白菊花在树林内脱下衣服抖晾，心想半夜之间并无人行走，也就把内衣脱将下来。不料树后有两个人，全都拿着刀，赶奔前来。淫贼也顾不得穿内衣，赤着身体，手中拿定宝剑迎面而站，用声招呼："来者何人？"那二人方才站住对面答话："莫非是晏寨主？"白菊花说："正是小可晏飞，前面是五哥么？"对面病判官周瑞说："正是劣兄周瑞。"白菊花又问："那位是谁？"周瑞说："就是飞毛腿高大哥。"白菊花说："二位哥哥等等，待小弟穿上中衣，再与哥哥见礼。"白菊花把一条湿裤子暂且先行穿上，并未穿上身衣服。三个贼见面行礼已毕，二人问白菊花为何这等模样，他将自己之事对着二贼学说一遍，又问高解、周瑞因何到此处。这二人把脚一跺，叹了一声，一个说丢高家店的原由，一个说失桃花沟的故事。白菊花一闻此言，说："咱们三个人，同病相怜。你们二位也是受徐良之苦，我今日是初会这个山西雁，一见面，连我的镖就是四宗暗器，末尾受了这一飞石，正打在我腮颊之上。你们二位请看。"二贼一瞧，果然脸上浮肿。三个贼一齐又咒骂徐良一回。晏飞问："你们二位意欲何往？"周瑞、高解一齐道："我们二人在宋家堡会面，在那里见着南阳府的请帖，本打算约会宋大哥一同上团城子，不想宋大哥染病，他不能前去。我二人一路前往柳家营，又见柳大哥门首有许多差官看守他那一座空宅，我们草草打听打听，方知晓你们的事情。我们也不敢走大路，也怕碰见徐良，由小路而行，不料走在此处，遇见贤弟。咱们三人会在一处走路，满让碰见那个狗娘养的也没甚大妨碍。"白菊花说："从此就要投奔南阳府，我总想这个老西，不肯善罢甘休，倘若跟将下来，你我三个人，仍是不便。依我愚见，不如不管南阳府事，同着我投奔河南洛阳县姚家寨那里去，尚可高枕无忧。"周瑞说："还是上南阳府为是，别辜负东方大哥下请帖这一番美意。"高解也愿意上南阳府。白菊花无奈何，只得点头。两个人帮着他抖晾半天衣服，穿戴起来，有四鼓多天，三个人直奔南阳府去，暂且不表。

且说展熊飞回鹅峰堡，一路走着，徐良便问道："白菊花这一跑，但不知他投奔何方？”展熊飞说：“他这一走，无别处可去，必是上南阳府东方亮那里去。”徐良问：“你老人家怎么知道？”展熊飞就把赵虎私访，群贼怎么说的话，告诉徐良一遍。不但他上南阳府，并且五月十五日那里还有擂台呢。再说万岁爷冠袍带履也在东方亮家内。徐良一闻此言，喜之不尽，说：“大叔，你老人家总得急速回去，医治总镇大人要紧。侄男就在此处，把纪家事办完，我就奔南阳府去了。”展爷说：“好，你若先去，我告诉你一个所在。这南阳府我是到过的，在西门外有个镇，叫五里新街。这个地方，从东至西，整整五里长街，热闹非常，你在那里找店住下，等候三五日的工夫。你要出来打听，我们到那之时，找一座大店打下公馆，你若打听明白，咱们好会在一处。”徐良点头，随说着就到了纪强的门首，双门大开，就听里面哭泣声音。叔侄二人进里面，见郑天惠大哭，展熊飞劝他止住悲泪，与徐良二人相见。展南侠不能在此久待，教给徐良一套言语，展南侠由此起身，连夜回奔徐州。

展熊飞回徐州暂且不提。单言徐良叫地方过来，吩咐先预备三口上好的棺木，这里现有二百两银子，叫地方拿去办理。又叫买鲫鱼做汤，多买些金银纸钱锞锭，书不重絮。天光大亮，俱已买来，把三个人入殓，将三口棺木支起。郑天惠喝了鱼汤，就如好人一般。请僧人超度阴魂，烧钱化纸。徐良写了一张禀帖，论说一家俱是凶亡，应当报官详验，这张禀帖写明阖家不白之冤，又有护卫大人亲眼得见。一者求本地面官施恩免验，二者求本地面官施恩准其抬埋。着地方送去呈报当官。此时又有徐州府知府的信到，官府有谕，准其抬埋。看看纪强并无亲族人等，孤门孤户，就是郑天惠披麻带孝，犹如父母亲丧一般。这日晚间，徐良与天惠说：“若把老师埋葬已毕，你我二人可同奔南阳府去。”郑天惠一声长叹说：“徐老爷，小可本应许展大人弃暗投明，如今一看我师尊之事，我看破世界，纵有众位大人提拔一个紫袍金带，也是不能脱过死去。待我师尊葬埋之后，我要入山修炼去了。虽然不能成仙了道，且落一个无忧无虑、清闲自在，不管人间是非、朝中兴灭。”徐良一闻此言，也觉着好生凄惨。徐良说：“既是惠兄一定看破红尘，我徐良也不敢强扭着兄台帮我们办事。我可至明天不候兄长了，我自己要投奔南阳府去了。”郑天惠点头。到次日，徐良告辞起身上南阳府不提。郑天惠把师父家内房产，还有三十余亩田地连使用的东西，尽都出卖，俱以发送师父一家三口。又到扬州埋葬师叔。诸事已毕，入山修炼去了。

单表山西雁离鹅峰堡奔南阳府的大路。这日正走之间，忽见前面有一座山，不甚高大，徐良行至山口，但见前面一带苇塘，还有水苇，忽然见那苇塘旱岸之上有打碎的木笼囚车，血迹满地。又细细寻找，就见靠着苇子底下显出衣襟，又细细查看，还有露着手脚的地方。又有许多折枪、单刀、铁尺，水内也有，旱地上也有。徐良一看这个光景，就知准是差使在此处叫人劫去了。又看了看这个山里头道路，大约着准是山上有贼，若要是山中贼寇将差使抢去，大约这个解差之人不是叫他们杀死就是自己逃性命去了。我若不走这里也就不管，既然亲眼看见，焉有袖手旁观之理。再说身居护卫之职，应当捕盗拿贼。又怕白菊花在此藏躲，我要是上去，倘若遇见，岂不是一举两得。

主意已定，绕着苇塘，找盘道上山，见前面有一座松树林子，树林内有二人藏藏躲躲，复又往外看觑。山西雁疑为不是好人，随即蹿进树林，把刀往外一拉，说声："小辈，你们二人是甚么东西？"就看见二人"噗咚"跪倒地下，徐良切近一看，见二人在地下趴着，原来是一男一女，俱够六十多岁。两个人一齐说："寨主爷爷，大师父，饶我们两条命罢！我们女儿也不要了，连驴带包袱，全都不要了，望求师父饶我们两条老命罢。"只是苦苦哀求。徐良说："老头子，你睁起眼睛看看，怎么管着我叫师父？我也不是寨主。"那老头子翻眼往上一看，说："哎哟！可了不得了，不是你老，我们认错人了。"复又跪下给徐良叩头。山西雁说："老头子贵姓？方才说你女儿是甚么件事情？"那老头说："小老儿姓张，名叫有仁，这是我的妻子，膝下无儿，只有一个女儿，小名叫翠姐。我们住在徐州府东关，开了一座小店。皆因是我女儿许了石门县吕家为亲，人家要娶，离着道路甚远，因此骑着三匹驴，上面带着包袱行李前去就亲。不料正走在此处，也不知此处叫甚么地方，忽然从山上下来二十多人，内中有两个和尚，一个是头陀，一个是落发的。迎面来了木笼囚车，还有许多官兵，他们大家乱一交手，吓的我们也不敢往前走了。山上的人打碎囚车，救了犯罪之人。囚车上救下来的也是个和尚，又有一个年轻少妇。他们把两个武职官也拿下马来，还有两个骑马官人，叫他们杀了一个，拿去一个。护送官兵叫他们杀了五六个，俱都扔在苇塘之内。他们已然上山去了。不料我女儿被他手下人看见，过去在白脸的和尚跟前说了几句话，他们复又回来，把我女儿搀上驴去，连包袱带驴都被他们抢去了。"山西雁一闻此言，把肺都气炸了，说："张老翁，你不要着急，你们且在此处等我。"张有仁说："恩公，你要搭救我女儿，凶僧他手下人多，只怕寡不敌众。"徐良说："不怕，你只管放心，你在此处等等，待我上山看看虚实。"就见那老头两口子给徐良叩头如鸡啄碎米一般。

徐良转身便走，拐山弯，摸山角，看看临近，就见一段红墙，必然是庙。将要扑奔庙门，见前面有两个人一晃，慌慌张张下来一人，见了徐良就是一躬到地，说："你老人家贵姓？" 山西雁说："老西姓徐，有甚么事情给我行礼？" 那人说："我在营伍中吃粮当差，我们的差使连我们大老爷全被和尚抢去。我见你老人家肋下带刀，必是有本领的人。你老要是认得僧人，求你老给我们讲个人情。只要饶了我们两个老爷的性命，今生今世不敢忘你老人家的好处。" 徐良听了微微一笑，说："朋友，你只管放心，我正要找那凶僧算帐。你既为你家老爷，随我前来。或者结果凶僧的性命，或者拿住，那时再找你老爷的下落。" 那人一闻此言，欢欢喜喜就跟徐良来至山门。徐良一看是准提寺，只见山门半掩。那人说："我在前面带路。" 进山门，往西拐，在徐良脑后飞来一根闷棍，就打在头颅之上。要知徐良生死如何，且听下回分解。

第四十一回　准提寺前逢二老　养静堂内论英雄

且说徐良跟着那人进了山门，早就看出他的破绽来了。头一件，不像当军的打扮。二者看他是两个人，因何过来一人说话？三者他求人救他的老爷，他却头前引路。山西雁将一进庙门，早就看见墙垛子后头隐着一个人，双手拿着一条木棍，兜着徐良脑后打来。徐良单臂把前面引路那人揪住，往回里一带，自己往旁边一闪，"叭嚓" 一棍，正打在那人的脑后，万朵桃花崩现，死尸栽倒在地。徐良一抬腿，就把那个打棍子的踢倒。那人将要喊叫，早被徐良把脖子捏住，往起一提，把他携往庙外，拐过墙角，解他的腰带，把他四马倒攒蹄捆将起来，亮出刀来威吓。那人哀告饶命："我家有八十岁的老娘，无人侍奉，故此才在庙内佣工。和尚叫我办甚么事情，我就得与他办去，这是实出无奈，只求你老人家高抬贵手。我若一死，我的老娘也得活活饿死。" 徐良说："不用害怕，你只要把庙内情由说明，这里是甚么庙？庙内住的何等之人？如何劫囚车？如何抢人女子？一一从实说明，我就饶你不死。" 那人说："我绝不敢撒谎。这个山叫金凤岭，这个庙叫准提寺。里面有两个和尚，一个叫金箍头陀邓飞熊，一个叫粉面儒僧法都，手下有二十多个徒弟，天天教他们习学枪棍。" 徐良问："方才劫的这个囚车是甚么人？" 那人说："这个囚车原由是，石门县九天庙有个僧人，叫自然和尚，内中又有个朱二秃子与吴月娘儿通奸之事，本地知县叫邓九如，没问出他们的亲供，将这案解往开封府，由此经过。我们法师傅有一个徒弟叫飞腿李宾，他得着此信，给庙中送信。囚车将到，我们二位师傅就下山去将囚车打碎，救了自然和尚、朱二秃子、吴月娘，拿了一个千总、一个守备、一个马快头儿，杀了一个马快。”徐良又问：“拿住这些人此时活着呢没有？”回说：“俱都没杀，幽囚后院。”徐良又问：“抢来那个姑娘如今怎样？”回说：“全在西跨院，有几个妇女在那里解劝于他，这姑娘执意不从。”徐良又问：“白菊花往这里来了没有？”回答：“不认得白菊花是谁？今天到来了一伙人，内中没听见说有个白菊花。”徐良问：“这伙人都是谁？”回说：“有柳旺、火判官周龙、小韩信张大连、房书安、黄荣江、黄荣海，后又单来了一个人，叫三尺短命丁皮虎，与我们师傅前来送信。南阳府团城子有个伏地君王东方亮，定准于五月十五日在白沙滩立擂台，请他们前去打擂。”徐良一闻此言，果然庙中人不少，回手要结果那人性命。那人说：“方才你老人家饶恕我了，我这一死，连我老娘就是两条性命。”徐良说：“也罢，不管你说的话是真是假，我将你捆在此处。”撕下他的衣襟，把他口堵住，就把那人托将起来，放于树杈之上，说：“待等事毕之时，我再来放你。”

徐良说毕转身进了庙门，把那死尸提将出来，扔在山涧内。复又进来，直奔里面，过了两层大殿，又看见单有个西院，蹿上东房后坡，跃脊又到前坡，只见五间上房，屋内灯光闪闪，人影摇摇。山西雁近前俯身一看，只见里面高高矮矮，一个个狰狞怪状。上首是火判官周龙，尚有金箍头陀邓飞熊，披散着发髻，箍着日月金箍，面似喷血，凶眉怪眼，狮子鼻，阔口重腮，大耳垂轮。赤着背膊，穿一条青绉绢的中衣，高腰袜子，开口僧鞋。胸膛厚，背膀宽，腹大腰圆，脸生横肉，实在凶恶之极。原来邓飞熊从清境林逃跑，又到了准提寺，这庙中有一位净修老和尚，邓飞熊把老和尚杀死，连火工道人尽都丧命，他就做了庙主。法都由九天庙叫人追跑，也奔准提寺而来。这两人就在庙内相会，彼此全部说了自己来历。法都打发自己徒弟飞腿李宾打听自然和尚的官司，本要约会邓飞熊前去劫牢反狱，不料李宾回来说差使解往开封府，由庙前经过。他们下山，就把差使劫上山来。拿了千总郭长清、守备王秀、马快江樊，杀了班头秦保，追散护送的兵丁。来到山上，叫自然和尚重新更换衣襟，朱二秃子也换了衣裳。吴月娘有他本庙中妇女服侍，艳抹浓妆，穿戴起来，好伺候师傅们，又劝解翠姐顺从和尚。翠姐总想要寻拙志，反被那些妇女捆住了双手。

法都、邓飞熊本要把郭长清、王秀、江樊带上来审问，可巧有火判官周龙等人来到，吩咐李宾暂且把他们押在后面，迎接大众进来，彼此相见。将他们的从人、马匹安顿在后院，方落座献茶。紧跟着三尺短命丁皮虎到，与大家见礼，随即就把东方亮的请帖摸出来与法都、邓飞熊看了，然后摆酒。皮虎问周龙："你们几位，这是要上南阳府么？"周龙点头说："正是。"皮虎说："你们的请帖是赫连齐、赫连方与你们送去的，是与不是？"周龙说："我们没见着请帖。"皮虎说："怎么没见请帖？"周龙就将白菊花的事情学说了一遍。邓飞熊说："怎么还有这样一件事情？"张大连说："连柳大哥、周四哥，全都吃了晏寨主的挂误。晏贤弟上鹅峰堡去，大概一二日准来。"邓飞熊问说："如今虽有东方大哥请帖来到，却连一面之交也没有，久闻东方大哥实系好交友之人。"细脖大头鬼王房书安说："那老哥准准的是好交朋友，普天之下并无第二。"小韩信张大连说："全是你知道。"房书安说："果然我知道，我比你年长几岁。"素日他二人本就不对，房书安好说大话，小韩信爱拦他，故此他二人不对。张大连听他说大几岁，就问："你知道的事多，东方大哥他的先人叫甚么名字？"房书安说："叫你问不住——外号人称九头鸟，名字东方保赤。"张大连说："不错，你知道他先前做甚买卖？"房书安说："先前亦做绿林，可与绿林不同，一二年不定出去做一号买卖不做，若要做一次，就奔京都公伯王侯、皇上大内、大府财主做这一次买卖，饱载而归。真有奇珍异宝价值连城的东西，还有多少陈设。做这一次回来，三五年不用出门，足够用的了。再者他那品行不像咱们，在家内结交官府，谁也不知他是绿林英雄，可称得出入接官长，往来无白丁。"张大连说："你知道得了这些宝物都放在甚么所在？"房书安晃着脖子哈哈大笑说："你更问着了我了。所有值钱宝物，他家内有一个楼，叫藏珍楼，俱都放在里面。"张大连问："这第一宝物是甚么东西？"房书安说："就是那口鱼肠剑，由战国时专诸刺王僚，直到如今，叫他们上辈由土中得出。这座楼就为鱼肠剑所盖。"邓飞熊说："怪不得房爷说的话大，真知道事多。"房书安听人一夸赞，话更说大了，说："张贤弟，你别瞧我年虽小，普天下的英雄我认识多一半。"张大连说："你这话越发大了，绿林你认得一半，大概侠义也可认得？"房书安说："七侠五义，南侠做官，北侠是辽东人，那时我在辽东地面，北侠小哪，有人带他到咱们店内，要给我磕头拜我为师。我瞧这孩子没有甚么大起色，因此没收。五鼠五义更差多了。那几个耗子，不敢与咱们论哥们就是了。"张大连哈哈大笑，说："有个穿山鼠徐庆，他的儿子如今可大大有名。"房书安却连连摆手，晃着脑袋说："不行，不行，差的多。徐庆是我把侄，他的儿子不就是我孙子么？”

此句话不要紧，徐良正在房上听着，实在忍不住了，蹿下房来，高声骂道：“你就叫细脖子大头鬼王，趁早滚出来罢！重孙子，孙磨子，我是你爷爷，老西是你祖宗，快出来！老西不把你剁成肉酱，你也不知老西的利害。”群贼闻听是山西口音，就知是徐良到了，一个个面面相觑。张大连说：“你说此大话，你出去见他罢。”房书安一听是徐良声音，就往桌子底下一钻，说：“你们告诉他，我不在这里。”张大连说：“你招的祸，你出去见去。”回答：“我不能，出去就得死。”徐良在外边叫骂，金箍头陀邓飞熊一看，俱都不敢出去，大叫一声：“甚么人敢在我庙中撒野！”邓飞熊正要摘他的护手钩，只见三尺短命丁皮虎说：“割鸡何用牛刀，待我前去会会此人。”抖身往外一蹿。徐良正叫房书安，忽见里面一矮子出来，类若猴形，由腰间拔出一把短刀，对着山西雁大叫一声，说：“你是甚么人？夜晚入庙，快快说来。”徐良一笑：“你问老爷，姓徐名良，外号人称多臂熊。你叫甚么名字？”皮虎说：“要问寨主爷，姓皮，叫皮虎，外号人称三尺短命丁便是。知你寨主爷的利害，让你快快逃生去罢。”徐良说：“你怎么叫皮虎哪？这个名字不好，改了罢，依我说，你叫皮孙子。”皮虎一听此言，气冲两肋说：“好山西雁，看刀！”徐良把大环刀一亮，就见皮虎往后一仰躺在地下。皮虎他本是这一趟滚堂刀，前番见邢家兄弟时节，就是这一趟滚堂刀把他们杀了一个手忙脚乱，如今又是这趟刀，满地乱滚。看他这刀净往下三路，徐良一着急，想出招数来了，将大环刀刀尖冲地，刀刃冲外，净随着皮虎乱转，他的刀若是碰在大环刀上，那是准折。皮虎一看，破了他的滚堂刀，不敢久战，撒腿就跑。徐良并不追赶，一低头，暗器正打在皮虎腿上。要知皮虎生死如何，再听下回分解。

第四十二回　镖打腹中几乎废命　刀伤鼻孔忍痛逃生

且说徐良初会皮虎就破了他的滚堂刀。皮虎不能取胜，往墙上一纵，被徐良一花装弩打在腿上，咬着牙往西一滚就掉在西院去了。徐良也并不追赶，仍然回来，叫房书安答话。房书安在桌子底下，至死也不出来。火判官周龙与张大连两人一商议，二人与他双战，一高一矮，一左一右，叫他首尾不能相顾。主意定好，二人一齐纵身蹿将出来，说：“好徐良，你欺我们太甚了。”周龙用刀剁徐良面门，张大连绕在后面，用刀就扎。山西雁早已看见，往旁边一闪，用了一个凤凰单展翅的架势，先把张大连这口刀削折，“呛啷”一声，刀头坠地。火判官就知势头不好，也是转身就跑。徐良也不追赶，仍是要房书安出来。此时邓飞熊又要出去，法都、柳旺二人说："别叫这厮猖狂造次，待我二人结果他的性命。"邓飞熊嘱咐："二位小心了。"法都提了一根齐眉棍，柳旺是一口单刀，二人一齐从屋内纵身，出来的急速，跑得更快。法都的棍对着徐良面门就打，徐良用大环刀往上一迎，就听见"呛当"，就把齐眉棍削为两段，那半截坠落于地。柳旺的刀也到了，徐良照定刀背，往下就砍，亏柳旺抽得快当，不然也就削为两段。二人转身就跑，徐良也不追赶，一伸手就是一枝袖箭，"叭"一声正钉在柳旺肩头之上，柳旺忍着痛逃窜性命。徐良还是要房书安出来。邓飞熊真是不能不出来了，回手由壁上将那一对护手钩摘将下来，大叫一声："山西雁别走！师傅出来会你。"徐良一瞧，正是那头陀和尚出来，又见他这个大肚子，心中一动，少时掏出镖来，冲着他那肚脐儿，给他一镖，倒是很好的一个镖囊。见他提着一对护手钩，说："多臂熊，我与你往日无冤，素日无仇，你寻到我这里却为何故？"徐良说："你只要把房书安献出，与你无干。"邓飞熊说："你叫我献出房书安不难，只要你胜得洒家这对护手钩，咱就把房书安献出。"徐良说："很好，那么咱就闹着玩罢。"徐良把刀就剁，邓飞熊用单钩往上一迎，只听"呛"的一声，就把他左手那柄钩钩尖削落。邓飞熊吓了个胆落魂飞，再看那柄钩，类若宝剑相似，只得把右手那柄钩往上一递。徐良仍用大环刀，单找他那个钩儿，"呛啷"一声，又已削断。此时邓飞熊也就没了主意，只得用像双剑的钩，往外一扎。徐良用刀一削，又是"呛"的一声削去半截。邓飞熊拿着两柄蛾眉枝子，不敢再动手了，也是撒脚就跑。徐良后边跟下来说："看招！宝贝。"邓飞熊扭项回头一看，徐良一撒手，冲他面门，邓飞熊刚一躲闪，不料甚么暗器也没有。只气得他咬牙切齿，复又直跑。连连三次，邓飞熊也就大意了。不料这回仍是说："招宝贝！"邓飞熊转身一看，徐良将手往上一晃，这枝镖冲着肚腹打去，"噗哧"一声，正打在肚脐之内，他就"噗咚"摔倒在地。徐良转身回来，又对着屋门连连大骂，叫房书安出来，如若不然，老西进去杀你们干干净净。

黄荣江、黄荣海二人说："哥哥你快出去罢，不然连咱们都有性命之忧。"房书安那敢出来，连连求告说："我要出去，就叫他剁成肉泥烂酱。你们二位好兄弟，替咱堵挡一阵去罢。"黄荣江、黄荣海彼此使了个眼色，两个人把桌子往起一抬，将桌子一翻，就把房书安露出来了。这两个人不敢出屋门，把后窗户一踹，二人由窗户逃窜性命。房书安也要从后窗户逃跑，徐良早一个箭步蹿到屋中来了。房书安见徐良已到身旁，冷飕飕那口大环刀朝着自己往下就剁。房书安连忙一跪，说："爷爷，祖爷爷，祖宗，祖太爷爷，你老人家别与小孙子一般见识，只当我是看家之犬，避猫之鼠，偷嘴吃来着，冒犯你老人家，也要生点恻隐之心，不肯打他，何况我是你儿女一般。再说你是宽宏大量之人，你就算我爹爹。"山西雁直气得乱跺脚，说："我不杀你罢，你背地里骂人，实在可恨；我要杀你，你又跪在这里输嘴，老西最见不得这苦磨之人。我不杀你，不消我心头之气。任你说的多好，我也要宰你。"他复又磕头说："真是你老人家不疼你的儿子了？"徐良说："我不管你是儿子是孙子。"一狠心，把刀往下一落，就听"哧"的一声，就把鼻子削将下来，鲜血淋漓。房书安回头就跑，也奔后窗，忍着疼痛，蹿出窗外逃命去了。

山西雁也不追赶，忽见门外来了约有二三十人，全都拿着家伙，打着灯笼，往里就闯。徐良说："你们全是和尚的余党，我乃御前四品护卫，正是前来办案拿贼，一名也未能拿住。你们这些人来得甚好，我就把你们拿住交在当官。"这句话把大众吓得惊魂失色，又见邓飞熊的死尸，谁还敢过来与徐良动手。大众一齐出门，逃命去了。原来这些人不尽是庙中僧人的余党，也有周龙带来的家人。先有飞腿李宾偷着悄悄地出去给大众送信,还想着以多为胜，焉知晓叫徐良两句话全都吓跑，连李宾也逃命去了。

再说徐良一看，内外并无一人，就想要救翠姐，又要找郭长清、王秀、江樊的下落，只得出了屋子，先把邓飞熊的死尸提将起来往后院便走。到了后院，扔在一个僻静所在，见西北有四扇屏门，单有跨院，看里面灯光闪烁。徐良进了屏风门，就奔上房，里面有许多妇女乱藏乱躲。徐良一听喊叫，说："你们大众不用藏躲，我也知道你们都是好人家的儿女，只要把吴月娘、翠姐献出来，就饶你们的性命。如今和尚已然被我杀死，你们大众分散他的东西，有亲投亲，有故投故去吧。"众人一听都跪倒，异口同音说："这就是翠姐，吴月娘与朱二秃子他们在里间屋内喝酒哪。"徐良见翠姐发髻蓬松，捆着双手，就问："因为何故将他捆上？"妇女们说："他要寻拙志。"徐良过来说："姑娘，你的父母俱在庙外，我今杀了凶僧，我这里就找你父母去，等着天亮你们好投亲去罢。和尚已死，千万不可再行拙志。"妇女们过来与他解绑，翠姐跪下与徐良叩头。山西雁到里间内面，果见朱二秃子与吴月娘俱在屋中。二秃子正要开窗逃跑，不料徐良进来，就把二人踢倒捆将起来，撕衣襟把他的口中塞住，就吩咐那些个妇女们："看着这两个！如若走脱一个，拿你们治罪。你们大众也拾掇东西，天亮方许出庙。”众人齐声答应。

徐良复又出来，往西一拐，单有三间屋宇，门上挂着一个灯笼，有两个人在板凳上坐着。徐良往前一跑，亮出刀来，要杀这两人。这二人一见势头不好，开腿就跑。山西雁并不追赶，进屋一看，郭长清等三人俱在那里趴着，全是四马倒攒蹄。给他们解开绳子，把他们塞口之物，俱都掏将出来，半天才醒了。江樊说：“是哪位恩公前来救我的性命？”山西雁说：“正是小弟徐良。”江樊说：“徐老爷呀，想不到你老人家到此，活命之恩，如同再造。”徐良说：“自己兄弟怎么说起这套言语来了？”江樊引郭、王二位与徐良见礼，复又磕头道劳，谢活命之恩。徐良连忙搀住，就告诉江樊，把吴月娘、朱二秃了一并拿住了。又提翠姐之事。江樊问：“那自然和尚可曾拿住没有？”徐良说：“就是未曾把他拿住，也不知他的去向。”江樊说：“这个人还是要紧的。”山西雁说：“我认得那个自然和尚与粉面儒僧法都，咱们不是在九天庙见过的么？那个法都方才可追跑了。”

正说话间，徐良眼快，就见由北墙纵下一人，顺着东墙往南直跑。山西雁也往南跑，那人刚一上墙，徐良就是一袖箭正中腿上，“噗咚”一声摔下地来。徐良过来要捆，一看正是自然和尚，高叫：“江大哥，首犯来了。”皆因自然和尚在监中幽囚的不成人样，见群贼一来，自己觉着羞愧，独自往后边闲房之内，先养养精神去。有人与他送信说大事全坏，自己打算逃命，不料复又被捉。徐良叫江大哥把他搭到前面来。郭长清与王秀搭起来，往前院行走，将到前院，徐良就见房上有一个人影一晃，山西雁回头一摆手，自己一蹲身，就听见房上叫：“邓大哥，邓大哥，这么早全睡了？”徐良说：“没睡，白菊花才来么，咱们两个人死约会，不见不散，老西等候多时了。”随说话，“叭嚓”就是一镖。要问晏飞的生死如何，且听下回分解。

第四十三回　水面放走贪花客　树林搭救老妇人

且说白菊花同着飞毛腿高解、病判官周瑞三人一路行走，扑奔南阳府。可巧正走在金凤岭，白菊花与二贼商量：“天气已晚，咱们到山上瞧瞧邓大哥去。并且还怕周四哥也在这里哪。”周瑞问：“是我四哥么？”白菊花说：“正是。皆因我们由周家巷起身，还有柳旺哥哥、张大连、房书安，一同上南阳。在半路分手，我上了一趟鹅峰堡，涉了一个大险。他们说在前面等我，也许在此处庙中等着我一路前往。”飞毛腿说：“上准提寺呀？我与邓飞熊有仇，我们见面打起来，反累你们相劝。”白菊花说:“你们有甚么仇恨？”高解说:“皆因我得了大环刀的时节,立了一回宝刀会,聘请天下水旱的英雄。他见帖下去，我绝不恼，他不该当着我的朋友辱骂我。到如今我们二人未能见面，早晚见面之时，我们二人得讲论讲论。”白菊花说:“这是一件小事。大哥，咱们一同进去，见了邓飞熊的时节，连我带五哥与你们解说解说，叫他给你赔个不是，就算完结了。”高解说:“不行，我若上山，岂不是给他赔不是来了么？”周瑞说:“你若不肯上去，晏贤弟你辛苦一趟，把邓大哥陪下来，你们二位在这里见见，难道说这还不行么？”白菊花说:“就是如此。可有一件，我要一人上山,撞着白眉毛,那时候可怎么办？”高解、周瑞齐说:“我们在这里等候，我们若遇见往上跑，你要遇见往下跑。”白菊花这才上山，不料真应了他们的打算。可巧没走山门，白菊花蹿墙过来，并没有看出一点形迹，连叫两声邓大哥，没人答应，以为是大家全都睡了。忽听哼了一声，又是死约会，不见不散,就听“飕”的一声,一点寒星直奔喉嗓而来。晏飞是吃过徐良的苦的了，一听是山西口音，就把那一团神看住了徐良。忽见他一抬手，就知他是暗器。果然，见他一发暗器，自己一回脸，当啷啷一声响亮，那枝镖坠落在房上。又纵身蹿下房来，意欲逃跑，早见徐良迎面一刀砍来。白菊花无奈，只得亮剑招架。随动着手，徐良说:“今天看你乌八的往哪里跑！依着我说，早早过来受拴便了。”白菊花尽惦记着要跑，忽然卖了一个破绽，蹿出圈外，一直扑奔庙外去了。徐良尾于背后，跟将下来，出得庙外，直奔山口。白菊花直奔树林，找那两个朋友，到树林高声嚷叫:“二位兄长快些前来，小弟仇人到了。”喊了半天，并不见有人答应。徐良紧紧跟随，哪里肯放。白菊花一瞧这两个朋友不在树林，只恨得暗暗咒骂。直跑到天有五鼓，方才见着前面一道小河挡路，白菊花心中欢喜。徐良在后面，也瞧见了这道小河，就知道今日晚间拿他不住。果然，白菊花行到此间，“哧”的一声跳入水中去了。徐良说:“便宜你这乌八的，放你逃生去罢。”气哼哼往回便走，又到庙中。

此时江樊三人等得着急，总不见他回来，也是替他担心。徐良回到庙中，见着江樊，把追白菊花的故事对他们学说一遍。江樊说:“可惜可惜，总是他们不该遭官司之故。”徐良又下山，到苇塘找着那老夫妇，把他们带上山来，见了翠姐，连他们的驴带包袱，俱都找着。一家三口，全给徐良叩头，等着天光大亮，俱都起身去了。又有那些妇女也都背着包袱与大众磕头，逃命去了。复又叫江樊下去,找本地方官与此处的地方预备木笼囚车,装上三股差使,知会本地面武营官兵护送。将死尸俱都抛弃在山涧。树上那个人，也放他逃生去了。庙内还有许多妇女的东西，俱都入官。庙中重新另招住持僧人。所有死去的兵丁，棺木成殓，准其本家领尸葬埋，本地方官另有赏赐。江樊的伙计也是用棺木成殓，由本处送往石门县，邓太爷另有赏赐。徐良把此事办完，方才起身，投奔南阳府，暂且不提。

周龙等那些贼陆续全都跑下山来，一直往西北，皮虎乱打呼哨，慢慢大家全都凑在一处，就是不见房书安、邓飞熊、自然和尚。少时，又见黄荣江、黄荣海、李宾，还有三四个伙计，喘吁吁走到跟前说："众位寨主，邓师傅死了，房爷被老西拿住了，不定死活。"大众叹息一回。周龙说："咱们也就走罢，少时他要下来，咱们也是不便。"说毕，大家又跑。张大连说："站住！站住！你们都吓晕了么？"周龙说："甚么？"张大连说："上南阳府怎么往北走起来了。"皮虎说："对呀。"复又往南。周龙说："大家可留点神，瞧着那小子。"正说之间，皮虎说："你们瞧前边，那里趴着个人哪，别是他罢？"众人俱都不敢往前再走。又听哼了一声，险些就把大众吓跑。细细听来，却又不像。原来是房书安在那里趴着，皆因自己眼前一发黑，腿一发酸，"噗哧"一声栽倒在地，人事不醒。约有二刻光景，被冷风一吹，悠悠气转。皆因他没有鼻子，才哼了一声，就把大家吓了一跳。众人切近一看，却是房书安。他一瞧见大众，不觉呜呜噎噎的哭起来了，说："张大哥，你害苦了我了！"众人听着，又是要乐，又替他惨。乐的是，人要没有鼻子，说话实在难听；惨的是替他难受。张大连说："我怎么把你害苦了？"房书安说："要不是你冲着我说七侠五义，我焉能落得这样光景！"张大连说："你说的他比你晚着两辈。"房书安说："不对哟，我说比他晚着三辈哪。幸亏这位祖宗手下留情，不然把我这个前脸砍下来，尽剩下一个脑杓子，还活个甚么意思，这可真就是没脸见人了。"张大连说："咱们闲话少说，急速快走才好。"房书安说："我可实在的走不动了，哪位最好背我几步。"众人异口同音说："谁能背你？"房书安说："别人不行，黄家兄弟还不行么？你们兄弟两个是我带出来的，难道说哥哥就没一点好处不成？你们自己也摸着良心想想。"二人刚才要背，张大连使了个眼色，说："可了不得了，那个削鼻子的又来了！"说毕就跑。大家一齐撒开腿，把个房书安吓的也是爬起来就跑，直跑了约有一里多地，众人方敢站住。房书安"噗咚"一声坐在地下，说："哎呀！可累死我了。"又问："他真来了么？"张大连说："我瞧着像他，原来不是。"房书安说："韩信哪，你小心着萧何罢。你有多么损！"

张大连哈哈大笑，说："起来走罢。"房书安还叫黄家弟兄背他，黄家弟兄无奈，只得搀着房书安缓缓而行，大众奔南阳府不提。

再说白菊花由水内上来，又是抖晾衣襟，方才见着高解、周瑞，就气哼哼地说道："你们二人太没义气了，我被徐良追跑下来，你们不知往哪里藏躲去了。"二人齐说："我们见着老西追赶，我二人若不是有一山洞救命，也就性命休矣。"白菊花问道："你们怎么也叫徐良追赶下来？"二人回问："你是怎么叫他追赶下来的？"白菊花就把庙中之事细说了一遍。这二人又是一番纳闷。原来这二人不是遇见徐良，是房书安往下跑的时节哼了一声，他们疑是徐良来了，这才是阴错阳差。三个人商量赶路，白菊花执意不愿上南阳府去了。他说："老西既然到这里，必然也是要往南阳府去的。咱们要奔南阳，他也奔南阳，这一走，岂不是碰在一处么？"二人说："焉有那么巧的事哪？越怕越不好，你这么一个人要是怕他，我们二人该当怎样？"白菊花被这两个人一说，并且他还有一点心事，只得一路前往。

再说徐良奔南阳府，不走大路，尽抄小道而行，为的是那些个叫他追跑的贼人，必然上大路而行，他们若走小路，岂不是又撞在一处？想的虽好，却没遇见。走着路，忽然想起房书安说东方亮家内有座藏珍楼，楼里面有一口鱼肠剑，大概万岁爷的冠袍带履也在楼内收藏。我若到南阳府，一者为请冠袍带履，二则若能把鱼肠剑得在我手，那时可算我的万幸。这口剑也是切金断玉，削铜砍铁，比我这口刀还强呢。我再得着此剑，又有大环刀，也不是自负，走遍天下，某家可算第一的英雄了。

徐良只顾思想，往前正走，忽听有悲哀惨切之声，往树林一看，有一个年老婆子，在这里拴上了绳子正要自缢。将要往上一套脖颈，徐良嚷叫："老太太，别在我们这里上吊，这是我所管的地方。"那老妇人听了此话，眼含痛泪说："我寻死都有人不准，我往那边去上吊，大概就不与你相干了吧。"徐良到跟前说："不行，我周围管三百多里地那，你若上吊，除非过三百里地外方可。我看你偌大年纪，因为何故要行拙志？"那老妇人说："爷台你不知道，我生不如死。"徐良问："你有甚么难言之事，对我说明，倘若我能与你分忧解恼，也是有的。"那个老妇人说："爷台，说出来，你也难管人命关天之事。"徐良说："我偏要领教领教。"那老太太把那一五一十的事情细述了一遍。徐良一闻此言，呆呆发怔。要问那老太太说些甚么言语，且听下回分解。

第四十四回　金毛犼爱财设巧计　山西雁贪功坠牢笼

且说徐良问那婆子，因何自缢。那老妇人说："我娘家姓石，婆家姓尹。我那老头子早已故去，所生一子，名叫尹有成，在光州府知府衙门伺候大人。老爷很喜爱我那儿子，前日派他上京，与老爷办事。皆因夫人有一顶珍珠凤冠，有些损坏之处，咱们本地没有能人，派他上京收拾。遂给了他一匹马，赏了他几十两银子盘费。皆因出衙天气就不早了，又因我这儿没出息，喝了会子酒，天气更晚，他拿着老爷要紧的东西，天晚就不敢走了。回到家中，次日早晨起身收拾，不料就在夜晚之间，连马匹带这顶珍珠凤冠尽被贼人偷去，就是老爷赏的盘费没丢。我儿急得要死。我们街坊有一位老人家，问他昨日出衙门时节，喝酒还是自己一人，还是同着朋友。我儿一生就是好交朋友，进酒铺时节是一个人，后来有一个朋友把他那酒搬在一处，二人同饮，还是那人会的酒钞。"徐良问说："那个朋友姓甚么？素常是好人歹人？可曾对他提这凤冠的事情没有？"婆子说："你老人家实在高明，我们街坊也是这样问他。这个人是在马武举家使唤的，名叫马进才。我儿也曾对着他提讲上京给老爷办的事情。我们街坊就叫我儿找他去。我儿去找那人，别的倒没问着，看见他老爷给他的那匹马，由马武举家出来，另换了一副鞍辔，有人骑着走了。我儿一追问他这些事情，他反倒打了我儿子一个嘴巴。我儿揪住他上知府衙门去，怎奈人家的人多，反倒把我儿子打了。我儿一赌气，上衙门去，见老爷回话。老爷不但不与我儿子作主，反倒把我儿子下到监中去了。"徐良说："既然有这匹马的见证，怎么老爷会不与你儿子作主？"老婆子说："他们都是官官相护。这个马武举，又有银钱，又有势力。"徐良问："这个马武举，他在哪里住家？"婆子说："就在这南边，地名叫马家林。先前他在东头住，皆因他行事不端，重利盘剥，强买强卖，大斗小秤，欺压良善。可巧前几年有二位作官的告老还乡，他在那里住不了啦，搬在西头住了。东头如今改为二友庄，西头仍是马家林。"徐良问："这个人叫甚么名字？"婆子说："他叫马化龙，外号人称金毛犼。"徐良一听，就知道八九准是一个贼。按说自己还有要紧的事，哪有工夫管旁人之事，只是天然生就侠肝义胆，见人之得如己之得，见人之失如己之失，如遇不平之事，就要伸手。便说："老太太，你只管请回家去，我自有主张，保你的儿子明天就能出来，一点余罪没有。你可别行拙志。"那婆子道：

“你说这话，我也明白。你拦着我不叫我死，只好给我一句宽心话听，这还是素不相识路遇之人，我娘家的人尽自不管。”徐良问：“你娘家还有甚么人？为甚么不管？”那妇人说：“我有一个叔叔，当初作过辽东游府。皆因庞太师专权，辞职还乡，在家中纳福。因我母子家业凋零，素不甚来往。今日早晨我去找他，他说：‘这个事情非同小可，不见确实，焉能说人偷盗？你暂且回家等着，我慢慢寻问明白，我自有道理。’我一想我叔叔这套话，他要不管，我儿是准死。我儿既死，我还活个甚么意思？故此我才来这里上吊。”徐良说：“你老人家暂且回家去罢，全有我哪。”婆子说：“爷台这话是真是假？有甚么方法救我儿的性命？如果真能搭救我儿，慢说是我，就是我去世的夫主，在九泉之下也感恩不尽。”随说着话，眼泪汪汪的，就与徐良下了一跪。山西雁最是心软的人，看老太太这个光景他也要哭，弯着身打一恭，说：“也罢。老太太，我送你回家去罢。”伸手把那根绳子抖将下来，用自己的刀砍得烂碎，抛弃于地，同着石氏回家。那婆子让他到家中献茶。徐良执意不肯，临走时节，紧紧的嘱咐，就怕他寻了拙志。等着妇人进门之后，徐良才奔马家林而来，见着人，打听明白马化龙的门首，绕着他周围的墙，探了探道，预备晚间从那里进去。

此时天色甚早，又到二友庄看了一看，原来是一个村庄，起了二个地名，都是前中后三条大街。庄内只有一个小小的茶铺，带卖烙饼拉面。徐良将就着在那里吃了一顿饭，会了饭钱，也不肯走，假装着喝茶，为的是耗时候。等到初更，堂官要上门了。徐良暗道：“是时候了。”立起身出得店门，直奔马化龙门首。到了后墙，纵身蹿将上去。他并没换夜行衣靠，就把衣襟吊起，袖子一挽，把大环刀插在狮蛮带里。他在墙头上往下一看，是一座花园子景象，就蹿下墙头，往前扑奔。越过两段界墙，正是五间厅房。至后窗户，见里面灯光闪烁，有男女说话的声音。徐良就在窗棂纸上用指尖戳了个月牙窟窿，一目往里窥探。但见有个妇人，年纪四十多岁，满脸脂粉，珠翠满头，衣服鲜明。上首坐着个男子，也够四旬光景，宝蓝缎子壮巾，蓝箭袖袍，黑紫面皮，粗眉圆眼，压耳两朵黄毛，外号人称金毛犼，却是一脑袋黄头发。他这个外号，因头发所取，身高八尺，膀阔三停，不问可知准是马化龙。他那里吩咐，叫婆子把那东西取出来看看。就见婆子拿出一个蓝布包袱来，解开麻花扣儿，里面还有一个油绸子包袱，打开露出一个帽盒，把帽盒打开，里面俱用棉絮塞满——怕的是一路上磕碰。灯光之下，耀眼生光，俱都是珠翠做成。此物虽旧，上面宝石珍珠，可算价值连城，就是有些损坏之处。那妇人看着，哈哈大笑，说："老爷，咱们家中虽然有钱，要买这顶凤冠，只怕费事。这就是咱们马进才的好处。"马化龙说："要没有范大哥在此，也是不行。"妇人说："怎么谢范大哥呢？"马化龙说："我二人那等的交情，不必提谢。"妇人又问："马进才如何赏他？"回说："给他二百银子。"正说话之间，忽见进来一个婆子说："范大爷外面有请。"马化龙回头告诉妇人："将物件收在柜内。"马化龙出去。

徐良想着要盗他这顶凤冠，自己撤身下来，想一个主意，把妇人诓出来，盗他那凤冠，叫他们不知觉，方算手段。正在思想之间，忽听屋中妇女们一乱，徐良复又从刚才所戳的那小孔往里一看，就见那些妇女往外急走，齐说："别嚷，别嚷，这是太太的造化。"方才那个妇人说："待我把金簪子拔下来，插在里头，就走不动了。"徐良一听，就知是有夜行人了。自己虽然没有那种物件，听见师傅说过，夜行人有一宗留火遗光法，尽为的是调虎离山计。无论地下墙上一蹭，自来的冒烟，大片的火光，用手摸着不烫，也烧不着甚么物件。前套《七侠五义》上，双偷苗家集，白玉堂用过一次；双偷郑家楼时节，丁二爷用过一回；邓车盗印，邓车用过一回。如今山西雁一听，就知是这宗物件。自己打算：不管甚么人用的这个法子，我先进去，拿他这顶凤冠。不料一扳后窗户却扳不开，原来这后窗户由里面锁了个结实，只可由前边进去，又往屋中一看，却见有人早进去了。但见那人一身夜行衣靠，背插着一口钢刀，面白如玉，细眉长目，鼻如悬胆，口赛涂朱，伸手把包袱往后一拢，冲着徐良这个窟窿"嗤"的一笑，"噗"一口将灯吹灭。徐良一着急，望后倒身蹿上房去，越脊纵到前坡，见那些妇女仍然还围着花盆子乱嚷呢！就见那条黑影直奔前边去了。徐良怕的是把这物件落在贼人之手，那可无处找了，紧紧的一追。追到前边，也有五间上房，东西有配房。再找那人，已然踪迹不见。

徐良只得上了西房，往前坡一趴，只见上房屋中，打着帘子，点定灯烛，有一张八仙桌子。正当中坐着一个人，身高七尺，一身皂青缎子衣襟，面似瓦灰，微长髭须。下垂首坐的，就是马化龙。只听他吩咐一声摆酒，从人登时之间，罗列杯盘。马化龙亲自与那人斟酒，连进三杯，喝完，各斟门杯。将要说话，忽听从人进来报道："外面二位复姓赫连的求见。"马化龙吩咐一声"请"，说："范大哥少坐，待我迎接二位贤弟。"不多一时，就见三个人进来。徐良见这两个人，俱是散披英雄氅，细身长腿，全是贼头贼脑的。到了屋中，那人也站起身来，抱拳让坐。马化龙说："三位不认识，我与你们见见。这位姓范，叫范天保，外号人称闪电手。这二位是亲兄弟。这位叫赫连齐，外号人称千里飞行；这位叫赫连方，外号叫陆地追风。”彼此对施一礼，说了些久仰大名的客套，谦让了半天坐位，复又落座，重整杯盘。马化龙仍在主位。原来这范天保，皆因遇蒋平、柳青，在水内逃跑，找了几处朋友，都未曾住下，这才到马化龙家里。可巧正遇马进才在酒铺套了尹有成的实话，回来报信。就是闪电手探了道路，晚间把凤冠、马匹一齐盗来。正是马化龙与他摆酒道劳，不想有赫连弟兄到来。待他与众人将酒斟上，赫连齐就把请帖摸将出来递了过去。马化龙字上不行，叫闪电手念了一遍，方才知道是为擂台的事情。赫连方说：“范大哥，我们就不往府上去了。”范天保说：“我既然见着，何必再请。要去的时节，我与马大哥一路前往。”赫连齐说：“范大哥，可曾听说了没有？”范天保问：“甚么事情？”赫连齐说：“如今出了一个山西雁徐良，又叫多臂熊，现今咱们绿林，吃他的苦处的可不少啦。”范天保问：“怎么？”赫连齐说：“桃花沟高寨主那里，大概连琵琶峪、柳家营、周家巷，全都是他，害的这几处瓦解冰消。咱们要是遇着他的时节，可要小心一二才好。”马化龙哈哈大笑，说：“这扎刀死狗娘养的，若咱遇见这厮时……可惜咱不认得他。”赫连方说：“好认，这个人长两道白眉毛。”

刚才说到这里，后面婆子往前跑着乱嚷，说：“老爷，可了不得了！后面把凤冠丢了！”众人一听，大家跑出房来，问：“怎么样丢的？”婆子说：“我们瞧见四个花盆里头往上冒烟冒火，出来一回头，就不见了凤冠。”马化龙说：“别是那个山西雁罢？好狗娘养的！”还要往下骂，忽听房上说：“凤冠可不是老西拿去的，我是来与你要凤冠来了。”随说着，蹿下房来。闪电手亮刀就砍，徐良用刀一迎，“呛啷”一声，将闪电手刀削为两段。马化龙往后就跑，说：“待我拿兵刃去。”徐良就追，到后院三间西房，马化龙先进屋内，徐良到门口，用刀往里一砍，叫人家把腕子揪住，往里一带，“噗咚”一声，摔将下去。要问徐良生死如何，且听下回分解。

第四十五回　徐良临险地多亏好友　石仁入贼室搭救宾朋

且说马化龙引徐良到三间西房，原来这屋中预先就挖下一个大坑，足够好几丈深，马化龙自己做下埋伏，他本要安翻板，还没安好呢，就是贴着前窗户，有六寸多宽一块板子搭着。马化龙一进门，往北一拐，面向外，脚蹬着六寸多宽的板子，手抓住窗楞，看着徐良的刀往里一扎，马化龙用单手吊住徐良的腕子，往里一带。山西雁知道里面有人，只道借他力，也就往里一蹿。

焉知晓脚找不着实地了，“噗咚”一声，摔将下去。马化龙反蹿将出来，到兵器房取了一口朴刀，扑奔前面来了。将到前边，就看见几个人在那里动手哪。自己一瞅，吓了一跳。但见有四个鬼一般的，只看不出是甚么面目来，全是花脸，青黄紫绿，蓬松着红绿的头发。有两个，五彩的胡须攥成了疙瘩，为的是蹿奔利落。每人一口轧把刀，围住了赫连齐、赫连方。闪电手此时也在壁上摘了一口利刃，七个人在那里交手。马化龙先前只不敢过去，总疑惑着这四个是鬼。后来才听见他们脚底下有声音，方才明白这几个是涂抹的脸面。马化龙一声喊叫："你们这几个人是从何而来？快些说出姓名，是因为何事而至？若是为借盘费，只管说来，我是好交结绿林的朋友。"他们可是一语不发。马化龙一声吩咐，叫家人抄家伙拿人。顷刻间家人掌灯火拿棍棒，齐声喝嚷拿人。刚往上一围，那两个有胡须的早就蹿出圈外。赫连齐、赫连方二人一追，前边那两个蹿上墙头。赫连齐、赫连方往上一瞧，也要上墙追赶，就见那两个人一回手，飕飕的就是两只暗器，赫连齐、赫连方二人，“噗咚”、“噗咚”，全都摔倒在地，一个是左膀、一个是右膀中了镖伤。二人一狠心将镖拔将出来，鲜血淋淋。若不亏家人们把他们护住，也就教还没上墙的二人结果了性命。那二人往东西一分，就各蹿往东西配房上去了。闪电手一追，房上的揭瓦就打，范天保躲得快当，“吧哧”一声，打在地下。马化龙着了一瓦块，四个人倒有二个受伤，谁还敢追。家人大众都凑在一处围护着进了屋子，马化龙派人到后面取来止痛散，赫连齐、赫连方俱都敷上，马化龙用酒将药调上，暂且止痛。稍缓了有半个时辰，方才谈话，议论这凤冠必是这伙人盗去。幸而一桩好，白眉毛山西雁拿住了。那三人一齐问道："真个把那徐良拿住了？"马化龙说："拿住了。这可算备而不用，就在后面要安翻板那个屋子里。"大家一听，全都欢喜，说："这可去了眼中钉，肉中刺。他在底下，咱们怎么把他治死？"你一个主意，我一个主意，有说把他活埋了的，有说不行的——往下填土他借着那土就上来了。赫连方说："先拿石头砸死他，然后把他捞将上来，乱刀把他剁死，也就算给咱们绿林报过仇来了。"说毕，叫家人打灯笼，一直扑奔后面。一面教家人搬运大小石块来，又叫人先把帘子摘将下来，众人站在门坎外边，拿灯笼一照，再找山西雁，踪迹不见。

你道这徐良哪里去了？原来是他坠落坑中，反眼往上，黑洞洞伸手不见五指。自己想：终日打雁，叫雁啄了眼了，总是一时慌忙。自己往上一蹿，这坑实系太深，纵不上来。又一想：生有处，死有地，少刻他们前来，焉有自己的命在，不如自己早早寻一个自尽，也免得丧在贼人之手。一回手将大环刀拿起，就要刀横颈上。只听上面有人说话:“下面的那位兄台，怎么样了？”徐良说：“是甚么人问我？”那人说：“兄台不要疑心，我也是与马化龙有仇的，皆因我看见兄台中了他的诡计，此时马化龙往前边去了，我才过来救兄台，早早出去方好，不然他们一到，兄台祸不远矣。”徐良说：“既是恩公搭救我的性命，如同再造。”那人说：“兄台言太重了。我这里有飞抓百练索一根，你揪住此物，我将兄台拉将上来，急速早离险地。”只看上边，千里火筒一晃，徐良这才看出来了，原来上边那人，就是拿凤冠的那人，可不知姓甚名谁。就见他把飞抓百练索吧哒往下一扔。徐良用双手抓住，那人在门外头挂起帘子来，用力往上一拉，徐良双脚踹住坑边，那人一使力，就把徐良提出门外。山西雁方才撒手，往前行了半步，急忙双膝点地说：“请问恩公，贵姓高名，仙乡何处？”那人说：“小可姓石，单名一个仁字，外号人称银镖小太岁。”徐良一听这个外号儿，就知道此人不俗。

你道这个人，因为甚么事前来盗这凤冠？原来，二友庄的二位老英雄，一位姓石，叫石万魁，外号人称翻江海马;一个叫尚均义，外号人称浪里鲲鱼。石万魁跟前一儿，名叫石仁，就是这个石仁。还有两位姑娘，一个叫石榴花，一个叫石玉花。有两个徒弟，一个叫铁掌李成，一个叫神拳李旺。尚均义跟前两个女儿，一个叫尚玉莲，一个叫尚玉兰。前回尹有成之娘，哀告他娘家叔叔，就是这个石万魁。他虽然告诉他不管，等着慢慢打听打听，叫他先回去家中听信。原来因他是个妇人，怕他嘴不严，倘若走露风声，事关重大，先叫他回家。随后就打发李旺上马化龙家，一左一右，打听这个消息。打听明白，回来告诉果有此事。先派家人上光州府拿钱打点了监中囚头狱卒，然后约会尚均义到家中计议。这二位老者，先在辽东作官，一位是参将，一位是游府，皆因庞太师专权，辞职还乡。回到家中，就知马化龙不是人类。马武举到底是邪不能侵正，他搬在西头，这边就依石、尚二家起了二友庄这样一个庄名。这日晚间，爷五个全都换了衣襟。却是尚均义出的主意，说此去少不了要出人命，方才涂抹脸面。皆因尚玉兰很好的一笔丹青，就把他的颜色取来，二位老英雄连胡须都涂抹颜色。就是石仁没改换形容，也没涂抹脸面。他去盗那凤冠，一到马家之时，就看见徐良进来。他在前窗户那里瞧看，马化龙出来的时节，他就躲在屋檐底下，后来用留火遗光法，把大家诓出来。不然他拿凤冠时节，怎么冲着徐良一笑。他把凤冠得在手内，送回家去，这是由家内复又返转回来，才见着徐良掉在坑中。他把山西雁搭救上来，又把帘子放下，方才通了自己名姓。复又问徐良的姓氏，徐良就把自己名姓说将出来。石仁说："这可不是外人，请到寒舍一叙。"二人蹿出墙来，正要回家，忽见一棵树后，蹿出四个人来，各执单刀，挡住去路。要问来者何人，且听下回分解。

第四十六回　入破庙人鬼乱闹　奔古寺差解同行

且说石仁一听徐良是穿山鼠徐庆之子，可算都是将门之后，邀到家中谈话。将一出墙，走不甚远，忽见树后"蹭蹭"蹿出四个人来，每人一口利刃，一字摆开，挡住去路。徐良眼快，一瞅吓了一跳。有高有矮，有瘦有胖，有丑有俊，全都是绢帕罩住乌云，贴身小袄，腰扎汗巾，原来是四个姑娘，三个俊的，一个丑的。这个丑的就是石榴花，胖大身躯，一脸麻子，蒜头鼻子，厚嘴唇，粗眉大眼，元宝耳朵，扑叉扑叉一对鲇鱼大脚，不够一尺也够九寸七八。那三位俊的是石玉花、尚玉莲、尚玉兰。皆因是四位的天伦上金毛犼家里去，四位姑娘也都凑在一处，带着都有高来高去之能，看看天气不早，都怕天伦有险。一商量说："咱们何不前去看看？如若咱们老人家寡不敌众，咱们好帮助动手。"这四个姑娘，论本事强就数玉莲，论聪明就数玉兰，论忠厚就数榴花，论随和就数玉花。四人刚走到树后，就瞧见前边来了两个人，影影绰绰的往这边奔，故此不知是谁。这四位姑娘一字排开，把刀全都亮将出来，身临切近。石仁说："原来是四位妹子，你们急速回家去罢。"四位姑娘一闻此言，就问道："哥哥，那位是谁？"石仁说："是我一位朋友，你们不用打听，回家去罢。"四位姑娘答应一声，回转身躯，往家内去了。

石仁同着徐良，到了自己门首，徐良一看是个广亮大门。石仁让着徐良进了大门，直奔厅房，启帘进去落座，叫从人献上茶来。徐良问道："贵府还有甚么人？"石仁便把家内所有之人，当初石万魁所作甚么官，因何辞职，娘亲妹子，还有两个师兄，都叫甚么名字，一一都告诉徐良一遍。又把尚家事情，也对他说了一回。又把自己姊姊、外甥不白之冤的事情，又说了一番。转问徐良因为何故上马家去。山西雁也把自己怎么上京任差，遇白菊花的事，如今要投奔南阳，请万岁的冠袍带履，白昼遇见尹石氏，晚间奔马家林的话，也就说了一回。石仁说："徐兄长，你我一见如故，再说上辈提将起来，也都认得，如不嫌弃，小弟情愿结义为友，不知兄台意下如何？"徐良说："只要兄长不嫌弃，我是情心愿意。”正说话间，从人把衣服拿将过来。石仁告便，到里间屋中，把白昼服色换了，重新出来。忽见帘笼一启，打外面进来四个画着脸的。将一进门，石仁就要引见。大家说：“洗完脸再见罢。”徐良说：“哥哥，哪位是伯父？”石仁指着一长者告说：“这就是我的天伦。”又把山西雁的事情替他说了一遍。石万魁哈哈大笑说：“我攀一个大话罢，你可是老贤侄呀！我问你一个人，铁臂熊沙龙是你甚么人？”徐良说：“那是我的伯父，是我盟弟的岳父。”石万魁说：“你盟弟就是韩天锦与艾虎哪？”徐良说：“正是。”石万魁说：“新近你这二个盟弟特旨完姻，我们沙大哥遣人来请，我们未能前去，就是礼物到了。”说毕，又与徐良见尚均义，徐良也是过去行礼。尚均义说：“我也提一个朋友，云中鹤是你甚么人？”山西雁说：“那是我师父。”尚均义说：“那还是我把弟呢！”然后徐良与铁掌李成、神拳李旺，彼此对施一礼。石万魁吩咐摆酒。

石万魁等四个人，上里间屋中，打脸水洗去颜色，更换白昼的衣服，复又出来。酒已摆就，众人把徐良让在上面，让至再三，徐良坐了二席，尚均义坐了首席，大家巡杯换盏。石仁就把要与徐良结义为友之事，对着天伦说了一遍。尚均义在旁说：“正当如此，都是将门之后。还有一件，老贤侄，你定下姻亲没有？”这一句话，把徐良问得满面通红，一摇头说：“还未能定下姻亲。”尚均义哈哈一笑，说：“好，既然未定下姻亲，我有两个女儿，我的长女与侄男年岁相仿，颇不粗陋，今许与贤侄为妻，不知贤侄意下如何？再说，恳烦石兄长作一个媒山保人。”石万魁说：“好，我方才一见徐贤侄就有此意，不料你倒先说出来了。”徐良赶紧站起身来，对着二位老者深深一躬到地，说：“非是侄男不愿意此事，皆因是奉展护卫所差拿贼，二则没有我父母之命，此时侄男不敢应允。”石万魁说：“此事我们赶紧与你天伦写信，候你的天伦回音就是了。”山西雁说：“这还可以，二位伯父千万别怪小侄。”石万魁说：“尚贤弟，咱们有这句话放着就是了。”说毕，重新又饮。石仁问：“天伦，这凤冠孩儿已经盗来，你老人家看怎么办理方好？”石万魁就在石仁耳旁，低言悄语说了一遍。石仁连连点头。石万魁立刻吩咐从人预备香案。石仁就与徐良冲北磕头，结为生死弟兄。徐良大，石仁小，二人结拜之后，又重来与二位老者行礼。李成、李旺也过来道喜。直到天亮方撤去残席。尚均义告辞回家，说少刻再来。石万魁写禀帖，拿着凤冠见知府去了。石仁和徐良二人到了书房，倾谈肺腑，讲论些马上步下、长拳短打、十八般兵刃带暗器，谈得是件件有味，说不尽交友投分的意思。这才叫人情若比初相见，到老终无怨恨心。

用完早饭，天交午初，门外一阵大乱。徐良与石仁出来瞧看，原来是许多官人，都拿着单刀铁尺，押解马武举，威吓着直奔衙署。原来光州知府，此人姓穆，叫锦文，有石万魁在府中递了禀帖，献了凤冠，报了马化龙的窝主，言说他家内养贼，现有真赃实据，凤冠是由他家内得出。知府一听，不觉大怒，看了禀帖，见了凤冠，立刻派三班人等前去拿马化龙，当堂立等。三班的头儿到了马家林，不敢办案拿人，把他诓将出来，方才动手，锁着他奔知府衙门而来。范天保与赫连齐、赫连方一闻此信，俱都逃窜去了。马化龙正要给那官差的银钱，官差也说得好："这是我们老爷派的差使，谁敢自办？你要亲身见了我们大人倒好办。"马化龙无奈，只得跟着他们走就是了。这知府大人升堂，一作威，问这凤冠的事情。到底是官法如炉，马化龙把这事情推在范天保身上，当堂画供，革去了武举，定了个待质，几时拿住了范天保时节，再定罪名，钉肘收监。发下海捕公文，捉拿范天保，拿住他时，二人质对。由监中把尹有成提出，仍然还是在衙门伺候老爷，这顶凤冠再不上京收拾去了。石万魁待回家之后，见了徐良，尚均义也到石家商量着，好与徐庆写信。山西雁告辞，过来与石万魁、尚均义行礼，石仁也过来与徐良磕头，李成、李旺与徐良对施一礼。石万魁拿出一百两白金作为路费，山西雁再三不受，无奈何拿了二十两银子。大家送出门外，徐良投奔南阳去了。二位老者派人与徐庆送信，暂且不表。

单说徐良离了二友庄，一路晓行夜住，总怕误了自己事情。这日正往前走，天气透晚，前边一看，并没有村庄镇店，尽是一片漫洼。忽见天上乌云遮住，劈空冷风飕飕，光景是要落雨，紧走几步，约有一里之遥，就见风中裹着雨点儿点点滴滴坠下来了。徐良心中急躁，这里又没有避雨所在，正在为难之际，见前面有一座破庙。徐良朝破庙奔去，见庙墙俱都倒塌，门可没有了。奔到大殿，隔扇全无，里面神像不整，原来是座龙王庙。供桌上只有泥香炉一个，后面房瓦透天，再看佛龛两边，放着两口棺木，又看后面有一层殿，也是俱都坍塌，也并没有和尚老道。他只就在前边殿中，先与龙王爷磕了三个头，站起身来，把香炉往里一推，暗暗祷告，说："神祇在上，千万别见弟子之怪。"徐良祝告已完，把大环刀往旁边一放，把小包袱从腰间解将下来，往头颅下一枕，就在供桌上仰面朝天而睡。总是行路疲乏，就觉一阵迷迷糊糊，将一合眼，就听见"咯嘣"的一声响亮，徐良猛然惊醒。再看天色已晚，外边的阴云四散，透出朦胧的月色，自觉着那边棺材盖响了一声相似，心中一惊，再看并没甚么动静，刚要合眼，这一回可听真确了，是棺材盖“叭嚓”一声响亮。山西雁可就睡不着了，一挺身斜坐在佛龛之上，目不转睛看着那口棺材。南边那口棺材没事，尽是北边这口棺材咯哧咯哧连声响起来了。徐良虽不甚害怕，也觉心中突突乱跳。徐良说：“活人见鬼，别是老西阳寿不远了罢？待我看看这个鬼是甚么样儿。”眼看那棺材盖“叭嗒”一声，往上一起，咯哧咯哧就横过来了，往下一滑，担在棺材下半截上，就听得里边吱的一声鬼叫，从里边蹿出一个吊死鬼来。那鬼戴着一个高白帽子，一尺长的舌头，穿着孝衣，拖着麻鞋，拿着哭丧棒，吱吱的乱叫。徐良吓得下了供桌就跑，那鬼随后一跟，绕佛龛三遭，举哭丧棒对着徐良就打，山西雁就“噗咚”摔倒在地。要问多臂熊的生死如何，且听下回分解。

第四十七回　儒宁村贤人遭害　太岁坊恶霸行凶

且说徐良见鬼，下了佛龛就跑，那鬼苦苦相追。山西雁绕着佛龛，用耳细听，那鬼虽然是两只脚并齐，蹭蹭的乱奔，究竟足下总有声音。论说鬼神走路绝无响动。自己心中方才明白，每遇作贼的，不能高来高去，就是想出这个主意，不是打杠子，就是套白狼，装神做鬼。这个鬼大概必是小偷儿装扮的，若真是鬼，足下断无声音的。徐良猜透了这个情理，跑着跑着，那鬼举哭丧棒一打，徐良故意往地下一躺，把双腿一蜷。那鬼打空，又收不住自己双脚，正要奔在徐良身上。山西雁使了个喜鹊登枝，正蹬在鬼的身上，那鬼如何还能站立得住！哎哟一声，扑咚栽倒在地。徐良听他“哎哟”一声，准知他是个人，更觉放心了。用了个鲤鱼打挺，纵身蹿将起来，劈手把鬼头上揑住，先把他那三尺高的白帽子摘下来，再看他那舌头，是铁丝儿钩在耳朵上，类若唱戏所挂胡子一样，此时已然摔掉在地。徐良把他放在一边，把他腰间麻辫子解下来，把他这件孝袍子也给脱下来，见那人里边穿着帖身小袄，束着一根破带子。把他里头那根带解下来，四马倒攒蹄，把他捆好，将他提在佛龛前，往地下一扔。山西雁倒坐门坎，慢慢盘问，说：“你这乌八的东西，大概各处有案。你叫甚么名字？害死过多少人？倘若一字不实，我就是打你。”随着把那哭丧棒捡起来一看，那根棍子一头钉着许多包头钉，尖儿朝外，类若一根狼牙棒相仿，便叭嚓叭嚓一阵好打，只打得这个小贼苦苦的哀求饶命。徐良说：“你到底害死过多少人？姓甚么？”那小贼说：“我姓吴，名字叫天良。”山西雁说：“看你这个样儿，也够有天良的了！”说着叭嚓叭嚓又是一阵乱打。那人说：“爷爷饶命，我家有八十岁的老娘无人侍奉，天天与我要好吃的要好喝的，我又没有本钱做买卖，实出无奈，我才想出这么一个伤天理的买卖来了。只求爷爷手下留情，你若将我打死，我的老娘走也走不动，看又看不见，就是讨饭吃，都找不着门户。就求你老人家积儿积女，我痛改前非，背着我娘挨门乞讨，来供养我老妈。多朝我老娘一死，我也寻个自尽，再上阴曹侍奉我的老娘去，也就了却我今生之事。爷爷只当看在我娘的份上。”徐良一听吴天良这句话，不觉心中发惨，他本是个孝子，动了恻隐之心，就把他解了带子，说：“你从此做个小本经营，方算是好的，倘若不改前非，老西的大环刀不饶。”那人一听，跪下就磕头，说道：“爷爷，你说得很好，我做小本经营，哪里来的本钱？”徐良说：“我既叫你做个小本经营，我有本钱给你。”随即就把自己包袱打开，把石万魁给的二十两银子拿出来，给了小贼一半，说：“我告诉你几句言语，你可紧记：倘或不改前非，遇见我老西，仍是结果你的性命。”那人连连磕头说：“不敢不敢。”过去要把他那孝袍子拿起来往外就走，被徐良一把抓住，说：“你仍然是不改前非呀。你把这孝袍子拿去，仍然是要装鬼，不然你拿孝袍子何用？”吴天良说：“拿到家中染一染，给我妈做件衣服穿。”徐良说：“不用，老西还穿哪。”那人说：“使得，使得。”把那带子往腰中系妥，一瘸一点的走了。

徐良过去把刀掖上，包袱也系在腰中，他把那孝帽子拿过来，往自己壮帽上一套，把那件孝袍子往身上一穿，麻辫往腰间一束，把舌头一挂，往院中一奔。他就在院内，从南往北，从北往南，一路乱跳，嘴内也学着鬼的声音，吱吱乱叫，以为是件得意的事。越跳越高兴，越走越欢喜，自己笑个不了。自言自语地说：“老西实在有钱，十两银子买了这么一套玩意儿。”正在高兴之间，忽听庙外有铁链的声音，又听得一声长叹，说：“二位在上，学生实在走不动了，你们二位行一个方便，使我歇息歇息再走。”那人答言：“可以使得。二哥，头前到了龙王庙了罢？”又一人说：“可不是龙王庙了。相公，你要歇着，这可叫你大歇歇罢，这就算是到你姥姥家了。”徐良一闻此言，有些不对头，怎么到了姥姥家了？遂急一纵身，蹿在北边塌陷的墙外，偷眼一看，那三个人，是一犯人两解差。那个犯人，项上一条铁链，没带手铐脚镣，穿着罪衣罪裙，蓬头垢面，走路很艰难，大概身带棒疮。说话的声音，很透着斯文。两个差人，一个背着捎马，里面装着起解的文书，提着一根水火棍，一个掖着一口钢刀。两个长解横眉竖目，俱有虎狼之威。三人直到庙中，进了佛殿。

你道这个犯人是谁？就是前套《小五义》上曾说过的艾虎的盟兄，姓施名俊，皆因艾虎、双刀将马龙、勇金刚张豹保护着施俊回家，施大人病至膏肓，百医不效，金氏娘子要上小药王庙求签，施公子本不愿意教妻子去，谅有艾虎、张豹、马龙三个人保护，去也无妨。至小药王庙，太岁坊的伏地太岁东方明，带着家人王虎儿，就看见了金氏。东方明就叫手下豪奴要抢，被王虎儿拦住，说："他是知府的女儿，并且那边还有三个老虎似的保着哪！"东方明意思，不管好歹，就要硬抢。王虎儿再三拦阻，说："你老人家若要是喜欢他，等着相机应计的时候，我自有主意，把这妇人得在你的手中就是了。"东方明才死了这个念头。后来金氏回至家中，艾虎三人也上襄阳破铜网去了。不料施大人故世，施俊在家中发丧办事。这日正到六十天的时节，该烧船轿的日子。可巧这日，金氏娘子与佳蕙坐了两顶轿子，俱穿素服，正从太岁坊经过，东方明正在门首看见，就叫着王虎儿，说："你前番说的这个人对着机会了，与我抢来！"王虎儿连连摆手，说："员外爷，悄言，悄言，进来说话。"东方明入了书房，王虎儿说："员外爷在此等候，我给他们轿夫几两银子，少时就把他抬在咱们家里来了。"东方明就拿出一百两银子，说道："你把大事办成，再给你二百两。"王虎儿出来，直奔施家的坟茔。此时正把船轿排列坟墓之前，又供上了祭品，那些轿夫，都在远远树林内伺候。王虎儿过去，道了个辛苦，说："今日是哪位轿夫头儿抬来的？"有个姓王的，也认得王虎儿，说："王都管爷，今天怎么到这里来？有甚么事情？"王虎儿说："王头儿，你这里来，我与你咬个耳朵。"到了那边树后，说："王头儿，我与你商量一件事，你敢办不敢办？"轿夫说："有甚么事情，都管只要说来，能办就办。"王虎儿说："没有胆子，不能拿银子。你若能办这件事，有祸出来，有我们替你担待。"轿夫头儿问："甚么事？你老说吧。"王虎儿说："施相公那个妻子金氏，你敢把他抬我们家里去不敢？"轿夫头说："谁的主意？"王虎儿说："是我们员外爷的主意。这里有二十两，给你们大众的，单给你十两。"说毕，就把银子一递。王头儿见了银子，笑嘻嘻说道："这还要领赏赐么？只要是员外爷的主意，叫抬到金銮殿上去还抬哪。"王虎儿一摆手，说："悄言，我在头里等你们。"轿夫回去，告诉了伙计。可叹金氏，作梦也不知晓。待等焚化了船轿，烧钱化纸，奠茶奠酒，哭泣了多时，有婆子搀架，进了阳宅，歇了半天。施俊催着女眷转回家去。金氏娘子同着佳蕙先走，每人坐了轿子。抬佳蕙的不提，单提抬金氏的，真个就把金氏娘子抬到太岁坊去了。进了门首，有那些婆子迎接。金氏娘子一瞧，俱不认得，问道："你们这个是甚么所在？"那些婆子说："我们这是太岁坊。"金氏一听太岁坊，自己又是一怔，随即问道："我因为何故到了你们这里？"婆子说："原来大奶奶还不知道哪！我们太岁爷久慕你的芳名，总没遇见巧机会的时候，如今才遇了一个机会，方把你老人家请到此处。事到如今，你也不必烦恼，这也是前世造定。"那个婆子有意还要往下再说，早叫金氏朝脸上唾了他一口唾沫，说："你还要说些甚么！"那婆子微微一笑说："大奶奶，你别怪我。你要从了我们大爷，有天大的乐境。你要不从，只怕悔之晚矣！"随说话之间，就上来四五个婆子。金氏说："我乃是知府之女，御史的媳妇，岂能从你们这恶霸！依我相劝，急速将我快些送回去。如若不然，只怕我天伦知晓，你们满门俱是杀身之祸。"婆子说："你也不知道，我们南阳府大太爷那里事情成，就是面南背北，称孤道寡，做了皇上了。这里太爷行二，大太爷作皇上，二大爷还不是一字并肩王吗？他要得了王爷，你就是王妃啦。咱们女流之辈，随夫贵，随夫贱。你那丈夫，一个穷酸，身无寸职，无非托赖祖上之福，暂且还有些银钱。久而久之，把家业花得一空，可惜你这如花似玉之人免不了要受饥寒之苦。你自己想想，我们这话是好是歹？你要不从，肋生双翅，也不用打算出去。"金氏一闻此言，吓得粉面焦黄，自己思忖，既入于恶霸之门，就让出去，也是名姓不香。想毕，把心一横，对着墙壁将身一撞，噗咚一声，栽倒在地。要问金氏生死如何，且听下回分解。

第四十八回　贪官见财忘天理　先生定计蔑良心

且说金氏听婆子这些言语，明知是出不去恶霸的门首，倒不如寻一个自尽，落得干净。拥身往墙上一撞，一个婆子手快，用力一揪。金氏本是怯弱身体，又是窄小金莲，如何站立得住，故此噗咚一声，栽倒在地。众婆子往上一围，往起一搀架金氏，大众又一阵苦劝。金氏明知被大众围住，不能寻拙志，急得将手往回一拳，就把脸上抓了四道血痕。这些婆子把金氏手一揪，乱嚷说："这可要告诉员外爷去！"正说之间，只听一阵环佩叮当，进来了十数个姨奶奶。婆子说："好了，姨奶奶们来了，他把脸抓了。"姨奶奶说："那可不好，也不用告诉员外爷去，你们快把他倒翦上。"婆子过来，就用汗巾子把手给他捆上。金氏双手给一捆，一点主意也没有了。大众围着解劝金氏不提。

且说佳蕙坐在轿内，打算大奶奶准是先回去了，到门内下轿，直到里面。丫鬟婆子问佳蕙："大奶奶怎么没回来？"佳蕙说："他的轿子在先，我的轿子在后，怎么他会没回来哪？穿着一身素服，能上哪里去哪！"等了半天，施相公回来，一提讲此事，施俊也觉纳闷，教家人出去问轿夫，这一伙轿夫一概不知。即打发家人出去找，去够多时，锦笺回来，回说："相公爷，可了不得了！大奶奶被太岁坊伏地太岁东方明抢去了。"施俊一闻此言，"哎哟"一声，扑咚栽倒，就气死过去了。厥了半天，方才醒将过来，直气得破口大骂，往外就跑。书童拦住说："你老人家上哪里去？"施俊说："我找东方明去。"锦笺说："那如何行的了哪，总是上县衙里去好。"施俊一听，点头说："也倒有理。"施俊就奔了县衙来了。来到大堂，把那鸣冤鼓"咚咚咚"打得乱响。就有人过来，把施相公一揪，也有认得的说："施相公，你老因为何故？暂且请班房内坐。念书的人，为何动这等粗鲁，还有不可解的事情吗？"施俊气得话也说不出来，怔了半天，才把发生的事，对他们说了一遍。大家说："相公来得不巧，我们太爷出门去了，要到晚半天回来。"少时又有先生进来，也不教他走，也不教他击鼓，尽缠绕他在班房内。

原来这事里边早已知道了。皆因外边一击鼓，知县在里边书房内就听见了，叫内司出来打听因为甚么事情。这位太爷姓段，叫段百庆，因生他时节，他祖母一百岁，家内庆百寿这一天养的，就叫他百庆，他又是赃官，他这名字叫别了，就叫一个段不清。他在里头听见了施俊原由，也不敢升堂，明知施俊是施昌施大人之子，金知府的门婿，邵知府的把侄。明知自己不行，立刻派人上太岁坊请东方明去了。东方明在家内，一见此信，带着王虎儿，骑着马就奔了县衙。在路上，王虎儿就教了东方明一套言语，不奔衙门口，奔他们的后门，下马往里就走。皆因他与知县两个人是把兄弟，并且这个段百庆今已经降了王爷，待等王爷攻破潼关，杀奔京都，抢州夺县，必从这里经过，他就在固始县开城献印。东方明已许下他一个宰相之缺。如今一到衙，也不等迎请，东方明就自己进来了。将奔书房，就有内司出来迎接，说："我们老爷在内书房候驾。"前边有人引路，将到内书房门首，就有段不清迎接。二人携手揽腕进了书房，落座献茶。段不清说："二兄长，今天你把施俊之妻抢去，可有此事？"东方明说："不错，明人不作暗事，施俊的妻子，是我抬在家内去的。"知县说："唔呀！老兄可不知，施俊之妻是襄阳金太守金辉之女。这施俊是长沙太守的盟侄，在京中京营节度使世袭潼台侯岳恒岳老将军是他姨父，吏部天官是他的师祖。我一个小小七品知县，我是谁也惹不起的。"东方明一听，哈哈一笑，说："贤弟，你只管放心。慢说这几个人，就是开封府黑炭头，也不放在我的心上。我实对你说，南阳府我哥哥不久就称王道寡，手下能人甚多，你说的这些人，谁敢斜瞅咱们弟兄们一眼，并不用咱们动手，叫他派一两个人来，就追取了他们的性命。你自己酌量办理就是了。”一回头叫王虎儿:“少刻回家中,取三千两银子,给这大老爷送来。”说毕,站起就走,说:“贤弟，由你办罢。”知县心中好生难为，说:“兄长你再坐一坐，咱们两个再谈谈。”东方明说:“没有甚么可讲的了，怕耽误了你的公事，咱们改日再会。”知县送在门首，东方明仍出后门去了。

知县回至房中，倒觉着害怕起来了，这两下里自己全都惹不起。踌躇了半天,叫从人有请师爷,就把刑名师爷请将进来。这位先生姓曹,单名一个高字,进来见知县，身打一恭。曹高问段不清有甚么事情，老爷请讲。知县就把施俊击鼓，东方明托情的事，对着曹先生学说了一遍。曹高说:“老爷有甚么主意？”段不清说:“我是一点主意也没有，特请先生与我出条妙计。”先生说:“老爷，要依我的愚见，少刻升堂，把施俊带将上来，不容他说话，老爷先就作威说:‘施俊你枉读圣贤之书，不达周公之礼！听说你在外边厢有些不法之处。’他要一听此话，必定暴躁，老爷就办他个咆哮公堂、目无官长之罪，拉下去打他四十板子，立刻把他钉肘收监。赶紧派两个长解，暗暗贿赂两个人，糊里糊涂出一角公文，就把施俊提出监来，当堂起解。告诉明白两个解差，半路行事。待等两个长解回来交差时节，老爷再赏赐他们些银钱，老爷这可算人情两尽，白得三千银子。施俊一死，他们家里又没男人，也生不出甚么别的祸患来。老爷若不依从东方员外，那可不好。他要一恨老爷，他既能派人前去杀包公，也就能派人来行刺老爷。事到临头，只怕悔之晚矣。”段不清一闻此言，连连点头说:“此计甚好！这两个长解，就烦先生叮嘱他们，我先给他们一百两，事成之后，我再给他们一百两。可要办得严密。”先生连连点头说:“老爷尽管放心吧，全交给我了。”

先生出去之后，知县吩咐一声:“升堂！”不多一时，在二堂预备。知县整了官服，从后面出来叫堂坐下，吩咐一声:“把击鼓鸣冤的与我带上来。”立刻把施俊带到堂口。施相公整等了有三个时辰，方才有人进去说:“老爷升堂。”施相公气昂昂，跟定官差，来至二堂。见知县岁数不大，圆领乌纱，瘦如猴形，耸肩缩背，在公位上端然正坐。施俊见了知县这个相貌，就有些不乐，只得身打一恭，说:“父母太爷在上，学生施俊与父母太爷行礼。”知县把惊堂木一拍，把小母狗眼儿一翻，薄片嘴儿一张，说:“啐，施俊你好生大胆！既读圣贤之书，不达周公之礼，不在窗下读书，尽自任意胡为，终朝与匪人同党。论说应当请你老师出革条，革去你的秀才。你别打算本县办不了此事，我足可以替你老师代劳，来！革去他的秀才。”旁边有先生答言，立刻就出了革条。若论宋室的秀才，最尊贵无比，知县不应例打，故此先革去他的秀才，然后就许他动刑了。施俊一见这个光景，就知道这个知县受了东方明之请托，说：“父母太爷不容学生说话，怎么就革去学生的秀才？若要革我前程，我有老师所管。再说，我有甚么不法之处，是你亲眼所见，抑还有人说的？如今现有不法之人，你置若罔闻，不容我申诉其冤，反倒先怪我一身不是。”知县说：“今有你太爷所属的地面，路不拾遗，夜不闭户。除了你之外，并无不法之徒。”施俊一听此言，哈哈冷笑：“如今把我妻子都抢了去，还说没有不法之徒！”知县又把惊堂木一拍，说：“清平世界，朗朗乾坤，焉有抢人之理？分明是你捏造。”施俊说：“你受了东方明多少贿赂？我如今可禀明于你，你要不管此事，我要上府中去告。你已知晓此案，我可不算越诉。”知县又把惊堂木一拍，说：“呔！好个大胆施俊，在此咆哮公堂，目无官长。来！拉下去，与我重打四十板子。”施俊跺着脚说：“好狗官！你受了东方明的贿赂，你就灭尽良心，要打你相公爷。除非把你相公爷打死，若要我有三寸气在，小心着你这七品的前程，我与你誓不两立。”赃官把脸一扭，差人立刻把施俊拉将下去，脱了中衣，打了四十板子。皂班原都知他是官宦之子，有此不白之冤，就不肯用十分刑。就是这样，施俊也受不住，只打得皮开肉绽，鲜血淋漓，起来还要分争这个理儿。知县吩咐收监，大家退堂。到了次日，提出监来，当堂起解。有两名长解，一个叫祁怀，一个叫吴碧，叫白了就叫他们是其坏无比，两个押解施俊起身去了。一天晚间，行至龙王庙，施俊求着要歇，连长解三人到了佛殿。祁怀说：“到你姥姥家了。”施俊说：“我没有外祖母。”长解说：“谁叫你有一个好媳妇招事！死去别怨我们二人，是我们太爷的主意。”施俊说：“二位既在公门，正好修行，饶了我施俊的性命罢。”祁怀哪里肯听，举刀就剁，噗咚一声，死尸栽倒。要问后事如何，且听下回分解。

第四十九回　二解差欺心害施俊　三贼寇用计战徐良

且说施俊到衙门里，受了四十板，收了监。书童儿锦笺一闻这个凶信，就飞跑往家中送信。此时家内无人，就是佳蕙在家中主事，赶紧教人出去雇来驮轿，叫书童在家内看家。姨奶奶上京，往岳老将军宅中去，一者是托情，二者上开封府告状去了。万万想不到，施俊第二天就起解。

整走了一天，夜间到了龙王庙，打算要歇息歇息，不料身逢绝地。要哀求二个长解饶恕性命，哪里知道这解差其坏无比，心比铁石还坚，他们焉肯做那样的德事。祁怀把刀一举，也是鬼使神差的，施俊说出这么一句话来：“你们二位，既在公门，正好修行，饶了我施俊这条性命罢。”焉知这一句话不要紧哪，就是保命的真言。徐良在外边听着施俊二字，就想起艾虎说过他的盟兄叫施俊，光州府固始县人氏，心想别管是与不是，先打发这两个解差上他们姥姥家去。就把孝袍子的袖子朝上一卷，把袖箭一拢。那个祁怀刚一举刀，只听噗哧一声，正打在咽喉，噗咚一声，死尸栽倒在地。把吴碧吓了一跳，瞧着怎么祁怀一举刀就躺下了。正在纳闷，忽闻吱的一声鬼叫，进来一个吊死鬼。解差将要跑，那鬼的哭丧棍叭一声，正打在肩头之上，也摔了一筋斗。徐良不容他起来，将腰带解下，四马倒攒蹄把那长解捆上，这才过来与施俊说话。施俊也是吓得魂不附体，说：“你要拉替生？我是杀死的，你是吊死的，莫非你叫我上吊？”徐良说：“兄长不要害怕。”随说着，把舌头往下一拉，说：“小弟不是鬼，我提一个朋友，你就知道了，我是冲着我这个朋友前来救你。”随说着，就双膝点地，说：“大哥请上，受小弟一拜。”施俊也就跪下，说：“没领教恩公贵姓高名，提我那一个朋友是谁？”徐良说：“小弟姓徐，名良，外号人称山西雁。我的盟弟艾虎外号人称小义士，与你有八拜之交，是与不是？”施俊说：“不错，原来是徐良大哥，我也听艾虎兄弟说过。恩公救我这条性命，恩同再造了。”徐良说：“大哥言重了。但不知施大哥犯了甚么罪过？遣在甚么所在？”施俊说：“徐大哥，若问我的事情，一言难尽。”就把自己的事说了一遍。“如今也不知发配甚么所在，就走在这里，若不是徐兄长到此，小弟此时已作了无头之鬼了。”徐良一听，连连的乱骂道：“好恶霸赃官！连这两个狗脚，要不都教他们在老西大环刀下作鬼，我就不叫多臂熊了。”回头一看，那名长解趴在那里，连连求饶，说：“好汉爷，饶了我这条性命罢。”徐良说：“方才你要肯饶了我这个盟兄，我此时也肯饶放于你。我要不杀你，怕留下你这个坏种。”正说着话，“噗哧”一声，人头落地。过来把施俊铁链一揪，大环刀一砍，那根铁链“呛啷”一声砍折了，教施俊把罪衣罪裙俱都脱将下来。施俊说：“大哥，你怎么是这样打扮，这是甚么缘故？”徐良就把吴天良装鬼的事说了一遍。施俊说：“大哥也不嫌穿这个衣服丧气？”徐良说：“我要不是在这里闹着玩耍，我就早走了，总是哥哥命不当绝。我有一句话，不好出口。”施俊说：“你是我活命恩人，还有甚么不好讲的话呢？”徐良说：“我这嫂嫂，既然被人家抢去两日光景，不知他贞节如何？”施俊说：“大哥只管放心，我准知他情性，死倒有份的，绝不至从了恶霸。”徐良连连点头说：“哥哥你先在这里等等。”一回手，就把这两个死尸连人头装在棺材之内，又把罪衣罪裙、捎马、水火棒全都丢在棺材之内，盖顺过来盖好。回来与施俊商量起身。把孝袍子、帽子、麻辫子包在自己包袱之内，二人出离了龙王庙。

那施俊如何能走得动，一瘸一点，走了两箭之遥，施俊汗流浃背。徐良看着这个光景，暂且先找一个树林里面歇息歇息，找了个卧牛青石，二人落座。徐良说道：“大哥，少时再走，我背着你方好。”施俊说：“那还了得，只可我忍着痛走就是了。”徐良说：“我若同着你走，还不能回家去。倘若风声透露，我要去救大嫂子，至太岁坊不能不杀人，倘若有几条人命，那时经官动府，还是哥哥的事情，总得想一个万全主意方好。”施俊说：“哥哥不必太谦，你与艾虎是一盟，我也与艾虎是一盟，怎么管着我内人叫大嫂子。”徐良说：“你比我年长。”施俊说：“咱们务必叙真年庚方好。”徐良说：“我今年二十六岁。”施俊说：“我今年二十五岁，己卯年生的。”徐良说：“唔呀！我还叨长一岁哪，这可坏了。”施俊问说：“此话从何说起？”徐良说：“我要是上太岁坊，总得把大嫂子背出来。要我是兄弟，还可，我是哥哥，就不能背弟妇了，世界上哪有大伯背小婶的道理？”施俊说：“事到如今，就是活命之恩，怎么还论得了大伯弟妇哪！”徐良说：“不能不能，总有个长幼的次序，不许错乱。咱们慢慢的再定主意罢。”施俊说：“不用想主意，一劳永逸，全靠你老人家救命。”

正在说话之间，忽听从北来了几个人，往前直奔，口中乱骂，说：“你恨徐良不恨？”那个人说：“恨不得将刀杀死这狗娘养的，生吃了他的心肝。”徐良一听，却是熟人，先告施俊说：“贤弟，我来了几个朋友，预先定下在此处相会。你可在此处等我，千万别离这个地方，待我回来，咱们两个再走。”施俊点头，说：“哥哥只管放心，我绝不离开此地。”徐良出了树林，就迎上来了，离这几个人远远的一蹲，等到身临切近，再起来答话。

你道这来的是谁？却是白菊花与病判官周瑞、飞毛腿高解。三个人议论着，要投奔南阳府。依着白菊花，要上姚家寨，这二人一定要上南阳府，晏飞无奈，只得陪伴二寇奔南阳地方。他有点心事，虽然同着一路走，他可不上团城子去。皆因是他每遇到处采花时节，无论从也是杀，不从也是杀，单单就有一个会在他的手下漏网，且与他海誓山盟，应下把那个送往姚家寨去，两个人作为久长的夫妻。自己随同着这两个人走，情实是为找那一个妇人去。可巧这天走路，三个走着就议论，倘或咱们要是遇见山西雁之时，咱们三个人三马连环，难道说还胜不了他一人吗？高解说："不行，只要有那口大环刀，我们三人就敌不住。"周瑞说："我有一个主意，倘或遇见他，咱们三个人站在三角，每人捡上些石块，他若奔咱，你们两个人用石块打他；倘若奔晏贤弟，我们两个人用石块打他。纵然他会接暗器，他还能接咱们两个人的石头不成？并且咱们这石头，永远打不绝。他一追，咱们就跑，那两个人就追着打他。他要站住的时节，咱们三人，总相隔那么远，一齐攻着打他。他空有宝刀，万不能削咱们的石头，有赢没输，也就叫三马连环。你们二位请想，我这个主意怎样？"白菊花哈哈一笑，说："好可是好，奈非是英雄所为。也罢，咱们如若见着，先按我这个主意办理。你们二位在前边并肩而行，我在后面把镖掏将出来，待等够上的时节，等你二人往两边一分，我这镖要打将出去，只怕他难以躲闪。这就算金风未动蝉先绝，暗算无常死不知。"这二人一听，说："好倒是好，我们在前边可有些个不妥。"白菊花说："无妨，你们在前边也不是太身临切近，我镖要打不着时，咱们三马连环那还不迟。"三个贼人把这个主意议论好了，沿路走着，就捡了些石块，全都不大不小，俱揣入怀内。走路虽透着沉，只要临时用着，可以护命，谁还管沉与不沉。随走着路就骂骂咧咧，高解说："我要遇见狗娘养的，我生吃他心肝，还不解我心头之恨。"周瑞说："我要遇见球囊的，把他剁成肉泥，方消我心头之气。"三人只顾走路，高解一眼瞧见前边蹲着一个人，说："别走啦，他在那里蹲着哪！"白菊花身躯往后倒退两步，把高解、周瑞两个人衣襟一拉，教他们二人并在一处，往前行走，晏飞掏出一只镖，等着身临切近，往外就打。徐良看着他们离自己不远，往起一站，哼了一声，两旁一闪，飕的一声，一只镖到。老西说："哎呀！完了我了！"噗咚一声，栽倒在地。三人一看，欢喜非常，摆刀剑就剁。要问徐良生死如何，且听下回分解。

第五十回　钦差门上悬御匾　智化项下挂金牌

且说白菊花这只镖打将出去，就听那边"哎呀！完了我了"，噗咚栽倒在地。三个贼人打算徐良未能躲开，焉知晓早就把那镖接去，往后一躺。三个贼打算真是躺下了哪，摆刀的，摆剑的。徐良往上一挺身子说："来而不往非礼也。"对着白菊花就打，淫贼吓了一跳，往旁边一闪身躯，原来那镖没打出来，打的不是他，嘣的一声，正打在周瑞头巾之上，把周瑞吓了个胆裂魂飞，也还算他躲闪得快。后来，三个人就把徐良往上一围，四个人交手，那两个使刀的，先把自己兵刃防住。徐良见他们三个人越战越退后，退来退去，忽就见吧的一块顽石，打将出来，徐良往旁边一闪，躲过这块顽石，又是一块石头打来，再看吧嚓吧嚓的乱打，可也打不着徐良。山西雁就知道他们定好了的诡计，自己飞也似扑奔白菊花，心想身临切近，与他交手。晏飞回身就跑，见后边那两个人反倒追了自己来了，也是用顽石乱击。徐良情知不好办，也无心与他们动手，自己并不追赶他们，说："便宜你们贼乌八的！"自己转身回来。也是活该，他们那石头打得已然剩了一二块。见徐良去远，三个人无不欢喜，复又聚在一处。徐良皆因树林内有个朋友，故此无心与他们动手。到了树林回头一看，那三个人已然扑奔正东去了。

徐良进了树林，喊道："施贤弟！施贤弟！"喊了两声，并不见答应。徐良在卧牛青石上一看，踪迹早就不见，再往四围一瞧，连一个人影皆无。自己想，怎么施俊兄弟这样慌速，不在此等候，往哪里去了？无奈出了树林，往西一看，前面有一个人，背着一个人，来回的乱晃。徐良看见了，撒腿往前就追。前面那个看见有人追他，也撒开腿就跑。徐良紧紧跟着追赶，气得高声嚷叫说："你是甚么人？快些把我兄弟放下。你若不把我兄弟放下，我可不管你是谁，我就口出不逊了。"前头那人站住说："是我！"徐良切近一看，忙双膝跪倒，原来背施俊的是智化。

皆因智化在京都小店住着，听见小五义得官，又有一道旨意下来，赏他的金牌、御赐匾额、金银彩缎，自己就先奔回家中。直等到奉旨钦差连本府本县全到门首，智化跪接圣旨，悬挂匾额，钦差官把万岁赏赐金牌，给他挂在胸膛之上。待等查收了金银彩缎，本要在家中预备钦差的酒饭，有黄安县知县蔡福说，早就与钦差大人预备了馆驿。钦差去后，自己亲身上坟前祭扫，家内搭棚，请邻里乡党、当族亲戚，对大众说明白了自己从此就要出家去了。整整热闹了三昼夜，然后备了自己应用的东西，带上盘费银两，离了自己门首，还是要投奔京都，求相爷递谢恩的折子，自己在午门望阙谢恩。行在路上就看见一差二解，却是施俊。智爷在夹峰山见过施俊一次，故此认得。见施俊项上有锁，是发遣的形象。自己心中忖度，这个人是宦门的公子，不能作非礼之事，瞧两个解差起意不良，晚间遂跟至龙王庙。拿智爷那样的英雄都吓了一跳——庙内破殿的外面，有一个大白人，见他们一到，就出了破庙往北边一藏。智爷可就住步了，找了一棵树，在后面细细观看，却原来是徐良，心中暗道："这孩子，也不嫌丧气。"就见他先结果了一个，后来在殿内又杀了一个。智爷在外头，里面说话，俱都听得明白，方知道施俊妻子被抢，又遇见贪官。智爷瞧着他们拾掇好了，自己先就回避，见二人到树林，自己在林外，听他们一叙年庚，徐良说："哥哥没有背弟妇的道理。"自己暗道，要露面，准叫我背，不如我在暗地，看他们怎么办。就听徐良告诉施俊："我的朋友来了，定的此地约会。"智爷暗笑道："他终朝每日足智多谋，这件事可疏忽透了。你一出去不打紧，若有这两个解差的余党，施相公就得废命。有咧，我戏耍戏耍他，教他着会急。"遂进了树林，说："施贤侄，你可认识我么？"施俊细看道："莫不是智叔父？"智爷说："正是，贤侄多有受惊。"施俊行礼，说："叔父何以知之？"智爷说："贤侄之事，我俱已知晓，不必再说。此时我先把你背将出去，这树林之中，不可久待。"施俊说："徐良哥哥教我在此老等，叔父若将我背出去，我徐大哥回来，岂不教他着急？"智爷说："不怕，他知道我往外背你。"施俊一听知道，不敢往下再说。智化背着施俊，出了树林往西行不甚远，还不见徐良回来。智爷说："咱们在此稍等你徐大哥。"又把施俊放下。远远听见那里咕咚咕咚，如有人打起来相仿，此时智化又不敢丢下到那边去看，只得等着。工夫甚大，徐良方才回来，智爷背起就跑，闹得施俊也不知甚么缘故。又听后边是徐良的声音，算是听着要骂，智爷方才站下。

徐良到跟前一看，是智叔父，双膝跪倒，说："智叔父，你可把我吓着了。"智爷说："徐侄男，你有多么慌疏，亏得是我。你有朋友到了，把他让到树林，有何不可？"徐良说："叔父，那是谁的朋友？那是国家钦犯白菊花。"智爷问："甚么白菊花？"徐良这才把白菊花事情提了一遍。智爷方才知晓，说："你为何不说明白了？你若说明，我帮你把他们拿住了。"徐良说："我施兄弟是念书的人，提出来怕他害怕。我想那白菊花早晚是我口中的肉。现时倒有一件事情，非你老人家不行。"智爷问："甚么事情？"徐良说："我施大兄弟的事情，你老人家知晓不知？"智爷说："我一一尽知。"徐良说："侄男打算前去救我弟妇，他在东方明的家中，不定隔着几段界墙，打算往外救他，非背不能出来。我是哥哥，他是弟妇，焉有盟兄背弟妇的道理？你老人家是叔叔，咱们爷三个一路前去太岁坊，杀人是我的事情，救人是你老的事情。"智爷说："别看我是叔公，我的岁数也不大，背着也是不相符，还是你背的为是。"徐良说："你老人家怎样推托也推托不了。"施俊在旁说："智叔父，你如我亲叔伯一般，再者又是活命之恩。"智爷说："咱们慢慢再定主意罢。"徐良问："我兄弟又不能回家，咱们先奔甚么所在才好？”智爷说：“相近着太岁坊的所在，先找一个店住下，慢慢再想主意。”徐良说：“我背着施大兄弟。”智爷说：“给他穿上点衣服才好。”徐良说：“哪里去找？”智爷说：“我这里有。”打开包袱，拿出一领青衫，又拿一顶软头巾，青纱遮面的面帘。施俊问：“这作甚么？”智爷说：“离太岁坊不远找店住下，离你家也不远，若是没有这个青纱遮住面，有人认得你，岂不是反为不美？”施俊说：“倒是叔叔想得周全。我们那里有个金钱堡，斜对着就是太岁坊，那里有个大店，足可以住下。”智爷说：“很好很好。”

施俊穿上青衣，把头巾一戴，拿着那块青纱，等用着时节再戴。徐良把他背起走出树林，智爷在后跟随。走不甚远，智爷接过来背，再走一时，徐良又背。正然走着，忽见前边有一个灯亮射出。听了听，远方更鼓，方交三更以后。智爷说：“二位贤侄，你看前边那灯，必是住户人家，依我的愚见，不如咱们先去投宿，明日早晨再走。天光一亮，若有车辆脚驴，教他骑着，岂不省得背着他走路哪？”徐良说：“叔父这个主意甚好。”智爷来到门首，叩打门环。忽听里面有妇人说话：“深更半夜，这是甚么人叫门？”智爷答言说：“我们是走路的。皆因天气甚晚，我们这里有一个病人，要在贵宅中借光投宿一宵，明日早行，定有重谢。”里面妇人说：“我们当家的没在家，我家内又无有别人，你们又都是男子，我可不好让你们进来，别处投宿去罢。”智爷说：“此处又没有多少人家，望大奶奶行一个方便。若不是有个病人，也就不用借宿了。”里面的妇人又答言说道：“你们既然这样说着，我就看在你们这病人的面上，住一夜无妨。”智爷低言告诉徐良说：“人家本家又没男子，少时妇人开门，看见你这相貌，再听你口音不对，兴许他不教咱们在这里住下。你别说话，且装作一个哑巴，我自会变化。”徐良抬头，见里面灯光一闪，出来个妇人，三位一看，吃惊非小。要问甚么缘故，且听下回分解。

第五十一回　知恩不报偏生歹意　放火烧人反害自身

且说智爷叫徐良装作哑巴，以免妇人疑心。不料一看这个妇人，好生凶恶：身高七尺，胖大魁伟。头上一块绢帕，把他那一脑袋的黄头发包住，像地皮颜色的脸上，还搽了一脸粉，画了两道重眉。蒜头鼻子，倭扣眼，厚嘴唇，大板牙，乌牙根，大耳垂轮上挂着两个铜圈。穿一件蓝布褂，腰中系着一块蓝油裙。两只大脚，一脸横肉。打着灯笼，年纪约够三十多岁，说话声音洪亮。三位一瞧，就知不是良善之辈。徐良瞧了智爷一眼。智爷想着天气已晚，又没有别的住户人家，满让这妇人凶恶，有自己，有徐良，还怕他甚么？冲着妇人，深深一恭到地，说：“大嫂，这是我的侄子，冒染了风寒，在铺中做买卖，伙友俱都不愿意，故此把他背回家去，打此经过。天气已晚，就求大嫂行个方便，我们在院里都行。”妇人说：“我们这里有两间西房，就是太破烂，你们若是不嫌冷，也算不了甚么要紧。”复又拿灯笼一照，说：“呀！这就是个病人哪。”此时施俊已用青纱把脸遮住。智爷说：“不错，这就是我侄子。”又问：“这个背人的是人是鬼？”本来徐良生得面貌难看，又是两道白眉，往下一搭拉，只是吊死鬼一般。智爷说：“他是哑巴。”带着徐良真会，他就“啊吧吧”的指手画脚，也不知说些甚么，招的那妇人哈哈大笑说：“错过他是哑巴，我可真不敢叫你们在这里住下。几位请进来罢。”智爷随同进去。妇人进来，关上大门，直奔西房。

这院内是三间上房，很大的个院子，两间西房离上房甚远。靠南墙，堆着些柴薪。进了两间西房，那妇人把油灯点上，徐良就把施俊放在炕上。妇人说：“应当给你们预备些茶水，皆因我们家没有茶叶，屈尊些罢。”智爷说：“这就多有打扰，还敢讨茶？大嫂请歇息去罢。”妇人转头出去。施俊腿上伤痛，直哼咳不止。那盏灯又没有甚么灯油，不大的工夫，油灯一灭，徐良、智爷就在炕上盘膝而坐。二人闷坐了半天，也觉困倦，双合二目，沉沉睡去。

忽听外面打门，妇人问：“是谁？”外面答言说：“快开罢，是我。这可算终日打雁，叫雁啄了眼了。快开门来罢，我被人打得浑身是伤，我好容易爬回来了。”妇人出来，把门开了一看，丈夫浑身是血，一瘸一点的往里边走，进了上房，往桌子上一趴，不敢坐下。他妻子问：“甚么缘故？”那人说：“皆因我在龙王庙棺材里……”他妻子一摆手说：“你别嚷，西屋里有投宿的三个人呢。你教人家听了去，岂不是自己把自己告下来么？”你道这人是谁？原来，这个就是龙王庙棺材里装做死鬼的那人。这妇人是他的妻子刁氏。吴天良就把始末根由说了一遍。把徐良给他那十两银子拿出来放在八仙桌上，复又说：“西屋里有三个投宿的，我在外头做买卖没做成，我在家里做这号买卖罢。”刁氏说：“你说打你给你银子的，是白眉毛？”吴天良说：“对，长得与吊死鬼一般。”刁氏说：“此时他变了一个哑巴了。”就把三个人投宿情由告诉了吴天良。吴天良说：“内中要有那个人，可不好办。他说给我银子，叫我痛改前非，他一个人，我就了不了，何况他们三个。依我说，明日早晨，让他们走罢。”妇人说：“呸！可惜这个男子皮叫你披了来，你还不如我三绺梳头、两截穿衣的。常言说得好：‘逢强智取，遇弱活擒’。”吴天良问：“你有甚么主意？”刁氏说：“我出去听听，等他们睡着时节，咱们南墙有的是柴火，堵着西屋门，把柴薪堆将起来一点，拚着这两间西屋不要，把他们烧死在内。你要是有胆子，等他们睡着的时节，用刀结果他们三个的性命，也费不了多大事情。你要不敢，只可放火烧死他们。”吴天良说：“烧他们倒是个善法子，我可不敢杀他们去。”刁氏说：“待我出去听听。”出去工夫不大，回来笑嘻嘻说道：“天假其便，他们都睡着了，油灯也灭了，咱们就此行事。”当时间，两口子手忙脚乱，把柴薪搭在西屋的门首。刁氏叫吴天良取火纸去。吴天良踅到屋中要取火纸，抬头一看，八仙桌上两锭银子没了。刁氏正在那里等着取火纸，听见屋中问：“家里的银子哪里去了？”刁氏一闻此言，暗暗咒骂说：“好乌龟王八小子，单在这个时候问我话，我若一答言，把这屋内人由梦中惊醒，咱们这事还办得成吗？真是一点心眼没有。”又听上房中哎呀一声叫唤，又是噗咚一声，妇人疑着丈夫绊了一个筋头，心想：“你太是无能之辈了。”一赌气，自己去取。刚要转身，觉着脖子被人掐住。那人将他往起一提，直奔屋门口来了。就听屋中问：“智叔父，拿住了没有？”外面答言说：“拿住了。你那个拿住了没有？”屋中说：“拿住了。”

原来徐良与智化，俱都听见吴天良回来了，徐良就低声告诉了智化一遍吴天良这件事情。智爷听着，也是生气。徐良出了西屋，把他们两口子定下的计策尽都听去，复又回来，低声告诉智爷。二人扒着窗户往外看着，待妇人临近，徐良与智爷一齐假装打呼，施俊是真睡着了。待妇人听准奔上房时节，徐良与智爷也出房来了。智化在西房上趴着，徐良在正房上趴着。二人早就商量好了，看着他们两口子一搬柴火，徐良就跳下房来，进了屋子，把十两银子收在兜囊之内，说：“俺老西舍命不舍财。”在八仙桌子底下一蹲。吴天良进来，一找银子不见，才问他妻子，早就叫徐良把两条腿腕子扭住，往怀里一带，噗咚一声，栽倒在地。徐良往外一蹿，把他脖子掐住。智爷把妇人提在屋中。徐良先把男的捆上，智爷把女的往下一扔，徐良也把他捆上。刁氏苦苦央求，徐良撕衣襟，把他口来堵塞，转过脸来对吴天良说：“你说有八十岁老娘，在哪里？请出来我见见。我给你的银子，告诉你老娘，打算作个甚么买卖？”吴天良四马倒攒蹄在地上趴着，冲着徐良说：“我的妈妈没在家，往姥姥家去了。”徐良说：“我告诉你，不改前非，大环刀不饶。我还给了你十两银子，你还要放火烧我，可见你的良心何在？我不杀你，怕留下坏根儿。”说着，手中刀往下一落，只听咔嚓一声，红光崩现。回手就把那妇人咔嚓一声，也结果了性命。智爷说：“你结果两条性命，是他们罪当如此，就怕地面官担待不住。”徐良说：“这个贼人，素常不知害死多少人的性命，这也是他的恶贯满盈。明日咱们爷们起身时节，把房子点着，将他们尸首火中焚化，绝没有地面官的事情。”智爷说：“这个主意也好。咱们此时，趁着施相公睡觉，先定下一个主意，明天到太岁坊倒是怎么个救法？”徐良说：“总是你老人家吩咐。”智爷说：“我方才想了一个主意。明天，咱们到金钱堡店中住下，先去至恶霸家中探道，再找一个幽密所在，咱们把施俊背出去，叫他在幽密所在等着。咱们先买下一副靴帽蓝衫，待等把金氏救出来，叫他女扮男装。咱们预先出店时节，就告诉明白了店里，就说施俊上他表弟家里去。咱们把金氏救回，就说是施俊表弟。第二日五更起身，雇上车辆，行出去几十里地，找店叫他们住下。咱们再返转回来，进太岁坊，杀他们个干干净净。明天，咱们是只救人，但得不杀人，可连一个别杀，为的是咱们走出一站去，就不怕了。次日剩咱们二人，杀完了人一走，谁还能追得上咱们！你想我这个主意如何？”徐良一听，说：“总是你老人家足智多谋。再要说，进太岁坊，也不准知我那弟妇在甚么地方，趁着我这里有一身鬼衣裳，我就穿戴起来，滋滋乱叫，连男带女，他们见着，不能不怕，你老人家趁慌乱之际，也好找我弟妇。智叔父想想，我这个主意如何？”智爷说：“你要装鬼，我就装神。我那里有一个隔面具，是个金脸的，披散着红头发；我那里还有一件青衫，有一个苍蝇拂儿，我就算夜游神。”徐良说：“我算吊死鬼，这可真有个玩意儿了。”

爷两个把主意商量妥当，又到西屋里看了一看，施俊方才由梦中惊醒。徐良说：“天气不早，咱们该起身了。”施俊问：“怎么谢那妇人呢？”徐良说：“早就谢了他一刀。”施俊问：“此话怎么讲？”徐良说：“你打算那妇人是好人哪？”就将底里原由对他说了一遍。施俊说：“这一番若不亏叔父兄长，我又身归那世去了。”徐良出来，把柴薪堆进屋中，立刻点着，背起施俊就走。智爷开了大门，将走一箭之遥，就见烈焰飞腾，火光大作。走到红日东升时节，遇见一个赶脚的，就叫施俊上了驴，驮往金钱堡。

到了金钱堡，天已晌午，施俊下驴，仍然是徐良背着，把青纱罩住脸面。这金钱堡是东西大街，南北的铺面，人烟稠密，热闹非常。路北有一座大店，是高升店。将近店门，伙计迎出来问说：“三位是住店的？”智爷说：“可有上房？”问答：“有上房。”将往里走，忽听后面叫了一声，如同打了个霹雳相仿。智化、徐良一看，来了四人，红黄黑蓝四张脸面，四样衣服，全是带刀，有夜行衣包，好生凶猛。若问四个人是谁，且听下回分解。

第五十二回　金钱堡店中观四寇　太岁坊门首看凶徒

且说智化等三人入店，将要进上房，忽听见后面有人问："店家，可有上房？"伙计连连答应说："有，东跨院有三间上房，西跨院也有三间上房。"那四个人说："我们上东跨院罢，不住店，打打尖就走。"又有一个伙计说："你们四位往这里来。"徐良、智化早就打量四个人俱是贼寇，生得凶恶之极。徐良进了上房，见那四个人奔了东跨院。

徐良把施俊放在里间屋中，放下帘子，店家打来洗脸水，随后烹茶，然后就教预备饭食。就是智化一人喝酒，另教店家预备点汤水，两碟馒首。施俊也吞食不下，喝了汤，吃了两个馒首。徐良把剩的东西拿到外间屋中，俱已吃完,叫店家伙计捡去。徐良问："伙计贵姓？"那人说："姓王。"徐良问："排行第几？"伙计说："店中伙计还有甚么准排行，你老喜欢叫王几，就是王几。"徐良说："那么叫你个王八。"伙计说："客官别玩笑！你老人家贵姓？"徐良说："我姓人。我问你一件事情，你可知道？"伙计说："甚么事情？"徐良说："此处有一个儒宁村施家，你可认得？"伙计说："怎么不认得呢？无奈可有一节，正在例头上。甚么事情呢？"徐良说："那位大人，作过兰陵府知府，我在本地打死了人，幸亏他救了我性命，直到如今，也没与他道劳，顺便来到此处，只没找着住处,闻说在儒宁村住。"伙计说："你幸亏遇见我打听,千万可去不得。如今施大老爷故世，新近全家遭害，施相公还不定死活。皆因办丧事，六十天烧船轿，大少奶奶被我们这里太岁坊抢去，施相公到衙门中告状，打了四十板，第二天就发遣。也没有准地方，咱们听见说在半路上准死。姨奶奶上京告状去了。你可千万别找去。"徐良说："这位少奶奶被他们抢去几天了？"伙计说："在太岁坊三天了。"徐良说："这三天工夫，大概也成了太岁奶奶了罢？"智化恶狠狠瞪徐良一眼，心中暗说：施俊在里间屋内听着哪。伙计说："呔！客官，你别胡说乱道。人家少奶奶是甚么样的人物，你可别胡说乱道。咱们听见说，他要寻拙志，有人看着，他把脸都抓破了，如今也不吃饭，也不喝水，一味的求死，就是不教他死。论说那位施大人在世可没作过不好的事情，这后辈受的苦处可不小。"徐良说："我可不去了。"又叫伙计出去烹茶。徐良说："智叔父，我弟妇没死，这就不怕了。你老人家出去置买东西去罢。"智化答应一声，拿了银子，嘱咐徐良："可别教伙计到里屋内去呀！"徐良说：

"叔父只管放心，全有我哪。"

智化出了上房，直奔店门口而来，与店家打听哪里是太岁坊。伙计说："太岁坊好找，由西往南，见着石头牌坊，那就是太岁坊。"智化出离了店外，一奔西南，进了石头牌坊。路西广亮大门，将至门首，只见门外有数十骑马，正碰上东方明送客。有一人身高八尺，黄缎扎巾，绢帕缠头，淡黄箭袖袍，红青跨马服，薄底靴子，宝蓝丝带，肋下佩刀，披着一件豆青色的英雄氅。面赛姜黄，微长胡须。原来这就是黄面郎朱英，与他送宁夏国王爷的书信来了。再瞧东方明，天青色四楞绣花员外巾，迎面嵌一块碧玉，双垂青缎带飘于脊背之后。穿一件斜领阔袖大红袍服，上绣三蓝色大朵团花，薄底靴了，面如油粉，两道宝剑眉，一双三角眼，狮子鼻，阔口重腮，连鬓落腮胡须，脸上怪肉横生，实在凶恶。他身后站着一人，更透着出奇，身高一丈开外，一身皂青缎子衣服，面如锅底，黑而透暗，熊眉豹眼，狮子鼻，火盆口，胸膛厚，背膀宽，肚大腰圆，猛一瞧，如半截黑塔相仿。众人送出朱英来，吩咐教人把马带过来，抱拳含笑说："候乘。"从人把马鞭子递过去，那人上马，欠身抱拳说："请。"东方明让大家回去，从人俱都上马，数十匹坐骑，直奔南阳府去，暂且不表。

单说智化，远远看见那个黑大汉，暗暗吃惊，想这个人本领一定不小，也不知他们是哪里挑选来的。自己围着院墙，探了探道路。到了后面，见那里有一棵大柳树，烧了心子，如一个黑洞相似，暗想：教施俊在这里藏着倒不错。晚间从这后墙进去，倒是很好的一条道路。复又看西北，是金钱堡西口，外头有个小五道庙，智化到跟前一看，是新收拾的，红隔扇，糊着黄纸，有个锁头锁着。智化往前上了月台，切近身将黄纸戳了一个窟窿，往里一看，是新塑的佛像，两边白石灰墙，思忖这个所在，比树窟窿强得多。

智化看了这个所在，重又返至街里头，买了一副鞋帽蓝衫，急速回店，启帘进了上房屋中。徐良把包袱接将过来，放在桌子之上，问道："智叔父，可把所在看好？"智化说："已经看妥。"徐良说："多一半是树窟窿内或五道庙，是与不是？"智化说："贤侄男，多一半你也去了。"徐良一笑："侄男假装走动，我就上太岁坊绕了一个弯儿，赶紧回来了。"智化说："你看了他送客没有？"徐良说："我没看见！你老人家可看着东方明了么？"智化说："我看着东方明，他是凶恶。他身后还有一人，好生狰狞怪恶，比你二哥高半个头，又胖大，可不知这个人是谁？"徐良说："侄男到那里，看他门首无人。晚间教我施大兄弟在哪里等候？”智化说：“你既然是看见啦，总是五道庙内好。”两个人把主意定妥，到里间屋中告诉施俊。又听到东院那四个人走在院中，说：“我们饭钱开发清楚啦。”店中伙计说：“你们走么，我们可慢待。”徐良复又扒着窗户看了一看四个人，回来告诉智化说：“叔父你瞧，这四个人来头不正，要据我看，他们准是东方明的余党。”智化说：“咱们不管他的事情。”随即把晚饭吃毕，将残家伙撤去，掌上灯火。不到二更之时，把所用的东西俱都带上，智化拿着包袱，施俊仍用青纱遮面，还是叫徐良背着。智化把店中伙计叫来，说：“把我们这屋门锁上，我带着我的侄子，看看病去。还要到他表弟家瞧瞧哪。我们一到他表弟家，他可不定回来不回来，我们是准回来的，你可别上店门，多等一会。”伙计说：“客官只管去，不怕是五更，就是天亮回来，我们有打更的在门洞内伺候。”

爷儿三位离了高升店，走到金钱堡西口之外，上了小五道庙月台，徐良把施俊放下，拉出大环刀来，对着锁头当的一声，就把那锁砍落。智化推开隔扇，三人进去，参拜了一回神佛。智化把包袱交给施俊，教他在拜垫上坐着。徐良出去，搬了一块大石头来，嘱咐施俊：“等我爷们两个走后，把这石头顶在隔扇之上，凭他是谁叫门，你可别开，听出我们语声来，你再开门。”爷俩出了五道庙，施俊把隔扇关上，用石头一顶，静等着听妻子喜信。

智化、山西雁离了五道庙，一直奔正南到太岁坊后身。到了后墙，二人一纵身躯，蹿将上去，就把墙上灰片揭下一块，往下一打，一无人声，二无犬吠。叔侄下了墙头，趴伏于地，往四下瞧看了一回，正是花园子景致：亭馆楼台，树木丛杂，太湖山石，抱月小桥，月牙河，四方亭，荼蘼架，好大的一个花园子。二人飘身下去，智化说：“我在前面，你在后面，我若得着金氏的下落，我与你送信；你若得着金氏的下落，你与我送信。”说毕，叔侄二人分开，智化上前边去不提。

且说徐良找到了一片竹塘，自己把夜行衣包解下来，打开放在地下。就把那白高帽子拉直，足有三尺高，他自己套在壮帽之上，后面有两根带子，在脑后系好。又把孝袍子穿上，把刀别在外边，又将麻辫子虚拢住腰，再把舌头挂上。此时可没哭丧棒，就是空着手。徐良扮出这个吊死鬼来，带着他那两道白眉毛，正像吊客一般。自己一乐，又学着鬼叫的声音，吱吱的乱叫，由西往东乱跳，又从东奔到西边，越奔越乐，来回好几次。跳了半天，自己想起来救人要紧。来到西边，找他夜行衣服，不料包袱踪迹不见。要问何人拿去，且听下回分解。

第五十三回　遇吊客魂胆吓落　见大汉夸奖奇才

且说徐良扮成吊客，学演这个鬼形，回头一取包袱，转眼之间就不见了。自己一怔，往正北一看，正对一座大楼，自己想了想，准许是这楼上有狐仙，听说狐仙最喜闹着玩，大半是狐仙爷把我包袱拿去了，待我叩求叩求。想罢，冲着大楼下了一跪，说："狐仙老爷，别与我闹着玩，我这里是有正事的，我要没事，这么闹着玩，更对我的意思了。也不管是狐仙老爷，也不管是狐仙太太，也不管是狐仙公子、狐仙少奶奶、狐仙小姐，不管是谁把我包袱拿去，早早还了我罢。前头还有人等着我，别误了我的正事。话我可是说明了，我先躲避躲避，让你们好往外还这个东西。"说毕，站起身来，走在竹塘东北角上，站了半天回来，再看包袱仍然没有，复又照前番说了一遍，仍是到那里，等了片刻工夫，回来时节，仍然不见。可把山西雁这个火性惹上来了，冲着大楼把舌头摘下来说："你可别欺侮我老西，别看你是狐仙，不定有老西的位分大没有。我是御前带刀四品护卫，我还给你下了一跪。你若还出来，可是好多着的啦。"说完过去一瞧，仍是没有。徐良就骂出来了，说："乌八的驴球！"这一骂，可就骂出祸来了。就听刷拉竹叶一响，叭嚓，从正南上打来一块石头。徐良说："真是狐仙扔砖头，你显出形象来，咱们两个人较量较量。"说着话，就由竹塘西边绕着往正南上就追。真是显出形象来了，就见一条黑影，山西雁把他的孝袍子一撩，尾丁背后。那条黑影，由正南扑奔东南。先前，山西雁总疑是狐仙，嗣后听见，前边那条黑影脚底下有声音，就知绝不是狐仙。但是自己追不上他，皆因是这孝衣又长又是裹脚，跑得不能甚快。正跑之间，就见东边一段长墙，墙头上是古轮钱的花瓦，白石灰的墙，下截有个瓶儿门，那条黑影蹿上墙头，皆因是白石灰的墙，这个人穿的一身青衣，看的更真，就是一件怪事——没有脚。徐良跑到墙下，也就蹿上墙头，往里一看，就见正北上有三间楼房，俱点着灯烛，还有两间东房，就瞧见那条黑影，奔东房后坡去了。

徐良蹿下墙头，正要往东房上追赶，忽听见楼上哭哭啼啼悲哀惨切的声音，说："你们这几个人作一件好事，让我一死。我若到九泉之下，再也忘不了你们的好处。"又听有人说："我们叫你一死不大要紧，你不想想，我们担待不住。依我相劝，你还是想开了罢！出你是出不去，死你是死不了。你还打算你丈夫尚在哪？你丈夫早死多时了。早有我们二太爷告诉知县，派了两名长解，把你丈夫的性命结果了。依我说，你从了好，大太爷大事一成，你就是个王妃哪，你有多大的造化呀。”徐良一闻此言，就知道准是弟妇，现时在这楼上呢。自己一想，追那个倒是小事，先与智叔父送信要紧，故此一转身，复又蹿上墙出来，直奔正南。忽见有一所房子，里边灯光闪烁，全是妇女讲话的声音。徐良心中一动，说：“我先在这里吓唬吓唬他们。”把帘子一掀，就见那屋中约有二十多个妇人，全都在那里喝酒哪。原来是众姨奶奶们，吃的是喜酒。这个妇人，今天晚上别管从与不从，也是要洞房花烛。皆因是东方明前头来了朋友，此时哪里有工夫过来，故此这些姨奶奶们预先就喝上了。有些个婆子，有些个丫鬟，有十一个姨奶奶，全都在那里坐着。丫鬟婆子斟酒，说说讲讲，嘻嘻哈哈，正在高兴的时候，不料吱的一声，往门口那里一看，先进来一个大白帽子，后来进了屋子，见他穿着一身孝服，系着一根麻辫子，黑紫的脸，两道白眉毛往下一搭，鲜红的一根舌头，足有一尺多长，吱吱的乱叫，把这些姨奶奶、婆子丫鬟吓了个胆裂魂飞，顷刻间，噗咚噗咚东西乱倒，口中也有喊叫出来的，也有就死过去的。徐良越发逞能，就在满屋里奔来奔去。他只顾在屋中乱叫，不大要紧，可巧从外边来了一个人，就是内外管家王虎儿。皆因东方明前头陪着几个人吃酒，叫王虎儿与姨奶奶们前来送信，不用教他们大众等着了。王虎儿刚到门外，就听见屋中直声直气的鬼叫，自己把帘子一掀，往里探头一瞧，原来是个吊死鬼，吓得他真魂出窍，回头撒腿就跑，一直扑奔前边去，到了厅房，掀帘进到里面，喘吁不止，吓得连话都说不出来了。

东方明正陪着四个人在那里吃酒。那四个人是南阳府伏地君王东方亮派来的，他知道东方明近来闹的事情太大，手下没有多少能人，倘若东方明闯出祸来，遇见真有本领的，怕他干受其苦，故此才把这四个人派来。这几人全都做绿林的买卖，名叫神偷赵胜、飞腿孙青、小猿猴薛昆、地里鬼李霸。皆因他们不认得太岁坊在甚么地方，在金钱堡高升店内打尖，要来的上等酒席，喝着酒向店伙计打听太岁坊离这里多远。店中伙计一指，告太岁坊的地方，四个人很觉后悔，早知道离这么近，为甚么在这里打尖。地里鬼李霸说：“咱们外头打了尖再去也好，省得咱们见了人家就与人家讨饭吃，也教人家瞧不起咱们，这里吃了饭倒利索。”四个人会了饭钱，就上太岁坊，见了东方明。东方明把他们待为上宾，置酒款待，问了会团城子的事情。神偷赵胜说：“如今，擂台业已搭好，在五里新街口之外，地名是白沙滩。总镇擂台的台官，就是神拳太保赛展熊王兴祖，此刻打发人去请了。”东方明问：“现在哪里请去？”赵胜说：“现在河南洛阳县姚家寨，在黑面判官姚文、花面判官姚武家内去请，此时还未到哪。我们那里大员外爷，恐怕你老人家势孤，打发我们前来，倘有用我们时节，只管吩咐。”东方明说：“若有事的时候，短不了奉恳。”

正在说话之间，忽然打外边进来一个人。赵胜四个人一瞧，如半截黑塔相似，烟熏太岁一般，连忙问道：“员外爷，这位是谁？”东方明道：“与你们见见。这就是我妻弟，姓窦叫勇强，外号人称大力将军。”又向着窦勇强说：“这四位是大哥从南阳打发来的，赵爷、孙爷、薛爷、李爷。”五个人彼此相见，对施一礼。赵胜等往上一让窦舅爷，窦勇强再三不肯，大家落座饮酒。赵胜看着窦勇强生得十分凶恶，问道：“舅老爷所用的是甚么功夫，惯使甚么兵器，小巧的艺业如何？”窦勇强嘟嘟噜噜的，半天也没说出一句正话来，说：“咱们全不懂的。”东方明在旁边哈哈大笑说：“四位贤弟，你们不知，我这个妻弟是个呆子。你们看他这个形象，还能会小巧的功夫？再要会小巧的本领，早就普天下没有敌手了。”赵胜说道：“我看舅老爷身胚，必然膂力大。”东方明道：“论他的本事，使一条熟铜棍，会行者棒，按说行者棒三十六招，他总共只记得六招。别看他棍的招数虽少，动手时节，百战百胜。”赵胜道：“准是力大棍重，见者就死。”东方明说：“不是。他的棍可是重，足够八十斤。两下见面，不论人家使长短兵刃，或扎或砍，若奔他致命处来，他一急，用棍往外一磕，来人就得撒手扔兵器。若不奔他致命处来，他尽自不理，仍是拿棍打人，人家只管扎他砍他，只要不是致命处，他仍然不怕。”赵胜说：“原来是金钟罩的功夫。”东方明说：“不是。”李霸说：“是铁布衫的功夫？”东方明说：“也不是。我告诉你们众位，实在是件奇事。他生成的憨傻，世路人情一概不懂。浑身上下，生成的一身鳞甲相仿，类若象皮一般。他还有个外号，叫癞皮象。他的胳膊对着咱们的胳膊一蹭，就得皮破血出。咱们刀要是砍上他，也能砍一个口子，只要把刀抽出来，立刻这个口子就长上啦。这个癞皮象的外号儿，真没把他认错。还有一节，这样大的岁数了，仍然还是童体。”说得赵胜四个人无不夸赞。薛昆说：“这样年岁还是童体的可少。”东方明说：“我给他提了几回亲事，他不知道娶来媳妇是作甚么用的，一定不要。”孙青说：“据我看，这个人不凡，明年王爷一兴兵，定是给王爷开基定鼎的功臣。”

正在喝酒叙话之间，王虎儿奔进来，张口结舌说：“后头闹鬼呀！”东方明问：“甚么鬼？”王虎儿说：“大鬼，有七八十丈高，脑袋像车轮那么大，眼睛似两盏灯，一尺多长的舌头，嘴里往外喷火，穿着一身孝衣袍子。哎呀！怕死我也。在姨奶奶屋里乱闹，把姨奶奶全都吓死了。”东方明问：“此话当真？”王虎儿说：“小人焉敢撒谎。”东方明一声吩咐，叫护院的抄家伙，打更的点灯笼，去到后院捉鬼。这段节目，且听下回分解。

第五十四回　东方明仗造化捉鬼　黑妖狐用奇计装神

且说东方明一听姨奶奶房中闹鬼就急了，立刻吩咐看家的、打更的抄家伙，掌灯火，立时间一阵大乱。护院的进来十数个人，外号儿叫夹尾巴狗、长尾巴狼、无毛鸡、花脸野猫。怎么都是这宗外号？真正有本领的谁上他这儿来！这都是些无能之辈，狐假虎威，在他这里混碗饭吃。听见员外爷叫大众抄家伙，前来问：“员外爷唤我们有何事情？”东方明说：“你们到后院与我去捉鬼。”众人一听，全都吓得身躯往后倒退，说：“员外爷，别的事全行，要叫我们捉鬼，那可不行。人鬼是两路，纵然有本事，谁能捉得住鬼哪！”东方明说：“你们既然在这里看家，我叫你们捉鬼，就得去捉。”那些人你推我让，就没一个敢上前。东方明气得拍案乱嚷。赵、孙、薛、李四个人说道：“二员外爷不必动怒，我们去捉鬼。”东方明说：“不用你们去。可见我手下的人，皆是些无能之辈，叫他们瞧瞧，还是我去捉鬼。”吩咐一声：“看我的兵器来。”便有两个人，抬出一根虎眼金鞭。赵胜等看这鞭，足有碗口粗细，把抬的二人压得歪歪趔趔。就见东方明一伸手接将过来，并不费力。赵胜等暗暗把舌头一伸，说：“二员外爷好大膂力！”东方明早就把长大衣服脱去，摘了头巾，气昂昂，拿着一根鞭，出了厅房，直奔后边去了。连赵胜等并家人，带护院的大众，点着灯球火把，也奔后边来了。

王虎儿见他们人多，先就跑到前边带路。至姨奶奶屋子外头听了听，此时屋中又没有甚么声音啦，冲着东方明用手一指，说：“就在这屋子里哪。”赵胜等要进屋子，东方明把他们拦住说：“不用你们，还是看我的。”自己心中忖度：有人常言，为人平生的造化，若有举人之命，晚间行路肩头上就有一盏灯，鬼就不敢欺身；若要有进士之命，晚间肩头上有两盏明灯；位分再要大些个，脑袋上就有许多的明灯。若要哥哥作了皇上，我就是一字并肩王，我这脑袋上、肩头上，不定有多少灯哪！我先要把脑袋伸进去晃晃，屋中要是有鬼，叫我这脑袋上面灯也就把他照灭。想好了这个主意，自己把帘子一掀，把脑袋往里一伸，也是心中害怕，闭着眼睛把那脑袋晃了几晃，并没有鬼的声音，自己就把胆子壮起来了。睁开眼睛一看，连个鬼影儿全无，想着自己造化是真大呀！就是地下横躺竖卧，尽是那些姨奶奶、丫鬟婆子。东方明道：“大众跟我进去罢，鬼已被我治灭了。我这可作了一件损事，这鬼教我这灯照灭，永世也不能脱生去了。”赵胜等也是纳闷，他有甚么灯？也没瞧见一点亮儿，这可是件怪事。赵胜等大众进去，就把这些妇人扶起来，待了半天，全都悠悠气转。东方明坐下，问缘由，那些人异口同声，说的鬼的形象，又与王虎儿说的不同。东方明安慰了他们半天，又说自己怎么造化，从此就不会再有了。

众人正在恭维东方明，忽见窦勇强跑进来说：“姊丈，前头院子有个神仙，驾着白云，在半天空中嚷哪！说他是夜游神。”东方明一听又是一怔，怎么今天晚上神、鬼全来了哪！赵胜等也都是一怔。此刻，又有几个家人怪嚷着，往里直奔，说：“员外爷！可了不得了！前头夜游神那里说哪，叫我们好好把金氏娘子送将出去没事，若要不送，要叫咱们一家子都化成脓血。”东方明说：“待我去看，劝姨奶奶不用担惊害怕，有我在，一福压百祸，我到了就不见了。”大众执定灯火奔到前边，来至厅前院内，果见半天空类若半云半雾之中，一个金脸红头发之人，穿着一件青衣服，手中蝇拂子乱摆。众人中有信以为实的，七言八语，纷纷议论。惟独赵胜细细瞧看智爷，总未深信。

原来智化与徐良分手，一直扑奔正南，各处找寻金氏所在。可巧正走在更房，见里面点定灯烛，窗棂纸有破损的地方，往里看了一看，原来是两个更夫在那里一个跪着，一个手中执定酒壶。跪着的说：“你准保我有贼伸手就能拿着，我给你磕头。”那醉鬼说：“咱们这个招儿，错过你，还不教哪！拿去，在门后头。”跪着的那人就从门后拿出一个口袋来，高够一尺开外，碗口粗细，抽着口儿。那醉鬼说：“徒弟过来，我告诉你怎么使法，可别轻易就传人哪。一只手袖着手勾子，一只手袖着口袋，要是遇见有贼，把这口袋拉开冲他面门一抖，用手勾子一搭，搭躺下就捆他，凭你托天本事，也要将他拿住了，为是迷失二目，还好逃走吗？”正在说话之间，一阵大乱，众人喊叫后面捉鬼。这两个人一闻此信，急忙出去。

智爷心中纳闷，到底这口袋内是甚么物件？屋内无人，自己一纵身蹿到屋中，就见门后放着五六个口袋，全是一般大的尺寸，把口袋嘴子打开一看，原来是白沙石磨的面子，过了细箩。智爷一见此物，计上心来，提着口袋，往前就走，找了一个僻静所在，打开包袱，把自己衣服换妥，将刀插在丝带之内，上边罩了一领青衫，戴了隔面具，就是那小孩子戴的鬼脸一般，却是金脸红发，眼睛、鼻子、口这几处皆有窟窿，可以出入气和往外瞧看。上面有个飘带往脑后一系，复又拿了蝇拂子，把包袱往腰间一系，提着白沙石口袋，往前就走。行到厅房后边，一纵身蹿上后坡，扭项往后边一看，见后边灯笼火把，人声乱嚷："捉鬼呀！捉鬼！"智爷就知道是徐良的故事了。自己往前来，一路之上，各处留神，总没找着金氏的下落，只好也就装起神来，使个诈语，使他们家内之人，说出金氏的方向，再去搭救。拿定了这个主意，说："呔，下面听真，我乃夜游神是也。奉玉帝敕旨、我佛牒文，鉴察人间善恶。今有东方明作恶多端，快快前来见吾神，好开活汝的性命！"随说着，早就看见底下拥来不少人，也有由屋内出来的，也有从别院跑过来的，也有打着灯的，也有在黑暗处站着的。乘着此时，智爷在房上往上一蹿，又蹿起有一丈多高，使了一个云里转身，就把那白沙石面一洒，下面人看这夜游神，犹如从天宫驾着白云坠落下来的一样。家人撒腿往后就跑，与东方明送信去了。工夫不大，见东方明率领大众，由后面往前院而来，智爷复又把那白沙子面，刷刷啦啦的乱洒。伏地太岁东方明带着赵胜、孙青、薛昆、李霸、窦勇强来到前院，大众抬头一看，夜游神复又说道："呔！下面听真，吾乃夜游神是也。奉玉帝敕旨，鉴察人间善恶。今有施俊夫妻，被东方明所害，金氏娘子，乃是三贞九烈妇人，你若知时务，急速将金氏送回家去，以免尔等灭门之祸。如若不然，吾神教你全家大小，一时三刻，俱化为脓血。"东方明一闻此言，身不摇自颤，就对窦勇强等众说："今有夜游神指教于我，快把金氏送回他们家去罢，以免咱们全家之祸。"赵胜在旁边把孙青叫将过来，低声说道："这是夜行人假装夜游神，那云彩是洒的白沙子粉，你们会看不出来？待我由后面上房，你们逗他说话，我把他踢下房来，你们乱刀就剁，咱们在二员外面前，显显本领。"孙青点头，转身就与智爷说话："夜游神老爷，我们这就送出金氏去，千万可别降我们一家罪。"智爷说："急速快……"那个送字未能说出，就听见哎呀一声，只见一个人摔下房来。众人用刀乱剁，叱哧咯哧，鲜血淋漓。要问智爷生死如何，且听下回分解。

第五十五回　赵胜害人却教人害　恶霸欺人反被人欺

且说众贼听夜游神哎呀一声，噗咚从房上摔了下来。孙青、薛昆、李霸三人把刀亮出来，叱哧咯哧一阵乱剁。东方明见大家乱剁夜游神，不觉心中害怕，反倒拦阻他们几个说："你们因何乱剁夜游神？此乃神圣，断断不可！"

孙青说:“你老人家怎么知晓他是夜游神？这都是夜行人的主意，装神扮鬼。再说绿林中人都是高来高去，二员外请想，他既是夜游神，怎么教我哥哥一脚踹下房来？”东方明方才明白,说:“这既不是夜游神,后面那个定不是鬼了。”正在说话之间，忽听房上一声喊叫:“呔！下面该死的恶霸，敢用刀剁夜游神，你们该当何罪？”众人一听，房上又有夜游神说话，大家细细一看，剁的这人不是夜游神，原来是赵胜。一个个面面相觑，暗道:“赵大哥怎么打房上摔下来了？”原来赵胜先时与孙青低声讲话,智爷就明白了,准是商量暗算于我，一回头，就见赵胜果然上了房。赵胜慢慢爬房脊过来，往起一抬身，对着智爷的臀就是一腿。智爷容他一踢，自己“哎哟”一声，却揪住了赵胜的腿腕子，往下一带，恶贼身不由自主，噗咚摔下房来。众人并没看明白是谁，此时又听夜游神说话，大众方才细细瞧看，彼此异口同音说:“员外爷，咱们上了夜游神的当了！”众人大骂夜游神。智爷一生就是不受人骂,本与徐良商量，次日再动手杀人，被众人一骂，壮上气来了，把隔面具飘带一解，脱下青衫，扔了沙子口袋，把蝇拂子往青衫里一卷，放在房上，回手抽刀，说:“夜游神要汝等的性命来了！”众人往两边一闪，智爷脚落地面。东方明说:“你们若拿不住这人，等二员外上去，我平生永不喜以多为胜，总是单打单我才动手哪。”众人说:“拿住这个人,与我们大哥报仇！”一个个手中兵刃往上乱剁乱砍，智爷这口刀遮前挡后。幸好那两个出色的倒没上来。

正在动手之间，后边又有人来说:“员外爷不好了！后面又有鬼闹起来了。是一个大白人，无论男女的房中，他掀帘子就进去，此时吓死人不少哪。”东方明说:“还是我自己去捉鬼。”教那人在前头引路，奔至后面，那人用手一指，果然就在屋中，吱吱的乱叫。东方明奔到屋门口，仍然是把帘子一掀，眼睛一闭，他吃着上回那个甜头了，将头一摇，想着头上的灯把鬼照灭，晃了半天，果然听不见鬼叫了，倒把山西雁吓了一跳。头一次，是徐良把众姨奶奶吓躺下，自己往别处去了，东方明伸进脑袋来，徐良没看见。这一次，山西雁瞧他闭着眼睛，头颅乱晃，不知是甚么缘故，就用自己舌头，冲他面门舔了一下。东方明就觉着冰冷，在面门上又一蹭，他睁眼一看，哎呀一声，险些栽倒，这才看见徐良这个样儿。自己又一壮胆子，想着前面的是人，后面明也是人，就用手中鞭对着徐良打来。山西雁回头就跑,东方明更觉胆大了,也就冲进屋，追赶徐良。屋当中有张八仙桌子，徐良在前，东方明在后，绕着八仙桌子转。东方明把那鞭对着徐良后身，飕的一声打去，“扑咚”摔倒在地。

列公听清，可不是徐良摔倒在地，论东方明的本事也打不着他。山西雁瞅着他一横鞭，自己往旁边一闪，就见东方明摔倒在地，又见由桌子底下蹿出一个人，膝盖点住东方明后腰，立刻就捆。徐良回头，看此人穿一身皂青缎夜行衣，软包巾，绢帕包头，靸鞋，青缎袜子，背后插刀，总没看见他的面目是谁。徐良纳闷，走过前来，将要问那人是谁，就见他将东方明捆好，一纵身躯起来，与山西雁磕头，说："三哥，你老人家一向可好？"徐良哈哈一笑，说："老兄弟，你真吓着了我了！"把艾虎搀起来，又说："老兄弟，你来得实在真巧，我与智大叔正因此事为难。"艾虎问："甚么事情？"徐良说："兄弟，你不用明知故问，你不是为盟嫂而来么？"艾虎说："不错，正是为我施大嫂子。"徐良说："我们正为此事为难，我比施俊年岁大，不能往外背弟妇；教大叔背，智叔父也不愿意。老兄弟，你来得甚巧，往外背弟妇，非你不可。"艾虎说："来可是来了，要教我往外背嫂嫂，那可不能。"徐良说："咱们上前边去，找智叔父去。你背与不背，不与我相干。"艾虎说："很好。这个恶霸，咱们是把他杀了，还是怎么处？"徐良说："依我主意，别把他杀了，留他活口，听智叔父的主意。把他口中塞物，将他丢在里间屋里床榻的底下，咱们先往前边找智叔父去。"艾虎过来，用东方明的衣襟把他的口塞住，把他提起来，至里间屋中，往床榻底下一放，复又把床帏放将下来，二人复又出来。

艾虎问："三哥，你因何这样打扮？"徐良就把自己的事情，对着艾虎学说了一遍。复又问艾虎的来历，小义士说："我的话长，等事毕，再慢慢的告诉三哥。"又教三哥把那袍子脱了，好往前边动手去。徐良说："你叫我脱下袍子，你拿我的东西还不给我么？"艾虎问："甚么物件？"徐良说："你不用明知故问，拿来罢。"艾虎又问："到底是甚么东西？"徐良说："我的夜行衣靠。"艾虎说："你的夜行衣靠，怎么来问我呢？"徐良说："准是你拿了去，没有两个人。"艾虎直急得要起誓，说："实在不是我拿了去了。"徐良说："必是你嗔怪我方才找包袱时节口中不说人话，不肯还我，是与不是？"艾虎微微一笑说："三哥，你方才找包袱说甚么来着？"徐良把找包袱言语说了一遍。小义士闻听，嗤的一笑，说："很好很好。"徐良问："到底是你拿去不是？"艾虎说："总是有人拿去就是了，可不是我。不用打听了，咱们先去办正事要紧。"山西雁无奈，只得把头上帽子、麻辫子、孝袍子、舌头俱都摘下来，同着艾虎，直奔前边而来。

前边正在动手之间，二人把刀亮出来，一声喊叫，这两口利刃，非寻常兵器可比，就听吡哧磕哧，乱削大众的兵刃，众人一齐嚷叫利害。前院孙青、薛昆、李霸与护院的并家人等，正在围着智化动手。这些人倒不放在智爷心上。忽见窦勇强提着一根熟铜棍,从外边往里一闯,向智化盖顶兜头打将下来。智爷看他力猛棍沉，往旁边一闪，用了个反背倒披丝的招数，对着窦勇强后背脊砍去，就听见吱的一声响亮，把智化吃一大惊。就听见窦勇强说:“哎哟，你怎么真砍呢？”仍然抡棍奔智爷而来,就在三五个回合,智爷只顾用刀一砍，被他那棍一磕，“当啷”一声响亮，把自己利刃磕飞。刚要往外逃蹿，徐良、艾虎赶到。徐良用他手中大环刀遮前挡后，保护智爷闯将出来，离大众动手的地方甚远，叔侄方才说话。智化说:“艾虎从何而至？”徐良就把两个人遇见，拿住东方明的事说了，又告诉智爷金氏的下落，让智爷到楼上先救金氏去。智化说:“有艾虎来了，不用我去背金氏。”徐良说:“我艾虎兄弟也不肯背，金氏还让你老人家去救。”智爷说:“也罢，我先到楼上看看金氏侄媳妇去，你们把前头事情办毕，再上楼找我。”徐良给智爷找那一口利刃。

智爷扑奔东北，直奔藏金氏的楼而来，刚至楼下，就听楼上面哭哭啼啼的声音。正要蹿上楼去，忽见由瓶儿门那里来了一个灯亮，走在楼下，高声嚷叫说:“上面的听真:现有员外爷吩咐，别论这个妇人从与不从，教我先把他带将下去，员外爷先教他失了节，然后甚么人爱救他就救。张姐你下来，我告诉你句话。”上面那个婆子说:“李大嫂，你好好的看着他，别教他行了拙志。”上面一个婆子说:“我早知道你们两人有私话，下面说去罢。”智爷暗地一想:倒是很好一个机会，省得自己上楼，当着金氏杀婆子，倘要吓着金氏，反为不美，顶好是在楼底下杀他。想到此，智化先就纵身过来，一刀先把那男子杀死。然后见那婆子下来，智爷赶奔前去，一刀又把那婆子杀死。复又往楼上叫说:“李姐，你也下来，我告诉你一句心腹话。”楼上那婆子说:“说话的是谁？”智爷说:“是我，你连我的语声都听不出来了？”那婆子说:“我不能下去，我这里看着人呢！”智爷说:“你只管下来，难道说还跑得了他不成？”那婆子也是该当倒运，无奈何走下楼来，始终没听出是谁的口音，下了楼随走随问:“你到底是谁？”智爷见他身临切近，手中刀往下一落，“磕嚓”一声，结果了性命。复又拿着这口刀，由楼门而入，直奔扶梯，上下俱有灯火。

智化踏扶梯上得楼，心想着过去与金氏说话，焉知晓楼上已不见金氏踪迹，就见后面楼窗已然大开。智爷也不知晓是甚么缘故，大概金氏被人由此处背出去了，又不知是被甚么人背走，若是自己人背去方好，倘若教他们这里人背出去，自己就对不起徒弟与侄男。想到为难之处，只得由后窗户那里也就蹿出来，往下面一看，见有一条黑影，蹿上西边墙头。智爷随后赶了下来，过了两段界墙，方才看见前面有背着人的飞也相似直奔正西。智爷在后面追赶，说道：“是甚么人背着金氏？快些答言。你若不把金氏放下，我可不管你是甚么人，你要是恶霸余党，不放下金氏，立追你的性命。要是救金氏的，别管你是平辈晚辈，我不与你善罢干休。你这不是戏耍姓智的，你是羞辱姓智的！”智爷随说着，那人并不理论，还是一直飞跑。智爷生气，就因当初在霸王庄救倪继祖时节，由土牢中救将出来，教北侠背走，吃过一回苦处。如今总算老英雄了，却又是这样，焉有不上气的道理。故此在后面追着，越追越有气，复又说：“前面那小辈，我将好言语你不放下，我要口出不逊了。”只一句话，这才见前面那人停住脚步，原来是用大抄包兜住金氏的臀系在胸膛，为的是背着省力。那人将抄包解开，将金氏放下，转过面来说：“你老人家千万别骂。”智爷也就身临切近，气昂昂地说：“你到底是谁？”细细一看，说：“原来是你。”一跺脚，咳了一声，呆怔怔半晌无言。要问此人是谁，且听下回分解。

第五十六回　智化送侄妇回店　兰娘救盟嫂逃生

且说智爷见着背人的把人放下，与智爷一跪，细看却是徒弟的媳妇甘兰娘。智爷一见，自己羞得面红过耳，焉有师傅要骂徒弟媳妇的道理。你道这甘兰娘因何到此？皆因是这前后两套《小五义》俱是明讲的平词，不比四大奇书，也不敢比十家才子，可也不与小说相同，乃当初石玉昆先生所留。此书讲的是明笔、暗笔、倒插笔、惊人笔。诸公细瞧，必须把此理看明，方有可观的所在。似乎艾虎、兰娘这一露面，表他们的来历，皆称为是倒插笔。不但艾虎、兰娘儿，还有甘妈妈、凤仙、秋葵、霹雳鬼韩天锦，俱已来到。就因艾虎与韩天锦在卧虎沟完姻，韩彰回家去了。这日闲暇无事，忽然凤仙想起金氏牡丹来了，他们本是干姊妹，对着艾虎一提，小义士也想念盟兄，想着上京任差，日限尚远，何不一同上一趟固始县去。夫妻一商量，秋葵也想念姊姊了，要一同前往。秋葵要去，兰娘儿也要一路前往，霹雳鬼也要去。沙老员外不放心，怕的霹雳鬼闯祸。艾虎也不愿意同着霹雳鬼一路前往。甘妈妈说：“既然这样，我同着他们一路走走。”沙老员外方才放心，雇了驮轿两顶，艾虎、霹雳鬼骑马，甘妈妈、兰娘儿、沙氏俱都坐驮轿。一路无话。

到了那里，也是住在金钱堡西边德胜店，把上房、东西房俱包下。这日天色已晚，打算明日再往施俊家去。沙氏叫艾虎打听打听，施老大人是尚在还是故去了。艾虎就与店中伙计打听施家之事，那伙计连连摆手说："千万可别提施家事情了。"艾虎问："甚么缘故？"伙计就把施家之事一五一十学说了一遍。沙氏一闻此言，不觉二目之中落下泪来。艾虎等店中伙计出去，也就止不住往下落泪，惟有甘兰娘在旁哈哈笑个不止。艾虎不觉怒气上冲，说："你也太无调教了！论说妇道的规矩，三从四德是根本，丈夫要是遇见喜事，你也帮着欢喜；若是遇见烦事，你就帮着愁肠才是。我与你姐姐都在这里悲泣，你反倒在那里哈哈的笑！"艾虎虽这样说着，甘兰娘儿还是哈哈直乐，乐了半天，说："请问你一件事情，你是何人的门徒？"艾虎说："你这不是明知故问，谁人不知我是黑妖狐智化的徒弟？"兰娘又问："甚么人的义子？"艾虎说："你这是没话找话说，我的义父是北侠，难道你就不知？"甘兰娘哈哈又笑说："可惜呀，可惜！师傅义父那样的英雄，认你这样义子徒弟！我可是女流之辈，我可也听说过那二位老人家挥金似土，仗义疏财，乐善好施，济困扶危，有求必应。可惜收你这样徒弟，听见盟兄全家遭害，不想一个主意与盟兄报仇，反倒同着我姐姐在那里哭哭啼啼。你是个八宝罗汉须眉男子，万岁爷家现任职官，你与施大哥八拜为交，生死弟兄，不思念与哥哥报仇，这就叫有负前言，连一点大义纲常全无。你在此流这妇人泪，也是无益于事。若能把哥哥哭活，把姊姊哭的身离虎穴，就是把二目哭瞎，也不枉哭了一场。依我愚见，你要不敢到恶霸家中与哥哥报仇，我就要前去探道啦。只要把道路探好，今日晚间，妾身背插一口钢刀，夜入太岁坊，把恶霸家中杀个干干净净，鸡犬不留。金姊倘若未死，把姊姊救出龙潭虎穴，就算替我丈夫尽尽交友之道了。"甘兰娘这一番话，把一个艾虎说得面红过耳，说："你出此狂言，敢跟着我今日晚间夜入太岁坊，走这一趟么？"甘兰娘说："你要不去，我自己还要前去，何况又是跟你前去，焉有不敢之理！"艾虎真就出来探道，探明道路，转头回来。

大众吃毕晚饭。艾虎换了夜行衣靠，兰娘儿也拿绢帕把乌云罩住，摘了钗环镯串，脱了衣裙，尽剩里边小袄，用汗巾扎腰，多带了一根抄包，背后插刀，换了软底弓鞋，同就艾虎从后墙跳出去，直奔太岁坊。走到五道庙，远远看见山西雁搬着一块石头进庙去了。艾虎告诉兰娘儿说："这个是三哥，大概还有别人。"不多时，又有智爷出来。艾虎说："他们也为此事而来，不用过去见他老人家，咱们谁先到谁救。"倒是艾虎先进的太岁坊。夫妻分手，艾虎往前面去了，兰娘儿在花园子里一绕，若论胆量，这个妇人可算得是第一。忽然见一人，穿了一身孝衣服，可把兰娘儿吓了一跳。细一看，却原来是三哥，心中暗暗纳闷，他因何这样的打扮？只见他扭来扭去，正扭得高兴，兰娘儿就把他这夜行衣靠包袱拿起来了，打算他真急了时节，好把包袱给他。不想他口出不逊，这一骂把甘兰娘骂急了，一赌气，包袱也不给他了，找了一块石头，对着徐良打去。徐良随后一追，兰娘儿便跑，跑过了东房，后来不见徐良追他，方才又从东房过来，各处寻找金氏。后来找着金氏，由后楼蹿将上去，戳破窗棂纸，看了半天，方才听得明白，暗暗夸奖金氏。本打算要进去杀婆子，也是怕唬着金氏，可巧遇见智化用了个调虎离山计，自己便开了后楼窗，来至金氏面前，解了绳索，说："姊姊多有受惊，我是前来救你。"金氏说："你要是我的恩人，容我一死，我也不能出恶霸门首。"兰娘儿问："甚么缘故？"金氏说："我既到恶霸家中，我要出去也是名姓不香。"兰娘儿说："我不是外人，我是艾虎之妻。"金氏说："你是艾虎之妻？你姓甚么？"兰娘儿说："我姓甘。"金氏说："你更是胡说了。艾虎之妻姓沙，你怎么告诉我姓甘呢？"兰娘听他问到此处，觉得脸一发赤，低声说："妹子，我是艾虎的侧室。"金氏方才明白。兰娘儿早把他背将起来，用大抄包兜住他的臀部便往背后一背，抄包的扣儿系在了兰娘儿的胸前。刚出来，便遇着智化后边追赶，明知是师傅，故意一语不发，后来听着他口出不逊，自己不能不答言，方才把抄包解开，把金氏放下，双膝跪倒，说："师傅别骂，徒弟媳妇在此。"智爷一看是甘兰娘，自觉脸上有些发愧，搭讪着问："原来你们夫妻俱都上这里来了。"兰娘儿便把来由对着师傅学说了一遍。智爷说："你们来得甚妙，我们爷们正为背金氏发愁呢。我先保护你们出去，然后告诉你们一个主意。"金氏一看，原来是智化，当初曾在夹峰山见过一次，便与智爷磕头，道："智叔父，侄媳妇被恶霸抢来，本不打算出去，现有弟妇前来救我。我要行拙志，我妹妹不教我死。我若不死，出去怕人谈论，名姓不香。"说到此处便哭起来了。智爷劝解半天，又教兰娘儿把他背将起来，仍然把抄包系住，智爷保护直奔北墙而来。兰娘儿蹿上墙头，飘身下来。智爷也便跟出墙来，送他们直奔德胜店。

走着路，智爷就告诉兰娘儿一个主意，说："施相公现在五道庙内，此刻倒不用叫他夫妻相见。先把你姊姊背回你们店去，可别叫店中人看出破绽来。明日五鼓叫他们套车，你们上车之时，店中人绝看不出女眷中多出一个人来。我带着施公子、徐良前来寻找你们，作为是咱们一路前往。"兰娘儿点头说："师傅这个主意很好。"随说着就到了店的后墙，智爷说："我就不到里面去了。"兰娘儿一回手由腰中解下一个包袱来交给智爷，兰娘儿说："你把这个包袱交给我三哥，告诉他以后说话再不留神，巴掌可要上脸哪。”智爷问：“这个包袱，你是从何得来？”兰娘儿说：“我是捡拾三哥的。”智爷也不往下再问，把包袱系在自己腰间，看着兰娘儿蹿上墙头，进店里面去了。自己复返回来，蹿进太岁坊后墙，仍然奔了前边动手的所在。此时那些动手的人，已然被艾虎杀了个七零八落。智爷复又杀进来，便见地下横躺竖卧，也有带着重伤的，也有死于非命的，遍地半截兵刃不少。又听正房上一声喊叫，原来是东方明赶到此处。皆因艾虎把他捆上，口中塞物，丢在床下，二位英雄出来之后，原来有个家人远远看着，等徐良他们去后，家人进来，便由床下把东方明拉出来，解开，又将口中之物掏出。东方明吩咐家人去带金氏，想着霸占之后由他们去救。不想工夫甚大，自己一赌气也奔东院来了，将到院内，便见婆子家人，俱都被杀。楼上不见了金氏，直气得大骂一场，又上前边动手来了。将到前院，便见家人乱嚷说：“从外面来了两个大山精，打进来了。”要问来者是何人，且听下回分解。

第五十七回　窦勇强中铁棍废命　东方明受袖箭亡身

且说恶霸见丢了金氏，大失所望，便想着上前边杀了这几个人，也出出他胸中之气。将到前边一看，他家下的人俱都无心动手，机灵的全都逃了性命，痴呆的还在那里交手。又从外边跑进几个人来，喊说道：“员外爷，可不好了，由门外来了一个大山精、一个母夜叉，提着两条浑铁棍，睁着两只眼，看不见咱们的大门，口中嚷说：‘怎么这里没门哪？’母夜叉说：‘那边有门。’大山精说：‘走这边进。’便用棍一捌，墙便倒了，飞腿便走，不久的便打到这里来了。”东方明一闻此言，这又是一件奇事。忽听大吼一声，犹如外面打了个霹雳相似。艾虎里边听了，就知道是二哥的声音，原来是韩天锦夫妻二人到了。

皆因艾虎与兰娘儿夫妻商量上太岁坊的事情，可巧被秋葵听见了。也没把此事听明白，秋葵便抽身回到自己屋内，向韩天锦说：“牡丹姐姐被太岁爷抢去了，施大哥被太岁爷害了。”韩天锦说：“怎么哪？”秋葵说：“老兄弟、兰娘姐姐他们两口子去找太岁爷去了，咱们也去。”韩天锦说：“咱们便走吧！”随即提了他那条铁棍，把自己衣襟掖得利落。秋葵也便摘了花朵，脱了裙衫，里面短袄用汗巾扎住，也用绢帕把头发包好，也便提了一条浑铁棍，秋葵在先，韩天锦在后，往外一走，便被甘妈妈拦住，说：“呀！我的干女儿，你往哪里去？”秋葵说道：“上太岁坊，找太岁爷去。”甘妈妈说：“呀！我的干女儿，你可去不得。有我们姑娘与姑老爷前去，你们不必去了。”秋葵说：“你快躲开，别误了我们的事情。”甘妈妈把门口一拦，秋葵说：“你要不躲开，我就拿棍打你啦。”甘妈妈说：“你要打我，可冲着我脑袋打。”秋葵真正一举棍就要打，甘妈妈往房外一闪，说：“呀！大姑娘，你二妹子要上太岁坊去哪！”凤仙由东屋里间出来，把身子将门拦住，说：“妹子要上哪里去？”秋葵一瞧势头不好，一生就是最怕姊姊，别看他是个浑人，也有主意，他把韩天锦一揪，说：“你在前头走罢。”霹雳鬼说：“使得。”他见凤仙拦住门口，说道：“躲开，不躲开拿棍要打啦。”说着棍一抡，照着凤仙就打，凤仙急忙往旁边一闪身。沙氏一瞧势头不好，没有法子管这两个浑人了。韩天锦见凤仙躲开，回头叫着秋葵，奔出店门。二人并不知太岁坊在哪里，可巧来了一个行路之人，夫妻二人俱都看见，二人彼此棍对了棍，把路一拦。韩天锦说：“站住罢，小子！”那人一看，不但站住，且跪下了，说：“二位，我是任甚么没有，就有身上的衣服、肚内的干粮。”天锦说：“放你娘的屁，如今不干那个了。”秋葵问那个人太岁坊在甚么地方。那人说：“在正南。”说了才放那人去了。若依天锦，他并不认得东西南北，倒是秋葵还明白些个。二人一直往正南，进了石头牌坊，就听里面呐喊的声音，又带着灯笼火把照耀冲天。韩天锦说：“这就是太岁坊罢？”秋葵点头：“多一半是罢。”天锦问：“这里怎么没有门哪？”秋葵说：“那边有门。”霹雳鬼说：“这里开一个罢。”拿棍一杵，哗喇一声，将墙杵倒，飞步就进来了。秋葵也跟着进来了。

霹雳鬼一嚷，东方明瞧见他如山精相仿，身长一丈开外，所有这些打手还不够他一半高的身量哪。大家往上一围，秋葵施展他的棍法招数，转眼间东倒西歪，死了不少。霹雳鬼一眼就把窦勇强看见了，高声叫说：“那个大小子过来，咱们两个人较量。”窦勇强也看见霹雳鬼了，无心与艾虎、徐良动手，一摆手中熟铜棍，就奔了韩天锦来。二人并不问名姓，就打在一处。如今韩天锦跟着夫人学了八手棍，窦勇强也是多了不会，二人这一交手，倒把旁人吓住了，铜铁两条棍，叮当的乱响。秋葵在旁，总怕韩天锦被伤，卖了一个破绽，蹿将上去，单臂使平生之力，对着窦勇强臀底下、腿腕子之上，叭嚓就是一棍。若是窦勇强身体灵便，也不至于打上，皆因他棍法不精，顾前不顾后，被秋葵这一棍，噗咚一声栽倒在地。韩天锦也用尽平生之力，对着大力将军太阳穴，叭嚓就是一棍，砸了个脑浆迸出。

东方明看见秋葵一棍将他舅爷打倒，被韩天锦要了性命，自己一个箭步蹿将过去，对着秋葵后脊背，抡鞭就打。秋葵也是个傻子，不能瞻前顾后，不料智爷在旁说：“姑娘小心，鞭到了。”秋葵一扭身，把那虎眼金鞭当的一声，折下半尺有余。你道这根金鞭怎么一碰就折？原来东方明就会这么一个虚体面，这根鞭是硬木胎子，上边包铜，外面涂金，借此吓人而已。吩咐一声抬鞭，抬鞭的那二人故意压的歪歪趔趔，为的是教赵胜、孙青几个人瞧看，不然怎么不敢与人动手。如今他想着暗算秋葵，不料有人提醒了，这沙氏一反手，就把鞭梢磕折，自己吓得不敢动手，转身就跑。霹雳鬼看了，就追下伏地太岁来了。秋葵也要追赶，被智爷拦住说：“姑娘，深更半夜，你不用追赶那厮去了。”秋葵听了智爷言语，也就不肯追赶。此时众人都说山精与母夜叉到了，又带着窦勇强一死，又有东方明来交手，刚一过去，鞭又折断，所有太岁坊的众人，不求取胜，只要保住自己兵刃削不了，就算保住一半性命。

艾虎往前一栖身，与孙青两个人较量。薛昆、李霸二人见势头不好，撤身往外就跑。山西雁就追，说：“老兄弟，你拿那一个，我拿这两个。”徐良追出那两个人去。

艾虎与孙青交手，智爷也蹿上去了。此时孙青已经手忙脚乱，也打算要跑，不料未能走开，稍一失脚，自己的刀被艾虎七宝刀削为两段，随着被艾虎一抬腿，踢在肋下，噗咚一声栽倒在地。艾虎过去要把孙青捆起，就听上面飕的一声，小义士赶紧往后一撤身躯。原来秋葵看着孙青躺下，也不管有人没人，把棍就打，把孙青打了个骨断筋折。艾虎说：“你够多么愣！”秋葵把棍复又要打那些家人。智爷把他拦住，说：“姑娘且慢。”秋葵这才不打了。智爷说：“你们大众，无非是雇工奴仆，你们主人已跑，我们不忍伤害汝等性命。”大众一闻此言，如同领了一道赦旨，丢下兵器，俱都逃命去了。这才有艾虎、秋葵过来，与智爷行礼。智爷问：“秋葵，你们夫妻从何而至？”秋葵便把来历学说了一遍。艾虎又说：“上后面看看我盟嫂如何？”智爷说：“已然叫你妻子救回店中去了。我们在此等等你二哥、三哥，他们回来时节，我们一同再走。”

再说伏地太岁东方明在前边一跑，后面韩天锦苦苦紧追，追来追去，追至前边一片松林。东方明料着他要一进树林，韩天锦就不追赶他了。焉知晓韩天锦不懂的这个规矩，追进树林仍赶不上东方明，一赌气，就把手中棍飕的一声，撒手对着东方明打出去了。只听得当的一声，正打在一棵松树上，伏地太岁见他把棍丢出来，手无寸铁，自己反觉欢喜，复又追下韩天锦来了。霹雳鬼本是浑人，两下里动手，焉有撒手飞棍的道理？本是得胜，反倒败回来了。东方明正追之间,忽听树上有人叫他说:“大哥别追了。”东方明抬头一看,由树上下来一宗物件,正中咽喉,噗咚一声摔倒在地。要问东方明生死如何,且听下回分解。

第五十八回　金钱堡羞走山西雁　毛家疃醉倒铁臂熊

且说山西雁追赶薛昆、李霸,打算要把二贼拿住。那二贼分路一跑,一个往东,一个往西,徐良也就无心追赶两个贼子。就听见前边喊叫之声,是韩天锦的声音,自己也就奔树林而来。到了林中,见天锦撒棍,心里暗暗怨恨二哥,两下动手,焉有撒手扔兵器的道理?前边就是有个死人,有许多树木阻挡,也教你打不着哇。徐良一反眼,忽然计上心来。看见旁边有一棵大树,随即蹿上树去,料着韩天锦必跑,东方明必追,要从树下一过,就可以结果他的性命。果然不出所料,先把韩天锦让将过去,他在树上叫声:“大哥别追了。”东方明不知是谁,必然抬头朝树上看,徐良二指尖一点,飕的一声,正中咽喉,东方明噗咚一声摔倒在地。徐良高声喊叫:“二哥别走了!去捡棍罢。”徐良下了树,与韩天锦见礼。霹雳鬼说:“亏了三弟呀!要不是你,我准得死在这小子手里。”徐良说:“从此以后与人交手,可别撒手扔棍了。”韩天锦说:“再也不敢了,这原来不是个招儿。”过去把自己的铁棍捡来。徐良也会冤他,说:“你把这小子扛回去,见了智叔父,也是你一件功劳。”韩天锦答应,真就把东方明用肩头扛上,棍交与徐良替他拿着,直奔太岁坊来了。

将至门首,早有艾虎迎将出来,说:“二哥扛的是甚么人?”天锦说:“我知道他是谁呀?”徐良在旁说:“这就是太岁爷。”艾虎说:“我师傅尽等着你们弟兄二人到此,好一路前往。”随说着,弟兄三人进来见了智化。韩天锦扔下东方明,过来与智化磕头。智化把他搀起,说:“贤侄,你扛个死人来何用?”韩天锦说:“侄男追出他去,一棍将他打倒,没想他就死了。”智爷瞧了瞧东方明,就是项下有些血迹,别处并无棍伤,又见徐良在旁嘻嘻直笑,智爷就知道是徐良结果他的性命,却叫天锦承名。智爷说:“天气不早了,我们急速就回去罢。”正在说话之间,忽见由后边跑出几个人来,细看全是妇女,有东方明的姨奶奶,也有婆子,也有丫鬟,跪在地下,求施活命之恩。智爷一摆手,尽饶他们逃生去了。智爷一回头不见艾虎,复又问徐良:“艾虎上哪里去了?”山西雁也是摇头说:“不知。”正要寻找,见艾虎由正北跑来,喘吁吁说:“走罢走罢,火起来了。”大众一看,何尝不是烈焰飞腾。智爷问:“艾虎,这是你办的事情吗？”艾虎说：“不错。我看这里有好几条人命，放起一把火来，倒省许多的事情。”智爷道：“好是好，只怕连累街坊邻舍。”智爷过去，把自己那口刀找来，徐良又把前边屋子点着，然后爷儿几个出来，直奔五道庙。

走着路，智爷把腰间包袱解下来，递与徐良。山西雁一见他的包袱，说：“智叔父冤苦了我了。我只打量是狐仙与我闹着玩呢，原来是你老人家拿去。”智爷说：“不是我拿去的。我问问你，你丢了这个包袱，你说甚么来着？”徐良照前言语，学说了一回。智爷说：“好，你可惹出祸来了。”徐良问：“到底是甚么人拿去哪？”智爷说：“可也不是外人，你明天好好与弟妇赔不是罢，就是弟妇拿去的。他叫我嘱咐你，从此以后，说话留神，倘若再要如此，小心巴掌可就要上脸了。”徐良一闻此言，羞得面红过耳，说：“老西可真不是人啦。满口胡说乱道，我可怎么对得起我弟妇！”艾虎在旁微微一笑，说：“哥哥何必如此，岂不闻不知者不作罪。”徐良说：“实在太下不去了。咳！这是怎么说的哪。”连智化也劝解。大家就到了五道庙，先去叫门，施俊把门开了。见着施俊，艾虎与他行礼，说了始末根由。施俊与大众道劳，就用不着靴帽蓝衫了，仍然还是徐良背着施俊，出离了五道庙，大众分手。

艾虎同着秋葵、韩天锦回他们的德胜店，山西雁同智化回他们的高升店。韩天锦与秋葵由店中进去，艾虎由后墙进去。至里面，艾虎见了嫂嫂，给金氏道惊。秋葵、韩天锦至里面，金氏与他们道劳。金氏与兰娘儿早就换了衣服。艾虎也就更换白昼服色，等到天交五鼓起身。

再说智爷同着徐良，背着施俊，叫开了店门，到了里面，点上灯烛，算清了账目，给了酒钱。五鼓起身，仍然叫徐良背着施俊，出离店门，直奔德胜店而来。徐良说：“智叔父，让我兄弟在地下走几步罢，我就不上那店中去了。”智爷问：“因何故？”徐良说：“我得罪了弟妇，我若到那店中，不能见不着的，若要见面，他说我几句，我有何言对答？”智爷说：“全有你老兄弟一面承当。你这个人怎么这样死心眼，连我还说了一句错话哪。况且他不该拿你的包袱，他就先有不是处，包管不能有一言半语羞辱你。”徐良只得点头。到了店门首，徐良把施俊放下说：“我到那边告告便。”

智爷这里就叫门，里边问找谁，智爷说找姓艾的、姓韩的。不多一时，见店门一开，艾虎与韩天锦出来，见了智爷与施俊说：“我三哥哪里去了？”智爷说：“在那边告便哪。”智爷把艾虎叫到跟前，低声告诉艾虎一回，说：“少刻你三哥进去，千万嘱咐你妻子，别叫他说你三哥，你还不知道，徐良他那脸面太薄哪。”艾虎道:“师傅只管放心，我早已嘱咐明白了，绝不能有甚么说的。”智爷说:“很好，原当如此。”等了半天工夫，始终不见徐良回来，打发艾虎找了半天，踪迹全无。智爷说:“不好了，徐良跑啦。”艾虎问:“就为这个事情跑的吗？”智爷说:“可不是就为这个事,还有甚么事情哪？”艾虎说:“他实在想不开了。”只得艾虎背施俊进去，仍用青纱遮面。大家进来，正在女眷都要上车之时，到了里面，也都见了一见。施俊也就上了车辆，智化、艾虎、韩天锦都在地下行走，叫店家开了店门，钱都已开付清楚。车辆赶出来，直奔正西，远远听见人声喊嚷，原来是许多人都往太岁坊救火呢！

直走到天光大亮，到了一个镇店，找了一座店房，进去打尖，打脸水烹茶，预备酒饭。艾虎就与智爷说:“师傅，我三哥此去，必定上南阳府去了。”智爷说:“不错，一者为的是冠袍带履，二则为拿白菊花，三来他知道团城子里面有一口鱼肠剑，他打算要把此物得到手中，方称他的心意。借着这一点因由，他奔南阳府去了。”艾虎说:“他这一走，总算由我身上起。师傅，你老人家辛苦辛苦，送他们娘儿们上一趟卧虎沟罢，我追下我三哥去。我也找找白菊花的下落，倘若把他拿住，岂不是奇功一件！”智化说:“你要去，可也使得，无奈我也有事在身。”艾虎说:“你老人家事情太忙，我去追上我三哥，把这一点小事说开，省得日后弟兄见面，彼此全不得劲。”智爷说:“既是这样，你就去罢。”可巧被韩天锦听见了。韩天锦说:“老兄弟要去，咱们两个人一同前往。”艾虎说:“不能，你到处闯祸。”韩天锦说:“我绝不闯祸，有人打我不还手，骂我不还口，这还能够闯祸么？”艾虎说:“别瞧此时说得好听，出去走上路就不由你了。”韩天锦一定要去，说:“你不带我去，我就一头撞死。”智爷说:“他这么说着，你就同他去就是了。”艾虎说:“你一定要去，可别拿着铁棍。”韩天锦说:“我就不拿我的铁棍。”

把话说好，吃完了早饭，会了饭账，大家商量施俊的事情怎么办才好。智爷出了一个主意:暂且叫他夫妻上卧虎沟躲避。到了卧虎沟，再往京中寄信，打听佳蕙的下落，必是在岳老将军那里住着呢。开封府的状不知告了没有，若要告了状，必有府谕，若要没告，就不便再告了。等着把这个知县撤了时节，冷淡冷淡，再回家去。施俊说:“此计甚妙。”就依了智爷这个主意。艾虎同着韩天锦先就起身去了。

智爷看着施俊、侄媳们上了车辆，也就起身。正要出店，忽见从外面来了三骑马。智爷一看，原来是铁臂熊沙龙、孟凯、焦赤。三人见着智爷，全都抛镫离鞍，下了坐骑。智爷过去一一见礼。沙老员外说："别走哪，等着我们吃完了饭再走。"甘妈妈也过来见老员外，兰娘儿、二位沙氏、金氏全都过来见了沙、焦、孟三位行礼。老员外一见金氏满面血痕，问说："你们夫妻也在此处，是甚么缘故？"智爷摆手摇头说："悄言！"到了屋中，伙计复又打脸水烹茶，伙计出去，智爷才把施俊夫妻的事情说了一回。老员外一听，只气得浑身乱抖，骂道："好贼徒恶霸，反了哇，反了！"智爷低声说："此处离太岁坊不甚远，此仇已报，你老人家不可声张此事了。"要把施俊带至卧虎沟与京都探信的话，又学说了一回，又问："你们三位因何来到此处？"沙龙说："皆因你侄女他们上固始县来时，我就不放心，他们走后，终朝每日心惊肉跳，我总料着，怕他们路上惹祸，故此我才约会焦、孟二位贤弟赶下来了。若要不是这里打尖，我们还会不在一处呢！"智爷说："你们吃饭罢，吃完了饭，咱们好一路前往。"又把店中伙计叫将进来，叫他们备酒，饱餐一顿，又会了饭账，然后大家上车。沙龙三位乘跨坐骑，保护车辆，直奔卧虎沟而来。行未半里之遥，再找智化时，踪迹不见。老员外与焦、孟二位说："智贤弟这叫满怀心腹事，尽在不言中。由他去罢。"行至天晚，老员外要早早住店，皆因是有女眷，晚间行路不便。天气正当日落光景，路北有座大店，车辆马匹俱都入店，女眷住了五间上房。沙、焦、孟、施俊住了西跨院，皆因前院东西配房俱都有人住了。伙计也是打脸水烹茶。老员外吩咐看酒，要了上等肴馔一桌，将酒摆齐，四位酒过三巡，施俊说："不好，我心内发慌。"连老员外四人，噗咚噗咚，俱都摔倒在地，人事不醒。要问甚么缘故，且听下回分解。

第五十九回　假义仆复又生毒计　真烈妇二次遇灾星

且说老员外只顾喝酒，没留神酒内有东西。酒过三巡，就身不由自主，四位俱都摔倒在地。你道这是甚么缘故？列位必疑着是黑店，却原来不是黑店。这店东姓毛，叫毛天寿，这个地名，叫毛家疃。这店东有个外号，叫千里一盏灯，先前是个占山为寇的山贼；有个伙计叫赛张飞蒋旺，二人在夹龙沟啸聚喽兵，劫夺过往客商，后来被本地面官搜山，赛张飞蒋旺被捉，毛天寿由后山滚山而逃。过了半载有余，自己扮作乞丐，入夹龙沟，慢慢搬运先前所藏的金银财物。当初劫夺的东西，是值钱的物件，俱都藏在一个石洞之中，上面用乱石盖好，就是他与蒋旺知晓此事，如今蒋旺问成死罪，就是他自己一人搬运。后来开了一座小杂货铺儿，总是贼人胆虚，怕有人知晓他的根底，自己拾掇拾掇，就回了原籍。如今也上了几岁年纪，就在此处开了一座店房。可巧这日在知县衙门里会着东方明，与知县一同拜的把兄弟，三个人交得深厚。后来知道东方亮私通了襄阳王，商量着一同造反，自己又怕事败，招出灭门之祸，打算自己这点家财足够后半世的快乐了，又没有子嗣，纵然挣下万贯家财，日后也是白便宜旁人，倒不如作一个清闲自在，不作犯法之事，到底是梦稳神安。自己就冷淡了东方明，不与他们亲近。不料东方明事败，就有王虎儿、王熊儿会同薛昆、李霸找到毛天寿店中来了。

皆因薛昆、李霸被山西雁追跑，天光大明，二人才会在一处，见面之时，唉声叹气。正要商量一个主意，就听那边树林之中，有两个人嚎啕痛哭，走过来一看，却是王虎儿、王熊儿，旁边放着两个包袱。薛昆道："你们意欲何往？"王虎儿说："我们一点主意没有，打算要在此处上吊。你们二位爷台要上哪里去？"薛昆说："咱们一同上南阳府见大太爷去，让那里派人与你们员外爷报仇。"两个人一听，把包袱拾起来，一直扑奔南阳而来。四人走至晌午，到一个双岔路。王虎儿说："你们二位爷台多走几步，我们员外爷的盟兄就在毛家疃，给他送个信息去如何？"薛昆说："使得。"就到了毛家店。王虎儿与薛昆、李霸见了毛天寿。王虎儿哭哭啼啼的把他们一家火灭烟消的事情学说了一回。毛天寿一闻此言，也就放声大哭，问他们此刻有甚么主意。王虎儿说："我们只可上南阳府见我们大太爷去，让那里设法与我们员外爷报仇。"毛天寿问："怎么没上县衙禀过太爷？本地太爷与你们员外爷，我们都是换帖的兄弟，那里要是知道这个事情，不能不替你们出力。这是哪里来的这伙人？又有装神的，又有装鬼的，又有大山精，又有母夜叉。想施俊乃官宦之子，怎么他认得这些个人呢？这可真奇怪了。"随说着话，就叫摆酒。不多一时，酒已摆齐。连虎儿、熊儿也就搭了一个座位，同桌而食。

王虎儿斟酒，将要端酒杯，忽听外面一阵大乱，正是沙老员外到。王虎儿掀着帘子往外一看，正见女眷下驮轿车辆，看见了金氏与秋葵、施俊几个人，王虎儿尽都认得。又是欢喜，又是害怕，欢喜的是他们到这店中，可算是自投罗网，员外之仇可报；怕的是施俊已是死了，怎么又会到这里来呢？一转面就与毛天寿双膝跪倒说："大太爷应了小人这件事情，小人起去；如若不应，小人就碰死在大太爷的跟前。"毛天寿说："你还有甚么要紧的事？你只管起去，我无有不应之理。"王虎儿方才起来说："方才进来的这些车辆马匹，男女众人，就是我们员外爷的仇人到了。"毛天寿一闻此言，登时一怔，说："哪一个要了你们员外的性命？”王虎儿说：“抢的就是那个面上有血痕的妇人。另有个黑粗胖大的妇人，我们舅老爷连我们员外爷的性命，俱死在这个丑妇人的手内。求你老人家，念着与我们员外爷八拜之情，如今他既住在这里，就如笼中之鸟、网内之鱼，若要报仇，不费吹灰之力，要错过这个机会，可就无处去找了。”薛昆、李霸也就深施一礼，说：“毛兄长，只要你老人家一点头，等至晚间他们睡熟之时，我们两个人进去，结果他们的性命。”毛天寿哈哈一笑，说：“此乃一件小事。”对着王虎儿说：“总是你家员外爷此仇当报，想不到他们自投罗网。不用你们去，我自有主意。”随即把伙计叫来，问了问上房共有多少女眷，西院有几个男人，连赶驮轿的驮夫，叫他们另住一所房屋。自己立刻去配了药料，回来并合好蒙汗药，交与伙计，就将上房中连西跨院、驮夫那里，酒内俱都下了蒙汗药。连驮夫到老员外那里全都躺下了，惟独上房女眷没躺下。是甚么缘故？皆因这里有一个使蒙汗药的老行家，就是甘妈妈。在娃娃谷的时节开黑店，他那蒙汗药天下无双，无异味，无异色，酒也不浑不转，连翻江鼠蒋爷都受了他的蒙汗药酒。这店中的酒，如何瞒得过他去？把酒席摆好，将一斟酒，甘妈妈说：“慢着，这酒千万别喝！”众人一怔，甘妈妈托起这酒杯儿来一看，酒在杯内滴溜溜的乱转，并且发浑，用鼻孔一闻，这酒有药味。甘妈妈说：“好哇，险些终日打雁叫雁啄了眼。你们这能耐差多着的呢！要论使蒙汗药，你们在孙子辈儿上呢！”兰娘儿一见这个光景，头上就摘花朵，脱长大衣服。甘妈妈拦住说：“你先等等，那屋里还不定怎么样呢！待我先过去瞧看他们，要是受了药，先把他们救过来，然后动手方妥。”兰娘儿说：“这菜太概也就吃不得了。”甘妈妈说：“总是不吃的为是。”自己提着茶壶，把里面的茶全都倒将出来，奔到厨房，打了一壶凉水，提着直奔西院。果然，到屋中一看，全都东倒西歪。甘妈妈暗笑说：“可惜老员外久经大敌之人，不懂得他们这个圈套。”拿筷子把牙关撬开，把凉水灌将下去，一个个皆是如此，转眼之间，慢慢苏醒。沙老员外翻眼一看，连忙问道：“这是甚么缘故？”甘妈妈就将受蒙汗药的话，细说一回。此时焦、孟、施俊也都醒过来了。焦、孟二位一听，只气得浑身乱抖说：“老哥哥抄家伙。”老员外问甘妈妈：“你们那边，倒没受他们的诡计呀？”甘妈妈说：“我们刚才斟酒，就看出他们破绽来了。”老员外先教甘妈妈过去嘱咐姑娘们，别教他们出来动手，连施俊也带至那边去罢。

甘妈妈点头，就把施俊带到前院五间上房之内。将至屋中，早被王虎儿看见。皆因王虎儿扒着东屋窗棂一看，说：“那老婆子怎么打西院出来？并且那施俊也奔上房去了。”毛天寿说：“再等片刻，看看如何，也许是把那相公约到前面喝酒来了。”又等了半晌，绝无动静，随着叫伙计到上房，问问添换甚么酒菜，看看怎么样子。伙计答应一声，往外就走，来至房中，一掀帘进去，说：“太太们添换甚么酒菜？”刚进屋中一瞧，这些太太们都是短衣襟的多，拿刀的拿刀，提棍的提棍，见势头不好，刚要回身，早被兰娘儿磕哧一刀杀死。兰娘儿头一个就一掀帘子闯出来了，紧跟着秋葵一抡混铁棍也蹿出去了。毛天寿就知道势头不好。凤仙也把长大衫脱去，也提一口刀。论说凤仙使弹弓最熟，进店下车辆，没料着有这些事情，弹弓还在车上绑着呢，弹囊儿可在包袱里面。凤仙挎了弹囊，提着这口刀，出离屋中。此时西院内，沙、焦、孟也就蹿出来了。薛昆、李霸一听院内有男女叫骂，也就不能不出来动手，随即就掖衣襟，挽衣袖，拉刀出来。毛天寿也就脱了长大衣服，叫人抬过枪来，吩咐一声上店门。王熊儿就往外跑，说：“我去关大门去。”毛天寿说：“凭他是谁，别叫进来。”自己蹿在院中，先与沙老员外交手。薛昆、李霸就叫兰娘儿、凤仙、秋葵、焦、孟五个人把这两个人裹住，也难为这二人手中刀上下飞腾，遮前挡后，可就没有还手之力。忽然间由后边跑来数十个人，俱是店中伙计，也是长枪、短刀、花枪、铁尺、锁子棍，转眼间往上一围。此时间就欢喜了秋葵一个，单手一抡浑铁棍，呼呼的风响，尽奔这些伙计，碰上就死，打着就亡，转眼之间，伤其一大半，大众齐说利害。毛天寿一瞧势头不好，奔东夹道，往北飞跑。老员外哪里肯舍，尾于背后紧紧一追。毛天寿早一伸手掏出一枝镖来，正跑之间，一扭身，对着老员外就是一镖，只听“叭嚓”一声响亮，正中太阳穴，“噗咚”死尸栽倒在地。要问后事如何，且听下回分解。

第六十回　盟兄弟巧会盟兄弟　有仇人偏遇有仇人

且说毛天寿一跑，老员外就追。这个东夹道，往北道路甚窄，南北甚长，毛天寿在前，老员外在后。就见毛天寿一回身，飕的就是一镖，老员外一闪，不料身后还有一人。皆因沙凤仙见大家一齐动手，兰娘儿、秋葵十分猛勇，自己就蹿出圈外，直奔车辆而来，见弹弓在车辆上绑着，顾不得去解，用刀把绳子一割，提着弹弓，往北飞跑，见天伦追赶毛天寿，自己就把弹子掏出来，在弦上稳好。忽然见毛天寿一转身，总是凤仙眼快，就知是暗器。自己用臂膊一拐老员外，凤仙往东一歪身，举拳对准毛天寿一撒手，吧的一声，弹子正中毛天寿的太阳穴。毛天寿的镖可没打着沙龙老员外，就在一转眼之间，毛天寿身归那世去了。老员外见他已死，带着凤仙复又回来。到厅房外，把老员外吓了一跳，回身一拉凤仙，姑娘早已会意，一伸手，就把弹子仍然在弦上稳好，前拳对准，后手一撒，趴嚓一声，恶贼往后一仰，栽倒在甘妈妈身背后，把甘妈妈也吓了一跳。你道这是甚么缘故？皆因王虎儿始终不敢出那东房，他净趴着往外瞧看，就见秋葵、兰娘儿、孟凯、焦赤与薛昆、李霸交手，见沙老员外追赶毛天寿往后院去，又见甘妈妈拿着一条门闩在那阶台石上站着乱喊。原来甘妈妈没有本事，王虎儿准知道施俊与金氏更没有能耐了，暗中就提了一口刀，溜出房门，贴着东房墙，下台阶，轻轻的扑奔门口，走到甘妈妈身后，打算着一刀先把这老婆子杀死，然后再进屋中把金氏、施俊杀死，就算给主人报了仇了。主意虽好，天不随人愿。将一抡刀，叭嚓，后脖颈上就着了一弹子，自觉头颅一晕，噗咚栽倒在地。甘妈妈这才回头，吓了一跳，就用手中门闩，叭嚓一声，打将下去。凤仙赶到就是一刀，结果了王虎儿的性命。复又过来，围上薛昆、李霸，二贼一见，吓了个胆裂魂飞。二人无心动手，就蹿出圈外，飕飕的蹿上房去。

这内中惟独兰娘儿会蹿房跃脊，除他之外，谁也不会。兰娘儿正要上前去追，沙老员外把他拦住说："姑娘千万不可追赶，饶这两人去罢。"再看店中，还有十几个伙计，打也不敢打了，跑也不敢跑了，一字排开，全在那里跪着。这个说我是厨子，那个说我是帮案的，这个说我是今天来的，那个说我是方才到的。老员外说："没有你们的事情，可也不能把你们放了，用你们当官对对词去，到了当官，你们就作为是今天才到，不知道他这里是个贼店，不料未到晚上就出了这样事情。再说这里有蒙汗药酒为证，绝不与你们相干。你们看看，这是将军之妻，这是护卫大人之妻，他要用蒙汗药酒害死，该当甚么罪过？再者我问问你们，他素常所害之人都埋在甚么地方？"众人异口同音："素常这不是贼店。"老员外说："你们还是向着他们。若要不是贼店，为何起心害我们大众？再者有高来高去之贼，方才上房跑去的那两个不是贼吗？"众人把王虎儿同薛昆、李霸怎么哀告毛天寿给他们报仇的话说了一遍。老员外又问："既然不是贼店，现有蒙汗药酒是哪里来的？"内中有一个嘴快的说："除了我，别人不知道毛天寿的来历。他先前在夹龙沟占山为王。他有个伙计，叫赛张飞蒋旺，那人被官拿去，姓毛的逃在这里开店。今天遇见王虎儿，一求告他与东方明报仇，他有先前所剩下的蒙汗药，就俱都拿出来了。"老员外一听，也倒合乎情理，立刻叫焦、孟二位出去，把此处地方找来。

不多一时，地方带着几个伙计进来，见了老员外行礼，问明姓氏，又问这些死人缘故。沙龙就把他们开贼店害人，现有蒙汗药酒为证，自己带着女儿回卧虎沟，住在此店险些被他们害死诸情由，告诉了地方一回。现在店中这几个伙计，先教带着他们去见本地面官回话。那些死尸，全用芦席盖上。又到南屋里，把那些驮夫俱用凉水灌醒，地方带领众人去见官，伙计在此处守死尸。到次日，官府就来相验，沙龙见本地面官，仍然照前言学说了一遍。官府吩咐把死尸装殓起来，店中东西入官，房子以作抄产，店中这几个人开发，案后捉拿薛昆、李霸与王虎儿兄弟王熊儿。老员外领女眷们上驮轿车辆。焦、孟二人上马，老员外也是乘跨坐骑，施俊可是坐车，大众归奔卧虎沟去了。

单言艾虎同着霹雳鬼韩天锦二人，扑奔南阳府。这一路之上，险些把艾虎急坏了。皆因是小义士一生最是好酒，这一单走，无人管辖，每遇住店打尖之时，必要开怀畅饮。韩天锦则一味好睡，睡下去了，要叫他起来那可费事。头天晚间住店，艾虎喝的大醉。第二日早晨起身，就是叫不醒韩天锦，把他搀起来坐着，他仍然是呼声震耳，还是不醒。艾虎一赌气，叫店家备酒，喝的大醉，他头朝里也睡了。韩天锦醒了一瞧，艾虎还在那里睡觉。他也把店中伙计叫过来，教给他烙饼炖肉，饱餐一顿，他一吃饱，仍然又去睡着了。艾虎醒了一看，二哥仍然还睡，只打量他是没醒，往桌上一瞧，摆列许多盘碗，方才知道他吃饱了又睡。心中暗暗着急，似这样走路，几时方能到南阳？一赌气，要了酒又喝。次日天交晌午，方才出店门走路。艾虎想出一个主意来，晚间不住店，连着走夜路，到了镇甸地方，抄着小路就下去了。韩天锦问："艾兄弟，怎么还不住店呢？"艾虎说："住店也得有店好住哇。"到底是冤傻子好冤，韩天锦也就气哼哼跟着走。到了次日打尖，艾虎就买了一个皮酒葫芦，装满了酒，烙了几斤饼，买了些熟牛肉和咸菜。韩天锦饱餐一顿，刚要朦胧二目，艾虎说："走走走！"又催着大傻小子起身，韩天锦就跟着走。到次日打完了早尖，仍然又买些饼和酒肉背着走。到次日晌午的时候，韩天锦实在走不上来了，说："老兄弟，你行点好事，教我在这里歇息歇息罢。"艾虎说："你只要睡着能醒，为甚么不教你睡觉呢？"韩天锦说："我要是不醒，你就真打我，我身上作痛就醒了。"艾虎说："我如何敢真打你，只要你睡起一觉就走，还有不行的么！"韩天锦连连应承，别听说的好，一躺下就是沉沉睡去。艾虎拿着酒葫芦喝酒，喝得也觉着有八成了，又被冷风一吹，迷迷糊糊的沉沉睡去。

刚刚睡熟，耳边有人说："呔，你们好大胆！全睡着了。"小义士睁眼一看，原来是四哥，立刻站起身来，连忙双膝跪倒，说：“四哥一向可好？从何而至？”卢珍说：“由陷空岛而来。”皆因他奉旨完姻，百花岭成亲之后，连妻子一同回陷空岛去。到家中，卢方老夫妻一瞧这房儿妇，喜之不尽。本来，小霞姑娘生得闭月羞花之貌，沉鱼落雁之容，见了公婆，又是一番稳重端庄。小夫妻双双行了礼，然后就在紫竹院那里居住。后来又有茉花村丁兆兰、丁兆蕙、丁大奶奶、丁二奶奶都来瞧看姑娘来了。论姑娘说是舅舅舅母，论婆家就是叔叔婶母，连卢家亲友都来瞧看。卢珍惦记上京的心切，不到一个月的光景，就要辞别父母。嘱咐妻子在父母跟前多多尽孝。次日起身，也不带人，也不乘跨坐骑，带上盘费银两，离了陷空岛，上了一趟百花岭，到叔丈那里看看。若要不上百花岭，可就遇不着艾虎了。

这日卢珍正走，见韩天锦与艾虎在那里睡觉，先把艾虎唤醒。艾虎过来行礼，彼此道了一回喜，这才问艾虎的来历。艾虎就把始末根由说了一回。卢珍说：“很好，我们一路前往。”艾虎说：“这二哥实在是个累赘。”卢珍说：“有我不怕，教他走就走，教他站住就得站住。”艾虎说：“何不就试验试验？”卢珍一伸手，韩天锦大吼一声：“呀！”往起一蹿。卢珍过去行礼。韩天锦说：“我算计是你，好哇小子！”卢珍说：“你又疯了罢？”韩天锦说：“我犯了忌了，从此再不敢了。”卢珍说：“我们一同快走哇。”韩天锦说：“我怪困的，你不知道，好几天没睡觉呢。”卢珍说：“不行，这就起身。”艾虎就见他往腿那里一伸手，韩天锦连忙的说：“我走我走。”艾虎说：“四哥，这是甚么招儿？”韩天锦说：“你可别告诉他。”卢珍说：“我起过誓，不能告诉别人。”艾虎也就不问了。再走路，全有卢珍，教走就走。一路无话，到了南阳府的管辖地面。

这日晚间，三人贪着多走几里，天有二鼓，前边有一座庙，见有一个黑影儿，肩头上背个包袱蹿进庙去。卢珍说：“有个贼进了庙了，我看看去。”艾虎说：“我怎么没看见？”卢珍说：“你们在这里等着。”自己进了西墙，奔到上房的台阶，忽见帘子一启，出来一人，卢珍将要上前，一看原来是路素贞，他把迷魂帕一抖，卢珍噗咚摔倒在地。要问卢珍吉凶如何，且听下回分解。

第六十一回　赵保同素贞私奔　艾虎遇盟兄行程

且说盟兄弟三人一同走路，就是卢珍看见有个贼进了庙，叫艾虎在外边等着，自己进去看看。要不是有韩天锦，艾虎也就跟进去了。卢珍进到里面，原来是仇人路素贞，就是路凯的妹子。皆因大闹天齐庙，后来大众官人一到，拿住路凯、贾善。路素贞跑了，赵保紧紧相跟。天光大亮，赵保过去说：“妹子多有受惊。”路素贞一见赵保，眼泪就落下来了，咬牙切齿说：“这蛮子实是可恼！赵二哥你看看我哥哥作的都是甚么事情，也有拿着妹子耍笑着玩的吗？事到如今，我若不死，名姓不香。二哥你自己寻你的生路去罢，我就在此处寻一个自尽。”赵保本为的是他，焉能教他寻了自尽呢？赵保说：“妹子，我跟下你来，就怕你寻了拙志。有仇不报，非为人类，无论男女，枉立于天地之间。再说君子报仇，十年不晚。妹子要是愿意报仇，我有个愚见，可不知妹子意下如何？”姑娘说：“我是女流之辈，二哥如有高见，快请说将出来。”赵保说：“此时南阳府东方亮设立擂台，聘请天下的英雄，帮着他共成大事。要是妹子同我前去，咱们见着东方亮，提说大哥这不白之冤，他必然肯拔刀相助。他那里天下能人甚多，或者盗狱，或劫法场，把哥哥救出来，慢慢寻找蛮子他们这一伙人的下落。可不知妹子心中怎样？”姑娘一听，眼泪汪汪的说：“难得你这一点诚心，也不枉我哥哥与你有一拜之情，请上受妹子一礼。”到底总是姑娘见识，他焉能知道赵保的心意不是为哥哥，尽为的是他。赵保赶紧答礼相还。姑娘说：“我也不能家去了，我连长大衣服也没有，这便如何是好？”赵保说：“妹子随我来。”找了一个大村子，教他在树林中等，去不多时，拿了一个大包袱来了，里面尽是妇女衣服、簪环首饰，格外还有些个细软的东西，还有五六十两银子。九尾仙狐这才换上衣服。到了第二日早晨，找店住下，所有妇女穿戴的东西就在这个地方买就，直奔南阳府。走了三天，他们明是兄妹，暗是夫妻了。

这日到了南阳府的管辖，正走在一个尼姑庵前，从里边出来了一个老尼僧，年纪总在六七十岁了。路素贞给那老尼僧道了一个万福，说：“师傅，这里离南阳府还有多远？”尼僧说：“还有十几里路。”又问道：“那个团城子离此多远？”回答：“三里地，这里可就看见了，那边黑糊糊一片树林，就是团城子。施主是认得团城子里面的人吗？”路素贞说：“认识东方大员外。”尼僧说：“这个庙就是大员外的家庙，庙名儿叫仙佛兰若。”赵保在旁说道：“我们正是要投奔东方大员外那里去，这是我的妹子，教他暂且在师傅庙内借宿一宵，明日早走，多备香烛祝敬。”尼僧说：“既是我们施主的朋友，这有何难？再说庙内有的是房子，就请施主进来罢。”随往里走，又问：“施主贵姓？”赵保说：“姓赵。未领教师傅上下？”尼姑说：“小尼修元。”当时让至客堂献茶。赵保吃了两杯茶，告辞上团城子去了。晚间直到初更之后方才回来。路素贞问赵保见着了没有，赵保说："见着了，不但见着，他也应了你的事情。若要不是十五日这个擂台，一半日就要派人跟着咱们办这个事去了。皆因有他这个擂台，总得把他这擂台事情办毕，再办我们事情。他说本应把你接到家中去住，无奈他家中没有女眷，不能陪着你，怕慢待了咱们。说要在此处不便，就把尼僧杀了，明天他另派婆子服侍于你。"路素贞说："那如何使得！咱们住一半天再说吧。"焉知晓当夜这个尼僧就教赵保结果了性命，把他的尸首埋在后院。过了三五日，并没见团城子的信到，他们也就没有盘费了。

赵保这天出去探了探道，有一个地名，叫五里屯，这五里屯有一个有钱的财主，他就打算着晚上去偷盗些个盘费，暂且度日。对路素贞说明，九尾仙狐说："我也没事，咱们两个人一同前往。"吃完晚饭，外边有人叫门，让进来，原来是团城子的从人，请赵爷上团城子去说话，还是立等。他就到屋中告诉路素贞说："我今天先上团城子，明天再办那边的事情。"路素贞说："我一人上那里去，也未为不可，明日咱们就没有花的了。"赵保说："你可别去，你没办过那个事情。"路素贞说："你不用狂美呀！可惜我没有那份家伙，我要有那百宝囊，拨门撬户的东西，要窃取物件，不费吹灰之力。"赵保说："很好，我这里有应用的东西，给你，要是不行，可就别办。就在我们看的那个五里屯，十字街的北头，就是他那房屋高大。"路素贞说："知道了。"赵保出去，同着团城子的人出庙去了。

且说路素贞脱了长大衣服，摘了花朵，绢帕罩住乌云，汗巾扎腰，换上弓鞋，背后勒刀，带了迷魂帕囊，又系上百宝囊，连屋中灯火俱都没吹，把庙门由里边插住，自己跃墙而过。到了那个财主家中，也用的是留火遗光法，把人调将出来，拾夺了不少的东西，扬扬得意，回了仙佛兰若。自己蹿进墙来，就觉后面有人，进到屋中，把包袱放下，一转身复又出来，与卢珍险些撞在一处。卢爷刚要施展倒卷帘的功夫，不料早被九尾仙狐把五色迷魂帕一扬，此时素贞也顾不得夺上风头了，把自己鼻子一捏，那帕子就抖在卢珍的脸上了，焉有不躺下之理。素贞收了帕子，就把卢珍提到屋中，往地下一扔。素贞细细的一看，好生诧异，这就是天齐庙的那一个姓甄的。皆因前次天齐庙被捉，是冯渊的主意，教他们以名作姓，以姓作名。如今路素贞还当他姓甄。当初九尾仙狐就是喜爱卢珍，都是他哥哥把事作错，教那个蛮子弄得自己家败人亡。如今虽从了赵保，总是心中不愿意，可巧在此地又拿住了这个姓甄的，赵保又没在庙中。按说有仇，却是与那蛮子有仇，瞧这个人武艺又好，人品端正，日后必成大器。我与赵保这样不明不暗，总算是件丑事，再说他杀那个尼姑，心地太狠，不如趁着他没在此处，我用凉水把姓甄的灌将过来，听听他是甚么口气。大约年轻的人，要是见着我这品貌，不能不愿意。只要他一点头，我们是明媒正娶，以后死去的时节，也对得起上辈先人。倘若赵保他要不依，我结果他的性命，以除后患。主意想妥，取来凉水，先把二臂捆上，然后将卢公子灌醒。

卢珍此时瞧见九尾仙狐，不大很认识，自己回想，莫不成是天齐庙那个姑娘？要是他，我这条命可要不保了。对着路素贞便问："你是甚么人？你把我捆上是甚么意思？"九尾仙狐说："你不是姓甄么？"卢珍说："你满口乱道，哪个姓甄！我姓卢名珍，是御前带刀四品护卫。"素贞又问："上次那个蛮子是我哥哥糊里糊涂不知怎么办的，我二人虽然拜堂，可没有夫妻之分。就为他，把我们害了一个家败人亡。我又是女儿之身，只落得孤孤单单，无倚无靠。你若肯应允此事，我二人成就百年之好。你若不应，一刀将你杀死，悔之晚矣！"卢珍说："呔，丫头快些住口。你老爷是将门之后，你这下流的贼女，要杀就杀，要想教俺作苟且之事，万万不能！"说毕，大嚷道："这里有贼！"素贞一着急，拿了一块绢帕，一捏卢珍双腮，就把他口拿绢帕塞上。素贞笑道："你这个人世间少有，生死路两条就在目下，你若求生，把头一点就算应了；你若求死，把头一摇。"随说着将刀拿起来，往桌上一拍，说："你姑娘将刀一落，就是无头之鬼！"卢珍连连把头摇。素贞举起刀来，又不忍结果卢珍。忽见帘子一启，赵保从外边进来，一看是卢珍，心中早有几分明白了，说："妹子拿住仇人，因何不杀？总是你的胆小。"赵保亮刀，对着卢珍往下就剁，只听噗咚一声，栽倒在地。要问卢珍生死如何，且听下回分解。

第六十二回 五里屯女贼漏网 尼姑庵地方泄机

且说姑娘正在教卢珍应允此事，卢珍是至死不应。可巧这个时候赵保进来了。铁腿鹤一看卢珍，眼睛就红了，又一看素贞神色不对，故意说："妹子你的胆小，不敢杀人。"说毕，把刀抽出来，对着卢珍就剁。卢珍把双睛一闭等死，焉知旁边有不教他死的。素贞把自己鼻子一捏，把迷魂帕往外一拉，对着赵保一抖，铁腿鹤身不由自主，噗咚就躺下了。素贞嗤的一笑，说："相公你看见了没有？我对你准是真心实意。咱二人要杀他，不费吹灰之力，你若不点头，那可是无法。你一定要求死，也叫你死一个心服口服。"连说了好几次，卢珍仍是摇头。素贞一瞧此事有些不行，又怕迷躺下的那个他要醒来时节，问我因何故将他迷倒，我何言对答？这两个人总得杀一个才行，姓卢的只好是杀他罢。

正犹豫未决，忽听外边有人说：“你不用问我四兄弟了，老西倒愿意，你跟我去，饿不着你，早晚有你一碗醋喝。”素贞一听问道：“外面甚么人？”徐良说：“是老西。”你道这徐良从何而至？皆因为金钱堡羞走，他就直奔南阳府。这日远远看见城墙，遇见一个打柴的，与他一打听，那人说：“你看见的那城墙不是南阳府，那就是团城子，正经城墙在东边哪，看不见。”徐良又问哪里有大店，那人说：“就在这前边五里新街，俱有大店。”徐良给那樵夫行了个礼，樵夫担上柴薪扬长而去。徐良进了五里新街，一看人烟稠密，做买做卖、推车挑担的人，实在不少。一直往西，路北有座大店，门前有几个伙计在板凳上坐着。徐良往里看了一看，伙计就张罗：“客官住店吗？”徐良说：“有跨院没有？”伙计说：“有，西跨院三间上房。”徐良跟着进来，到里面一看倒也干净。启帘到了屋中，打脸水烹茶，然后吃饭，外带米醋一盆。徐良说：“饼、馒首、饭一同上来。”徐良饱餐一顿，然后点上灯火，自己吃了半天茶。天有二鼓光景，忽然心中一动，对面就是团城子，此时无事，我何不到团城子走走？把店中伙计叫过来，叫他把门锁好，吹了灯烛。“我到外边走走就来。”伙计答应，把门锁好。徐良出去，直奔团城子而来。周围一绕，就是东西有两个大门，此时已然关闭了，地方实系宽大。自己心中纳闷：“他一个庄户人家，如何筑得城墙？难道说本地面的官府尽自不管？此中必有情由。本是从北面看起，仍然绕至北面。忽见东边有一个人，飞也似直奔西北。徐良尾于背后跟下来了，直跟到庙墙，那人并不叫门，竟自跃墙而过。徐良也就跟着上了墙。就见西边墙上，上来了一个人，山西雁细细一看，原来是艾虎，自己纳闷，他怎么也上这里来了？遂进了院内，与艾虎打了个手势。艾虎一见徐良，满心欢喜。艾虎皆因等卢珍工夫甚大，不见出来，甚是着急，把韩天锦留在外边，自己进去看看甚么缘故，可巧碰见三哥。二人奔至窗棂之前，戳破窗棂纸，偷着瞧看，单见卢珍在那里绑着，赵保刚才要杀，就见路素贞一抖手帕，赵保就躺下了。然后又见他与卢珍商议两个人联姻的意思，卢珍只是摇头，姑娘拿刀威吓，卢珍执意不肯点头。外面二位英雄暗伸大指称赞。徐良这才把九尾仙狐叫将出来。艾虎一伸手，从兜囊之中掏出四个布卷，递与徐良两个，教他堵住鼻孔，自己也堵住鼻孔。艾虎说：“与这丫头动手，抢上风头，小心他那帕子。”你道艾虎这个布卷怎么这样现成？皆因是前番双盗狱的时节，他偷了沈仲元的熏香盒子，直到如今也没还给沈仲元，故此身边总带着几个布卷，倒是为他使熏香所用，不料此时用着这个物件了。

路素贞由屋中奔至院内，说："你们是哪里来的狂徒？好生大胆！"随说着把刀就剁。徐良大环刀往上一迎，呛啷一声，把他的刀削为两段。路素贞吓的魂飞天外，赶忙一抢上风头，对着徐良一抖迷魂帕。徐良往后一闪身，随说："你那东西抖别人还可以，要抖老西算枉用心机，你不知道我有佛法护身？"路素贞更觉着急。艾虎一摆七宝刀，蹿将上来，路素贞正迎艾虎之面，一抖迷魂帕。艾虎一歪脸，说："我也有佛法护身。"素贞见这帕子不灵，只得往墙上一蹿，逃窜性命。不料外头那个大傻小子等急了，左一个进去不出来了，右一个进去也不出来了，自己扒着西墙往里看，他身高一丈开外，墙只九尺，看的真切。老兄弟同着三爷与一个姑娘动手，那姑娘往墙上一蹿，他就过去双手一抱，说："你别走啦！"抱住了，往墙下一拉。徐良说："别撒手！"徐良往墙上一蹿，跟着艾虎也就上了墙，刚上墙，就听见噗咚一声，韩天锦栽倒在地，原来早被路素贞用那迷魂帕抖倒。九尾仙狐逃命去了。

待等徐良、艾虎下了墙头，过来一看，韩天锦四肢直挺，人事不省。艾虎说："三哥先在这里看着，我进去开了庙门。"徐良点头。艾虎进来，先到屋中，解了卢珍的绑，掏出口中之物。卢珍一声长叹，说："我真是时运不佳，才遇见这丫头缠绕。"艾虎说："我去开门。"卢珍点头，艾虎出去把门开了。山西雁把韩天锦扛进来，到里边见了卢珍，与他道惊。卢珍很觉惭愧。那里现有灌卢珍的凉水，把韩天锦与赵保全用凉水灌醒。把赵保四马倒攒蹄捆上。

艾虎问："三哥从哪里来？"徐良把自己事情说了一遍，说："我实在没脸见我弟妇，故此不辞而别，跑下来了。四弟因为何故，你们走在一处？"艾虎就把找三爷，二爷老叫不醒，树林睡觉遇见四哥的话学说了一遍。徐良说："我去找地方去，这人准是一个贼。"卢珍说："不但是贼，这里还有他的真赃实据，开封府内还等着他结案哪。"徐良说："我出去找地方，教地方把他交在当官，解往开封府结案。你我先别露面，若要一露面，白菊花要在这一方，他一知道就不好办了。四弟你说哪里有真赃实据？"卢珍说："方才女犯盗来的包袱在这里，大概失主离此也不甚远。"

徐良出去，等了半天工夫方才进来，带了五六个人来，一个是地方，其余几个是伙计。到里面与卢珍、艾虎相见，道："这是卢老爷，这是艾老爷，在此处办开封府要紧的案子，不料碰上了这么一案。明天把这个叫赵保的交给你们本地官，解往开封府结案。还跑了一个女贼，等着我们慢慢拿获。此刻我们是不能出头露面，我们还要在此处探访，有奉旨的差使哪。”地方朱三连连点头说：“老爷们只管放心，绝不能把风声透露。”徐良问：“这庙是官庙私庙？”地方说：“这个庙，是团城子里东方员外的家庙。”徐良说：“要是他的家庙，你可更别声张了。”地方点头说：“老爷们只管放心，是嘱咐我的言语，我们绝不能泄露。”徐良又问：“这个团城子东方员外，他有多大的前程？”地方说：“是个武童。”徐良说：“他是武童就住城墙房子，他要是朝中卿相，该住甚么房子！难道说你们地面官也不管吗？”地方说：“老爷，这个话提起来就长了，焉有不管之理。”徐良说：“既然要管，怎么由着他盖城墙房子，这不是要反叛么？”地方说：“先前这五里街不热闹，是南阳西关热闹。团城子那里本叫刘村，姓刘的人多，每逢二八大集。这复姓东方是后搬去的，那财主大的无比，名叫东方保赤。”此时韩天锦可也醒过来了，赵保也醒过来了，无奈是教人家捆住了，暗暗自己后悔，明知这场官司总有性命之忧。徐良又问：“东方保赤怎么样？”地方说：“此人家财甚厚，又赶上年岁不好，是卖房子的他就要。那个城墙本是个当铺，三年前止当候赎，就把铺子关闭了。他就买将过去，就用当铺的那垛墙把他买的那些房子都圈在里面去了，那个集场市面，也就归到五里新街来了。先前东西南北四个梢门，他把北门堵塞了。又有人给他看风水，他叫东方保赤，赤者是火，南方丙丁火，见者无处躲，把个南门也堵塞了。知府大人叫钱秀，一上任就亲身拜望他去了，见他家有城墙，立刻教他拆，他用了许多银钱疏通好了。可巧又换了一位知府大人叫钱痄，到任之后仍是找他。他一想，此事不好，换多少回知府，得花多少回银钱，便与这位知府拜盟兄弟，哀告知府给他一个执照，作为是住户院墙，但不应砌城垛口，若要拆毁又无钱垒砌，将来塌陷之时，不许再砌成城垛口的形象。给了他一张这样的印文，再换知府，就不能找他了。其实他这个城墙历年修补，一万年也没有塌陷之说。里面还盖了一个甚么‘藏珍楼’，东西两个门如今连人都不许走了。”徐良一闻此言，就对上房书安的话了。自己想了主意，要到团城子找冠袍带履。连白菊花带盗鱼肠剑的节目，且听下回分解。

第六十三回　徐良首盗鱼肠剑　二寇双探藏珍楼

且说徐良对地方说：“你若见着团城子人，可别提起尼姑庵之事，余者就按我那言语办理去罢。”地方说：“此时天尚未明，明天早晨再把他解官罢。我给老爷们预备点酒去。”徐良说：“不必。”等到次日天明，地方找了一辆车来，把赵保口中塞物，放在车上，把庙门倒锁。几位爷奔五里新街，俱上徐良店中去了。地方朱三解着差使，奔衙门见官回话去了，不提。

徐、艾、卢、韩四位进了店中，伙计过来，开了西院房门，到里面，伙计给烹茶打洗面汤，然后开饭，大家用毕，谈了些闲话。晚间又用了晚饭。徐良说："众位，我今天入团城子里面，探探东方亮他们共有多少贼人，白菊花在与不在。等我回来，我们再定主意。他们若是人多地险，你我弟兄还不可轻动哪，等个一半日，展大叔等也就到了，咱们俱都会在一处，那可就好办了。"艾虎说："我今晚同三哥一路前往如何？"徐良说："我今晚又不动手，要许多人去何用？你要去，等明日再去。"艾虎无奈，只可点头答应。

天交二鼓之半，徐良换上夜行衣靠，背后勒上大环刀。卢珍说："小心了。"徐良一点头，就在院中纵身跳在西墙之外，直奔团城子而来。到了团城子城墙下面，掏出飞抓百练索，搭住上面城墙，导着上去，用手一扳上面城砖，用了一个骑马势，跳将上去。摘了抓头，往下一看，只见从东北来了两条黑影，直奔城墙而来，也都是一身夜行衣靠，到城墙之下，把百练索搭住了城墙上面，导绒绳而上。到了上边，复又扔下绒绳去，叫那个导绳而上。可巧墙头之上，有一棵小榆树儿，徐良就在树后隐住了身子，将二人相貌仔细一看：一个是一张黄脸，上面有一层绿毛；一个面似瓦灰，在印堂处约有鸭卵大小一块紫记，全都是背插单刀。这二人也是把抓头扣住城砖，那一个黄脸绿毛的先下去，那一个有紫记的后下去。徐良就转过来瞧着，见头一个下去，一手一手导着绒绳，看看快脚踏实地，就见他把腿往上一卷，复又用脚蹬住城墙，回头往下看，透着惊慌之色，低声说："兄弟你要小心，这城墙脚下有护墙壕，宽够六尺，全是翻板，一块搭住一块，要是蹬上，可就坠落下去了。可不定多么深呢，千万留神。你下来时可得倒腰，非蹿过七尺去不行。"上面那个点头说："哥哥放心罢，我知道了。"那人踹城墙，一勾腰蹿出，足够七尺，方才脚踏实地。第二个这才要下来，徐良忽然想起一个主意来了，赶紧跑将过去，就把他那个飞抓百练索一手揪住，一手把那挠钩一摘，看看那人刚要着地，一撒手，那人噗咚一声，就掉进护城壕内。原来这团城子里所有的脏水连下雨的雨水、尿屎秽水，全归在这护城壕里面。这人落在濠中，骚臭难闻。先下去的那个，把翻板给他蹬住，把他拉将上来，抱怨他说："我连连告诉与你，你还是不留神。少刻要到了藏珍楼，你更不定怎么样了。"那人说："你别抱怨我，非是我不留神，是百练索抓头断了，怎么怪我呢？"那人说："抓头万不会断，总是你蹬在翻板上了，不信咱们看看抓头。”徐良在墙头上暗笑。那黄脸的一赌气，将绒绳拿过来一看，一丝儿也未动，说：“你来看，一丝儿也未动。”那有紫记的说：“这个事情实在的奇怪，像上头有人摘了的一样。”上边老西暗说：“你算猜着了，是老西多了一把手儿。”那黄脸的说：“你说的真不像话，上面又没有人，焉能给你摘钩儿哪。你往那里去的时候，可多要留神就是了。”说毕，二人施展夜行术，一前一后，扑奔正南去了。

山西雁方才下来。也是百练索抓头，抓住了城砖，四面八方细细瞧瞧有人没人，他也怕的是再有人给他摘了，也闹身尿泥。然后这才导绒绳而下，离地约有三四尺的光景，看准了翻板，一踹城墙，往后一倒腰，撒手倒出七八尺光景，方脚踏实地。用力一扯绒绳，复又往上一抖，抓头方才下来，将百练索绒绳绕好，装在百宝囊之内，也就施展夜行术，跟下那两个人来了。此处原本是东方亮的大花园子，过了月牙河，就是太湖山石。刚一拐竹塘，遇见两个打更的，当当当正交三鼓。忽听打更的哎哟一声，徐良就知道被那两个人拿住了。往前一探身躯，见那两人捏着打更的脖子，绕在太湖山石洞之内，往下一摔，噗咚一声，摔倒在地，四马倒攒蹄，把两个打更的捆上，把刀亮出来，扁着刀乱蹭脑门子。只吓得那两个更夫魂不附体，哀哀求饶。二人说：“我问你们几句言语，只要你们说了真情实话，我就饶你们。”更夫说：“只要饶命，我们就说。你们二位是为冠袍带履而来，是为鱼肠剑而来，是为借盘费而来？”二人说：“我们就为鱼肠剑而来。这个东西在甚么所在？只要你们说了实话，我们将此物得到手中，不但饶恕你们，还要大大的周济你们两个哪。”更夫说：“只要你们饶恕，就足感大恩大德，哪里敢讨赏呢？你们二位既要打听鱼肠剑，我把这道路与二位说明。由此往西，有个果木园子，穿果木园子而过，北边一段长墙，那里叫红翠园，可别进去。一直往南，就看见西边一段短墙，那栅栏门子可在西边，似乎你们这样能耐，就不用开门了。跃进短墙，路北有座高楼，说楼可又不是楼的形象，类若庙门相仿，七层高台阶上边，有三个大铜字，是‘藏珍楼’，外边明显着一条金龙，脑袋冲下，张牙舞爪，这鱼肠剑就在楼的内面。”二人又问：“听说这藏珍楼有些消息埋伏，可是甚么消息？”更夫说：“埋伏是有，我们可不知道是甚么个消息。自从我们上工，我们大太爷、三太爷亲身嘱咐，前后打更，红翠园不许进去，东北角上有一个小庙儿不许进去。这藏珍楼院子倒许我们进去，但得离着楼周围一丈，倘若走到离楼一丈之内，弄出甚么舛错来，或死或带伤，大太爷可不管。我们可也不知是甚么消息。”二人对更夫说:“你的言语,也无凭可考,等着我们得剑回来再来放你。”说毕，撕衣就把他们口来塞住。

徐良看着那二人往正西去了，自己过来，把那一个年长的更夫口中之物掏将出来，也把大环刀抽出来，扁着刀，往脑门子上一蹭。更夫连连哀告说:“好汉爷爷饶命,你老人家问甚么,说吧。方才那二位,可是一同来的?”徐良说:“是一同来的，他们是上藏珍楼去了是不是?”更夫说:“他们上藏珍楼找宝剑去了。那二位是你老人家的甚么人?”徐良说:“算起来他们是我孙子。我另问你一件事情，你要不说，我打发你上姥姥家去。”更夫说:“你老人家问甚么言语?”徐良说:“你们员外这里，现在住着多少朋友?”更夫说:“刻下住着朋友不甚多。”徐良问:“都是甚么人?姓甚名谁?”更夫说:“金头活太岁王刚，急三枪陈振，墨金刚柳飞熊，菜火蛇秦业，独角龙常二怔，病獬豸胡仁，就是这些朋友。”徐良问:“火判官周龙上这里来没有?”更夫说:“没来。”徐良说:“有个白菊花来了没有?”更夫说:“姓晏哪?先前在这里，如今不在。”徐良说:“我也暂且屈尊屈尊你们，待事毕之后再来放你们两个。”也就把他口塞住。徐良自己一忖度，这藏珍楼有险，让他们两个去罢，我先到前边看看，恐更夫言语不实。白菊花果在此处，设法拿他;他如不在此处，更不可打草惊蛇。再看这两个贼人把宝剑盗出来盗不出来，他们若将宝剑得到手内，我跟他们到外边与他们要剑，他如不给，量这二人不是我的对手。主意已定，直奔前边去了。

单提那二人过了果木园子，看见这红翠园，直奔正南，迎面有一大柏树，往西一拐，蹿进短墙，一看藏珍楼，与更夫说的一样。二人直奔七层台阶去，离阶石有七八尺的光景，二人将要拉刀，就觉足下一软，登在翻板之上，两个人一齐坠将下去。要问他们生死如何，且听下回分解。

第六十四回 伏地君王收二寇 金家弟兄见群贼

且说这两个奔藏珍楼的到底是谁?儒宁府的管辖，有一座朝天岭，山上有五个寨主，一个叫王纪先，一个叫王纪祖，三寨主叫金弓小二郎王玉。山下有个梅花沟，内中有个金家店，两个店东，一个叫金永福，一个叫金永禄，就是山中四寨主、五寨主。这朝天岭山路最险,前面是十里地的水,通着马尾江,到山口左右，有两座岛，一座叫连云岛，一座叫银汉岛，当中有个中平寨。这中平寨前，在两个岛口当中，隔着一段竹门，竹门之前，水内有滚龙挡，上面有刀，有水轮子，无论多大识水性的人，也过不了这滚龙挡。过了竹门，有个三孔桥，内有三张卷网。这梅花沟，就在连云岛下面，靠着中平寨的水面，南岸就是金家店。皆因为这日，金永福、金永禄正在店中，接着王爷的书信，过水面与山中送信，见了王纪先、王纪祖、金弓小二郎王玉，投了王爷的书信。可巧头一天，有团城子伏地君王东方亮派了两个人去，一个叫赫连齐，一个叫赫连方，两个人送东方亮的请帖。山上三个寨主，都没见到，只见了金永福、金永禄。今日金家弟兄一见王纪先就提说："昨日晚间，东方亮派人到了我们店中，与我们留下了一个请帖。我们店中待承了他们的酒饭，今日早晨辞别去了。"翠麒麟王纪祖问说："大哥，我听说团城子东方亮家中有一口鱼肠剑，从列国专诸刺王僚的时节直到如今，复又出现，可称是无价之宝。大哥可见过此物？"王纪先说："只是耳闻，我最怕那宗东西出世——我有一身宝铠，寻常刀剑一概不怕，所惧者就是鱼肠剑。"王纪祖问："东方亮下请帖，五月十五这天，哥哥打算去与不去？"王纪先说："我们与他素无往来，他也不是名声远震的人物，谁与他前去助威？"王纪祖说："既然不去，又与他没有交情，几时若是得便，到他那里，把他鱼肠剑盗来，我们大家一观，一则大家瞧看瞧看，二则亦免大哥忧虑此物日后为患。"王玉说："这有何难？待小弟去走上一趟，除非我去，别的人还不行哪。"王纪祖问："怎么非你去不行？"王玉说："这东方亮家内，有个藏珍楼，这藏珍楼不易进去，非得能人去不可，倘若不行的到那里，不但不能把剑得来，还怕有害于己。"王纪祖说："待等得便之时，王兄弟就辛苦一趟。"金永福在旁言道："三哥方才所说这鱼肠剑，我弟兄二人情甘愿意往团城子去走上一趟如何？"王玉说："二位贤弟，不是劣兄小看你们，你们二位，虽能高来高去，要盗人家无价之宝，只怕画虎不成反类犬。你们不想一想，他既是祖传之物，必要收藏一个严密的所在，不能就在明处放着。再说他那里人多，你们二位，又没有甚么格外的秀气，岂不是班门弄斧？"金永禄一听，微微冷笑说："既然这样，非你去不可。"王玉说："你们二位，如要不信我的言语，就辛苦一趟。要能够真把鱼肠剑盗来，我从山上一步一个头，给你们磕到梅花沟去。"王纪先拦道："你们千万不可这样。"金永福、金永禄也就不往下再说。当日晚间出山，回到梅花沟，二人这口闷气不出，商量着要上南阳府。金永禄说："哥哥愿意去不愿意去？你要不愿去，我就一人前去了。"金永福说："焉有不愿意去的道理？倘若我们把鱼肠剑盗来，非叫三哥给我们磕头不行。他实在是眼空四海，目中无人。"二人商量妥当，次日换了衣服，带些盘费，提了夜行衣靠的包袱，由梅花沟金家店起身，一路无话，也是住在五里新街。晚间换好夜行衣靠，背插单刀，奔团城子而来。进团城子头一个是金永福，第二个掉翻板内的就是金永禄。

二人问明白了更夫，到了藏珍楼院内一看，这楼的形象，极其高大，当中挖出来的旋门，与庙门一样，有两个门环，红门上起金钉，两扇门当中，约有二指宽的门缝。上面嵌出来三个大铜字，是“藏珍楼”。在铜字上边，有一条金龙，张牙舞爪，垂着两根龙须，有如通条粗细，越往下越尖，这龙须垂到与门的上槛高低不差往来。二人一齐要上七层台阶，不料就踩在翻板之上，噗咚一声，坠落下去。幸而好不大深，二人打算要往上蹿，上边翻板复又盖好，里面是黑洞洞的，伸手不见掌。二人往下一坠，就听哗啷哗啷，铜铃一阵乱响，工夫不多，只听上边一阵乱嚷，把翻板一掀，十数把长挠钩往下一伸，先把金永福搭住，后把金永禄搭住，拉将上来，俱都捆上二臂，从背后给他们把刀抽出去，推推拥拥往外就走，一直奔了更房儿。许多打更的说：“告诉咱们大太爷去。”

更夫与东方亮送信暂且不表，且说徐良直到前面，看有明三暗九一座大厅，从大厅后面蹿将上去，跃过房脊，到了前坡，扒住连檐瓦口，往下探身躯一看，就见伏地君王东方亮员外在当中落座，足下是薄底靴子，身上箭袖袍、狮蛮带。面如油粉，两道宝剑眉，一双大三角眼，狮鼻阔口，一部花白胡须遮满前胸，可是黑多白少。上首就是他的兄弟，紫缎的扎花壮巾，紫缎子箭袖袍，身高九尺，膀阔三停，紫微微一张脸面，剑眉圆目，直鼻阔口，一部黑髯，这就是紫面天王东方清。内中还坐着六个人，一个个穿红挂绿，长短不等，全都是凶眉恶眼，脸上怪肉横生，俱都不是良善之辈。正在观看之际，只见从外边飞也似跑进一个人来说：“周四寨主爷到。”伏地君王说：“请。”不多一时，前面灯球火把，就把许多人引将进来。东方亮迎出大厅之外，大众都给伏地君王行礼，又见了紫面天王东方清。房上的徐良，认得进来的这些人，却是火判官周龙、小韩信张大连、青苗神柳旺、赫连齐、赫连方，又有三尺短命丁皮虎、黄荣江、黄荣海、细脖大头鬼王房书安。惟独见了房书安，这里伏地君王东方亮问道：“房贤弟，你如今也有四十多岁了罢，怎么混闹起来了，你自己也不觉着叫人耻笑！”房书安哈哈一笑，说：“哥哥说了半天，多一半是为我这鼻子罢？”东方亮说：“你自己还知道哇？这个岁数，反倒胡闹起来了。”房书安说：“你打算我这鼻子是长了天疱疮了不成？却不是。我这是叫一个，一个……”说了半天总没说出甚么来。东方亮哈哈大笑说：“一个甚么呀，怎么不往下说了？”房书安说：“我说到此处，心里就有些发怯，我总怕他老人家在这里。”东方亮说：“你这人说话半吐半咽，屋里来说罢。”到了屋中，就与金头活太岁王刚、墨金刚柳飞熊、急三枪陈振、菜火蛇秦业、独角龙常二怔、病獬豸胡仁等，大家相见了一回，然后彼此落座，从人献茶上来。

东方亮问：“房书安，你这鼻子是甚么缘故？”房书安说：“我这鼻子是遇见一个削鼻子的祖宗给削了去了。”东方亮问：“这削鼻子祖宗是谁？”房书安说：“提起此人，大大有名。陷空岛有一个穿山鼠徐庆之子，此人姓徐名良，外号人称多臂熊，又叫山西雁。这人本领高强，足智多谋，一身的暗器，会装死，会假打呼，人家疑惑他睡着了，却原来他假睡着，一过去，就吃了他的苦了。火焚桃花沟，杀跑了飞毛腿，结果了金箍头陀邓飞熊的性命。就因张大连对着我信口开河，也搭着我多吃了几杯酒，讲来讲去，我就讲到穿山鼠徐三老爷子那里去了。这个削鼻子祖宗，他哪里答应我呀！我钻到桌子底下，叫他们替我说一句‘没在这里’，他们谁都不管，后来还是我带出来的这个黄大兄弟、黄二兄弟，报答了报答我，把桌子一掀，他们兄弟两个踹后窗户跑了。要不是我眼前有点机灵，那天晚上就出了大差了。也仗着是我腿软嘴软，才保住这条性命。”东方亮问：“甚么腿软嘴软？”房书安说：“这你还不明白么？腿软是给人家跪着，嘴软是央求人家，这才把这位老爷子央求心软了，说：‘我不杀你罢，实在怒气难消；杀了你罢，又瞧你央求的可怜。’这才与我留下了一个记号，把鼻子削将下来，我方逃了性命。”又搭着他说话没有鼻了，乌囔乌囔的，更加着他说话，有一句说一句，绝不藏私，所有听的人俱都掩口而笑。紫面大王东方清大吼一声，说：“住了，房贤弟，不要往下再讲了，休长他人的志气，灭自己的威风。慢说他是穿山鼠徐庆之子，就是五鼠五义，也不放在复姓东方的心上。有日王爷兴师，早晚必要会会他们这些侠义，看看他们有多大本领。连徐庆我都不惧，何况是他的后人！就怕遇不见他，我若见着这个多臂熊，要不把他首级拿来见见众位，从此我就更名改姓！”房书安说：“三爷，这么说的人太多了，见面之时你就晓得他那个厉害了。”这一句话不要紧，只气得紫面天王把桌案一拍，大叫：“房书安，你再要夸奖于他，你就出我们团城子去罢，或者你把他找来，你看着我们两个人较量较量。”

山西雁正在房上，听了个真切，心中暗道：“你不用找，老西现在此处，要较量较量却有何难。”想到此处，一抽大环刀，就要蹿下房去。要问徐良胜负如何，且听下回分解。

第六十五回　屋内金仙身体不爽　院中玉仙故意骗人

且说徐良在房上，正要拉刀蹿将下去，教这紫面的知道知道我的利害。忽见由外边跑进三个人来，两个壮士打扮，一个穿着一身重孝，放声大哭，直奔房内而来。身临切近，山西雁方才认出来了：一个是薛昆，一个是李霸，一个是王熊儿。王熊儿穿着一身重孝。皆因在毛家疃，王熊儿瞧势头不好，背着自己包袱，先就跑了。第二天，方才遇见薛昆、李霸，他们两个人把毛天寿已死、王虎儿被杀告诉了王熊儿一遍。三个人商量着，无处可奔，只可是上团城子与大太爷送信。就仗着王熊儿包袱内有些散碎银子，王熊儿做了一身孝服，一路盘费，到了团城子，天气就不早了。到了门首，众人一问缘故，王熊儿就把太岁坊之事说了一遍。众人一听，都慨叹了半天，并不用与他通报，就自己进来了。到得里面，见了东方亮，噗咚一声跪倒身躯，放声大哭。伏地君王问："因为何故这么大哭，穿了一身重孝？"王熊儿就把太岁坊抢金氏起，直到毛家疃毛天寿、王虎儿被杀，前前后后，细细地说了一遍。末了说："我今特来报与大太爷、三太爷知晓此事。"东方亮、东方清一闻此言，放声大哭，大家劝解了一回。东方亮说："众位有所不知，我二弟性情古怪，他要在我们这里住着，焉有此事。"大家一齐说道："也是二员外爷命该如此，只可打听准丧在甚么人手，咱们与他报仇就是了。"薛昆、李霸又把赵胜死的缘故说了一遍，又说："别的人俱未能看清，单有一个相貌古怪的，是两道白眉毛，又是山西的口音。"房书安说："众位听见了没有？就是这个老西，我总疑惑着，早晚之间必上这里来哪。"东方清言道："正要找寻于他。他若不来，可是他的万幸；如果要来，可算他是飞蛾投火，自送其死。"东方亮说："你们暂且吃饭去罢，有甚么话以后再讲。"薛昆、李霸、王熊儿俱都下去。

这时，外面慌慌张张跑进一个家人来说："员外爷在上，如今藏珍楼拿住两个盗剑的了。"伏地君王东方亮一闻此言，吩咐一声："把两个人与我绑上来！"不多一时，就看见从外边推推拥拥推进两个人来，大家说："跪下跪下。"那两个人挺胸叠肚，立而不跪。大众一看，这两个人全都是马尾透风巾，青缎夜行衣，青抄包，青中衣，蓝缎袜，扳尖洒鞋。一个是黄脸绿毛，一个是面似瓦灰，一块紫记，怒目横眉，立而不跪。东方亮一看，微微冷笑说："你们两个好生大胆，既要前来盗剑，也该打听打听才是，我复姓东方的，最喜欢交绿林中的朋友，山林中的宾朋，海岛内好友，准有几百位，俱是出乎其类的英雄，拔乎其萃的好汉。我一生最恼的，是不打听打听我是甚么样朋友，依仗你们的本领，前来窃盗哇，盗我藏珍楼的宝物哇，自逞其能，藐视我这个所在。我也不怕你们恼，慢说你们那样本事，就是比你们强着万倍，连我那个楼门也不用打算进去。我也不用问你们的名姓，倘是问出来，要有与我相好的朋友认识，倒不好办了。来！推出去与我砍了。”家人答应，立刻往外一推。

再说紫面天王一瞅这两个贼，就有几分爱惜，见他们进来时节，虎势昂昂，挺胸叠肚，毫无惧色，后来向各人一瞅，就把头往下一低，再也不瞅人了，倒仿佛是害怕的形象。刚要往下一推，就听有人说：“刀下留人！”原来是赫连齐对赫连方说：“这不是梅花沟金家店二位寨主么？”二人更把头往下一低，一语不发。赫连方说：“对呀！哥哥看他脸上这块紫记，难道你就忘了不成？”赫连齐向着金家兄弟二人说：“你们二位不言语不大要紧，险些耽误了交情。”回头说：“大哥，咱们红白帖儿把人家请来了，咱们这样待承人家，可下不去呀！”东方亮说：“我焉得知晓，这是哪里来的呀？”赫连齐说：“这就是朝天岭梅花沟的四寨主、五寨主，一位是鸳鸯太岁金永福，一位是绿面天王金永禄。”东方亮一闻此言，自己亲身下去与二人解绑，说：“二位贤弟，实在劣兄不知驾到，如果知是二位贤弟到此，我天胆也不敢将二位贤弟绑将起来，望乞二位弟台恕过愚兄。”说着，就一恭到地。金永福、金永禄双膝点地，说：“我二人自逞其能，前来盗剑，冒犯天颜，身该万死，蒙大太爷不肯杀害我们，恩同再造，惭愧呀，惭愧！”东方亮说：“二位贤弟言重了。我本是差派我两个兄弟聘请五位寨主前来助威，不料二位贤弟，也搭着是更深时候，无心坠落我的翻板，若非赫连贤弟看出，险些误了大事。”金家兄弟说：“大太爷饶了我们，还说这许多谦虚言语，我们如何担当得住。”东方亮说：“你们二位再要叫我大太爷，就是骂我一样，咱们全都是自己弟兄，要是太谦，那还了得。赫连贤弟与他们见见众位。”赫连齐这才带着金家弟兄，先见了东方清，然后与群寇一一相见。

东方亮吩咐家人取了两件英雄氅来，先叫金家兄弟披在身上。东方亮复又问道：“但不知这下月十五日，那三位寨主可能到我这里来不能？”金永福道：“大哥，实不相瞒，有这里请帖到了朝天岭，皆因是我们大哥、二哥不来，这才提起了你老这里有口鱼肠剑，我们大哥、二哥说听人讲究过，可没见过。

王玉就说，要见这口剑不难，他要上这里盗去给我们见识见识，还说要盗剑非他不成，除他之外，别无一人能盗。我们两个人不服，就往这里来了。不料我们二人被捉，多亏大哥宽宏大量，若不然，我二人早作了无头之鬼。他们既要打算盗你的宝剑，是日岂能与你助威呀？”东方亮一闻此言，哈哈大笑，说：“二位贤弟，我方才已然说过，我最好交友之人，待等十五日这个擂台一过，我只带一名家人，同着二位贤弟，带上鱼肠剑，去到朝天岭，见一见二位寨主，把宝剑也教他们二位看看。只要他们二位喜爱此物，我就把这个东西送给他们二位，又算甚么要紧的事情。常言说得好：‘宝剑赠与烈士，红粉赠与佳人。’此剑乃是我用不着的物件，送与他们二位，倒作一个赠剑之交，并且我还有大事相商。”金永福、金永禄说：“这位大哥素好交友，名不虚传。”群寇异口同音说：“你们与大哥交长了，就知道大哥这交友的慷慨了。”伏地君王一声吩咐备酒。

山西雁把他们的事情俱都听得明白。自己想，此处又没有白菊花，我也不必出头露面了，倒不如上藏珍楼瞧瞧。自己拿定主意，趸身回头，从后坡飘身下去，直奔后面来了。又到了捆更夫的那个太湖石前，一直扑奔正西，过了果木园子，见着一段长墙，心中一想，方才那更夫说的，这个地方叫红翠园，但不知这红翠园是甚么景致？刚走至那里，就见里面灯光闪烁。原来这个门却在西边，徐良绕到西边一看，是花墙子门楼，黑漆的门户，五层台阶，双门紧闭，旁边有一棵大槐树。山西雁要看里面景致，就蹿上树去，往下一瞧，院子里靠着南墙有两个气死风灯笼、一个八仙桌子、两把椅子，大红的围桌上绣三蓝的花朵，大红椅披。桌子上有一个茶壶，四五个茶盅，一个铜盘子。靠着南边，还有两个兵器架子，长家伙扎起来，短家伙在上面挂着。靠着椅子那里，站着一个大丫头，约有二十多岁，头上乌云，戴些花朵，满脸脂粉，鼻如悬胆，口赛樱桃，穿着天青背心，葵绿的小袄，大红中衣，窄小金莲，系一根葱心绿的汗巾，耳上金环，挂着竹叶圈，看相貌颇有几分人才。徐良瞅着纳闷，这是甚么事情？不多一时，就由三间上房内出来一个姑娘，约有二十四五岁光景，头上乌云用青绢帕兜住，青绉绢滚身小袄，青绉绢中衣，窄窄金莲，腰扎青绸汗巾，满脸脂粉，柳眉杏眼，鼻头端正，口似樱桃，耳上金环，没挂着竹叶圈。姑娘出来坐在椅子上，丫鬟给倒了一杯茶。姑娘问丫鬟说：“你们小姐呢？”丫鬟说：“我们小姐身体不爽。”徐良见这姑娘品貌甚好，但有一件，说话之间，未语先笑，透着轻狂的体态。又听姑娘问丫鬟：

"你们小姐是甚么病？"丫鬟说:"浑身发烧，四肢无力，净想躺着，茶饭懒食，也没有甚么大病，就是受了些感冒。"小姐说:"叫他出来练两趟拳，踢两趟腿，只待身上出些汗就好了，你说我请他。"丫鬟无奈何，进上房屋中去了。就听里间屋中说："二妹子，今晚实不能奉陪了，我浑身作痛。"院中说："叫丫鬟把你搀出来。"不多一时，丫鬟搀着小姐由房中出来，也坐在椅子之上，身子就要往桌子上趴。那姑娘说："你活动活动，玩玩拳，踢踢脚，咱们两人过过家伙就好了。"这病姑娘可不像那个的打扮，珠翠满头，红衫绿裙，可是透着妖淫气象，品貌有十分人材。那穿青的姑娘说："我与姐姐脱衣裳。"那个姑娘再三不肯，说:"好妹子，你饶了我罢，若非是你叫我，连房门都不能出来，我还得告便，实在坐不住。"说着，仍然站起身来，晃晃悠悠走进屋中去了。

你道这二位姑娘是谁？这就是东方亮两个妹子，一个叫东方金仙，一个叫东方玉仙。这两个姑娘，与东方亮不是一母所生。这两个是东方保赤第四个姨奶奶所生，从小的时节，东方保赤爱如珍宝，上了十岁时习学针线，嗣后就教他们练武，到了十五六岁，把功夫就练成了。东方保赤看看要死啦，一想，姑娘要不会武艺便罢，若是会些武艺，必然性傲，必须要教给他们一点绝艺方可，一个就教了一对链子槊，一个是教了一对链子锤。除此以外，刀枪剑戟长短家伙无一不会。东方保赤一死，这二位姑娘就单住一所院子。后来他娘一死，姑娘渐渐大了，东方亮不管他这两个妹子。这二位姑娘住在红翠园，与哥哥说明白了，前边的人不怕是三岁的孩童，不许入红翠园去。知道哥哥认识的并没有正人君子，俱是些个匪人，倘有人过后边去，不论是谁，都要结果他的性命。就是东方亮私通王爷，这玉仙苦苦劝了数十余次，他哥哥也不听他的言语。金仙却连一次也没劝过。这是甚么缘故？金仙迟钝，素常不喜说话。玉仙姑娘是精明强干，足智多谋，性如烈火，口巧舌能。如今已然二十五六岁了，常常抱怨哥哥不办正事，误了自己青春。每日晚间，必要操练自己身体。可巧这日晚间，金仙身体不爽，不能陪着玉仙玩拳踢腿。玉仙想出一个主意来了，叫丫鬟拔去头上花朵，挽袖子打拳。这丫鬟名叫小红，伺候玉仙的丫鬟叫小翠，这两个丫鬟的名字，就由红翠园所起。小红回说："我那拳没学会呢，打的不是样儿，反教二小姐生气。"玉仙非教他打不可。丫鬟无奈，这才把钗环花朵摘去，拿了一块绢帕把抓髻兜住，系一个十字扣儿，汗巾一掖，袖子一挽，说:"哪样打的不是，二小姐千万指教。"徐良正要看打拳，忽见上房后坡有一个黑影儿一晃。要问这黑影儿是谁，且听下回分解。

第六十六回　多臂人熊看姑娘练武　东方玉仙教丫鬟打拳

且说徐良正要看丫鬟打拳，见上房有个人一晃，自己蹿下树来，直奔红翠园后面，跃过西墙，飘身下来，看房上那个黑影，踪迹不见。自己也就蹿上房去，由后坡往前一瞧，那个人影儿也不在前坡。院中有人，他也不敢奔前坡去。此时，丫鬟打这趟拳，叫猕猴拳，山西雁在旁边瞧着，险些没乐出来，见这丫鬟手脚腰腿打出去全不是地方。又见从西屋里跑出两个婆子、一个丫鬟来，那丫鬟说："姐姐，我可要看你打这一趟拳了。你学了一个多月，净瞒着我。今天我们小姐叫你施展，我可要借个光儿看看了。"就见玉仙把桌子一拍，说："小红算了罢，别给你们小姐现眼了。可惜你们小姐兢兢业业那个功夫，真冤苦了这教你的人了，腰腿脚面一点没有。常说打拳总要掌如瓦陇，拳如卷饼，手似流星眼似电，腰似蛇形腿如攒。文不加鞭，武不善坐，那才是练武的规矩哪。像你这么懈着腰，一点雄壮的地方没有，别给你们小姐现眼了，歇息去罢。你看我打一趟，你也瞧一眼，虽不如你们小姐，也不至于像你那样子。"直说的那丫鬟羞的面红过耳，收住拳脚式儿，往这边一走，说："二小姐，我本不行，总算是没学会哪。"屋中的病姑娘答言说："滚开那里罢，你别气我了。也对着二小姐真好性儿，那么大工夫瞧你练呢，可惜我那两个多月的工夫，教你这不长进的孩子，你可真是朽木不可雕也。"外面玉仙答言说："姐姐你本就身体不爽，气着反为不美。小红，瞧我的罢。"徐良在房上一看，这个姑娘比那丫头，大差天地相隔，蹿高纵矮一点声音皆无，手眼身法步，心神意念足，连丫鬟带婆子看着，连连喝彩。把这一趟拳打完收住架势，问丫鬟："比你如何？"小红说："二小姐比我果然强的多，再说我也不敢与小姐比肩并论。"玉仙说："大概是你家小姐藏私，没教给你真的罢？"屋中病姑娘说："二妹子，你可冤苦了我了。你想他是我使唤的一个丫鬟，我怎么能与他藏私？别忙，我这里脱衣裳，倒要替我们丫鬟争争这口气。"玉仙说："算了，姐姐你养病吧，不用生气。"金仙说："不能，我偏要替我们丫鬟争争这口气。"那玉仙连连冲着丫鬟使眼色，他这叫激将法，特意叫丫鬟一练，他一数说小红，自来的把金仙的气逗上来了。只要他一出来，就得叫他出一身透汗。果然金仙从屋中急忙忙往外一蹿，奔过小红去，伸手就打，说："你也太不给我作脸了。"吓得丫鬟身躯往后倒退。此时金仙手腕子早被玉仙接住了，说："姐姐你要打他，与我脸上有甚么光彩？要打是打我，咱们两个打倒好，你过来罢，姐姐。”往前一拉金仙。房上的徐良在上面看了个真切，暗暗发笑。见这金仙出来，那个打扮可不像玉仙，用鹅黄绢帕包头，蛋青小袄，西湖色的中衣，水绿汗巾，大红弓鞋。出来时本是气哼哼的，要打丫鬟，被玉仙把他揪住，往前一拉，几乎躺下。说：“妹妹真要欺负我们？”玉仙说：“寻常我不是你的对手，今天趁着你有病。”金仙说:“你这是何苦？我哪时也不是你的对手，独你这口巧舌能之人偏要说这宗言语。”说着，这两个人就打起来了。徐良先前一看不以为然，后来一瞧，这两个人交手胜似男子，一手一势，封闭躲闪，并没有露空之处，暗暗夸这女流之辈竟有这么一身工夫。二人动手的工夫甚大，金仙说：“算了吧，我真气力不加了。”玉仙说：“不行，咱们还得过家伙哪。”就见玉仙往旁边一蹿，奔了兵器架子去了，一回手就把上面刀拉将下来，往外一抽。金仙也就过去，把刀往外亮，两个人单刀对单刀，闪砍劈剁，类若拚命一样，并不相让。忽然金仙微一露空，玉仙一抬腿，正踢手腕子之上，金仙撒手扔刀，呛啷啷那口刀堕于地上。金仙往下一败，玉仙就追。金仙就从架子上抽了一条长枪，回手就扎，玉仙用刀一磕，往近就栖身，金仙用枪一拦，用了个霸王摔枪势，玉仙往旁一闪。忽见金仙用了个怪蟒翻身的招数，眼睁睁枪尖就奔玉仙脖颈而来。徐良在房上看着，替他们一着急，忘了他是在暗处瞧看，替玉仙一害怕，说:“哼，要不好！”哪知道金仙他们更有手段，把后手往回一抽，忽听房上有人说话，蹿出围外，二人俱望房上瞧看，连丫鬟、婆子也都往房上一看。

玉仙眼快，早就看见了徐良，山西雁也知道自己失了声音，打算要走，不料被玉仙瞧见。玉仙说：“你是哪里来的狂徒？快些下来！”徐良一听叫他下来，心里思忖，我要不下去，岂不叫这两个丫头耻笑，他打量是东方亮的女儿，也罢，下去与他们玩耍玩耍。自己万也没想到，出世以来没栽过筋斗，到了此处，这个筋斗可就不小。由房上蹿将下来，一抽大环刀，头一个就是金仙先上，被徐良呛啷一声，把枪削为两段，金仙吓了个胆裂魂飞。玉仙一见这口刀的利害，就不敢往上递自己这口刀了。金仙叫丫鬟去取兵器。徐良听见他说取兵器，心中暗道：你取来多少兵器，我给你削多少，叫你知道老西的厉害。玉仙稍一失神，呛的一声，手中刀被削为两段，一着急抽身就跑。徐良打算蹿出墙来走罢，只见金仙赶奔前来，手中一宗物件哗啷一抖，徐良一看原来是带链子的家伙，圆丢丢耀眼争光，如同茶碗口大小，铁胎外罩金衣，是甜瓜的形象，上有链子，金不金，铜不铜，三楞黑鱼骨的样式。就见他举锤打来，徐良用手中大环刀一找他的链子，只听得咯吱一声，锤头往下一沉，这宝刀并没磕动这根链子。皆因徐良不知这链子的来历，此乃是东方保赤一辈子得来的四种宝物,这宗物件出于外国,乃是金银铜铁钢炼成。别看他很细，凭他是甚么样的宝刀宝剑，不用打算磕的动这根链子。那东方保赤虽有三个儿子，就是把这两个女儿看如珍宝，把女儿武艺教成，就把这链子锤槊给了女儿，教他们这个招数。金仙愿意要锤，玉仙愿意要槊，分量俱都不差往来。这槊的形象是两只手攥着两支三楞标，这锤头、槊头全是后配的，挂在链子之上,后边有两个皮套儿,套在手腕子上。山西雁用力没磕动链子,暗说“不好”，紧跟着那个锤到，用刀往外一磕，仍然咯支一声响亮，又紧跟着玉仙链子槊冲着面门而来。徐良看着都是一般形象，用力一磕，也是咯支一声响亮，哗啷哗啷锤槊乱抖，把山西雁闹的手忙脚乱，只可是三十六着，走为上策。往墙上一蹿，锤奔面门，槊奔脚去，倒没打着脚，教链子把腿一绕，往下一拉，山西雁就由墙上噗咚摔倒在地。要问徐良的生死如何，且听下回分解。

第六十七回　泄机关捉拿山西雁　说原由丢失多臂熊

且说徐良，也是艺高人胆大，哪时也没打过败仗，如今叫这两个丫头追的乱跑，打算要走，哪里能够。刚一上墙，就叫链子把腿绕住，往下一拉，噗咚一声，摔倒在地。金仙抡锤要打，玉仙说：“等等，咱们问问他是谁。”不容徐良起来,就用磕膝盖一顶徐良的后腰,叫丫鬟取绳子。小翠将绳子取来，玉仙把山西雁四马倒攒蹄捆上，又过去把徐良这口刀拿起来瞧了又瞧，暗暗称赞，叫小翠把这口刀与他挂在上房屋中去。丫鬟答应，从徐良身背后把刀鞘子摘下来，将刀插入刀鞘之内，拿进上房屋中。玉仙与金仙姊妹两个坐在椅子上，丫鬟把徐良提将起来，往二位姑娘跟前一放。玉仙问：“大概你是新来的罢，我不认识。”徐良说:“不错，我是昨天才到。”玉仙说:“你昨天到的，大太爷也没嘱咐你吗？我们这红翠园，凭你是谁也不准来，谁要私自往这里来，立刻就杀，绝不宽恕。”徐良说：“你说了半天，甚么叫大太爷，怎么是打前边来？”玉仙说：“你不是前边的人么？你怎么明知故问，你们不是管着我哥哥叫大太爷么？”徐良说：“姑娘，你快住口。你打算我是伏地君王一伙的余党哪？我是御前四品护卫，前来办案捉拿白菊花的。老爷亲身前来探探白菊花现在此处没有。”玉仙一闻此言，说:“姐姐，此事敢情错了。”又问:“你上我们这里来，我哥哥知道不知？”徐良说：“我为白菊花一个人，与你哥哥往日无冤，近日无仇，我若一露面，岂不惊吓于他？我见白菊花没在此处，我就要回去，不料走在此处，听见刀枪声音，上房一看，正是你们二位动手，我见枪尖正要点在咽喉之上，我替你一着急，就嚷出口了。这是已往情由，要杀便杀。要遵王法，看我现任官职，不肯杀害于我，日后还要报答你们呢。”金仙说：“你道现任官职，你姓甚名谁？一一道来。”徐良说：“你要问我，你把我解开，我慢慢告诉与你。”金仙说：“妹子，可别听他的言语。”玉仙说：“我自有主意。”原来玉仙听他说现任四品职官，想了想自己终身未定，又爱他一身武艺，又能够高来高去，可惜是一件不喜欢，他品貌不佳。正在犹豫之间，忽听有人叫门，婆子出去，少刻进来说：“大太爷派人前来送信，说有个路姑娘少刻就来，叫二位小姐好好待承人家。”玉仙问：“这路姑娘是谁？”婆子说：“是大太爷相好的朋友铁腿鹤赵保的把子妹妹，有个外号叫九尾仙狐路素贞。”玉仙说：“姐姐，我也不用见他，听他这外号就不是好人。”金仙说：“管那些事情呢，哥哥教应酬，咱们就应酬应酬。”外面说：“路大姑娘到。”玉仙叫小翠：“先把这个白眉毛的提在西屋里去，放在咱们那个空大躺箱里。”丫鬟答应，把徐良提起来，进西屋中，把箱盖一揭，将徐良放在里面，把箱盖一盖。玉仙、金仙、丫头、婆子打着灯笼，出去迎接九尾仙狐。

你道这路素贞从何而至？就因他在仙佛兰若叫韩天锦抱住，素贞一急，用迷魂帕把他抖昏过去，自己逃跑。这一跑，连长大衣服都没有，仗着天气尚早，又偷了些衣服银两。第二天也不敢露面。次日晚间，又到尼姑庵，见有两个官人看着那座空庙，又听他们讲说赵保解到官府，今日晚上过堂，大概就得受罪。路素贞一想，此事皆因自己身上起，我不把他抖躺下，焉能遭了官司。忽然想起，我何不上团城子见见东方员外。主意已定，就奔团城子而来。走至西门，那门已然关闭，叫够多时，里面方才有人答应。把自己要求见东方员外的话说了一遍，里面方才把门开了。正是东方亮收服金永禄、金永福，摆上酒，大家吃酒。东方亮正打听朝天岭水旱的道路，有从人进来说，有个姓路的叫路素贞，是个姑娘，现在外面求见。东方亮一怔，路素贞是谁呀？金头活太岁王刚、墨金刚柳飞熊一齐说道：“大哥怎么忘了，就是铁腿鹤赵保贤弟的把子妹妹。”东方亮一听，说：“是了，怎么赵贤弟不来，打发姑娘来？”吩咐一声：“请。”不多一时，从外边进来了一位姑娘，在灯光之下一看，淡淡梳妆，容颜甚美，透着有些轻狂的意思。素贞说：“哪位是大哥、三哥？”从人指告说：

“这就是我们大太爷。”素贞过去深深道了一个万福。东方亮说：“这是路大妹子，初会。这就是我三弟。”素贞复又与东方清道了一个万福，紫面天王冲着他也深打一恭。然后素贞冲上又道了几个万福，说：“众位兄长们，我素贞与众位万福了。”众人也还了一礼。东方亮吩咐一声与路大妹子看座，然后姑娘谢了坐，方才坐下。东方亮说：“赵贤弟因何不来？”素贞说：“大哥有所不知，皆因他昨日从大哥这里回去，不料这里官人知道我们现在庙内，半夜之间尽都入庙，正当我与他们动手，可巧我赵大哥回去，他们人多势众，我二人不是他们的对手，我先就蹿出庙外，我赵大哥走迟了一步，被他们拿去。我出于无奈，到这里来求大哥，如能设法解救我赵大哥，可算他万幸。”东方亮一听此言，微微冷笑说：“这些官人，是此地的，还是跟下你们来的哪？”素贞说：“大哥若问这些官人，从我们那里跟下来的也有，此处的也有。”东方亮说：“只要是我们这里官人，我就可以能救。”素贞复又深施一礼说：“全仗大哥鼎力，可不知怎样救法？”东方亮说：“我与此处知府是换帖弟兄，如在此处，不费吹灰之力。待至天明，我先派人打听打听，救他便了。”路素贞说：“全仗哥哥。”东方亮又问：“这一来妹子在哪里居住？”素贞说：“不怕众位哥哥耻笑，我还没有栖身的所在哪。”东方亮说：“后面现有我两个妹子居住红翠园，并无别的人，姑娘若不嫌弃，何不与我妹子住在一处？”素贞一闻此言，说：“大哥，这就是恩施格外。”东方亮叫家人同着路姑娘上红翠园，去妹子那里吃酒去罢。素贞复又与东方亮道了一个万福，跟随家人出去，前面有人打着灯笼，直奔红翠园而来。先有人下来给金仙、玉仙二位姑娘送信，这里才预备灯笼迎接。

到了院内，三位姑娘一见，对道了一个万福，玉仙就问路素贞的来历，九尾仙狐也就把自己事情学说了一遍。三个人携手进了前房，丫鬟献茶，吩咐一声摆酒，当时之间，就摆列杯盘。素贞上座，金仙、玉仙侧座相陪，丫鬟斟酒，无非谈了些草桥镇、天齐庙、尼姑庵的故事。

正在饮酒说话间，素贞一抬头见壁上挂着一口刀，自己一想，说：“二位姐姐，这口刀是哪里来的？”玉仙把方才在院中姊妹两个过家伙，怎么房上有人，怎么叫下来，把他拿住的话说了一遍。素贞说：“这个人可是两道白眉毛，是不是？”玉仙道：“正是。”素贞说：“这个可是我们的仇人。”玉仙说：“现时捆着在西屋里躺箱之内扔着呢。既是姊姊仇人，咱们何不把他宰了。”素贞说：“真要把此人一杀，我们这仇可是东方姊姊替我们报的。”玉仙说：“咱们先去杀他，然后吃酒。”

三人站起身来，叫婆子掌灯，刚出屋门，就听前边一阵大乱。原来前边见素贞一走，东方清就问："金家兄弟，你们二位到了里面，怎么就认得藏珍楼呢？"金永福说："可是我们还捆着两个更夫哪，烦劳哪位去到太湖山石洞内，把他们放开罢。"家人答应，出去不多一时，复又回来说："大太爷，更夫说了，不止他们二位，还有一个白眉毛老西打听晏寨主来了。"众贼一听，一阵大乱，房书安说："祖宗来了！"往桌子底下就钻。东方亮叫家人护院的点灯抄家伙，家人一声答应，众贼各执兵刃一拥而出。这一阵乱，怎见得？有赞为证：

忽听更夫一声报，群寇闻听吃一惊。房书安，把话明，叫众位，仔细听，我可不了，这个祖宗，一矮身躯钻在桌子底下不敢哼。东方亮，气满胸，回头叫，东方清，快吩咐，众家丁，抄家伙，莫消停，务必与我拿住这个多臂熊。点火把，与灯笼，当啷啷，把锣鸣，倒像是，出兵打仗乱纷纷。半夜明，闹的凶，真可笑，狐假虎威逞英雄。众逆贼，齐逞性，大厅前，点起兵。无知匪棍，假作威风，也有胖瘦，高矮不等。齐尊太爷，往上打恭，呼唤我等，何处使用？东方亮，叫家丁，护院的，众宾朋，山西雁，理不通，因何故，夜晚之间，到我家中。齐奋勇，莫消停，分南北，与西东，捉住他，莫相容，谁拿住，算头功。护院的，掌灯笼，执刀枪，亮且明，往后去，发喊声，为的是，把他惊。全都不敢冲锋，怎么能斗争？不过是，虚扬声势一阵乱，倒像是，造反一样闹了个天红。

且说东方亮带领着众人直奔后面，各处搜寻。正走到红翠园不远，就见里面婆子出来喊叫说："大太爷，众位爷们，快来罢！如今我们这里拿住个老西，在箱子里放着哪，正在要杀，还没杀哪。"众人一听，无不欢喜，俱奔红翠园而来。要问山西雁死与不死，且听下回分解。

第六十八回　躺箱之中徐良等死　桌子底下书安求生

且说东方亮正在后院找徐良，忽听婆子说已经拿住。众贼闻听，无不欢喜，俱奔红翠园而来。就见金仙、玉仙、路素贞全都出来迎接。东方亮、东方清过来见两个妹子，金仙、玉仙与两个哥哥道了万福。东方亮就问："妹子，是怎样把他拿住的？"玉仙就把方才之事说了一遍，末了说："现在扔在兵器房屋内那躺箱之中。说起来，他是路大姐姐的仇人，我们刚才要杀，就听前边大众嚷说'拿白眉毛'。我们倒没杀他，等着哥哥，告诉告诉你们，因为何故拿他？"东方亮就把大众所说徐良作的那些事情对着姑娘说了一遍。玉仙说：

“这可是实在可恼。哥哥还是拉在前边杀他，还是在后面杀他？”那火判官周龙、张大连、皮虎一齐说：“大哥，咱们前面杀罢，每人剁他几刀，也出出气，要是妹子气不出，先教妹子剁他几刀，然后拉在前边去。可有一件，别教妹子把他剁死方好。”东方亮说：“这也是个主意。妹子你气不出，先把他剁几刀，可别把他剁死。”玉仙说：“我们倒没有甚么气不出的事情，倒是路大姊姊有气，教他剁他几刀罢。”素贞说：“我也不用剁了，教大哥拉过去罢。”东方亮说：“你们全不剁了？”一回头叫来四个打更的，找来一根杠子，众人也就不必进去，就是东方亮带着四个抬人的同着三个姑娘进了院子，直奔西屋而来。玉仙一瞅，西屋灯烛俱都灭了，回头就问婆子：“这屋里灯怎么全都灭了？”婆子说：“我们跟着小姐迎接大太爷去了，怎么灭了可不晓得。”玉仙叫：“小翠，小翠哪！”叫了两声，不见答应。玉仙说：“这孩子又睡着了。除了困，没有别的能耐了。这个是捆着在箱子内，要不然，这个人跑了，他还不知道哪。”叫婆子掌灯，小红先就进去，要把小翠叫醒，怕他挨打。小红刚一进屋中，噗咚一声，灯笼也就灭了。金仙问道：“这是怎么啦？”小红说：“我小翠妹子在当道地上睡着了，把我绊了一个筋斗，灯也灭了。”婆子掌灯进屋一看，说：“大太爷，可了不得了，小翠被人杀了！”东方亮一听此言，说：“妹子，别不好罢？”大家往屋中乱跑，先奔到箱子那里把箱盖一揭，打算伸手把徐良提将出来，再看箱内空空，山西雁踪迹不见。当时玉仙、金仙心中难过，捆着放在箱里怎么还跑了呢？第一对不起路素贞夸奖了半天，只不知他是怎么遁去的，并且杀死丫鬟，更透着奇怪了，莫不成他还有伙计？正想到这里，玉仙说：“我瞧瞧刀去罢。”说毕，往屋中就跑，至屋内一看，壁上那口大环刀踪迹不见。玉仙说：“你们各处地方搜寻搜寻罢，刀也没有了。”伏地君王立刻转身出了门外，与大众一商量，重新又点灯火，拿单刀铁尺。姑娘们看他们去后，立刻吩咐婆子往前边要了一口棺木，把小翠装殓起来，抬在外面，等天明了再埋。伏地君王把他这一个花园各处搜到，踪迹全无。

你道这山西雁地遁了不成？皆因徐良这一被捉，叫人捆上放在箱子之内，不用说杀，就是这一闷，工夫一大，就得闷死，自己也就把死活扔在肚腹之外。不料在箱子里面不大的时候，就见那箱盖忽然一开，有人伸手一揪自己的手，看见有一口明晃晃的钢刀。自己就把双睛一闭等死，不料蹭的一声把绳子给他割断，又将箱子复又盖上。徐良纳闷：这是救我来了罢？自己一挺身，用手把箱盖往上一托，一看屋中黑洞洞，并无灯火，又一看，迎门那里躺着一个女眷，一纵身蹿过去一看，是个丫鬟被杀。徐良实在纳闷：这是甚么人，救了我的命还杀死丫鬟？按说活命之恩，我上哪里与人家道劳去！我先走要紧，又一想把大环刀也丢了。出房门到了院内，自己得了活命，又思念自己宝物。又想，没有这口刀，回去怎么见老兄弟去？人家要来与我巡风，我一定不教他来。再说宝物得而复失，大大不利。正要到上房屋中探探，又听见他们在那屋里正讲论此事。又一想，他们那个链子锤，我就打不得，又添上一个会使手帕的，我手内又没有兵器。正在犹豫，忽听屋中三个姑娘说要出来杀自己，又见南边火光冲天，众人嚷道："捉拿老西！"自己一想，不好，三十六着，走为上策。蹿出南墙，一直往西，过了两段界墙，直奔城墙，到了翻板那里，就掏百练索往城上一抖，上面抓头抓住城墙，导绳而上，至外边，也是用抓头抓住，导绳而下。往前走着，心中难过，胜败倒是常事，输给这个丫头也不以为耻，无奈丢了这口大环刀，自己越想心中越闷。忽见前边一个黑影儿一晃，徐良看见就知是个人，撒腿就追，眼瞧着这个影儿直奔五里新街去了。徐良心想，大概准是艾虎兄弟跟下我来了，这一来我更对不起他了。自己没追上那个黑影儿，进了五里新街就不好找了。徐良也就慢慢回店，到了店外，绕在西边跃墙而入，就是他们那个跨院。至里面刚一启帘，艾虎、卢珍起身迎接二哥。韩天锦早就睡了。

艾虎把衣服与三哥拿过来，让三哥脱下夜行衣，换下白昼服色，就问三哥探团城子事情怎么样了。徐良说："老兄弟，你不要明知故问了，是你不是罢？"艾虎说："甚么是我不是我呀？你在团城子，我在这里，我怎么是明知故问？"徐良说："老兄弟，你说实话，到底是你不是你？"艾虎说："我实是没出店，要不信你问四哥，我连房门也没出去。"徐良一听，把脚一跺，一声长叹，说："贤弟，三哥活不成的了。"卢珍问甚么缘故，徐良就把被捉丢刀，几乎废命，不晓是甚么人杀死丫鬟，给他断了绑绳，出来再找，踪迹不见，又见三个姑娘出来要杀他，又听前边众贼找他，一着急跃墙而逃等情节说了一遍，说："走到五里新街，见前边有一个人飞跑，我料着必是你。"艾虎一听，也是倒吸了一口凉气。卢珍与艾虎一齐说道："三哥不要着急，待明日晚间，我们两个人上团城子走一趟，至里面打听打听你这口刀的下落，有了便罢，若要没有，你先使我这口七宝刀。"徐良说："那如何使得。明天晚上还是我去，找不着我这口大环刀，我绝不活了。"艾虎说："那是何苦，咱们大家寻找，没有找不着的。再说你提的这两个丫头，怎么有这样大的本领？"徐良说："你没见过那两根链子的家伙，咱们空有宝刀，就是那精细的链子都磕不动，也不知是甚么缘故。”艾虎说：“我明日晚间定要去领教领教。”徐良说：“我这刀既然磕不动，你那口刀也是如此，不用打算给他磕断。事已如此，天明再议论罢。”天已不早，三位歇觉。一宿晚景不提。

次日早晨起来，店家打面水净面已毕，徐良仍然头朝里睡觉去了。到吃早饭时节，山西雁连饭都没吃，净是睡觉。天有晌午之时，小义士把他拉起来，说：“三哥，你不是说展大叔看看快到了么？咱们何不找寻找寻去，瞧他来了没有。”徐良这才起来，教他吃东西，他也不吃，自己一人就出店去了。这五里新街，由西往东，人烟稠密，来来往往，尽是些做买做卖之人。忽见路南有一座酒店，蓝匾金字，上写“美珍楼”，是新开的买卖。徐良一想，可惜自己不吃酒，要是好喝，到此处吃会子酒，倒有个意思。过了美珍楼，往东走至东边路北，见有一座大店，是三元店，大门开着一扇，关着一扇，往里瞧了一瞧，见里面冷冷清清，自己就进了这店，见上屋房门俱都关闭，上屋台阶之上坐着两个伙计。徐良走进店来，伙计打量徐良这个形象与吊死鬼一样，二人暗笑，随即问道：“你是找谁？”徐良说：“我要住店。”伙计说：“没有房子。”徐良问：“没有房子，这是甚么？”伙计说：“全有人住着呢。”徐良问：“人都往哪里去了？”伙计说：“全都出去了。”徐良说：“真巧，全出去了。”转身往外一走。两个伙计对说，这小子这个样，准是奸细！徐良一听那两个人说自己像奸细，一转身回头就问：“你们两个说谁是奸细？要向着你们叔伯也是这样的说话么？”那两个哪肯答应，说：“老西你嘴可要干净些个，我们在这里说我们的话，你因甚么事情挑眼？”徐良说：“我前来找店，你们口出不逊。找你们掌柜的乌八的来问问，这是甚么买卖规矩？”那二人说：“老西你嘴可要干净着，不然我们可真要揍了。”徐良说：“你也配。”那个伙计不知道徐良的厉害，用左手一晃，右手就是一拳。徐良一刁他的里腕子，一抬腿，那伙计噗咚一声摔倒在地。这个复又过来，用了个窝手腕炮，照旧被徐良一腿踢倒。那人一嚷，从后面出来数十个人。那人说：“这是个贼，偷咱们来了。”众人一齐动手，七手八脚，抱腰的，扳腿的，揪胳膊的。徐良使了个扫堂腿，这些人转眼间东倒西歪，也有躺下的，也有带伤的，也有折了胳膊的，大家一片乱嚷。忽然间，由东边四扇屏风门内蹿出两个人来，一伸手就把徐良揪住，说：“你好生大胆，要是打，咱们较量。”山西雁一看这两个人，吃惊非小。要问来者何人，且听下回分解。

第六十九回　三元店徐良遇智化　白沙滩史丹见朱英

且说徐良把众伙计打得不亦乐乎，忽见屏风门后出来两个人，头一个是冯渊，第二个是蒋四爷。冯渊说："唔呀，我早就听出是醋糟的声音来了，要打，咱们两个人打。"徐良说："臭豆腐，你担不住我打。"过去与蒋爷磕头。蒋爷问："因为甚么事故在此相打？"徐良说："他们说我是奸细。"蒋爷问店中伙计你们这是怎么说话呢？伙计哪里敢承认哪，说："我们这里说话，他老人家听错了。"蒋爷说："算了罢，这也是一位大人呢！"遂带着徐良往东院去。徐良进了东院，是五间上房，刚跟着蒋爷往上一走，就见里面是展南侠、智化、邢如龙、邢如虎、张龙、赵虎。徐良过去行礼。这伙人皆因展南侠由鹅峰堡回去，遇见徐良，拿了解药，回到徐州公馆，救了总镇大人，说了纪强满门居家惨死的缘故。总镇大人镖伤已好，知府行了文书，不用详验纪强满门的尸首。总镇、知府单预备些祭礼赏赐。然后蒋四爷与展南侠给开封府打了禀帖，就奔南阳府而来。可巧行在半路之上遇见黑妖狐智爷。一问，智爷就把神鬼闹家宅，棍打太岁坊的话说了一遍。又将本要上卧虎沟，怎么遇见沙大哥，怎么自己不辞而别的话，也说了一遍。蒋爷说："咱们一路前往罢。"智爷说："我要谢恩去。"蒋爷说："相爷早替你谢了恩啦！"智爷说："不谢恩，我就要出家去了。"蒋爷说："你先帮着我们把这事办完，你再出家去也就没人管了。"智爷说："这事情不了，一件又是一件，到底帮着你们办完了甚么事情才放我走哪？"蒋爷说："只要把万岁爷冠袍带履得到手中，就没有你的事了。"智爷说："可是君子一言出口，驷马难追。"蒋爷说："你还叫我起誓不成？"智爷方才点头，一同扑奔南阳府而来。到了五里新街，找三元店住下，就嘱咐明白了店家打成公馆，不叫再住人了。凭他是谁，也不准把风声透露。

徐良跟着大众到屋中行礼已毕，展爷就问："徐侄男，由咱们分手之后，几时到得这里？"徐良说："侄男昨天才到。"遂将所办的事情对着展爷说了一遍。又问："昨天到了，可往团城子里面看看虚实没有？"徐良道："不瞒叔父说，昨天晚间我去了一趟，白菊花不在那里，火判官周龙他们一伙人都在那里哪！"智爷又问："瞧见藏珍楼没有？"徐良说："藏珍楼我没看见。"智爷问："你进去好一会子，怎么没看见藏珍楼哪？"徐良说："我到那里看看就回来了。"智爷又问："除此之外，一点别的事情没有，你就回来了吗？"徐良一听，这话里有话，连忙问道："智叔父，你老人家知道吗？"智爷微微一笑，说："你说实话罢，到底是怎么件事情？"徐良只得把自己事情又说了一遍，遇姑娘被捉，有人救了自己，不知是谁。丢刀的话，未曾说完，见智爷微微冷笑，徐良就明白了八九的光景，说："智叔父，别是你老人家也去了罢？"蒋爷在旁，说："智贤弟，真少不了你，昨日一刻的工夫，就上团城子去了。我问你，你说拉尿去了，你还不承认。"智爷说："你问问罢，我要不去，就出了大祸了。"蒋爷问徐良："到底是怎么件事情？"山西雁清清楚楚，一五一十，一点也不敢隐瞒，又说了一遍。智爷才对着大众说："昨日晚间到了团城子，至红翠园，我在房的后坡上就看见了徐良在树上。他一跑，我就上东房后坡去了，他被人家链子槊绕下来，我就揭起房瓦，打算用房瓦打他们，好救徐侄男。不料这个时候有路素贞到，就把他装在西屋箱子内，那三个姑娘进上房喝酒去了。我下房杀死丫鬟，打开箱子，挑了他的绑绳，吹灭灯烛，我又藏起来了。徐良出来，院内发怔，将要奔上房屋中，这个时候东方亮他们就来了，他就蹿出墙外逃命去了，连自己的刀都不顾得要了。"徐良过去与智爷跪下恭恭敬敬磕了三个头，说："谢叔父活命之恩，侄男这一辈子也不忘你老人家这番好处。还有一件，你老人家提我那刀，可知道下落不知？"智爷道："你既问，我就知道下落，挂在他们上房屋中墙上，趁着三个姑娘迎接东方亮之时，我就替你代了一代劳。"徐良一听此言，如获珍宝一般，复又深施一礼。智爷回身进里间屋中，把刀取出来交给徐良。徐良将刀带起来说："我回我们店中送信去，叫他们上这里来见众位叔父。"蒋爷说："叫他们来罢。"徐良出了公馆，到了自己店中，见韩天锦、卢珍、艾虎，把三元店的事情对他们一说，给了本店的店钱饭钱，各带自己东西出店，直奔公馆而来。进了三元店，来至东院，到了屋中，见大众行礼，对问了一回路上所遇的事情。展南侠复与徐良打听团城子里那两个姑娘，他们那链子锤槊怎么会那么利害。徐良说："侄男也是藐视他们那兵器，看链子很细，就是结实。"展爷说："你的刀既是磕不动，大概我的剑也是不行。"徐良说："不行。"

这时忽听外边一阵大乱，店家进来，说："众位老爷们，外面瞧看瞧看热闹去吧。"蒋爷问："瞧看甚么热闹？"店家说："他们全瞧擂台去了。这五里新街西口外头，有个白沙滩，立擂台哪。"蒋爷说："你先去罢。"店家出去，蒋爷问徐良："不是五月十五，怎么这样早就看擂台去哪？"徐良说："咱们大家全去看看便知。"智化说："全去可以，别聚在一处，咱们大家散走，看完了擂台回来，在这本街上，有一个新开的大酒楼，叫美珍楼，我请众位在那里喝一杯酒儿。”大家一听，全都点头，叫店家把门带上，众位出了三元店。行至大街，就见那些人摩肩擦背，搀老扶幼，全是瞧擂台去的。他们大众也是三三两两的，散步出了五里新街，西头一看，尽是白亮亮的沙土地，寸草不生，此地起名就叫白沙滩，远远看见那里有一群人围着观看。展爷、智爷、蒋爷、张龙、赵虎这几个人走在一处。一看这个擂台形象，就吃惊非小。你道这是甚么缘故？这擂台还没搭起来呢，刚把四址拉好，栽上柱木，绑上杆子，将绑出一个形象来，类若乡下唱戏高台一样，无非比戏台大。有三丈六尺见方，也有上下场门，高够一丈五尺，上面搭上木板，就在这上边动手。若要上台，左右两边单有梯子。两边八字式的看台也是两层，单有梯子上去。另有一个小棚，单有一位文职官员在这棚内。蒋爷他们一看擂台是个白虎台，吃了一惊。展爷低声叫：“蒋四哥、智贤弟，他们搭擂台，为何搭一个白虎台？本来这擂台不定要出多少条人命，搭一个白虎台，更了不得了。就是唱戏的戏台，戏班子还不愿意唱呢，何况这是擂台！怎么不找吉祥事办，这是甚么缘故？”蒋爷说：“谁知道他们是甚么意思！”智爷说：“也许他们不懂，也许他们成心。”赵虎说：“咱们看看那边甚么事情，围着那些个人。”展爷往那边一看，果然压山倒海围着一圈人往里瞧看。蒋爷等一齐都到这里来了。分开众人，往里一看，原来是围着一个江湖上卖艺的。见那人身高八尺，膀阔三停，头挽牛心发髻，穿一身青绸的汗衫俱都破损，青绉绢裤子上面补着几块补丁，一双旧布靴子绽了半边，用带子捆着，腰间系着一个旧抄包，面似锅底，黑而透暗，两道剑眉，一双阔目，蒜头鼻子，火盆口，大耳垂轮。地下放着一根齐眉棍，一把竹片刀。见他冲着众人深施一礼说：“愚下走在此处，举目无亲，缺少盘费，人穷当街卖艺，虎瘦拦路伤人。我会点粗鲁气力，在众位面前施展施展，要是练完的时节，恳求师傅们帮凑帮凑，有多给多，无多给少。此处瞧看的老师傅甚多，小师傅不少，是玩过拳的、踢过腿的，回汉两教，僧道两门，皆是我的老师。若要是练的哪招不到，恳求老师们指教一二。”说毕这套言语，就踢了两趟腿，然后打拳。张龙一拉展南侠，低声说道：“这个人就是花神庙卢大老爷打死花花太岁阎彬时看擂台的那个史丹，后来到开封府，把他充了军，他是个逃军，逃在此处来了。”展爷说：“对了，你这一说我就想起来了。按说这个人咱们伸手能办。”蒋爷说：“那是何苦。”见他打完了这套拳要钱的时节，连一个给钱的也没有，大家夸奖说好，就是没有给钱。又练了一趟刀，也没人给钱。又练了一趟棍，也没人给钱。史丹可就急了，说：“我连练了三四趟功夫，一个给钱的人没有！”忽然从外边进来一人，十分凶恶。要问此人是谁，且听下回分解。

第七十回 蒋平遇龙滔定计 赵虎见史丹施威

且说蒋爷瞧这卖艺的可怜，练了半天，连一个给钱的也没有。忽然从外边进来一个黄脸的大汉，生的狰狞怪状，说：“朋友，没人给钱，你可别放闲话。皆因你不懂得这里规矩。你应当先找出一个在本地有人缘的头目人来，叫他帮着你凑合，半冲他，半冲你，那方能行的了。打算你自己要一天，也要不下一文钱来。除非有过路的给钱，要是我们本地人给钱，还有人不答应呢。你不懂规矩呀，朋友！你贵姓？”史丹说：“姓史，我叫史丹。”那人说：“史壮士，我给你找个事情，不知你愿意不愿意？”史丹说：“我实出无奈，欠下了人家的店钱，才出来卖艺，只要与我找个吃饭的地方，永不忘爷台的好处。”那人说：“在这南边有个团城子，里面住着东方大员外，他们那里打更的约有四十多人，打算要寻找四个打更的头目，可得有些个本事才好，据我看你这本事虽不甚强，你这身量相貌还可以。”史丹一闻此言，就与那人深深施了一礼，说：“恩公，但能如此，我要得了好事，这一辈子也忘不了你老人家的好处。”那人说：“明日正午，我在团城子西门与你留下话，见了员外时节，成与不成在两可之间。”史丹说：“那就看我的造化就是了。”那人一回手，给了他一锭银子说：“你拿这银子，还还店钱，换换衣服，明日正午相见。”史丹又给打恭。那人说：“我可要走了。”史丹说：“请吧。”那人又说：“我可要走了。”史丹说：“请吧，你老人家。”那人哈哈一笑，说：“朋友，你敢情是个浑人哪！”史丹说：“我也不算聪明。”那人说：“我给了你银子不算事，你也不打听打听我姓甚名谁呀？”史丹一闻此言，羞了个脸红过耳，说：“爷台，我实在是个浑人。”随说着，“扑咚”就给那人跪下了，说：“恩公你千万别怪我，到底你老人家贵姓？”那人哈哈一笑，说：“我姓朱，单名一个英字，外号人称黄面郎。你明天到那里之时就说有个姓朱的，自然就与你回说进去，千万你可要记好了。你在哪个店里住着哪？”史丹说：“我就在这五里新街西口外头有个李家小店，在他那里住了十几天光景。”朱英又说：“你算计这五两银子连还店钱带置衣裳够与不够？如果不够我再给你几两。”史丹说：“足够足够。”黄面郎朱英这才扬长而去。瞧热闹的众人也就一哄而散。史丹也就拿着银子提了捎马子，扑奔五里新街去了。蒋爷说："咱们走罢。"蒋爷与智化、展南侠说："此处有很好的一个机会,你们二位想到了没有？"智爷说："甚么机会？"蒋爷说："咱们要是有人同这个姓史的一说，明天与他一同上团城子做个假投降，此时东方亮正是用人时节，只要是高一头、阔一膀的人他是准要。团城子里头若有一个内应，要请冠袍带履就容易了，藏珍楼的底咱们也就得着了。谁人可去哪？"智爷说："就是这个人不好找。"

大家随说着就到了五里新街西口，忽听后面有人喊叫，说："四老爷，怎么这样忙哪！"蒋爷回头一看,原来两个人:一个是白方面,短黑髯,粗眉大眼,一身皂青缎衣襟;一个是年幼的后生,粉绫色武生巾,粉绫色箭袖袍,薄底靴子,肋下佩刀，面如美玉，五官清秀，无非就在十八九岁。一看那白方脸的，就是大汉龙滔，看那后生，不认得是谁。那人走近要叫"展老爷"，蒋爷对他使了一个眼色,那人才不敢往下叫了,彼此对施了一个常礼。展爷问:"这是谁？"龙滔一回头，把那后生叫过来说："给你见见，这是展伯父。这就是我侄子，他叫龙天彪。"后生过来与展爷叩头说："展伯父在上，侄男天彪叩头。"展爷把他搀起来，说："贤侄请起。"龙滔与所有的人一一全都见了一礼。展爷说："找一个清静之处说话。"离那瞧热闹之人远远的，几位坐下。蒋爷说："这就是大爷跟前的侄男罢？"龙滔说："对呀，这就是我哥哥龙渊之子。"蒋爷问："从何而至？"龙滔说："皆因先到开封府任差去了，王老爷、马老爷告诉我说,你们在南阳府团城子五里新街打下了公馆,我们就上这里来了。刚到这里，听见有人说这里有个擂台，我们多绕几步奔到此处，不料真遇见老爷们了。"蒋爷问："你侄子跟来作甚么？"龙滔说："皆因他父亲被花蝴蝶一毒药镖打死了，如今跟着他冯七叔练了一身功夫，他七叔就是不会打暗器，这孩子他一心要学打镖，叫我带了他，给他找了师傅，跟着学打镖。学会的时节，慢慢找花蝴蝶的后人，只要是他沾亲带故，无论是谁，打死一个，就算与他天伦报仇。"蒋爷说："好，称得起是个孝子。龙老爷打算与他拜谁为师？"龙滔说："四老爷给他想一个人罢。"蒋爷说："这里有一个很好的人。"龙滔问："是哪位？"蒋爷说："无非辈数不大相符，就是我把侄也可以教他，收作一个师弟。"龙滔一听是徐良，说:"要是徐老爷可就好了,不但使镖,甚么暗器都会。"回头就把天彪叫过来，说："你这师傅，一身的暗器，不但学镖，要学甚么就有甚么。四老爷你给说一说，咱们立刻就拜。"蒋爷说："使得。"叫徐良过来，说："我与你收个徒弟，龙老爷的侄子，方才与你见过的那个。他要跟你学镖，为给他父亲报仇。冲着他这一点孝意，你就收了这个徒弟，日后准能不错。”徐良说：“侄男年轻，如何敢收徒弟！”蒋爷说：“你不必推辞了。龙老爷把他叫过来磕头罢。”龙滔把天彪叫过来，就在白沙滩这里大拜了四拜。行礼已毕，龙滔也给徐良深施一礼，说：“兄弟，你多分些心吧。”爷儿两个又与蒋爷道劳。徐良说：“咱们可是教着看，学会了很好，要是学不会，可别说我不会教徒弟。”龙滔说：“你不要太谦了。”收徒弟已毕，大家都与徐良道喜，他复又与大众磕了一会头，龙天彪也给大众磕了一回头。

智化说：“四哥，你方才说，我们这里少一个人上团城子作个内应，据我看龙老爷可去。”蒋爷点头说：“我也是这个主意。”龙滔问：“甚么事情？”蒋爷对他如此这般学说了一回。龙滔说：“使得。君山我都敢去诈降，别说这个地方。”天彪答言说：“众位伯父在上，可不是我小孩子家多说话，要光叫我叔叔上团城子去作个内应，恐怕不行，最好我也跟着一路前往。姓史的带我叔叔他们不好打听的事情，我都好打听，他们到不了的地方，我可以到得了。我是小孩子家，他们绝不能疑惑我。众位伯父想想，使得使不得？”蒋爷说：“也倒有理。”展老爷问：“去了怎么个说法？”蒋爷说：“作为龙老爷与那位姓史的是亲戚，龙爷带着侄子在镖行做买卖，由镖行散下来，没剩下钱，要在此处打把势卖艺，碰见这个姓史的了。姓史的说这个地方没人给钱，就提这个姓朱的，为他们爷两个也求一求这位姓朱的给美言美言，就是在团城子里打更，也是情甘愿意。这样一说，没有个不成。”展爷说：“怎么见得一说就成？”蒋爷说：“他要想谋反，他岂不各处找寻这高一头阔一膀的人？龙老爷这个相貌，焉有不成之理。”展爷说：“谁去找那姓史的去呢？”蒋爷说：“不用多少人去，就是我同着张三老爷、赵四老爷就行了。”智爷说：“事不宜迟，我们就办理。”展爷说：“我们在哪里等你们呢？”蒋爷说：“我们都在美珍楼相会。”说毕大家散去。

蒋爷同定张龙、赵虎奔了李家小店，进了路北的店门，至里面。那姓史的正要拿着银子出去购买衣服，一看，忽然从外面进来了三个人。赵虎先就过去，说：“朋友，你认识我们不认识？”史丹回答说：“三位恕我眼拙，未领教贵姓？”赵虎说：“我们是开封府的，这是我们蒋四大人，这位是我三哥姓张，我姓赵，叫赵虎。”史丹一听是开封府的校尉，转眼间就颜色更变，说：“众位老爷们请坐，你们众位必是为我来的，我是被罪之人，我可不是逃军。”赵虎说：“你不用说那些个，你跟着我们到开封府见相爷就得了。”史丹一闻此言，吓了个胆裂魂飞，就给赵虎跪下了，说："我在那里实出无奈，看看快饿死才上这里，找几个盘缠，仍然回去任罪。"蒋爷说："你且起来，不必撒谎。我先问你一句话：你是愿意死，愿意活？"史丹说："蝼蚁尚且贪生，为人岂不惜命？"蒋爷说："你愿意活，方才姓朱的给你找得那个事情，东方员外是作甚么的你知道不知？"史丹说："我就知道他是个员外，别事一概不知。"蒋爷说："如今襄阳王造反，他与襄阳王连手，也是一个反叛。"史丹说："他既是个反叛，我饿死都不跟着他去。"蒋爷说："你既然说出这样话来，你就是大宋的好子民，我们只要说明白了，你只管前去。"史丹说："我可不去。"蒋爷说："我叫你去，你只管前去。不但你去，我有个朋友姓龙，他还有个侄子名叫天彪，与你同去。我把实话告诉你，向着反叛也在你，向着大宋朝廷也在你。"史丹说："我甚么事向着反叛的呢？我要向着反叛的叫我不得善终。"蒋爷说："好，你同着我们这龙姓的爷儿三个同去，就提你们是亲戚，他们是在镖行里保镖，如今把买卖散了，要在此处卖艺。你们碰见，你说卖艺不行，作为他们爷儿两个苦苦哀告与你，转求这位姓朱的给他们美言美言，就在员外家内打更。行了更好，要是不行，也不干你事。只要此事依我，不但你前罪可免，还算你一件奇功。我见了相爷给你回明，准有你一个小小武职官做，就看你的造化了。"史丹一闻此言，连连点头说："四老爷，倘若人家不收，那时可别嗔怪于我。"蒋爷道："我方才说过，事要不成，不与你相干。"遂叫赵虎把龙滔找来。史丹又问："四老爷，叫我们前去何用？"蒋爷说："我要不言，你也不知。万岁爷丢失了冠袍带履，现在团城子藏珍楼里面，不知道那藏珍楼里面的消息，总得有个内应方能得他里面的实底。再说他摆擂台，里面有许多贼人，他又是王爷的余党，有了内应，捉拿起来岂不省事？实话都告诉与你，就看你心地如何了。"正说之间，就见赵虎带着龙滔进来，蒋爷给他们引见了。史丹问："我们明日一同前去，说我们是甚么亲戚？"龙滔说："我们作为是两姨兄弟，这是我侄子。"龙天彪说："叔父，你倒不用说我是你侄子，就说我们是父子爷儿两个，据我想着，比说是你侄子还强哪！"蒋爷说："很好，这孩子实在聪明。"把主意定好，蒋爷掏出两锭银子给与史丹说："你们作零用盘费罢。"然后告辞。龙滔、天彪也不跟回公馆去了。

张、赵二人跟着蒋爷，到了美珍楼往里就走，从西边扶梯而上，至楼上一看，共是五间楼房，当中三间都是金漆八仙桌椅条凳，南面俱是隔扇，东西两边两间雅座，俱是半截窗，上挂着半截斑竹帘，从外往屋内看，看不真切，由屋内往外看，看的明白。北面是一带栏杆，全都是朱红斜卍字式。蒋爷奔到隔扇那里，往下一看，是人家大酱园的后身，很大的院子尽是酱缸，地上一半地下一半，有两个人在那里晒酱。东雅座有人把蒋爷叫将进去，蒋爷一见是南侠、智化，就把史丹他们的事情说了一遍，复又叫过卖另添杯箸，又添了些酒菜。正在吃酒之时，忽然跑上一个人来，周围一看，复又下去，就与白菊花同上来了。众人捉拿淫贼这段节目，且听下回分解。

第七十一回　美珍楼白菊花受困　酒饭铺众好汉捉贼

且说蒋爷进去，见大众一个圆桌面，要了许多酒菜，有喝的有不喝的，蒋爷这一进来，又添了些个酒菜。忽听扶梯一响，噔噔噔上来一人，看了看又下去了。艾虎说:“这个叫飞毛腿高解，是个贼。”徐良说:“别嚷！白菊花到了。”蒋爷说:“怎么见得是白菊花到了哪？”徐良说:“这是白菊花的前站，还有个病判官周瑞，他们三个人总在一处。”

正说之间，又听扶梯一响，头一个就是白菊花，武生相公打扮，第二个是高解，第三个是周瑞，三个人仍是一路而行。依着白菊花绝不上南阳府来，是叫飞毛腿高解、病判官周瑞两个人苦苦相劝，晏飞想了想，才点头随着他们走的。白菊花另有个主意，他是想找他那个相好的妇人去，那妇人也离团城子不远。他意欲让他们上团城子，自己单找那妇人去，见着时节，就带着他上姚家寨。可巧到了五里新街，天气尚早，假说在此处吃酒，盼到天黑，自己好脱身。来到美珍楼，又恐怕山西雁在这里。飞毛腿说:“待我进去看看。他要在这里，我跑的快，就先下来送信；若不在这里，咱们进去吃酒。”故此飞毛腿先上来。到了上面一瞧，并没有多少饭座，可见着东雅座里有些个人，隔着那斑竹帘子实在是看不出是谁。他想焉有那么凑巧的事情，老西绝不能在这里。一回身下楼出来，告诉白菊花楼上无人。晏飞同周瑞进了酒铺，复奔楼梯，到了上面，白菊花总是贼人胆虚，尽往东间屋中看了又看，就是看不真切，皆因有那竹帘子挡着，总疑惑山西雁在屋中吃酒哪。复又扒着南边隔扇往下一看，一院子尽是酱缸，一口挨着一口，还有两个人在那里晒酱。他就靠着那南面隔扇坐下，正对着楼口，倘若徐良从下面上来，他好一翻身就从那隔扇往酱园里逃跑。高解、周瑞在旁边。三人坐下，走堂的过来问:“三位要甚么酒菜？”周瑞说:“要一桌上等酒席，三瓶陈绍。”不多一时摆列停当。高解斟酒，三个人轮杯换盏，虽吃着酒，晏飞不住往东屋瞧看。

正在疑惑之间，忽听楼梯又响，噔噔噔又上来一人。见那人一身素服，生的五官清秀，面如少女一般，到了楼上，也往东里间屋内瞧了一瞧，看了看白菊花，自己奔到西雅座去，叫过卖要了半桌酒席，自己一人在屋中饮酒。你道东屋里人怎么不出来捉拿三个贼寇？见三人上来，徐良低声告诉，哪个是白菊花，哪个是周瑞，哪个是高解。众人就掖衣襟挽袖子。智爷说："别忙，待着他们定住了神的时候，我们大家往外一蹿，一个也走脱不了。"故此全没出来。后又上楼这个人是白芸生大爷。他奉旨回家料理丧仪，众事已毕，奉婶母、母亲之命，早上京任差，带着手下从人，乘跨坐骑，离了自己门首，直奔京都而来。正走在这五里新街，大爷觉得腹中饥饿，又看这座酒楼簇新的门面，下了坐骑，进了饭铺，叫从人在楼底下要酒饭，自己上楼。他也没看见里间屋中是谁，倒瞧了白菊花几眼，见周瑞、高解的相貌定不是好人，自己奔西屋里去了，要来酒菜。

喝了没有三两杯酒，就听东屋里一声叫喊，如同打了一个巨雷相似。芸生一听，好似三弟的声音，往帘内一看，由东屋里蹿出许多人来，头一个就是徐良。只听他说："三个人才来呀！老西死约会，不见不散。"一低头就是紧背低头花装弩，"嘣哧"一声打在白菊花头巾之上。也是晏飞的眼快，如若不然，这三枝暗器就不好躲闪。白菊花一听是老西说话，就站起身来用脚一勾椅子，那张椅子往西一倒，就有他退身之地了，双手一扶桌子。见徐良冲他一低头，他也是一低头，紧跟着右手一枝袖箭，白菊花往左边一躲，就钉在隔扇之上了。徐良左手一枝袖箭出去，白菊花往右边一躲，嚓的一声，在耳朵上微点了一点。邢如龙瞪着一双眼睛骂道："白菊花狠心球囊的，我是替师傅一家报仇。"说着，抡刀就剁。邢如虎也是破口大骂，剩了一只右手，也是提刀就砍。晏飞瞧着两口刀到，就把桌子冲着二人一推，哗喇一声，俱都合在刑家弟兄身上，两口刀全都砍在桌子上，把邢如虎撞了一个筋斗。白菊花回身要跑，早被智化把他拦住，迎面就是一刀，白菊花拉剑要削智化这口刀，展爷那里早就发了一枝暗器，晏飞总是躲袖箭要紧，一扭身躯，那枝袖箭打出楼外去了。晏飞蹿上西边那张桌子，艾虎先就上了板凳，对着淫贼就是一刀。白菊花用宝剑往上一迎，打算要削艾虎这口刀，活该自己倒运，就听呛啷啷的一声响亮，眼前火星乱迸，皆因是二宝一碰，故此才火星崩现，把艾虎也吓了一跳，白菊花也吃惊非小。艾虎低头一看自己的刀，连一丝也没动。白菊花一看自己宝剑，又磕了一个口儿。这时从西来了一宗物件，叭的一声正打在他的腮颊骨上。却是白芸生见大家动手，也从里间屋中出来，先就冲着白菊花打来一块飞蝗石子。展爷赶过去就是一剑，晏飞往旁边一闪，刚刚躲过，山西雁就是一刀，晏飞直不敢还手，也是一闪，紧跟着艾虎又是一刀。晏飞看这势头不好，料着今天在这楼上要走不了。躲过了艾虎七宝利刃，白芸生的刀到。将要拿宝剑削玉面小专诸的那口刀，徐良在旁提醒说："大哥小心，他那是宝剑，见兵器就削。"芸生一听，把刀往回一抽，呛啷一声，把刀尖削落，也把白芸生吓了一跳。晏飞打算要走，大众把他围裹上来。

这个过卖没见过这个事情，只吓得东西南北都认不出来了，口中乱嚷说："可了不得了，楼上反了，刀枪的乱砍。"也找不着楼门在哪里了，好容易找到楼口，一步就跨出去，咕噜咕噜就滚下楼去，摔了个头破血出，也顾不得疼痛，到了底下爬起来就跑，口中直嚷："反了哇反了！"底下的酒饭座也并不知楼上是甚么事情，只听见呛啷啷刀剑乱响，也有趁乱不给钱的，有吓跑了的，下面之人，一拥而散。上边的人，身法玲珑的全上了桌子。圣手秀士冯渊不敢过去与白菊花交手，他怕那口宝剑，会同蒋四爷围住飞毛腿高解三个人交手。邢如龙、邢如虎围着病判官周瑞三个人交手。艾虎正与晏飞动手，飞毛腿高解瞧出一个便宜来了，对着艾虎后脊背飕的就是一刀。艾虎一回手，呛啷啷把高解这口刀削为两段。高解一纵身，就从蒋平脑袋上蹿出隔扇之外去了。徐良嚷："飞毛腿跑啦！"蒋爷说："交给我了。"就尾于背后，跟将下来。飞毛腿飘身下楼，脚踏实地，蒋爷也就蹿下来。这二人一蹿下楼来不大要紧，把两个晒酱的吓的几乎没掉下酱缸里。徐良见飞毛腿一跑，回手掏出一枝镖来，要打白菊花，见围绕的人太多，从这个桌子上蹿在那个桌子上，来回乱蹿，又怕打着别人。一想也罢，看病判官那里清静，对着周瑞飕的就是一镖，只听见噗哧一声响亮，当啷啷撒手丢刀。要问周瑞生死如何，且听下回分解。

第七十二回　酱缸内周瑞废命　小河中晏飞逃生

且说徐良这一镖正打在周瑞手背之上，鲜血直流。周瑞撒手丢刀，回头就跑。邢家弟兄哪肯叫他逃命，尾于背后，也就赶下来了。周瑞蹿出楼外，徐良说："先跑了一个飞毛腿，后跑了一个病判官，就是别叫这白菊花跑了。"忽听东屋里大叫一声说："都跑了？不叫我出去，你们也含糊不得，这个菊花该我拿了。"又听得"哗啦"、"叭嚓"、"磕嚓磕嚓"。"哗啦"是把桌上家伙摔为粉碎，“叭嚓”是把圆桌面翻于地下，“磕嚓磕嚓”是劈了两个桌脚子。原来是智化的主意，教张龙、赵虎把雅座的门堵住，不让韩天锦出来，怕他没甚么本事，万一受点伤，身价太重。韩天锦在里边看了半天，此刻真急了，把桌子一翻，劈了桌脚子就从窗台子上边出来了，喊叫一声说：“打呀！”智爷说：“你别打，是我。”韩天锦看这个也打不的，那个也打不的，又不能到白菊花身边，急的他乱嚷乱骂。智爷跳下桌子，仍把他拥到里间屋中去，说：“用不着你动手，连我还不出去哪。”

再说白菊花遮前挡后，始终不能逃蹿，倒是飞毛腿高解逃了性命，在前边跑着，蒋爷在后面追着，他看蒋爷瘦弱枯干，料着没有多大本事，自己蹿上酱缸，蹬着酱缸的缸沿，飕飕飕飞也相似，一直奔正西去了。蒋爷哪里肯容他逃窜，也就蹿上酱缸，紧紧的追赶。追到西边有个平台，是人家杂货铺的后院的屋子。飞毛腿一纵身蹿上平台，蒋四爷也就跟着蹿将上去，看那高解早就蹿下去了。蒋爷往那院里一看，是杂货铺的后院，堆着好些个囤子，囤里是些干果子。再找高解，踪迹不见。蒋爷不肯追赶，因为高解在暗地，自己在明处，一定要追赶，怕自己吃亏。往下看了半天，并没有动静。一回头，见病判官周瑞叫邢家弟兄追着在缸沿上乱跑，可笑者邢大爷追周瑞，邢二爷又追邢大爷。周瑞见邢如龙是一只眼睛，总打算把他绕在酱缸里边，自己才好逃跑。也对着邢如虎实在太愚，净追他哥哥，绝不知道分头一挡，岂不就把周瑞拦住了么？已经跑了三个来回，蒋爷高声嚷道：“邢二老爷，别追你哥哥了，分头一拦，就挡住他了。”这一句话把如虎提醒，往北一歪身，提着刀说：“你往哪里走！”周瑞手无寸铁，只可回身仍奔正西，也就看见那个平台了。到了台下往起一纵身躯，往房上蹿，正在脱空之际，被蒋爷用手中青铜刺一晃，周瑞见眼前一晃，自己不敢上去，往回来一翻身，脚找缸沿，焉能那么样巧，只听噗咚一声，正掉在酱缸里面。邢如龙下了酱缸，把石板盖在酱缸之上，自己往上一坐。蒋爷问：“你觉着酱缸里面怎么样了？”邢如龙说：“他在酱缸里噗咚噗咚直撞这石板哪！”蒋爷说：“可别把他酱死。”自己下了房，奔到酱缸这里，又问：“这时候怎么样了？”邢如龙说：“这半天可不撞了。”蒋爷说：“你下来罢，别把他闷死。”邢如龙跳将下来，把石板揭开，蒋爷一看，人已然不行了。蒋爷一伸手把他往上一拉，通身是酱，已然气绝身死。蒋爷说：“可惜，我说要留他活口，邢大老爷，你难道试不出来么？他不大很往上撞，必是不行了，你还在上头死坐着，他会不死！重新把石板盖上吧。”蒋、邢三位往外要走，掌柜的出来说："人命关天，我们酱缸内酱死一人，你们打算要走，那可不行。"蒋爷同着邢家弟兄说："掌柜的，咱们柜房里坐着，我告诉你话说。"随即进了路南那个小门，到了柜房，问："掌柜的尊姓？"掌柜的说："我姓赵。"蒋爷说："赵掌柜的，我姓蒋名平，字泽长，御前三品护卫。万岁爷丢失了冠袍带履，我们奉旨拿贼，方才这个酱缸里的就是他们同党伙计。你可不许声张，此事绝连累不了你。这一缸酱，该卖多少银子，我们不能短少你的。你若把风声透露，拿你到开封府用狗头铡把你铡为两段。"掌柜连说："不敢不敢。"

伙计进来说："又从楼上下来了好几人，都往西跑下去了。"原来是白菊花到底卖了一个破绽，蹿下楼来。徐良说："大家快追。"打头就是白芸生、卢珍、艾虎、山西雁，下了楼，紧紧一追。白菊花蹿到西边，跑上墙去，由墙上房，直跑到五里新街西口外面，扑奔正北，顺着白沙滩往北，将到五里新街后街的西口外头，忽见从巷口出来了南侠、智化、冯渊，后面还有张龙、赵虎。这几人见白菊花下楼往西跑，智爷说："随我来。"就从楼上往下一蹿，南侠、冯渊也就跟着蹿下来了。张龙、赵虎也从楼上下来。智爷往北街跑，大家跟随，由北街往西，迎面正撞着白菊花，展爷一挥宝剑说："钦犯哪里走？"白菊花一见，吓了个胆裂魂飞，暗暗一想，后边小四义本就不是他们对手，前边又有姓展的挡住，这便如何是好！自己无奈何，掏出一枝镖来，明知也是打不着他们，暂作为脱身之计，离展爷不远，对准就是一镖。展爷往旁边一歪身，这一枝镖几乎就把冯渊打着。白菊花一抖身扑奔西北。后面众人哪里肯舍，紧紧一追。淫贼知道，五里屯东北有一道长河，这河名叫凉水河，自己想着，要是跑到凉水河也就有了性命，大约他们这些人全不会水。正跑之间，远远就看见了一段水面，欢喜非常，直奔水去。山西雁瞧见前边白茫茫一带是水，暗暗着急，往前后一看，没有蒋四叔，口中就说："蒋四叔这个工夫上哪里去了？白菊花打算要奔水去，咱们这里有会水的没有？"艾虎听着，大料白菊花这一下水，自己可以把他拿住。皆因他在陷空岛跟着练的水性，可就是在水中不能睁眼。果然行至凉水河，白菊花冲着大众哈哈一笑，说："晏大太爷走了，要是有能耐的，在水中拿我。"哧的一声，跳入水中去了。徐良说："坏了坏了。"大众一怔，艾虎说："不用忙，待我下水拿他。"自己往前一蹿，哧的一声，也就跳入水中去了，见他单胳膊把一人往肋下一夹，往上一翻，把贼人夹至岸上。大众过来一看，要问贼人生死如何，且听下回分解。

第七十三回　吴必正细说家务事　冯校尉情愿寻贼人

且说艾虎往下一跳，工夫不大，夹着贼人翻身上来，往岸上一扔，说:“你们捆罢。”大家上前一看，徐良过去要绑，细细瞧了瞧，微微一笑，回头叫:“老兄弟，你拿的是年轻的是上岁数的？”艾虎说:“哪有上岁数的淫贼哪？”徐良说:“对了，你来看罢，这个有胡子，还是花白的。”艾虎过来一看，何尝不是，衣服也穿的不对，还是青衣小帽，做买卖人的样儿。艾虎一跺脚，眼睁睁把个白菊花放走了。这个是谁哪？徐良说:“这个人还没死透哪，心口中乱跳。咱们把他搀起来行走行走。”张龙、赵虎搀着他一走。艾虎说:“那贼跳下水去，料他去的不远。我再入水中，务必将他拿将上来。”智爷说:“你等等吧，你蒋四叔到了。”就见蒋四爷带着邢如龙、邢如虎直奔前来。皆因是在酱园内与掌柜的说话，伙计进来告诉，又从楼上蹿下几个人来，往西去了。蒋爷说:“不好，我们走罢。”就带着邢家弟兄，仍出了后门，蹿上西墙，也是由墙上房，见下面做买卖那伙人说，房上的人往白沙滩去了。蒋四爷往白沙滩就追，将至白沙滩，远远就看见前面一伙人。蒋爷追至凉水河，见张龙、赵虎二人搀着一个老人在那里行走，看那人浑身是水，又瞧艾虎也浑身是水。智爷高声叫道:“四哥你快来罢。”蒋爷来至面前，智化就把白菊花下水，艾虎怎么夹上一个人来的话说了一遍。蒋爷说:“张老爷、赵老爷把他放下罢，再搀着走就死了。”又说:“艾虎，你这孩子实在是好造化。”艾虎说:“我还是好造化哪！要是好造化，把白菊花拿住，才是造化。”蒋爷说:“不遇见白菊花是好造化，遇见白菊花你就死了。”艾虎问:“怎么见得？”蒋爷说:“你在水里不能睁眼，白菊花在水内能睁眼视物。你在水内闭目合睛一摸，他赶奔前来给你一剑，我问你这命在与不在？这不是万幸么，正走好运呢。”又对着智爷说:“你还叫黑妖狐哪？”智爷说:“怎么样？”蒋爷说:“谁的主意，搀着这个老头子行走？”智爷说:“我的主意。”蒋爷说:“你打量他是上吊死的，搀着他走走就好了？他是一肚子净水，不能出来，又搀他行走，岂不就走死了吗？”智爷一听，连连点头说:“有理。”蒋爷过去，把那老头放趴着，往身上一骑，双手从肋下往上一提，就见那老头儿口内哇的一声往外吐水，吐了半天，蒋爷把他搀起来，向耳中呼唤，那老头才悠悠气转。

蒋爷问:“老人家偌大年纪，为何溺水身死？你是失脚落河，还是被人所害？”那老者看了看蒋爷，一声长叹说：“方才我落水是你把我救上来的？”蒋爷说：“不错，是我救的。”老者说：“若论可是活命之恩，如同再造，无奈是你救我可把我害苦了。”蒋爷说：“此话怎讲？”老者说：“人不到危急之间，谁肯行拙志？这阳世之间，实在没有我立足之地了。”蒋爷说：“你贵姓？有甚大事，我全能与你办的。”老者说：“惟独我这事情你办不了。”蒋爷说：“我要是办不了然后你再死，我也不能管了。”老者说：“我姓吴，叫吴必正。我有个兄弟，叫吴必元，我今年五十二岁。在五里屯路北小胡同内高台阶风门子上头，有一块匾，是吴家糕饼铺，我们开这糕饼铺是五辈子了。皆因是我的兄弟，比我小二十二岁，我二人是一父两母，我没成过家，我兄弟二十六岁那年给他说的媳妇，过门之后到他二十八岁，我弟妇就故去了。自他妻子一死，苦贪杯中之物，净喝酒。我怕他心神散乱，赶紧找媒人又给他说了一房妻子。谁知上了媒人之当，是个晚婚。我一想，他又是续娶，晚婚就晚婚罢。我兄弟今年三十岁，娶的我弟妇才二十岁。自从他过门之后，就坏了我的门庭了。我兄弟终日喝酒，他终日倚门卖俏，引的终朝每日在我们门口聚会的人甚多,俱是些年轻之人。先前每日卖三五串钱,如今每天卖钱五六十串、二三百串，还有银子不等。只要他一上柜，就有人放下许多钱，给两包糕饼拿着就走，还有扔下银子连一块糕饼也不拿，尽自扬长而走。我一见这个势头不好。我们铺中有个伙计，叫作怯王三，这个人性情耿直，气的他要辞买卖。我们这铺子前头是门面，后面住家，单有三间上房，铺子后面有一段长墙,另有一个木板的单扇门。从铺子可以过这院来。又恐怕我这弟妇出入不便,在后边另给他开了一个小门，为他买个针线的方便。这可更坏了事情了，他若从后门出去，后边那些无知之人就围满啦；他若要前边柜台里坐着，那前边的人就围满了。那日我告诉我兄弟说：‘你得背地嘱咐你妻子，别教他上柜才好，太不成个买卖规矩了。’我兄弟就打了他一顿，不料我兄弟又告诉他是我说的，我们把仇可就结下了。这日晚间我往后边来，一开后院那个单扇门，就见窗户上灯影儿一晃,有个男子在里头说话。我听见说了一句:‘你只管打听，我白菊花剑下死的妇女甚多，除非就留下了你这一个。’我听到此处，一抽身就出来了，骇得我一夜也没敢睡觉。次日早晨，没叫兄弟喝酒，我与他商议把这个妇人休了，我再给他另娶一房妻子，如若不行，只怕终久受害。我就把昨天的事情说了一遍。我兄弟一听此言，到后边又打了他一顿。谁知这恶妇满口应承改过，到了今日早晨，后边请我说话，我到了后边，他就扯住我不放，缠个不了，听得兄弟进来，方才放手。我就气哼哼的出来。可巧我兄弟从外边进来，我弟妇哭哭啼啼，不知对他说了些个甚么言语，他就到了前面，说：‘你我还是手足之情哪，你说我妻子不正，原来你没安着好心。’我一闻此言就知道那妇人背地蛊惑是非，我也难以分辩，越想越无活路，只可一死，不料被爷台把我救将上来。我说着都羞口，爷台请想，如何能管我这件事情？”蒋爷说：“我能管。我实对你说，这位是展护卫大人，我姓蒋名平，也是护卫，难道办不了这们一件小事吗？论说这是不洁净之事，我们原不应该管，皆因内中有白菊花一节。你暂且跟着我们回公馆，我自有道理。”吴必正闻听连连点头，与大众行了一回礼，把衣服上水拧了一拧，跟着大众，直奔五里新街。蒋爷同着展爷先上饭店，那些人就回公馆。

蒋、展二位到了美珍楼，往里一走，就听那楼上叭嚓叭嚓，韩天锦仍然在那里乱砸乱打。掌柜的见着蒋、展二位，认识他们，说：“方才你们二位不是在楼上动手来着吗？”蒋爷说：“不错，我们正为此事而来。”到了柜房，把奉旨拿贼的话对他们说了一遍。仍然不教他们泄露机关，所有铺内伤损多少家伙俱开了清单，连两桌酒席带贼人酒席都是我们给钱。那个掌柜的说：“既是你们奉旨的差使，这点小意思不用老爷们拿钱了，只求老爷们把楼上那人请下来罢，我们谁也不敢去。”蒋爷说：“交给我们罢。晚间我们在三元店公馆内等你的清单。”说毕出来，蒋爷上楼，把韩天锦带下来。天锦问道：“四叔拿住贼了没有？”蒋爷说：“没拿住。”天锦说：“不教我出来嘛！我要出来就拿住了。”蒋爷说：“走罢，不用说话了。”出了美珍楼，直奔公馆。进得三元店，此时艾虎与吴必正全都换了衣服。蒋四爷说：“方才这老者说在五里屯开糕饼店，白菊花在他家里，我想此贼由水中一走，不上团城子，今晚必在这糕饼店中。你们谁人往那里打听打听？”问了半天，并没有人答应。连问三次，一个愿去的也没有。蒋爷说：“徐良，你去一趟。”徐良说：“侄男不去。”又问艾虎，他也是不去。蒋爷一翻眼，这才明白，说：“哎呀，你们怕担了疑忌。你们全都不愿去，只得我去了。”冯渊在旁说：“你们都不愿去，我去。心正不怕影儿斜，我不怕担了疑忌。”徐良说：“你就为这件事去，这才对了你的意思呢！”冯渊说：“我要有一点歪心，叫我不得善终。”蒋爷一拦，对徐良说：“先前你可不肯去，如今冯老爷要去你又胡说，你们两人从此后别玩笑了。冯老爷，可有一件事要依我的主意，你若到五里屯访着白菊花，你可别想着贪功拿他，只要见着就急速回来送信，就算一件奇功。”徐良说：“他拿白菊花？

连我还拿不住哪，他要拿了钦犯，我一步一个头给他磕到五里屯去，从此我就拜他为师。”冯渊气得浑身乱抖。智化在旁说：“你去罢，冯老爷，不用理他。”蒋爷说：“我告诉你的言语要牢牢紧记。”

冯渊拿了夜行衣靠的包袱，一出屋门，碰见艾虎，说：“兄弟，你这里来，我与你说句话。”艾虎跟着他，到了空房之内，冯渊说：“贤弟，论交情，就是你我算近，我的师傅就是你的干爷，他们大家全看不起我，我总得惊天动地的立件功劳，若得把白菊花拿住，他们大众可就看得起我了。”艾虎说：“皆因你素常好诙谐之故，非是人家看不起你。”冯渊说：“我若拿住白菊花，你欢喜不欢喜？”艾虎说：“你我二人，一人增光，二人好看，如亲弟兄一般，焉有不喜之理？”冯渊说：“我可要与贤弟启齿，借一宗东西，你若借给，我就起去；你要不肯借，我就一头碰死在你眼前。”说着双膝跪倒。要问借甚么东西，且听下回分解。

第七十四回　得宝剑冯渊快乐　受熏香晏飞被捉

且说冯渊与艾虎商议，借一宗物件，又与他下了一跪。艾虎问：“你要借何物？”冯渊说：“我见了白菊花，若论两个人交手，我并不惧他，也不怕他那暗器。就是一宗，他那口宝剑，我可实在不行。今日在美珍楼你与他交手，你们二人刀剑一碰，大概是把他宝剑磕伤，我见他就与你刀剑碰了一次，再也不敢与你交手，净是封闭躲闪，这必是你那宝刀的好处。你若乐意让我取胜，你将宝刀借我一用。”艾虎一听，连连摆手说：“不行，不行！在大相国寺给我刀时节，你也看见了，训教我之时，你也听见了，说刀在我的命在，刀不在我的命就休矣。自从我得了这口利刃，昼夜不离左右，慢说是你，就是我师傅也不能借。我方才说过，你我亲兄弟一般，除这口刀之外，任你借我所有的东西全行，你可别恼。”冯渊说：“你我自己弟兄，焉有恼你的道理。我再与你借件东西行不行？”艾虎说：“除刀之外，没有不行的。”冯渊说：“把你那熏香盒子借我一用。”艾虎暗道：“他实在的有心，怎么他还怀记着熏香盒子哪！”欲待不借，又不好推辞，无奈何说：“大哥，我这熏香盒子，大概你也知道，是小诸葛沈仲元的东西，我是偷他的。我借给你，可得有人家的原物在，别给人家丢失了。”冯渊说：“我又不是三岁孩子，怎么能够丢失此物？我要丢失此物，我有一条命陪着他呢！”艾虎把熏香盒子拿来，交与冯渊，还教他怎样使法，连堵鼻子的布卷都给了冯渊。

圣手秀士别了艾虎，出公馆，直奔白沙滩来，见人打听，到了五里屯东口外头，见一老者，手扶拐杖，年过七旬。冯爷说："借问老丈，哪里是五里屯？"老者道："这就是五里屯。你找谁？"冯渊说："这里有个糕饼店，在于何处？"老者瞪了他一眼，说："不知道。"冯渊说："唔呀！怪不的他们不来。"自己无奈，进了五里屯的东口，路北有一个小巷口，见有许多人在那里蹲着，俱是年轻的，连一个上年岁的都没有，俱都是面向着北看。那北头有一个铺子，是五层台阶，并没有门面，是个风窗子，上面有个横匾，上写着发卖茯苓糕吴家老铺。自己扑奔正北，要上台阶，就有人说："没出来哪，你不用进去。"冯渊看着这些人，暗骂道："这些个混帐王八羔子，一个好东西没有！"也不与他们说话，拉开风门子，奔了柜台，说："你们这里卖糕不卖？"那怯王三说："既是糕饼铺，怎么不卖糕？"冯渊刚要往下说话，忽听外边一阵大乱，众人往北直跑。冯渊不知是甚么缘故，也就出来，见那些人顺这小胡同直奔正北，冯渊也就跟着，到了北边，就见了吴必元的大门。见那门半掩半开，里面站着个妇人，头上乌云戴了许多花朵，穿着一件西湖色的大衫，葱心绿的中衣，红缎弓鞋，系着一条鹅黄汗巾，满脸脂粉，虽有几分人材，却是妖淫的气象，百种的轻狂。一手扶定门框，一手扶定那扇门，得意的把那条腿跷在门槛之外，不然如何看得见弓鞋哪。有一块油绿绢帕，往口中一含，二目乜斜，用眼瞟着那个相公。虽然瞧着他的人甚多，惟独单对一个相公出神。那个相公，约有二十余岁，文生巾，百花袍，白绫袜子，大红厚底云履，面白如玉，五官清秀，一手握着那文生巾的飘带，一手倒背着拿着一柄泥金折扇，也是二目发直，净瞧着那个妇人。众人看着，全是哈哈大笑。这男女尽自不知，类若痴呆一般。正在出神之际，忽听正北上痰嗽一声，冯渊抬头一看，却是白菊花到了。

冯渊见了白菊花，就不敢在那里瞧看，进了小胡同，撒腿就跑。出了小巷口，回头一看，幸而好没追赶下来，料着白菊花没看见他。又一想，是与他们送信去好哪，还是自己捉拿淫贼好哪？想了想，这贼人今日晚间必然在这里住宿，若等他睡熟之时，我这里有的是熏香，就把他熏将过去，不费吹灰之力伸手可拿，我为甚么与他们前去送信？自己拿准了这个主意，就不肯回公馆去了。找了一个小饭店，饱餐了一顿，给了饭钱，直待到人家要上门板的时候，方才出来绕到五里屯后街，探了探糕饼铺后面院子的地势。自己找了一块僻静所在，把夜行衣靠包袱打开，通身到顶俱都换了，背插单刀，百宝囊内收好了熏香盒子，把白昼衣服俱都用包袱包好，奔了糕饼铺后院。东隔壁有一棵大榆树，冯渊蹿上墙头，爬上大树，骑在树上。前边枝叶，正把自己挡住，往下瞧看逼真，下面人要往上瞧看，可有些费事。随手将包袱挂在树上，呆呆往下面看着。

不多一时，有人用指尖弹门，里面妇人出去，将门一开，细细一看，原来是白昼那个相公。那相公姓魏，叫魏论，万贯家财，父母双亡，跟着叔父婶母度日，不喜读书，最爱奢华。到二十岁的时节，外面交了些狐朋狗友，卧柳眠花。与他叔父吵闹，把家私平分了一半，也不娶妻，终朝每日秦楼楚馆，看看要把家私花尽。如今又听说了糕饼铺这个妇人，他要到此处领教领教。可巧一来就会上了这个妇人，两个人正在发怔时节，被白菊花来冲散。妇人把门关上，魏论无奈，也就奔了饭铺。用了晚饭，天到初鼓之后，竟自奔了吴必元的门首而来。在门前转了两个弯儿，一横心，用指尖弹门。妇人出去，那相公对着吴必元的妻子一恭到地，说："大嫂，今日学生目睹芳容，回到寒舍，废寝忘餐，如失魂魄，今晚涉险前来，与娘子巫山一会。"妇人一听，微微的一笑，口尊道："痴郎，你我素不相识，夜晚叫门，你这胆量可就不小。"相公说："但能得见芳颜，虽死无恨，倘能下顾，赏赐半杯清茶，平生足愿。"妇人说："我见世上男子甚多，似你这痴心的也太少，如此就请进来。"妇人前边引路，相公就跟将进去。似乎这个人胆子实在不小，也不问问他家丈夫在家不在家。也是活该生死簿上勾了他的名字，阎王殿前挂了号了。进了院子，妇人就把大门关上，来至屋中。冯渊在树上看得明白，他倒替这个人提心吊胆，暗说："要是白菊花一来，只怕此人难逃性命。"

果然不大的工夫，唰的一条黑影，由墙上来了一个人，冯渊一看，不是别人，正是白菊花。见淫贼飘下身来，直奔窗前，用耳一听，男女正在里边讲话。恶淫贼把帘子一掀，见双门紧闭，一抬腿当的一声，把门踢开，哈哈一笑说："贱婢，你作得好事！"满屋中一找，就见那床帏子底下露着一点衣襟，妇人站在那里挡着。晏飞过来，把妇人一揪，噗咚一声，摔倒在地。晏飞一伸手，把相公拉出来，回手一亮宝剑，噗哧结果了他的性命。回身往椅子上一坐，说："贱婢，他是何人？"那妇人机变最快，爬起来说："晏大爷，这可是活该我们家不该出事。你要问这个男子的来历，白昼之间，我就看见他在咱们门外头，两只眼睛发直，净瞧着我。这必是我方才倒水去时节，可瞧见有个黑影儿一晃，我打量这是一条狗哪，我也没留心细看，必然是他先钻在床底下来了。要不是你来，我关上门一睡觉，他要从床底下钻出来，净吓也要把我活活吓死。这个事情我是情实不知，岂不屈死我了。”白菊花又哈哈一笑，说：“贱婢，你真狡辩的好。”妇人又百般的一哄，晏飞可就没有杀害妇人的心意了，就问妇人：“你可给我预备下酒菜没有？”妇人说：“今日白昼见着你，我就算计着你今晚必来，早把酒菜给你安排停妥。可就是一件，这地下扔着个死尸，这酒如何喝的下去哪？”白菊花说：“这个不难，待我把他抛弃河中。”先教妇人把门开了，晏飞一伸手把相公提起来，出了街门，直奔河沿。一路并没遇见行路之人，转身回来，复又关上大门，妇人已预备下酒菜。把个冯渊在树上等的不耐烦。好容易等至二人吃毕酒，安歇睡觉，吹灭灯烛，还不敢下来，料着不能这就睡着。又等了一个更次，天交四鼓。把包袱摘下来，往腰中一系，盘树而下，到了窗棂之外，听了听，就知二人睡熟。先把布卷掏出来，堵住自己鼻孔，把熏香盒子摸出来点着熏香，将二人熏将过去，扛回公馆。这段节目，且听下回分解。

第七十五回　见恶贼贪淫受害　逢二友遇难呈祥

且说冯渊把熏香盒子摸出来，把盖揭开，取千里火筒。这熏香盒子类若仙鹤的形象，把千里火点香，放在仙鹤肚内，用仙鹤嘴对准窗棂纸，此刻香烟已浓，把仙鹤尾巴一拉，两个翅儿自来一忽闪忽闪的，那香烟就奔屋中去了。把所点的香俱已点完，料着白菊花必定熏过去了。回手把仙鹤脖子拧回，收藏白宝囊之内。到了屋门，把帘子一启，那门无非虚掩，顶着一张饭桌子，将门推开，桌子一挪，进了屋中，一晃千里火，就奔床榻而来。冯渊也是好大胆量，就把灯烛点上，往帐子一看，冯渊吓得身躯倒退。原来他们是赤条条的睡觉，就见他那宝剑镖囊衣服等件，俱在他身旁放着。冯爷过去一伸手，先把他宝剑镖囊衣服等件拿过来，抱着就往外跑，到了院中，乐的他慌慌张张，把包袱解下来打开，把他所有的东西衣服靴袜还有夜行衣靠等，俱囊在自己包袱之内，把镖囊自己系上，又把宝剑也撇在地上。就是一件为难，要拿白菊花，他们是赤身露体。自己乃是有官职之人，过去捆他，又怕冲了自己之运，有心一刀将他杀死，又想不如拿活的好。又一狠心想一刀把他杀死，提着首级回去见众位大人，教醋糟给我磕头。从此后我有了这口宝剑，谁也不能看不起我了，别瞧他们是万岁爷钦封的小五义，姓冯的可拿着钦犯。越想越乐。

正在欢喜之间，忽听前边的门一响，打前边进来一个人。那人喝的酒，足有十二成了，原来是吴必元，从外边喝的大醉而回。怯王三见大掌柜的一天没回来，怕他寻了拙志，打算等二掌柜的回来自己就辞买卖。怎奈二掌柜回来，醉得人事不醒。只可明日再说罢，往后推着吴必元说："后边睡觉去吧。"把后门一开，吴必元就一路歪倒进来。冯渊过去，说："你是甚么人？"这一句话，把吴必元的酒吓醒了一半，回问："你是谁？"又一瞧冯渊这样打扮，说："你是个贼呀！"冯渊道："胡说，我是御前校尉，奉旨捉拿国家钦犯，如今现在你家睡觉。你是吴必元哪？"吴必元一听是校尉，忙深施一礼，说："我正是吴必元。"冯渊就把他哥哥溺水，自己怎么奉差而来，白菊花怎么在里面的话，细细说了一遍。吴必元吓得浑身乱抖，把王三叫过来，又告诉一遍。冯渊问吴必元说："你这妻子还要不要？"回说："不要了。"冯爷说："你若不要他，我给你出一个主意：你用一床被子，将他裹上，两个人搭着他，丢在河里去；另用一床被子，把贼人盖上，我好进去拿他去。"吴必元说："把我妻子搭出，将他惊醒之时，他要叫喊，如何是好？"冯渊说："绝不能叫喊，我把他治住了，如死人一样。"吴必元这才同着王三进去，二掌柜把被子裹了他妻子，又用一床搭在白菊花的身上。王三过去把街门开开。吴必元叫王三帮着搭他妻子，王三说："等等，二掌柜的，你也过于疏忽了。抬起来往河内一扔，倘若遇见官人，或是漂上来有人认得，这个官司是你打我打？那得有老爷作主才行哪。常言说得好，拿贼要赃，拿甚么来着要双。这要单害他，就得偿命。"冯渊说："我是原办的正差，亲眼得见，你们若要不信，我姓冯，叫冯渊，御前校尉，开封府总办堂差。"这二人也不知他有多大的爵位。方才把淫妇抬将起来，出离大门，丢在河中。回来见了冯渊告诉了一遍，冯渊过去叫王三找了两根绳子，把白菊花二臂捆上，又把他的腿捆好，用一床大红被子，照着卷薄饼的样子，把他裹好。冯渊往肩头上一扛，那二人送在大门以外。

此时已交五鼓多天，对着朦胧的月色，冯渊扛着白菊花直奔公馆而来。过了五里屯就是白沙滩的交界，走出约有三里多路，此时正在四月中旬的光景，夜是最短，看看东方发晓。自己一想，天光快亮，本人穿着一身夜行衣，又扛着个人走路不便，可巧前边一片松树林，至里边，把白菊花放下，把身上包袱解下来，又把刀剑摘下来，将包袱打开，脱下夜行衣靠连软包巾带鞋，倒把白菊花那身衣服，武生巾，箭袖袍，狮蛮带，厚底靴子，他全穿上了。也把宝剑带上，把百宝囊解下来，将自己的夜行衣包袱打开，将百宝囊包在里面，还有自己一套白昼衣服，连白菊花的夜行衣包，共是两个衣包，外面还有一个大包袱，打量着两个包在一处。不料正包之时，忽听树林外头念了一声无量佛，说：“你是哪里来的？偷盗人家的东西，意欲何往？”冯渊闻听一怔，从树林外蹿进两个人来，未能看得明白，大概必是两个老道，忽听白菊花嚷说：“师弟快来罢，我叫人家捆在这里了。”原来他刚出五里屯，白菊花就醒过来，那熏香本是鸡鸣五鼓返魂香，只要是天交五鼓，那香烟的气味就散净了。晏飞一醒过来，睁眼一看，自己二臂牢拴，连腿叫人家捆上了，有被子挡着，看不真切，原来是叫人家肩头扛着，颠颠的直走。忽然嘣哧一声，将自己摔在地下。复又往外挣拔挣拔，就见是冯渊把他拿住了，见冯渊换自己的衣服，又不能挣开绳子，暗暗叹道：“万般皆是命，半点不由人。”这时可巧那边有他的师弟到了。

这两个人，一个是莲花仙子纪小泉，一个是风流羽士张鼎臣，这两个是老道的徒弟，又是师兄弟，又是盟兄弟，全是寻花问柳之徒。皆都是老道打扮，生得面如少女一般。要是见着稍微有一点不正道的妇人，专能坏人闺阃，败人名节。那纪小泉就是银须铁臂苍龙纪强的侄儿，后来拜的是梁道兴为师，皆因他入了绿林，到处问柳寻花，银须铁臂苍龙纪强不许他进门，故此纪强全家已死，他并不知晓，但得知纪强一家死于白菊花之手，他也不管救了。这日他同着风流羽士张鼎臣投奔团城子，不好空手而去，打算备办点礼物，手中又无钱财，二人要打算做一号买卖，可巧正走在此处，就见冯渊肩头扛着一个大包袱。纪小泉叫：“哥哥，咱们劫这个，大概总有点油水。”张鼎臣点头。两个人这才往里一蹿，念声无量佛，白菊花就听出来了，故此高声喊叫：“师弟快来救我！”纪小泉与白菊花至好，皆因出去采花，都是这样朋友，如今听见是晏飞的声音，焉有不肯来救的道理。冯渊见白菊花也醒过来了，又有人蹿进树林，一着急包袱也没包好，倒不如先一剑把他砍了罢。再说此时有壮胆的兵器，慢说两个人，就是二三十人我都不惧，全凭这口紫电剑，他有甚么兵器，削上就得两段，那还怕他甚么？刚一回手拉宝剑，叭的一声，就是飞蝗石打将过来，正打在冯渊右手手背之上。冯渊唔呀一声，一甩腕子，疼痛难忍，那剑就拉不出来了，闹了个手忙脚乱。眼看张鼎臣、纪小泉两个人挥宝剑反要剁他，冯渊无奈，只可一伸手，把夜行衣靠包袱拿起来，撒腿就跑。张鼎臣、纪小泉二人紧紧一追。白菊花叫道：“二位师弟别追他，先给我解开。”纪小泉说：“哥哥，你先追那个，我回去与我师兄解开。”一伸手将被子抖开一看，白菊花赤身露体，纪小泉一笑说："大哥准是采花被捉了罢？"白菊花说："不错，正是采花被捉。"又说："贤弟，那一个蛮子，务必把他捉住，这厮把我害苦了。"纪小泉答应，复又拿起剑来，挑开绳子，出了树林，赶下来了。白菊花一看，地下现有的是衣服，穿上一条中衣，穿了靴子，拾起冯渊那口刀，也就追出树林，往下紧紧一赶，追来追去，已离着不远。

冯渊回头一看，三个人都往下追赶，自己又用手拔了拔宝剑，此时手背已然浮肿起来，一拿宝剑不甚得力，打量着勉强把宝剑拉出来，削不了他们的兵刃，万一把这口宝剑再叫他们得回去，那可不好。不如我还是跑罢，莫非他们能追到我公馆不成？自己想头虽好，不料人家腿快，扭项回头一看，已经离着不远了。冯渊一急，直奔树林，使一个诈语，高声喊叫说："树林里头埋伏快些出来，现今有白菊花到了，多臂熊快来罢！"这一声不大要紧，把白菊花吓了一怔，便高声叫道："二位贤弟别追了，白眉毛现在此处哪！"纪小泉与张鼎臣也不知道是甚么事情，微一止步，忽见树林之中跑出一人，嚷了一声说："乌八的驴球！"随骂着往下就赶。若问徐良这一来，怎么捉拿白菊花，且听下回分解。

第七十六回　晏飞丢剑悲中喜　冯渊得宝喜中悲

且说冯渊使个诈语，果然树林之中就有人答言，哼了一声，骂乌八驴球的，出来一看，原来不是徐良，却是学徐良口音，是邢如虎、邢如龙二人。皆因此时天有四鼓还不见冯渊回公馆，蒋平说："可不好了，别是遇见祸了罢？"智化说："不能，我见他这几天天庭大亮，我算计他必有些喜事。"蒋平说："我不是没见出，他那喜是假意，虽有点凶险，也不大甚要紧。"艾虎说："他兴许有些喜事。"蒋平问："怎么见得？"艾虎说："他临走把我那熏香盒子要去了。真要是白菊花在那里下榻，岂不伸手可得！"徐良说："老兄弟，你怎么把熏香盒子借给他哪？他这一去，要遇不见白菊花，必拿熏香把内掌柜的熏过去，他要采花，是你损德了。"蒋平在旁说："不要血口喷人，他不是那样人物。"展南侠说："总是有人接应去方好。"蒋平说："叫二位邢老爷前去辛苦辛苦罢。"二人答应，遂带了兵刃，问了问吴必元家的道路，出离公馆，直奔白沙滩。此时已然天光快亮，邢如龙说："咱们不能去了，这还有多大的工夫！"邢如虎说："不去可不是差使了。若咱们回去见了他们一问，何言答对？"正然说话，见前边有片树林，邢如龙说："咱们在这里歇息歇息。"将进树林，见前边有人飞也相似往前直跑。邢如虎说："准是冯老爷败下来了。"二人躲入树林，听得冯渊说："后面白菊花到了。"邢如虎心生一计，说："哥哥，我学徐老爷骂人，先惊吓他一下。"果然往外一跑，嚷了一声，骂道："乌八驴球！"这一声不要紧，把白菊花吓跑了，不但把他一人吓跑，并且他还拉着张鼎臣与纪小泉，这两个人也不知这是甚么事情，心想着师兄怕，别人更得可怕了，也就跟着他糊里糊涂跑下去了。又来至那个树林内，白菊花说："你们往外瞧着点，他要一来，咱们好跑。提起那个老西来，令人可恨，他害得我好苦。这蛮子就是那个老西的前站。"他把徐良的事一五一十细说了一回。这两个人一听，也是一惊。纪小泉说："要叫你这么一说，这个人谁能是他的对手？你想必是被他吓破胆子了。"白菊花说："不然，你日后见着他，就知他的利害了。"

纪小泉又问："你是在哪里采花，落得这样狼狈？"白菊花也就实说了一遍，又说："要不是你们来，我这条性命可就休矣！"说着话，就把冯渊的衣服穿上，还有一个包袱，打开一看，里面却是夜行衣服，还有个百宝囊，一看却是夜行人所用的东西，飞抓百练索，千里火筒，钢制拨门撬户的家伙，又一摸里边，有个盒子，拿出来一看，原是个熏香盒子，把盖一揭，看了看里面，还有许多熏香。这是甚么缘故？皆因冯渊被莲花仙子一飞蝗石打在手背之上，心一慌乱，把夜行衣包拿错了，把白菊花的衣包拿走，将他的丢下了。白菊花一见此物，十分欢喜，忙叫纪小泉说："贤弟你看，虽然把我宝剑丢了，我却得了一个熏香盒子。"纪小泉说："恭喜恭喜！"白菊花说："我还有甚么喜事？"纪小泉说："据我瞧，宝剑虽然丢失，这熏香盒子比宝剑还强，咱们出去，常常遇见少妇长女，多有不从的，有了这宗东西，岂不是比宝剑强的多么？人是时运领的，把无价之宝丢失，得了他这一宗物件，反为无价之宝。"白菊花哈哈一笑说："有了此物，真要再见着节烈的妇人，要叫他顺手，不费吹灰之力。"重新把包袱裹好，他就改作冯渊的打扮，肋下佩刀。问纪小泉意欲何往。纪小泉说："要上团城子。"白菊花说："你们一到团城子，这个老西先前说过，必要去寻找，我可不是老西的对手，你们要去，我也不拦。"纪小泉说："你要不去，我们也就不去了。你意欲何往？"白菊花说："上我姊丈那里去，仍回姚家寨，他那里倒是我栖身之所。"张鼎臣、纪小泉二人俱都愿意一路前去。白菊花说："既然这样，你们二位同着我把吴必元杀了，然后再走。"二人答应，同白菊花回五里屯杀了吴必元，三人一同扑奔姚家寨。惟有莲花仙子纪小泉不大愿意，皆因前几年跟随他师傅上团城子与东方亮拜过一回寿，见过玉仙，在东方亮家中住了一个多月，常与玉仙抡拳比武，东方亮也没把他放在心上，以为他是个小孩子，他又管着玉仙叫姑姑，岂知二人很有些意思。今日打算要上团城子会会玉仙，被白菊花说的无奈之何，也只可随着杀了吴必元，投奔姚家寨，暂且不表。

单提冯渊见了邢家兄弟，却不见徐良，便问道："徐良哪里去了？"邢如虎说："是我学徐良口音，吓退贼人。你为何这样打扮？"冯渊把自己的事如此这般细说了一遍。邢家弟兄一听，如今白菊花的宝剑教他得来了，说："早知道白菊花没有宝剑，你何不追他呢？"冯渊说："这工夫追他也不为迟，故此烦劳你们二位跟我一趟，我那里还放着好些衣裳呢。"自己低头一看，说："不好了，我把包袱拿错了。"邢如虎问："怎的拿错了？"冯渊又把换衣裳，要拿大包袱一包，这么个时候，有两个老道进来，刚一拉宝剑，被他打了一石子，正在我手腕之上等情由说了一遍，末了说："还得你们二位跟着我辛苦辛苦。"邢家弟兄跟着冯渊又到那个大松树林子里边，再找包袱连刀，已是踪迹不见。冯渊急的跺脚摇头唉声叹气，邢家弟兄说："虽然没拿住白菊花，得了一口宝剑，却是喜事，为何唉声叹气？"冯渊说："你那里知道，我丢了要紧东西。"邢家弟兄问："丢了甚么东西？"冯渊说："不必问了，咱们暂且回去罢。"

将出那树林，就见由西跑来一人说："冯老爷慢走。"冯渊回头一看，却是糕饼铺的怯王三，他说："冯大老爷，大事不好了。自从你老人家去后，我们二掌柜的在后头院内睡觉，我在房内看着铺子。我还没睡着哪，就听二掌柜的喊叫救人救人，我赶到后边一看，我们二掌柜的被杀身死，也没有凶手，也没有凶器，不知被何人所杀。也不知道你老人家在甚么地方居住，我就跳墙出来，要到五里新街各店中打听去，不料跑到此处，看见你老人家了。"冯渊说："不怕，你跟我走罢。"王三答应一声，就跟随冯渊，直奔公馆而来。

此时天已红日东升，到了公馆，直奔东院。此时蒋平等整整一夜没睡觉，好容易盼着冯渊到了，众人看他这样打扮，俱都掩口而笑。蒋平就问："冯老爷，你怎么打扮也换了？"冯渊就把始末根由的话说了一遍。蒋平说："如何？但若有一个人同着他去，岂不就把白菊花拿住了？"智化说："总是他不该遭官司。"教徐良把吴必正叫过来，王三告诉他家中之事。吴必正听了，哎呀一声栽倒在地，蒋平叫人将他搀起来，叫了半天，方苏醒过来，放声大哭。蒋平说："你也不用哭了，人死不能复生。"老头子说："我兄弟已死，打官司去又是一件丑事，倒不如我一死，口眼一闭，全不管这些闲事。"蒋平说："你不用死，我教给你一套口词，包管你绝不出丑，你自己托人写呈子去。”吴必正问：“甚么口词？”蒋平说：“就言你弟妇这日晚间将要安歇，忽见从外边进来两个人，一个文生秀士，也不知他叫个甚么名字，一个武生相公，俱没安着好意。就听见那人自己说叫白菊花。这两个人为争风，那白菊花一剑将文生秀士杀死，抛在河内，就要与你弟妇行苟且之事。不料此时有官人赶到，将白菊花追跑。你弟妇虽没失身于匪人之手，本人一羞，投水身死。你就照着这套言词写张呈子，准不至名姓不香。后来贼人去而复返，又把你家兄弟杀死，求你们太爷作主。你也不沾罪名，你弟妇也是个烈妇，你想想如何？”吴必正连连点头说：“总是大人的高才。”连王二义给众位磕了头，出公馆去了。

老头子去后，大众再看冯渊坐在那里，洋洋得意，很透着自足，左把宝剑按一按，右把宝剑提一提，站起来复又坐下，自己不知要怎么方好。蒋平说：“智贤弟，我想这白菊花，从此一跑，又丢失宝剑，无处可去，这可要上团城子去了。”智化说：“今天晚上我到团城子走走。”蒋平说：“智贤弟，辛苦辛苦，你去可是很好探望里面光景如何。”徐良说：“智叔父要上团城子，侄男跟随你老人家一路前往。”艾虎说：“我也去一回。”卢珍说：“智叔父，我也去瞻仰瞻仰。”白芸生说：“智叔父，我也领教领教去。”这四人都要去，黑妖狐带领小四义前去，二盗鱼肠剑。不知怎样盗法，且听下回分解。

第七十七回　史丹无心投员外　天彪假意认干爹

且说智化要上团城子，小四义全要前去，都要看看藏珍楼，智化心内为难，想他们身价太重，怕这几个人倘有些舛错，自己担架不住。蒋平在旁说：“智贤弟，你不用多虑，他们都是准走子午之时，再说本领全都不弱。”智化方才点头。徐良对着卢珍、艾虎说：“蒋四叔说咱们的本领俱都不弱，你们看我的本事如何？”卢珍说：“咱们弟兄五人，要论本领，就算你是头一名。”徐良说：“别看我的本事好，缺典。”艾虎问：“缺甚么典？”徐良说：“本领讲的是马上步下，我就会步下，不会马上。”艾虎说：“三哥是未学练过，故此不行。”徐良说：“我也练过，在家中我也一心想买一匹千里马。”卢珍说：“那可不容易呀。”徐良说：“买倒可以买，价钱还不大，就是不教骑上，一上噗咚把我摔下来了，再一上又把我摔下来。后来叫人牵住，我方才上去，他又不走，若要一走，他腿快又把我扔下来了。”冯渊哈哈一笑说：“醋糟，你如何行的了！千里马还得要千里人哪，没有千里人，当然是不走。”徐良也哈哈一笑说：“臭豆腐你还懂得千里马与千里人要相配哪！虽然你得了一口宝剑，是无价之宝，世间罕有之物，乃有德者居之，德薄者失之，故此不能久在白菊花的手内，不如及早做个人情，送给有德之人。你若不信，你就佩着，不但不能长久，还怕要与你招出祸来。”徐良这句未曾说完，把冯渊脸上颜色都气变了，说：“不用细讲，我不配带此物，必是你可以配带。”徐良说：“我也不配带。咱们公举一人，将这人说出，人人皆服，那才可行，倘若内中有一人不服，咱们重新另举。我说是智叔父。头一件是前辈老英雄，二则声名远震，正大光明，列位请想如何？”冯渊一听，说：“醋糟，你原来是挤兑我，你倒是明要，我双手奉送，你这绕脖子，指着千里马说，谁有你机灵！说的可是马，为的可是剑，绕了六里地的弯子，还是归到宝剑上了。我这个性情，最喜直言，越绕弯子越不行，剑是在我身上带着，你们不能抢我的，凭爷是谁，我也不给，我可是无德，偏要带有德的东西。”徐良道：“我无非是多话，爱给不给，与我无干。”冯渊说：“我就是不给。”徐良往旁边对着艾虎使了个眼色，艾虎也就明白了这个意思，问冯渊说：“哥哥，你把事办完了么？白菊花今天你还去拿不拿？”冯渊说：“今天就不去了。”艾虎说：“你要不去，该把那个东西还我了。”冯渊问：“甚么东西？”艾虎说：“熏香盒子。”冯渊一怔说：“叫我丢了。”艾虎说：“那时我要不借，总说我没有兄弟的情分了。我给你时节，嘱咐你千万可别丢了，你也知道我是偷的东西，谁知道你丢了没丢？没有人家的原物可不行。你说过你不是三岁的顽童，小小的一个盒子如何丢失的了？”冯渊说：“我真是丢了。你要不信，我重重起个誓。”艾虎说：“你也不用起誓，你丢了，就得给我找去。”冯渊说：“我上哪里去找？准是被白菊花得了去了。”徐良说：“老兄弟，熏香盒子要被白菊花得了去，他必是熏香采花，那个罪恶全在你的身上。”艾虎一听，更透着急，与冯渊要定了，没有不行。冯渊看了看艾虎，瞧了瞧徐良说：“我明白了，总是亲者厚，厚者偏，就只我是个外人。”一回手把宝剑摘将下来，双手捧着，交与智化说：“智大爷，我可不成敬意，是叫他们挤兑的，我要不给，准许他们把我害了。”智化说：“你好容易得来的宝物，我焉敢领受，常言君子不夺人之所好。”冯渊说：“你就不用挤兑我了。醋糟与我绕脖子，艾虎与我要熏香盒子，净挤兑我这口宝剑，如今我恭恭敬敬送给与你，你又不要，不信我要拿回去，艾虎又该给要熏香盒子了。不用作这虚套，你收下饶了我罢，不必难我了。”蒋、展二位在旁说：“既是冯老爷这一点诚心，你就收下罢。”智化这才伸手接了过来，深深施了一礼，说：“冯老爷赏给我这口宝剑，应当请上受我一拜。”冯渊说：“那我可不敢当。”回头又与艾虎说：“我把宝剑送给你师傅，你要熏香盒子不要？”艾虎说：“宝剑的事情，我一概不管，你把我的熏香盒子丢失，已然是丢了，我们自己兄弟，难道说我还一定与你要还不成？”冯渊说：“好兄弟，真慷慨。我要不给你师傅那口宝剑，你绝没有这样言语。”大众全都哈哈大笑。智化叫艾虎把店家找来，给预备香案，不多一时，将香案设摆妥当。智化把剑供在桌案之上，点上香蜡，双膝跪倒，祝告：“神仙在上，弟子智化，现今得了紫电剑，必须按正道而行，倘若错用此物，定遭天诛。”说毕，将香插入香斗之内，大拜二十四拜，站起身来，才把宝剑挎上。吩咐店家将香案撤去，大家轮次道喜行礼。行礼已毕，蒋平叫店家备酒，与智化贺喜。不多一时，设列杯盘，众人落座，大家欢呼畅饮，议论上团城子，暂且不表。

单说龙滔与龙天彪，在史丹那店内住了一夜。史丹出去置买衣服，青缎子箭袖袍，皮挺带，薄底快靴，黑灰衬衫，青缎壮帽，穿戴起来，又是一分气象，更透着威风。到了次日，把店内所欠饭账俱开发清楚，吃毕早饭，天交挂午，二人出离李家店，直奔团城子西门，看了看周围城墙，鸭蛋相似，是个长圆的。来至西门北边，一带三间平房，随问道：“里面有人么？”有人答道：“找谁？”史丹说：“有一位姓朱的，给留下话了没有？”那人说：“你莫非姓史叫史丹，打把势的么？”史丹说：“正是。”那人说：“你们先在屋内坐坐，我打发人去请朱大爷去。”

不多一时，黄面狼朱英从外面进来。史丹过去要行大礼，朱英把他搀住，就问：“这两个人是谁？”史丹说：“你们二人过来见见朱大爷。这是我姨弟，叫龙滔，这是他的儿子，叫天彪。”龙滔要行大礼，也被朱英把他搀住。朱英一打量龙滔，白方面，短黑髯，虎臂熊腰。又看那小孩子，是武生公子打扮，面如白玉，生得十分俊秀，随问道：“你叫甚么名字？”小爷跪下磕头，说：“我叫龙天彪。”朱英把他搀起来说：“好一个聪明小孩子。”回头又问史丹：“你带着他们父子二人，有甚么主意？”史丹说：“昨天我正在街上买衣裳之时，遇见我姨弟，他原是在镖行保镖，皆因把镖行买卖丢下了，没找着事情，也要在此处打把势卖艺。我就把你老人家的话对他们一说，他们一心就要来求求你老人家，给他们美言美言，那怕就在此处打更，都是情甘愿意。”朱英说：“我昨日见员外，只说得你一人，再添上一人也使得，这个小孩子我怎么去说呢？”龙滔、史丹本是粗鲁之人，教朱英一问，无言答对。还是龙天彪机灵，说：“你老人家不要作难，只管说着瞧去。倘若此处员外爷只要我姨大爷，不要我们父子两个，那也不要紧，我们再找别的事去。万一要留下我父亲，瞧我小孩子无用，不妨教我看看书房，打扫打扫院子，只要给两顿饭吃，我也不要工钱、月钱。倘若一定不用，只要留下我父亲，先支二三两银子，我作盘川回家去。全仗朱大爷举齿之劳。”随说着复又跪下了。朱英见天彪说话这样嘴甜，十分欢喜，说：“小孩儿你只管放心，此处员外爷不要，你伺候我去，非是我说大话，足可以养活起你。”

随即带着他们就走进了大门，穿宅越院，来至垂花门外头，叫他们在那里等着，自己去了半天，复又出来说：“你们见了员外爷之时，可想着磕头。”到了里面，进厅房一看，群贼实系不少。朱英带领三人进见，说：“这是大员外。”史丹、龙滔俱跪下磕头。又见了紫面天王，也给行礼。复又引见群贼，也是一一行礼已毕，往旁一站。东方亮问哪个叫史丹，又问龙滔会甚么武艺，回答说会使单刀拳脚；问史丹会甚么本事，回说会使单刀、齐眉棍、拳脚。东方亮教他们施展施展。先是史丹把衣服一掖，袖子一挽，打了一趟拳脚。又教龙滔练，他也将衣裳一掖，袖子一挽，把刀摘下来，叫天彪拿着刀鞘子。龙滔这一趟刀，大家无不掩口而笑，就是三刀夹一腿，没有别的招数，也不换样儿，也不收住，三刀一左腿，三刀一右腿，砍了极大的工夫，好容易方才收住。砍完了这趟刀，他还是提着刀过去，问说：“员外爷，你们瞧着好不好？”群寇异口同音说：“好，还是很好！”龙滔哈哈大笑，说：“我知道很好么！”东方亮一看，这个人憨憨傻傻，倒也很喜欢。东方清问：“小孩子，你会甚么本事不会？”天彪说：“眼前会几手儿，不敢当着众位太爷出丑。”东方清说：“你打一回拳我看，不用害怕，打在哪里，若要忘了时节，有我们告诉你。”天彪先把衣裳一掖，袖子一挽，冲上深施一礼，然后这才一拉架势，往外一伸手，大家就知道他是个行家。正是行家伸出手，便知有没有。再看手眼身法步，心神意念足，绵软矮酥，小腕胯肘肩膝，蹿高纵低，身躯滴溜溜乱转，走马灯相仿，群贼看得连声喝彩。这一回打完，收住架势。东方亮说：“会单刀不会？”天彪说：“会个两三手。”东方亮教他练刀。小爷天彪把刀摘下来，又走了一趟刀。众人无不喝彩，夸奖好刀法。东方亮问：“跟谁学的？”天彪说：“我在镖行里，都是我叔叔大爷们教给我的武艺。”东方亮连连夸奖：“这个小孩子，我真爱惜他。”张大连最能奉承，说：“大哥要爱惜，何不收他作个义子哪？”东方亮说：“怕人家不愿意。”龙滔在旁说：“员外呀，你要收我这小子作义子，我是求之不得哪。”张大连又一奉承：“这孩子的造化真是不小，磕头罢！”小爷赶紧就大拜了四拜，又与东方清磕头，然后又给群贼磕头，全行礼毕，又问：“义父，我义母现在哪里？让我给他老人家磕头去。”东方亮把桌案一拍，说：“不用问那贱婢，他死了。你倒有两个姑姑，叫人领你去见见。”天彪问：“今在哪里？”东方亮说：“现在红翠园。”叫家人带着少爷，见见二位小姐去。家人答应一声，此时天气已晚，家人执定灯笼，带着天彪，刚到后院，忽见前面有个人影一晃。要问是谁，且听下回分解。

第七十八回　众好汉二盗鱼肠剑　小太保初观红翠园

且说龙天彪认东方亮为义父，家人带着他上红翠园，遇见黑影，然后与金仙、玉仙磕头去。东方清告诉龙滔与史丹，每月一个人十两银子工钱，前后共四十个打更的，全属他二人所管。这两个人谢了员外出去，就有人带着他们两个上更房，暂且不表。

单说天彪，头里有两个家人打着灯笼，直奔红翠园而来。家人叫开门，告诉明白婆子。婆子进去说明白了，复又出来说：“请。”天彪来至院中一瞧，二位姑娘俱是短打扮，素衣淡汝，绢帕包头，方练完拳脚，在那里坐着，还有些喘吁吁的。婆子带天彪一见，说：“这就是今天大太爷收的少爷，给二位小姐磕头来了。这是我们大小姐，这是我们二小姐。”天彪过去，双膝点地，说：“大姑姑在上，侄男给姑姑磕头。”起来又与玉仙也是如此磕头。行礼已毕，往旁边一站。丫鬟小红过来说：“呀，这就是少大爷，我小红与少大爷磕头。”天彪一摆手说：“今天也没带着甚么，改日再赏赐你罢。”金仙、玉仙一见天彪生的标致清秀，十分欢喜。玉仙问他的来历，小爷就把他们的事情说了一遍。玉仙说：“你叫甚么名字？”小爷说：“我叫东方天彪。”玉仙说：“好个名字。”又说：“你会甚么本事？”小爷说：“十八般兵刃都会，就是太沉重的我使不动。”玉仙说：“十五十六力不全，二十五六正当年，你的年岁还没到哪。”回头说：“姊姊，咱们哥哥真有眼力，这个义子收得不错。人家孩子给咱们磕了些头，也得给他点见面礼儿哪。”金仙说：“使得。”叫丫鬟取来一块碧玉佩。玉仙问：“你识字不识？”小爷说：“略知一二，可不会作文章。”玉仙进房中，亲身取来一个金项圈，随手与他戴上，说道：“论说你岁数大了些，还可以将就着戴的哪。”天彪谢过二位姑娘，从人还在那里等着，说：“少爷，咱们上前边去罢。”天彪告辞，玉仙说：“没有事之时，只管上我们这里来，无论早晚，我还要瞧你的本事哪。”

小爷答应，转头跟着家人往前走着，心中一动：方才那条黑影，别是师傅来了罢？来至前边，见了东方亮，就把二位姑娘给他的东西叫东方亮看了一看。大员外又叫人另取一套衣服来，与天彪换上。束发亮银冠，前发齐眉，后发披肩，穿一件白缎子箭袖袍，周身宽片锦，边上绣金龙，张牙舞爪，下绣海水江涯，镶配八宝云罗伞盖花，五彩狮蛮带扎腰，套玉环，配玉佩，葱心绿的衬衫，五彩花靴。那一顶亮银冠，嵌明珠，镶异宝，光华灿烂，双插一对雉鸡毛，类若两条锦带相仿，飘于脑后。迎面上，单有两朵素绒球，翠蓝颜色，把金项圈往脖颈上一套，又带着小爷这脸面，类少女一般，这一穿戴起来，把那大众群贼瞧的鼓掌大笑，说：“这个侄男，好俊美，好威风，这可要送个外号方好。”细脖子大头鬼王房书安说：“大哥叫伏地君王，他叫伏地太子罢。”东方亮说：“不好。”张大连说：“叫他个小太保如何？”东方亮说：“很好很好。”从此人称小太保。对天彪说：“吾儿过来，谢你张叔父送你的外号去。”小爷不忙不慌，给张大连磕了三个头。东方亮是男孩女儿一个没有，忽然间有这么大的一个小子，直乐的手舞足蹈，复又吩咐说：“天彪，所有团城子里面任你游逛，东北角上有个庙，可不许你去，倘若背着我上庙中去，打折了你的双腿。”天彪说：“天伦嘱咐我的言语，孩儿焉敢不听。”东方亮吩咐一声摆酒。张大连说：“大哥的酒，咱们与大哥道喜，这叫借花献佛。”立刻摆列杯盘，大家落座。东方亮说：“吾儿，与你众叔父斟酒。”天彪说：“谨遵爹爹之命。”

就在这个时光，大厅上与东西配房上，上来了五个人，是黑妖狐智化与小四义。他们也是等到二鼓之半时节，全都换了夜行衣靠，背刀的背刀，背剑的背剑，蹿房跃脊，出了三元店，五人直奔团城子而来。到了团城子北边，徐良告诉芸生大爷与卢珍、艾虎说：“下去时节，里面可有护城壕，全是翻板。若要脚踏实地，可得蹿出七尺开外。”大众点头。徐良掏百练索抓住城头，一个跟着一个，五个人全到了上面，复又把抓头搭住里面，徐良头一个导绳而下，看看离地不远，一踹城墙，往后一倒腰，蹿出约有八尺开外，才脚踏实地。撒手把绒绳交给智爷，连白芸生、卢珍、艾虎俱是这样下来。徐良把上面抓头抖下来，绒绳绕好，收在兜囊之内，爷儿五个，仍然是鱼贯而行。正走之间，忽见太湖石上，有个人影儿一晃。徐良说：“有个人影儿，你们看见了没有？”俱都低声说看见了。艾虎说：“你们瞧，又来了两个。”大众一回头，也都瞧见了，正打城墙导绒绳而下呢。徐良说：“咱们过去瞧瞧是谁？”智爷说：“咱们不管来者是谁，先瞧白菊花要紧。”徐良遵听智爷言语，直奔前厅而来，过了两段界墙，到了厅房后身。白芸生与卢珍蹿上墙去。智爷与徐良往前一绕，上了东房。艾虎上了西房。全向里面一望，就见那些群贼饮酒，正是东方亮叫“吾儿与你众叔父斟酒”。徐良一看，不是别人，却是自己徒弟改换了穿戴，又见大众管着他叫小太保，一赌气，把智爷一拉，到房后坡低声说：“你老人家看见没有？我这个徒弟真无志气，与人家当儿子来了。”智爷说：“那才好打听事情哪。”徐良说：“我定不要见他了，教他当他的伏地太子去罢。”智爷道：“你胡说！”

正在爷儿俩说话之间，忽听前边一阵大乱，灯球火把齐举，爷儿俩往前边一看，原来是众贼寇出离了上房，直奔垂花门而来。众人出去一刻工夫，犹如众星捧月相仿，从外边迎进一个人来，就见东方亮与那人携手挽腕在前边行走，群贼则都跟于后面。见那人生得十分凶恶，身高九尺，膀阔三停，绿缎扎巾，青缎抹额，二龙斗宝两朵红绒球，绿缎箭袖袍，月白色衬衫，鹅黄丝带，薄底快靴，闪披一件大红英雄氅，上绣三蓝色大红牡丹花，肋下佩刀，面如蓝靛，发赛朱砂，红眉金眼，狮子鼻，大盆口，暴长一部红髯。智爷一看此人，暗暗夸奖，虽然是他一伙之人，也不知哪里挑选这样的人物。原来是伏地君王东方亮三次方才请到，这个人就是赛展熊王兴祖，又称他为神拳太保。东方亮派人上河南洛阳县请了他三次，预备着五月十五日全仗这个人镇擂。要讲究马上步下，武艺超群。他与姚文、姚武交厚，正在姚家寨住着。有伏地君王派人送了许多的礼物，聘请前来助擂，依他的主意，一定不来，被姚文、姚武苦苦相劝，这才乘跨坐骑，带了两名从人，刚到门首下马，家人报将进来。东方亮一听是王兴祖到，犹如斗大明珠托于掌上一般，率领大众至外面。王兴祖撩衣跪倒，东方亮也就屈膝，把赛展熊搀扶起来，说：“贤弟一向可好？劣兄想念贤弟，食不甘味，寝不安席，今见贤弟一来，如渴得浆，如热得凉，实是愚兄的万幸。”王兴祖说：“你我自己弟兄，何必这般太谦。”复又见过紫面天王，然后与群寇见礼，与东方亮携手而入。来至厅房落座，教人把残席撤去，献上茶来。一声吩咐：“吾儿过来见过你王叔父。”天彪跪倒，王兴祖把他搀将起来，问道：“大哥，我怎么没见过我这个侄男？”东方亮说：“乃是我义子螟蛉。”王兴祖说：“我这个侄男好福相，日后必成大器。”东方亮问：“姚家二位贤弟可好？”王兴祖一回手，从怀中掏出一封书信，说：“这就是姚家弟兄问候兄长的金安。”东方亮刚要接书，从人进来说：“藏珍楼拿住一个盗剑的。”要问盗剑的是谁，且听下回分解。

第七十九回　赛地鼠龙须下废命　玉面猫乱刀中倾生

且说王兴祖掏出书信来，东方亮正要接信，忽见家人进来报说："藏珍楼拿住一个盗剑的。"东方亮吩咐一声绑上来。不多一时，打外边推进一人。群贼一看，此人马尾巾，夜行衣靠，面如银盆，粗眉大眼，约有三十岁的光景。大众说："跪下。"那人挺身不跪，尽管被捆双臂，仍怒目横眉，气哼哼在那里一站。东方亮说："也不用一定叫他跪下。你好生大胆，有多大的本领，竟敢前来盗剑！我可是最爱交结绿林中朋友，惟独藐视我的，我可是恨之入骨。你既然来此盗剑，也该打听打听，我东方亮是甚么一个人物！"东方清说："没有那些工夫与他说闲话，推出去砍了罢。"东方亮刚一吩咐，跑进两个人来，在东方亮面前跪倒，说："望乞大哥恩施格外，这就是我们三哥。"东方亮一看，是金永福、金永禄，说是他们三哥，这必是金弓小二郎王玉，立刻一声吩咐，教三弟与王寨主解了绑绳。东方清下来，给他解开。金永福、金永禄过去，与王玉行礼，说："三哥几时到的？"王玉说："就打你们去后，我派人至梅花沟，打听你们店中人，不知道你们的去向。复又见了大哥、二哥，说明我上这里，打量着要把这口鱼肠剑盗去，不料到此向更夫问明藏珍楼的所在，刚一到藏珍楼，一登台阶，坠落翻板，被人用挠钩把我搭将上来，不料你二人在此。"金永福说："你先谢过大太爷、三太爷活命之恩。"王玉往上磕头，东方亮亲自把他搀将起来，说："王贤弟，我久闻大名，本欲到朝天岭亲自拜望，奈因总无闲暇工夫，这才前天专人去请你们五位前来相助。不想前番有金家二位贤弟到我家中，也是要盗鱼肠剑，我也不必往下细说，让金家弟兄替我学说学说，贤弟就知道了。"金永福、金永禄就把东方亮等着过了打擂之时，自己带着鱼肠剑上朝天岭，还要把剑送给大哥的话说了一遍。那王玉一闻此言，很觉惭愧，又与东方亮请罪。东方亮安慰一番，吩咐家人，取套衣服来与王寨主穿上。王玉摆手，说："不用，我有衣服，烦劳哪位管家替我辛苦一趟，到太湖石那里，捆着两个更夫，在他们后边，有个小山洞，那里放着呢。"家人去不多时，就拿着一个包袱，还有一张弹弓，一口刀，俱都交给王玉。家人告诉东方亮说："更夫说，不是他一个人，还有两个人，也是打听鱼肠剑来着哪。"东方亮一听，问："王贤弟，你同着谁来了？"王玉道："我就是自己一人来的。"东方亮说："别忙，若不是同贤弟来的，也不用我去找他。"

房书安说："别是白眉毛罢？"东方亮吩咐摆酒，说："不管甚么白眉毛、黑眉毛，他只要奔藏珍楼去，就得被捉。"将要摆酒，就听见藏珍楼金钟响亮，当当当就这么三声三声的响了三次。东方亮说："不好，有人进了三道门了。这个是行家，若非是行家，不能至三道门。"原来是头道门拿住人是一声金钟，二道门是两声，三道门是三声，有他们暗记儿，一听就知道是三道门拿住人了。东方亮叫家人打定灯球火把，忽见家人来报说，藏珍楼那面拿住盗剑的了。东方亮说："早知道了。"吩咐大家一路前往。

单说房上这几个人，听见说藏珍楼有人被捉，智爷冲着大众打了个手势，众人会意，全都下房来，花园内会齐。智爷说："他们要上藏珍楼，咱们怎么办？"众人异口同音说："我们跟叔父来的，但凭叔父作主。"智爷说："依我的主意，咱们此时不好露面，又没见有白菊花，难道说，白来一趟不成？咱们看看藏珍楼去。再说那里拿住人是谁？要是咱们公馆之人，好打主意。"徐良说："我在前头带路。"往西穿过一片果木园子，徐良往正北上一指，说："我就在这个院子里被两个丫头把我拿住了。"艾虎说："咱们瞧瞧去，这两个丫头是怎么的利害！"卢珍说："我也看看去。"芸生说："我也看看去。"徐良说："我可不去。"同着智爷奔了藏珍楼的短墙，纵身蹿进墙去，直奔藏珍楼的楼门，往里一看，黑洞洞，隔着两三道门，见那当地有一个立柱子，上面有一个横梁儿，远瞧上头，类若挂着一个人的相似，下面横着三个车轮乱转，那轮上全都有刀，已经把那个人砍了下半截。智爷看着说："徐贤侄，我看此人，在这里犯疑，怎么的像南侠一样？"徐良眼快说："不是，你看这是一口刀，不是宝剑。"智爷说："果然不是宝剑。"你道这个人是谁？原来是玉面猫熊威。

皆因熊威奉旨回家祭祖，诸事已毕，等着赛地鼠韩良、过云雕朋玉有数十余日，韩良一人到家，朋玉没来。又等三两天，接到朋玉一封书信，说他哥哥因病去世，在家中料理丧事，叫他们先走罢。这二位才一同起身。也是活该有事，这日正走到大路之上，见有个骑马的抛镫离鞍，跳下坐骑过来见礼。韩良不认识，熊威看了半天说："是朱大哥么？"来者是黄面郎朱英，对施一礼，问："你们二位，买卖顺当？"韩良说："不做买卖了。"熊威与他使了个眼色，接着说道："我们那座山，被官兵抄了，到如今无有驻足之地，散做买卖呢。朱大哥这一向可好？"朱英说："我也不做买卖了，如今得了点好事。"韩良问："甚么好事？"朱英本是给王爷邀人，一听这两个人无事，就打算把他们邀到王爷那里去，遂说道："我如今现在王爷那里。"熊威问："哪位王爷？"

回答说："襄阳王，现今在宁夏国，国王帮助人马，不久便要夺取宋室江山。"熊威一听，满心欢喜，说："但不知我们要投了去，行与不行？"朱英说："你们二位要去，只要我一句话就行，王爷正是派我给他邀人。你们不用投奔王爷那里，刻下可到团城子。"又把伏地君王东方亮怎么家大业大，怎么好交朋友，当初有他先人之时，叫九头鸟，怎么家内有口鱼肠剑，藏珍楼，怎么白菊花盗来万岁冠袍带履，怎么五月十五日立擂台的话，说了一遍。熊威说："既然这样，我们还有点别的事情，把事一完，我们同上团城子去。可是你先给咱留下一句话才行。"朱英说："我今日就上那里去，西门上与你们留下话，一问就得。"熊威说："朱兄，你先请罢，咱们团城子那里相见。"朱英再三叮咛，然后才纵身上马，上团城子去了。二人哈哈大笑，熊威说："兄弟，这可是活该，不打自招，咱们先不用上开封府。上团城子，把万岁爷冠袍带履请出来，得便盗他那口鱼肠剑，回京任差，把万岁爷的东西交给相爷，可算是奇功一件。"韩良一听，也是满心欢喜，二人奔到五里新街西边住下。

将到二鼓之半，两个人换了夜行衣靠，吹灭灯烛，将门倒带，蹿房跃脊，直奔团城子而来。也是百练索搭住城墙，导绳而上。两个人来到里面，见太湖石旁捆着两个更夫，将更夫口中之物掏将出来，问明藏珍楼所在，仍然将口塞住，这才奔了藏珍楼。进了短墙，见那朱红门上净是金钉，在门楣的上头有三个铜字，是"藏珍楼"。那上面又有一条金龙，有两根龙须垂下，底下七层台阶。离着楼约有一丈，熊威就把刀拔将出来，用刀尖戳地，戳来戳去，约有七尺，就戳在翻板之上。熊爷就不敢前进，按说一纵，可就蹿在台阶之上，又怕台阶有甚么埋伏，一回头见那边有块大板子，长够一丈三四，宽够二尺。熊威将那板子，二人搭将过来，往下一放，那边搭在台阶，这边搭在实地，类若浮桥相仿，就挡在翻板之上。韩良头一个就往上跑，到了那边，拿住刀剁那石头台阶，剁一刀往上一层，剁到五六层上，也就大意了，往头层上一蹿，不料那台阶往下一沉，韩良说声不好，要往下蹿又怕坠于翻板之内，要往那块木板上蹿，熊威已经上来了，又怕冲下他去，无奈往上一挺身，用手一揪那条龙须。焉知那条龙须是个消息，韩良自然是一揪，把腿一蜷，就听嚓喇一声，那龙须往下一扎，韩良又不能撒手，正对心窝，身子一沉，躺在台阶之上，那根龙须打前心扎将过去，扎到后心，把后心穿过皮肤之外，嘣的一声，撞在台阶石头之上。原来这两根龙须皆是如此，若揪两根，一齐尽都下来，揪一根，是一根下来，非得碰在石头上，方能回去，若论分两，总有一二百斤沉重。这下将韩良扎死，直急得熊威肝胆俱裂，往上一跑，抱韩良尸首去了。蹬在头层台阶上往下一沉，自己也不逃命，也不往上蹿，把双睛一闭等死。焉知晓这个台阶是诱人上当的，其实坠不下去，那个台阶是石头边框，另镶的一个心子，那心子下面，用铜条盘绕成螺蛳式，类若盘香形象，人要蹬上，必是往下一沉。要是胆小，不是往下蹿就是抓龙须，一蹿就是掉翻板，一揪龙须，就是扎死。熊威豁出死去，倒没掉下去，无非忽悠忽悠了半天，一伸手把韩良抱将下来过了木板桥，放在墙根之下，哭了半天。

熊威自己要寻一个自尽，又一想拚着这条命进里面找冠袍带履，于是把心一横，二次又上了台阶。见门缝儿约有二寸多宽，将刀插入里面，往下一划，只听哗喇一声，那两扇门往下面一沉，就类若入地去了。把千里火拉出一照，里面还有一道门，上边有两个金字：藏珍。是两扇黑门，严丝合缝。东边那扇门上，有一个八楞铜华子，过去伸手一拧，就听见叭的一声，双门一开，里边有个大鬼，头如麦斗，眼睛是两个琉璃泡儿，张着火盆口，手中拿着三股叉，两边门框够多宽，这两边叉翅子就够多宽。这鬼在地上头，就露半截身子，门要一开，把叉一抖，来的人躲闪不开，准死无疑。满让躲开叉，就从那鬼口中，叭叭叭就是三枝弩箭，仗着熊威身体灵便，见门已开，他往后一仰，使了一个后桥，这才把一叉、三枝弩箭躲开。那鬼弩箭打完，往后一仰，仍回地下去了。熊爷起来，用千里火照着，见地下是一个大坑，那鬼就在坑中，一丝不动。熊爷蹿过大坑，至三道门。乃是黄门，有两个门环，上面有五个铜福字，此门一推就开，见当地一根立柱，上有一朵金莲花，有个横梁，东西北三张圆桌。熊爷不管好歹，进了五福门，用火照着，正北上东西两个门，挂着软帘，当中一个大红幔帐。从柱子东边一走，脚下一软，往上一蹿，单手一揪横梁，三张桌子一转，从桌子旁边出来的，尽是鲇鱼头的刀，由东西墙出来两个铁叉子，把熊爷叉住，不能动转。要问熊爷性命如何，且听下回分解。

第八十回　黄面狼细讲途中故　小韩信分说旧衷情

且说熊威进了五福门，见屋中三张桌子，当地一个立柱儿。直往前走，不料脚下一软，往上一蹿，用手一抓上头的横梁，两旁出来两个铁叉子，把熊爷的腰一叉，想要动转，不得能够。就听下面咕噜咕噜的一阵乱响，由圆桌旁边钻出来，全是鲇鱼头刀，每个桌面上有刀十八把，底下消息弦一动，桌子一转，那刀全有二尺多长，就在熊威的脚面上乱剁，一把跟一把的，如何能够躲闪。仗着熊威身法快当，把腿往上一蜷，脚到桌面子的上头，那刀可就剁不上来了。不料那桌子上金莲花一转，消息里面又套着消息，莲花随转带柱子连铁叉带横梁，一并全收下来，又是哗喇喇的一声，眼瞧着那根柱子往地里直去。熊威虽蜷着腿，也不行了，那鲇鱼头刀也够上脚面了，可怜转眼之间，熊威就把下半身剁得没有了。熊威一死，那桌子仍然还是乱转，等那根铁叉子横担在桌面子之上，桌子也就不转了，那根柱子也不动了，下面金钟当当响起来了。正是徐良等着艾虎、卢珍、芸生赶到，大众来至藏珍楼外，先前一看，打量是南侠展爷。嗣后看出来使的是刀，又一细看，徐良说："这是熊威。"智爷说："怎么见得是熊威？"徐良说："除他之外，没有像我展大叔那个相貌的人。"又一回头说："更是熊威了，你们看韩良死在这里了。"大家回头一看，何尝不是。就见他胸前有个窟窿，仍然还是噗哧噗哧的冒血哪。正在说话之时，就看见灯球火把奔藏珍楼而来。智爷说："走吧，咱们还是不露面的为是。"跳出西墙，又奔西面城而来，仍用百练索导上城墙，从外面下来，众人回公馆。

走在路上，徐良问艾虎等："你们到红翠园，瞧见那两个丫头没有？"艾虎说："不但看见，我们还听了一件事情。"智爷问："甚么事情？"艾虎说："正遇见他们两个人在屋子里说话哪，咱们拿住的那个铁腿鹤赵保，不是把他交给当官了么？叫东方亮托知府的人情给要出来了。赵保与东方亮道劳，他自然就在这里住着，他要与九尾仙狐一处安歇，东方亮看出他们的破绽，把二人给赶出来了。我们到园里时，两个姑娘正说此事，全被我们听见了。那个丫头瞅着可不善哪。"徐良说："你还没看见那链子锤槊，神出鬼入。"艾虎说："早晚也是拿他。"徐良说："早晚是你们拿他，我可不行。"芸生说："这倒是不要紧的事。熊爷、韩爷死得实在可怜。"智爷说："你们哪里知道，这两个人是报应。"徐良问："怎么是报应？"智爷说："他们三个人，在夹峰山上为寨主，熊威携眷在山上，韩良就为有女眷，出外不便，他硬把一个玉皇阁玉皇爷的圣像丢在山涧里头了。这玉皇阁就算一个后寨，叫妇人居住，熊威他就应当不从着才是，他又不肯伤了弟兄的情面，朋玉倒再三的不教把玉皇阁作为后寨，这二人一定不听。你们看这报应真切不真切？"众人嗟叹，回公馆不表。

再说东方亮、东方清率领大众执定灯球火把，直奔藏珍楼而来。到了藏珍楼外边，俱都跃墙而过。东方亮往里边一看，桌面子也不动转，就知人已死了，就问东方清："是你进去我进去？"除他们二人之外，谁也不会上这个消息。

东方清说："待我进去。"带着四个人，打着灯球，先上那个木板桥，进了头道门，奔二道门。教他们跳过去那个坑，到了五福门的里头，拿灯一照，见熊威就剩了半截身体了，东方清把这朵金莲花往回一扳，这朵金莲花反着转起来了，哗喇哗喇的乱响，眼看着那根柱子连横梁带铁叉子往上直走。那三张桌子便咕噜咕噜的翻转，连鲇鱼头的刀俱都抽将回去，直到原归本位，那朵金莲花也不动了。东方清叫他们在那里等着，复又出来，到门外头往上一蹿，一只手抱住当中那个福字，一只手把东边那福字一转，就听哗喇的一声，东边那铁叉子仍然抽将回去，熊威的死尸扑咚一声摔将下来。自己奔到西边，也是把西边福字一转，西边那铁叉子哗喇一声也抽将回去。教从人把那死尸搭将出去，东方清也就出来，把双门一带。复又到二层门外头，回头叫大哥，叫人找那三枝弩箭。家人提着灯笼，把那三枝弩箭找着递将进来。他在坑的北边，叫人出来，一伸手在坑边上，把东边那根铁链往上一拉，那个大鬼复又上来，用叉往外一抖。这个大鬼本是傀儡头，身上是用藤子绑出来的形象，就是半截身子，那消息全在他肚子里头，上面连纸带布糊出来的，涂上颜色，晚间一看，真像一个巨鬼。一伸手从他口中插进一枝弩箭去，把左边犄角一拧，就把那枝弩箭扣住，又插进一枝去，把右边犄角一拧，又插进一枝去，把当中犄角一拧，俱都安好，复又把西边索链一拉，那个大鬼往后一躺，一丝儿也不动了。自己纵身蹿将出来，到了外面，把双门一带，复又把八楞铜华子一拧，就把双门扣住。复至头层门，往上一蹿，用左手把珍字抱住，右手一转那个藏字，东边那扇门就由下面上来了。又一摆手，右手拧住珍字，左手一转那楼字，又是吱噜噜一响，西边那扇门也上来了。两扇门原归旧位，东方清才飘身下来，又抬头看了看，那两条龙须仍然相齐，那也不用再拾掇了。这才顺着那搭的木板下来，到了大众一处，问道："你们有认识这人的没有？"大众细细看了一看，内中就是黄面狼朱英说："可惜可惜！这里还有一个死尸哪。"又一看，靠着南墙那边，果然有个死尸。大众俱不认得。朱英说："这两个人，是我要了他们的命了。"东方亮问："怎么？"朱英说："我走在半路上，让他们来帮着王爷共成大事，不料他们晚间前来。这两个是夹峰山的寨主，一个叫玉面猫熊威，一个叫赛地鼠韩良。"东方亮说："可惜，可惜！"张大连在旁说："大哥别说可惜了，实乃万幸万幸。"朱英问："怎么讲是万幸？"张大连说："你知事不确，可千万别往这里带人。我可不认得他们是夹峰山的寨主，这两个人，如今都是校尉，上这里找冠袍带履来了，如今没被他们得了去，岂不是大哥万幸？”东方亮一闻此言，细细的盘问，张大连正要说他们来历，忽见东墙上蹿下一个人来，飞也相似，往前就跑。房书安说：“不好，有人来啦。看看是谁？”大众一闻此言，全都一怔。要问来者何人，且听下回分解。

第八十一回　清净庵天彪逢双女　养性堂梁氏见干儿

且说东方亮听张大连说两个是校尉，就有些着急，忽见从墙上蹿下一个人来，往前飞跑，身临切近一看，却是天彪。东方亮问：“你从何处而来？”小爷说：“我跟着爷爷往这里来，被我两个姑姑把我叫住，问我甚么事情，我说甚么楼拿住甚么人了，我姑姑打发我来看看，拿住是甚么人，问说有老西没有？”东方亮说：“没有老西。”小爷问：“是甚么人？”东方亮说：“你小孩子家，不要管这些事情。”又问张大连，小韩信就把在京都听见人家讲论谁封甚么官，自己记住了一半，内中就有这两个人是校尉的话，学说了一遍。天彪站在旁边，听那张大连说话，知道死的是两个校尉，心中一惨，一转身就暗暗走了。

天彪跳出墙来，就信步游行，又带着明月东升，只顾低着头，想这二位校尉死得真苦，又不能把两人的尸骨盗着出去，绕着太湖石、竹塘等处，也不知走在甚么所在来了。侧耳一听，有木鱼的声音，心中纳闷，这里是住户人家，怎么有出家人在这打木鱼儿呢？心中又一动，东方亮已曾说过，不许我往东北去，说有个庙不许进去，若要进庙的时节，要砍折我的双腿，这里必有蹊跷之事。看了看方向，自己就是奔的东北，细细看来，前边是一段红墙，越走越近，就听见细声细气在里边念经。看了看是东西一段长墙，往北一拐，就看见那个庙，是一个清水砖门楼，两扇红门，贴着黄纸对，上联是“暮鼓晨钟惊醒世间名利客”，下联是“经声佛号唤回苦海梦中人”，横匾是“法门不二”。隔着门缝望里一看，院内有灯光，有人在那里说话，俱是细声细气妇女声音。小爷心中纳闷，既是个庙，怎么又有妇女声音？撤身下来，往北一拐，纵上墙去，就见里面有两个姑娘，一个丫头，点着两个气死风灯，还有两个羊角灯。这两个姑娘，全是十七八岁，短打扮，一个是红袄绿裤，大红弓鞋，鹅黄汗巾，翠蓝绢帕包头；一个是玫瑰紫小袄，青绉绢中衣，大红缎子弓鞋，西湖色汗巾，鹅黄绢帕包头，这二人俱是满脸脂粉。见地下丢着一把刀、两口宝剑。见那个姑娘手中提着一柄飞抓，那抓头是钢铁打就，类如一只手相仿，也是五指，一个手掌，安着骨节，全是活银钉扣儿。手背上一个菊花环子，后面挂定绿色绒绳。若论这二位姑娘品貌，十分俊美，举止端正，并无半点轻狂之态，一高一矮，一胖一瘦。那胖的央那瘦的要学双宝剑，那瘦的说："姐姐算了罢，别冤我了，你那剑法比我高明。"那胖的说："我只会单剑，不会双剑，你要不教给我双剑，我就不教飞抓啦。"那瘦的说："你教给我罢，你要不会双剑，我就教你，我会七手剑，还有一个进步连环绝命剑，除此之外，我可不会。你先教我飞抓，等下半日，我把飞抓学会了，打的出去有了准头，我自己练去。我已然是练了两天，打出去那抓，总不能着手，如何行得了？"那个姑娘一笑说："你瞧着我，用中指扣住菊花环子，往外一打，总得用力。你把手一张，自来这个铁手也是张着的，打在人的身上往回一带绒绳，自来那只铁手往回一抽，那五个指尖往回一扣，就把人的皮肉抓住。要学会也不难。"那胖姑娘右手托住飞抓将要打，忽见后边跑来一个婆子，打着一个灯笼说："二位小姐，后面练去吧。老太太把功课用完了，教我请你们来了。"姑娘说："你先去吧，我们随后就到。"正在说话之间，那胖姑娘忽然往地下一看，哼了一声，一回手，把飞抓往外一抖，正抓在天彪肩头，往下一带，天彪躲闪不及，就听见噗咚一声，从墙头上跌下去了。叫丫鬟过来捆上，这丫鬟也真有些力气，就把自己汗巾解下来，将小爷四马倒攒蹄捆好。姑娘说："你们在这里听信，老太太若是叫杀，你们把他就杀了。"说罢，两个姑娘全奔后头去了，教婆子给打着灯笼，跟着婆子走了。小爷羞得面红过耳，暗暗想道：这个丫头好快手。翻眼瞧着这个丫头说："丫鬟你快把我解开，你不愿意活着了，把少爷捆上，该当何罪！"丫鬟哧的一笑，说："你是谁家的少爷？"小爷说："你们的少爷。"丫鬟说："此时任凭你说是谁家的少爷也不管，你绝活不到一刻了，我们老太太把你们前头人恨透了。深更半夜，爬着墙头瞧看，你还有好心哪？就是大员外的至友也是拿住就宰。"小爷听了这套话，心中一想：这老太太准是东方亮的妻室，这两个姑娘准是他女儿。前番我要给我义母磕头，他赌气说死了，不用提那贱婢，别是他们夫妻不对，也许有之，待我问问这个丫鬟。又叫："丫鬟，方才你们说这老太太，可是老安人不是？"丫头说："你不要明知故问，不是老安人是谁？"小爷又问："二位姑娘是老太太亲生之女不是？"丫头回答："不是，一个是侄女儿，一个是干女儿。"

原来东方亮他夫妻俩并不对，这安人娘家姓梁，他本是知府的女儿，因梁老爷故去之后，夫人上了媒人的当，提说东方保赤家里是多大财主，住的是城墙，就把女儿给了东方亮。过门之后，夫妻就不对，后来慢慢的就知道了他们根底，苦苦劝解，东方亮执意不听，后来夫妻连话都不说了。梁氏寻了三回拙志未死，奔在这个庙中，与东方亮说明，只要有三寸气在，谁不见谁。这个庙是刘村那个尼姑庵，如今圈在院里了。这梁氏就在庙中苦修吃长斋，终日念经，只求得东方亮哪时改恶从善，夫妻还是见面。就带着两个婆子，两个丫鬟，一个叫秋菊，一个叫腊梅。皆因是东方亮的兄弟东方明，有个女儿叫东方姣，也是苦劝他父亲改恶从善，东方明不肯，把女儿就送在团城子来了。姑娘一见伯父与三叔比他父亲作恶尤甚，自己无奈，投奔清净庵，见了他伯母，娘儿两个对哭了一阵，也就在这清净庵立志修行。后来东方姣给梁氏磕头，不叫他伯母，就叫他娘亲了。那两个丫头，老太太最喜爱秋菊，也认为义女儿。论说秋菊比东方姣大一岁，今年十九，可管着东方姣叫姐姐，后来老太太给他起个名字，叫东方艳。这东方姣是在家中有一个使唤婆子教他练的武艺，这婆子是个女贼，会使飞抓。这东方艳跟着金仙、玉仙，一同练出来的功夫，他由十一岁就练起，也会使链子锤。这姊妹两个，除了针线之外就是玩拳踢腿。可巧这日晚，东方艳要与东方姣学抓，东方姣一看地下有个人影，一抖飞抓，将天彪抓将下来，叫丫鬟把他捆上。

丫头一问天彪来历，小爷就把自己的事也就说了一遍，怎么给大员外磕头，怎么认的义父，怎么叫门没叫开，教姑娘抓下来了。丫鬟说："你这话可是当真哪？"天彪说："焉能与你撒谎？"丫鬟说："就在此听信罢。"就见婆子打后头来了，说："腊梅，姑娘说这件事不用告诉老太太，把他杀了罢。"丫鬟说："这个杀不得，他是少爷。"就把天彪的话说了一遍。婆子说："既然是少爷，这可不能不回禀老太太了。你在这里看着，我去回话。"丫鬟说："使得。"去不多时，复又回来，说："腊梅，老太太要见他。"丫鬟问："解绑不解绑？"婆子说："姑娘叫捆的，谁敢与他解开！"仍绑着二臂，婆子引路，直奔后面。

天彪进去，见屋中幽雅沉静，当中梗木罗圈椅，坐着一个年老的妇人，倒是慈眉善目，上垂首并肩坐着那二位姑娘，全都换了长大衣服，珠翠满头，环佩叮当。天彪双膝点地，冲上一跪，说："娘亲在上，孩儿与娘亲叩头来迟，望乞恕罪。"梁氏道："素不相识，因何将老身唤为娘亲？"天彪说："我跟着我天伦，本打算在这里佣工，不料大太爷一见孩儿，十分欢喜，认孩儿为义子。与我义父磕头之后，我就打听义母，我义父不叫孩儿前来给义母叩头。孩儿一想义父多大，义母多大，我这才背着我天伦，前来与你老人家叩头。不料到此间，双门紧闭，我打算跳过墙来，可巧见了姑娘把孩儿拿住。如今见着了娘亲，只要见着你老人家一面，虽死瞑目！”梁氏往下一看，本来天彪生得俊秀，齿白唇红，早就有几分欢喜，遂说道：“我儿小小年纪，竟有这一点诚心。”叫婆子与少爷松绑。小爷复又拜了四拜。老太太说：“见过你两个姐姐。”姑娘给道了一个万福，小爷打恭还礼。老太太指着说：“这是我侄女，这是我干女儿，一个叫艳，一个叫姣。”吩咐看座位，小爷坐下，又问：“你姓甚么，叫甚么名字？”天彪说：“孩儿姓龙，名叫天彪。”老太太说：“我儿你今见过老身了，是你一点诚心，从此后，我这养性堂，不准你常来。”少爷听说养性堂，抬头一看，有块横匾，是养性堂三字。老太太说：“我儿不可久待，快些上前边去罢。只有一件，我告诉你的言语，牢牢紧记，倘或不遵，再要到我这清净庵里来，可要砍折你的双腿。”天彪答应一声，转头就走。将至门外，就听得梁氏说：“可惜这个小孩儿，祸到临头，难免项上餐刀。”婆子送出门外，迎面来了一人，把小爷吓了一跳。要问是谁，且听下回分解。

第八十二回　蒋平给天彪虑后事　梁氏与二女定终身

且说小爷叫人送出清净庵，迎面来了一人，那人说：“小太保爷，你上这里作甚么来了？”原来是个更夫。天彪说：“我打藏珍楼来，找不着前头厅房在哪里了。”更夫说：“这里离厅房甚远，我带你去罢。”跟着那名更夫，到了前边，来至厅前，大众正在议论熊威的事情。东方清说：“明日，西门外头打一个坑，把他埋了。有人问，就说是咱们家人，也就完了。”小爷把此事听在心中，等明日至公馆与他们大众送信。暂且不表。

且说智化带领小四义，回至公馆，全是跃墙而入，直到东院上房屋中。蒋爷先就打听说：“众位此去如何？”智爷说：“我们又算白去了一趟。在藏珍楼还死了咱们的两个朋友。”蒋爷听了就是一怔，连忙问道：“是谁？”智爷把熊威、韩良的事情说了一遍。蒋爷一声长叹，说：“智贤弟，这就是他们两个人的报应。”说着话，蒋爷叫店家备酒，大家落座饮酒。蒋爷又问智化：“熊威的死尸在甚么地方，可看真切没有？”智爷说：“看不真切，里面好几道门哪，黑洞洞的。”蒋爷又问：“可见着龙爷、史爷没有？”徐良在旁说：“四叔，不用说了，我这个徒弟可恨了。”蒋爷说：“怎么见得？”徐良说：“给人家反叛的当儿子去了，如今作了伏地太子了。”蒋爷说：“到底是怎么的一句话？”智爷就把东方亮认天彪为义子的话说了一遍，又道：“王兴祖也到了，是他们请来擂台上镇擂的。看那个人的形状，武艺必然超群。他那身躯类若欧阳兄长，蓝面红须。”蒋爷说：“是日这个台官交给咱们徐良拿他了。”山西雁说：“四叔，我看他那相貌，大概我也非是他的对手。”蒋爷说：“等至是日之时咱们见机而作。但只有件，熊威、韩良他们死在团城子，他们的尸首只怕不容易得着。”智爷说：“不怕，龙天彪早晚必来，他要来时，咱们就知道细底了。”说着大家饮酒，天光大亮，就把残席撤去，书不重絮。

次日天交正午，忽见龙天彪从外边进来，与大众行礼。蒋爷说：“你从何处而来？”天彪说：“从团城子来。”就把见了东方亮，如此如彼，这般这样，细细说了一遍。蒋爷又问熊威、韩良这二人之事。小爷说：“一个被龙须扎死，一个在五福门死的，两个人的尸首在西门外头埋葬。”蒋爷说：“你知道地方就好办了。”小爷说：“还有一件。”就把东方亮夫妻不对，怎么遇见梁氏在庙内修行，还有他一个侄女儿、一个干女儿，怎么自己被捉，见了梁氏，梁氏所说甚么言语，一五一十，细细的说了一遍。蒋爷翻着眼睛想了半天，说：“有事有事。”智爷问：“有甚么事情？”蒋爷说：“有意思嘛。”又问：“有甚么意思？”蒋爷说：“你想罢，这话里有话。”智爷也一翻眼睛说：“是了，四哥你料得不差。”南侠在旁说：“你们别打哑谜，说出来我们也明白。”蒋爷说：“听天彪学说这套话，东方亮的妻子不是有两个女儿吗？也不管干的湿的，必然爱如珍宝一般。不用说没许配人家，他见着我们天彪，也是爱惜，他不爱惜，为甚么他出门的时节，他说‘可惜这孩子，祸到临头，难免项上餐刀’？不但爱惜，还是怜他！我也给他出个主意，十够八九，总许闹一个媳妇来。天彪过来，我教你一套言语，今晚到清净庵去。”小爷说：“再上清净庵，老太太说过砍折我双腿。”蒋爷说：“要砍折你的腿，我赔你。你今天再去，见了那老婆子，跪在他面前不起来，他必然说：‘我昨天嘱咐你不要你上这里来，你再上这里来，砍折你双腿。’你就说：‘我有几句话，在义母跟前回禀，说完之时，但凭义母处治。’他必问你甚么缘故。你说我昨天说的话，一句真的没有，你就说我不姓龙，姓龙的那是我的叔叔，我姓展，我乃常州府玉杰村人氏，我叫展天彪，我天伦是御前三品护卫大将军姓展名昭，字熊飞，万岁爷赐的御号叫御猫。我皆因跟着颜按院大人破铜网有功，万岁亲封我御前四品护卫之职。我本是前来行诈，那姓史的、姓龙的全是校尉。皆因我义父结交白菊花，在这里摆擂台，我们奉旨捉拿白菊花，混进团城子假作佣工。不料我义父收我作义子，昨晚间又见着你老人家所说的言语，今天白昼见着我的天伦，说了一回，我天伦说：千万别辜负了义父、义母，叫我今日晚间进来，见着义母，把这些真情实话全都说了，一点也不许隐瞒。怕在十五这一天，要在擂台上拿人，官兵官将一围团城子，怕的是惊吓着你老人家，怕你寻拙志。先叫我见义母把话说明，是日不怕大众拿住，准保没有我义父、义母、三叔的罪名。义母若要杀我，我就死了，也算为国尽忠；要不杀我，总算义母恩施格外。他绝不能杀害与你。他一听你是护卫，准把他的侄女许你为妻，碰巧了准把两个全都给你，也是有的。他要给你，你可别要。你就说，我不敢自作主张，我得出去问我天伦，我父亲教我要，我方敢要；我父亲不叫我要，义母可别恼我。你要是这么说，他更加敬重于你。一者他爱你这品貌，二者他贪着你有官，三者听着你是个孝子，他必教你明天出来问你天伦。你也不用出来问，等到后天晚间你再去，你就说问了，情甘愿意，你就在身上带着两块玉佩，给他们作定礼，准保不费吹灰之力，白得两房妻子。碰巧了他就许教你在里面成亲。成亲之后，你可想着问他们藏珍楼的消息，要把消息问好，他们要是能进藏珍楼，你就跟着进去，把万岁爷冠袍带履请出，我们一同入都，我就该告职了。我这个护卫给你，三品不成，四品准行。我嘱咐你的言语，你可要牢牢紧记。事毕之后，你看看四叔料事如何！”大家听毕，连连点头称赞，蒋爷说：“事不宜迟，你就去罢。”

天彪告辞回去，走到团城子门上，出入没人拦挡小太保爷。这些事也没告诉他叔叔。在东方亮厅房内张罗了半天，伺候吃完酒饭，撤身出来，直奔清净庵而来，行至庙门叫门。里面有婆子出来，见少爷来了，说：“少爷你怎么又来了？快些回去罢，你不知老太太的性情，说在哪里应在哪里的。”少爷说：“你别管我，快给我回禀进去。”婆子说：“使得，我就与你回禀进去。”婆子在前，他也跟着进内，到了养性堂，婆子说：“少大爷来了。”梁氏一听说：“好孩子，昨日我告诉他说不教他来，今天仍然又来了。教他进来。”婆子出来说：“请。”天彪到了里面，见了老太太，双膝点地。老太太气哼哼的说道：“你好生大胆，昨日老身嘱咐你甚么来着？今天你又来，老身所说的言语，永无更改，你是打算不要你的双腿了！”天彪说：“非是孩儿不遵你老人家的言语，皆因孩儿有几句言语，把我这话说完，爱杀爱剐任凭你老人家。”老太太说：“你还有甚么话说？”小爷说：“昨日孩儿所说的言语，尽是些鬼言鬼语，今天到此，我说实话了。”老太太问道：“今天又来说甚么实话？”他就说不姓龙，姓展叫天彪，他的天伦是南侠，把蒋爷所教那些言语，一五一十清清楚楚的细细说了一遍。梁氏一听，就呆怔怔的发愣，说：“原来你是贵客，快些请起。”

教婆子过来，快看一个座位。天彪谢坐。梁氏复又问道：“展公子，你定下姻亲没有？”天彪说：“未曾定下。”梁氏说：“你的肺腑之言与老身说明，你乃是朝廷命官，奉旨前来捉拿白菊花。这样年纪，有这样胆量，可称为忠；奉父命舍死忘生前来行诈,可称为孝,你乃是忠孝两全之人也。昨日老身一见你，就看不是贫家之子。你既对老身说肺腑，可算是一点诚心，老身也把肺腑对你说明。我与你前边义父，不是夫妻，乃是前世冤家。他任意胡为，我苦苦相劝，他偏执意不听。如今我听旁人所言，他随了王爷，意欲造反，我看他们全是一班无知之徒，何能成得大事！在我看来，事败之后，玉石俱焚，灭门之祸，即在眼前，祖父尸骨，都应抛弃坟外。老身又无儿无女，没有可贪之事，早早就寻了两回拙志，俱被他们解救下来，也是我命不当死。如今我倒有一件挂念之事，就是我这两个姑娘，因为他们终身未定，只要他们终身一定,老身纵然就是一死也瞑目了。展公子,我有意要将这两个女儿许配与你,不知展公子意下如何？”天彪赶紧站起身子,深打一恭,说:“义母老大人在上,并非是孩儿推托此事,我天伦现在外面,这件事孩儿不敢作主,待至明日出去,见我天伦告知此事，我天伦点了头，孩儿方敢应允。”梁氏一听此言，连连点头说：“好，应当如此。”天彪说：“孩儿话已回禀明白，我要回去伺候我义父去了。若要被我义父知道，可有大大不便。”老太太说：“可要谨慎方好。”天彪临行，复又深施一礼，婆子送将出来。

天彪到了外面，第二天也没有过去，到了第三天晚间，又到了清净庵。见了梁氏，天彪就说，他天伦愿意，梁氏甚喜，也不要他的定礼，就择定第三天，很好日期，就教天彪在后边拜堂成亲。老太太受双礼。天彪入了洞房，头天是东方姣，二天是东方艳，过了五六日，问东方姣藏珍楼的消息，他是一字不知。次日问东方艳，先前不说，后来慢慢的方才说出。不知说出甚么，且听下回分解。

第八十三回　到后院夫妻谈楼事　上信阳校尉请先生

且说龙天彪成亲之后，问东方姣藏珍楼之事不说，问东方艳也说不知。嗣后来天彪对东方艳说：“咱们是夫妻，你是随夫贵，随夫贱，我们请冠袍带履的人甚多，我在里面，若要请不回去，要被旁人请去，许教相爷怪罪；我要得着，就越级高升，我要得到头品，你就是一品夫人。你在团城子内长大，不能不知此事。”东方艳被天彪说的无奈，说道：“我指你一条明路，你自己去办。”天彪问：“怎么一条明路？”东方艳说：“我虽不知道楼中就里，我可知这个楼是甚么人摆的。只要将那人找着，就可以进去。”天彪问道：“但不知甚么人所摆？”东方艳说：“提起此人，也是大大有名，他可是个文人，在信阳州居住，姓刘名志齐，当个衙司先生。”天彪一听是刘志齐，心中暗暗欢喜，他本是信阳州人，自己虽没见过，久闻此人文武全才，只可明天与公馆送信，让他们去请。再问他妻细底，可实在不知。一夜晚景不提。次日晌午的光景，天彪出团城子东门，直奔公馆而来。

且说公馆中的人，盼念天彪，总没消息，急的山西雁晚间要上团城子去。可巧天彪从外面进来，见众人磕头。蒋爷问：“给了一个还是给了两个？”天彪说：“是两个。”蒋爷说：“如何？我猜着了罢，准是两个。”徐良说：“人间事情不公道，他小小年纪，一个人得了两个媳妇；我偌大年纪，还是没有的哪。”蒋爷说：“你这是甚么师傅？”又问：“这楼的消息怎么样了？”天彪说：“也有了。”就把刘志齐摆的，非找此人不可等话说了一遍。智爷说：“可惜，有一个人没在此处，他们是盟兄弟。”蒋爷问：“是谁？”智爷说：“是沈仲元，他盗大人时节，就是与刘志齐借了一个迷魂药饼。还好，我会套他写的笔迹。”蒋爷说：“使得，假作他的一封信，你的一封信，我与展大弟一封信，我们三封信，写的恳切，再多备些礼物。”智爷说：“礼物倒不用，只要有我们三封书信，就可以的了。”冯渊在旁说：“这件事情，我去送信，我们两个通家至好。”蒋爷问：“怎么，你们是通家至好？”冯爷说：“我与沈仲元到他家里去过一次，并且那日没走，还是在他家内住下了。”蒋爷说：“那倒很好，冯老爷，就辛苦一趟罢。”立刻修书，将三封信写完，冯渊带了些应用东西，又带上盘费银两。徐良说：“臭豆腐，你可把书信带好了，可别像熏香盒子呀，道路遥远，要是走在那里书信丢了，可是往返徒劳呀！”冯渊说：“醋糟，不用你管。”徐良说：“我总瞧着臭豆腐你不配办这样大的事情。”蒋爷说：“你们别先玩笑。冯老爷，你要请这个人来到这里，可别过五月十五方好。”冯渊说：“四大人只管放心，绝不过了十五。”自己找了一块油绸子，把三封书信包好，放在贴身，告辞众位。天彪说：“我也走了。”天彪回团城子，皆因是新娶的媳妇，尽贪着往后边去，在前边的工夫透短，一叫就没在这里，一找就不知去向。东方亮见着他时节，指东说西，指南说北，不是说他睡觉去了，就是说上红翠园与他姑姑练拳脚去了。后来他姑姑那边也有事，不叫他常去。他姑姑那边有甚么事情，下文慢表。

单说冯渊，带了三封书信，直奔信阳州而来。晓行夜宿，饥餐渴饮，这日到信阳，看了看太阳西下，紧走了几步，直奔刘家团。当初闹花蝴蝶的时节，此处安过团练，故此就叫刘家团。未到门首，就将包袱解下打开，把三封书信拿出来，仍旧把包袱包好，直奔刘志齐门首而来。进刘家团东村口，路北第一门，上阶台石叩打门环。从里面出来一位老管家，开了双门一看，先问找谁。冯渊说："刘先生在家没有？"老头子问："你是哪里来的？"冯渊说："我从南阳府而来，有三封书信，请刘先生出来面呈。"老管家说："我是我家安人派我出外差刚回来的，在家不在家可不知，等我进去看看，不然你老人家把信交给与我罢？"冯渊说："不能，烦你把先生请出来，我还有话说呢。"老管家说："既然这样，你在此等候，我进去看看。"冯渊说："使得。"老管家去够多时，复又出来，问贵客尊姓，回答说姓冯。管家说："你来得不凑巧，我家先生不在家，叫人家请去，与人家置买坟茔，看风水，还得与人点穴去了。"冯渊问："几时回来？"管家说："也许三两个月，也许一月半月，也许一天半日便回来，那也不定。不然你把书信留在这里，等他回来了，我与你回禀就是了。"冯渊说："那可不行，我非得面见，大概明天可以回得来回不来？"回答不定。冯渊此时无法，问："哪里有店？"回答说："离此很远。"用手一指说："西南方，叫贾家屯，离此五里地方，那里有店。"冯渊说："再近着点有店没有？"回答说："没有。那就是至近的了，再有是关厢，离此有八里多地。"冯渊说："我还是找近的所在罢。少陪少陪，我明天再来。"冯渊走后，家人进去，关了屋门。

冯渊直奔西南，越走天气越晚，点灯的时候，方才到了贾家屯。见西口外头是一个大菜园子，进西口路北，头一个店是双盛店，伙计张罗："客官住了罢？"冯渊说："可有上房？"伙计说："有三间上房，在西跨院。"冯爷说："前面引路，我看看去。"跟着伙计，到了西跨院，伙计点灯烛。先不叫他烹茶，先预备酒饭，他就饱餐了一顿，倒了一杯漱口水来，伙计捡家伙，冯渊漱着口，往院子里一喷。就听西隔壁院内有哭哭啼啼的声音，可巧靠着西墙有一个大土堆，冯渊看过卖托着家伙走出去，便扒着西墙一看，就见有三间屋，一个大院子，种的是菜蔬。原来这就是西口外头那个菜园子，屋中半明半暗，点着一盏残灯。忽见那窗棂纸上有个人影，要在窗棂上上吊。冯渊一着急，把那漱口碗往那院一扔，一掖衣襟就蹿过墙去，直奔屋门而来。门前挂着单布帘子，启帘进去，一声嚷叫："老太太为甚么上吊？"那老婆子将要把颈子往绳上一套，听见一嚷，噗咚一声，摔在炕上，半天方才苏醒。

冯渊问："老太太，偌大年纪，因为何故要寻自尽？"那老太太说："这位爷台，你是干甚么的，上我这里？"冯渊说："你为甚么上吊告诉我，能给你分忧。"老太太说："爷台要问，我实在活不得了。我娘家姓王，婆家姓张，有个儿子，叫张德立，租了这个菜园子，一租十年，去年把买卖做亏了。我儿又出去，同相好的借了二百两银子，上松江买了布，上京都贩卖。至今去了半年有余，音空信杳，我就带着儿媳妇，这儿妇娘家姓顾。昨日晚间，天有三鼓，忽然外边水梢的铁梁儿一响，我儿妇就出去看瞧，忽听见哎哟一声，又听见半悬空之中有人说话说：'我乃夜游神是也，今有张门顾氏，乃是月宫仙子，在上方造了一点罪孽，贬下在尘世受罪，如今罪孽已满，吾神带回月宫去了。'今日白昼找了一天，我整哭了一天，我是实在无处可找。待我儿回来，要问他的媳妇，我有何言对答？故此才寻这个拙志。"冯渊说："不怕，全有我呢。你说这夜游神，不是外人，我是夜游神的哥哥。"老太太赶紧与冯渊跪下，说："你是老夜游神哪？要能够把我儿妇找回来，就救了我这条老命了。只要等我儿子回来，再带他归月宫，就不干我的事了。"冯渊又问："你们这里有恶霸没有？"老太太说："没有。"冯渊说："就是匪类的恶人，叫恶霸呀！"老太太说："我们这里有个贾员外，他叫金头老虎，姓贾叫士正，他可常常欺负善良。"冯渊问："在哪里居住？"老太太说："就在我们这南边，有一个南街，路北广梁大门。"冯渊说："你在晚间听信罢，四更天不来，五更天准到。"婆子复又磕头。冯渊一摆手，出了房门，婆子往外一送，转眼之间，就踪迹不见了。老婆子望空磕头，只道他是夜游神驾云走了。

冯渊回了店，仍打墙上蹿将过来，到了自己屋中，往炕上一看，自己包袱踪迹不见，高声喊叫："店家快来，我少了东西了。"店家道："客官不要喊叫。"冯渊问："我这个包袱哪里去了？"店家说："那我们可不知。方才我们过来与你烹茶，你到哪里去了？"冯渊说："我没有出门。"店家说："不能，我才过来，这屋中没有人，我还叫喊了半天，连厕中我都找了。"冯渊说："你倒不要管我，我倒要找那个包袱，没有我的不行，我那个包袱里，有要紧东西。"伙计说："里面有多少金银？"冯渊说："那倒没有，你就是给我包袱。"二人争吵不已，连掌柜的也过来，在屋中争吵了半天。冯渊也就无法，说："既然你们没见，我就认一个丧气罢。"店家方才出去。冯爷心中一想，已然是应许那个老婆子，没有夜行衣靠，就是自己这身衣服，去时有些不便利。拿自己兜袋银子，给了店饭钱，等到天交二鼓之半，掖上衣服，别上刀，吹灭灯烛，倒带双门，蹿出去，直奔前街，往东一拐，就见着广梁大门。由旁边的墙跳将上去，直奔里面。跳在垂花门西墙，上了西配房，往前坡一趴。往上房屋中一瞧，当地一张圆桌面，排列一桌果席，全是上好的果品，见一个人在那里坐着，约有四十多岁，头戴蓝缎绣花壮巾，身穿淡黄箭袖袍，狮蛮带，薄底靴子，挂着一墙兵刃。面似旧锅，粗眉大眼，半部红胡须，在那里吩咐家人，有请高大爷。家人答应，往外就走。冯爷将要躲闪，忽见对面房上趴着一个人，转眼之间，踪迹不见。要问是谁，且听下回分解。

第八十四回　徐良前边戏耍周凯　冯渊后面搭救佳人

且说冯渊见金头老虎贾士正在屋中，看着那桌果席，叫家人有请高大爷。家人出来，冯渊只得躲避，就见东房上有一个人，转眼之间，踪迹就不见了。自己暗想道：这个人好快身法。也就跳在后坡。等家人过去，从外边进来一人，冯渊一看，认得正是飞毛腿高解。来至厢房，金头老虎让他坐下，谦让了一回，高解上坐，贾士正亲自斟酒，叫高解连饮三杯，然后这才斟上门杯。贾士正道："这件事，多亏是你，除非哥哥，那件事万万不能成功。"

列位，高解怎么跑到这里来了？皆因在美珍楼被蒋四爷追跑，在杂货铺席囤的旁边躲避了半天，他见蒋爷没追，自己方才放心，后来逃窜，也没找着白菊花，耳闻着酱坊内多半是病判官死在酱缸里了。自己无家可奔，一想，不如上姚家寨找白菊花。主意已定，就奔洛阳县而来。可巧正走在贾家屯地面，遇见贾士正在门首，二人彼此见礼，贾士正把他让在家内，待承酒饭。饮酒之间，二人谈了些个闲话。这贾士正愁眉不展，高解问："贤弟，甚么缘故，愁眉不展？"贾士正说："菜园子里有个少妇，生得十分俊俏，自己不能到手。头一次见他之时，在井边上汲水，我过去说：'大嫂子，赏我一口水喝。'他转身就跑了。前天又遇见他汲水，我又说赏我一口水喝，他仍是回头就跑。我虽有钱，打不进这个门子去。"高解说："不怕，有我给你办理。只要你喜爱这个人，我就有法子。"到了晚间，高解叫贾士正预备两床被子，带了两名家人，到了菜园子内。高解见他们外边放着两个水梢，用小砖头往水梢梁上一砸，这叫调虎离山之计。那个少妇刚一出门，他用被子往他头上一兜，就不能喊叫。高解往肋下一夹，到了外头交给家人。高解复又回去，站在房上一嚷："我乃夜游神是也。"所以那个老太太一说，冯渊就知道是夜行人所为，只就是各行中人知道各行人的滋味。再说当时高解说完，仍然回到贾士正的家中。这是第二日晚间，金头老虎预备一桌酒席，请高解与他道劳。二人讲些盗取妇人的事，高解说：“但不知那妇人从也不从？”回答说：“不从，要是从了敢好了。”高解说：“不从咱们慢慢再想法子。”贾士正说：“他要不从，哥哥有甚么招儿？我领教领教。”高解刚要说，家人进来回话说：“员外在上，外面由姚家寨来了一位周三爷。”贾士正一听，一声吩咐“请”。冯渊容他们进去，复又到前坡，趴着往内瞧看。见此人身长八尺，银灰六瓣壮帽，银灰箭绸袍，狮蛮带，薄底靴子，肋下佩刀，白缎子大氅，上绣三蓝色的团花，面若银盆，剑眉圆目，直鼻菱角口，微长髭须，见了贾士正对施一礼。高解微微一怔，贾士正在旁说：“二位不认识么？这可不是外人，这就是八宝空青山的寨主，外号人称玉面判官，姓周名凯。”又说：“这位是土龙坡的寨主，外号人称飞毛腿，姓高名解，与周四哥、周五哥莫逆之交。”二人一听，对施一礼，说了些久仰客套，谦让半天，然后落座。叫家人重新另添一份杯箸。

贾士正问：“三哥意欲何往？”玉面判官周凯说：“我从姚家寨来，皆因团城子东方亮大哥请王兴祖镇擂，他不愿意去，团城子连催了三封书信，姚大哥打发我赶下来了，如若他没有去，我追到家中，把他请出来。人家那里实指着他镇擂，别误了人家的事。他要在团城子，我就不往他家中去了。”贾士正说：“就为这事情，你明天再走罢。”随喝着酒。周凯说：“高大哥因何走到此处来了？”高解一声长叹，说：“我们实在的是时运不好！”遂将晏寨主丢琵琶峪、周瑞丢桃花沟的话细说了一遍，又说：“你们四弟，大概还许没有命了。”又把美珍楼三个人失散的话也说了一遍。玉面判官周凯站起身来，跺脚一喊，说：“就是这么一个老西儿，就会害得你们三个人这般光景！”高解说：“你可不知道，这个山西人多大本事哪！”周凯说：“多大本事？他还能项长三头肩生六臂不成？”高解说：“这个人能耐太大了。他会装死，他会装打呼，会装往西北追人在东南等着。他那口刀，不管甚么兵器，碰上就折。一身暗器，所有的暗器是无一不会。再说他那暗器也透各别，手中托着一枝镖，嘴内一咕哝，那一枝镖能打死三个人，那枝镖不丢，仍然还在手内托着。他那口大环刀更利害了，削兵器不要紧，他把刀往外一甩，就出来一道白光，人离着半里地，脑袋就掉下来了。”他一夸奖徐良不要紧，把贾士正、周凯颜色都改变了。周凯说：“此人必是有妖术邪法？”高解说：“妖术邪法大概也有点，他日见着他，须多留些神方好。”他这里替徐良说话，气得冯渊浑身的乱抖，心中暗说："这个醋糟，真走时运，我冯渊背地里就没有人说些大话。我净在这里趴着有甚么意思，趁他们喝着酒，我先到后面把那个妇人救了再说。"正要打算往后去，不料两条腿被人揪住了，扭项回头一瞧，暗暗心中欢喜，原来是徐良把他双腿揪住。

你问山西雁从何至的？皆因是冯渊拿了三封书信，由公馆起身，徐良总看他不能办这样大事，随着就把自己的东西拾掇了，带些散碎银两要走。蒋爷问："你上哪里去？"徐良说："我告告便。"就打这一告便，追下冯渊来了。一路之上，总不离左右，直到刘家团，他在对面影壁后头蹲着。他一听冯渊这说话就不对，只暗暗骂臭豆腐不会说，说不留下书信使得，你到底告诉人家来历呀。看这个意思，先生准是在家内。他就先奔贾家屯找店来了。他住的也是双盛店，外院两间房。冯渊进来，他也看见了。他先吃完了饭，到西院瞧瞧去，刚进院中，见冯渊往那院一蹿，他也跟过来了，冯渊在屋内说话，他全听见了。他先过来，顺手把冯渊夜行衣靠拿着走了。等到二更之半，他也往那里去了，看见冯渊跑到后边，他把屋中话也都听见了，一转身从后面蹿到西房，到前坡把冯渊双腿一揪，自己往起一站。冯渊又不敢叫喊，又怕他往下一扔。徐良果然是往下一抖，冯渊就从房上摔下来了，说："醋糟，你害苦我了！"他虽然是一身功夫，自己要蹿下房来，一点声音皆无，这是被人摔将下来，可是噗咚一声，赶紧的站起身来。徐良在他背后低声说："不要紧，全有我呢！"冯渊见他在背后，就壮起胆子来了。

徐良说："乌八的，三个人滚出来罢。我这镖在这里托着哪。我这就要念咒了，打死你们这三个乌八的，我这镖仍然还回来。"高解说："不好，来了！"当的一声，把后窗户踹开，从这后窗户跑出去了。周凯不能不出来，无奈把大氅一甩，掖上衣襟，拉刀吹灯，微微一拢眼光，蹿出屋门往对面一看，就见迎面站着一人，说："你是多臂熊？"冯渊说："我不是，我是你冯大老爷。"随说话，扭项一看，徐良早不知去向，冯渊只吓了个胆裂魂飞，只可拉刀，与周凯交手。周凯说："外面就是一个人，你们出来拿他罢。"贾士正也就在墙上摘下一把朴刀，蹿在院内，说："你是哪里来的？深夜入宅，非奸即盗。"两个人往上一围。冯渊这口刀，上下翻飞，遮前挡后，暗暗的怨恨徐良：你把我扔下来，你不管了。正在怨恨，忽听身后哼了一声，冯渊蹿在圈外。贾士正、周凯也就一怔，往对面一看，就见徐良一身青缎长襟，黑脸膛，一双白眉毛望下一搭拉，好像吊死鬼一般，手中托着一件物件，靠着南墙瞪着眼睛，龇着牙齿，实系难看。周凯、贾士正纳闷，这个人不像有本事的人。周凯喝问："你就是多臂熊？"徐良说："你就是判官呀？"周凯说："然也，知道我的利害，快些过来受缚。"徐良说："判官，你没打听打听我的外号叫甚么？"周凯问："你叫甚么？"徐良说："我叫阎王爷，专管判官。"周凯气往上冲，说："好匹夫，满口乱道。"自己也不敢过去，见他嘴内咕咕哝哝的准是念咒哪，说："小辈，你要施展妖术邪法，你不是英雄。"徐良说："你这一扰，我把咒语都忘了。"贾士正说："别容他念咒，咱们动手罢。"二人正要往前一蹿，徐良说："我也没甚本事，你们饶了我罢，我给你们磕个头。"周凯与贾士正说："咱们被他戏耍透了，原来是个无能之辈。"把刀往下就剁。就见徐良肩膀往两边一晃，把头一低，焉知晓他的头可不好受，花装弩哧的一声就打出来了。多亏的周凯眼快，一低头往旁一闪，弩箭哧的一声，就从耳朵上穿将过去，鲜血淋漓。气得周凯咬牙切齿，把刀就剁，贾士正也就蹿上来了。徐良哪里把这两个人放在心上，拉大环刀交手，暂且不表。

且说冯渊，见徐良一露面，自己往北，扑奔后面去了。由东夹道往后正跑，忽见后面房上站着一个人，晚间一看，犹如半截黑塔一般，身躯胖大，头如麦斗，二目如灯，用了个魁星踏斗的架势往下瞧着，就把冯渊吓了一跳。要问是谁，且听下回分解。

第八十五回 贾家屯冯渊中暗器 小酒铺姑娘救残生

且说冯渊见徐良来了，往后就跑，见后边房上站着一人，头如麦斗，二目如灯，用了个魁星踏斗的架势往下瞧看。暗说不好，必是贾士正一伙贼人，量自己不是他的对手，正要打算用计胜他。再往上一看，那人踪迹不见。冯渊可就直奔西北，蹿过了一段界墙，见那边有一个月样的门，由北边过来一个打更的。冯渊用了个扫堂腿，把更夫扫了一个筋斗，提起到西北花丛的旁边，噗咚一声，往地下一扔，四马倒攒蹄捆上，拿刀往他脑门子上一蹭，问他那难妇现在哪里。更夫苦苦的哀告说："饶我这一条性命。"冯渊说："只要告诉我他在哪里，说了假话，回头杀你。"更夫说："就在这月样门内，有个楼，四个婆子陪着他说话呢！"冯渊听毕，撕了衣襟，把更夫口中塞住，自己直奔月样门而来。进了门一看，果然有三间高楼，见楼上灯影儿一晃，全都灭了。就听婆子在上面乱嚷，说："可了不得了！"那句话没说出来，就听噗哧一声，准是教人杀了。冯渊自己往上一蹿，到隔扇那里，趴着一看，见此楼隔扇大开，有一人背着那少妇往北去了。冯渊也往那里一蹿，见那四个婆子，横躺竖卧，全都被杀。自己由后边出去，也直奔正北。又见那人扑奔东北，冯渊就追下来了。那人背着人蹿墙，并不费力，跳了四道墙，才到了街道上。冯渊也就跟着出来。此时已有四更多天，路上并无行走之人。追到东边，复又东北一拐，奔到后街，由东往西又跑。冯渊可真着了急了，说："你是甚么人？快把这妇人与我留下！"那人跑着一回头，冯渊这才瞧看明白，原来是个和尚，大骂道："你这出家人，还不与我留下！"虽然嚷着，那个和尚足下透慢，也就看见那边一段红墙，大概离他庙不远。冯渊追到离他不远，想他就背进庙去，我也是找他。只顾贪功紧着一跑，原来那和尚等着他，身临切近，就是一暗器，冯渊一歪身，打在左肩之上，这一镖没打咽喉，也歪出好几步去。一咬牙把镖拔出来，自觉那镖伤之处不痛，麻酥酥的喘气，暗说："不好，他一半准是毒药镖。我先回店中，去叫店中人，与公馆送信。"焉知晓受了毒药暗器，就是怕紧走，要是紧走一跑，那药性发散的更快。冯渊跑着，就觉眼前一发黑，类若半身不遂的光景，先由左腿不能迈步，噗咚栽倒在地，正躺在人家酒铺门前。

这开酒铺的是母女二人，原籍是东昌府人氏，此人姓尹，叫尹刚杰，保镖为生，专好交友，外号人称赛叔保，到四十余岁就故去了。妻子刘氏，所生一女，名叫青莲，十五六岁，练了一身功夫，小子打扮，常跟他父亲出去保镖，生得十分美貌，性情刚直。因他父亲故去，母女无人照顾，他有个母舅就在这信阳州居住，把他们母女接来，姑娘如今已然二十九岁了。在此处开了一个酒铺，带着一个老家人。这个老家人姓祝名叫祝福，在尹家多年，这青莲姑娘，是他眼瞧着长大的。祝福就看着这酒铺买卖，后有单房，他母女居住。姑娘早晚的功夫不肯丢下，每日五更之时起来玩拳踢腿，熟练长短家伙，练完时天不能亮。为的是活动身子，把街也扫了，前后院连酒铺中，掸的掸了，擦的擦了，此时也就红日东升，把祝福叫起来，然后上后面去梳洗打扮。

可巧这天，自己练完了功夫，下了一块板子，正要扫地，见台阶下躺着一个人，近前仔细看了一看，武生相公打扮。列位就有说的：冯渊多咱是武生相公打扮哪？皆因是他穿着是白菊花那身衣服。旁边丢着一口刀，左肩头往外冒血。青莲姑娘顾不得扫街了，进来把那扇板子上好，先把祝福叫来，又到后面把老太太叫醒。老太太问他甚么事情，姑娘说："咱们门口躺着一个武生相公，旁边扔一口刀，多一半是遇见仇人，他那肩头上还直冒鲜血。你老人家起来，我们出去瞧瞧他看。要没死那还好办，他要死了，我们赶早移开他去，不然这铺子担架不住。”老太太穿好衣服，祝福在外边点着灯笼等着。到了前边，又把那扇板子下下来，先叫祝福出去，将那人衣服撩起来，摸摸他心口还跳与不跳。祝福出去，将他衣服撩起一摸，心口还是乱跳。祝福说：“不但他心中乱跳，从他肩头上流出血来，全是黑的。”姑娘一听，说：“是了。”对娘亲说：“这是受了毒药暗器了，咱们救他不救？”老太太说：“救人一命，胜造七级浮图，就怕你治不好，那可不是戏耍的呀。”姑娘说：“我跟我天伦学的，不能治不好。咱们做这一件好事罢。”姑娘挽起衣袖，又下了一块板子，叫祝福帮着他把冯渊搭在里面。到了后头屋内，把冯渊往床榻上一放，叫祝福把板子上上。姑娘进内间房中，取出一个盒子，叫祝福解开他的腰带，把膀子显出来。姑娘打开盒子，拿出一把小刀儿，刀薄如纸，另拿出一个小葫芦，拔去塞子，里面贮的面子药，倒在伤口。微等了片时，姑娘团了些烂纸，就用那把小刀，把周围烂肉一剐，全都放在纸内，周围见了好肉，重新取出一个小盒来，里面是膏子药，俱把他创口敷满，烤了一张膏药，与他贴上。复又取出三粒丸子药，叫祝福取了些凉水来，将丸药研开，用筷子将冯渊牙关一撬，将药灌将下去。

登时之间，冯渊就苏醒过来，觉着肚内一拥，哇呀呀的吐了些黑水。往起一坐，睁眼一看，那边一位老太太，慈眉善目，总在六旬上下光景；又有一位大姑娘，在那里收拾盒子呢；看那旁又站着一个老头儿，青衣小帽，像一个做买卖的打扮。自己记得被那和尚用镖打了一下，就觉迷迷糊糊的摔倒在地，后来就全不知了。冯爷连忙起身来，先给祝福深深一恭，说：“这位老兄，方才我受了人家毒药暗器，躺在地下。我糊里糊涂，因何会在这里呢？”祝福说：“你被甚么人打了毒药暗器？我们这里是个小酒铺，你正躺在我们铺子之外，被我们姑娘看见，我们老太太见你没死，也幸亏我们小姐有这个手段，才把你搭救过来，此时把你救好，你过去见见去罢。”冯渊一闻此言，把袖子抻上，整整衣服过去见老太太，双膝点地磕三个头，说：“不是老太太搭救我的性命，准死无疑。未领教老太太贵姓？”老太太说：“老身姓尹。我倒不会，是我的女儿把你的镖伤治好。但不知相公贵姓？”冯渊说：“晚生姓冯，名叫冯渊，我在开封府相爷驾前当差，乃是六品校尉之职。就是这位姑娘救了我的性命？小姐请上，受我一拜。”姑娘说：“我们可不敢当，祝大哥急速把这老爷挽住。”这青莲小姐生来最聪明，一听他是六品校尉，就以老爷称呼。祝福来一拦。冯渊定要磕头，说："小姐乃活命之恩。恩同再、再、再、再……"冯爷一想，这句话不是滋味，说不得这个恩同再造，重生父母，再养的爹娘，人家是未出闺阃的一个大姑娘，把人家比娘，如何说得下去？故此说了好几个再，就说不下去了。往上磕头，姑娘往旁一闪，道了三个万福。冯渊起来，又要与祝福磕头。老人家先就跪下了，说："老奴可不敢当。"冯渊这才施了个常礼，问说："老哥贵姓？"祝福说："老奴叫祝福。"老太太让冯老爷坐，问因为何故来到此处，深更半夜，是甚么人打了一暗器？冯渊将要说自己的事情，被姑娘拦住。姑娘说："母亲别教冯老爷多说话了，多说话费精神。那个伤处，总要躺下睡觉，那伤方能好的疾速。待太阳出来之后，叫祝大哥买几尾鲜鱼来炊了汤，油盐醋酱葱蒜作料一概不要，待喝了汤之后，你可就算好了。有甚么话，慢慢再说罢。"老太太说："冯老爷，你在这里歇歇，睡一觉罢。"冯渊说："在这里躺着，我天胆也不敢，我在外边躺着去罢。"祝福说："小姐，冯老爷既然避嫌，不如请他到老奴柜房去倒好。"冯渊说："那倒可以使得。"老太太说："既是这样，祝福，你把他的刀交给冯老爷。"家人答应，把刀交给冯渊。

冯爷接过刀来，插在鞘中，转身与老太太、姑娘再施一礼，然后这才跟祝福出来。到了柜房一看，祝福那个铺盖还没卷起来呢！冯爷先把刀摘下来，挂在墙上，头冲里躺下。祝福将被子给他搭上，又说："我去开门去了。"冯渊点头答应，祝福将往外边，忽听外头念了声"阿弥陀佛"，问："怎么这般时候还不开门？"祝福说："我们这里闹了半夜，将要开门，你老人家来了。"说毕下板子，进来一个和尚。冯渊一听，心中一动，掀了被子下炕，往外一瞧，正是仇家到了，墙上拉刀动手。不知胜负如何，且听下回分解。

第八十六回　生铁佛庙中说亲事　刘志齐家内画楼图

且说冯渊要从壁上拿刀，报那一镖之仇，一听祝福赶着他叫舅老爷，说怎么这样早就来呢。和尚说："我也是半夜没睡觉。"祝福说："我们也是半夜没睡觉。"和尚问："你们半夜不睡觉，做甚么来着？"祝福说："救人来着。"和尚说："我半夜没睡觉也是救人来着。"祝福说："舅爷救的是谁？"和尚说："我救的是菜园子那个顾氏，张得立的妻子。你们救的是谁？"祝福将要往下说，忽听姑娘那旁说："舅舅来了吗？你进来罢，我告诉你一句话说。"和尚往后就走，说："姐姐起来没有？"老太太说："我早就起来了。"和尚来至后面，见了姐姐与姑娘，刚刚坐下，姑娘就把始末根由，怎么救的冯渊，细细说了一遍。和尚说："甥女儿，这倒不错了，怕他不准是个校尉罢？许他信口胡说哪？我因知道菜园子张得立的妻子叫金头老虎贾士正抢了去了。我昨晚到了贾士正家里，不知他们同甚么人在那里动手。见由东夹道跑过一个人，我料着必是贾士正一党之人。我到后楼上，杀了四个婆子，背着他从后楼跑出来了，就见着他跟下我来。我没敢直奔庙去，由东北绕至后街，复又奔正西庙后而来。他在后边说了话了，叫把这个妇人给他留下。我一想更是他们的人了，微一收步，打了他一镖，也没管他的死活，我就进庙去了。据我想起来，他还不定是个好人不是好人哪。"姑娘说："这个人，现在前边柜房睡觉呢，如不是个好人，咱们别把他放走了。"姑娘便叫祝大哥，把那位冯老爷请进来。

你道冯渊怎么没出来动手哪？皆因是祝福管着那人叫舅老爷，想必是姑娘的舅舅，又听他说救了菜园子顾氏，这个和尚倒也是个好人，虽然中了他一镖，又是他外甥女儿救的，有此一想，故此不好意思出来动手。祝福说："有请冯老爷里面说话。"冯渊复又挎上刀，跟着祝福到了后面，见着和尚。僧人念一声"阿弥陀佛"，冯渊一恭到地。和尚说："方才听我姐姐所说，贵姓是冯吗？"冯爷说："正是。没请教师傅贵上下？"和尚说："小僧广慧。"冯渊又问："宝刹？"回答法通寺。原来这个和尚，先前之时，跟着他姊丈尹刚杰保镖为生，因他姊丈一死，自己很灰心，看人生在世如大梦一场，几十年的光景，口眼一闭，万事皆休。他看破世俗，才削发为僧。他本姓刘叫万通，外号人称铁牛刘万通，就在这法通寺拜了静元和尚为师，与他起名就叫广慧，出家之后，人家管着他叫生铁佛。此人生来性情古怪，爱管不平之事。皆因姐姐与甥女儿在东昌无人照看，故此才把他们接来离庙相近，为是好照应他们娘儿两个。要与甥女订婚，又没相当的，高不成低不就，富家嫌他们是异乡人，寒家不就。皆因这件，才耽误到三十岁，尚且终身未定。冯渊问完了他，他复又问冯渊的事情。回答："我叫冯渊，开封府站堂听差，六品校尉，外号人称圣手秀士。"生铁佛问："大概是相谕出来办差罢？"冯渊说："万岁爷冠袍带履被白菊花盗去，我们是奉旨捉拿此人。"刘万通问："姑娘，你给他治好了，没喝鱼汤罢？"姑娘说："正要叫我祝大哥买去哪。"和尚说："不用买去了，我把他请在庙中，给他药吃，比喝鱼汤还强哪。"遂说："冯老爷，请至庙中谈话，不知意下如何？"冯渊说："很好，很好。"遂即告辞老太太。刘氏说："这是我兄弟。"又对万通说："此乃是贵客临门，千万不可慢待。"冯渊正往外走，刘氏又把和尚叫将回去，附耳低言，说了几句话才出来。冯渊又给祝福行了礼，这才出离酒店，直奔法通寺。

二人从前街进庙，直到禅堂来到屋内落座。叫小沙弥献茶。冯渊问：“昨晚那个少妇，师傅可给送回家去了？”和尚说：“我送在他姑母家中去了。此时不能叫他露面，贾士正家内有几条人命，那就不好办了。”又问：“他的婆婆可知此事？”和尚说：“我也与他送信了。昨日晚间，是冯老爷你没把话说明白，紧说叫我给你留下，我当你是贾士正一伙之人，故此才打了你一镖，多多有罪。”冯渊说：“我也是错会了意了。我想你一个出家人，背着一个少妇，怎么能是好人呢？”说毕，二人哈哈大笑。

和尚从里间屋中，取出一包面子药来，倒在茶碗内，用水冲将下去，冯渊喝下。工夫不大，就听冯渊肚内咕噜一声响。和尚说：“大概是冯老爷饿了罢？”冯渊说：“何尝不是。”立时预备斋饭，不叫冯渊喝酒，二人饱餐一顿，撤将下去，献上茶来。复又问：“白菊花是哪路贼人？”冯渊说：“陈州人氏，姓晏，叫晏飞。”和尚说：“莫不是晏子托之子？”冯渊说了：“对了。”又问：“此人现今可曾拿获？”冯渊说：“不但没拿住，连冠袍带履都未请回去哪！我就为此事而来。”就把藏珍楼怎么不好进去，里面有内应，来请刘志齐的话说了一遍。和尚又问：“请到刘志齐没有？”冯渊说：“请去了，昨日到他家中，他被人家请出去瞧坟地看风水与人点穴，不一定几时才回来呢！”和尚说：“昨日他从我庙中回去，怎么与人家看坟地？别是他不肯见你罢？”冯渊说：“真要是在家，不见我，可不是交情。师傅与此人要好么？”和尚说：“莫逆至交，终朝尽在我庙中谈话。”冯渊说：“我可就要找他去。”和尚说：“不用，我派人去找他，一找便来。”冯渊赶紧一恭到地，说：“就劳师傅派人辛苦一趟罢。”和尚把徒弟叫过来，说：“你去到刘家团，把你刘伯伯请来，说我这里立等。”

小和尚去后，刘万通又问：“冯老爷，作官之人，怎么外号人称圣手秀士？”这一句话问得冯渊面红过耳，羞怯怯的说：“实不瞒师傅说，我是绿林出身。”和尚说：“这就是了。老师是哪一位？”冯渊说：“我的师傅，姓吴，叫吴永安。”和尚说：“这可不是外人，人称双翅虎，对不对？谢童海是你甚么人？”冯渊说：“那是我师叔。”又问：“冯老爷定下姻亲没有？”冯渊说：“先在邓家堡，后在霸王庄，又在王爷府几处，因此就耽误了。”和尚问他这些话，原是有心事，他临出来之时，老太太附耳低言，就是叫他盘问盘问冯渊有没娶亲，姑娘是大了，不知他的根基，又贪着他有官，品貌也不错，问问他要没成家，就把姑娘给他。

和尚问了他，是吴永安的徒弟，这门亲可以作的了，又说："冯老爷，既是你没定下姻亲，方才我这甥女儿，你也见过了，颇不丑陋，意欲与你为妻，不知冯老爷意下如何？"冯渊一听，"唔呀唔呀"闹了两个唔呀，说："师傅论这件事，我也不能不应，无奈我是奉展大人、蒋大人差遣前来，与刘先生下书，我要在半路定亲，有碍于理。"和尚说："只要冯老爷你愿意，我就有主意。"冯渊问："甚么方法？"和尚说："亲事只要定妥，有人问你，说头前三年内定的，他们哪里搜查那个细底去？就是冯老爷不愿意，那可不行。"冯渊说："我是情甘愿意。"和尚说："冯老爷既然愿意，多少留下点定礼。"冯渊说："不行，我实在甚么没有，有个夜行衣包袱还丢了，定是叫我们伙计偷了去了；玉佩等项我是素常不爱带那些东西。"和尚问："怎么夜行衣丢了？"冯渊就把住店，过那菜园子，问老婆子，回来就丢了，去贾士正家中，又遇见徐良，定是他偷了去了等说了一遍。和尚问："这徐良是谁？"冯渊说："你难道没看见他们前边动手吗？"和尚说："我可知道他们前头动手,我没上前面去，故此不知是谁。"和尚为难了半天，一回手从箱子里取出一宗东西，原来是一根簇新鹅黄色的狮蛮带，叫冯渊系上，把冯渊那根狮蛮带解下来，折叠折叠，用一张红纸包上，就算为定礼。冯渊倒把一根新狮蛮带系好，把刀挎上。

就见小和尚进来说："刘伯父到了！"和尚说请，就见刘志齐青四楞巾，翠蓝袍，腰系丝绦，白袜朱履，白脸面，三绺长髯，见了和尚抱拳带笑。僧人合掌当胸，念了一声"阿弥陀佛"。冯渊过来，深深一恭到地，说道："刘先生你一向可好？"刘志齐答礼相还。上下瞧看两眼，并不认识，问和尚："这位是谁？"生铁佛说："你们二位不认识？"冯渊接着说道："刘先生是贵人多忘事。我叫冯渊，上次同着沈仲元到过府上一趟，还是在你府上住宿的，刘先生莫非竟自忘记了不成？"刘志齐说："原来是冯贤弟，多年没会的，我眼疏了。"连连告罪。冯渊就把三封书信掏将出来，递与刘志齐。刘先生接书，还未打开观看，说："昨日晚间，打门是你吗？"冯渊说："不错，是我。"刘先生说："怎么贤弟你也不把话说明白了？我情实是在家中，听说是南阳府的，我万没想到是你，总疑惑是团城子那里请我来了。我如今与他们断绝交情，倘要见面，倒有些碍难之处。"随说着话，就把三封信打开一看，俱都看毕，微微一笑，说："冯老爷，如今作了官了，可喜可贺，这个方算是个正路。论说这三封书信，我冲着哪位都应当前去，无奈我可不能从命。此楼是我摆的，冲着东方保赤。如今他们小兄弟们任意胡为，我再三劝解，他们执意不从，我与他们断绝交情，三节两寿之礼，我都一概不受了。我如今要去破楼，他们不能不知，我岂不是反复无常的小人？你们几位恼了我都使得，我不能做这样事情。此楼没有多大的奥妙，你们那里不是没有能人，辨别着办理办理就行了。”冯渊说：“不行，非你老先生去，此楼万不能破。”央求再四，连和尚也说着如今怎么是亲戚，把甥女儿给了冯老爷的话说了一遍。刘志齐无奈，说：“我可去不得，我给你们画张楼图去，此楼可破。”和尚问道：“几时方能画得？”刘志齐说：“后天可得。事不宜迟，我还是就走。”冯渊、和尚送将出来，复又重施一礼。刘先生去后，和尚又带着冯渊至酒铺内拜见岳母，给了定礼，仍然回庙。等到第三日，楼图画成，冯渊拿着楼图回到公馆。要知如何破藏珍楼，且听下回分解。

第八十七回　徐良在院中被获　周凯到树林脱身

且说第三天将楼图画好，刘先生未到，是专人送来的，并有一封回书，说：“我们先生，有些身体不爽，派我送来。”和尚赏赐了家人，说：“我得便到府上瞧看他去。”家人去后，冯渊打开了楼图，同着和尚看了一回，看了半天，连生铁佛也都不懂。和尚说：“不可在此久待，急速起身要紧。”冯渊仍用油绸子包裹，贴身系好。和尚拿出二十两银子来，给冯渊作路费。冯渊再三不受，生铁佛让之再四，冯渊方始收下，告辞起身。将到庙外，见前边一阵大乱，有地方在前边，拿着竹杖儿乱抽，不准闲人近前，后面有青衣喝道，后面一乘大轿。冯渊刚出门首，和尚复又把他拉进里来，把庙门一闭。冯渊问：“因为何故把我又拉进来哪？”和尚说：“姑老爷，你还看不出来吗？这是上贾士正家内验尸去的，咱们暂时躲避躲避。”容他们过去，冯渊这才辞别起身，扑奔五里新街而来，暂且不表。

且说山西雁一弩箭把周凯耳朵打穿，然后削了他刀，又削贾士正的刀，众家人往上一围，又削了他们兵器不少，自己要到后面救难妇去。到了后边，难妇早有人救出去了，还杀了四个婆子。徐良疑是冯渊办的事情，自己回店，见冯渊没回去，又疑着他准是上菜园子送人。回到自己屋中，安歇睡觉。次日还想着要给冯渊夜行衣靠包袱。刚叫伙计打脸水烹茶，就听店中一派的喧哗乱嚷。徐良出了屋门，就听店中人在那里说：“掌柜的，你瞧这件事情，诧异不诧异？”徐良问：“甚么事情？”伙计说：“昨日西院住下一个蛮子，他说丢了一个包袱，后来我们掌柜的过去，一评这个理儿，他又说不要紧。今日早晨，门还关着，把人丢了。瞧他这个人，大概苗头不正。”徐良才知道冯渊没回来，暗暗纳闷，准知道动手时节，他走了，不能遇险，这少妇也救啦，夜行人规矩，但能回店，总要回店，连徐良也猜不着是甚么缘故。只可对着这店家说：“你们尽管放心，这个人我也看见了，他绝不能是个贼，倒许是个探子，许是半夜内赶下贼走了。该多少店饭钱，他要跑了我给。”店家说：“饭钱店钱已然给过了，就是这个人走的奇怪，门还没开哪。”徐良说：“既然给了饭钱店钱，更不要紧了，与我预备饭罢。”店家答应一声，给徐良预备早餐。

直等了三天，并没音信。忽生一计，晚间非到刘家团看看不可。吃完晚饭，等到二更多天，徐良也没换夜行衣，就是随便箭袖袍，直奔刘家团。进东口路北第一门，门户紧闭，心想着蹿进墙去，先看看刘志齐在家内没有，倘若不在家，那臭豆腐不定有甚么缘故了！也许冯渊把菜园子事办完，见着刘志齐，他就走了。且到里面看看实在，不得信，或是问问他们打更的与家人，他们必然知晓。蹿上南房，趴着前坡一看，冷冷清清，扑奔四扇屏风而来。屏风左右，有两段卡子墙，纵在西卡子墙之上一看，只见三间上房，两间耳房，往上房屋中一看，灯烛辉煌，上首是刘先生，下边是他的妻子。就听得内里讲论冯渊事情，徐良离着很远，听得不甚真切。自己一想，非到窗棂之外不能听得明白。跃身下墙，直奔上房，心神尽惦记到那里听话。不料有一宗物件绊在脚面，往前一迈步，绳子兜在脚面，身不能自主，噗咚一声，栽倒在地，往起一爬，连手都教绳子绕住。这一摔倒把徐良吓得胆裂魂飞，只听见遍地小铃铛乱响，一抬腿哗啷啷铃铛乱响，手一抬也是那铃铛乱响，手足全被绳子绑住，徐良也不敢动转。四面八方墙底下，前院后院，到处俱是那铃铛乱响。屋内刘志齐先生不慌不忙叫刘安。不多一时，从屏风门来了一位老管家，手提灯笼直奔上房，连一眼也不看徐良，在屋门外阶台石上一站，说：“呼唤老奴有甚么事情？”先生说：“叫二哥来，把这个人捆上，带过来我问问。”

老奴答应，转身出去，叫进一个人来，约够二十多岁，老家人打着灯也过来。徐良借着灯光一看，满地全是绳子，横三竖四。那个人过来，先把他的刀抽出来，腰中掖着两根绳子，把徐良手上绳子摘开，原来那绳子全是活扣，一摘就开，把二臂给他捆上，然后摘脚上的，全都与他摘开，捆好，把山西雁往肋下一夹，找着道路，直奔到上房，进了屋中，把徐良往地下一放。老家人说：“你跪下，央求央求我们老爷罢，看你也不是久惯干这事的，让我们老爷施恩把你放了就结啦。”徐良说：“你少话罢，我可不是贼，你量着我是偷你们来哪？刘先生，我可不是被捉，贪生怕死，皆因我的叔伯父、我的朋友都与你相好，我可不能不给你行个礼儿。”说毕双膝跪倒。刘志齐见他昂昂相貌，仪表非凡，连忙问道：“壮士贵姓？”先叫妻子回避了。徐良说：“我姓徐名良字世常，御前带刀四品护卫之职。”就把冯渊前来，有三封书信，与你下书的话，说了一遍。刘志齐一闻此言，赶紧下位，亲解其绑，说：“徐老爷到了，真正不知，多有得罪。既然同着冯老爷前来，为何深夜到此？”徐良就把自己住店，夜晚到贾士正家内分手，至今未回，故此到这里打听打听，不料到此已晚，不好叫门，我才跃墙而过，因此被捉。刘志齐让坐敬茶，把刀仍然交与徐良，又问：“冯老爷的事情，你是一件不知？”徐良说：“我是一件不知，他并没回店。”刘志齐就把冯渊被伤，受毒药镖，叫青莲治好，与和尚到法通寺，与青莲联姻，楼图已然画好，今日拿去起身的话，说了一遍。徐良这才知道。复又向刘志齐行了一礼，说：“我不能在此久待，追我们冯老爷去要紧。”刘志齐一定要备酒款待，徐良再三不受，告辞出去。先生叫开门，别打墙上走了。徐良问：“刘伯父，你这院中，各处大概全有消息？”刘志齐说：“我这院内，并没别的消息，无非是一个串地锦，房上墙上一概没有，但分知道的人，也不上我这里来，只要一下墙，他就不用打算走了。别的没有消息。我又不作国家犯法之事，用那些埋伏何用？”徐良一听，说：“等我们破楼之后，再来造府道劳。”刘志齐说：“岂敢岂敢！”直送到门首。徐良回店，家人把门关上。山西雁到店，仍然蹿墙进去，回到自己屋中。天光已亮，叫店家算账，俱都开发清楚，拿着冯渊包袱出店，直奔南阳府而来。

走着路连打尖都不敢迟延时刻，怕是冯渊早到一天半日，把楼一破，连冠袍带履、鱼肠剑一件不能得着。又一算日限，非连着夜行不能。主意拿定，走至吃饭时节，又饱餐一顿，买些干粮揣在怀里，连夜往下紧走，越到夜间，越好走路，没有许多过往之人倒清静。到第二日晚间，见前面有一片树林，有一个人跃入树林之中。山西雁想道：别是白菊花罢？要是他，这可是天假其便。也奔树林内来了。就听那个人一声长叹，自言自语在那里说话。徐良一听，原来是玉面判官周凯，也觉着欢喜，把他拿住，也倒可以。就听他在那里说：“无缘无故，打发我出来，走这么一趟外差，头一次见着这白眉毛老西，把我的耳朵打落，把我的刀也给削了，我还有甚么脸面活着？大概生有处，死有地，就该找回去的地方了，就在此处，寻一个自尽便了。”徐良本欲拉刀过去，一听他要寻死，等着他上吊，拿他岂不省事！自己就在树后一蹲，听见那人说："寻死都找不着一个树杈儿。"又说："这里可以。"又说："不行，这根树杈儿太软。哎呀，那边可倒行了，我解带子搭上就得了。"徐良听了半天没有动静，心中想道，必是吊好，撒腿往前就跑，身临切近，遍找玉面判官周凯踪迹不见。徐良骂道："好乌八的，冤苦了我了！老西终日打雁，教雁啄了眼了。"量他也还跑不了多远，随说着话，就出了树林之外，往地上一扒，夜晚之间看得多么远，就只见正南上有一条黑影。徐良便赶紧追下去，追至离不甚远，把大环刀往外一亮，一个箭步，蹿将上去。那人也就把刀亮出来了，说："唔呀，甚么人？"徐良一听是冯渊的口音："原来是臭豆腐么？"冯渊说："醋糟，你害苦了我了！"徐良说："我倒害苦了你？要不是我到，你早教玉面判官、贾士正结果了性命，你还不谢我？"冯渊说："我受了毒药镖的时节，你不前来救我，要不是我的命大，早死多时了。"徐良说："那一毒药镖没白受，我要救了你，哪里找媳妇去哪？"冯渊道："你怎么知道这些事情？"徐良说："我有耳报神。"冯渊说："不要满口乱道，到底是听谁说的？"徐良就把怎么到刘志齐家中去，听他说的话，告诉了一遍。冯渊说："得楼图是真，提亲事是假。"徐良说："你瞒我不要紧，我回去见着大众之时，全给你说出来。"冯渊一听徐良这套话，走着路央求徐良，千万别给他说出联姻之事。徐良点头许允，见了大众，绝不提及此事便了。

且说公馆大众见冯渊去后，徐良也不知道往哪里去了。智爷说："不用说，徐良准是追下冯渊去了。"只等到五月十四日晌午光景，还没见二人回来。蒋爷也着了急了，并且街上吵吵喊喊，要看明天擂台，冯渊不回来可以，徐良不回来，这个擂台事情可不好办。正说之间，忽见帘子一掀，冯渊同着徐良笑嘻嘻的进来。蒋爷问冯渊："请的刘志齐先生怎么样了？"徐良、冯渊二人先见了大众，行了礼，然后冯渊说："人可没请到，画来了楼图，请大众一观。"打开楼图，大众瞧看。要知议论谁去破楼，且听下回分解。

第八十八回　三盗鱼肠剑大众起身　巧破藏珍楼英雄独往

且说冯渊进了门，大家见了一回礼，然后把包袱解将下来打开，先将书信递将过去，后把楼图打开，铺在桌上。大家一看，头道门，二道门，三道门，四道门，画得清清楚楚。头道门台阶底下，是活心子，不要管他，坠落不下去。龙须不用动，他也不能扎人。若要破楼，总得有宝刀宝剑，方能成功，用刀插入门缝往下一砍，自然两扇门就坠落地中去了。那门一下去，用宝刀宝剑将藏珍楼三字砍落，那门就不能复又上来了。进得里面，用千里火照着二道门，叫藏珍门，东边门上有八楞华子一个，用手往里捻开，人可要往旁边躲避，容那个巨鬼起来，用叉把门口堵住，容那三枝弩箭从鬼口中打出来之后，三枝箭打完，那个鬼自然躺下。砍落藏珍二字，那门就不能复关闭了。蹿过屋中那个大深坑去，那大鬼身后有两根铁链，用剑将这两根砍折，那个鬼就不能起来了。三道门叫五福门，双门一推就开，先把两个门环子砍落，然后把五个福字也全都砍落。进了屋中，那当地柱子上有一朵金莲花，把他削折，里面装着的铁叉子也不能出来了，桌面子里头鲇鱼头的刀也出不来了，桌子也不能转动了，柱子就不能往下沉了。在柱子左右两个圆桌面以前，地下有两块翻板，长够五尺，宽够四尺，把这两块板子揭开，人就坠落不下去了。第四道门，叫觅宝门，左右有两个门，上挂着帘子，中有一块大堂帘子，类若戏台一般，左右两旁，如上下场门一样的，那两个门上有铜字，俱是刻出来的，一边是“堆金”，一边是“积玉”。虽有帘子，把帘子掀开，也进不去。后面有木板门，从外面也不得开。当中挂着一个堂帘，上面有三个字，是“觅宝门”。堂帘后面，却是四块隔扇，倒是一推就开。那隔扇通上至下，全是四方窟窿，每一个窟窿内有一枝弩箭，那弓箭头上全是毒药，若要一推隔扇，身上就得中了弩箭。先把这“堆金积玉”四个字砍下来，那两边门就全开了。后面全是木板镶地，别往后走，先把隔扇后头的一段铁条砍折，容他把那弩箭都放将出来，仍然还从隔扇当中进去。一进里面，当中有一块四方翻板，把那板子掀起来，往下是一层层的梯子。从梯子下去，到了平地，直奔正北，到北边有两扇大门全开着。进大门，东西有两个小门，俱挂着单帘子，里面是一层层扶梯，全是木头作成，千万不可上去，若要上去，半路拐弯之时，蹬着消息，前边下来一块铁搭板，后面下来一块铁搭板，铁搭板就把人圈住在当中。倒是迎面往正北去，有一个月洞门，瞧着可险，上面挂着一口铡刀，只管从铡刀下而入，里面也是扶梯，从这里上去，直到楼上，可就没有消息了。楼上有鱼肠剑、冠袍带履，可不知道在甚么地方放着。

大家看完，齐声喝彩。后边还写着：藏珍楼外面周围俱是七尺宽的翻板。蒋爷说：“楼图是到了，就在今晚间去破楼方好。你们议论议论，谁去破楼？”问了几声，并无一人答言，彼此面面相觑，你瞧着我，我瞧着你。蒋爷又问：“哪位前去破楼，请万岁爷冠袍带履？”问着，可就瞧看着智化。智化一语不发，蒋爷心中纳闷，想着准是他去，头一件他有紫电剑，能断各处消息；二则他又往团城子去过两趟；三则他是最喜要名的人，怎么他不答言，是怎么回事情？又看智爷是低着头，一语不发。蒋爷说："这一去就成功，没人答言是甚么缘故？到底是哪位辛苦一趟？"展爷说："蒋四哥，不用着急，没人前往我去。"蒋爷说："展大弟前去，很好很好，大事准成。"展爷这一答言，要去的人就多了，徐良、艾虎、白芸生、卢珍、冯渊全要去。展爷说："我不答言，你们也不去；我一答言，你们全都要去。不然叫你们几个人去罢。"徐良说："人无头儿不行，鸟无翅儿不飞，我们如何敢去？全仗你老人家，我们不过巡风而已。"智爷在旁说："展大哥，只管把他们带去罢，我准保没事。"徐良说："臭豆腐，你就不用去了。"冯渊说："醋糟，还是你不用去了。"徐良说："偏不教你去，用不着你。"冯渊说："我偏要去定了，没有我不行。"蒋爷也说："冯老爷你不用去了。何苦为这点小事大家争论。"冯渊说："请人应是我去，请冠袍带履应是你们去。你们不知道，请人去几乎丧性命。"蒋爷说："甚么几乎丧命？"徐良说："这是你嘴里说出来的，别怨我了。"就如此这般，说了一遍。冯渊一闻此言，羞得面红过耳，只可在蒋大人、展大人面前请罪。蒋爷说："这也是一件好事，不孝有三，无后为大。这又不是在军营内出兵打仗，临阵收妻犯了军规，该当有罪。我们应当与冯老爷贺贺才好。冯老爷，依我说你不用去了，前番取楼图，这是头一件功劳，写奏折之时，不能不写你的头功，况且还是你一人独功。"冯渊只可诺诺而退，暗暗怨恨蒋平不公。

吃过晚饭，等到二鼓之半，展爷带领小四义，换了夜行衣靠，系上百宝囊，带上了兵刃，五位爷直奔团城子而来。团城子正北，有一座树林，徐良说："展大叔，请你老人家到树林里面说句话。"展爷说："使得。"进了树林，找了块卧牛石，让展爷坐下，徐良先磕了一个头。展爷说："侄儿有话慢说，为何行礼哪？"徐良说："我们五个人冲北磕头，生死弟兄，我与老兄弟，每人有一口宝刀，大叔你老人家也有一口宝剑，比我们的刀还强哪。就是我们大哥和老四没有宝刀宝剑，二哥又是个浑人。此番去到藏珍楼，请冠袍带履不必说，无论谁请出来，都算你老人家请出来的。我们几个人商量明白，无论谁得着这口宝剑，都要送给我们大哥。倘然你老人家得着了这口宝剑，恳求赏给我们大哥。你老人家要没有巨阙剑，我们天胆也不敢启齿。按说我们四爷与我大哥俱没有宝物，怎么单给大哥讨？可不是我们弟兄之中有偏向，皆因他外号玉面小专诸，为的是成全他这个外号儿，故此央求你老人家。"展爷一听，心中暗暗夸奖徐良实在机灵，此事不能不应，说：“我要得着，万万不要。”徐良一回头说：“大哥，你先过来谢谢展大叔。”芸生很不愿意，既有徐良这般说着，不能不过来，给展爷磕头，与展爷行了一礼，展爷连忙用手搀起来，说：“贤侄只管放心，我要得了宝剑，必然送给贤侄。”芸生站起身来，大家复又出了树林，直奔团城子而来。

来至城墙底下，徐良把百练索掏出来搭住城墙，一个跟着一个上去。到了里面，徐良嘱咐小心翻板，也是一个跟着一个下来，然后把百练索收将起来。徐良在前边带路，展南侠与小四义俱在后面。绕过太湖石前，就见那里有一条黑影，从东南往西北，直奔红翠园。将才过去一个，又追下一条黑影，也奔红翠园去。就见后边又追去一个，也奔红翠园，全都飞也相似。艾虎低声说道：“又来了一个。”大家一看，这个从正北而来，也奔红翠园。

你道正北上来的这一个人是谁？这是冯渊。皆因是都不叫他上团城子来，越想越有气，明知徐良怕他得着这口宝剑，故此才不教他来。他一想，请人教他去，该有好处，你们不教我去，难道说我一个人不会前去？自己换了夜行衣靠，背插单刀，系了百宝囊，并没告诉别人，也是蹿屋跃脊直奔团城子而来。到了团城子里面，直奔正南，他也不知道哪里是藏珍楼，只要见着大众，他打算见一面分一半。就听见徐良说：“穿过果木园子，南面是藏珍楼，北面是红翠园。”也没找着果木园子，就见前面一段墙，见里面有灯光，他就蹿进墙来，见三间上房，近西面那间，有个小后窗户。冯渊一纵身，蹿上小后窗户台上，胳膊一挎，用小指戳一小月牙孔，往内窥探。这一瞧就猜着八九分的光景，准是金仙、玉仙。见金仙穿着长大衣服，玉仙倒是短衣服，青绉绢小袄，青绉绢中衣，青绉绢汗巾，青绉绢包头，大红窄窄弓鞋，全是满脸脂粉，环佩叮当。冯渊心中忖度，醋糟说这两个丫头本领出色，要论我的本事，更不行了。又看着西墙上，挂着一对链子锤、一对链子槊，还挂着两口刀。就听玉仙叫婆子，说：“你不是请王三爷去了么？”婆子说：“请去了，得便就来。”正说之间，忽听一声咳嗽，启了帘子进来一人，那人身上穿的是银红色衣服，头上带的是紫头巾，白脸面，五官透俊，原来是金弓小二郎王玉。皆因是他知道东方亮有两个妹子，特意上果园子，拿着弹弓打鸟，一弹子一个，金仙瞧他这身功夫，暗暗叫婆子递书传信二人私通。今天金仙、玉仙把王玉请来，与他谈论事情。王玉进来之时，那金仙让他坐下。王玉说：“妹子有甚么事情叫我？”玉仙说：“明天擂台之上，我算着我哥哥凶多吉少，大概准有官人前来，寻常时节，还有校尉到咱们家里来哪。前日不是藏珍楼结果了两个校尉，我还拿住了一个护卫，外面还不定有多少校尉护卫哪。咱们家内，又放着犯私的东西，摆擂台又是犯私的事情。我苦劝我哥哥，他便执意不听。我们两个人，天大的本事，却总是女流之辈，此时除了你，我们没有近人，你得给我们想出一条极妙的计策来方好。”话犹未了，就听见墙上摘链子槊，说：“窗户外头有人暗地探听。”这一出来，不知冯渊生死如何，且听下回分解。

第八十九回　冯校尉柁上得剑　山西雁楼内着急

且说冯渊在后窗户听他们说话之间，忽然被他知觉了窗外有人。冯渊吓了一跳，连徐良都不是他们的对手，何况自己，打量着要跑将下来，就听窗户外头哗啦、嘣、哎哟、噗咚，躺下了一个。“哗啦”是链子一响，“嘣”是打在背脊之上，“哎哟”是一嚷，“噗咚”是躺下来了，立刻被四马倒攒蹄捆上。玉仙携着来至屋中，往地下一扔，回手把链子槊往墙上一挂，也不理那个人，又与王玉说话。冯渊这才明白，他看见的是前窗户外头有人，不是看见自己，倒要看看他怎么办法。王玉瞧见那个人，就急说：“妹子，拿着这个人怎么办法？”地下那人是苦苦的哀求：“二位妹妹饶了我罢，再也不敢往这里来了。”你道这人是谁？这人就是赫连方。皆因他看见过王玉上这里来，他就心中一动，就疑着两下私通。今日正要摆酒，见王玉一扭身出来，他也跟下来了，果然见王玉跳进红翠园，他也就跟进来了，这就是徐良看见的，头一个是王玉，第二个是赫连方，第三个还没到哪。赫连方苦苦求饶，姑娘不理他，又哀求王玉说：“王三哥，你与我讲个人情罢！”王玉说：“使得。”原来与他倒托，说：“妹子，这个人是万放不得，是你们杀他，是我杀他？放了他不要紧，怕他前边去说，那可就了不的了。”姑娘说：“不要紧哪。”王玉说：“可千万别放他，放他我就是杀身之祸，你们要不杀他，我可动手了。”姑娘说：“你这个人实在太小心了。”就从壁上把刀摘下，咔嚓一声，结果了赫连方的性命。叫小红过来，把他埋在竹林后面。丫鬟照样办理。玉仙又说：“三哥，你打算甚么主意？我哥哥重者是死，轻者是被人拿去，要你一条妙策。”王玉说：“我虽然是男子，远韬近略实不及妹子。望妹子出个主意，我是无有不随的。”玉仙说：“若要擂台事败，就是咱们三个人过去，也是不成。我哥哥要是被人捉住，必然解往京都，咱们找个要路，劫抢囚车，或上京都劫法场。除此之外，别无主意。”王玉说：“正好我有一个朋友，是商水州黑虎观里的老道，要在那里等候，正是上京的咽喉，要劫囚车，叫他打发小道出去打听，那时一到，你我可劫囚车;若是要劫法场，咱们巧扮私行，扑奔京都，打听哪门外头行刑，咱们就在哪门外头找店住下，那时差使一到，咱们舍死忘生，劫救哥哥。倘若二位哥哥有性命之忧，我们三个人一同扑奔朝天岭，约会大众，必要给哥哥报仇。”姑娘说：“但愿无事才好。”

冯渊把这些话全记在心内，不料底下有一个人把他双腿抱住，往下一揪，冯渊不敢挣扎，恐怕屋中听见声音。不料被那人夹起来就跑，可巧门也开着，来到果木园树林之内，撒手将他扔在地下，把刀亮将出来，恶狠狠往下就剁。冯渊明知躲闪不及，把双眼一闭等死，那人倒噗哧一笑。冯渊这才细瞧，往起一纵身躯，用手一指，说：“唔呀，你这孩子，真把我吓着了！”你道这人是谁？原来是龙天彪。

白昼之时，天彪一算，今天十四，明天就是十五，亲身至公馆，打听请刘志齐的信息，那时冯渊还没到哪。蒋爷告诉他一套言语：不管刘先生到与不到，今天晚间，总要去人。又告诉他：“明日正午，团城子东门外头，给你预备下三辆太平车，容大家上擂台之后，你带着你两房妻子，连你岳母，并带些细软东西，归奔信阳州，你也不用管擂台与公馆之事。回家办理妥当，不用上南阳，你上京都开封府，奔我们校尉所中相会。”天彪领了蒋爷这些言语，回来告诉龙爷、史爷。晚间出来，到后面照料照料，就见有两条黑影直奔红翠园，他也奔红翠园而来——他就是徐良所见末尾的那条黑影。将上墙头，就见赫连方被他们拿到屋中，吓的自己也不敢扒墙头，直奔后面而来。见后面窗户那边还趴着一个人，细细一看，原来是冯渊。小爷疑着冯渊贪看姑娘不肯下来，思量吓他一吓，这才把他夹到树林，说：“冯老爷，你怎么看着两个姑娘，一点儿不动？”冯渊说：“你这孩子，有这么闹着玩的？我哪里是看姑娘哪，我是看他们杀人，听他们说要紧的言语来着。怪不得你师傅说这两个丫头厉害，随随便便的就出去了，不慌不忙的就拿进来了，似有如无的就把赫连方杀了，吓得我也不敢动了。”天彪说：“冯老爷到底作甚么来了？”冯渊说：“我是请冠袍带履来的。”小爷说：“因何不去请去？”冯渊说：“我不认识路，你把我带了去罢。”天彪说：“使得。”天彪在前，冯渊在后，来到藏珍楼那里，叫冯渊进去。天彪往正东跑下去了。冯渊一跃身，蹿入矮墙之内，将要扑奔藏珍楼，见前边许多人在那里。徐良眼快，说冯渊来了。冯渊身临切近，说：“我来迟一步就赶不上了，见一面分一半。”徐良说：“臭豆腐，你上这里作甚么来了？”冯渊说：“醋糟，你上这里作甚么来了？”原来是展爷带领小四义，将至矮墙，大家正欲往内蹿，艾虎低声说：“别忙，有人追下来了。”徐良叫他下来，大众没奔藏珍楼去，都在墙下一蹲，可巧冯渊进来。别人还可，惟有徐良见着冯渊，两个人就得口角分争。展爷说：“冯老爷来就来罢，咱们破楼要紧。”大家扑奔藏珍楼。

到楼门以外，大家一瞅，全是呆怔怔的发愣。就只见七层台阶上面搭着一块木板，类若木板桥一般。铜龙的龙须，坠落在台阶之下。“藏珍楼”三个字，不知被甚么人砍落于地，两扇门也坠落地下去了。往里一看，黑洞洞的，看不真切。展爷说：“不好了！”回头叫徐良：“咱们来迟了，此楼不知被甚么人所破？大概万岁爷冠袍带履又叫别人得去了。”小四义一个个面面相觑。徐良说：“展大叔，我们到内面一看，便知分晓。”展爷点头。仍是南侠在前，便将千里火亮了出来，上木板桥，然后告诉大家，到七层台阶，不用害怕。众人说：“我们都知道。”展爷等进了头门，把千里火一晃，见二道门“藏珍”二字削落在地；又看坑中，那个巨鬼躺在里面，头上三角尽皆削掉，叉头砍落，只剩叉杆。东西两条铁索子，俱都削折。展爷心中纳闷：这是何人办的事情？又到五福门，五个铜福字俱都削落在地，那根柱子上，金莲花削落，桌面上鲇鱼头刀也削落。桌子前边，起了一块翻板，长够五尺，宽够四尺，往下一看，如同一个黑坑一般，西面那块翻板未起。又至四道门，堆金积玉觅宝门七个字，尽已砍落，门帘幔帐俱都扔在地下，当中四扇隔扇，里面弩箭俱都发尽，四面隔扇大开，进了里面，单有一个四方黑窟窿，倒下台阶。徐良要在前面走，展爷不教。徐良说：“展大叔，侄男猜着了，准是我智叔父破的楼。”展爷问：“怎么见得是他？”徐良说：“我们临来之时，他说你们去罢，请冠袍带履，不费吹灰之力，展大叔请想这话内岂不有话么？必是他老人家先来了一步。”展爷说：“如若是他还好，若是别人，我就得死。”随说着话，鱼贯而行，由梯子一层层直到了平地。只见正北有扇大门大开，进了大门，东西两边小门俱是一层层的扶梯。展爷思想，这楼图画的明白，这两个小门万万进去不得。又见正北上有一个月洞门，上面横担着一口大铡刀，冷森森的刀刃冲下。徐良一揪南侠说：“是我智叔父来了，你老人家请看吧。”用手一指，说：“请看，在这里写着哪！”就在月洞门上垂首，贴着一个黄帖儿，黄纸写黑字，半真半草，写着：“箱中有宝，柁中有剑，由此处上楼，别无险地。”这帖儿上的字，却是智爷的笔迹。展南侠一看不错，暗暗称道，真是奇人也。

原来智化早就打好了这个主意，自己涉险，让他们得功。论走倒是南侠先走的，智爷倒是后出来的，团城子里的道路比他们熟惯，他从西城墙而入，进来就是藏珍楼。先用木板搭在台阶之上盖住翻板。也仗他有这一口紫电剑，要没白菊花这口剑，也不能成功。先用宝剑砍断龙须，后削藏珍楼三个字，书不絮烦。把四道门消息俱都用宝剑砍坏，由觅宝门台阶下去，走月洞门蹿铡刀上去，到了上面。见正北有一只箱子，用宝剑砍落锁头，揭开箱盖，晃千里火，瞧明白了万岁爷冠袍带履，复又盖上。就见两边有两个大阁子，类若书阁儿一般，里面尽是奇珍异宝，都是大内的东西，价值连城，世间罕有之物。里面有一块横匾，蓝地金字，是“多宝阁”。一抬头见柜上挂着一口二刃宝剑。智爷一晃千里火，从百宝囊取出一管小笔、一张黄纸，就在纸上写的明白，复又下来，用粳米浆子把黄纸在门左边贴好。自己出了藏珍楼，就算大事全完。故此展爷进来看见字帖，就知道智爷先到。

徐良用大环刀把那一口铡刀砍落，大众方才上去。将至楼上，展爷就奔了箱子而来。冯渊一眼就看见柜上挂着这口宝剑，纵身用手揪住剑匣，往上一抖，把剑摘下来，双手一抱，死也不放。徐良一见，二目圆睁，顺手就抢。若问这口剑，肯给与不肯给，且听下回分解。

第九十回　夜晚藏珍楼芸生得宝　次日白沙滩大众同行

且说大众到了楼上，各有心事。徐良惦记着与白芸生大哥盗剑，展熊飞想着的是冠袍带履，冯渊也为的是鱼肠剑。可巧冯渊上来就把剑先得在手内。徐良一看宝剑被冯渊得去，顺手就夺。冯渊哪里肯给，说：“前一回我得的宝剑，被你要去了。这一次任凭是谁，我也不给了！我又不亏欠人家的情分，就是我们祖宗出来，也不能把这宝剑送给别人。”徐良说：“你要不给老西这口剑，你不用打算下楼！”冯渊说：“你要了我的性命都使得，这口剑你不用想了。”展南侠在旁劝解说：“徐贤侄，剑已被冯老爷得去，你一定与他要，他岂肯给你？再者为这一口剑，也不必反目，你一定要，把我这一口给你。我想先前专诸刺王僚，是在鱼腹内所藏的东西，你看这口剑有多大尺寸，难道你还看不出来吗？”这一句话把徐良提醒，心中暗忖，冯渊这口剑，绿沙鱼皮鞘子，黄绒绳挽手，连剑把长有四尺开外。又一想智化外面写的明白，箱中有宝，柁中有剑，再楼图上，也是柁中有剑。莫不成这个剑，不是真的？我往柁中看去。一纵身蹿上柁去，用左手把柁抱住，右手顺着柁上面一摸，复又用手一拍，砰砰的类如鼓声相似。徐良心中欢喜，大概鱼肠剑是在柁中哪。用手一划，就噗哧的一声，连纸带布全都扯开。见中间有一个长方槽儿，里面放着个硬木盒子，用手取出来。把盒盖一抽，晃千里火一照，里面有个小宝剑，连剑把有一尺多长，绿沙鱼皮鞘子，金什件，金吞口，挽手绒绳是鹅黄灯笼穗。徐良把这口宝剑往抄包内一插，将空木盒子安放原处，飘身下来。

此时冯渊只乐得在楼上乱扭，说："我冯渊命中当有这口宝剑，凭爷是谁，无论怎么绕弯子，我可不上当了。不落人家亏欠，全都不怕！"自己在那里嘟嘟囔囔，自言自语。徐良下来，说："冯老爷，你得着宝剑，应当大家给你道个喜儿才是。"冯渊说："我也不用你们道喜，我也不设香案。"徐良笑嘻嘻地说："你把宝剑抽出来，大家看一看，怎么个形象。"又向展爷说："当初专诸刺王僚之时，这鱼有多大的尺寸？鱼要小了，似乎这口剑可装不下。"展爷说："我知道那口鱼肠剑，连把儿共有一尺零五分。"徐良说："他这口剑够四个一尺零五分，别是大的鱼肠剑罢？"展南侠说："我也是纳闷。"冯渊说："你不用管我，大鱼肠剑、小鱼肠剑与你无干。"徐良说："你拉出来咱们大家瞧瞧，未为不可，谁还能抢你吗？"展南侠也说："抽出来大家看看，我作保，绝不能有人抢你的。"冯渊这才将宝剑用力往外一抽，拉了半天，也抽不出来。徐良说："这剑拉不出来，是甚么缘故哪？"冯渊说："准是多年未出鞘，锈住了。"展爷哈哈大笑，说："切金断玉的宝物，焉有长锈之理！"冯渊听了这句话，就有些担心了。又用平生之力，哧的一声，才把宝剑抽将出来，大家一瞧这口宝剑，全部大笑，却是半截铁条。冯渊说："我真是丧气！"徐良道："倒不是你丧气，是你没有那个大造化，故此真鱼肠剑不能教你得着。你要看真正的，在徐老爷身上带着呢！"说毕往外一扯，叫大众一看，外面装饰却与那剑一样，就是尺寸短。展南侠叫他把里面宝剑再拉出来大家看看。徐良把剑哧的往外一抽，寒光烁烁，冷气森森，类若一口银剑一般。展南侠说："这才是真鱼肠剑，分毫不差。"只气得冯渊把那半根铁条带剑匣吧哒扔在楼上，说："徐良你真机灵，我种种事情，全不如你。"徐良说："别看我得着宝剑，我也不要。大家有言在先，将此物送与白大哥。"说着双手递将过去。白芸生谦让了半天，这才将宝剑收下，佩在身上，说："这口剑，虽然是无价之宝，据我看来，实在难用，尺寸太短。"徐良说："我告诉你一个主意：每遇动手之时，你把刀挎在左边，把剑佩在右边，动手仍然用刀，往近一栖身，回手拔剑，仍然是削人兵器。"可见徐良实在聪明，一见宝剑，他就出了这们一个主意。后来，白芸生真就照他这个主意，百战百胜。

芸生把剑掖好，展南侠将冠袍带履请出来，众人参拜了一回，然后用大抄包包好，背将起来。别的物件，全都不管，就背着了冠袍带履。众人下楼，照旧出了四道门，仍是徐良带路，直奔西墙而来。过了两段界墙，到了城墙，用百练索搭住，一个跟着一个上去，下得城墙，大家投奔公馆而来。到了公馆，蹿墙而入，来至东院，进了上房，蒋平见展南侠肩上高耸耸的背定，必是万岁的冠袍带履，随就道喜。展南侠说："托赖四哥之福。"从肩头上解将下来，大家又参拜了一回。冠袍带履放在里间屋内，然后大家更换衣服，落座，叫人烹上茶来。蒋平问道："是怎么请出来的？"展南侠就把始末根由述了一遍。蒋平把脚一跺，咳了一声说："罢了，智贤弟称得起高明之士！不必说，他准是把藏珍楼一破，我们往后之事，他一概不管了。"展南侠说："怎么见得？"蒋平说："咱们请他出来之时，他叮问明白了，得了冠袍带履，还有甚么事情？我们说的只要把冠袍带履请出来，别有甚么大事，一概不用你管了。如今，他准是出家去了。"展南侠说："不出四哥所料。"随叫摆酒，又谈了会得剑之事。天光大亮，把残席撤去。芸生吩咐店家预备了香案，自己参拜了一回。

这时天彪从外面进来，与大众行礼。蒋平见他来，就知道有事，连忙问道："你来有甚么事情？"天彪说："今日他们擂台上，约请知府给他们出告示，又约会本地总镇大人给出告示，他们是倚官仗势摆的擂台，我特来送信。"蒋平说："本地知府姓臧，总镇是谁？"天彪说："总镇姓白，叫白雄。"蒋平说："这个人可不是外人，是范大人妻弟。这个知府是个贪官，我们与他可无往来。"展南侠说："这个知府，我可知道，他当初做过幕宾，与庞煜合藏春酒，助桀为虐，现今作了知府，焉有不贪之理。这个白总镇，绝不能与他同党。"蒋平说："少刻我自有主意。"又问："天彪，昨日晚上破了藏珍楼，你们前边知道不知道？"天彪说："只顾迎接知府、议论擂台之事，并且托知府约请总镇大人，一者弹压地面，二者观看打擂，故此后面之事，一概不知。"蒋平说："你疾速回去罢，此处不可久待。"天彪告辞，直奔团城子而去。

天彪去后，蒋平叫张龙、赵虎，拿展南侠的名帖，带领两名马快班头上总镇衙门，请总镇大人便衣至公馆，我们展大人有面谈之事，千万秘密，不可把风声透露。说毕二人起身，直奔总镇衙门，将名帖递将进去，并前言述说了一遍。二人回到店中，见了蒋平，回说总镇大人少刻即到。果然工夫不大，外面将名帖递进，这里下了个"请"字。不多一时，来在东院，展爷迎将出来。见这位总镇，将军折袖，蛮带扎腰，面似银盆，剑眉长目，鼻直口阔，虎臂熊腰。见面对施一礼，让至室中。大家落座，献茶已毕，一一对问了名姓，又问蒋平与大众来历。蒋平就把开封府的文书叫总镇看了一回。白雄一怔，问："冠袍带履，可曾得着没有？"蒋平又把得冠袍带履，没有白菊花下落的话，说了一遍，便问道："大人今天，还是前去，还是给他们出告示？"白雄说："昨天本地臧知府请我出来，一半看打擂，一半给他们弹压地面，恳求再三，我如今既知晓他们是恶霸之人，我断然不能前去。"蒋平说："不可，总要大人亲身前去方好。"白雄问："甚么缘故？"蒋平说："这东方亮奏明在案，与襄阳王叛反国家，臧知府也是他们一党。大人前去，在那台上绊住东方亮、东方清、臧知府，看我的暗号行事，我要把手往上一招，大人就把三个人拿住，就算大人奇功一件。"总镇连连点头说："三个人走脱一名，惟我是问。蒋大人、展大人，若是要兵将，可是现成的。"蒋平说："很好！大人点起二百名步队，各带短刀，彼此暗有记认方好，省得临时自相践踏。"总镇点头，领了蒋平言语告辞。大家送他出去。然后众人将早饭用毕。

忽听店外嚷嚷吵吵，俱是瞧看擂台之人。蒋平与南侠一商议，叫张龙、赵虎看着冠袍带履，别者众人全部散走，可不用离得甚远。徐良把头巾一戴，先盖住自己眉毛，总怕别人看见，艾虎同着他一路前往。卢珍、芸生二人一路前往。邢家兄弟一路前往。惟独韩天锦没人愿意与他同走，徐良冲着他使出了一个眼色，他就叫冯渊跟他一路同走，冯渊也不愿意。再三推诿不行，韩天锦将他抓住，往肩头上一扛，直奔白沙滩打擂去了。要知后事如何，且听下回分解。

第九十一回　擂台下总镇知府相会　看棚前老少英雄施威

且说大众三三两两，就只是韩天锦无人愿意与他同往，他就把冯渊抓住，冯渊不愿意与他同走，他把冯渊往起一扛，就要出店。冯渊连连喊道："那可不是样儿，你见满街上有扛着人行么？"天锦问："你同着我走不同着我走？"冯渊只得说："同着你走。"天锦说："同着我走，把你放下，不然我扛着你走。"二人同行，一高一矮，出了公馆，直奔白沙滩而来。到了白沙滩，就见那里的人，如山如海。行至擂台之下，那擂台前文已经表过，如今搭好，坐西朝东，全是豆瓣细新席，上下场门，大红门帘，绿绸子走水，青飘带，满帘上绣着百花闹蝶，当中一个堂帘，也是大红绉纱，绿走水青飘带，满帘上绣的是三蓝色勾子牡丹。擂台可不像戏台，没有上下的栏杆，俱是拿红绿彩绸扎出来的，两边扎出大彩团子，俱有碗口大小，全在两边柱子上搭拉着，一串一串，下边也没有栏杆，用红绿彩绸扎出墙子，约有二尺高。因为何故不安栏杆？皆因在上面打拳比武，倘若一跤摔倒，怕脑袋摔在栏杆上，是准死无疑。这是彩绸，总让脑袋撞上，也不至于要命。两边台柱子上，挂着两块木板，刷着两张告示，一边是总镇大人告示，一边是知府大人告示，总而言之，都是弹压地面的言语，倘有光棍匪徒扰乱擂台，立即锁拿。当中有一块横匾，白纸书黑字,是“以武会友”。台上靠后,排着三张八仙桌子,后面有二十多张椅子,有数十条二人凳。桌子上，有全大红桌围，大红椅披，南红椅垫，上面全绣的三蓝色大朵团花。桌子上面摆着一个盘子，里面是金银锞锭，后面有四个兵器架子，插挂着十八般兵刃，长短家伙俱全。靠着台的南北，立着两个梯子,迎面上可没有。天气尚早,台官还没到哪。有两个看守擂台的在上面坐着。再看两旁边，雁翅排开，全是两层看台，楼底下单有扶梯上来。见这看台上也扎着红绿彩绸，上面也是桌椅，靠着南边，看台后面，单有一个厨房，另预备的茶汤壶。靠着南面，有一个小席棚，里面单有个小文职官，打擂之人上来，问了他们家乡住处，登明簿子，动手之时，死伤勿论。靠东边有一根绳，是为他们拴马匹的地方。这个势派实在不小。

台下瞧看热闹之人，纷纷议论：有人说，活百岁也没有看见这样打擂的；就有说，这不是件好事，碰巧了就得出人命；有人说，非他们兄弟，焉有这样字号。正在议论之时，忽见正南上一阵大乱，来了二十多匹马，齐撒坐骑，乱抖锹嚼，直奔擂台而来，原来是东方亮、东方清弟兄。二人都是壮士打扮，看看离擂台不远，地面当差使的赶散闲人，手中竹杖儿乱打乱抽，瞧看热闹之人东西乱蹿。东方亮手下从人先就下马，接鞭子的接鞭子，牵马的牵马。二人下得马来，先到看台前看了一看，复又到那小席棚见了那个小文职官，就在那棚中候着知府与总镇。不多一时，望见执事排开，铜锣响亮，不问可知就是知府大人到了。看看切近，东方亮、东方清迎接上去。让过引马，大轿打杆，从人掀帘，摘杆去扶手，知府下轿。东方兄弟要行大礼，被知府拦住。众人见知府实在不称其职，细高身躯，青白的脸面，细眉小眼，微长髭须，扛肩缩背，鸭走鹅行，说话是唔呀唔呀南边口音。连忙就把东方亮搀住，说：“总镇大人可曾来了没有？”东方亮说：“总镇大人未到，大人可曾看见？昨日可曾见着总镇大人，是甚么言语？”知府说：“我亲身到他私宅请他，一则请他弹压地面，二则请他看擂，他情愿出来弹压，并且还想和咱们多亲近亲近，他来时还要带些兵丁。”东方弟兄一闻此言，甚为欢喜，说：“全仗大人替我们出力。”知府说：“也是我们前世的缘分。”又问：“王兴祖可到？”回说：“他得天交正午方能到此。”说着话，就上了南面看台。知府落座，两边有东方弟兄伺候，叫人献上茶来。

不多一时，就见东南上黑压压一片人直奔前来，原来是总镇大人白雄带领着二百兵丁、四员偏将来到。这些兵将全都领了大人密令，每人带蓝布一块，若要下令之时，全用蓝布包住头颅，此时还不知道与甚么人动手呢，各带短兵器，也有二十余人扛着长枪。总镇大人一到，也是抛镫离鞍，齐下坐骑。知府并东方弟兄下看台迎接总镇，彼此对施一礼。总镇说：“原来是大人先到，小弟来迟。”知府说：“那里话来，劣兄本应先到伺候贤弟才是。”总镇说：“总是小弟伺候大人才是。”说毕二人哈哈大笑，知府就让东方弟兄与总镇大人见礼，彼此通名道姓，谦让了一回，同上看台，落座吃茶。

东方亮吩咐，知府带来的马快班头每人领二两饭银；总镇大人带来的兵丁，每人也是二两；文武小官，俱是十两。总镇、知府一闻此言，当面谢了一谢。吩咐摆酒，知府把他拦住说：“都刚才吃过饭，少时再饮罢。”总镇大人问了问护擂之人全是甚么人。东方亮就说王兴祖镇台，余者众人俱是帮助的。又问：“这个王兴祖大概本领出色，倘若上来打擂之人，本领胜过镇擂之人，那时怎么样的办理？”东方亮说：“小民立擂台，非为别事，皆因我弟兄二人，从幼年时节，就好的是武艺，所请来的教师甚多，总没有见着很出色之人。今天摆设此台，为的是选拔人才。倘有出色之人，绝不能叫他与王兴祖两下里有死有活，连输赢都不能见，只要看着与王兴祖本领平平，就疾速将他请下来，看他年纪行事，若要年长，拜他为师；若要年轻，拜他为师兄。虽然摆设此擂，并无别的意思。”白雄一闻此言，微微一笑，说：“你这一说，我也明白了，你们要请老师，又不作非理之事，又不连累地方上替你们担惊受怕，据我想着，还算一件正事。往常立擂，胡作非为，从中取事，有那样人，实为可恼。”东方亮料着总镇不知他的细底，焉知晓蒋四爷那里，早就告诉明白了。总镇说着话，眼睛瞧着擂台下来往之人，寻找蒋四爷在哪方站着，动手之时，好看他眼色行事，就看见霹雳鬼站在人丛之中，就算他人高，晃里晃当，在那里寻找冯爷。原来冯渊同着韩爷到了这里，往人群内一钻，韩天锦就找不着他了。找了半天，口中乱骂这个小子，可真冤苦了我了。他看了看擂台，前面有两根柱子，走过去一抱，心想少刻拿人，我把这柱子一折，他们全都掉下。

把主意打好，净瞧着团城子里面人来到。

不多一时，从东南上来了三十余骑马，却是台官到了。所有瞧看热闹之人，一阵大乱："瞧台官呀，瞧台官！"就见头一个是神拳太保赛展熊王兴祖，身高九尺，膀阔三停，绿缎壮巾，一身绿缎衣襟，狮蛮带，肋下佩刀，薄底靴子，闪披一件大红英雄氅。面似蓝靛，发似朱砂，红眉金眼，连鬓落腮胡须犹如赤线一般，猛若瘟神，凶若太岁。紧跟着后面，就是火判官周龙连那一干群寇，朝天岭金永福、金永禄，就少赫连方与金弓小二郎王玉——一个是红翠园被杀身死，一个跟大众出来，复又回去寻找二位姑娘商量计策去了。群寇之中，可又多一个人——多一个是玉面判官周凯。皆因他由贾士正那里逃跑，次日晚间，又遇见山西雁，使了金蝉脱壳之法，在树林中假说上吊，直奔团城子而来。见了东方亮，看见王兴祖现在这里，他就将怎么遇徐良说了一遍。群寇很觉放心，打量他在信阳离着南阳尚远，都料着是日没有山西雁，故此这日大众一个个大胆前来，齐奔擂台。

这些群寇至擂台洋洋得意，行至擂台之下全都下马。众人欲见总镇，倒是知府把他们拦住，先告诉明白了东方亮，所有众人不用见礼，只王兴祖一个人前来。东方亮吩咐传下话去，所有众位英雄俱都上擂台，单叫王兴祖一个人上看台，与知府、总镇大人见礼。这个话往下一传，所有众人俱从南北两个楼梯上擂台去了。王兴祖一个人上了看台，先见知府，后见总镇。白雄很爱此人，告诉说："王壮士动手之时，但得能以不伤人，千万不可损伤人的性命。"王兴祖点头撤身下来，直奔擂台正面，分开众人，飞身上去。徐良他就要跟将上去打擂。要知后事如何，且听下回分解。

第九十二回　乔彬头次上台打擂　张豹二番论武失机

且说王兴祖下了看台来至擂台，由正面而上，抱拳带笑道："众乡亲们借光了。"众人闪了一条胡同，台官要卖弄他这点能耐，倏地一抖英雄氅，使了个旱地拔葱、燕子飞云的功夫，往上一蹿，不高不矮，正贴着那绸子拉出来的墙儿上面蹿将过去。下面众人喝彩，说："好功夫，这才叫本事呢！"就见王兴祖到了上面，群寇俱都站起来，抱拳带笑说道："大哥请坐。"赛展熊说："且慢，此时天气不早，待我与咱们台下朋友交代一个理儿。"把英雄氅一扔，冲着台下深打一恭，说："台下众位乡亲听真：小可姓王，叫王兴祖，外号赛展熊便是。皆因团城子内复姓东方，有两家员外，在此摆设擂台。天下最贵重者文武二字，读书者以文会友，习武者以武会友。设此擂台不为别事，所谓以武会友。无论僧道两门、回汉两教、做买做卖、举监生员、推车挑担，以至缙绅富户，只要练过拳、踢过腿的，请上台来。无论拳脚、长短家伙，全有小可王兴祖奉陪。如能打我一拳，输纹银五十两；踢我一脚，输纹银一百两；如能一脚将我踢倒擂台之上，输银一千两。愚下可输不起，全有东方大员外、二员外立刻盘银，不怨你手下无德，怨我学艺不精。可有一件，有上台较量之人，你们可到那席棚内去挂号，必须把你们家乡住处、姓甚名谁，开写清楚，然后较量。只因动手之时，难免失手，轻者受伤，重者废命，各无后悔。故此上台打擂，死伤勿论。哪位上台来比试，小可王兴祖候教。”话犹未了，就听正北上一声大吼，如同半空中打了一个巨雷相似。刹时，正北上人噗咚噗咚躺下了一大片，内中孤零丁单见一人如同半截金塔相仿。见那人身高一丈开外，黄衣襟、黄帽子、黄脸。蒋平、南侠早就看见，原来是君山金铛无敌大将军于奢。

原来钟雄面圣之后，带着于奢、于义归奔君山，念了万岁旨意，所有君山寨主，俱是六品虚衔。是日于奢、于义理当进京当差，带上盘费银两，辞别钟太保，两个人下君山，投奔京师。一路之上，晓行夜住。这口从白沙滩经过，就见那里人流如蚂蚁盘窠相仿，于奢问于义：“你看前边这是甚么事情？”于义说：“前边那是唱野台子戏哪，你看那不是两边的看台？”其实于五将军早听见人说去看打擂的去，瞒着他三哥，知道他那性情不好，假说是戏台。已经走在北边，又遇见从北往南的人直跑，说看打擂去。于奢方才明白，叫道：“五弟，那边不是戏台，原来是打擂的，我们前去看看。”于义说：“我们赶路要紧。”于奢返身而回，于义无奈，只好跟着回来。行至擂台之下，看见王兴祖台上说话。于奢说：“我去打擂。”于义一把没揪住，他大吼一声说：“爷爷来了！”把双手往两下一分，奓撒着两只手，把那些瞧热闹之人扒拉的东倒西歪。忽然韩天锦在那里高声大叫道：“大小子快过来罢，我在此等你哪！”于奢一瞧是韩天锦在那边叫他，也就顾不得打擂了，说：“原来是我们黑小子在这里哪！”又一分众人，从擂台底下钻将过去，说：“黑小子，你从何处而至？”天锦说：“咱们的人都来啦，我一人拆不动这个台，你帮着我去拉那边的柱子。”于奢说：“使得。”他就把那根柱子一抱，这两个站殿将军闹了个二鬼把门。于奢问：“多时才拆哪？”天锦说：“看着我们四叔把手一招，我们就拆了。”于奢点头。王兴祖听见有人上台打擂，等候了半天并无动静，往正北上问道：“方才是哪位答言，要上台打擂？”问了好几声，并无上台之人。瞧热闹的人知道于奢、于义是一处来的，又带着众人被于奢扒拉了一个筋斗，全都记恨于奢，回头问于义说："人家那里问下来了，不敢上去，就会欺侮我们哪！"于五将军如何担得住，说："你们要瞧看打擂的呀，我上去就上去，这算甚么要紧的事！"众人往两旁一闪，事已至此，也不能不上去了。众人说："那边有梯子。"于义说："要梯子何用！"刚要一抖身蹿将上去，忽见南面梯子上有一人喊叫，说："打擂来了！"于义一看，不是外人，原来是开路鬼乔彬。于义暗忖此人本领平常，不是摆擂之人的对手。

原来乔彬同着胡小纪封官之后，回家祭祖完毕，上京当差。到了开封府，听王朝、马汉告诉南侠大众事情，打发二人奔南阳府五里新街公馆，见蒋、展二位大人。这二位到了公馆，见着张龙、赵虎，二人告诉他们，大众上擂台拿贼去了。乔彬约着胡小纪去拿人，胡小纪明知乔彬本领平常，说："我们帮着三老爷、四老爷看守万岁爷的物件罢。"乔彬假意应承，随把大衣服脱下，假装走动，就奔白沙滩来了。乔彬由正南看台底下分开众人，来至擂台之下，蹬着梯子往上就走。梯子底下有东方亮的人，拦住问道："你是作甚么的？"乔彬说："我是打擂的。"那人说："你既是打擂，你上号棚先去挂号。"乔彬说："那我是一概不懂的。"那人说："不去挂号，你不用想从这里上去。"乔彬是个粗鲁之人，把那人一掌打倒在此，乔彬就跑上去了。刚要上台，上面看台的一拦他说："你是作甚么的？"乔爷说："我是打擂的，打一拳赢多少银子？"看台的说："打一拳赢银五十两，踢一脚赢百两。"话言未了，"叭嚓"乔爷就打了看台的一个嘴巴，下面横着一个跺子脚，看台的就扑咚躺倒在台上。乔爷说："拿银子来！一百五十两。"房书安说："你这小子怎么这样不通情理？他是看台的，你打他就要银子，世间没有那么便宜的事情。要打那个才给银子哪！"乔爷说："那个也打。"奔向王兴祖来就要讲打。王兴祖道："你要到号棚去登记，然后打擂。"乔彬说："放你娘的屁，我全不懂得，招打。"王兴祖用单臂一磕乔彬的腕子，乔彬哎呀一声，说："好小子，拿着家伙哪！"用了个窝内发炮，叫王兴祖用右手一刁他的腕子，往怀中一带，乔彬往回里一抽，王兴祖借着他的力，一抬腿，就听嘣的一声，把乔彬由擂台上踢将下来，摔在人的身上。他倒没摔着，把那看热闹的一团人压倒在底下。众人抱头哀叫乱喊，也有把腿折了的，也有把胳膊扭了的。

一看又从正南上去了一个，金枪将一瞧，这个更不行了。原来这是勇金刚张豹。因他同着双刀将马龙回家祭祖，安排了家中事情，投奔京都，半路上碰见了艾虎的徒弟大汉史云，一同到开封府，也是叫王朝打发他们上这里来了。将至公馆门首，就遇见闹海云龙胡小纪慌慌张张往外跑，马龙、张豹把他拦住，见面行礼。张豹说："胡大哥，你往何处去？"胡小纪回说："乔彬出去工夫甚大，总没回来，准是打擂去了，我欲追至擂台，看看他上去打擂没有。他要上去，如何是人家对手！"张豹说："我们大家一同前往。"刚到擂台之前，见乔彬被人家刁住腕子，往下一踢，勇金刚把肺都气炸，撒腿往前就跑，要打南边的梯子上去。被看梯子的人挡住，他就抱着擂台柱子，往上就爬，到了上面，一扳台柱，往上一翻身，把人家那彩绸墙子也给撕断，往起一挺身，说："蓝脸小子，你好生大胆，敢把二太爷的哥哥扔下台去，二太爷与你誓不两立！"王兴祖看他这相貌，倒有几分爱他，连忙说道："朋友，你是上台打擂，不可口出不逊，你先上号棚挂号，也得把你的姓名通将出来，然后再较量不迟。"张豹本是个浑人，哪里懂得这件事情，说："你要问我的姓名，我就是二太爷。"说犹未了，就是一拳。王兴祖气得二目圆睁，怎么来的一个一个都是这个样子。二人交手三五个弯，照样儿把勇金刚张豹踢将下去。

擂台下面的人哈哈的又是一笑，大家异口同声说："这是露脸哪？这是现眼哪！原来全是这个样子。"艾虎哪里搁得住，两个盟兄都被打下擂台，自己打算要蹿将上去。王兴祖在上边说："本领平常的，不用上来现眼了。"马龙先就蹿上台去。王兴祖一看，此人身高七尺，蓝缎壮帽，蓝缎箭袖袍，湖色衬衫，薄底靴子，鹅蛋脸面，细眉长目，直鼻阔口，细条身材，精神满足。王兴祖问："尊公，可曾到号棚挂号？"马爷说："我也不用到号棚挂号，三拳两脚结果我的性命，绝没哭主。我也不用通我的姓名，小可无非是领教领教。"二人彼此一抱拳，动起手来了。若论马龙本领，比那二人强胜百倍。两个人蹿高纵矮，手眼身法步，腕跨肘膝肩，远处长拳，近处短打，王兴祖招招近手，马龙封避躲闪，两个人打了个难分难解，并且是一点声音皆没有。台下人齐声喝彩。这两个人在台上乱转，如走马灯儿一般，工夫一大，马龙就透着手迟眼慢，艾虎就要蹿上台去。且听下回分解。

第九十三回　穷汉打擂连赢四阵　史云动手不教下台

且说马龙在台上与王兴祖交手，工夫一大，只有招架之功，并无还手之力。艾虎正要上去，省得叫大哥吃苦，不料一展眼，马爷早被人家一个扫堂腿扫了一个筋斗，只羞得马龙面红过耳。王兴祖反倒陪笑说："这位兄台，承让承让。"

远远的有人招呼，说：“王教师爷，我们员外有请这位壮士在看台上面谈。”小韩信张大连要陪着马龙上看台，面见东方亮。就在这个时候，忽听北面嚷叫说：“穷爷爷到了。”王兴祖一听更透着诧异，台下众人一看这个打擂的，全场哈哈一阵畅笑。这个打擂的,实在褴褛不堪。也带着天热,头上没戴着头巾，连网子全都没有，就把头发挽了个牛心发髻，身上穿一件破蓝绸汗衫，穿一条破青绸裤，足下一双薄底快靴，靴腰上绑着带子，靴底绽了半边，一脸灰尘。可是细眉长目，皂白分明，唇似涂朱，大耳垂轮，肩头上有一个破捎马子，困苦之状已到十分。虽是衣服褴褛，倒有英雄气象。马龙趁着穷人蹿上台上之际，自己蹿下台去，钻入人丛之内，直奔正东，可巧被蒋四爷把他挡住。

再说那穷人，困苦到这般光景，还有甚么心肠打擂？皆因他看着马龙有几个招数使得不到家，他替马龙着急，这才招出事来。马龙使了一个靠山，王兴祖一闪，他替马龙着急，心内想着一比势，他身后一人就教他肘了一个筋斗。那人爬将起来，捣着前胸哎哟哎哟哼哼说：“朋友，你看天到这个时候，也该找找去了。你瞧我们这些人看完了打擂，回家全都有准饭，似乎尊驾你得现去找去，若过了时刻，谁能与你准备得现现成成的？”这位爷气往上一冲，说：“你管我找不找去，与你何干？”那人说：“我本就是痨病，你冲我心口给了我一肘，你不管我受得受不得？你看瞧热闹的人甚多，谁像你带比架势的。真有本事，上去与这位台官较量较量，真能踢他个筋斗，就是一百两；打他一拳，也闹五十两换换衣裳，这是何苦哪。”穷人说：“你管不了俺的闲事。”那人说：“我管不了，我上你前头站着去。”可巧穷人又看着马爷打出的一拳不到家，自己又一比势，嘣的一声又打在那人的后心，要不是人多，那人也就栽倒了。那人回头恶狠狠的说：“穷鬼，你穷疯了罢！既有这个能耐，为何不上去露露脸去！”穷人说：“我上去就上去！可惜我如今衣衫褴褛。”那人说：“真有本领，不在衣衫，就怕你不敢上去。”穷人看了看自己衣服，一声长叹。那人暗暗约会了十数个人把穷人往起一挤，齐声一喊说：“穷爷爷到了！”就把那个穷人挤上台去。

王兴祖扭项回头一看，这穷人上台打擂，必是听见有五十两银子啦。连忙问道：“这位朋友也是前来打擂的么？”穷人赶紧一恭到地，说：“台官爷在上，你看我这般光景，还有甚么心肠打擂？皆因我在台下得罪了看打擂之人，他们把我挤上台来。我既来到台上，哪有空返之理，只可陪着台官爷走个三合两趟。我也不敢来赢，只求台官爷手下留情，走了三合两趟，我就下去。常言‘破车别碍好道’。”王兴祖一听，出言不俗，别看他身上衣服褴褛，反倒抱拳带笑说：“朋友，你大概没上号棚挂号去罢？请问贵姓大名，仙乡何处？”穷人说：“尊公不必细问，皆因我有难心之事，我是被朋友所害，才到了这个光景。大概会点武艺之人，绝不能出身就穷，望求阁下不必往下细问。我要不与尊公走个三合两趟，也教那些小人们瞧不起我。”王兴祖心中暗暗喜爱，想着此人大概本领不差，又想道：与他走个三合两趟，然后把他请下台去，给他更换衣服，再细问他的姓名。一抱拳说：“既这样，朋友请哪。”见那人也一抱拳，留出行门过步，走了半个回合，穷人从上手绕到下手，这才叫打擂的规矩。二人将挥拳比武，从后面跑过一个人来说：“大哥已连胜了三个，暂请后面歇息，我先替兄长领教领教这位的武艺。”王兴祖也觉愿意。他本是粗中有细之人，他料着这个穷人到了这般光景，不是十分能耐，绝不敢上台比试，他正愿意有个人先与穷人走个三合两趟，他就知道穷人的武艺如何。你道过来这人是谁？是金头活太岁王刚。王兴祖往后一闪，王刚过来说：“这位朋友请。”仍然二人一抱拳，穷人把捎马褡裢放下，袖子一挽，汗衫一掖，两个人往当中一凑，就打起来了。这二人蹿奔跳跃，闪转腾挪，忽上忽下，行高就矮，这就叫当场不让步，举手不留情。台下之人，全都喝彩夸赞不绝。

此时徐良、艾虎、冯渊、卢珍相凑在一处，议论这个人。徐良说：“这个人比咱们兄弟还好，他一身功夫，穷到这个地步，他还不偷，可见此人志量不小。”卢珍说：“等他下来，我赒济赒济他，我真爱惜此人。”艾虎说：“我也爱惜他，我问问他的名姓，不但赒济他，我还要与他拜把子哪。”徐良说：“拜把子算上我。”冯渊说：“我看这人本领，像我们本门里人。”徐良说：“臭豆腐，不用往脸上贴金啦，我领教过尊驾的本领，你们怎么有这样出色的人物？”冯渊说：“醋糟，你也太藐视人了，我们本门中除了我不行，难道连一个强的都没有？”艾虎说：“你们二位先别争论。三哥，你看这个穷人是输是赢？”徐良说：“似乎那个黄脸的，三个也不是穷朋友的对手。”

说话之间，王刚早被那个穷人刁住腕子，往上一拉，横跺子脚踹在肋下，险些没掉下台来，扑咚倒于擂台之上。那个穷人过去拿起他的捎马褡裢就要走，墨金刚柳飞熊过来，说：“这位壮士别走，我来领教。”穷汉说：“方才小可已然说明，非为上台打擂，无非陪着爷们走个三合两趟罢了。”柳飞熊说：“不行，总得较量较量。”穷人无奈，两个人一交手，走了十几个来回，穷人往下一败，柳飞熊赶将下来，跟着一腿，打算要踢穷汉，穷汉一回身，用手一挂柳飞熊脚后跟，往起一勾，将柳飞熊摔倒擂台之上。急三枪陈正过来，五六个回合，被穷人使了一个靠山，把他摔倒擂台之上。菜火蛇秦业气哼哼的过来，说：“你别走。”那个穷汉无奈，只可又与秦业交手，走了数十余合，那穷人不慌不忙，一手一势，身体灵便，把个秦业打的鼻洼鬓角热汗直流，始终不能抢人家的上风。一着急，使了一个尽命的招数，用一个双风贯耳，穷人双手合在一处，往两下一分，其名叫白鹤亮翅，把他双手拨开，复用自己双手往秦业肋下一插，是一个撮劲，秦业身不由自主，往后一仰，噗咚倒于擂台之上。

王兴祖过来说：“兄台别走，还是小弟领教。”穷人说：“我绝不是兄台的对手，只当我是甘拜下风，让我去罢。”王兴祖一定还要与他较量，那人无奈，只得又陪着他动手。这二人方是棋逢敌手，一招一势，类若编就活套子一般，原来是见招还招，见势使势。台下之人，此时全都叫起好儿来了。穷人一急，也打算把王兴祖踢个筋斗，翻起一腿，不料自己使得力猛，吧的一声，把捆靴子带子迸断，飕的一声，把靴子甩出去多远。台下之人一阵大笑。穷人说：“这可算我输了罢。”王兴祖说：“不算不算，我先给你换上一双靴子，然后再较量。”原来看台上早已看的明白，打发人来请这个穷汉，说：“员外爷有请这位打擂的看台上问话。”王兴祖这才住手。那穷人教人把靴子给他捡来，复又穿上，自己拿了捎马褡裢，跟着从人下了擂台，见东方亮来了。

王兴祖将一回头，忽见迎面蹿上一个人来，离擂台五尺多高，待那人站立台上一看，八尺多高，是个大黄胖儿。原来是史云，教韩天锦、于奢把他扔上台来。向着王兴祖说：“立台的，我拿银子来了，我们这个朋友连踢了你们四个筋斗，应当给我们四千两银子，我把车都雇好了，特为来拿银子，快盘哪。”王兴祖说：“那个穷朋友可是连赢了四个，要银子，一分一厘也短少不了。你既是与他相好，你先说说他姓甚名谁，家住何方？”史云说：“他自己还不肯说呢，我可知道不说。”王兴祖问：“你叫甚么？”史云说：“我姓史，名叫史云，外号人称愣史。”王兴祖说：“你尽为要银子，你还是要打擂？”史云说：“银子也要，擂也要打。”随说着话，蹿过去就是一个冲天炮，一抬腿就踢，要不是王兴祖的眼快，险些还被他打上了，皆因是给冷不防。台官一看，这个打出来的招数更可笑了。王兴祖往旁一闪，用手一刁史云的腕子，脚底下用了个勾挂腿，史云就噗咚一声，趴在台上。王兴祖说：“别叫他走。”看台的过来，就要揪他。愣史躺在那里，也不起来，说：“你们打死我罢。”王兴祖问：“你跟谁学的本事？”史云说：“跟我师傅。”王兴祖说：“你有师傅哪！据我看来跟你师妹学的。论说我们这擂台上，可没有讲强梁的道理。我们这打擂的，先前两个多少还算练过，似乎你只跟师妹学的，打出拳来、踢出腿来，我们只不认得是甚么招儿。总得拿你作一个榜样，不然笨汉长工也都要上台打擂来了。”看台的说：“台官爷，咱们把他锁在台柱子上罢。”王兴祖说：“不用，把他衣服剥下来，叫他找教给他武艺的来取。”史云说：“你们可别胡说，我师傅可在底下哪。”王兴祖说：“更好了，要的就是你师傅。”随吩咐剥他的衣裳。看台的将要动手，愣史把双手一分，其名叫反背锤，将看台的打倒。王兴祖气往上冲，将要过来，忽听台下一声喊叫说：“师傅来也！”要问来人上台怎样动手，且听下回分解。

第九十四回　艾虎与群贼抡拳比武　徐良见台官讲论雌雄

且说艾虎在台底下，与徐良、卢珍、冯渊正夸奖那个穷汉，忽见台上把那穷人请过去了。随后就见史云上台，一交手就跌倒，又被王兴祖这套言语侮辱。艾虎脸上实在下不去了，他便分开众人，往台上一蹿说：“师傅来也！”王兴祖一看，这个是夜行术功夫，身高六尺，一身青缎衣襟，壮士打扮，黑黄面皮，粗眉大眼，肋下无刀。原来艾虎上台之时，先把刀交与芸生大爷，叫他紧贴着擂台站立，倘若用刀之时，再与他要。此时史云把两个看台的打得满台乱滚，说：“我师傅前来，不干我的事了。”往台下一滚，于奢把他抱住了。这两个看台的，冷不防叫史云砸了个鼻青脸肿。

王兴祖看了艾虎飞纵的功夫，就知道此人本领不差，抱拳含笑道：“这位尊公，打擂可曾挂号？”艾虎也就一恭到地，说：“台官爷在上，小可没有。皆因我落乡居住，学了两趟庄稼把势，无非就是看场院而已。我本就不会，还收了一个无知的徒弟，方才他得罪你老，我如今上台，也不敢称甚么打擂，是与我徒弟给你赔礼来的。”王兴祖说：“尊公不挂号，可留下名姓。”艾虎说：“不必问我，我本是无名之辈，未走三合两趟，你把我踢下台去，我还不至于甚愧；我若说出名姓，台下看打擂之人甚多，岂不被人耻笑！常言说‘没高山不显平地’，没有你那高明，显不出我这不好来，我就是与你接拳垫场子而已，请台官爷发拳罢。”王兴祖见他说话卑微，心中打算，他必是高明。可巧房书安过来，他瞧艾虎年轻，说了一片无能的言语，他打算要在人前露脸，说：“大哥连打了四五个人，这个该让给小弟罢。”王台官求之不得，说：“贤弟小心了。”房书安点头过来，与艾虎并不答言，伸手就打。三两个弯儿，艾虎用单手把他脖子勾住，往怀中一带，“噗咚”一声，房书安趴倒。艾虎用拳照着脖子上就是一拳，把房书安打的哎呀一声叫唤。黄荣江过来，走两个弯儿，被艾虎把他抓住胳膊，横跺子脚，噗咚踢出多远。黄荣海过来，被艾虎双手一晃，用扫堂腿扫了个筋斗。常二怔过来，三五个弯儿被艾虎踢倒。胡仁过来，转眼之间也就被摔倒。火判官周龙过来，走了有数十余合，未分胜败。王兴祖过来，在当中一隔，说：“还是我们二人较量。”艾虎说：“可以使得。”复又抱拳，往当中一凑，动起手来，蹿高纵矮。台下那些人，复又叫起好来了。徐良在下面看艾虎气力不佳，怕老兄弟吃亏，把刀交给芸生，分开众人，往上一蹿，说：“你们真不讲理。你们共有多少人替换着，把人累乏了，然后你台官动手。”

徐良这一上台不要紧，头一个房书安“哎呀哎呀，削鼻子的祖宗到了”，往后一仰，噗咚一声，摔倒台下。他掉下擂台去，众贼一阵大乱，噼噔噗咚类若下扁食一般。周龙、周凯、张大连、黄荣江、黄荣海、赫连齐、皮虎、金永福、金永禄一并全都蹿下擂台去了。带累的常二怔、胡仁也跟着跑了。台上就剩王刚、柳飞熊、秦业、陈正，余下尽是看台之人。对面看台上东方亮正问那穷人，忽见白眉毛蹿上台去，大家乱跑。东方亮与东方清说：“贤弟，不好了，这是那个白眉毛上去了。”东方清叫家人看兵器伺候。从人答应一声，赶紧备单鞭双锏，东方亮与那个穷人说：“有甚么话，咱们少刻再说，不怕你有甚么塌天大事，都有我一面承当。少刻你帮着我们动手，我准保你后半世丰衣足食。”穷人说：“我这个穷苦，倒是一件小事，我有一件大难心之事，就是员外也不能与我帮办。只是员外有这一句话，我就感激不尽，若要用我之时，万死不辞。”东方亮说：“很好。”先叫家人取出一双靴子给他换上，找了一口单刀。此时看台上酒已摆好，教他在看台上吃酒，他执意不肯，东方清叫家人带他上厨房吃饭。总镇大人见徐良蹿上台去，东方亮、东方清都预备了兵器，自己往下看蒋爷行事。

再说徐良上台，说：“台官既摆擂台，必须正大光明。取巧赢人，算得甚么英雄好汉？你们先教别人过来把打擂的累乏，然后你才过来，一个人有多大气力？你果然是准赢。来来，我们两个人比试。”王兴祖早听见东方亮说过，他是徐庆之子，名叫徐良，外号人称多臂熊，与绿林人作对。想着他这一上台，必没安着好意，今比非得赢他，这个擂台方能摆住，要是输与他，就得瓦解冰消。随即说：“你姓甚名谁？”徐良说：“你连我都不认识了？我姓人，我就是那个卖醋的人老西嘛！你叫甚么？”王兴祖说：“我叫王兴祖，外号人称神拳太保。”徐良说：“你就是那个太保儿子？”王兴祖说：“你满口乱道！过来，我们两个较量。”徐良说：“使得。”二人一交手，徐良并不讲甚么行门过步，上去就打，行一拳就一脚，不按正规矩打。眼瞧着他是五花炮，三五个招数，就变成八仙拳，一转眼就是迷宗拳，三五招数变成猴拳，地躺拳，又改四平大架子，串拳，擦拳，变为开山拳，把王兴祖打了一个手忙脚乱。忽上忽下，行东就西，地躺拳满地乱滚，猴拳、小架子、八仙拳晃晃悠悠，就是王兴祖也不知道他的拳是哪一家门路，整是一蹚大杂拌。擂台之下不懂得的连连叫好，行家看着全是暗笑，只不知道是甚么招数。看台上东方清说：“哥哥，人是只可闻名，不可见面，哥哥请看，这个人算是甚么本事？”东方亮也瞧着纳闷，说：“此人大概没有多大本领。”东方清说：“这个老西，不是王贤弟的对手，活该今日要给大众朋友除害了。待我过去，等王贤弟不行之时，我好与他交手。”东方亮说：“贤弟先不用过去，打量着再有三招两式，他就得输给王贤弟。”果然，再瞧，徐良不行了，有前劲没后劲，眼看着身躯乱晃，手迟眼慢。王兴祖本是粗中有细之人，先前尽接徐良的招数，自己并不换招，这叫不求有功，先求无过。等把徐良的主意看准，再设法赢他。一看此时徐良透乏，自己暗暗欢喜，准知道今天万不会输了，这才施展近身的招数。徐良眼看招架不住，王兴祖使了一个扫堂腿，徐良往起一蹿，容他腿扫将过去，然后脚站实地。不料王兴祖使的来回扫堂腿，扫过去虽然躲开，扫回来躲闪不及，噗咚一声，山西雁栽倒擂台，被王兴祖把他抓住，用尽平生之力，把徐良举将起来，恶狠狠要往台下一摔，只听“叭嚓”一声，红光崩现。要问徐良生死如何，且听下回分解。

第九十五回　二英雄力劈王兴祖　两好汉打死东方清

且说徐良被王兴祖把他举起来，台官抢了上风，举着徐良奔到台口，自己一卖弄，说：“山西人，你打量着我们不知道你叫徐良，外号人叫多臂熊，是与不是？你自觉天下无敌，今日遇见姓王的，是你死期至矣。”把徐良头冲台下，恶狠狠的就摔，台下都一着急，卢珍也要上去，展爷也要上去，就是冯渊直乐的拍掌哈哈。蒋爷说：“冯老爷，你们两个是口仇，见面就辩嘴，如今他已摔倒，你反倒乐起来了。他眼前就有性命之忧，你就要乐，也不可明显，旁人看了不雅。”冯渊说：“我非是恨他，这样他就赢了。”卢珍说：“他已被人家举起来了，怎么还说是赢？”冯渊说：“你们不知道，这一举起他便赢了。”

蒋爷问为甚么。冯渊说："上次我们两个人，皆因玩笑，急了打起来，我把他踢了一个筋斗，把他往起一举，他双手一扣我的脉门，我这半边身子全不得力，他就把我举起来了，要拿着我的头砸蒜，他教我叫他祖宗他才饶哪。"正说之间，冯爷说："你们看举起来了不是！"原来徐良专有这样一手功夫，特意的教王兴祖举起来，王兴祖他又卖弄，说了半天话，这才要扔，徐良早就扣住王兴祖右手脉门，用尽平生之力一扣，王兴祖就觉得半身不遂相似，把身子一歪，倒在台上。看徐良一转手，把他举将起来，也是往前一探身子，叫台下之人："接着，台官下去了。"叭嚓一声，把王兴祖摔下去了。王兴祖往下一摔，台下之人往后一退，早被韩天锦、于奢两个人抓住，一个人抓着一条腿，往两下一劈。这二位站殿将军，抱了半天柱子要拆，拆不动，见王兴祖下来，这二人是万岁爷驾前的举鼎之人，天然力量，这个说我捉着的，那个说是我捉住的，用力两下一劈，就听嗑嚓一声，把王兴祖劈作两半，韩天锦、于奢两个人，每人提着了一个人片子。

此时台上一阵大乱。徐良把王兴祖摔下台去，就见王刚、柳飞熊、陈正、秦业由兵器架子上抽枪拉刀，奔来要结果徐良的性命。艾虎与芸生要刀，连大环刀也交给徐良。山西雁一接刀，险些被王刚扎了他一枪。艾虎在王刚左胯上踹了一脚，王刚栽倒，柳飞熊过来就是一刀。徐良可就还过手来了，一回身呛啷一声，把柳飞熊的刀削为两段，大环刀跟进去，要结果那贼的性命。柳飞熊把刀一扔，尽命的往台底下一蹿，逃了性命。陈正见势头不好，不敢动手，就蹿下台去。秦业过来救了王刚，也被艾虎把刀削为两段，王刚先逃去了，秦业的头巾被艾虎削去了半边，也就蹿下台去了。看擂台之人，早就跑了。

说书人一张嘴，难说两家话。且说蒋爷见徐良把王兴祖往下一摔，急望看台上双手一招，白雄就看见了。东方亮、东方清说："叫家人看兵器。"东方亮原是陪着知府，东方清陪着总镇，那总镇就对着东方清把桌子一翻，哗啷一声，碗盏家伙摔成粉碎。那张桌子对着东方清去了。东方清一抬脚，对着桌面子上就是一脚，那桌子复又回来，总镇将要奔东方清，桌子踢回来，撞在肩头上，又磕在膝盖上，皆因地方窄狭，未能闪开，白雄不能拿人，倒被撞了一个筋斗。紧跟着总镇大人的两员偏将，是两个承信武功郎，亲兄弟二人，一个叫童仁杰，一个叫童仁义，见大人摔倒，正要过来搀扶，白雄说："快拿人。"二人过来，将要动手，东方清一抬腿，踢了童仁杰一脚，也把他摔倒看台之上。东方清接双锏蹿下看台，白雄起来，看东方亮把知府肋下一夹，也蹿下看台去了。白雄一着急，在蒋、展二位跟前说了大话，只得奋勇下台拿人，遂吩咐二百兵丁，捉拿东方亮、东方清与知府，不得有误。童家弟兄与总镇大人都是行伍出身，也就蹿下看台。下面有二员偏将，往下一传号令，叫那二百名兵丁，都用蓝布包头，长短家伙，往东方亮、东方清一围。此时东方弟兄二人，不用官兵围裹，早有人把他们圈住了。头一个就是展南侠，紧跟着又是蒋爷，刑如龙、刑如虎、冯渊、胡小纪、乔彬、马龙、张豹、史云、于义、白芸生也就赶奔前来。东方弟兄这身功夫，本也不错，一个使单鞭，一个使双锏，分量太大，展爷的剑不肯削他们的鞭锏，怕损伤了自己宝物,故此二人越杀越勇。后来兵丁往上围,连总镇大人也闯上来。最可叹者，那些瞧看热闹之人，也有带着重伤的，也有死于非命的。皆因是团城子东方亮的家人，他们见台下劈了王兴祖，他们也拿长短家伙，奔于奢、韩天锦而来，狐假虎威，全说："拿呀，拿凶手哇！"韩天锦、于奢每人手中提着半片人片子，抡开了乱打众人。于奢那里舞着一个脑袋，一只胳膊，一只腿，肝花肠肚遍地皆是。也有打着团城子的人，也有打着看热闹之人，也有胆小的，被人片子一撞，就吓晕过去，躺在地下，又被众人乱踏，丧了性命。此时东方亮手下从人，机灵的早已逃命，痴呆的还在那里动手。抡人片子的越抡越短，后来就剩了一条大腿，也奔东方亮那里去了，大声喊叫："闪开了！"抡大腿就砸，一个冲着东方亮、一个冲着东方清砸将下去，二人用鞭锏相迎，只听"叭"的一声，直招架不住。仗着二人身体灵便，往前一蹿，正砸在后脊背上，往前扑出好几步去，几乎栽倒。东方弟兄直不敢再与韩天锦、于奢二人交手，也就打算着要跑。

这时忽听正南上一声喊叫，说："员外爷，不要惊慌，小可到了。"东方亮一听，原来是那个穷汉到了，暗暗欢喜，准知道这个人本领高强，连忙说道："贤弟快些上来。"喊叫了半天，再找那个穷汉，踪迹不见。你道这是甚么缘故？原来是蒋四爷一听那个穷朋友到了，先就迎将上去，切近一看，那穷人手中提着一口刀。蒋爷说："朋友，你先等等动手，随我前来，有句话说。"蒋爷把他带到擂台后面，说："朋友，你认识不认识我？"那人说："不认识你老人家。"蒋爷说："我姓蒋名平字泽长。"那人说："你就是蒋四老爷呀！久仰，久仰！"蒋爷说："你知道这二位员外是做甚么的人？"那人说："不知。"蒋爷就把他们私通王爷造反，盗冠袍带履的话说了一遍。那人一听，吓得颜色更变，连忙说道："小人实在不知他是个反叛，如今既蒙老爷指教于我，我天胆也不敢与老爷们交手，我快些遁去就是了。"蒋爷说："你可别走，我先问你，跟甚么人学的武艺？"那人说："我的师父姓吴，叫吴永安。"蒋爷说："外号人称双翅虎，对与不对？"那人说："正是。"蒋爷说："这可是活该你应当时来运转了。我们这里，有你一位师兄弟，如今已然作了官了，少刻你们见一见，你有甚么难心之事，我们大众与你设法，你可千万别走。"那人说："既有这样机会，我不走了。"蒋爷说："我也不过去动手了，我们找个高处，看他们拿人罢！"刚找了一个高阜，忽见东南上跑来了两个人直奔擂台而来，一看不是别人，正是史丹、龙滔，都是肋下佩刀，腰内还掖着绳子。

这二人是天彪给他们送的信。小爷等他们大众上白沙滩去后，这个热闹，谁不去看，除了更夫，余者全走了。小爷出东门一看，有三辆太平车在那里等着，过去一问，是蒋四爷打发来的。小爷说："我就姓龙，你们把车赶到东门里去，等着我来。"回身直奔清净庵，先见他两个妻子，说："我们天伦打发他三辆车来，接你们回家，不然少刻就有官人前来封门抄家，省得把咱们封在里头。"东方姣、东方艳二人一听，说："我们先告诉娘亲去。"三人一同见了老太太，就把少刻就要封门抄家的话说了一遍，又把外面三辆车等着接大众上常州府的话说了一遍。老太太一闻此言，连连点头说："好，这就是我们娘儿们出头之日了。你们多带些金银细软，等我把晌午功课交完，我们一同起身。"姣、艳二人点头出来，到东西屋内收拾细软的东西，天彪也帮着一包袱一包袱的扛在车辆之上。大家收拾完毕，不见老太太出来。天彪问："怎么他老人家功课还没完哪？咱们快快走罢。"东方姣说："他老人家功课不完，谁也不敢过去。"天彪轻轻进去一瞧，高声喊叫，说："可了不得了，老太太上了吊了！"姣、艳二人闻听此言，连忙赶至上房，天彪把老太太卸将下来，大家痛哭一阵。东方姣说："这里有他老人家一个寿木，把他装殓起来，我们再走。"大家将棺木搭来，把老太太装殓停妥，将盖儿盖好。天彪带着婆子，给龙滔送信，出来上车，回家去了。史丹、龙滔二人拿了绳子，直奔白沙滩，到了那里，闯将进去。东方亮、东方清见有两个近人来了，连忙说道："史、龙二位，快些个帮我们动手。"二人连连答应，说："使得，使得。"东方弟兄只顾说话，不料一个受了一腿，一个受了一镖，噗咚噗咚，俱都摔倒在地。要知二人生死如何，且听下回分解。

第九十六回　亲姊妹逃奔商水县　师兄弟相逢白沙滩

且说东方弟兄见着打更的头目，只顾说话，稍一疏神，东方清肩头上被于奢叭嚓打了一镖，栽倒在地；又被韩天锦在头颅上狠命一脚，踢了个脑浆迸裂。东方亮见兄弟已死，心如刀绞一般，打算着要逃命，不料被金枪将于义在腿上噗咚打了一镖，身子往后一栽，摔倒在地。于奢、韩天锦抡腿又要打将下去，于义拦住说："留他的活口。"史丹、龙滔那里肯容他起来，过来用绳子将东方亮四马倒攒蹄的捆好。蒋爷也赶奔前来，此时一看，已没有东方亮的余党。

这时，徐良在台上远远看见有三个人直奔西北，看着面熟，当时想不起是谁。前面两个俱是武生相公打扮，后面一个是壮士打扮。按说徐良眼睛最毒，只要见过一次，隔过三年二载，都是想得起来的。这三个人就是面熟的，又一细想，忽然想起来了。见后头那人身上背着一张弹弓，是金弓小二郎王玉，前头两个定是两个姑娘。原来王玉同着打擂的一齐出来，趁乱之际，一抽身复又回去，直奔红翠园，见了二位姑娘，先问妹子玉仙打算怎么个主意。姑娘说："就是我昨天那个主意。三哥，你出西门打听打听他们擂台事情，吉凶如何。"王玉出了西门，可巧正碰见臧能。臧知府纱帽也歪了，玉带也折了，教一个班头背着他飞跑。王玉问擂台情况，臧能就把擂台上事情，始末根由说了一遍。王玉说："大人疾速逃走要紧，不可久待。"知府教人背着回衙去了。王玉回到红翠园，就把知府的话又加上些个利害言语，说总镇带来多少兵将，也是拿大哥来了。姑娘一听，也就无法，只可同着他逃难去罢。王玉又说："要走我们还是得快走方好。"玉仙说："姐姐，咱们要同着三哥走路，他是个男子汉，我们大大不便，要依我的主意，咱们女扮男装。"金仙说："使得！"两个姑娘摘了头上钗环，洗去脸上脂粉，耳朵眼用白蜡捻死，薄底靴子塞上棉花，蹬好靴子，穿上汗衫衬衫，箭袖袍，戴上武生巾，带上些散碎银钱，肋下佩刀，链子锤链子槊单有两个红绿口袋，二位姑娘俱都带好，另包了三个包袱，全是金珠细软、替换衣裳。王玉背上弹弓，挎上弹囊。姑娘吩咐婆子丫鬟，各自逃生去罢。

二位姑娘同王玉一出西门，看擂台之人东逃西奔，四下乱跑。玉仙迎着打听，那人告诉别往那边去，擂台上的台官被人家活活的打死了，东方亮被人拿住了，东方清被人打死了。姑娘闻听此言，怔了半天，王玉催逼快走，玉仙无奈，直奔西北。心中一想，姐姐他从了王玉，明是兄妹，暗是夫妻，自己如今孤孤单单，无依无靠，活着也无意思，死去倒也干净。我倒想拚出这条命去，见姐姐不大愿意，必然是怕死，再说王玉又是个外人，只可另行打算便了。直往前走，天色已晚，迎面一片大苇塘，全是旱苇，玉仙见有从里面出来之人，回头说："三哥，咱们从哪股道过去？天色可是已晚了。"王玉说："就从这苇塘穿过去，外边可绕了道了。"玉仙说："这个苇塘没有道路，还不定有水没水。"王玉说："二弟没走过这里，你看那不是出来的人吗？"王玉在前，玉仙跟着金仙，身临切近，果然里边是挺宽的道路，远看是苇叶搭着苇叶，乱哄哄的，进了苇塘，由南往北，走到里面，共有五条岔路口，全都可走。这片苇塘周围有两顷多地，叫赵家苇塘。三人一进苇塘，不料山西雁早就认出他们，料着三个人必要逃窜，自己远远跟下来，不敢身临切近，怕被金仙、玉仙看见，皆因惧怕两个丫头的链子家伙。容他们进苇塘，他赶将进来，走在五个岔路口，心中一盘算，不知他们走哪股岔路。眼看天色要晚，听冯渊说他们要奔商水县，必从正北出去。一横心，别管对与不对，往正北追赶。出了正北苇塘一看，再找三个人，踪迹不见。一想他们没从正北，必从正东，不然就是东北，自己一扭身，又要进苇塘，忽见艾虎从里面出来。小义士在擂台上，见三哥由正北下去，就知道三哥必然有事，他也就追下来了。跟着徐良进了苇塘，也走正北，出了苇塘，二人正碰在一处。艾虎说："你上这里作甚么来了？"徐良就把金仙、玉仙改扮男装，同王玉三个人逃窜，追至此处不见了的话说了一遍。艾虎说："天色已晚，这两个丫头也成不了甚么大事，我们先回去罢。"徐良点头，复又从苇塘旧路出来，直奔擂台。

且说蒋爷见拿住东方亮，大家会在一处，马龙、张豹、胡小纪、乔彬、于义过来，都与大众见礼。于义过来把东方亮那支镖起出来，收在兜囊之内。展爷见众人全不打了，只有于奢、韩天锦二人拿着两条大腿乱磕，当玩意儿一般，倒打起来了。蒋爷教邢如龙、邢如虎把他们劝住，二人把两条腿一扔，过来见礼。总镇大人过来请罪，连四个偏将童仁杰、童仁义、张成、董茂，皆因未拿获三个人，全上前来请罪。蒋爷说："你们何罪之有？还有许多事情，非大人不能办理。"白雄见蒋爷这套言语，这才放心。蒋爷叫他派兵将团城子里面男女俱都放将出来，把门封锁，然后至里面查点财产，东西开写清楚，听候旨意。叫展爷带领四员偏将兵丁等捉拿知府，把晃绳上马匹解将下来，叫他们大众骑上，投奔知府衙门。又叫总镇派人，把擂台上家伙、金银锞锭，查点明白数目，暂且交总镇衙门。所有擂台前死的这些人，全叫拉在一处，准其尸亲认尸。是团城子余党死了白死；是瞧热闹的，给一口棺材，二十两埋葬银；是看热闹的若带重伤，给银十两，轻者五两；是团城子里人不给。团城子余党，挖一个大坑一埋。又找挂号的那个小官，早就遁去。展南侠连总镇，并留下这些兵丁，全照蒋爷这套言语办理去了。

蒋四爷复又回身问那穷汉说："我们的事已完，问问足下，贵姓高名，有甚么难心之事，说将出来，我们好与你分忧解恼。"那人未曾说话，一声长叹，将要说他的事情，忽见外面艾虎、徐良进来。蒋爷问两个人上哪里去了，徐良就把金仙、玉仙同王玉逃窜的话，对蒋四爷说了一回。蒋爷道："让他们三个人去罢，我们先办这个事要紧。"复又问穷汉，那人含泪说："我乃湖广武昌府江夏县玉麟村人氏，姓刘名士杰，外面人称义侠太保……"艾虎说："你等等，你们乡亲有一个范仲禹范大人，你可认识？"那人听到这里又一声长叹，说："那个人再不要提起，丧尽天良。"蒋爷问："怎么见得？"刘士杰说："我父亲在时，开着一个广聚粮店。皆因那年恩科，范大人一家三口，一贫如洗，是我父亲借给他们盘缠，还有一匹黑驴。不想他进京，得中头名状元，由中状元之后，就算到我们家里报了一回喜信，后来连片纸没见。至今听说他得做了尚书，我们是音信不通。众位请想，岂不是丧尽良心么？"蒋爷说："这内中必然有事。你为何弄得这般狼狈？"刘士杰说："从小的时节，我不爱习文，尽好习武，请了几位教师，都是平常。可巧我们铺中新来了一个打杂的伙计，这人年过六旬开外，极无能的老头子，谁也看不起他。这日我在铺中吃饭，叫他盛饭，他把碗拿起来给我摔成粉碎，还说：'伺候老掌柜的可以，你怎么配叫我盛饭！'我也没动气。那日我刚倒好了茶，他拿起来就喝，我也没动气。他连试了我几次，那日晚间才说了实话，他是一身的功夫，所以，我的本领全是此人教的。"徐良问："此人到底姓甚么？"刘士杰说："姓吴，叫吴永安。"冯渊过来说："原来是师弟到了。"刘士杰问："师兄贵姓？"冯爷说："我姓冯，你听见过没有？"刘士杰说："你就是圣手秀士冯渊大哥吗？"冯爷说："正是，方才我说你像我们本门中招数，还是我这眼力不差。如今师傅还在与不在？我由十四岁离开师傅，只如今音空信杳，你必然知道师傅的下落。"刘士杰听他是师兄，先给师兄磕头，然后又道："武艺学会，我师傅就故去了，埋在我家坟墓之旁。我师傅就有一个侄子，名叫吴贵，外号人称精细太保。以前见过的时节，就知道他与人家护院，后来我去找他送信，哪知找寻不着。及至回来，连我们铺子带我们家，失了一把天火，烧得片瓦无存，只可寻亲觅友度日，半年光景。这日到江夏县城内找一笔账，不料见着我的师兄吴贵。他在县衙当了一个班头差使，把我收留在他家内，住了半年有余。他有一个从小收留下的干兄弟，复姓尉迟名善，由九岁捡了来的，长到十九岁，那一身的功夫，全是他教的。到了十九岁上，那尉迟善常常的调戏邻人家女子，人家告诉我师兄，就打了他一顿，两个人从此结仇。后来又有一个邻家之妇，是个淫妇。他那晚住在这妇人家中，又被吴贵看见。次日回来，吴贵把他捆上一定要杀，是我苦苦的哀求，这才饶了这厮，把他打了一顿，整整的两个月才好。不料他伤一好，不将恩报，反将仇报。这日我同着我师兄从外面回来，天有三鼓，回家一看，我嫂嫂、侄女尽被他杀死，留下名姓逃出去了。我师兄急得口吐鲜血，只得报官相验。第二天，东门杀死一个妇人无头，第三日杀死一个妇人无右手，县老爷升堂，与我师兄要案犯，把我师兄活活的气死。县老爷又要能人办案，快壮两班班头把我公举出去，把我师兄的差使给了我。我粘着闪批文书在山东见过他一次，没把他拿住。如今我又奔在此处，连一点影子皆无。”蒋爷说:“你粘着闪批文书,你不会上各州县要盘川去呢？”刘士杰说:“我一概不懂。”蒋爷说:“我自有主意。”不知如何办法，且听下回分解。

第九十七回　金弓二郎带金仙单走　莲花仙子会玉仙同行

且说刘士杰说了他的来历，大家听着实在可恨。蒋爷说:“无妨，你与我们冯老爷是师兄弟，我们也是奉旨办案拿贼，我们合在一处，免得你受多么大的苦处。”冯渊说:“我给你见一见众位老爷们。”带着刘士杰，一一相见了一回。相见已毕，蒋爷叫官兵搭着东方亮，带着刘士杰，所有众人，俱奔公馆而来。公馆门外顿时间轿马盈门，合着南阳府全城文武、大小官员，俱都奔公馆来了。展南侠也就回来，告诉蒋爷大众，知府携印脱逃，臧能之妻在后面吊死。总镇从团城子到来，告诉蒋、展二位，放出四个人去，把前后门封锁，若有私自出入者，立即锁拿。此时冯渊给刘士杰换了一套簇新的衣服，这一穿戴起来，真是英雄的气象。冯渊也很欢喜，省得大众看不起他，这可算有了臂膊了。总镇大人要接大众上衙门去，不用住公馆了。到了次日，掩埋尸首，查点团城子里面东西上账簿，带往京都。赔补美珍楼的家伙钱，从酱园里捞出来的周瑞尸首和从红翠园土坑内起出的赫连方尸首，也埋在白沙滩，赔了一缸酱钱。东方亮之妻，埋在他们坟茔内。玉面猫熊威、赛地鼠韩良挖将出来，用棺木成殓，总镇大人派抬夫送回他们原籍去了。蒋爷带着刘宏义之子刘士杰见了白雄，又打听范大人事情。白总镇是他妻舅，他焉能不知道哪。自从中状元之后，先去的喜信，乍得状元没钱，也知道刘家的富足，暂且不用还银，等得了户部发给，寄去银二百两；后得工部侍郎，寄去银五百，二次全没见回信，家人也没有回来；第三次寄银子，叫心腹家人去的，复又回来告诉，老掌柜的故去了，家里失了一把天火，后人不知去向。白雄说："我姊姊、妹丈一闻此言，整哭了三天。"刘士杰这才知道，范大人不是丧尽天良。白雄一见刘士杰，问明来历，就送他衣服靴帽之外，还送有银子一百两。后又打木笼囚车，押解伏地君王入都。

且说群贼由擂台上逃跑，到了晚间，周龙、张大连、黄荣海三个人，乱打呼哨，哨来哨去，慢慢的贼人复又聚在一处，就没见三尺短命丁皮虎。黄面狼朱英没在他们一处打擂，头一天他就奔宁夏国，与王爷送信去了。众贼聚在一处，面面相觑。大家议论团城子事败，全坏在这个老西一个人身上，我们如今投往何方才好？还是小韩信出的主意，说："我们投宁夏，潼关不好过去，不如奔姚家寨找晏贤弟去，好与不好？"周龙、周凯、常二怔、胡仁、房书安、黄荣江、赫连齐异口同音说上姚家寨。到了次日晌午，才遇见了皮虎，说金永福、金永禄从擂台上下来，即扑奔陕西去了。金头活太岁王刚、柳飞熊、陈正、秦业蹿下台来，聚在一处，全投奔朝天岭去了。

再说金弓小二郎王玉带着金仙、玉仙走到苇塘，奔的是正东那股岔道，直到出了苇塘口，往后一瞧，只见金仙，不见玉仙，金仙教王玉回苇塘找玉仙，王玉说："咱们在此处等等罢，也许在里面小解小解，我怎么去找去呢？"金仙说："也倒有理，咱们就在此等候等候。"等了半天，不见玉仙出来。金仙仍是叫王玉去找，王玉进了苇塘，往里一蹲，其实愿意不见玉仙才好，故此往那里一蹲，耗了半天，这才出来，就对金仙说："没见了。他也许前边走了，你我未能留神，也许他错了路。他知道我们奔黑虎观去，不如我们上黑虎观等他去罢。"若论金仙与玉仙可是亲姊妹，人性不大相同。玉仙是个精明强悍之人，烈性胜似男子；金仙生的忠厚，不善言辞，是个没主意的人。见王玉这么一说，虽不愿意，自己又无主意，只得点头，跟着王玉上黑虎观去。这一来可对了王玉的心思了。皆因他与金仙私通之后，他用言语戏弄过玉仙两次，玉仙说过他："你得陇望蜀，你可小心首级。"故此王玉对他怕在心内，如今见玉仙一丢，正合他心意。他带着金仙奔黑虎观，他暗暗盘算，作为是他在外头打听囚车几时到，纵然到了，他回去也不提起，等着听见京都的准信，剐了东方亮之后，再告诉金仙，大事已完就算无法了，他好带着金仙投奔朝天岭，一夫一妻，过日子去。

再说玉仙跟着姊姊正往东走那个岔路，忽见由西岔路出来一人，穿一件湖色道袍，酱色背心，白袜青鞋，杏黄丝绦，背插宝剑，蓝缎九梁巾，面如傅粉，眉清目秀，齿白唇红，彼此对瞧了一眼。那道人目不转睛，尽瞧着玉仙，就顾不得走路了。玉仙一见好生面熟，想是在哪里会过一般，忽然想起来了，容那道人将脸一转，玉仙在他肩头上拍了一拍，低声说："随我来。"玉仙就顾不得姊姊与王玉，直奔塘西去了。出苇塘的西口，路南有个树林，二人进了树林，找了块卧牛青石坐下，玉仙说："小泉，你还认得二姑娘不认得了？"原来这个就是莲花仙子。因他同着张鼎臣与白菊花逃奔姚家寨，那日晚间住店，见南街上有个美貌妇人，晚间要同晏飞借那熏香盒子前去采花，白菊花不借，二人口角分争，张鼎臣在旁劝解。到了次日，纪小泉不辞而别，自己单走下来了。张鼎臣与晏飞一看莲花仙子不知去向，二人也没找他，就奔姚家寨去了。纪小泉自己一人越走越有气，恨白菊花不念活命之恩，借熏香盒子他都不借，怪不得人说他意狠心毒，自己这一走，可奔团城子去了，心内仍是想着玉仙。这日正走苇塘，忽见对面有一个武生相公，瞧着面熟，也是想不起来，将一转脸，被人家拍了一拍，他就跟着走至西口外头。进了树林，忽听他自称二姑娘，心中一动："你莫不是团城子的二姑娘罢？"玉仙说："你还认得我？"纪小泉赶紧双膝点地，问道："你老人家为何这般光景？"玉仙听他这一问，不觉凄然泪下，就把团城子的事情，始末根由，细说一遍。纪小泉一闻此言，忽然心生一计，连忙问道："二姑娘你这女扮男装，意欲何往？"玉仙又把金仙同王玉上商水县黑虎观的话说了一遍。纪小泉本是寻花问柳之人，当时机变最快，说："二姑娘，我大伯父、二伯父待我如同亲儿女一般，这件事情我愿效劳，不用上商水县，我有个地方，二姑娘找一个所在等着。我把木笼囚车劫来，你老人家爱奔哪里就奔哪里。"玉仙一听纪小泉的话，比王玉强得多，说："真有此胆量，也不用你一人前往，我们两个人前去。我就怕他们的人多，我死不要紧，倘若连累于你，我于心不安。"纪小泉说："侄儿万死不辞！"二人把主意定好。如何劫夺木笼囚车，且听下回分解。

第九十八回　抢囚车头回中计　劫法场二次扑空

且说纪小泉要帮着玉仙劫夺木笼囚车，他本为的是就中取事，玉仙听他说出万死不辞的言语，自己更觉着喜爱于他，遂问道："我们在哪里去等才好？"纪小泉说："我们奔信阳州管辖的地方。那里有个孤峰岭，岭下有个洞，叫烟云洞，洞前有段沟，叫石龙沟。由南阳上京，总得打此经过。这个地方最幽僻，只要囚车一到，伸手可劫。"玉仙闻听，十分欢喜，两个人一同扑奔孤峰岭而来。当日晚间找店住下。一男一女同行，若要是真正烈女，再遇着真正君子，也还可以，类乎玉仙与纪小泉这样的男女，焉能保得住清白，二人就于当夜晚间做出了苟且之事。这一来，纪小泉把死豁于肚皮之外。书不絮烦。这日到了石龙沟南面，有个小镇，叫孤峰镇。二人找店住下，就说是叔侄。玉仙也改了姓纪，有人问他就叫纪玉，小泉是他的亲侄儿，小泉也扮了一个武生相公的形象。二人虽是一男一女，这一打扮，还是真像两个官宦的少爷，行事又慷慨。终日小泉出去打听囚车的信息。

这日天交晌午的光景，小泉回来告诉玉仙说："囚车明日不到，后日准到。"到了次日，吃完早饭，小泉又出去打听囚车，离此只有数里之遥，给了饭钱出来，就在石龙沟偏北有个小树林内一等。天到日色平西，就见官兵在前，都是些老弱残兵，扛着刀枪棒棍，三三五五乱走，谁也不留神这两个是劫囚车的。见囚车后面有几个骑马的，一个是本地守备，姓阴叫阴兆武，他是行伍出身，外号人称大刀阴兆武，酱巾折袖，蛮带扎腰，面如冬瓜，骑一匹豹花马，马上挂着一口青龙偃月刀。上首是邢如龙，下首是邢如虎，后面骑马的是张龙、赵虎，紧后面有两个步下的，是韩天锦、于奢，一个拿着一条铁棍，一个拿着铜棍。韩天锦、于奢走的透乏，在石龙沟南面树林内歇息去了。又皆因天气暑热，还有十几匹马拉在后头，是开封府的班头韩杰、杜顺带着十数个伙计。这些人将走到小树林外，忽见树林中蹿出两个人来，说："作死呀！"把那些兵丁吓了个胆裂魂飞，撒腿就跑。阴兆武闻听喊声，一抬腿，先把偃月刀摘将下来，就奔了玉仙来了。玉仙早把一对链子槊手中一提，阴兆武用的青刀，头一手就是青龙出水，玉仙往旁一闪，让过刀头，一抖左手链子槊，正打在手腕之上，右手一抖链子槊，又打在肩头之上，反筋斗坠马，仗着伤不重，爬起来就跑。邢家兄弟一拉刀就上，这两个人，不偏不倚每人右手上受了一链子槊，撒手扔刀，掉头就跑。张龙、赵虎、韩杰、杜顺早被纪小泉杀得弃囚车而走，那些兵丁谁也不敢上前，转眼间尽剩了囚车。玉仙一见，欢喜非常，先过去奔囚车，那赶囚车的早就逃命去了。

玉仙、纪小泉来至囚车之前，玉仙叫了一声："哥哥，都是你不听妹子之言，至有今日之祸。"那囚车里面之人，蓬头垢面，满脸是血迹。玉仙把链子槊收起来，拉出刀，与纪小泉用刀剑把囚车一劈。纪小泉说："你老人家慢动手罢！我大伯父不是花白的胡子么？这可是黑胡子。"玉仙细细一看，说："哎哟，不好了，中了他们的诡计啦！"纪小泉说："你细看看。"玉仙说："不对，是假充做我哥哥。"玉仙拿着刀就杀，那个囚犯人说："爷爷且慢，我有几句话容我说完。"纪小泉说："别杀，让他说。"那人说："我本是南阳府问成死罪之人，那日牢头进来，净找有胡子的，谁愿假充东方员外，半路之上遇救，也把前罪免了；半路之上不遇救，到京也把前罪免了。我们都不愿意。有一位蒋四老爷，他便硬把我装在囚车之内。爷爷要把我放了，我指你一条明路。"纪小泉说："杀了你也是无用，你说甚么个明路？"那人说："东方员外走的是小路，你们还可赶的上哪；如若追赶不上，到京都枫楸门外，那里劫脱法场，伸手可得。"玉仙就依了他这个主意。纪小泉说："便宜你这老头子罢。"二人回头就走。原来这都是蒋爷出的主意，听见冯渊说他们要在商水县劫囚车，故此设了一个假的。真的东方亮，发髻里头给他按上迷魂药饼，多少人护送，小四义、刘士杰、南侠，请着冠袍带履，所有大众保护差使，用的是一辆太平车，走小路入都。那边护送囚车的人，遵着吩咐，遇到有人劫车，扔下就跑。张、赵、邢家兄弟连守备走后，韩天锦、于奢一见破囚车，问明情由，把囚车打碎，那犯人才出来，谢了二位站殿将军，独自去了。这二人也就投奔京师来了。

且说玉仙与纪小泉依了犯人的主意，就奔京都小路而走。一路之上，并没碰见，沿路打听，并没人知道。那日行至枫楸门外，在关厢路北，找了个店暂且住下。可巧那店有一个东跨院，上房三间，路西另有一个小门，南面的墙临街，就住在这里，打听差使。吃完了早饭，纪小泉进城打听，天色平西，方才回来，告诉玉仙说："开封府真有能人，差使今日早晨进城，不是囚车，就是寻常的车。包丞相大概明日奏明，早晨就降旨意，在晚膳后标进去。"玉仙说："咱们打听明白，哪时出来哪时劫。"莲花仙子点头说："咱们既来在这里，绝不能误事。"二人把主意定好，就在店中等信。

且说蒋爷押解着差使到了京都开封府，叫差役把东方亮搭下车来，班房内看押。展爷请冠袍带履率领着众人进去，就是刘士杰不能进去，也在班房等着听信。众人来到里边，见包公行礼，展爷把冠袍带履往上一献，公孙先生把包袱打开。包公正了正官服，参拜万岁爷物件，大家全都跟着行礼，然后用香案供奉。包公复又坐下，问大众怎么把冠袍带履取来，展南侠把始末根由，一五一十地回禀了一番。包公叫公孙先生打折本，以备明日五更奏明万岁。随吩咐升二堂，带东方亮审问，一摆手大家出来，二堂等候。

蒋爷出来，先把东方亮迷魂药饼起将下来，然后用铁链子把他锁上。忽听内面吩咐下来："带东方亮！"蒋爷带着他进了角门，来至二堂。东方亮双膝跪倒，俯伏在地。包公在上面把惊堂木一拍，说："抬起头来。"东方亮抬头一看，这开封府如森罗殿一般，包公居中落座，类若冥府阎君，怎见得？有赞为证：

堂威振，东方亮细把包公看，难免贼人心中有些动摇。分明是五殿阎君居中坐，令人一见怎不发毛。带一顶，三山帽①，明珠嵌，镶异宝，细丝叠，金龙绕，如意翅，花儿巧，正面上，有绒桃，原来是颤颤微微一顶金镶貂。穿一件，品级袍，锦簇簇，绒绕绕，蟒翻身，龙探爪，穿五云，海水闹，八吉祥，水上飘，寿山福海一件紫罗袍。玉带横，玲珑妙，白璧身，蓝田照，刀口细，巧匠雕，恰正是一条银龙串满腰。皂缎靴，底不薄，包毡篆，灰土少，走金阶，步御道。论骨格，神威奥，文根本，武将貌，两额阔，立眉梢，目光正，三山妙，土形满，福不小，方海口，大耳朝，满部刚须颏下飘。性最直，多刚暴。菩提心，怜忠孝，恶逆子，把权奸恼，一任你皇亲国戚势大如天，犯之时也不饶。

且说东方亮揭去迷魂饼，忽然心中明亮，见包公端然正坐，恰似森罗殿一般，就觉身不摇自颤，体不热汗流。又见包公把惊堂木一拍，问道："你就叫伏地君王么？暗地勾串贼匪，盗去万岁爷冠袍带履，家中摆设藏珍楼，害死两个校尉，暗地私通襄阳王，种种皆是不赦之罪，快些招将上来！"东方亮一想，不招不行，如若不招，也怕经不住三拷六问，倒不如一口招承，免得受刑，或者有自己的朋友前来救我，也是有之。他就招了：藏珍楼是上辈所遗之楼，楼内虽放着冠袍带履，是白菊花所盗；私通襄阳王，是朱英传信，虽是种种不法，全不干他的事情。包公叫他画招，他就画了招供。把他钉肘收监，叫先生打好折本。包公退堂，预备次日五鼓，奏闻万岁，呈进冠袍带履。

① 三山帽：以漆纱制成，圆顶，帽后高出一片山墙，中凸，两边削肩，呈三山之势，故名。

再说这日玉仙正要叫纪小泉出去打探，忽听外面一阵大乱，店家过去说："二位相公不看热闹去吗？"小泉问："看甚么热闹？"店家说："明天这西门外头杀反叛呢，今天瞧热闹人都去了。"小泉说："明天剐人，为甚么今天全去看？"店家说："你们不知，有胆子小的是今天去看，胆大的是明天去看，明天一者人多，二则地面哄得太利害。"小泉问："今天看甚么？"店家说："看搭棚的，设立公案桌，栽上桩子，拉上绳网，明天马步军队都在那里把守，全是弓上弦、刀出鞘，外面人想进去，一个也不能。"小泉说："我们不爱看那个热闹，今天倒可以得便，少刻我们瞧瞧去。"一摆手店家出去。玉仙与小泉商议，是今天从牢狱救出来哇，还是明天劫法场好哪？小泉说："今天晚上不行，一则隔着一道城，二则牢里人太多，咱们没到过里头，里面道路不熟，倘若哥哥与大众收在一处，大家一嚷，倒坏了事啦。若要劫牢反狱，非得人多不行，倒不如我们还是劫法场。可别容他到法场，一到法场，不容易救了。"玉仙先要到法场看看，小泉不教他去，说："开封府人有往团城子去过的，倘若教人认出来，大事全坏。"玉仙被他一拦，也就不去了。小泉亲身去了一趟，半天方才回来。玉仙问他法场的情形，小泉说："你老人家也不用打听，也不容他到法场，一到法场，就不好救了。此时城里关外，乱跑官人，全为明天护法场的差使。"玉仙又问："你看那些官人，像有本事没有？"小泉说："难道你没瞧见那些官人吗？杀一个全跑了。"玉仙说："可惜那些钱粮给他们吃。"当夜早早安歇。

次日五鼓之时，外面吵吵嚷嚷，玉仙起来拾掇利刀，带上链子槊，纪小泉挂上宝剑，先出来把西边小门关上，怕店家过来，复又进来，在屋中听信。听有马匹来回的乱跑，又听见说总没见差使到，纪小泉和玉仙在房中急得乱转。又等了半天，只得出去打听打听，开了西边小门，到了前面，店面已是大开，此时天已红日上升，往外一看，街上之人全站满了。外面营兵全是卒巾号坎，扛的是长短家伙。纪小泉打听说："差使还没到么？"那人说："不但差使没到，连城还没开哪。我们传的是五更天的差使，这个时候城还不开，也不知道是甚么缘故。往常城门早就开了。"正说话间，从正东飞跑下来了一个骑马官人说："闲人闪开，差使到了。"纪小泉往回里就跑，进了东院，关上小门，叫玉仙，二人奔到那墙下，听见墙外破锣破鼓的声音，二人往墙上一纵，玉仙往外面一瞧差使，"哎哟"一声，噗咚摔下墙来，纪小泉一看，吓了个胆裂魂飞。要问甚么缘故，且听下回分解。

第九十九回　玉仙纪小泉开封行刺　芸生刘士杰衙内拿人

且说玉仙与纪小泉纵身上墙，往外一看，见那护杀场的，弓上弦、刀出鞘，马步队围着差使，前面有人打着破锣破鼓，就见有四个差役抬着一个荆条框子，上面插着个招子，就见里面有胳膊、有腿，脑袋上面鲜血淋漓。玉仙一见，就知不好。可巧墙外边有个人与护法场的人说话，说："二哥，我与你打听一件事，这差使准是在城里头剐的罢？"那人说："不错，是开封府包丞相的主意，怕在城外头剐，有他的余党抢差使。城里头剐他省了大事了，少刻到法场，把他脑袋一挂，身子一扔，就算没有事了。"玉仙听见他哥哥已死，早就摔下墙头。纪小泉也就蹿身下来，把玉仙腿盘上，挼了半天，才悠悠气还。他把牙一咬，说："好包黑子呀，黑炭头，我与你誓不两立！"纪小泉说："不可高声，倘若被人听见，那还了得，有甚么话，我们房中去讲。"玉仙哭哭啼啼，叫纪小泉搀着他，来到房中，坐在炕上，大放悲声。纪小泉苦苦的相劝，说："你要大声一哭，叫外面听见，反为不美，我们打算报仇就是。"玉仙说："我要不到开封府，我这口怨气难消。"纪小泉说："我陪着你去杀。"玉仙这才把眼泪止住，对着纪小泉说："海角天涯，你奔你的生路去罢，我今晚杀得了包丞相，那是该他阳寿将终；我杀不了包丞相，他手下能人甚多，我就死在开封府了。"纪小泉说："你也不犯说这样绝话。我们今晚要去见机而作，不怕今天不成，还有明天，明天不成，还有后天，只要哪时得手，就务必结果他的性命，替我伯父报仇。"玉仙点头说："我总不忍连累于你。"纪小泉说："我言在先，我们生生在一处，死死在一处，绝无半字虚言，倘若我说话不实，必招横报。"玉仙听他言语，很觉欢喜，复又议论，倘要把他杀了，我们投奔何方？纪小泉说："要结果他的性命，不如到黑虎观找我大姑娘去。"玉仙说："他必定要上朝天岭。"纪小泉说："你们总是亲姊妹，焉能离得开，只可你同着他上朝天岭为是。"玉仙说："你意欲投奔何方？"纪小泉说："我是海角天涯到处为家，没有准一定的所在，我可不上朝天岭。"玉仙说："你不上朝天岭，我也不能上朝天岭。你能舍生忘死给我哥哥报仇，我也不忍抛下你一人单走哇。我们一同到黑虎观，见着我姊姊，把我报仇的事情对他说明，让他跟王玉上朝天岭，我跟着你，你说投奔何方，我们就投奔何方。"纪小泉一听，满心欢喜。

依着玉仙就要上法场看看哥哥的首级去，纪小泉把他拦住说："去不得，那里号令着一个人头，你过去看看倒不要紧，你一看不能不哭，你一落泪，那些看木笼的兵丁看见，一盘查你，你再一个张口结舌，又是不便。你若实系想念，等咱们到开封府行刺完毕之时，盗走木笼，回到家中葬埋去，那倒可以。”玉仙一笑，说：“到底一人不过二人智。”小泉出去开了小门，叫店家烹茶打脸水。早饭吃完，小泉要去往开封府探道，玉仙点头，叫他快些回来。小泉出离店外，直奔城门，到开封府前后全都看了一遍，认明来踪去路。复又奔到西关法场，一看高竿之上挂着木笼，木笼里面就是东方亮的脑袋。果然搭了一个席窝棚，有官人在那里看着，也有许多人围着瞧看木笼。自己转身回来进了店中，见着玉仙，就把自己外面所看之事，说了一遍。二人又议论谁杀，谁巡风，玉仙叫小泉巡风，他去杀去，小泉点头。

天有二鼓之半，玉仙倒换了女装，为是蹿房跃脊利便。小泉更换了夜行衣靠，背上宝剑，带了应用东西，姑娘也背上链子槊，吹灭灯烛，二人将门倒带，蹿房跃脊，出离店外直奔城墙。又对着护城河内没水，直到城墙下面，爬城进去，从马道下来，纪小泉在前，玉仙在后，穿街过巷，直奔开封府的西墙。纪小泉蹿将上去，正遇见打更的，小泉过去一握脖子，把打更的提在僻静所在，往地下一摔，把剑亮出来，那更夫苦苦哀求饶命。纪小泉问：“你们相爷现时确在甚么所在？只要对我说明，饶你性命。”更夫说：“我们相爷在西花园子书房内面安息。别进这个垂花门，那面有个大门进去，见抄手游廊，路西有一个瓶儿门，进瓶儿门，有太湖石，就在太湖石后，东西配房，北上房五间，那就叫西书房。”小泉听明，说：“待等事完之时，前来放你。”随手撕他的衣襟，塞在口内，有一棵槐树，把更夫放在树后，二人扑奔那边大门去了。进门一看，果然是抄手游廊，东西俱是两个瓶儿门，当中是个厅，玉仙往西一指，扑奔正西去了。从瓶儿门蹿将进去一看，果然是个花园子，里面许多太湖山石，见北面五间厅房，挂着堂帘，里面灯烛辉煌，门外东西摆列四张椅子，椅子上坐着两个人，一个是白芸生，一个是艾虎。

原来在城里头剐伏地君王，不是包公的主意，是蒋爷的主意。旨意下来，把东方亮凌迟处死，团城子改为一座庙宇，所有他的田亩，以作抄产，里面抄出来的东西，陈列器物珍珠金银全行入库，以备荒年赈济；另换知府，案后仍然再访拿白菊花与带印脱逃之臧能，追捕东方亮的余党；冠袍带履，交给陈总管收四仪宝库；所有拿东方亮之人，俱得升赏。蒋爷亲身回禀包公，若剐东方亮，非城内行刑不可。包公依了蒋四爷的主意，只管吵嚷在枫楸门外去剐，其实在十字街大解了六块，头颅号令法场。到了晚间，蒋爷正与展爷商议，此时邢如龙、邢如虎、张龙、赵虎、韩天锦、于奢，连韩杰、杜顺两个班头，俱都回到开封府，先回明蒋爷，半路上假囚车被人劫了去，就把怎么劫的话说了一遍。蒋爷算计着，虽然剐了东方亮，还怕有事，晚间就派了大众，分出前后夜来，也有屋内坐更的，也有院中看更的，也有来回巡查的。蒋爷又把刘士杰的事情对相爷回禀了一遍。相爷另给他一套文书，无论走在甚么州县地面，文武衙门，准他讨盘缠。这一道文书，要在身上一粘，无论走在那里，或办差，或要钱，不费吹灰之力，比江夏县的文书，大差天地相隔。蒋爷又把刘士杰带过来谢了相爷。后来艾虎、徐良、卢珍、芸生要与他结义为兄弟。刘士杰也点头应允，只可等着明天，看了个好日期再拜。此时刘士杰跟着巡查刺客。玉仙到的时节，正是艾虎、芸生坐更，在相爷书房外面椅子上坐着。

芸生看见由墙头上倏地过来了一条黑影，假装着没看见，特意说："老兄弟，你多留点神，我先告告便。"艾虎说："大哥请便。"芸生就奔太湖山石那里，假做告便。其实一回来，先把飞蝗石掏将出来，见玉仙还在那里趴着，打量着芸生真没看见他哪。芸生拿着飞蝗石，对着玉仙打将出去。"叭"的一声，正打在玉仙腮颊之上，玉仙一扭脸，背后拉刀，紧跟着又是一块飞蝗石，又打在玉仙肩头之上。这两块石头，打的玉仙吃一大惊，一扭身就蹿上墙去。芸生说："有贼。"艾虎一听，也就拉刀往下就追。玉仙顺着游廊直奔正南，刚下游廊，奔西面的矮墙，说了一声："风紧扯滑[1]。"他为的与纪小泉送信。就见飕的一响来了一枝镖，只不知道这枝镖从何而至！低头一看，墙下面有一个人，又给了他一刀，吓的不敢站住，出了开封府直奔城墙，由马道蹿上城去。后面是艾虎苦苦不舍，追他到城墙之下，也打算由马道追上城去，追的玉仙一急扳了一块城砖，对着艾虎就砸。要问艾虎生死如何，且看下回分解。

第一百回　艾虎三更追女寇　于奢夜晚获男贼

且说玉仙上了城，见艾虎苦苦的追赶于他，扳起一块城砖，就"叭嚓"一声，砸将下去。也幸亏艾虎的眼快，往旁一闪，躲过城砖，倒把小义士吓了一跳，再往上一瞧，那个女贼踪迹不见。后面芸生也就赶到，艾虎要追，芸生把他拦住，二人同回开封府。

---

① 扯滑：江湖黑话，逃跑之意。

且说玉仙上城，刚要下去，又不舍纪小泉，自己心中想道，我嚷风紧扯滑，他怎么会没来呢？沿着城墙看了一看，还是看不见，心想：这纪小泉为我的事舍死忘生，倘若他要有点不测，如何对得起他？这时，忽见正东上来了一条黑影，飞也似直奔城墙，身临切近，正是纪小泉。玉仙这里一击掌，下面也一击掌，纪小泉蹿上城墙来。玉仙问："你因何落后？我正放心不下，要寻找你去。"纪小泉说："你说风紧扯滑，我可听见了，不能出来。我这里有种物件，你来看，比杀包文正还强哪。"就怀中拿出来递给玉仙。玉仙接着来一看，说："哎哟，此物你从何处得来？"纪小泉说："你奔了西院，我上了过厅，原来是个穿堂。那穿堂之内，东西都是屋宇，全是荷叶板门，东面有块匾，是印所二字。我心中一动，就用投簧匙投他小锁，投开了门。进了里面，晃着千里火，见屋中有个竖柜，我把竖柜上小锁头扭下来，还有封条，全给他撕了。上面柜中，尽是公事，下面柜中，内有印色盒子，我把印匣上锁头拧开，把里面印信拿出来。这个时候，你在外面喊叫风紧，我不能答言，慢慢出来，也没人看见。我料你必是回店去了，赶在这里，听你击掌。你虽不能把包公杀死，我今得了他一颗印，别看他是个当朝宰相，没有印也不能做官。"玉仙说："虽然得着他一颗印，是你得来的，我还得多少给我哥哥报点仇才行。"纪小泉说："你要报仇，有一件可报的事情。"玉仙问："哪件可报？"纪小泉说："穿堂后头，就是他妻子所住的地方。那院内并无男子，你我前去把他妻子杀死，算报了仇了。要杀包丞相，只怕有些费事，看着他的人太多。"玉仙说："那也使得。"纪小泉说："今日天气可不早了，不然，明天咱们再去罢？"玉仙一定要去，纪小泉只得跟随。

玉仙他把印揣好，二人复又下了城墙，扑奔开封府。仍从西墙进去，直奔后面，走到穿堂，玉仙还往印所瞧了一瞧。出了穿堂，将要扑奔正北，前面有一段长墙，另有四扇屏门，此时已然关闭。二人刚往墙头上一蹿，就见后面五间上房，两耳房，东西配房，刚要下来，不料东边角门出来了一个人，一声怪叫，霹雳相似，说："有贼了！"一个箭步蹿将上来，抡起铁棍向着纪小泉打来，纪小泉往旁一闪，当的一声，哗喇哗喇，打的墙头上砖瓦乱落。纪小泉、玉仙蹿下墙头，往西就跑。金铛无敌大将军于奢这一喊叫，西院的人俱都听见了。卢珍、于义、刘士杰、白芸生全从西墙上来。这回艾虎可没来，皆因头一次，白芸生一追玉仙，艾虎也跟着追下来了。刘士杰一镖没打着玉仙，又一刀也没砍着。他见艾虎、白芸生全都追了女贼去了，他倒蹿进墙来，在包公书房台阶底下，保护包公。然后艾虎、白芸生、展南侠、蒋平全给包公道惊来了。蒋平见刘士杰说：“你作甚么在这里站着？”刘士杰说：“我怕贼人的伙伴多，我们人都追下那个女子去了，倘若再来一个，包公这里岂不担惊？我故在此保护包公。”蒋平说：“这才叫见识哪！”倒把艾虎、白芸生嘱咐了一遍：“你们遇见这个事情，总要留看家的要紧。”然后进里面，与包公道惊。包公一摆手，大家出来。蒋平问：“这个女贼，你们看出是谁没有？”艾虎说：“我看出来了，就是三哥怕的那两个丫头，可不知道是金仙还是玉仙。”蒋平说：“管他甚么仙，我们总以防范为是。”刘士杰仍然出来，还是白芸生、艾虎守着包公。

工夫不大，又听东院一嚷，艾虎没来，就是白芸生等全从西院上墙一看，这回可是两个人。大家全都蹿下墙，亮出兵刃，往上一围。又见从南墙上蹿过三个人来，是展南侠、邢如龙、邢如虎，就也往上一围。玉仙用刀乱砍，邢如虎用刀，展南侠用剑，往上一迎，“呛啷”一声，把玉仙刀削为两段。玉仙蹿出圈外，一回手把链子槊拉出来，对着南侠一抖，展爷急速用剑敌住，再用宝剑一削，可就削不动了。玉仙把一对链子槊抡开，如同流星相仿，五尺以内，进不来人，随使随走，口中说道：“扯滑。”他就蹿上南房去了。邢如龙、邢如虎也就蹿上房去，玉仙下南房，奔西房下去，邢如龙一追也上西房，他本是一只眼睛，不甚得力，玉仙使了个犀牛望月的架式，一抖右手链子槊，正打在邢如龙肩头之上，噗咚栽下墙来。邢如虎赶上，把他扶将起来，摸了摸肩头之上，肿起一个大包。再说纪小泉见玉仙一走，便打算逃窜性命，他也俱怕南侠这口宝剑。好容易蹿出圈外，也往南房上一蹿，大家要追，南侠说别追。纪小泉单脚刚一落房屋，于义飕的就是一镖，没打着，刘士杰一镖也没打着。南侠不叫追，也是要拿暗器打他，南侠一袖箭也没打着。这三枝暗器，难为纪小泉躲闪，论说都是百发百中。也是他活该，走了也就没有事了，他偏又掏飞蝗石，对着于义打来，倒没打着，于奢从下面飕的一声，打上来一丈长的一个暗器，就听当啷一声，把小泉右腿打折，叹哟一声，栽下房来。众人一看，全都哈哈大笑说：“倒有一宗撒手锏，没听见说会有撒手棍。”浑人使的浑招数，这一下撒手棍，真把纪小泉打下来了，并且把腿打折一条。大家过去把他捆上，站殿将军托人上房拿棍。于义蹿上房去，连暗器都找着，先把棍扔给他哥哥，自己蹿下房来，把袖箭和镖交给展熊飞与刘士杰。此时后半夜坐更的也全醒了，冯渊、徐良、胡小纪、乔彬、马龙、张豹、韩天锦、史云、龙滔、史丹（史丹皆因在团城子作内应有功，蒋、展二人回禀了相爷，包公把他前罪已免，如今也在开封府效力）全都过来，一闻听拿住刺客，冯渊把纪小泉往起一提，连大众奔西书房，回禀包公拿住刺客之事。

包公业已安睡，听到拿住刺客，复又起来。就在这个时候，有更夫飞也相似跑来，气吁吁的说道："可了不得了！"展爷忙问："甚么事情？"更夫说："我们有个伙计叫王三，有两个贼，一个男贼，一个女贼，把王三捆住了，嘴内堵着东西扔在大槐树后头。我过去给他解开，摸出口内的东西，他说：见贼来了两趟。我们拿灯各处一照，穿堂内印所门大开，老爷们快快去看看罢！"蒋平和大家一听全是一惊，急忙派几个人预备灯火，奔至印所，用灯一照，门是大开，又见里面竖柜柜门子大开，印匣里面印信踪迹不见。蒋平怔柯柯地说："这事可怎么个办法？空有咱们这些人，将相爷的印信丢失，该当何罪？"众人说："只有见包相爷回说。"蒋平说："先前没咱们这些人，也不丢东西，如今人多，反倒把印信丢失。你们随着我请罪去罢。"众人跟着蒋平到西花园。有未跟过来之人，都来打听。蒋平把丢印事情一说，大众一听，也痴呆目瞪了。徐良说："大概贼人去还未远，总是找去为是。"蒋平说："不行，他这二次来谁也没在后面追着他，谁知他准往哪里去了？无影无形的，有一个准方向也好办哪。"徐良说："何不问问刺客？他必然知晓。"蒋平说："这个刺客，你认得他是谁？据我想，他必是团城子里的人。"徐良说："不是，这人我不认得。"冯渊说："此人我倒认得。"蒋平说："他叫甚么名字？"冯渊说："我不知他叫甚么名字。我从糕饼铺拿住白菊花，扛至树林，我一更换衣冠，就是他给我一飞蝗石，念了一声无量佛，把白菊花救走了，我把熏香盒子可也丢了。还有一个老道，与他在一处，还怕他也来了哪。"蒋平复又派人前后巡查。又问纪小泉说："朋友你贵姓？"纪小泉说："不必问我姓名，行刺盗印，全是我一个人。也不用你们三推六问，我敢作敢当，爱杀爱剐，任听其便！"

此时包公里面传出话来，要见展、蒋二位护卫。二人进去，面见相爷请罪，说把印信丢失。包公闻听一惊，相爷问："这刺客现在哪里？"蒋平说："现在外面。"包公吩咐一声，将他带来。蒋平出去，把刺客往内一带，搭将过来。纪小泉右腿已折，在包公前也不能跪下，就在地下歪着一坐，可是捆着二臂。包公在灯光之下一看，这个人长的眉清目秀，随问道："小偷儿，本阁有甚么不到之处，为何前来盗我印信？"纪小泉说："包丞相不必细问，我速求一死！"包公说："你就是求死，也得把印信招将出来。"纪小泉说："我把印信盗在手内，一时慌忙我扔在墙外去了。"包公说："本阁这里焉容鬼混！"吩咐看夹棍，外面差役进来，将贼人夹起来，用十分刑。蒋平一看，纪小泉一语不发，气绝身死。这一死，要问印信的下落更难。且听下回分解。

第一百一回　包公开封府内丢相印　徐良五平村外见山王

且说相爷见刺客死去，吩咐用凉水喷醒，仍然不招，相爷只得退堂，吩咐护卫细细拷问。蒋爷遂到校尉所，连用几次的非刑[①]，纪小泉这才受不起了，自己暗叫：玉仙，事到如今，我可顾不得你了，想罢说："老爷们在上，事到如今，我不能不招了。石龙沟劫夺囚车，实是东方亮的妹子。枫楸门外要劫法场，也是东方亮的妹子，不料在城内剐了东方亮。如今行刺盗印，也是他的妹子前来，叫我给他巡风，不料我被捉拿，他就拿印逃命去了。"蒋爷问："他奔甚么所在？"纪小泉不肯把他上黑虎观的事情说出来，就说："他拿着这印信，奔朝天岭去了。"蒋爷说："此话当真？"纪小泉说："我要不招，你就把我打死，我也是不招；我既是招了，若有半字虚言，情甘认个剐罪。"蒋爷吩咐，把他钉肘收监。

开封府内，大家议论纪小泉说的话实与不实。冯渊言道："我那日晚间，听他议论此话不虚，还有朝天岭那人姓王。"徐良说："他叫王玉，外号叫金弓小二郎。"冯渊说："对了，他们商议在商水县劫囚车，准是没上商水县去，在石龙沟劫的，石龙沟没劫着真的，他们才入都劫法场，入都又没劫着，才生出这个主意来了。"蒋爷说："只有明天回禀相爷，去几个能人，探探朝天岭去便了。"刘士杰与邢如龙、邢如虎三个人过来说："请问四大人，朝天岭去过没去过？"蒋爷说："没去过，你们三人可曾去过？"全回说："没到过那里，就是听人家说过。"遂向蒋爷说："外面有十里的水面，通着马尾江，南北有两个岛，一个叫连云岛，一个叫银汉岛，有个寨叫中平寨，水内有水轮子，有个滚龙挡，下面都有刀，这个挡不分日夜的乱转。上山四十里的山路，上边才是山寨。"冯爷说："任是甚么人也不用打算进去，这朝天岭非得有会水的、有惯走山路的才行，这个山路最险，外人不用打算进去。"蒋爷一听说："这还了得，这样说起来，非我去不行。"正谈论间，包公上朝，话不絮烦。

相爷早朝已毕，回至相府。展爷与蒋爷进去，禀明了纪小泉所招的言语。相爷就派他们至朝天岭探听信息。蒋、展二位出来，议论派甚么人看家，可巧二义士韩彰从外面进来。大家见礼已毕，韩二爷先就打听开封府有甚么事

---

① 非刑：酷行。

情没有。蒋爷就把丢冠袍带履，拿白菊花，冠袍带履可是请回来了，拿白菊花至今未获，昨晚又丢印一节详情，说了一遍。韩彰一听此言，也是一怔。南侠、蒋爷只得带着他进去参见包公，然后出来。蒋爷与南侠议论，叫韩二爷看家，南侠又怕韩二爷一个人势孤，又把邢家弟兄留下，说："你们务必留神看守相府才好。"三个人点头遵命。蒋爷又叫徐良过来，说："朝天岭既然是山路，又最险，你先去把你父亲请出来，要论走山路，谁也不似他能走。"徐良说："我去把我父亲请来，咱们在哪里相会？"蒋爷说："你先走，我们后走。你们爷儿两个到潼关打听，我们过去了，你们就往前面追赶；我们要是未到，你们爷儿两个人就在那里等着，咱们一路前往。"

徐良拿了自己应用的东西，带上盘费，辞别了大家，出离了开封府，走出了西门，奔山西大路，在路上晓行夜住，一路无话。

那日到了家中，家人见少老爷，全都过来行礼。徐良到里面，先见了母亲，跪下磕头。老太太见徐良回来，十分欢喜，行礼已毕，叫他坐下。徐良问："母亲，我爹爹往哪里去了？"老太太说："上陕西去了。"又说道："自从你上京去以后，你爹爹睁眼泪，合眼泪，只要拿起酒杯就哭。可巧那日出门，遇见他的一个总角之交，是个道家，姓阎叫阎道和，他有个师兄姓吕，如今这吕道爷在陕西地面置了一座庙，叫上清宫。这阎道爷，见你父亲类若疯颠之状，苦苦劝解，叫他上陕西去散散心，故此你父亲跟着这阎道爷上陕西去了。"徐良说："孩儿来得实系不凑巧，如今京都有要紧的事情。"老太太问："甚么事情？"徐良就把始末根由的话，对着老太太告诉了一遍。老太太说："这可不巧，再者，他又没准日限回来。"徐良说："这上清宫，可不知在甚么地方？"老太太说："那庙我可知道地方，出潼关到了马尾江，有座大山，山上有三段梁，由山下往上去，有个青石梁，有个红石梁，有个白石梁，就到那上清宫了。"徐良说："只可孩儿找他老人家去罢，并且也是陕西地面，我找他老人家，再上潼关找我四叔去。"老太太又问："我儿在外边定下亲事了？"徐良说："你老人家怎么知道？"老太太说："前者你父亲走后，有一位在辽东作过武职官，如今告老，叫尚均义的，有过书信，说他的女儿乳名玉莲，给了你了。"徐良一闻此言，双膝跪地，说："母亲恕孩儿不孝之罪，未禀明父母，在外面私自定亲。"老太太说："此事我儿办的甚好。为娘的也看见过尚家的书信，是你身临险地，人家救了你的性命，又把姑娘给你，又有石家的媒保，他上辈又是作官，这可称得起是门当户对，为娘的十分欢喜。"徐良磕了三个头起来，立刻告辞，依着老太太教他住一晚，明天再走。徐良一定要走，叩别娘亲，自己出门，直奔陕西来了。仍是夜住晓行，到潼关说明来历，方才出去，投奔马尾江。

那日过了马尾江，望见正西一座大山，往西北全是山连山，岭套岭，直不知套出有多远去。自己也不认得从哪里走，又怕多赶了路程，也不知准有多远才到。可巧遇见一个农夫打听，人家指告说，由此往西，山下有一段闹热街面，过了这条街，就是山口，进山口往上走，有三段大梁，就是上清宫。那人说："你顺着我手看，论说这里就看见了。"徐良顺着他手一瞧，果然就看见了，在西南半山腰中，周围全是松树，环抱着一个庙宇。徐良道："借光。"自己赶奔正西来了。虽然说看见可是看见了，要走一时可不能得到，常言说的好，望山跑死马。徐良到了闹热街面，觉得腹内饥饿，路北有座饭店，找了一个座位坐下，把过卖叫过来，要菜要饭。过卖说："客官不喝酒么？"徐良向例不喝酒。过卖说："没从我们这里走过罢？"徐良说："我这是头一次。"过卖说："没从我们这里走过，那就是了，要从我们这里走过，不能不喝酒。"徐良问："这是甚么缘故？"过卖说："我们这里叫五平村，这里有十八家烧锅，出一宗酒叫透瓶香。不敢说天下第一，其味最美，有两句口号说：'路过五平村，不饮村中酒，枉在陕西走一走。'你老人家如要不信，我孝敬你一瓶尝尝好歹。"徐良就叫过卖看一瓶来。过卖的答应下去，把饭菜搬放在桌上，徐良自斟自饮，左一杯，右一盏，越喝越香，吃完一瓶，又要一瓶，不知不觉就喝了三瓶。复又叫过卖看酒，过卖说："客官，你素常不十分喜爱喝酒，这三瓶可也就足够了，这酒的后劲甚大，迎风便醉。"徐良一定要教他看一瓶来，过卖只得又与他看了一瓶。把酒喝完用饭，徐良吃得饱了，见天气不甚太晚，谅来赶得到上清宫去。会过饭钞，徐良出了饭铺，进了山口，进青石梁，迎面来了一只老虎。要问徐良怎样，且听下回分解。

第一百二回　青石梁上杀猛兽　阎家店内遇仇人

且说徐良酒已过量，进了山口，走到了青石梁，忽然起了一阵怪风。这一阵风，吹得徐良毛骨悚然。这透瓶香的酒本就怕风，被风一嗖，就觉着两腿发软，二目发黑，身不由自主，来回的乱晃。徐良暗暗的吃惊，说声不好，这就叫醉了罢？打算过这三段大梁，只怕有些难。正在心内犹豫之间，忽见石上蹲着一只斑斓的猛虎，二目如灯，口似血盆，把尾巴绞将起来，打得山石吧吧的乱响。徐良见这斑斓的猛虎，把酒全都吓醒了。那只猛虎蹿山跳涧，奔过来了。山西雁把大环刀一拉，右手掏出一枝镖来，等着猛虎，看看临近，徐良先把左手的镖对着猛虎的胸膛一抖手，正打在虎的前胸，跟着挥大环刀往虎前心一扎，说的迟，那时可快，把刀扎进去，赶紧往外一抽，自己一躲闪。那虎一扑徐良没扑着，反倒中了一镖，受了一刀，噗咚一声，摔倒在地。若论虎的气性最大，又往上一蹿，够一丈多高，唔的一声吼叫，复又摔倒在地。那虎摔了三四回，方才气绝身死。此时徐良隐在树后不敢出来，直等到老虎气绝了后，方敢过来。这只猛虎虽死，仍是睁着两只眼睛。山西雁倒觉着后怕起来，又一想，这上清宫是去好还是不去好？正在犹豫之间，见打山洞里，蹭蹭蹭蹿出几个人来，全是高一头阔一膀年轻力壮的人，每人手中提定虎枪虎叉，过来都与徐良行礼，说："我们全是猎户，奉我们太爷之谕，在此捉虎，不料壮士爷你把老虎治死。我们全在山洼山洞藏着，看见你老人家一到，就把虎治死了，是怎么把他治死的？"徐良说："不要紧，我闹着玩儿来着，就把那虎结果了性命。"众猎户齐声夸赞，又问："你老人家贵姓？"徐良说："姓人。"猎户说："任壮士，到底是怎么打的？"徐良信口开河，说："我打他一个嘴巴，把他打了一个筋斗，又给他一个反嘴巴，又打了他一个筋斗，然后一撒手，一个掌心雷，就把那老虎劈了。"猎户一闻此言，更透着敬奉了，说："这位壮士爷还有法力哪。"徐良说："你们这里有多少老虎，待我去与你们除尽了。"猎户说："就是两只虎，那一只公虎由我们拿住，皆因在阎家店外，把那虎一剥，这只虎就出来，伤人不少，在山里伤人也不少。我们奉太爷之命，捉拿此虎，不料又伤我们猎户五六个人。你老人家把虎打着，可算与我们除了害了，同着我们走罢。"徐良说："上哪里去？"猎户说："你不认得字么？"徐良说："略知一二。"猎户说："认识字，进山口时节难道没看见告示么？"徐良说："我进山已然喝得大醉，全没看见。"猎户说："我们太爷贴的告示，谁能打着这只虎，赏银五十两；我们太爷还要这张虎皮，再给银五十两，前后共银一百两，我们同着壮士领银子去。"徐良说："慢说一百两，就是二百两，我都不要。"猎户说："你既不要银子，见见我们阎掌柜的去罢。"徐良却情不过，只得跟着他们，复又奔山口而来。后面猎户，把虎捆好，搭着出山。

这一出山口，把信息传与外面，顷刻间瞧看热闹之人不少，只见扶老携幼，连男带女，一传十个，十传百个，转眼之间，拥拥塞塞，全是异口同音："瞧这山西人，两个嘴巴、一个掌心雷打的老虎。"也有瞧徐良的，也有看虎的。顷刻间到了阎家店，从店内出来十几个伙计，拥护着两位店东，那二人俱是七尺身躯，全是宝蓝色的衣服，壮士打扮。猎户给见了说："这是打虎的壮士爷。"徐良与那二人彼此见礼，徐良总没说出自己真名真姓，就告诉人家姓人。一问二位店东姓阎，是亲兄弟二人，一位叫阎勇，一位叫阎猛。猎户把那只虎仍然挂在店外，叫众人瞧看。店东把徐良领至里面，进上房屋中落座，叫伙计献茶，然后问徐良是怎么把这只虎治死的。徐良也不能改口了，只有说："两个嘴巴、一个掌心雷打死的。"阎勇、阎猛二人连连夸赞，真是世间罕有之能。回头吩咐，叫猎户别把虎挂在店外，倘若再招虎来，那可不是当要的，教他们搭着上县去罢。外边猎户答应，真搭着老虎上县报官，不提。

店东当时吩咐一声看酒。徐良说："酒我可是不吃，吃醉了，遇见老虎，就不能治了。"阎勇说："我们敝处可没有甚么出色的土产，就是透瓶香酒，普天下哪里也不行。如今兄台已把老虎打死，也没有别的事了，天气已晚，也不用走了，就住在咱们店中，明天再走。今天咱们尽醉方休，兄台如不嫌弃，还要结义为友哪。"徐良无奈之何，只可点头。顷刻间排列杯盘，徐良当中落座，阎家兄弟执壶把盏，每人先敬了三杯，然后各斟门杯，有店中人来回斟酒。徐良素常虽不喜欢吃酒，今日这酒真是美味，不怪人家夸赞，自己也想开了，今日放量开怀，明日仍然是不喝。左一杯右一杯，三人吃着酒，就谈论些个武艺，马上步下，长拳短打，直吃到天交二鼓，把徐良吃了一个大醉，身躯乱晃，说话的声音也就大了，东一句西一句，也不知说些甚么。人家要与他豁拳行令，别瞧徐良是那样聪明，这些事他是一概不会。阎家兄弟见徐良真醉了。徐良说："我可实在不行了，你们别让我喝了，老西的脑子内都是酒了。"阎家兄弟说："既然这样，你就歇息去罢。"徐良问："我在哪里安歇？"阎家兄弟说："后面有三间厅房，前后的窗户，最凉爽无比。"徐良说："很好。"叫伙计提着灯笼，徐良一溜歪斜，阎家兄弟搀着他，这才到了后面。三间上房，前后俱是窗户，迎面一张大竹床，两张椅子，一张八仙桌，就叫他在此屋内睡。徐良问："后面有女眷没有？要有女眷，我可不敢；如没有女眷，我可要撒野了。"阎勇问："兄台，怎样叫撒野？"徐良说："我把衣裳脱了，凉爽凉爽。"阎勇说："听兄台自便，后面并无女眷。我们不陪，少刻与兄台烹一壶茶来。"徐良说："很好。"就把衣裳脱下来了，赤着背膊，连镖囊、花装弩、袖箭、飞蝗石囊、大环刀，一并全用他的长大衣襟裹上，头巾也摘下来。自己一斜身，就躺在竹床之上。酒虽过量，躺下仍然睡不着，翻来覆去，心中着火一般，酒往上一涌，躺着不得力，复又坐起来了，坐着不得力，复又出来到院子走走。到院内被风一吹，心中很觉得爽快，心中稍微安定，只觉得一阵困倦，这可要到屋内去睡。将要上阶台石，忽见有一个黑影儿一晃，自己又一细瞧，踪迹不见，心中一动，莫不成吃醉了酒，眼都迷离了？自己晃晃悠悠，来到屋中，往竹床上一躺，把两只眼睛一闭，枕着他的衣服就沉沉睡去。

别看徐良这一趟出去，可不承望吓跑了两个刺客。你道这两个刺客是谁？就是梅花沟两家寨主，一个叫金永福，一个叫金永禄，皆因擂台上吓跑，直奔陕西朝天岭去。行至朝天岭，见着王纪先与王纪祖，就把团城子的事情，对着他们学说了一遍。王纪先说："贤弟原来为我们涉一大险，不知王玉弟他怎样了？"永福、永禄二人全说不知。王纪先派人打听王玉的下落，这两人回梅花沟。因是这一天正在店内，忽听外面一阵大乱，说："出了打虎的壮士了！"金永福、金永禄也是出来看看，一见正是徐良，把金永福、金永禄吓了一个胆裂魂飞。二人回到店中一议论，这可是仇人，今天来在咱们的所在。金永福问金永禄："你打算怎么样办理？"金永禄说："前去行刺。"金永福说："我也打算这个主意。"金永禄说："我去。"金永福说："不能，还是我去。"二人谦让了半天，这才一路前往。晚间天交二鼓，二人换了夜行衣靠，背着单刀，奔阎家店而来。到了阎家店，跃墙而进，但不知徐良睡在甚么所在，两个人到后院西房的后坡，将要往前边一纵，正遇徐良出来，就把这二贼吓跑，复又蹿到后坡去了。二人低低言说："这个老西，他是看见咱们还是没看见咱们？"金永福说："他又不是个神仙，你看他那样形色，好像吃醉了酒的光景。必是他打虎有功，阎家兄弟拿酒把他灌醉了。他如真吃酒醉了，那可是鬼使神差，该给咱们绿林的人报仇了！你给我巡风，我进去杀他。"金永禄点头。二人等了半天，当当当，正打三更，二人复又蹿到前坡，急忙又蹿回去了。你道这是甚么缘故？原来店中伙计奉了店东之命，泡了一壶茶，与徐良送茶来了。伙计拿着茶，到屋中用灯一照，徐良在竹床之上已经睡熟，又不敢惊动于他，就把那茶壶放在那八仙桌上。伙计拿了灯笼正要一走，那灯忽然自己灭了，把伙计吓了一身冷汗，往外撒腿就跑。伙计心想，又没有风，怎么这个灯无故灭了，别是闹鬼罢？到了前边，告诉掌柜的，这个事情诧异，被阎勇骂了一顿，吓的他也就不敢往下再说了。

再说金永福、金永禄他二人又等了半天，仍然到了前坡，悄悄的听着，像是打呼声音，料着徐良大概睡熟了，二人蹿下西房，永福在前，永禄在后。将到阶台石，永福把刀亮将出来，永禄也把刀拉出来，二人往屋中一蹿，要一齐下手。忽见那竹床往上一起，床下有人说："刺客到了。"徐良由梦中惊醒，睁眼一看，果然有两个人往外就跑。徐良蹿下床来就追，追在院内，忽见有两条黑影蹿上西房，自己要往房上一追，一想手无寸铁，又没拿着暗器，赶紧回来取刀，进至屋中一找，镖囊衣襟踪迹不见。不知这些物件哪里去了，且听下回分解。

第一百三回　因酒醉睡熟丢利刃　为找刀打架遇天伦

且说徐良睡梦中，只觉竹床往上一起，下面有人说："刺客到了，刺客到了。"自己猛一惊醒，追出去，没追上刺客，反倒把东西全都丢了，连连喊叫店家快掌灯火来。此时阎家弟兄仍然在前边饮酒，伙计说："客人在后面嚷起来了。"阎家弟兄立刻叫伙计点灯，直奔后面，伙计进了后面，先把灯点上。徐良一把就把阎勇揪住说："你原来是外忠内不实之人，好好赔我的东西！"阎勇说："你且撒手，你丢了甚么？"徐良说："我的衣服镖囊倒都不大要紧，没有了我的大环刀，如同没有我的性命一般。"阎猛过来说："你撒开，你说我们偷了去就算我们偷了去了？"徐良这才放开。阎勇问："倒是甚么时候丢的？"徐良就把丢刀的话学说了一遍。阎勇说："你明明看见两个人从房上走的，怎么说是我们偷的？再说世界之上有恩将恩报，哪有恩将仇报之理？你给我们这一方除害，感激不尽，怎么反倒偷你哪？再说就是偷你，要偷金银财宝，你那衣服有甚么用处？"徐良说："这个事情，你们要明偷，知道我也不答应，你才用酒把我灌醉，预备两个人，把我的东西偷去了，又把我叫醒哪，不是你们定的计是谁？"阎猛说："我们真要偷你的东西，我们不会用酒将你灌醉，把你杀了么？"徐良说："我要不是打虎，你们就把我杀了。谁不知道我在这里打虎住在你们阎家店，明日不见我出去，谁肯答应？故此你们才设出这个法子来。"把阎家弟兄急的乱跳，说："你去打听打听我们阎家店，几时作过这个非理之事？你再想想，莫非这里有你的仇家，也是有的。"徐良说："我乃山西人氏，这里焉有仇家？"阎猛说："这也难以定准。"徐良想了一想，问："你们这一带都叫甚么地方？"阎猛说："叫马尾江、三千户、五平村、桃园、八宝村、断头峪、梅花岭、梅花沟、朝天岭……"徐良说："别说了，梅花沟在你们这里？"阎猛说："在这里。"徐良说："得了，我真是有了仇家了。"阎猛问："是谁？"徐良说："梅花沟有个金家店，有个金永福、金永禄，你可认得？"阎猛说："不错，有个金永福、金永禄，是两个山寇，我们素不来往。

他们知道，我们阎家是一大户人家，他们倚仗他是山寇，他们不在山上，占了咱们的边界开店，可也没有听说甚么意外的事情。他那店中尽住黑门的人。”徐良一恭到地说：“二位，可是实在得罪，明天借一套衣服借一口刀，我去找他们两个人去。不用说准是他们两个人。”阎勇说：“壮士乃是山西人，怎么会与他们有仇哪？”徐良说：“等明天我找着他们之后，回来我再告诉你们这细情。”阎家弟兄连连点头。

到了次日，阎勇给他拿一套衣服，一口刀，也是行家使的利刀。徐良收拾停当，就要起身，阎家弟兄苦苦相留，才吃完了早饭。阎勇送他出了店，叫他看见马尾江，一直往北过了断头峪，往西是三千户，往西北是银汉岛，靠着银汉岛，下面就是梅花岭，那边就是梅花沟。徐良记在心内，辞别店东，直奔正北，过了断头峪，往西走下来，见一片住户人家，房子一层一层，门户一个挨着一个。由后街往西，走在西边，自己心中纳闷：此处怎么住着这些个人家？再说房屋都齐整，走在紧西头，见有一段长墙，里头有一棵小桃树，树上有一根青竹竿，上面挑着自己的镖囊，只见被风吹的来回乱晃，自己猛然心惊，大概这准是金永福、金永禄家里。顺着长墙，由西往南一拐，走在南边，复又往东，才看见这个大门。见门外有数十个家人，徐良气哼哼的来至门口，见是广梁大门，有两条板凳上坐着数十个人。有人问道：“你上这里找谁？”徐良瞪着二目，说：“你们这里可是大王爷家？”众人一听，这人口出不逊，也就没好话对他，说：“不错，我们就是大王爷家。”又一看徐良那个相貌，说：“你有甚么事情？”山西雁说：“快叫你们大王爷出来见我，给我大环刀，别无话讲；如若不给，我要闯将进去，鸡犬不留。”那些家人如何能答应他这套言语，说：“青天白日，你是个疯子罢！”徐良说：“我倒不疯，就是叫你们大王爷出来还我的刀，不然你们这些乌八的休要想活命。”家人见他一骂，就先过来了两个，说：“你姓甚么？”徐良说：“告诉你们大王去，我叫祖宗。”家人一听，气往上冲，这个过来揪他，那个就要扳腿。揪他的，被他咯噔一挡，又一拳，噗咚一声摔倒在地；那扳腿的，被他一脚踢得咕噜咕噜的乱滚。那几个如何答应，往前一拥，倚仗人多势众，大家一齐动手。如何揪得住徐良，他用了一个扫堂腿，大众全都扫倒了。众人说：“这老西是一个行家，告诉咱们员外去罢。”徐良仍然是大声嚷说：“叫你们大王爷出来见我。”家人往里就跑，可巧门内有个人细声细气问道：“外面有甚么人？为何这等喧哗？”从人齐说：“少爷快出来罢，外面来了一个疯子，他说咱们是大王爷家。”那人说：“要是个疯子，理他作甚？”从人说：“不一定准是个疯子。”那人从门内出来，戴一顶白缎子武生巾，白缎子箭袖袍，五彩狮蛮带，薄底靴子，葱心绿衬衫，面如粉团，五官清秀。见了徐良问道：“甚么人？敢在我门首撒野！”徐良说：“你祖宗！快叫你们大王爷出来见我。”少爷一听，气冲两肋，骂一声：“你是哪里来的狂徒，敢在此处撒野！”往上一蹿，左手一晃，右手就是一拳。徐良一见，就知道他是个行家。二人一交手，绕了十几个弯儿，徐良一腿，将他踢了一个筋斗。山西雁往旁边一闪，说：“你还得练去哪，快叫你们老大王爷出来见我。”那人说：“狂徒，你在此等候，我少刻就来。”上里面取兵器去了。家人也齐说：“你在这里等着！”少时那人提了一条花枪出来，对着徐良就扎。徐良一闪，就把他的枪杆往怀中一带，将要抬腿踢他，忽听里面大吼一声，说：“甚么人？待我出去看看。”徐良一听这个声音，吃惊非小，果然一见面，是他老子徐三老爷。徐良撒手扔枪，双膝跪倒，说道：“你老人家因何在此处？孩儿叩头。”

原来徐庆跟着阎道和到了上清宫，见了吕道爷，很为开心，就此住了二十余日。又透着在山上闷倦了，阎道和又同着他逛马尾江，顺着马尾江绕到三千户，说：“到我哥哥家走走。”徐三老爷问：“你的哥哥是谁？”道和说：“我哥哥叫阎正芳，当初做武职官，皆因奸臣当道，辞官不做，现在家内。”徐三老爷同着阎道和来至阎正芳大门首，叫他家人进去回话。不多一时，阎正芳从里面出来。徐三爷见这位老英雄年过六旬，花白胡须，精神足满。阎正芳与徐三爷见礼已毕，请徐三爷到里面入厅房落座，这才对问了来历。人家那里待承酒饭。住了两日，阎道和回庙。阎正芳把儿子叫出来，与徐三爷行礼。徐三老爷见他眉清目秀，齿白唇红，一问叫阎齐，外号人称玉面粉哪吒。徐庆很爱，问他所会的是甚么功夫。阎正芳说：“这孩子实无出息，甚么都不肯练。”徐庆说：“老贤侄，你施展施展我看看，怪聪明的一个孩子，怎么会不行哪？”阎齐无奈，只得打了一趟拳。徐三爷一看，哈哈大笑，说：“这叫甚么本事？差的太多。阎大哥要舍得，把这孩子与我，别耽误了他这个年岁。”阎正芳说：“我求之不得。”立刻叫他儿子阎齐与徐庆磕头，拜三老爷为师。从此，徐三爷就在阎正芳家内住着，教徒弟早早晚晚学练本事，那也作脸，很觉高兴。阎齐跟着师傅练本事，比跟着父亲学练又强着一个层次，到一个月后，更觉着透长，就是力气不佳。

这日出来碰着徐良，如何是徐良的对手。家人进去告诉徐三老爷，徐三老爷与阎正芳一同出来，他一看原来是徐良。徐良见他父亲，双膝跪倒。徐庆叫他起来，说："你们怎么打起来了？"徐良也不敢说，阎齐也不敢说，然后把徐良叫过来，与阎正芳见礼，说："我这孩子比你的孩子差的太远，你看他这个相貌！"阎正芳说："男子汉大丈夫，讲甚么相貌。"徐良跪下磕头。阎正芳叫他起来，又把阎齐叫过来，与哥哥磕头。阎正芳说："若论你侄子长的倒好看呢，又没有能耐。这才叫将门之后哪！"徐良告罪说："兄弟实在不知，我要知道是兄弟，我天胆也不敢。"阎齐说："小弟要知道是哥哥，我再也不敢与你交手。"遂说着往里一让，进大门走垂花门，直奔厅房，入厅房落座，阎齐与徐良二人垂手站立。阎正芳教看座位，说："贤侄你从远路而来，请坐说话。"徐良谦让了半天，方才坐下。徐庆说："你甚么事上这里来？"徐良把万岁爷丢冠袍带履，拿白菊花，开封府闹刺客丢印，一五一十说了一遍。徐庆一听，说："竟有这等事？我可得走。"阎正芳说："亲家不用走了，大概四老爷必奔潼关，潼关总镇与我交厚，派人去到那里打听，若是四老爷到了潼关，请他上这里来，到朝天岭岂不甚近？"阎正芳拦阻不住，徐庆一定要走，带着徐良就要起身。徐良说："孩儿不能走。"就把丢刀、见着镖囊的话说了一遍。阎正芳对阎齐道："还不快与你哥哥拿出哪！"阎齐说："我不知道，不是我。"阎正芳说："不是你，倒是我？还不快拿出来哪！"阎齐说："不是孩儿，必是他！"阎正芳问："是谁？"阎齐附耳一说，阎正芳一怔。要问这个人是谁，且听下回分解。

第一百四回　见爹爹细说京都事　找姐姐追问盗刀情

且说阎正芳一听徐良丢刀，疑是阎齐把他的刀盗来。阎齐不承认，说："是他！"又附耳低言说了几句。阎正芳一怔，说："不能罢？"阎齐说："大概准是他，没有别人。"阎正芳说："徐贤侄，不用着急，我叫你兄弟问问去，再作道理。"回头叫阎齐，说："你上后面去问问。"列位，你道这个他是谁？原来阎正芳有个女儿，名叫英云，有一身好本领。他母亲郑氏，此人是神弹子活张仙郑天惠的姑母。郑天惠兄弟二人，兄弟叫郑天义，有个妹子乳名叫素花。郑天惠母亲去世，继母王氏，也是一身功夫。这素花是王氏所生，与郑天惠、郑天义是隔山[①]。英云与素花他二人，朝朝暮暮在一处，学练本事，都是王氏所教。这二位姑娘练的武艺，能打暗器袖箭、镖、飞蝗石，又能识

① 隔山：指同父异母所生的兄弟姐妹。

字，看兵书战策，他姊妹二人，眼空四海，目中无人。阎齐是他们手下败将。阎正芳要是一时高兴，与他们比试，俱不是对手，也是一半让着他们，为的他们练习高兴。二位姑娘可就纵起性来了，常常耻笑天下男子不如姑娘。二位姑娘起的外号，一个叫亚侠女，一个叫无双女。不但精习武艺，还学习针黹，品貌端方，性如烈火，恨不得眉皱就要杀人。这英云见了父母都有些不惧，倒是素花时常劝解，亚侠女也就听他妹子之言，渐渐也就听他父母的教训了。方才前边阎齐所说的他，就是他那个姐姐。

阎正芳叫他上后头问去，阎齐走到娘亲屋中，婆子说："少爷来了。"郑氏老太太说："叫他进来。"阎齐进来，见了老娘，深施一礼，往旁边一站。郑氏问："我儿有甚么事情？"阎齐就把前边师兄怎样来的，怎么丢的镖囊与大环刀，见我们后院挂着镖囊，说了一遍。老太太叫婆子到后院看看，有这个镖囊没有。婆子答应，到后院就把镖囊取来。老太太一看，又问："阎齐，你可准知道是你姐姐呀？"阎齐说："除了他没有别人。"老太太叫婆子把小姐屋中的丫头找来。不多一时，伺候英云的丫头来了。这个丫头叫五梅，见了老太太行礼。郑氏问道："昨天晚间你小姐上哪里去了？"五梅说："昨天晚间小姐身体不爽，天有初鼓时在楼上教我伺候着睡了，我在楼下睡的，今日天到巳刻方才醒来。"郑氏说："你可看见你小姐出门去没有？"五梅说："小姐身体不爽，焉能有精神出门？老早的就睡觉了。"老太太说："既然这样，你去吧。"丫头去后，老太太对阎齐说："教你师兄别处去找吧。"阎齐说："不行，他的镖囊分明在咱们家，怎么能叫他往别处去找哪？"老太太一听气往上冲，说："既然问过丫头昨晚你姐姐没出门，怎么你一定说是你姐姐作贼？这是甚么好事哪！"阎齐说："老娘，那么问丫头不行，要打他，威吓着他，那才说实话哪。"老太太说："既然这样，你就再去找他来问。"阎齐答应，就奔了小姐的院子，不敢进门，扒着屏风往里瞧，可巧被小姐瞧见了，说："外面是阎齐么？"回答："是。"小姐说："我这院子也是你常来的地方！有甚么事情探头缩脑的？"阎齐说："我找丫鬟来了，与你何干？"小姐说："你这样大的小子，找丫头甚么事情？"阎齐说："老娘叫我找他，不是我的主意。"小姐说："老娘叫他有甚么事情？我去见老娘去。"公子说："很好。"小姐往外就跑。

阎齐先跑至老太太屋中，说："我姐姐来了。"姑娘进来，给老娘道了一个万福。老太太叫他坐下，姑娘问道："母亲叫丫头进来，有甚么事情？"老太太未及开言，姑娘见阎齐在老太太身后藏着，指着阎齐说："准是你这孩子搬动是非。”阎齐说：“你好好把东西给人家罢，人家找上门来了。一个姑娘家，偷人家的东西，有甚么脸面见人！”姑娘一听此言，气冲两肋，要追着打。被老太太把他拦住，叫姑娘复又坐下，说：“到底是件甚么事情？”姑娘说：“母亲要问这件事情，我也不能隐瞒。皆因女儿昨日，听见外面一阵大乱，说有了打虎的壮士。女儿把楼窗开了瞧看，只见那扶老携幼，男女老少，来往之人甚多，全是异口同音，说这个壮士两个嘴巴、一个掌心雷就将那老虎打死了。我越想越不信有此事，故此我假装有病，早早睡觉，打发丫头下楼。我换了衣服，开了后楼窗户，到了我们店中。我打量此人项生三头、肩长六臂，原来也是个平常人物。我一赌气，把他的衣服盗来。必是阎齐这孩子说的，我也不隐瞒。”老太太说：“姑娘疾速把人家东西拿出来，那可不是外人，是你兄弟师傅的儿子，人家找上我们的门来了。你既拿了人家的衣服物件，为何又把镖囊挂出去？”姑娘说：“母亲，打算你女儿真出去作贼哪？偷了人家的东西，必然是严密收藏，怕人知道。我是特意挂出去，只要他找来，我定要领教领教他这个掌心雷。我也不管他是师兄是师弟，我也不能把衣服还他。阎齐你与他说去，他要东西，一丝一毫也不短少他的，就是要领教领教他这掌心雷是怎么个打法。”阎齐说：“你就会坐在家里说这现成的话。我怎么对他说去？”姑娘说：“依了我两个主意，我就把东西给他，要不依着我这两个主意，不用打算要出一点东西。”阎齐问：“哪两个主意？”姑娘说：“叫他过来，我们二人比量比量，他胜了我，就把衣服给他，拳脚刀枪暗器，姑娘一一奉陪；要是胜不了我，甘拜下风，我也把东西还他。如他不敢与我较量，叫他从前边一步一磕头，给我磕到后院，我也把东西还他。就是这两个主意，叫他自己挑选去罢。”连老太太说了半天，姑娘说：“非如此办法不行。”阎齐只得气哼哼说：“我就去说去。”阎齐直奔前边而来。

阎正芳见阎齐去够多时，方才回来，忙问：“可是他不是？”阎齐说：“谁说不是他呢！”先把镖囊拿出，给他父亲一看，随后给与徐良。阎齐对阎正芳说：“请父亲出来说话。”爷儿两个人到了外边，徐良在窗户内用耳往外听着，正是阎齐向阎正芳说：“姑娘两个主意，或比试，或磕头，不然这东西全是不给。”阎正芳也是着急，这姑娘素常养的骄纵，大概自己去说也是不行。徐庆在屋内说：“亲家有甚么话，到屋内来说罢，怎么背地里说话？难道说我们父子还是外人？莫非姑娘爱那口刀哇？只要他爱，我作主就教小子给他。”阎家父子进屋内说：“不是。”徐良说：“兄弟、伯父，你们不用为难，方才你们说的话，我已然全都听见了，要教比试，天胆我也不敢，我只可就是磕头。”徐三爷问：“怎么教磕头比试？”阎齐见被徐良点破，事到如今，不能不说，只可一五一十的说了一遍。阎正芳在旁也是为难，说道：“亲家，也不怕你耻笑，我们这个姑娘，实在是养的骄纵，全不听父母的教训。”徐庆哈哈大笑说：“我这位侄女，必然本领高强，技艺出众，若非本事高强，焉敢与人较量。这样姑娘，我是最爱惜的。咱们老兄弟，英雄了一世，儿女们必得豪强，要是软弱无能的儿女，要他则甚？姑娘要打算和你侄儿论论武艺，据我想，这件事情可以使得。咱们不是外人，我的儿子如同你的儿子一样，你的女儿如同我的女儿一般，就叫他们比试比试，也不要紧，要是外人可不行。这必是姑娘听见咱们小子会使掌心雷，心中有气，少时把小子带过去，叫他姐姐打他几拳，踢他几脚，出出气就算完了，这件事教我想着极容易的。”阎正芳大笑道：“亲家真是一个爽快人。”徐良说：“爹爹，这件事可使不得。我情愿磕头，也不敢比试。”阎齐说：“使不得，不能叫哥哥磕头。”徐庆说：“不用听他，我的主意叫他比试，如不遵父命，即刻就杀。”徐良一听无奈，说：“天伦，孩儿要与人家姑娘较量本事，教外人知晓，岂不耻笑？”徐庆说：“不是外人，要是别人，我也不教与人比试。”阎正芳说：“正当如此。”徐良无奈，方才点头。

正在这个时候，家人进来报道：“李少爷到了。”忽见从外面进来二人，一个是穿黑褂，面如锅底；一个穿的是豆青色衣襟，面如瓜皮。到了屋中，与阎正芳见礼已毕，正芳引两人与徐庆见礼，说：“这个叫巡江太尉李珍，是我的外甥男；这个叫细白蛇阮成，是我的徒弟。”二人过来，与徐庆磕头，徐三老爷把他们搀住，又与徐良、阎齐见过礼，然后落座。阎正芳问：“你们二人从何而至？”二人说：“皆因我们盟兄郑天惠，他师叔一死，与他师傅、师兄前去送信，依着他本不肯去送信，是我们二人劝他，免得日后倒教他们问住。无奈之何，他才上徐州府把灵封起来，我们替他看守。一去总没回头。我们二人找他师兄，无影无形。他师傅全家丧命，我们回来，他已然把师叔埋葬了，人已不知去向。”徐良正要告诉他们，后面婆子请大爷。阎齐出去，复又进来对正芳说：“我母亲问问方才那件事情，怎么办法？”徐庆说：“不用问你父亲，我作主，大家一同上后面去，我还正要见见姑娘哪。”说毕大家投奔后面，徐良与姑娘动手。不知后事如何，且听下回分解。

第一百五回　亚侠女在家中比武　山西雁三千户招亲

且说徐庆的主意，要到后头与姑娘比试。徐良虽不愿意，又不敢违背父命，只得点头应允。李珍、阮成二人不知甚么事情，有阎齐告诉了二人这段情由，两个人都说："我们今天可来着了，平时他会欺负咱们，这可叫他领教领教罢！"原来这两个人也是素花、英云手下的败将，如今一听姑娘要与徐良动手，全都愿意看着姑娘输了，他们好趁愿。众人随往后边去。李珍、阮成问徐良："你知道我们盟兄事情吗？"徐良说："我知道。"就把白菊花镖打总镇，郑天惠投开封府，后上鹅峰堡讨药，受白菊花一镖，白菊花打死师妹、摔死师母、逼死师傅，郑天惠怎么发丧，如此这般，说了一遍。二人一听，咬牙切齿说："天下竟有这样丧尽天良之人！天地间就没有个循环报应不成？"徐良说："别忙，报与不报，时辰未到，恶贯满盈，自然必有个分晓。"

随说着，就到了后面。一看五间上房，东西配房，极其宽大的院落。正芳引了徐庆见了亲家母，然后把徐良叫过去，与伯母行礼。李珍称舅母，阮成称师母。行礼已毕，皆因天气炎热，就在院中看了座位。郑氏冲着徐庆说："我的小儿太庸愚不堪，蒙老师朝朝暮暮，劳心劳力，实在我们夫妻感激不尽。"说毕，深深与徐三爷道了一个万福。徐庆一生，最怕与妇人说话，人家说了多少言语，他一语也不答，也就作了一个半截子揖。郑氏又与徐良说："这位贤侄，刻下作的是甚么官？"徐良说："我是御前带刀四品护卫。"老太太说："如今到我们寒舍，必是找你天伦来了？"徐良说："正是。"就把相爷失印的事情，说了一遍。郑氏回头又与阎正芳说："看这位贤侄，堂堂相貌，仪表非俗，真称得起是将门之后。你我女儿之事，可曾对徐公子提过没有？"阎正芳说："提起咱们姑娘，他有多大本事？如居井底，不知井外乾坤多大，他会三五个招数，哪里敢称与人家比试，无非叫徐侄男替咱们教训教训他，从此就也不狂妄了。"徐庆说："千万不可那样言讲。就请出姑娘来，叫小子过去，让姑娘打他两拳，踢他两脚，就算完了。"转面来又对徐良吩咐："少刻你姐姐出来，打你几下，踢你几下，不许你抢上风。你打他一拳，我给你一刀；你踢他一脚，我也是给你一刀；你踢他一个筋斗，我把你乱刀剁了。"徐良说："阎大爷你瞧，我还活得了活不了啦？我要碰着我姐姐一点，我就是个剐罪。"阎正芳说："别听你父亲言语，全有我一面承担。"阎正芳叫婆子请姑娘，由东院把姑娘请出来。

姑娘来的时节，是穿长大衣服，珠翠满头，环佩叮当，看看临近，阎正芳叫他见过徐叔父，然后见大哥。徐良说："不能，这是姐姐。"后来一问，两个人全是二十二岁，姑娘生日比徐良大五日。李珍、阮成也见过姑娘，然后上阶台石。老太太是在廊檐底下坐着，他们大众在院内坐着。姑娘来在老太太身后一站。徐三爷说："侄女，就是为你兄弟说会掌心雷，姑娘心中有些不乐，你就更换衣服，快来打他几拳，踢他几脚，我就爱看姑娘们玩拳踢腿。"姑娘净等着这句话哪。老太太说："姑娘换衣服，与你的哥哥领教领教去罢。"阎正芳也说："徐侄男脱衣裳，文不加鞭，武不善坐，动手非得利落不成。"徐良从见姑娘之后，低着脑袋一语不发，越想越不好，打量这姑娘本领若要是小，绝不敢与男子交手，倘若自己不是他的对手，现任一个四品护尉，输给人家一个姑娘，非死不可。赢了人家，也没有甚么滋味。实是心中难过，阎正芳又催他换衣服，又想男女授受不亲，难以为情，哪里肯脱衣裳。阎齐过来一定要他脱，徐良不肯，就把袖子挽起来，衣襟吊好。此时姑娘身临切近，却脱了长大衣服，摘了花朵簪子，又用一块鹅黄绢帕把乌云罩住，系了个麻花扣儿。身上穿一件桃红小袄，葱心绿的中衣，西湖色花汗巾，大红缎子弓鞋。窈窕的身体，行动类若风摆荷叶一般，细弯弯两道眉如新月相仿，水灵灵一对星眼，鼻如悬胆，口似樱桃，牙排碎玉，耳挂金钩。对面一看徐良，两道白眉，眉梢往下一搭拉，形如吊客，一身青缎衣襟。抱拳连连说："姐姐手下留情。"徐庆说："小子，我告诉你的言语，你可牢牢紧记！"徐良答应。

两人留出行门过步，往当中一凑，将要挥拳比武。姑娘微微一笑说："我问你有几个首级？"徐良往后倒退身躯，一摸脖子说："就是一个。"姑娘说："你要是一个首级，就不用与我动手了。"徐良说："怎么？"姑娘说："昨日晚间，你在店中吃醉了酒，在床上睡觉，有刺客去，你怎么醒的？"徐良说："皆因床往上一抬，底下有人说，有了刺客，我才醒的。"姑娘说："若要不是那人将你叫醒……"徐良说："我就死于那刺客之手了。"姑娘说："你可知道那人是谁？"徐良早已理会，说："莫非是姐姐救我的性命？"就深深一恭到地，说："姐姐，咱们不用动手了，你是救命恩人，要没有你，我早已死多时了。"原来姑娘到阎家店，由东夹道往前一走，就遇见金永福、金永禄将要下房来。徐良可巧出去，他就钻入房中，那灯也是英云吹的，后来见刺客要结果徐良的性命，姑娘一想，这个人打死虎，与这一方除害，自己在这里，见死焉能不救呢？这才把床往上一抬，大声一嚷："有刺客到了。"姑娘想着，要与徐良较量，看他这个掌心雷怎么使法，故此这才就把衣服抱走，第二天用青竹竿挑出镖囊去，特意招他前来。又一看他这大环刀，就知他是一条好汉。如今交手，提起昨晚的事情，徐良连连与姑娘道劳，不敢与姑娘交手。小姐说："不交手也使得，你把掌心雷发出来我们看看。"徐良说："实在不会。"姑娘说："你不会，那虎到底是怎么治死？"徐良说："我先打他一镖，后砍他一刀在胸膛之上，方才结果虎的性命。那是我信口开合，姐姐何必认真。"徐良一定不动手，徐庆说："就陪着你姐姐走个三两趟，还不行吗？"徐良无奈，说："姐姐手下留情。"姑娘也不答言。二人这一抡拳比武，施展平生武艺，蹿奔跳跃，闪转腾挪，蹿高跳矮，形若秏子，恰似猿猴，身躯滴溜溜乱转。姑娘用了一个进步连环腿，将徐良腿兜住，住上一挑，徐良噗咚坐在地下，说："姐姐，我输了。"姑娘一笑，也没到屋中穿衣裳，直奔东院去了。徐良说："好本事，比我强够万分了。"阎正芳说："贤侄，除了你伯母不懂拳脚里的事情，剩下哪个不是行家？你赢了他几手，他不认输。嗣后你让他这一招，他还不知道。可见得本领差的太多。总是贤侄容得让得，称得起量大宽洪。"回头又叫阎齐："告诉你姐姐去，他早就输给人家了，叫他别自夸其能，他身上还带着土呢！连要你哥哥的衣服。"徐庆说："算了，只要侄女不生气就得了。"阎正芳同着大众，仍然奔前面厅房，同着徐三爷刚走不远，婆子又把他请回去，说："安人请说话。"阎正芳叫李珍、阮成陪着徐家父子，前边厅房内去坐。

阎齐上他姐姐院中，丫鬟正给小姐打来脸水，姑娘很觉着洋洋得意。阎齐进去，说："姐姐你算赢了罢，把人家东西还给人家罢！"姑娘说："不算我赢了，还算我输了？不是苦苦求饶，教他带点伤儿我才罢手。"阎齐说："你拿东西来呀！"姑娘说："短不了他的物件。"叫五梅把箱子打开，把衣服、袖箭、飞蝗石口袋、大环刀，全都交给阎齐。阎齐把衣服裹着刀，往怀中一抱，说："姐姐，你看你肋下，是哪里来的土哇？"姑娘一看，说是方才蹭的。阎齐又说："有土也蹭不到那里去，你再看你右胁、你两个膝盖的左右中衣上，难道这几处，也都是蹭的？"姑娘一瞧，纳闷说："怪呀！"阎齐说："论动手，你早输给人家了，别不害羞了！"姑娘一听，羞的满脸通红，哇的一声就哭起来了，往里间屋中一跑。五梅说："大爷这是何苦？我家小姐高高兴兴的，满让你看了出来，也不便说呀！"阎齐抱着衣裳直奔前面，到了厅房，徐良在那里磕头哪。原来是安人把员外叫住，与员外提姑娘的事情，说："你我的女儿，如今已然二十二岁了，终身尚且未定，咱们这里找不出一个门当户对的人家来。看这个徐公子，虽然貌陋，现任的官职。我虽不懂得武艺，见他也不在咱们女儿以下。我打算要把女儿给他，不知你意下如何？”阎正芳说：“我一见徐良，就有这个意思，倒怕你不愿意。如今你既有此意，这是很好的一门亲事。”夫妻二人商量妥当，方才出来。见了穿山鼠徐三爷，就将女儿要给徐良的话说了一遍。徐庆哈哈大笑说：“亲家，我那小子，长得十分貌陋，如何比得过姑娘去？你要愿意，我是求之不得。”阎正芳道：“亲家，不必太谦了，你我就是一言为定。”徐庆最是性急的人，叫小子过来，与你岳父叩头。山西雁暗暗着急，自己明明知道，在二友庄定下了一个，再要定一个，人家焉肯给作二房，日后人家岂能答应？说：“爹爹你老人家出来，我有几句言语。”徐庆说：“小孩子，人家父母与你定亲，你说使不得，你知道甚么，过来与你岳父磕头。”徐良无奈，只得过来，与阎正芳磕头行礼已毕，大家道喜。将要摆酒，外面号炮惊天，家人进来报说：“襄阳王反到这里来了！”要问后事如何，且听下回分解。

第一百六回　徐家父子观贼队　乜氏弟兄展奇才

且说徐良刚把亲事定妥，忽听号炮惊天，众人一怔，本来生在太平年间，听着这事，当作新闻。刚要派人出去打听，忽有家人进来，说：“不好了！襄阳工反到此处，会同朝天岭之人，就在梅花沟扯起大旗，要招安咱们这几个村子。外面也有不降的，也有降的。”阎正芳听说，气往上冲，说：“众位，如今我们这里造反，你们大众去罢，逃生要紧，我是至死不能降反叛的。”徐庆说：“他们谁爱走谁走，我是不走了。”又听外面声音更大了，阎勇、阎猛、阎安、阎兴、阎海、阎泰，全是阎正芳的侄儿，有短衣襟，有长衣襟，各执兵器，大家迎风而入，见了阎正芳，一齐行礼，有叫叔父的，有叫伯父的，齐说：“如今梅花沟造反，你老人家降不降？”阎正芳说：“我不能降贼。不知你们心意如何？”众人异口同音说：“我们打听你老人家，我们全死在这里，也不能降贼。”阎正芳说：“亲家，此事怎么办法？”徐庆说：“亲家，我就管打头阵，出主意我可不行。我是个浑人，若论打仗，千军万马，我都不惧。”此时徐良和阎齐，与他们小弟兄们见礼。阎勇、阎猛见徐良在这里，也是纳闷，过来问他的衣服下落，阎齐告诉大众一遍。徐良害羞，不肯让他再说，就在徐庆面前说道：“孩儿东西全有了，还有半袋多镖没还给孩儿。”阎正芳说：“叫阎齐取去。”徐三爷说：“那就不用取了，就作为定礼罢。”阎正芳说：“既然这样，咱们大家上庙齐人。”众人点头。原来门外已有好几百人了，都听阎老员外的吩咐。阎正芳就把不降的话说了一遍，大众全都愿意，俱跟着上庙。

庙叫北极观。进庙一撞钟，可着三千户的男子全到，有二十二个会头。阎正芳对他们讲说，此时有徐三爷在此，不久的又有开封府的护卫老爷们前来，保护咱们这一方的生灵。众人一听，无不欢喜。就是与他们交手，没有兵器。众人各自去寻找，也有长短家伙，也有铁锹木耙，也有挠钩木棍铡刀，用大竹竿子绑上包袱，就算大旗。拿出锣鼓来，阎正芳的主意，若要紧打鼓，谁也不许往后退；若要敲锣，谁也不许往前进。传将下去，大家全都知道此信。此地叫三千户，虽不够三千户的人家，也有二千有余，老叟顽童中年汉，全凑在一处，就有好几千人。此时又有八宝村、断头峪、桃园这几处的人，全是年富力强二三十岁，各人扛定家伙，跟着会头，俱要求见阎老员外。阎老员外把他们会头全请进来，先与徐三爷见礼，说：“这就是开封府护卫大人，攻打朝天岭的前站。”众人一听，无不欢喜，把信往外一传，那几村人，如同有了主帅的一般。

正在说话之际，有人进来说：梅花沟连梅花岭一带，有两三千人。用石头筑起一段墙来，还有一个辕门，扯起许多纛旗，内中有两杆大白旗，上写着是“改山河扶保真主”，那边写“灭大宋另整乾坤”。另有两杆大纛，上面写着两个斗大的“金”字，还有写“乜”字的旗子，当中一杆大纛旗上，写着：赵王驾下天下都招讨兵马大元帅八路总先锋王。所有他们那里的人都换了衣服，在他们墙子上，四面八方，全插着红旗，上面有白字写着，是“招安四方”四字。又写着：无论士农工商，知天命愿降王爷者，量才录用。倘有出色文武艺，之外或数学或算学，只要有别创异格之能，立封显爵。徐良说：“这可真是要造反哪！我先探探虚实去。”正要前往，忽听有人进来报说：“梅花沟有人来下书。”阎正芳吩咐，叫他进来。

不多一时，前边走着一个，后边跟着一个，前边那个翠蓝箭袖袍，狮蛮带，薄底靴子，肋下佩刀，面似烟熏。后面跟定梅花沟金家店的伙计。前边那人见着大众，深打一恭。众人全都站起身来，惟有徐庆昂然坐在那里不动。阎正芳连忙问道：“未曾领教尊公贵姓？”那人说：“我是王爷驾下的旗牌官，姓王名信。王爷在宁夏国，不久兴师，先派两个前部，正印先锋官姓乜，一个叫乜云雕，外号显道神；一个叫乜云鹏，外号巨灵神，奔到朝天岭，约会五家寨主，要把左右邻一齐打尽，杀奔潼关。现有朝天岭大寨主，是王爷的招讨大元帅。为因朝天岭与贵处俱是唇齿之邦，不忍伤害许多生灵，故此修下一封书信，派我前来，定要见着阎老员外，将书投递。老员外若肯归降王爷，免死许多的生灵，还可以保住全村的性命，王寨主情甘愿意，把元帅印付与阎老员外执掌。”说毕，把书信往上一递。徐庆听这旗牌前来劝降，与徐良使了一个眼色。徐良绕在来使的身后，把大环刀拉出来，对着来使脑后，噗哧一刀，咕咚头颅坠地，尸首往前一栽。徐良杀了这个旗牌官，把金家店的伙计吓得跌了一个筋斗，跪在地下，苦苦哀求。徐三爷说：“别杀他，杀了他没人前去送信。”徐良说：“便宜你，回去送信去罢。回去时节，你可务必说明，你那伙计是我杀的，不与阎家相干。我姓徐叫徐良，外号人称多臂熊。你记住了没有？”伙计说：“我记住了。”徐良说：“多少给你留下点记号。”大环刀一过，削了一个耳朵。那人撒腿就跑。遂吩咐把那个尸首搭将出去。徐良说：“咱们疾速快去，如不然，怕他们带人前来，就不好办了。”

阎正芳同着徐庆带领众家小弟兄，教家人预备兵器。别的会头，也有会本事的。总而言之，有本领的在前，无本领的在后。出离三千户的后街，就听见咕咚咚连声炮响。来在梅花沟的对面，就看见了人家那里列成阵势，明显一字长蛇，变化二龙归水。戈戟森森，器械鲜明。两杆白缎子大旗，上面书写黑字，写的是：改山河扶保真主，灭大宋另整乾坤。当中有一杆大座纛旗，写着是：赵王驾下天下都招讨兵马大元帅八路总先锋王。当中另有两杆大旗，写着前部先锋，还有两个斗大的“乜”字。左右两杆红旗，左边是左先锋，一个斗大的“金”字，右边是右先锋，一个斗大的“金”字。徐良一看，就认得那“金”字旗下，是金永福、金永禄；“乜”字旗下，是两个穿黑挂皂之人，全都身高一丈，俱是镔铁包额，青缎扎巾，双飞火焰，两朵绒桃，青缎小袄，牛皮靴子，一个面如血盆，一个面似瓜皮，每人扛着一条虎尾三节棍，每人腰中盘绕着一根十三节鞭，在那里催军。

原来这两个就是显道神乜云雕、巨灵神乜云鹏。二人本是在宁夏国占山为王的两个野人，受了王爷的招安。如今就派这两个人，作前部先锋官。由宁夏国带了五百人来，还有他们山中几十个喽兵，拿着王爷的书信，先见了王纪先、王纪祖，将王爷书信投递。两家寨主一见书信，并且还有许多金银彩缎、白玉珠宝，王爷并没见过面，就封了一个天下都招讨兵马大元帅八路总先锋，那纛旗认标，俱由乜云鹏、乜云雕带来，当时就找了长竿，穿了纛旗。两家寨主冲着宁夏国，谢了王爷之恩，收了礼物。依着乜云鹏要出去扫灭那些村子，抢掳东西。两个寨主说：“三千户有一个阎员外，那老儿不是好惹的，先去招安他们，若要阎正芳一降，王爷又得一员虎将；倘若不降，再洗他们的村子。”遂即修了一封书信，乜云鹏派他的旗牌官王信前来下书。乜云雕、乜云鹏也就告辞下山，尽山路就是四十里，也有墩铺，五里一墩，三里一铺。走在山下，有个临河寨，有两个寨主，姓廖叫廖习文、廖习武，二人是亲兄弟，一文一武，是王纪祖的两个表兄。由临河寨上船，至中平寨，有一家寨主，姓杨名平滚，外号人称入河太岁。有四员偏将，吩咐下去，扎住滚龙挡，撤去卷网，另用船只，迎接乜家弟兄。过了中平寨，开了竹门，绕过银汉岛，弃舟登岸，奔梅花沟，至金家店，见金永福、金永禄，立刻齐队，放三声号炮，叫大众搬石块，叠墙子，立辕门，插纛旗。

少刻金家店伙计回来，被人家削了一个耳朵，鲜血淋漓，见着金家弟兄、乜家弟兄，就把王信被杀的话，细说了一遍。乜家兄弟闻听此言，就要传令。金永福说：“且慢！”就把徐良的一身本事，对着乜家弟兄细说了一遍，嘱咐他们出去万一遇见此人，千万小心在意。乜家弟兄微微一笑，说：“也不是我两个人夸下海口，不怕他项长三头，肩生六臂，要活的生擒过来，要死的结果性命。”遂即往下传令叫列队。连声炮响，画鼓齐敲，有宁夏国五百兵，俱是受过训练的，闻鼓声一响，就列成一字长蛇大阵，纛旗认标，空中飘摆，他们弟兄四个人各归本队，俱在各人门旗之下，也往对面观瞧。那些庄兵拿包袱当作旗子，扛着长短的家伙，可也有长枪大刀，有多一半锹锄等类，还有些挠钩铡刀木棍，站立得也参差不齐，乱挤乱碰，吵吵嚷嚷，当中单有一伙人倒是虎势昂昂，都有兵刃。永福、永禄见着山西雁，不敢出队，就是乜家弟兄挺身蹿将出来。见那边出来了两个，阎正芳要出来，阎勇、阎猛两个侄子把他拦住，这二人每人一条枪，就迎上去了。乜家弟兄用虎屋三节棍，往外一挺，一反手就结果了阎家弟兄的性命。徐良见二人已死，就要出来与乜家弟兄交手。这段节目，且听下回分解。

第一百七回　众好汉过潼关逢好汉　大英雄至饭铺遇英雄

且说乜家弟兄将一出来，阎正芳就要过去，阎勇、阎猛那肯叫老人家过去，不料二人过去，就死在三节棍下。老英雄一见两个侄子已死，如同刀扎肺腑，要过去与两个侄子报仇。阎齐哪肯教天伦过去，说：“老人家不可，待孩儿过去给我两个哥哥报仇。”徐庆在旁说：“你不行，待我过去。”山西雁也没言语，飞也相似就奔了战场。看看临近，那边有人叫："小心哪，这个可就是白眉毛。"画鼓齐敲一阵，以振军威，乜家弟兄招呼来人通名，棍下受死。徐良说："两个叛贼要问，老爷乃是御前带刀四品护卫，姓徐名良，字世长，外号人称山西雁，又叫多臂熊，知我的利害，快些过来受捆。你们两人叫甚么名字？结果了你们时节，我也好上我的功劳簿。"二人通了名姓。徐良说："你们二人，是一对一个呀，还是一拥齐上？"乜云鹏说："你一个人，我们也是一拥齐上；你一千个人，我们也是一拥齐上。"徐良说："这倒对劲。我最喜欢一个人宰两个人。"山西雁净为的是逗着他们说话，他好就中取事。随说着，身临切近，说："这可要得罪你们了。"这二人哪里知道他的利害，忽然一低头，锦背低头花装弩对着乜云鹏打去。乜云鹏也算躲闪的快当，刚一扭脸，噗哧一声，正打在腮颊之上，若要不是有牙挡着，就从左边腮颊穿出去了。贼人一低头，哎哟一声，疼痛难忍，把弩箭拔出来，鲜血直流，咬牙切齿，把徐良恨入骨髓。二人一齐摆虎尾三节棍，往上扑奔，一个是撒花盖顶，一个是枯树盘根，叫来人首尾不能相顾。可巧遇见徐良大环刀，往上一迎，"呛"的一声，把虎尾三节棍削成两节。腿下面棍到，徐爷往上一蹿，扫堂棍扫空，又一翻手，连肩带背打下来了。徐良用刀往上又一迎，"呛"的一声，把三节棍削成节半棍。二人往下一败，全打腰间把十三节鞭解将下来，复又回来，把十三节鞭一抖，仍是一上一下，举起就打徐良。山西雁将要用大环刀找他们的十三节鞭，就听身背后一声喊叫，类若霹雳一般，回头一看，是金铛无敌大将军于奢，手中一条凤翅流金铛，后面是霹雳鬼韩天锦，一条混铁棍，二人一齐喊叫："闪开了！"山西雁只得让他们。再看后面蒋四爷、展南侠、白芸生、艾虎、卢珍、刘士杰、冯渊、双刀将马龙、张豹、金枪将于义、大汉史云、龙滔、史丹、胡小纪、乔彬等，俱在那边与徐三爷相见。徐庆又与他们大众，给阎正芳等见礼。

原来蒋四爷他们由开封府起身，南侠带着开封府的文书，一路之上晓行夜住，饥餐渴饮。那日正走，忽见后面有二人骑着两匹马，飞也相似赶下来，却是一老一少。远远的那个上年岁的人说："前边那几位人，有蒋四老爷没有？"蒋四爷回头一看，他并不认得那老者，蒋爷说："甚么人找蒋四老爷？"那老者滚鞍下马说："四老爷一向可好？老奴与老爷磕头。"蒋爷说："是甚么人？我怎么不认识你？"那人说："你老人家见着我家少主人，就认识了。少主人，把马快些催催罢，咱们赶上老人家了。"那马到来，蒋四爷一看，不是别人，正是自己的徒儿到了，这就是在鲁家村收的那个鲁士杰。少爷下马，过来与蒋爷行礼。蒋爷说:“你从何处而来?”鲁士杰眼泪汪汪,说:“我、我爷干了。”蒋爷说:“死了?”小爷说:“对了,就叫死了。”蒋爷说:“甚么话!哪有说就叫死了的呢?倒是得何病症而死?”小爷又柯了半天,说:“连脑袋都死了。”蒋爷不问他了,问家人说:“鲁成你说罢,这孩子说话,我实在听不明白。”鲁成说:“我家主人皆因受伤之后,当时不甚理会,过了一个月后,仍然是呕血,吐了半载有余,就故去了。家中发丧,诸事已毕。我家少爷常在家中惹祸,无奈之何,有我家员外的亲族都知道我们少爷与你老人家磕过头,教老奴随着前来,只要找到你老人家,就好办了。到了开封府一打听,说你老人家奔潼关来了。我们主仆自京都直奔潼关大路,可巧走在这里,我瞧着像,我才冒叫一声,原来正是你老人家。”蒋爷说:“好,我正要写信找你家少主人上开封府,趁着他这年岁,也该学练本事了。不料我的事忙,开封府相爷把印丢失了,我们又得上陕西。你们来得正好,就跟着我们上陕西去罢。”蒋爷把鲁士杰带过来,与大众见礼,说:“这是我的徒弟,名叫鲁士杰,外号人称小元霸。”所有大众,全给磕上一回头。就是史云倒与他磕头,皆因愣史他是艾虎的徒弟。大众一看,蒋爷这个徒弟,面黄肌瘦,仅有骨头没有肉,正是一个童子痨的形象,焦黄的面皮,竖眉圆眼,小鼻子,溜尖的嘴,上嘴唇长,下嘴唇短,两腮无肉,直是一个雷公样子。大家看着无不暗笑,难得蒋四爷这个徒弟,怎么挑选来着,师徒品貌会不差往来。师傅瘦,徒弟比师傅还瘦!别看这个形象,哪知他力大无双,人送他的外号叫小元霸。带着他一走,虽有马匹,也就不能骑了。到了晚间,住店最能吃饭。展爷问他会甚么本事,他说:“一概不会。”

到了次日,至潼关,蒋爷同着展南侠,把开封府文书拿出来,二人拜会潼关总镇。总镇大人姓盖叫盖一臣,外号人称红袍将。到帅府递了蒋、展二位大人的半全帖,不多时,听里面咚咚咚三声大炮,大开仪门,迎接二位护卫,见面彼此对施一礼。蒋爷见这位大人,红袍玉带,金襆头,白面长髯。此人打吃粮当军起首,升的总镇爵位,全凭跨下马、掌中枪,一层层挣来的前程。要讲究出兵打仗,对敌冲锋,排兵布阵,逗引埋伏,熟读孙武十三篇,广览武侯的兵书,若论攻杀战守,无一不强。总镇潼关咽喉要路,非这样的总镇,焉能把守得住?蒋四爷一到,总镇亲自出来迎接,把二位让到书房,叙了些寒温。展爷把开封府的文书拿出,叫盖一臣看了。盖总镇说:“原来京都竟有这等样的事故。”立刻吩咐,把众护卫校尉请进来待茶。众人至里面,一一相见。蒋爷打听徐良,总镇说:“已然过去二三日了。”又问:“王爷是怎么过去的?

是明过去的，还是巧扮私行混过去的哪？”红袍将一声长叹说：“王爷是明混过去的，到了这里，我还迎接王驾哪。我问王爷意欲何往，他说：‘奉旨催宁夏国贡献。’我说：‘万岁爷怎么没明降谕旨？’他说：‘你瞧孤过关不实，你专折本入都，我在这里等着，旨意到，我再过关。’二位请想，他是万岁爷的亲叔父，谁敢抗阻他老人家！我只可连说：‘不敢，不敢！’他说：‘你净在孤身上留神，有那样心思，多在私行的身上盘查盘查才是。我也看出来了，你是个大大的忠臣，等我到宁夏国回来面圣之时，我必要提叙提叙你这个好处。’我打量着我这官也不能久待了，不料他敢情是反了。”蒋爷说：“大人早晚总要留神才好。”总镇大人待承了一顿酒饭，次日方才起身，第二天到三元县打尖。蒋爷他们吃酒，总要多耽误些时刻，他们不吃酒的，先吃完了饭，都要出去消散消散。

于奢与韩天锦两个人刚出饭铺，就瞧见鲁士杰在饭铺外头，瞧那天棚柱子上拴着一匹红马，鞍韂鲜明，鲜红的颜色，鬃尾极其好看。鲁士杰问：“这是谁的马？”霹雳鬼说：“瘦小子，你爱人家的马呀？”鲁士杰一抬头说：“大小子，你管我哪！”于奢在旁说：“你们两个人，须别叫他大小子，我也不矮呀！叫他个黑小子还可以。”士杰说：“你也是大小子。”于奢说：“我不瞧你小，我把你劈了。”士杰说：“我还要劈你哪。”于奢说：“你有多大膂力？”过来一揪，被小爷把他腕子拿住，往怀中一带，于奢往前一栽，几乎没栽倒在地。于奢往怀里一抽，小爷又这么一送，一撒手，噗咚一声，仰面朝天，栽倒在地。于奢自己羞得面红过耳，说：“瘦小子真可以，咱们两个人再试试。”小爷说：“慢说是你一个人，就是你们两个小子也不行。”韩天锦说：“咱们试试。”果然两个人一齐过来，被小爷把他们两个腕子拿住。这二人见鲁士杰手指头细长漆黑，类若两只爪子，小爷一用力，就如五个钢钩把二人腕子钩住一般。论说二位站殿将军，膂力不小，禁不住小爷这一揪，往怀中一带。于奢、韩天锦也往怀中一带，鲁士杰连一丝儿也不动，二人就知道势头不好，说：“你撒开罢。”小爷绝不肯撒开他们，容他们往怀里劲力带足，借着他们自己的力气，仍是往两下里一送，一撒手，这二人噗咚噗咚，全都栽倒在地。瞧看热闹的人不在少，内中单有一个人哈哈大笑，说：“好大膂力！”于奢、韩天锦栽倒，本就羞的难受，又对着这些个人无知，叫了一阵好儿，这两个站殿将军如何搁得住，正要找一个出气之人，爬起来对着赞好之人就骂。那个大笑之人也是一个不容骂的人，说：“你们两个人被人家栽倒，因为何故骂我？”于奢说：

“我们是自己弟兄，闹着玩的，与你何干！为何你在旁边狂笑？你要不服，来来来，咱们较量较量。”那人说：“你惹不起人家，要欺压于我，谁人受你欺负？”于奢说：“我就会欺负你，你不服，你来试试，小子，怕你不敢！”那人一听，微微一笑，说：“量你有多大本领！”那人生得是细条身材，白脸面，一身蓝缎衣衿。于奢过去就是一拳，那人用二指尖往肋下一点，于奢噗咚摔倒在地。要问此人是谁，且听下回分解。

第一百八回　乜云鹏使鞭鞭对锴　徐世长动手手接镖

且说于奢皆因被鲁士杰栽了一个筋斗，他打算着要拿那人出气，不料刚一过去，被人家用二指尖往肋下一点，他就摔倒在地，并且是心内明白，但是不能动转。韩天锦说：“这小子，可真是岂有此理！你会甚么本事？来来，咱们两个人较量。”那人说：“量你有多大能耐！”韩天锦过去，打算要揪他，不料也被人家用二指一点，也就摔倒在地。鲁士杰说：“你这小子，因为甚么把我的两个哥哥全都治倒？咱们两个人较量较量。”那人一笑，说：“小辈，别看你能摔他们两个筋斗，我要叫你往东倒，你要往西一倒，算我学艺不精。”这鲁士杰更不行了，也就过来。那人说：“你有多大膂力，把腕子交给你，也拉我一个筋斗，方算可以。”鲁士杰把他腕子一揪，往怀中用平生之力一带，那人用左手，顺着鲁士杰的胳膊一摸，小爷就觉半身麻木，被那人用二指尖一点，小爷也就栽倒在地，不能动转。外面瞧看之人越聚越多，全都哈哈一笑说：“真是强中自有强中手，能人背后有能人。那个精瘦小孩儿，会胜那两个大身量的；这三个人，又不是那人的对手。”

里面，蒋爷刚才吃完了饭，叫他们捡去家伙算账，忽见外边进来之人说：“就是那边饭座上的人，都被人家给戳死了。”艾虎就问：“那位大哥，你说甚么被人戳死了？”那人说道：“你们还不出去瞧瞧去哪，你们一同的人全死过去了。”艾虎一听，往外就跑，后面跟着众人出来一看，果然于奢、韩天锦、鲁士杰三个人俱躺在地下，可睁着眼睛，不能转动。蒋爷先就问那个人，你将我们三个人打倒，是甚么原故？那人答言说：“是我打的，如不服，就过来较量较量。”一班小弟兄正要上前争论，话言未了，史云过去，给那人一拳。那人又是照样用二指尖一点，也就栽倒在地。蒋爷心中暗暗忖度，此人这身功夫，受过明人指教，这叫闭穴法，俗话说叫点穴，曾听见北侠说过会这套功夫，以前白玉堂拿北侠，在妙莲慧海庵遇尼姑，救汤孟兰五个，就教北侠用指尖一点，五爷站在那里如受了定身法的一般，工夫不大，北侠就给他解过来了。其余就是神行无影谷云飞会。其名叫十二支讲关法，按十二个地支，子丑寅卯，无论夜晚白昼，总得知道天到甚么时辰，按人周身三百六十骨节，点在甚么穴道上。这一点无非就把人的穴道闭住，或躺或站，一丝儿也不能转动，就是不容易学。蒋爷已明此理，知道他是点穴法。艾虎等不知此术，就要抽刀动手，展爷过来一拦，连蒋爷说着，四人才不动手。四爷说："世间有句话：'理字无多重，三人抬不动。'你们乌合之众都要亮刀，莫非杀人就白杀么！有话说话，不要动粗鲁哇。不用你们，全有我哪。"蒋爷过来，与那人说："朋友，咱们远年无冤，近日无仇，我们这三个人，要是得罪了尊公，我给磕头赔礼，有甚么话，我们少刻再说，你先将他们放转过来。"那人说："使得。"就见他过去，用手一拍，韩天锦、于奢、鲁士杰一翻身坐将起来，说："好小子，真有你的！"展爷把他们拉将过来。蒋爷知道这闭穴工夫一大，日后必要作病，故此先叫那人把闭穴法给解了。蒋爷又问道："朋友贵姓？方才我们三个人，俱是浑人，难道你还看不出来么？若有得罪尊公之处，我替他们赔礼。"那人微微一笑，说："我姓沈，叫沈明杰，居住马尾江，正西有道岭，叫梅花岭，在岭正南，叫奇霞岭，岭下有个村子，叫避贤村。我家有七旬老母，因我老母终日用饭，非肉不饱，我故此每日上一趟三元县，与我老母买肉。"蒋爷说："古人云：人到七十古来稀，你能终朝走这么一趟，不嫌絮烦，可见你的一点孝心。忠臣孝子，人人可敬。"沈明杰说："尊公何必这般过奖。未曾领教你老贵姓？"蒋爷说："姓蒋名平字泽长，原籍金陵人。"明杰说："莫不是人称翻江鼠么？"蒋爷说："正是。"沈明杰说："原来是蒋四兄台，请上受小弟一拜。"说毕行礼。蒋爷把他扶住，又见那人二十余岁，口称自己是蒋四兄台，连忙问道："这位弟台，何以能知劣兄？"沈明杰说："我提一个人，四老爷就知道了。"蒋爷说："但不知是哪一位？"沈明杰说："洪泽湖高家堰隐贤庄有一位姓苗的，那位老先生，你必然认识。"蒋爷说："那是我的苗伯父。怎么，弟台认识此人么？"沈明杰说："那是我的师傅。"蒋爷说："这可真不是外人了。请弟台过来，我与你见见几个朋友。"先见展南侠，然后大众俱都一一相见。蒋爷说："我们大家里面说话去罢。"沈明杰告诉过卖，看着这匹马。伙计说："你老只管放心，丢失不了。"

至里面落座，蒋爷要请他饮酒。沈明杰说："刚才吃过，正然要走，遇见他们三位比较膂力，我在旁边失声一笑，他们一骂我，我可实有得罪他们三位。"蒋爷说："全是自己人，不是外人。请问沈贤弟，如今我苗伯父还在与不在？"

明杰说:“已经故去三载有余了。”蒋爷说:“原来他老人家归西去了,可惜!可惜!”明杰问道:“如今我师兄苗正旺,四哥你可知晓他在哪里居住不知?”蒋爷说:“不知,正要与你打听打听。”沈明杰说:“这个——”自己一怔说:“四哥,我要知道,怎么与四哥打听呢?”蒋爷说:“他们父子行事,实系古怪,帮着我拿住吴泽,救了我们公孙先生,颜大人要请他父子出来,与他们打折本奏明万岁,候旨意下封官。至隐贤庄一找,他们父子已是形迹不见,由那时就隐遁了,至今不见下落。”原来沈明杰分明知道他的下落,特意反问蒋四爷,等到下文慢表。沈明杰说:“你们众位意欲何往?”蒋爷就把开封府丢印,上朝天岭找印的事说了一遍。沈明杰说:“众位若奔朝天岭,离我家中不远,倘有用着小可之时,小弟情愿效劳。我可不能在此久待,还得回去预备我老母晚饭去哪。”沈爷把过卖叫过来说:“他们共算了多少饭账,全是我给。”蒋爷说:“那可不能,你吃了多少钱,应当我们给才是。”沈明杰说:“我的钱文已然会过了。”两下让了半天,仍是自己会自己的。蒋爷又细问了他的住处,沈爷又说一遍,告辞,出离饭铺解马匹乘跨回家去了。

蒋爷大众也就起身,直奔朝天岭。过了马尾江,远远往朝天岭走去,忽听见号炮连声。蒋爷说:“这是哪里开兵打仗哪?”又见许多行路之人往回里乱跑,众人说:“你们别往那里去了,朝天岭反了,有开封府的护卫带着民团与朝天岭打仗呢。”蒋爷说:“正好,我们此去也是要打仗去。”众人方得知晓。蒋爷等往前紧赶,看看临近,就看见那边旗幡招展,队伍交杂,这边民团拿包袱当旗帜。蒋爷一眼就看见徐三爷在那里指手画脚,与南侠说:“盖总镇说徐良一人过关,怎么三哥也在这里?”大众直奔前来,见了徐三爷。韩天锦与于奢说:“咱们三弟在那里与贼交手哪,我们过去换替换替他去。”于奢说:“大小子你敢过去么?”韩天锦说:“除非你不敢过去!”原来他们走路,自己全都带着各人的家伙,二人一说,撒腿往前就跑,直奔杀场。

天锦说:“三弟闪开了!”徐良刚把那二人三节棍削折,忽听后面于奢赶上前来。乜家弟兄两条十三节鞭,哗啷一抖,两条怪蛇相仿,天锦迎着乜云雕,于奢迎着乜云鹏。这十三节鞭,论兵器之内,最利害无比,逢硬就折弯,共十三节,全是钢铁打造,环子套环子,真得受过明人的指教,打的出去还得收的回来,或锁人家的兵器,或迸人家的家伙,拍砸搂扫,皆是招数,单刀、双刀、宝剑、双锏、单鞭,遇十三节准输。最怕的是铛、三节棍、锁子棍、狐狸鞭,只这几宗兵器可赢十三节鞭,还得是大行家。如今乜云鹏见于奢这柄雁翅铛，又带于奢晃荡荡一丈开外的身量，心中就有些惧敌。使了个泰山压顶，砸将下去，于奢并不横铛招架，往后一撤步，十三节鞭打空，将往怀中一抽。于奢用铛往下一拍，只听呱当一声响亮，铛的雁翅把十三节鞭挂住，尽力往怀中一带。云鹏吓了一跳，也是尽力往怀中一带。于义赶奔前来，飕的就是一镖，乜云鹏一歪身躯刚刚躲过，于义拧枪就扎。此时十三节鞭和铛便也就两下分开，然后奔于义，乜云鹏用扫堂鞭一扫，于义跳过，复又打将下来，雁翅铛又到。金永福、金永禄看见乜家弟兄要吃苦，这二人就蹿下来。他们两个本是飞贼，不会使长家伙，每人一口单刀，赶奔杀场。此时韩天锦吃的苦却不小，皆因乜云雕盖顶搂头往下一砸，韩天锦用铁棍使了一个横上铁门拴的架势，不料那十三节鞭逢硬就折弯，就听“哗啷”一声，把那几节正碰在韩天锦脊背之上。天锦叫喊说：“哎呀，小子真打么？”乜云雕也不言语，照样儿哗啷又打了一下。可倒好，乜云雕也不改招数，韩天锦也不换架势，鞭一打，棍一挡，韩天锦就得挨一鞭，整整受了十余下，疼痛难忍。徐良看不过，复又蹿将上去，说：“二哥你躲开罢。”韩天锦方才下来。乜云雕不知徐良的利害，也是照样往下一打，徐良刀往上一迎，“呛啷”一声，把鞭削去两节，照样又一打，又削去两节。乜云雕无奈撒腿败阵。徐良哪里肯舍，乜云雕跑不甚远，回首就是一镖。徐良“哎哟”一声，噗咚栽倒。要问生死如何，且听下回分解。

第一百九回　四品护卫山谷遇险　站殿将军战场擒人

且说徐良把乜云雕的十三节鞭削去一半，乜云雕就跑，徐良就追。乜云雕一回手，把暗器掏出来，往外就打，早被徐良看见，慢说这是白昼，就是夜间，都能接人家暗器的。徐良一伸手把暗器接来，往后一仰，噗咚栽倒在地，把镖还转过来，使那个打暗器之人无疑。乜云雕一见他这样栽倒，就知把他打中，遂即转身回来，要结果他的性命。忽见徐良使了个鲤鱼打挺，一翻身说：“来而不往非礼也！”飕的就是一镖。乜云雕他哪里防范着有这么一个招数，也亏得自己躲的快当，一矮身躯，砰的一声，正打在他抹额之上，吓的贼人胆裂魂飞，撒腿就跑。徐良紧紧一跟，乜云雕不敢归队，扑奔正西，进了山口过山梁，徐良仍然是追，二人直跑的力尽，气喘吁吁，汗流浃背。跑出总有五六里路，忽然透出平坦所在，四面皆是大山，是一个小村庄的样子，有二三十户人家。就见临近那所庄院，是柴扎竹篱，门外站着一位武生相公。

看着二人临近，那人就进门去了。看那人的相貌十分俊秀，怎见得？有赞为证：

山西雁，正自追赶贼一个。忽然间，对面之人要进门。武生打扮多俊俏，恰如同，读书之辈带斯文。头上带，武生巾，翠蓝色，扣顶门，掐金线，配流云，牡丹花，十样锦，嵌官玉，白而嫩，真乃是，素净的身分无瑕无痕。箭袖袍，紧着身，绣花边，镶片锦，银红色，簇簇新，腰中系一根杏黄色的丝绦把穗儿分。皂朝靴，足踏稳，色毡底，溶溶粉，却又将，时款尊，端端正正并无泥土又无灰尘。肋下剑，龙口吞，镶什件，是镀金，挽手穗，两下分，令人瞧，心发怔。能诛邪，斩妖氛，但离匣，惊鬼神，杀人不带血光痕。美芳容，正可人，年纪幼，威颜振，眉清秀，目有神，土星端，耳有轮，双腮带傲恰似涂朱的嘴唇。观看此人是清而秀，一转身躯要进他的门。

乜云雕被徐良追的无处可跑，往西一拐，那人刚进去，正要关门，乜云雕把篱笆门推开进去，央求那个武生相公，在院中暂避一时，让徐良追赶过去，然后再逃窜性命。不料徐良早在篱笆墙外，听见他们里面说话，一纵身就从篱笆墙外蹿进去了，脚一落地，原来那武生相公就在那里等着呢。那人一抬腿，徐良就摔倒在地。武生相公用膝盖点住徐良后腰，把带子解下来，四马倒攒蹄将山西雁捆好。徐良说："那一个是贼，我是办案追贼的，相公为甚么把我捆上？"那相公微微一笑，并不答言，扬长而去，少刻有家人出来，把徐良看上，暂且不表。

且说疆场之上，仅剩了乜云鹏被雁翅铛围裹，后来金家弟兄到了人家那边，这边众人也杀将过去。蒋爷主意，就是鲁士杰没上去。此时，蒋爷也问明白了徐庆与阎家结亲之事，很觉着喜欢。白芸生、卢珍刚一过来，就敌住金永福、金永禄，乜云鹏对着艾虎，用十三节鞭抡开就砸，艾虎七宝刀往上一迎，呛的一声，把十三节鞭削去两节。乜云鹏回身就跑。一晃他那鞭，就是号令，五百兵忽喇往上一裹，长短的家伙往上一递。这一阵好杀，如同削瓜切菜，挨着就死，碰着就亡，转眼间，横躺竖卧，尸横满地，血水直流，带着重伤的、死于非命不少。金永福被刘士杰一镖打倒。韩天锦把他往肋下一夹，回头就跑。金永禄被于奢用铛杵打了一个筋斗，栽倒在地，于奢一弯腰，也就把他夹于肋下，往回里就跑。乜云鹏一声令下收兵，就见那边当啷一棒锣鸣，众兵丁如风卷残云，归奔梅花沟去了。蒋爷说："鸣锣收兵！"这边的全都回来。

蒋爷这一来，就有出主意的人了，叫大众分一半人，回家中去取镢镐，这一半人搬石块叠墙子。那一半人取来镢镐，挖战壕创立辕门。人多容易做，转眼之间，就叠了半截墙子，挖了几尺深的战壕，仗着是平坦之地，工夫不大，俱都挖好。蒋爷教给他们，站墙子传口令，按军规营规的号令一般，叫阎芳给他们预备灯笼火把，换替着吃饭，换替着巡更、站墙子，然后就在里边一座大庙，作了他们的公所。拿住的金永福、金永禄，带上来细问他襄阳王的事情。这二人并不隐瞒，就将王爷的事情，一五一十说了一遍。又问他们朝天岭的地势，这二人也不隐瞒，一五一十全都说了。又问："玉仙可曾到了没有？"回说："没有到。"将爷一威吓两个人，这二人说："我们已然被捉，问我们甚么说甚么，不说也是死，说了也是死，我们不说，白受些刑法，索性有甚么说甚么倒好，只要求老爷们给我们一个快刑。"蒋爷又问："白菊花在你们这里没有？"金永福说："不但不在这里，我们连认识他都不认识。"蒋爷说："也不杀你们两个，只等我们把大事办完，还放了你们两个。只要你们改邪归正，就算好人。"又派人把这二人看起来，不叫缺少他们的吃喝。

安顿已毕，大众就在庙内吃饭，都是阎正芳预备。蒋爷说："阎员外，上朝天岭的道路，你可去过没有？"阎正芳说："一概不知，谁也没往里边去过。"蒋爷又问："这后山可能上的去？"阎正芳说："上可是上的去，就是绕的道路太远，非由汝宁府过去不可。走后山六十里路，到山顶之上，三十里路，有个交界，叫苗家镇，立着个交界牌。山上的人，不许私过交界牌往下，下面不许过交界牌往上。这交界牌，上面是山上的人看着，下面有苗家镇的人看着，如要私过交界牌，准其拘拿。"蒋爷问："这是甚么缘故？"阎正芳说："这苗家镇有我们亲戚，是我们一个连襟，姓苗，叫苗田雨。他们姓苗的人甚多，全是打猎为生，他们常常打野兽，有用三眼铳的时节，山上听见三眼铳一响，就疑着有官兵抄山，因为此事，打过好几回仗，山上全都吃败仗。我们亲戚出来给说合着，立了一个交界牌，此后不许犯界。若要上这后山，非从此处不能过去。"蒋爷说："除此之外，别无便道了么？"阎正芳说："除此之外，别没有便道了。"蒋爷说："既然这佯，今日晚间，从前边探探他这个岭去。"阎正芳问："谁可探去？"蒋爷说："我去探去。"阎正芳说："从哪里去探？"蒋爷说："由前边水面去探。"阎正芳说："不行，十里地的水面，谁能有那么大的水性？"蒋爷说："慢说十里，二十里我也能去，谁叫我这护卫上多加出水旱二字来。"阎正芳说："就让四老爷水性行，他们还有许多的消息哪。"蒋爷说："方才金永福不是说过了么？就是那滚龙挡，卷网水斗子，全不要紧的事情。”巡江太尉李珍、细白蛇阮成两个人说：“我们同你老人家一路同往如何？”蒋爷问阎正芳：“他们二人水性怎样？”阎正芳说：“我是一概不晓，打量着可以。”蒋爷又问：“你们两个人在水中能看多远呢？”李珍、阮成二人齐说：“能看一丈五六。”蒋爷说：“不行，看一丈五六不算水性。”二人说：“我们虽看的不远，凫水十里地，绝不能乏。”蒋爷说：“那可就行的了。”艾虎在旁说：“四叔，我也跟了去。”蒋爷说：“你在水中又不能睁眼，去作甚么？”艾虎说：“又不是在水中打仗，睁眼何用？我也能凫十里地的水力不乏。”闹海云龙胡小纪说：“我也去。”蒋爷说：“咱们这几个人去，谁也不能顾谁。”大家点头。蒋爷说：“瞧瞧徐良回来了没有？”众人说：“没回来哪。”蒋爷说：“他往哪里去了？”于义说：“我见他追下那个使十三节鞭的人去了。”

忽见从外面进来了两个人，是阎福、阎泰。二人对阎正芳说：“叔父，我们把阎勇、阎猛两个哥哥的尸首找回来了。”阎正芳一听，心中好惨，说：“苦命的两个孩儿，倒是怕我出去有险，不料你们两个人反死在杀场。”蒋爷说：“老哥哥也不必悲伤了，等我们进京之时，必然奏闻万岁。”阎正芳说：“那倒不必，也是他们两个人命该如此！”遂即吩咐，把他们尸首用棺木盛殓起来，暂且在家内停丧，等着把朝天岭的事情办完，然后再发丧开吊。蒋爷说：“事不宜迟，咱们探朝天岭的起身罢。”又告诉阎正芳与展南侠，派他们这些人前后夜值更。正说之间，有人进来告诉说，梅花沟墙子上，先前有许多灯笼，方才全都撤将下来，黑洞洞有许多船只，把他们渡进银汉岛那个竹门去了。蒋爷说：“这就好办了。方才要早知道他们渡河，咱们应当掩杀他们一阵，还可又杀他们不少。这必是山中见咱们拿住他两名贼寇，心中惧怕。他们这一进山，省得咱们晚间多加防范了。虽然如此，可别懈怠，仍然还是上墙子坐更，传口号防范，可别中了他们的计策。”阎正芳点头。蒋爷与展南侠借那一口宝剑，展爷把两刃双锋交给蒋四爷。蒋爷问：“你们几个人有水衣没有？”李珍、阮成、胡小纪齐声说：“有。”艾虎说：“我没有。”蒋爷又问：“你有油布没有？”艾虎说：“我没有水衣，哪里来的油布？”蒋爷叫阎正芳给找一块大大的油布来。不一时取来，交给艾虎，为的是好包他的夜行衣靠与白昼的衣服。艾虎把夜行衣包好，七宝刀挎在腰间，蒋平、李珍、阮成、胡小纪都带了自己应用的东西，辞别大众。南侠嘱咐，千万小心。蒋爷说：“不劳嘱咐。”出离庙外，一直往东北绕过梅花沟，又扑奔西北。来至水面，大众换了水湿衣靠。探朝天岭这段节目，且听下回分解。

第一百十回　蒋平率大众削刀破挡　李珍与阮成被获遭擒

且说蒋四爷带领大众，来至朝天岭的水面，艾虎把长大衣服脱将下来，剩下汗衫中衣，赤着双足，把脱下来的衣服全拿油布包好，把刀别在腰中，背着包袱。蒋爷等把水衣换好，也是用油布把衣服包好，把宝剑别上，先就跳入水内，试试水性如何。蒋爷见那水势狂荡，复又翻将上来，告诉这几个人说："可要大大小心，水势过狂。"众人说："不劳四叔嘱咐，自己小心自己为是。"一个个俱都跳入水内，好容易凫来凫去，才凫到了银汉岛的岛口。这口子一边是连云岛，一边是银汉岛，那两个岛口当中，就是竹门，此时竹门紧闭，竹门之下，全是柏木桩子，桩子之上，全有利刃刀头。惟独那竹门之上，也没刀头，也没桩子，因为是他们行船出入必由之路。倘若别有不知的船只要奔竹门，碰在柏木桩子上，下面又有刀，又有桩子，就能将船只损坏。蒋爷看得真切，往上一翻身子，露出水面，几个人也都上来。蒋爷低声告诉："千万要走当中，别往两下歪，小心碰在桩子刀上。这一进了竹门，可就不能说话了。"众人说："我们多加小心就是了。"蒋爷在先，鱼贯而行，一个跟着一个，钻入水内。进了竹门，一看前边这个滚龙挡，晚间一看，犹如一条乌龙相似，咕噜噜的乱转。原来可着闸口多宽，这个滚龙挡就够多长。木头心子上面包着铁，这挡上面有一百二十把鲇鱼头的刀，上面有十二个大轮子，轮子上边也有刀头，又有十二个拨轮子，上面有水斗子，水斗子的水，往下注在水磨上，水磨一转，拨轮子就转，拨轮子一转，管轮子就转，管轮子一转，那横挡就转，若要出入船只之时，把水斗子掖住，那滚龙挡就不转了。那挡有两根大毛连铁链，上有转心活滑子，这两根铁链直通在上面，南边那根在银汉岛上，有九间勾连搭的房子，里面有四把大花辘轳，有一根铁梁，那链子在梁上挂着。北边那根毛连铁链在连云岛上，同南边一样，也是九间房子，也有四把大花辘轳，一根铁梁，那链子也在梁上挂着。他们每出入船只之时，把辘轳一松，水斗子一掖，那滚龙挡没有水斗子往下注水，自然的不转，松铁链往下一沉，他们的船只听其出入。等着无事之时，将两边的辘轳一齐往上一绞，仍然是把那滚龙挡按放旧位，把水斗子掖棍一撤，那滚龙挡又转起来了。那挡一转，这挡上的刀，上面蹭着水，都是斜摆着鲇鱼头的劈水刀，下面不能到底。底下有卷网，就离劈水刀不远。南北西三面，这卷网上下，全有墙子，若要收滚龙挡之时，必先放卷网；若要提滚龙挡上去，也得把卷网提将上去。如今蒋四爷到，见滚龙挡乱转，下面一块卷网，若从卷网上头过去，正碰在滚龙挡的刀上；若从卷网底下过去，正碰在南北西三面墙子上。蒋爷回身，把大众一拦，钻出水面，叫艾虎把七宝刀给胡小纪，叫李珍带着艾虎，皆因他水中不能睁眼之故。蒋爷低声告诉胡小纪，用宝刀砍卷网的四面转心滑子，然后把滚龙挡的刀削折，可别全削折，留半截，我们就过去了。胡小纪点头，二人复钻入水中，胡小纪在北，蒋老爷在南，先把卷网的南北两个转心滑子用刀剑削折，吧哒一声，卷网沉入水底。到滚龙挡，把鲇鱼头劈水刀，叱哧咔嚓，全都削折，那挡仍然还是乱转，把管轮子上刀头也尽削折。奔中平寨。蒋爷在水中拉了阮成一把，阮成告诉李珍、艾虎，复又钻入水里。

过滚龙挡，又到两个岛的二道山口。类若一个大桥相仿，三个瓮洞，桥上边就是中平寨。这座寨正迎着水面，明五暗十的房子。两旁边有雁翅托，寨内有一家寨主，名叫入河太岁杨平滚，有四员偏将。那寨的门外，当中有一个架子，上面有一个大灯，是一个圆筒，类若帽盒粗细，照彻着前边竹门里头，水面若有细作前来，好结果他们的性命。白昼换上千里眼。几个人奔到中平寨下，不敢往上瞧看，扑奔当中的桥洞，将要出去。原来那边可着三个桥洞，全是卷网，仍然用宝刀宝剑削得粉碎，然后把南北两块也都砍得粉碎。五位分波踏浪，踩水直奔正西，在水凫了有两箭之遥，才将上身露出来回头一看，中平寨西面，全有来往巡更之人。听了听天交四鼓，蒋爷见这水面上，来往全是小红灯笼，都是些小巡船，一个船上三四个人，一个灯笼，一面铜锣，预备着捞网子挠钩。又往正西一瞅，临河寨还离甚远，就听见也是梆锣响。蒋爷与他们商议，说：“咱们暂且先回去罢。”艾虎问：“怎么？”蒋爷说：“方才破他的卷网、滚龙挡，工夫甚大，到临河寨还有一二里地，由临河寨到上面还有四十里路，至大寨，天光也就亮了，咱们往哪里藏躲？若是被人识破机关，咱们几个人如何杀得出去？不如咱们今天暂且回去，明日再来，过滚龙挡、卷网全都省了事了。”艾虎说：“就是回去，咱们也到那边看一看临河寨再走。”李珍、阮成、胡小纪全都愿意。蒋爷只得点头，复又扑奔正西。好容易到了，见那些船只一行行、一排排不计其数。躲着那船只上岸，脱水衣，换白昼服色。艾虎换了夜行衣，把宝刀从胡小纪手中要来。艾虎告诉蒋爷：“胡小纪不会蹿高纵低，叫他给我们看衣服罢。”蒋爷说：“既然这样，你就在此处，找一个山窟，告诉胡小纪，千万别离开此处，众人都在这里会齐。”

蒋爷、艾虎、李珍、阮成四个人扑奔正西，身临切近，见周围全是虎皮石墙，有栅栏门坐北向南，门外，东边五间房子，西边五间房子，里面有坐更之人。此时栅栏门已经关了，上面全有五股倒须钩，钩的叉头冲天。蒋爷四人全都蹿上墙头，一看，院子甚大，有东西房，一排一排，房屋甚多。原来这临河寨有二百人，全是水旱都能的喽兵，晚间有在船上的，有在寨内的，全是廖习文、廖习武两个人的调动。又有明三暗九三层正房，就分为前中后三寨。在这三层的后面，有一个高台，高够三丈六尺，上立一根竿子，上面有一个顺风旗子，若要上船瞧风，都往这里瞧看。旗下有一个四方大刁斗，这刁斗足可以容得下十二个人，晚间另有软梯，上面有坐更的，白天上有瞭望的。这四个人见里面头层上房灯光闪烁,别的屋中也有灯光。四人蹿将下来，往四下一分，直奔上房。蒋爷、艾虎在前，李珍、阮成二人在后，见后面也是大覆窗户，二人把窗棂纸戳了一个窟窿，往里窥探。见有两个人，一文一武，全是白脸面，在那里对坐说话，约有三十多岁，旁边站着数十个人，俱是喽兵的打扮。一人说：“今日之事，实在是想不到。若论宁夏国来的这五百人，虽不能一人敌十，足可以一人敌五，不料我们两家金寨主被人活捉去了。两个乜先锋，丢了一个，如今也不知去向，可见三千户真有能人哪。怎么一时之间，就有开封府的兵帮着他动手？这也就奇怪了！”那人说：“这样看起来，今天这头一战就不吉祥。若不是你这个主意，把乜先锋连那几百人放进竹门，今天晚间，要是三千户一起营，还怕得打一个败仗哪。靠起现叠的墙子，又挡得甚么人？现今把他们调进我们寨中，准能保住性命。如今乜先锋见我们大寨主去了，也没有回信。”先前那人说：“准是被大寨主留在大寨了。今晚我们这里，还得防范才好哪。”那人说：“我们这里不能来，头一件中平寨他先进不来，纵然就是进来，绝不能到我们临河寨。别处山路又不通这里。再说今天我们三寨主，带着两个女扮男装的是谁？正在宁夏国兵丁渡河之时，他们也乱挤上船上，我想又不是好事。”那人说：“怎么，你还不知道哪？那两个就是团城子伏地君王东方亮两个妹子，你没听见说，他把开封府的印盗了来哪。”蒋爷与艾虎在外面全听了一个真切。后面李珍、阮成也都听见。

正在这个时候，忽听后面那刁斗上当啷啷一阵小锣乱响。里边廖习文、廖习武听见小锣一响，俱都站起身来，往外就走。众人也跟着往外就走，出屋门，下阶石，往东西两下一分。此时蒋爷与艾虎俱都蹿出东墙之外。李珍、阮成忽听后边刁斗小锣一响，心中一惊，又见里边的人从屋中出来，二人将要走，不料刁文、刁武就到了后边，刁文说："有人！"刁武一回手，将刀亮出来，就奔了李珍、阮成，二人也就亮兵器，阮成刚一拉刀，"噗咚"一声，就摔倒在地。单剩李珍一个人与刁武交手，跟出那数十个人过来，将阮成捆上，四马倒攒蹄。李珍动手，绕了三四个弯儿，未分胜败，也不知哪里来了一只暗器，"噗咚"一声，正打在左腿之上，"噗咚"一声，也就摔倒在地。刁文说："捆上！"那几人又过来，将李珍捆上。又听那刁斗换了大锣声音，当啷啷一阵大锣响，这里一声令下，大呼"拿人"。各屋中的喽兵，此时也有睡着的，旁人将他叫醒，顿时一阵大乱，齐声喊叫拿人。此时艾虎与蒋爷，他们的腿快，全蹿出墙外，先奔山窟窿，找胡小纪来换水衣，将水衣换好，就是不见李珍、阮成回来。转眼间，忽听锣声震耳，喊叫拿奸细呀，并且连方位都说对了，说往正东走了，往正东追赶。你道这是甚么缘故？皆因是这个刁斗下，指着他们暗令子，人要在北边，是打小锣；人要在南边，是晃铜铃；人要在东边，是打大锣；人要在西边，是打鼓。也算蒋爷身法快当，进去之时，全没看见，后来李珍、阮成往后一绕，刁斗上才看见了，筛小锣，如今筛大锣，开寨门，喽兵抄家伙，直奔正东。这一围裹上来，要问蒋爷、艾虎、胡小纪怎样脱身，且听下回分解。

第一百十一回　金仙一怒杀老道　寨主有意要姑娘

且说蒋平、艾虎、胡小纪见喽兵扑奔前来，艾虎随手就要拉刀迎将上去。蒋平一拦说："我们先下水去，你我共三个人，倘若被捉，岂不误了大事。"艾虎说："他二人既然被捉，我们要回去，可不是道理。"蒋平说："我自有主意。倘若李、阮二人被他们拿住，咱们那里有两个押帐呢。"艾虎点头，三个人同走，蒋平拿着李珍、阮成的两套水衣，钻入水中去了。喽兵打着灯笼火把，虽是眼前大亮，远方可看不真切，故此蒋平他们下水，谁也不能看见，再者这三个人钻入水中连一点声音也无。众喽兵扑空，廖习文、廖习武找了半天，只得复又回来。廖习文吩咐把拿的两个人带上来，细细拷问。喽兵答应一声，把李、阮二人五花大绑捆定，就是松着两条腿。喽兵早把那枝袖箭拔出来，交给廖习文。原来这二人全是廖习文拿住的，论说他可是文人打扮，每遇动手，他也不会蹿高纵低，若要交手，他左手有一根檀木拐，全凭右手袖箭。他这袖箭，是两个筒儿，要一交手，专打来人的两目，用一枝就打一枝。若论他腹内文才，也是甚好，这后面的刁斗，就是他的主意。此时把李珍、阮成往上一推，喽兵说："跪下，跪下。"李珍、阮成二人焉能与山寇下跪，哼了一声，说："哪个跪下？休要多言，如今我二人既然被捉，速求一死。"依着廖习武，把他们推出去砍了。廖习文说道："待我问问！"转面向李珍说："你们二人同哪个一伙来的？大概独自你们两个人也到不了此处，必还有别人，只要你说了真情实话，我必开发你们一条活路。"李珍说："事到如今，我们也不隐瞒，实是同着三位护卫前来。提起来，大概你们也都知道，一位是翻江鼠蒋平，一位是小义士艾虎，一位是闹海云龙胡小纪。"廖习文又问："你们两个人叫甚么名字？"阮成说："大丈夫行不改姓，坐不更名，这位是我哥哥姓李名珍，外号人称巡江太尉；我姓阮名成，名号人称细白蛇。"廖习文说："难道你们没走中平寨么？"阮成说："正走的是中平寨。"又问："怎么过的滚龙挡？"阮成说："被翻江鼠给你们损坏了。他们三个人是来探山，我们两个人是寻找朋友。"廖习文说："你们找那位朋友，姓甚名谁？"阮成说："找的是徐良，那是我师傅的门婿，就因为保护三千户的村子，与你们那个使十三节鞭的交手，如今不知下落，我们找他来了。"廖家弟兄一听滚龙挡损坏，二人吃惊非小。廖习武说道："不把他杀了么？"廖习文说："不可，也不管滚龙挡损坏没损坏，我们既拿住他们总是奸细，解到大寨主寨里为是。"廖习武说："也是个主意，我解着他走。"廖习文说："使不得，等至明日早晨再解他们走不迟，此时要走，还怕他们有伙计在路上等着，遇见反为不美。"廖习武就依他哥哥之言，叫众人看守李珍、阮成，暂且不表。

说书一张嘴，难说两家话。再提金弓小二郎王玉，带领着东方金仙，由团城子逃走，出了苇塘，等了半天玉仙。王玉哄着金仙说："玉仙头里走着，也是有的，我们上黑虎观等去罢。"金仙无奈，跟着奔庙。晓行夜宿，非止一日。行到黑虎观，天有初鼓光景。叩门，小老道出来，把他们让将进去，直至鹤轩，一打听赵元贞、孙元清，全没在庙中。王玉叫小老道拾掇东跨院，他们就搬在东院去住。当日晚间，也没叫预备酒饭。次日早晨起来，金仙给老道二十两银子，叫他们给预备饭食。吃完早饭，叫王玉出去打听哥哥与妹子的信息。王玉出去，晚间回来，告诉金仙说："石龙沟有人劫了囚车。"金仙说："可不知道是甚么人劫的？"王玉说："明天出去，再细细打听。"到了次日，去了一天，也没回来。到了第三天，王玉方才回来，就把京都城里头剐的东方亮述说了一遍。金仙一听，放声大哭，说："哥哥是死了，妹妹又丢了。"絮絮叨叨的念道。

可巧这个工夫，小老道过来送茶，这些言语全被他听见了，方知晓金仙是一个姑娘，自己也没顾的送茶，复又回去。这个老道叫清风，他有个师弟叫明月，今年一十九岁，颇通人事，自从知晓此事，整整的盘算了两天。到第三天晚上，又往东跨院暗地窥探，如要看出他们的破绽，把他们拿住，总得与我说些好的。将一奔窗户，他是不会本事，脚底下一发沉重，弄出声音，金仙在内就问："外面是甚么人？"连问了数声，小老道并不敢答应。金仙一掀帘子，往外一看。小老道一瞧，此时他就是女子的打扮，用手一揪，说："这可得了，我等师父回来，告诉我师父，你敢是一个女子哪。你同王三爷是怎么件事情？我要给你们嚷了。"金仙一听，气往上冲，一抬腿，"噗咚"一声，就把小老道踢了一个筋头，那链子锤就在腰中围定。小老道一嚷，金仙摘下链子锤，对准脑袋，"吧哧"一声，就把小道打了个脑浆迸裂，死于非命。王玉往外一看，说："你这是何苦？"金仙说："他要喊叫，我不结果他，等待何时？"王玉说："这也没有别的法子，我们走罢。"二人立刻拾掇包裹行囊，带上兵器。金仙仍是女装打扮，等到天亮，再换男子衣服。二人不管死尸，跳出墙外，将要扑奔正西，忽见由东边来了一条黑影，看看临近，低声一叫："是姐姐么？"原来是玉仙到了。

皆因得了开封府的印，二次又去行刺大人，被大众追跑。不知纪小泉被捉，仍从马道上城，由城墙外面下去，直奔店中，蹿房而入，开了扦管，推门至屋中，把印掏出来，换上男子衣服，静等着纪小泉。候至天色微明，并无音信。自己想：天光一亮，原来两个人住店，怎么剩了一个人，他们要一盘查，我无言对答，不如逃走为是。就把行李包好，所有的东西，连印俱都带上，将门倒扣，仍是蹿墙出去，顺着大路，直奔商水县而来。自己走路，暗暗伤惨，心中想念纪小泉，大概是凶多吉少，孤身一人，又不能救他，只落得孤孤单单，只可就是投奔黑虎观来。到了商水县，至饭铺打尖，问过卖黑虎观在甚么地方，过卖指告明白。玉仙吃完了饭，开发清楚饭账，离了此铺，扑奔黑虎观。到庙之时，天就不早，远远的看见由墙上蹿出两个人来，近前一看，是姐姐。二人对叫一声，金仙站住，两个人见面，拉住手对哭了一场。王玉在旁劝解，二人收泪。玉仙给王玉道了一个万福，他还了一揖。王玉说："此处不是讲话之所。"寻了一个树林里面坐定。背着王玉，玉仙告诉金仙私通纪小泉的话，又把劫囚车、得印、纪小泉被捉，一五一十细说了一遍。又问金仙的来历。金仙就把姊妹失散，到黑虎观，并怎么杀死小道，述说了一回。玉仙说："事到如今，怎办方妥？"金仙又把玉仙这些言语，告诉王玉一回。王玉问："他如今是怎么个主意呢？”金仙说：“他也无法。”王玉说：“这可一同到朝天岭罢！”玉仙点头，又将印拿出来，三人观看了一回，仍然交给玉仙。由此起身，到了白昼之时，金仙换了男子衣服，一路之上，晓行夜住。

到了朝天岭，正是那些兵丁过河进竹门的时节，他们方到，也跟着上了船，进了竹门，过中平寨，又到临河寨奔大寨，四十里路，一段一段的，都有人迎接三寨主。进了头道寨栅门，到了中军大寨，王玉叫喽兵先领女眷上自己后院去等候，亲身至大寨，见王纪先、王纪祖行礼。又见上面坐定一人，面似蓝靛，熊眉虎目，有王纪先引见了，就把宁夏国王爷那里派来的先锋官，姓乜叫乜云鹏，怎么开兵打仗，怎么金家弟兄被捉，那位乜先锋不知去向的话说了一遍。又向乜云鹏说：“这是我们三盟弟，外号人称金弓小二郎王玉的便是。”彼此对施一礼，然后落座。王纪先说：“三弟上南阳府，为何这时方才回来？”王玉就把始末根由，如此这般细说了一回。王纪祖又说：“如今开封府印信，贤弟得在手中了？”王玉说：“不在小弟手内，还在玉仙手中拿着哪。”王纪先说：“金仙算是从了你了，这个玉仙，你们在一处，大概也从了你了罢？”王玉说：“大哥不知，这个人性情古怪，虽是女流之辈，皱眉就要杀人。我虽私通他姐姐，与他连半句错话都不敢说。”又问：“此人品貌本领如何？”王玉说：“若论品貌本领，普天之下难找第二个。”大寨主说：“我今正少一个压寨夫人，要求三弟，与他姐姐提说提说，有他姐姐作主，大概准行。”王玉说：“这件事情，小弟可不敢应承。”大寨主说：“你哪里是不敢应承，分明是你们二人暗地有情，你先不愿意。”王玉说：“我们二人若有一分一厘私情，必遭横报。”王纪先说：“三弟言重了，我乃是一句戏言，你就这等着急。我也不是一定非要此人不可，我是要见见此人，难道说还不行么？”王玉说：“等我慢慢与他说着去。”说毕告辞，回奔自己东院，见着金仙、玉仙，他们已经换了女妆。这山中寨主，本没有压寨夫人，就是王纪先有两个侍妾，在后面居住，有几个丫头、婆子。王玉现从他们那边借了两个丫头、婆子，服侍金仙、玉仙。

且说王玉进屋内，金仙迎接，至晚间方才提说大寨主有意要收玉仙作压寨夫人的话。金仙说：“那怕不行罢。等明天我慢慢探他的口气，但能应允，倒是一件好事。”到了次日，王玉奔了大寨，与王纪先、王纪祖、乜云鹏一同用早饭。忽见廖习武从外面进来，见大众行礼。众人俱都让坐，廖习武说：“拿住两个奸细，请寨主发落。”又提损坏滚龙挡一节，大家一闻此言，呆怔怔发愣。王纪先直气得破口大骂，叫把二人带进来，喽兵把二人推到屋中。王纪先一见，气冲两肋，吩咐推出去砍了。不知二人生死如何，且听下回分解。

第一百十二回　臧能苟合哀求当幕友　玉仙至死不嫁二夫郎

且说王纪先叫把李珍、阮成推出去斩首。王纪祖说：“且慢，这两个是三千户阎正芳的徒弟，据我看这两个人也是无能之辈。如今三千户住着可是有能耐之人，就是翻江鼠的水性，天下数着第一。那滚龙挡，准是此人损坏，少刻待小弟看看去方好。这两个人，暂且免杀，拿他们作个押帐，倘若咱们金家弟兄未死，说明了两下对换，比杀了他们不强么？”王纪先说：“既然这样，把他们赦回来。”王纪先本打算要问问他们，由京都来了多少人，可巧这时杨平滚到，王纪祖一声吩咐，把两个细作押在后面。杨平滚到了面前请罪，皆因他坚守不严，失于防范。王纪祖叫他坐下，细问那滚龙挡怎么伤损的。杨平滚说：“滚龙挡上面所有的刀，俱剩了半截，轮子上的刀，也剩了半截，共坏了四块卷网。”王纪先说：“那就不好了，你们晚上连白昼多加防范才好。”杨平滚说：“还有一件事情，巡船带进两个人来，如今带在寨栅门外，听候寨主爷令下。”王纪祖就问：“是两个甚么人？”回答：“有一个是南边口音，带着个从人，那蛮子口口声声说是南阳府的知府，姓臧叫臧能，拿着洛阳县姚家寨二位寨主爷的书信，求见寨主爷，望寨主爷吩咐。”二位寨主俱是一怔，说：“我们与此人素不来往，不如打发他去罢。”王玉答言说：“二位哥哥不可，这个人我在团城子见过一次。此人怀包锦绣，腹藏经纶，我们这山上，正缺少这么一个幕友。”王纪先一听，吩咐一声“请”，外面一主一仆进了大厅。臧能就要下跪，王玉站起来，用手把他搀住，说：“不敢当。”臧能一看王玉说：“王贤弟，久违久违。王贤弟带我见一见寨主爷们。”王玉带着他，全见了一回礼。给他看了一个座位。王玉问他的来历，臧能就把书信拿出来，递将上去。王玉接过来，交给王纪先，王纪先并没打开观看，叫臧能说他的来历。臧能说：“我皆因交结东方亮，赔上了我一个知府，我妻子悬梁而死。我拐了皇上家的印信，无处可奔，逃在姚家寨，晏贤弟也没在那里，他说他们地方窄狭，交给我一封书信，投奔到你们这里，望寨主爷收留，我必当效犬马之劳。”王纪先听他说话谦恭，心中有些不忍，说：“我乃是占山之人，你乃作官之人，你若在我们山中，祸福不定，倘有不测，那时你悔之晚矣。依我说，还是投奔你们作官的人去罢。”臧能说：“大王爷，你是襄阳王爷的招讨大元帅，王爷也知晓我这个人。你现在不比先前，不久王爷的大兵一到，必有些个行文稿件、来往书信，你非用我们文人不可。大王爷你自己酌量。”王玉在旁说道：“大寨主暂且将他留下。他在我们山寨之中，大大的有用。”王纪先这才把他留下。杨平滚告辞，回他的汛地去了。

王纪先吩咐摆酒。臧能这人，他是个读书的，可惜用歪了，作了一任知府，如今居在山贼之下，并且山贼又是个浑人，并不懂得敬贤之道，他就低头忍耐，心中想道：这一时你们看不起我，等着得便，出一个惊天动地的高招儿，你们全寨之人，才宾服于我呢。这叫既在矮檐下，怎敢不低头，喝酒就坐了一个末席。饮着酒，他专能看眼色行事，酒过数巡，问王纪先说：“兄台身居帅位，又是八路总先锋，王爷一到之时，合兵一处，就得逢山开路，遇水搭桥。若论升虎帐之时，令出山岳动，言发鬼神惊，执掌生杀之大权。若论两下交锋打仗，总要仰面知天文，低头识地理，用兵讲的是攻杀战守，就是安营下寨，都要明地理，靠山近水，选平坦之地，不能受水火之灾。然后讲的是排兵布阵，斗引埋伏。不然有句常言道：‘一将无谋，累死千军；一帅无断，白丧万师。’所有的兵书战策，不知寨主爷所读的哪家战策？”王纪先听他这番言语，早有十分爱惜，说：“臧先生，实不相瞒，我是连一个字都不认识。不然，方才那封书信，我连瞧看也没瞧看。”臧能说：“小弟不才，倒看过孙武十三篇、武侯兵书。”王纪先说：“不料先生有此天才，失敬失敬。”让先生上座。臧能说：“不敢，用我为谋士倒可以，我可不敢上座，常言帅不离正位。”遂叫他换了王玉那个座位。王纪先说：“现时我就有一件难心之事，在先生面前领教领教。”臧能说：“不是我学生说句大话，有甚么难心之事，只管对学生说来。”王纪先将要说，一翻眼，又对着王玉问说：“昨天晚间我与你说的那件事情，行与不行？”王玉说：“话已然提明白了，我还没见着回信哪。”大寨主说：“烦劳三弟你去打听打听。”王玉只得站起身来，告辞出去。大寨主复又对臧能把金仙私通王玉，自己要收玉仙作个压寨夫人，怕他不从，请他给出个主意的话讲了。臧能微微一笑说：“这有何难！”大寨主一听这句话，如得珍宝一般，连忙领教。臧能说：“无论他怎么不从，我学生会配一样藏春酒，别管他是怎么不从，只要把酒吃将下去，他是欲火上焚，见着男子，他是腾身自就。我这酒，当初孝敬过安乐侯爷。”大寨主一听，欢喜非常，又问：“若配此酒，可得立刻就成？”臧能说：“至少也得三天，方能有酒力。”王纪先说：“就是三天，也不为迟。”

正在说话之间，王玉回来，大家让坐，斟上酒。大寨主又问：“三弟，我那事怎么样了？”王玉一皱眉说：“不行，他姐姐苦苦相劝，他说他与纪小泉私通，立志至死不嫁二夫，若要说急了，他非死不可。”臧能在旁哈哈一笑，说：“无妨，我自有道理。”王玉说：“领教先生高明主意？”王纪先说：“方才已经把此事告诉了先生，难道说见见他还不行么？要趁我心意，再行设法；要不趁我的心意，也就不用费事了。”王玉说：“怎么个见法哪？”臧能说：“他手内不是有开封府的印么？就说大寨主没看见过，叫他给大寨主亲身送过来，作为看印，恭而敬之，正颜厉色。等至三天，我将酒配成，作为请他吃酒。还有一件大事，寨主千万派人去水寨留话，纪小泉倘若到来，叫他们水寨不用报将进来，结果他的性命，千万别叫玉仙得信。”王玉连连称赞先生高明，复又辞席去了。王纪先说：“我这里还有一件为难事，先生给出个主意。”臧能说：“还有甚么事情？”王纪先就把李珍、阮成破滚龙挡的事情说了一遍。臧能说：“此人不可杀死，我写一封书信，送到三千户，与他们两下交换，容他们先放我们的人，然后再放他们，随着给他一暗器，也就把他们结果了。大寨主请想，此计何如？”王纪先说：“好可是好，只是小人意见，咱们就依了臧先生这个主意。”王玉出去工夫不大，复又回来，说：“印是他自己拿着，亲来交给大哥一看。”寨主说：“好！”复又吃酒，直吃到掌灯时候，方将残席撤去，大家又叙了一回闲言。

臧先生催王玉请姑娘来一见。王玉来到东院一问金仙，金仙说：“我妹子方才连饭也没吃，总说身体不爽，他说打算明天再见大哥罢。”王玉说：“不可，那边还有多少人等着瞧看此印，大哥打发我请来了。”金仙无奈，复又出去，奔西上房，见玉仙在炕上躺着想事，有万种的愁肠，乜斜着泪眼，如有所思。见姐姐进来，拭泪站起，让金仙坐下。金仙说：“妹子，王寨主等着要看那颗印信，你怎么还不起来？”玉仙不肯起来。金仙苦苦相劝，这才起去，梳洗打扮，慢腾腾打扮，三鼓多天方才拾掇好了。前边又是臧能出的主意，叫王纪先派了四个丫头、四个婆子，打着八盏嵌纱红灯，一对一对，迎接玉仙来了。玉仙早就把里边衣服用汗巾扎住了腰，暗中就把链子槊掖在腰中，倘若他们要霸占自己，一翻脸就拉链子槊，拚着这条命，与他们较量较量。原来玉仙早就听出姐姐那言语，此处大寨主没安着好意，自己心中想着，已经配了纪小泉，他若有命，作个长久夫妻；他若无命，绝不改嫁别人。金仙在前，玉仙在后，对对红灯，前边引路。王玉先来送信，王纪先等一见金仙露面，后面就是玉仙，大众迎出厅外。大寨主一见玉仙，恰若天仙一般，打扮得齐齐整整，轻摇玉体，慢款金莲，怎见得？有赞为证：

大厅前，又带着灯儿下，但见他，俊美风流体相幽。金仙在前，玉仙在后，打扮的袅袅婷婷齐整整，恰如同，花朵儿一般枝叶儿更柔。一步步，往前走，带羞惭，低着头，灯儿前，月儿下，犹把那海棠般神情漏，疑是神仙降九州。乌云巧，鬓儿厚，翩起个，雁子巢，伸的下，一只手，积珠翠，光华有，黑漆漆鬓发生光何用搽油！红鹤氅，色若石榴，对领衫，花洋绉，上边镶，堆花绣，重叠叠，边儿露，一书形，袖盖袖，敢则这个外号名叫楼儿上的楼。系香裙，腰儿柳，步儿挪，莲尺漏，丢秀秀，二寸九，底儿窄，尖儿瘦，行也风流坐也风流。吐莺声，娇音嫩语朱唇抿，笑盈盈，与寨主爷台前来磕头。

且说玉仙行至阶台石下，要与寨主爷行礼，王纪先把他拦住，请至厅中落座，大众看着，无不喝彩。玉仙把印拿出来，交给金仙，金仙交给王玉，王玉往上一递，臧能此时也把那印拿出来，放在桌上一比。大寨主刚一看印，外面一阵大乱。喽兵进来报道："寨栅门外草堆失火。"众人一惊，俱都出来看火。要问此火是谁人所放，且听下回分解。

第一百十三回　朝天岭上得宝印　连云岛下见水衣

且说玉仙把印一献，臧能也把印拿出来，刚要一比，喽兵进来报道："寨门外失火。"众人一听，都要到外面观看。外面喽兵乱嚷，声如鼎沸，立刻吩咐掌灯火，大寨主、二寨主、金仙、玉仙一齐出来，一看烈焰飞腾，喽兵喊成一处。原来是蒋爷暗用调虎离山计。蒋爷头天回去，直到中平寨外，过了竹门，扑奔银汉岛，上了岸，更换衣襟，直奔三千户辕门。进了大庙，见着众人，就把探山寨的话一五一十学说了一回。大家一听，好生利害，又听丢了李珍、阮成，定是被他们捉住了。阎正芳一听，暗暗着急，又不好声张出来。蒋爷说："按说我们一同前去，他们被捉，我们没有一走了之的道理。皆因寨内他们人多势众，我们一交手也得被捉。他二人既然被捉，咱们这里还有他们两个人，明日写封书信去，与他们调换。"大众一听，倒也合乎情理。徐庆问："你们去了半天，也没有到中军大寨么？"蒋爷说："水面离中军大寨还有四十里路，我们走在那里，天光一亮，我们藏躲在哪里？故此未敢上去。要到大寨，非明天不可。"阎正芳吩咐摆酒，众人吃酒不提。到了次日，展爷催蒋四爷写书信调换。蒋爷又一议论，说："索性等至今天晚间，到大寨探明虚实，然后再与他们调换。我说句丧气话，倘若二人没有命了，与他们调换，岂不是上当？”展爷也就依了蒋爷的主意。

到了晚间，吃毕了晚饭，天将昏黑，蒋爷带着胡小纪、艾虎起身。忽见外面有人报将进来说：“咱们墙子外面有两个人，一个姓胡，一个姓邓，求见你老人家。”蒋爷吩咐叫他们进来。二人往里一走，蒋爷一见，又来了一对膀臂：原来是分水兽邓彪、胡列。蒋爷问：“你们两个人从何处而至？”那二人提到开封府，听见丢印的信息，赶着奔到这里来的。蒋爷说：“你们来得甚巧，这里正缺少会水之人，你们带着水衣没有？”二人齐说：“带着哪，这可立刻就走。”蒋爷仍然借南侠的宝剑，艾虎拿了阮成的水衣，大家嘱咐小心。众人说：“不劳叮嘱。”

一齐出庙，过了辕门，绕过梅花沟，来至水面。大家换上水衣，把自己的衣服拿油布包好，斜背在背上，蹿入水内，分水踩水，直奔竹门。进了竹门，由滚龙挡底下过去。过了中平寨，忽然迎面来了一只船，由北往南又有一只船，这边问：“是谁？”那边答应：“是我。”又问：“小心。”那边说：“留神。”二船一错，彼此过去。蒋爷在水中一拉胡小纪与邓彪、胡列，一指对面那只船，三个人彼此会意。容那只船临近，蒋爷同着众人往上一蹿，船上人刚要喊叫，噗哧噗哧，四个人落在水中，全都废命。艾虎也就上了船，说：“四叔，你好大胆子。”蒋爷说：“活该咱们应当少走几步。”大家都在船上，拨转船头，直奔正西来了。艾虎说：“倘若要碰见人家船一问，咱们有何言对答？”蒋爷说：“你不用管，跟着走罢。”果然正往前走，就见来了一只船，对面船上有人叫问：“是谁？”蒋爷说：“是我。”那人说：“小心。”蒋爷说：“留神。”二船一错，彼此过去。艾虎说：“四叔心眼真快。”直到西岸，不敢奔人家船只去，偏了正北，找了一个僻静的所在，就在船上把水衣脱将下来，换好自己衣襟，仍然是找了昨天那个山洞，把水衣寄在山洞之内，却顺着山边往上就跑。施展夜行术，蒋平、艾虎、胡小纪、胡列、邓彪五个人，看看来到寨门，蒋爷叫胡小纪、胡列、邓彪三个人在此等着。蒋爷、艾虎一歪身，蹿上了东墙，往下一看，还有一道寨栅门。蒋爷看见有五堆草垛，打了个手势，奔上房而来，蹿上房去，趴在房檐，往下观看。正是里边说：“玉仙少刻就来。”臧能给出主意，说：“玉仙要是把印拿出来，大众给他一路鬼混，可别叫他再拿回去了。”大众点头。蒋爷同艾虎上房，奔到东墙之外，告诉胡小纪、邓彪、胡列说：“你们按着旧路，在前边等我们去罢，若等不上，你们先下水回去。”三个人答应，往正南就走。

蒋爷同艾虎复又进来，叫艾虎上草垛，蒋爷在大房后头一趴，故此金仙、玉仙刚到屋中，掏出印来，大众一看，正在此时火起，喽兵报将进来失火的言语，众人出去看火，就是金仙、玉仙在后。

蒋爷见人出去，一纵身蹿在前坡，千斤坠飘身下去，往屋中一蹿，一伸手由桌案之上将印拿了，转身就跑。刚一上房，见玉仙嚷道："不好！这火是人放的！"蒋爷蹿到后坡，直奔东墙，飘身出来，就看见艾虎在前，蒋爷就奔下来了。听后面锣声震耳，灯球火把，照如白昼一般，喊说："拿呀！拿呀！看道的听真，传信与临河寨，叫他们拿人，别放走了他们偷印的。"这一个信，实在真快，就听见当啷啷一阵锣响，往下一打信，各处接锣接话，转眼之间，就到了临河寨。廖家弟兄一得信，立刻齐队，也是一阵锣鸣，众喽兵抄家伙齐声喊叫拿人。你道玉仙怎么知道这火是放的？皆因他跟着金仙一出来，众寨主是男子，全往前奔，玉仙他出来用鼻子一闻，里面有硫磺火硝的气味，说："姐姐，这火是人放的，你闻有硝硫气味的。"金仙一闻，说："不错。"玉仙告诉大众，自己一返身，先到屋中一瞧，印信全都不见。等大众回来，众人一急，王纪先才往下传令，转眼间就到临河寨。

再说蒋爷得印后，追上艾虎，又追上前边的三个，一看满山遍野俱是灯火，锣声不住。艾虎说："四叔你得着印了没有？"蒋爷说："得了。"艾虎说："这可要不好，他们传信快当。"蒋爷说："咱们走着瞧罢，此时定法不是法，到那里见机而行。"正往前跑，忽见前边有一条黑影，说："要跑随我来。"蒋爷问："前边是谁？"那人说："不用问，我不是贼，你们打算奔临河寨，可走脱不了。"艾虎说："你到底是谁？留下名姓。"那人说："不用问。我绝不能陷害你们，准保带你们出山。"再问一语不发，在前边直跑。依着艾虎不跟着他走，蒋爷说："事已至此，且跟着他走，看他如何。"说罢就跟着他一走，走来走去就入了山谷之中，全是走的高高矮矮、曲曲弯弯之路，众人跑的汗流浃背，渐渐的就离灯火透远了，再看灯火就看不见了，仗着天边有月色，大家也跑不动了，那人也走得慢了。直走到斜月西沉，天光要亮，艾虎说："天光一亮，咱们就看见那个人是谁了。"蒋爷说："不用等着天光大亮，这就看不见那人是谁了。"果然，再往前边一看，那人踪迹不见。艾虎说："这个意思，准要不好。"蒋爷说："你们听，这是甚么？"就听见哗喇喇水声大作，往南一拐，前边一段大梁，另有一股小路，大众走在大梁的上头，望外一看，喜出望外。原来是连云岛的山上，往南看就是竹门的外头，往东看就是马尾江的江面。蒋爷说："真是天假其便。”艾虎说：“那前边走的准是山神爷，把咱们带到此处来了。可惜一件，咱们那水衣可不能回去找了，咱们这衣服可全都要入水湿了。”蒋爷说：“你别不公道了，满让把咱们的衣服湿了，又值几何！”下了连云岛，艾虎的眼快，低声说：“四叔，别过去了，那边有人。”蒋爷说：“无妨，那是一个人枕在石头上睡觉哪，怕他甚么？”身临切近一看，止不住大笑哈哈，原来是水湿衣，拉开放在一块石头上，好像一个人伸着腿在那里睡觉。蒋爷一瞧，他们的水衣全在这里堆着，实在猜不着那人是谁。大众只得穿上，走到南岸，上来又换了他们的衣服，直奔三千户。进了辕门，回到庙中，把印往上一献，众人给蒋爷贺喜。展南侠一看说：“四哥，得来的是一颗假印。”众人一怔。若问真印的下落，且听下回分解。

第一百十四回　钟太保船到朝天岭　众寨主兵屯马尾江

且说蒋爷回来，把印交给展爷，南侠接来一看，说：“蒋四哥，你不是这等疏忽之人哪，你也久在开封府伺候相爷，来往行文书稿用印时节你也在旁边瞅着。”蒋爷问：“到底是怎样？”展爷说：“假的。”众人皆是一怔。蒋爷说：“我终日打雁，被雁啄了眼了！见桌上放着印，我就拿起来，几乎没叫人家看见。也罢，事已至此，我今天晚上再去一次。”艾虎说：“还是我们大家跟着。”蒋爷说：“不用了，晚间要去，就是我只身一人。”蒋爷心中纳闷，又一看那印上篆文，忽然心中明白了，对艾虎说：“你看见朝天岭他们屋中所坐之人没有？”艾虎说：“看见了。”蒋爷说：“里面坐着一个瘦小枯干的文人是谁？”艾虎说：“我看着眼熟，不认得。”蒋爷说：“就是拐印脱逃的臧能。”这一说连艾虎也想起来了。蒋爷说：“这印是南阳府的印，也不是假的。此事怪我疏忽，拿的时节应当瞧瞧才是，皆因那个玉仙醒悟的太早，我得着印就蹿出来了。”蒋爷又一翻眼说：“是了，我明白了，这个真印有人得了去了。”展爷问：“是谁？”蒋爷就把从寨中出来，与大众会在一处，前边有人说话，叫跟着他走，绕山边小路，走了一股便道，出来就是连云岛地面的奇遇讲了一遍。又说：“我们的水衣在那边放着，他拿来给我们放在连云岛的底下，我们换上才回来了。这印准是那个人拿去了。”展爷说：“怎么不通姓名哪？”蒋爷说：“这个人实在古怪。”展爷说：“要是那人拿去，就是今夜再去也是无用的了。”蒋爷说：“别管是他拿去不是他拿去，我今晚上总得去一次，一半看印，一半看看咱们这两个人，若要与他调换，不用说是不行，皆因这内中有个臧能，这小子是个坏人。再说，我们徐良哪里去了？也不见回来，一点音信皆无！”展爷也是着急，惟有阎正芳着急烦恼的利害，丢了一个徒弟，失了一个外甥，又不见了一个门婿。正在烦闷之间，忽见家人进来，在阎正芳耳旁低声说了几句言语。阎正芳说：“不用不用。”徐庆问：“亲家，甚么事情？”蒋爷、南侠也都问他。阎正芳叹了一口气，说：“我们姑娘听见朝天岭造反，他要与贼人打仗，不然他要上后山。”徐庆说：“那可去不得，再说前边是水，他们怎能过去？”阎正芳说：“他要上他姨夫家绕上后山去，还有一个姑娘哪，是他舅母跟前的，姓郑叫素花，两个人朝朝暮暮老在一处，大约这又是他们两个人商量的主意。”徐庆本是浑人，有个浑招儿，说：“亲家，我告诉你一个招儿，你就说咱们小子上山去了，姑娘他要去，可怕碰见，姑娘们定然就不去了。”阎正芳一听，这倒有理，立刻叫家人带回信去，依着徐三爷的主意说。

家人走后，大家等待吃早饭。蒋爷是愁眉不展，心中盘算，低着头一语不发。正在这个时候，忽听咕咚咚号炮连声，乡中人报将进来，马尾江来了无数的大船，水中纛旗乱摆，当中一个大座纛旗，四个角上有四个字，是“君山太保”，当中有个白月光儿，内中写着一个“钟”字。蒋爷一摆手，那人出去，说：“展大弟，这可好了，咱们臂膀来了。”立刻会了大众，带阎正芳连会头一众出了辕门，往东南一看，大小船只顺于水面，纛旗认标空中飘摆，船上喽兵全不是喽兵的打扮，一色卒巾号衣，长短器械，鲜明耀眼，光华夺目。长枪一排，全是长枪，短刀一排，全是短刀。一个个威风凛凛，杀气腾腾。正当中是一个大虎头舟，后面有二十只麻阳战船，有二十只飞虎舟，四十只兵船，剩下尽是来往的小巡船。飞叉太保在大虎头舟纛旗下一张虎皮金交椅上面端然正坐。要看他这个打扮，实在不透威风：戴一顶方翅乌纱，大红圆领袍，腰束玉带，粉底官靴，面如白玉，五官清秀，三绺长髯，手中捧定令字旗，金批箭，在他两旁，雁翅排开，全都是他君山中各寨的寨主。

你道这钟雄因为何故来到此处？皆因蒋爷等由开封府起身之后，有谏议大夫、八位给事中连衔具奏，是风闻的折本，襄阳王是时在宁夏国作乱，不久杀奔潼关，潼关乃咽喉要路，请旨调拨君山之人防守潼关，以备不测，请旨定夺。万岁准奏，发帑银二十万，派铁岭卫护卫去宣圣旨，带领帑银二十万，到君山开读。钟雄带领众人迎接圣旨，捧旨官开读已毕，摆香案供奉圣旨，收了帑银。捧旨官告辞，送出君山，然后回来，点派水旱喽兵，传各寨寨主，又叫亚都鬼闻华守山，自己率领神刀手黄寿、花刀杨泰、铁刀大都护贺昆、云里手穆顺、八臂勇哪吒王锿、削刀手毛保、老家人谢宽、金头蛟谢忠、银头蛟谢勇、水底藏身侯建、无鳞鳌蒋雄这些人，教他们各带衣服器械。水寨中，带领惯习水战的喽兵四百名，旱寨中带四百名。须备一只大虎头舟，二十只飞虎舟，二十只麻阳战船，四十只兵船，各寨的寨主，各有管辖。按五营前后左右中分五哨，五队按五行旗子，金木水火土。东方甲乙木，蓝旗；南方丙丁火，红旗；西方庚辛金，白旗；北方壬癸水，黑旗；中央戊己土，黄旗。到了夜间，换了灯笼，也是按方位的颜色，惟独正北壬癸水可不能使黑灯笼，用白灯笼加黑腰箍儿。浩浩荡荡，直奔潼关而来。

到了马尾江，刚要奔潼关，见有报事的报将进去，说："启禀主帅得知：对面江岸上，有展大人、蒋大人同众校护卫，连本地三千户的练长，求见主帅。"钟雄当即传令，预备巡船，说："请！"一声令下，靠船三声炮响，每船上六棒锣鸣。水路行船，行五坐六，茶三饭四——船开之时是五棒锣，靠船之时是六棒锣，喝茶是三棒锣，吃饭是四棒锣。若要齐队是掌号三遍。队伍不齐，按军法施行。打上仗是擂鼓，撤队是鸣锣。变化各样阵势，全仗着掌号的调队，也是一字长蛇、二龙归水、三才、四门、五行、六合、七星、八卦、九宫、十门斗底。那君山的兵丁，素常演练的阵式是刀斩斧齐，全都是钟雄亲自训练的，一个个兢兢业业，皆因他法令森严，违令者立斩，绝不宽恕。其中单有老家人谢宽训练的一百人，叫飞腿短刀手，可不会演阵，全是高来高去，一人敌十之勇，如今带在大虎头舟上，作为是钟雄的小队。刚一靠船，就见巡船把蒋爷众人先接到大虎头舟上，众人上船，南侠、蒋爷、徐庆与钟雄见礼，又与众寨主行礼，然后同着来的众人一一见礼，不必絮烦。见礼已毕，大家落座献茶。蒋爷一打听钟雄的事情，飞叉太保就把奉旨前来潼关防守的话细说了一遍。反问蒋爷因何至此，蒋爷也把他们的来历细说了一遍。又问三千户的事情，阎正芳也就一五一十的说了一遍。钟雄说："徐护卫追下人去，难道就不知去向？"蒋爷说："不知。"钟雄又问这山里头的地势。蒋爷将怎么损坏滚龙挡的话说了一回。钟雄一听，山路四十里，就不好办理。蒋爷又提山中得来的假印等事。钟雄说："四老爷打算如何办理？"蒋爷说："今天晚间，我还是要去。"钟雄说："既然得了一颗假印，他们必有防范，那颗真印，只怕难找。"蒋爷说："无妨。"又把那带路的人对着钟雄说了一回，也许是那人已把印得去了。钟雄说："小弟打算明天与他们开兵打一仗，看看事体如何，逢强智取，遇弱活擒，四大人你看如何？"蒋爷道："倒也很好。"说毕告辞。

仍然用小船把他们渡将过去之后，钟雄写战书，差派水底藏身侯建，驾着一只小舟，拿一枝无头箭、一张弓，直到竹门之下，对准上面喽兵说："我奉大宋国朝四品客卿招讨先锋之令，前来下战书与你们寨主，定下明日正午，两下开兵打仗，来者君子，不来者小人。"说毕，将箭射将进去，回来缴令。明日打仗如何，且听下回分解。

第一百十五回　王纪先大获全胜　钟太保败阵而回

且说朝天岭上失火，把两个印信俱都丢失。玉仙一急，教寨主给他找印，众人追赶了半夜，印也丢了，人也没拿着。玉仙一赌气，上寨东去了。众寨主全都是面面相觑，问臧先生，这事怎么办才好？臧能说："论说咱们这山寨犹如铜墙铁壁一般，外有滚龙挡，水有中平寨，旱有临河寨，山路四十里，又有墩铺，怎么会有人到咱们这上头来？哎呀！有了。只要把后面拿住的那两个人带过来问问他们，定是他们的余党。"立刻派喽兵到后面，把李珍、阮成带过来。喽兵答应，去不多时，进来回话，说："大事不好了，李珍、阮成那两人被人家救出去了，并且杀死我们七个伙计！"王纪先一听，人叫一声，往后一仰，几乎气死，哇呀呀呀的嚷叫了半天，说："岂有此理！明天与三千户决一死战！"众人在旁边劝解。

次日，刚才吃毕早饭，忽听山下连声炮响。喽兵过来报说："马尾江来了许多船只，是君山飞叉太保钟雄，准是替大宋国前来与我们开兵打仗，特来报知。"王纪行先一摆手，喽兵出去。传令要众人至中平寨，亲看来人的动作。大众出来下山，到临河寨上船，奔至中平寨，支上千里眼，往外面观看。就见那边船只，刚靠马尾江的东岸。王纪先见那边，齐齐整整纛旗飘扬，船上的人虎视昂昂，耀武扬威。王纪先看毕，暗暗的摇头，与众人说："你看他们君山，水旱八百里，真乃是名不虚传。"正在议论之间，忽见有一只小舟扑奔竹门，把话说完，将那支箭射将进来，上面绑定战书。喽兵捡拾过来打开，教臧先生读了一遍，原来是定下明日正午，两下里要开兵打仗。王纪先说："好，明日正午，与他们决一胜负！"喽兵告诉了侯建。侯建驾船回来，上虎舟回禀钟雄，将下战书、他们的回言说了一遍。

到了次日早晨，用了早饭，暗暗将密令传将下去，然后三声炮响，将二十只麻阳战船列开，四十只兵船分于左右，当中的大虎头舟上，钟雄披挂齐整，手捧令旗令箭。四员偏将，两旁站立。后面是八臂勇哪吒王琼督押后队，在二十只飞虎舟上。众船只离竹门约有一里之遥，刚要派人过去讨战，忽见里面三声大炮，竹门一开，一行行，一溜溜，一对对，一排排，从里面出来了许多的船只。当中是一只龙头凤尾的舟船，里面是大寨主王纪先，两旁四只大船，一只是王纪祖，一只是入河太岁杨平滚，一只是廖习文，一只是廖习武。就是杨平滚那只船上，身后站着四员偏将，余者也是兵船，惯习水战的，俱都是身穿短袄，花布手巾缠头，全是二十多岁，年力精壮，一排长挠钩，一排钩镰枪，一排分水刺，一排双手刀，透着威风杀气。王纪先见钟雄，四风亮银盔，烂银抹额，两朵素绒桃，后面单有一朵朱缨飘洒。穿一件冰凌刻丝鱼鳞甲，九吞八扎，内衬素罗袍，上绣朵朵团花，下绣海水姜芽。狮蛮带八宝攒成。肋佩纯钢二刃双锋宝剑，绿鲨鱼皮剑匣，金什件，金吞口，蓝挽手走穗飘垂。前后护心镜，光华灿烂，遮枪挡箭，犹如雨注秋水漾清泉。绊甲绦九股攒成。背后五根护背旗，白缎地上绣金龙，被风一摆，旗尖乱动。脊背后单有一个皮囊，插着八杆飞叉，叉头宽够三寸五，叉杆长有六寸，叉杆上拴着一个红绢子条儿，在两肩颈旁边飘洒。来人并不知是甚么物件，若要用他，一回手把叉抽出来，打出去百发百中，来人就得受伤。故此人称他是飞叉太保。再瞧下面，当中是鱼踏尾片片龙鳞，两扇征裙遮住马面，白缎子底上绣团花，大红中衣，五采花战靴蹬于足下。身高七尺，面如团粉，眉清目秀，鼻直口阔，大耳垂轮，三缕长髯。左手抱定令字旗、令箭。身后一人，捧定一杆五钩神飞亮银枪。左有黄寿、杨泰，右有贺昆、穆顺，俱是手提大刀，一个是青龙偃月刀，一个是岣嵝古月象鼻刀，一个是大砍刀，一个是三尖两刃刀。王纪先一见，暗暗夸奖。钟雄看王纪先，大红缎子扎巾，赤金抹额，大红缎子箭袖袍，绣大朵团花，半副掩心甲，狮蛮带，肋佩钢刀，面似姜黄，红眉金眼，一部黄胡须。身后一人，与他扶着一支巨齿金钉狼牙槊，手中也并没有令旗、令箭。船两边站着些喽兵，是王纪先的小队，一排短刀手。

二船相隔不远，钟雄早就抱拳带笑说："对面来的，敢是朝天岭的王寨主爷吗？请了。"人讲礼义为先，树讲花果为原。王纪先见钟雄满面春风，一团和气，不能这一见面就要打仗，也说道："请了！前面敢是君山的寨主？寨主请了。"钟雄说："久闻王寨主之大名，如雷贯耳。你居住朝天岭，称孤道寡，任意逍遥。如今你归顺王爷，大事一败，玉石皆焚。依我的金玉良言，急流勇退，保住身家性命，也不失朝天岭的所在。倘若痴迷不醒，大事一败，悔之晚矣。你若要受万岁爷的招安，我作个引见之人，阖山的喽兵归降大宋，那才称得起是知时务者，日后可以挣个荫子封妻。”钟雄话言未了，王纪先一听，气满两肋，说：“好钟雄，满口乱道！你也受过王爷的厚恩，可惜王爷失了眼力。按说王爷待你可也不薄，一旦之间归降大宋，怕死贪生，你怎么对得起王爷千岁？你今日既敢前来，咱们决一胜负。”钟雄说：“你作贼下之贼，我用好言相劝，你是善言不听，悔之晚矣。”王纪先说：“不用饶舌。”就见那船往前走动，回手接他的狼牙槊，两只船头已经临近。钟雄一回手，就把飞叉拿将过来，对着王纪先就是一叉，听见嘣一声，正中在胸膛之上，那叉当啷一声，撞将回来，掉在船板之上，把钟雄吓了一跳。一回头叫人预备五钩神飞枪。当时往下传令，顷刻间鼓声大作，所有的船只一齐走动，画鼓频敲，各船上一齐动手。钟雄这边一掌号，全都跳入水中，水战的水战，旱战的旱战。顷刻之间，钟雄这里就打了败仗。君山之人这一败阵，朝天岭的兵将往下追赶。钟雄叫鸣金收兵，朝天岭也就鸣金收兵。皆因有个缘故：君山的策应从两旁出来，往上一攻，八臂勇哪吒王椋带领了二十只飞虎舟，前一排四十人，全是搬山弩箭，净打朝天岭船上之人；后一排四十人，全是小梢弓无羽箭，往水内射朝天岭水内之人。朝天岭这才鸣金收兵。所有水内之人，朝天岭的人奔西，君山的人奔东。朝天岭的兵俱奔竹门，一查点，寨主一名没伤，喽兵之内，共死去二十余名，除此之外，有十几个受伤的，全入中平寨去了。众人俱都欢喜，把宁夏国五百名兵留在中平寨，乜云鹏也留在中平寨，大寨主、二寨主仍然奔大寨。下令犒赏喽兵，就不把君山之人放在眼内了。

再说钟雄收兵之后，聚集众寨主，查点数目，死了十几个喽兵，受伤的数十个，就在船上养伤，众家寨主俱都不愿意，说：“这一战总是赢他一阵为是，这一来挫损军威，岂不被他们朝天岭之人洋洋得意？”钟雄微微一笑说：“你们焉能知晓，用兵之计，真真假假，虚虚实实。”原来与朝天岭这一打仗，钟雄先下一道密令，许败不许胜，众人俱都不解其意。忽有人进来通报，蒋四大人求见。钟雄说：“请！”蒋爷进来，同着南侠、金枪将于义、金铛无敌大将军于奢。原来打仗之时，蒋爷同南侠、阎正芳等一干众人俱在岸上，瞧见的明白。胡小纪、邓彪、胡列三个人钻入水中，抢上朝天岭的三个喽兵去。大众见君山打了败仗，依着艾虎、冯渊、白芸生、卢珍、韩天锦、于义、于奢、刘士杰这些人，要抢朝天岭的船，帮着君山打仗。蒋爷把他们拦住说：“这是钟雄用兵之计，你们不可下去。”后来见鸣金收兵，大众回三千户，到庙里，胡小纪、邓彪、胡列换衣襟，把三个喽兵捆上带进来，蒋爷问话。蒋爷见三个兵丁水淋淋的衣服，倒捆二臂跪在地下，苦苦的哀告求饶。蒋爷说："只要你们三个说了实话，饶你不死。"三人异口同音说："我们不拘甚么言语，只要我们知道的，不敢隐瞒。"蒋爷说："你们寨中那个东方玉仙，前天夜间拿出来的那一个开封府印，到底丢失了没有？"喽兵说："不但那一个印，连臧知府的印，全都丢失了，到如今也不知晓是甚么人盗去。"蒋爷又问："还有我们两个被捉的人，在你们寨中，是死了还是活着哪？"喽兵说："被捉的那二位，更可怪了，本打算要与你们调换，不料就在丢印的那一夜间，把两个人全丢了，并且还杀死我们七个喽兵，至今也不知道是谁。"蒋爷一听，暗暗欢喜，对着阎正芳说："大哥听见了没有？这你可放心了罢，定是叫咱们自家人救了，可不知是谁？"阎正芳也是欢喜。

蒋爷心生一计，同着南侠，与于义、于奢带着三个喽兵，出庙奔水面，叫船只渡将过去，上大虎头舟，见钟雄细说拿住喽兵之事。钟寨主一闻此言，当时叫人，将拿住的喽兵带将进来，细问山中道路，问明之后，把喽兵囚在后船之上。钟雄与蒋四爷耳边低声议论打朝天岭的主意，非如此如此不能成功。蒋爷大笑，说："好计，好计。"要问议论甚么主意，且听下回分解。

第一百十六回　钟雄下战书打仗　臧能藏春酒配成

且说钟雄问明白了朝天岭山中的道路，把三个喽兵押在后船之上，又与蒋四爷低声说了一个主意，然后蒋四爷告辞，就把于奢、于义留在君山的船上。仍用小船把南侠、蒋平渡在西岸，暂且不表。单说钟雄叫人预备文房四宝，写了战书，次日叫无鳞鳌蒋雄驾小船送往朝天岭，仍到竹门之外，叫那里喽兵接书，仍然用箭绑上战书，射将进去，说我们立候回音。喽兵说："此书须呈与我们大寨主知晓，此处来回有八十里路之遥，你们先回去，在你们寨中听信去罢。"蒋雄真就拨转船头回来，面见钟雄交令，就把他们那边的言语说了一遍。钟雄一摆手，蒋雄退去。

且说朝天岭王纪先得胜回山，犒赏喽兵，把君山的人没放眼内，仍然与王玉商量玉仙的事情。王玉说："寨主哥哥，此事若要说得他心甘意愿，只怕不行。他仍然要与哥哥要那颗开封府的印哪，他说印倒不要紧，他净思念那个盗印之人。他与纪小泉海誓山盟，不改其志。一定要办此事，非依臧先生主意不可。"王纪先又与臧能议论。臧先生说："配藏春酒很容易的，只要派人出去买药。"王纪先问："但不知配此药需用多少银两？"臧先生说："当初安乐侯爷配那药，使用四百纹银。如今寨主要配此药，有十两足够。”寨主哈哈大笑，说：“若能将酒配得，事成之后，我大大的谢先生。”臧能说：“但愿大寨主随心合意，谢我倒是一件小事。”到了次日，开了一个方子，教喽兵出去买药。

喽兵走后，又有喽兵进来报说：“君山来了一封战书，请寨主爷观看。”呈上来，接书放在案桌之上，叫臧能一念，上写着：“字奉朝天岭大寨主得知：昨日两军阵前，小可苦苦相劝寨主弃暗投明，谁想你不纳忠言，定要决一胜负。皆因天气已晚，两下里杀了个平平。寨主若肯率兵归降，实乃众生灵的万幸。寨主如系不肯，再要交锋，务必要决一胜负。定于初五日，咱们两下里一赌赛。若能胜我们君山，我情甘意愿将君山水旱八百里让与寨主执掌；若寨主胜不了君山，你便怎样？再说君子一言既出，驷马难追，是吾钟雄绝无改悔。特修寸纸，立候寨主的回音。”王纪先听毕，将案桌一拍，哈哈大笑，说：“好钟雄，乃吾手下之败将，还敢出此狂言。烦劳老先生与他写一回书，就在初五日准巳刻与他对敌。”臧先生连说：“不可！”王纪先问：“甚么缘故不可？”臧能说：“兵乃凶器也，最不利疲乏。他是由君山来到此处，喽兵一路，正在劳乏之际，若要容他歇过五日，岂不叫他们锐气养足？依我愚见，给他回书，明日交战，趁他正在劳乏之际，可以杀他个全军尽没。”王纪先一闻此言，鼓掌大笑说：“先生真小量之人也。他也是寨主，我也是寨主，他们要正大光明，咱们就得光天化日，不可行那短见之事。再说咱们朝天岭的喽兵，与君山喽兵交手，一可敌十,百能胜千，何用此浅见之事？略一施威，即可以杀他们个全军覆没。我主意已定，先生不必更改，急速写来，写上初五日，我要打了败仗，这朝天岭让与钟雄执掌。”臧能暗暗一声长叹，他就知道王纪先是一勇之夫，匹夫之志，终久不能成其大事，只可写了回书，叫杨平滚派人送给钟雄。钟雄接进来书之后，暗暗欢喜，说：“贼人中吾之计也。”遂传密令，调动喽兵。寨主一算，当时正是初二日，等至初五日，一战成功，朝天岭垂手可得。

再说朝天岭王纪先，净思念是玉仙的事情，并且把两下里打仗那个大事没放在心上，就催着先生配酒。光阴荏苒，到了初三日晚上，一问臧先生的藏春酒可曾配好。臧能说：“藏春酒明晨清早可用。无奈一件，寨主可料理后天打仗的事情？明天要请这位东方姑娘吃酒，只要将酒吃下去，晚间就是洞房花烛，后天怎么与他们交锋打仗？依我愚见，等后天得胜回来，作为是庆功的酒宴，再请东方姑娘，也使这位小姐无疑，岂不是三全其美吗？寨主请想此事如何？”王纪先说：“话虽有理，奈我思念玉仙，度日如年，明天先办明天的喜事，后天再说打仗的事情。”臧先生一闻此言，也是暗暗的叹惜，看出来王纪先这番光景，断断的成不了大事。寨主叫臧先生写请帖，请玉仙于明日午刻赴宴，叫臧先生把请帖写好，交给王玉，立刻去请。王玉拿着帖子奔了东寨，先告诉了金仙，此事就瞒着玉仙一人，除他之外，人人皆知。拿着帖儿，夫妻到了西屋里，玉仙迎接姐姐与王玉，让坐，婆子献茶上来。玉仙问说：“三哥有甚么事情？”王玉把帖子拿出来说：“我大哥明日敬备午酌，请妹妹至大寨吃酒，一者在妹妹之前请请丢印之罪；二则后天定下与君山打仗，聘请妹妹出去拔刀相助。”玉仙一怔说：“山中有多少位寨主，俱是能征惯战，况且我又有多大本领？”王玉说：“皆因我大哥是久慕妹子之芳名，本领高强，技艺出众，胜似男子。还是聘请你们姊妹二人出去，与君山交手。”玉仙瞧着帖，思想了半天，说：“内中大概准有别的情由罢？”王玉说：“妹子不必多疑，内中并无有别的意见，若有别的意见，我还不与妹子说明哪！”玉仙说：“既然这样，明天我叨扰大哥就是了。”王玉一听，欢欢喜喜告退出去。金仙又夸奖了半天大寨主的好处，怎么个好法，怎么忠厚，怎么仁义待人，说了半天，也就退出，归奔上屋去了。

玉仙心中总是犹豫这件事情不妥。可巧他屋中这个婆子，有个外号叫张快嘴，问说：“小姐，你怎么愁眉不展，是甚么缘故？”玉仙说：“大寨主明日请我吃酒，我总怕他们宴无好宴，会无好会，我总想他们这里必有缘故。”这个婆子叫张快嘴，实系嘴快，说：“小姐，你还不知道哪？”玉仙说：“我不知甚么事情？”张婆子说：“我们这个山寨之上，大寨主要收你做个压寨夫人。”玉仙一听，暗暗忖度，想着王纪先必是这个意见，你那不是枉用机关么！你打算请我喝酒，我酒不过盏；你打算动手，你不是我的敌手；你打算用花言巧语，我心比铁石还坚。你不是枉用机关么？复又问婆子：“你怎么知道此事？”婆子说：“有一位臧能臧先生，他会配一宗藏春酒，这酒喝将下去，无论甚么人，迷住本性，能够腾身自就。”玉仙说：“此话当真吗？”婆子说：“我焉敢与小姐撒谎！”玉仙一听此言，气冲两肋，说：“臧能，你欺我太甚！”自己一思想，若真有这样酒，我就难讨公道。婆子说：“此事可别说是我说的，我可担架不住。”玉仙说：“你只管放心，与你无干，绝不能把你说将出来。”玉仙自己打定主意：若要一时之间将酒吃下去，那时节悔之晚矣。三十六着，走为上策。主意已定，就问婆子：“这后山通着甚么所在？”婆子说：“这后山通着汝宁府。可就是不好下去，并且不属咱们山上辖管。”玉仙说：“有几股道路？”婆子说：“就是一股路，连个岔道也没有。”玉仙一想，就是三十六着，走为上策。心中说道：好姐姐，你也帮着他们瞒起我来了。心中想到，这一走，寻找莲花仙子纪小泉，到京都开封府若能将他救出来，双双远遁他方，我二人找一个栖身之所。主意打好，并不言语，暗暗收拾包裹行囊，把自己应用的物件都已收拾停妥。天气微明，自己把包裹背在身上，仍然还是男子的打扮，往外间屋里一走，见婆子那里睡觉，心中一动：按说婆子送信有功，不可结果他的性命。只怕我这一走，他告诉别人，必要追赶于我，我的道路又不熟，必遭他人毒手。这可说不得了。一回手把刀拉出来，对着婆子脖颈扑哧一声，红光崩现。这个婆子，皆因为多嘴之故，要了自己的性命。玉仙将包裹背将起来，暗暗的出了东寨，奔了后寨，见有把守后寨的喽兵，不敢出后寨之门，跃墙而过。顺着那一股盘道，这一走，把玉仙走的汗流浃背，喘息不止。道路实在崎岖，本来他是三寸金莲，穿上靴子，垫上许多的东西，直走到晌午大错，才走了二十余里路。又饥又渴，又是两足疼痛，想要讨一碗凉水喝皆都没有，又无住户人家，哪里讨去！只可就是随歇随走。

走到苗家镇，已然日落西山的时候。你道这三十里路怎么会走了一天？皆因是左一个山湾，右一个山环，比六十里还远，全是高矮坑坎不平之路，故此才走到这们个时候，才到交界牌。见石碣之上，刻着是苗家镇南界。将一看交界牌，路东有五间房子，出来了几个人，手内都拿着兵器，问玉仙：“你是甚么人？从何处而来？快些说明来历，不然将你绑上，见我们大寨主爷去。”玉仙说：“我就是你们大寨主爷打发我下来的。”喽兵说：“你意欲何往？”玉仙说：“寨主爷差派我有机密大事，不便告诉你们。”喽兵说：“也许有之。拿来罢。”玉仙问：“拿甚么来？”喽兵说：“执照。”玉仙说：“寨主没交给我执照。”喽兵说：“那可不行。”玉仙说：“不行便当怎么样？”喽兵说：“没有执照你不能过去，回去与大寨主要执照去。”玉仙一听，气往上冲，未免的出言不逊。喽兵看他武生相公的打扮，身体单弱，没把他放在心上，说：“把他捆上，见大寨主去。”玉仙把肋下刀往外一亮，转眼间，吡哧噗哧就杀死七八个，跑了四五个。共十二人个，半月一换。逃跑之人，玉仙并不追赶。回手把刀收起来，大摇大摆下山。过交界牌，可巧正赶上看交界牌的吃饭，玉仙轻轻的过来，连一个知道的没有。再往前走，一块平坦之地，有一带住户人家，全都是虎皮石墙，石板房屋，有一座广梁大门。玉仙想，往下走还有三十里路，难以行走，不如在此借宿一宵，明日再走。想毕，过来正要叫门，忽见里面出来一个管家，够五十多岁。玉仙一恭到地，说："老人家，今天气已晚，欲在此处借宿一宵，必有重谢。"管家说："我可不敢自专，我与你回禀一声。"转身进去，不多一时，从里面出来两位老者，说道："相公要在我们这里借宿，请罢。"玉仙这一进去，就是杀身之祸。要问如何废命，且听下回分解。

第一百十七回　玉仙投宿大家动手　员外留客率众交锋

且说玉仙来在苗家镇借宿。出来两位老者，全是鸭尾巾，一个是古铜色大氅，一个是宝蓝大氅，都有六旬多岁，未容他说话，上下一打量此人，说："相公要在我们这里借宿，有的是房屋，相公请进来罢。"玉仙说："今日天气已晚，在二位老人家这里借宿一宵，明日早行，必有重谢。"老者道："行路之人，赶不上站道乃是常理，何必言谢。"玉仙见面时，先打一恭，这又施了一礼，说："二位老爷贵姓？"回答说："小老儿叫苗天雨。"那个老者说："小老儿姓王叫王忠。"玉仙进了大门，往西一拐，四扇屏风，一排南房，没进垂花门，南房就是书房，把玉仙让将进去。玉仙见此光景，虽是山谷之人，屋中排列些古董玩器，倒也幽雅清静。让坐献茶。苗员外问："这位相公贵姓？"玉仙说："小可复姓东方，单名一个玉字。"苗员外问道："听相公讲话，不像此地人氏。"玉仙说："我乃南阳府人氏。"苗员外说："相公意欲何往？"玉仙说："投奔汝宁府。"苗员外一笑，说："看尊公这般人物，怎么从山上下来？莫不成与王寨主同伙不成？"玉仙说："实不相瞒，我乃安善良民，被他们掳我上山，我执意不从，偷跑下来。行至此处，天已不早，故此在老员外这里投宿，还怕他们追赶于我哪。"员外说："相公但请宽心，我看你也不像山上王寨主的样儿，他们要追赶下来，全有我一力承当。打量东方相公未曾用饭么？"玉仙说："我从山上下来，焉有用饭之所？求员外赏我一碗水喝，足感大德。"员外说："这有何难。"吩咐一声看茶，然后摆酒。玉仙说："讨杯茶吃我就感激不尽，如何还敢讨酒？"苗员外说："相公何必太谦。"将酒摆上，两个老者陪着他一人吃酒，轮杯换盏，两个老者不住的打量玉仙，总见他说话动作有些坤派[①]。把玉仙瞧的也觉发毛，仍然还是说话。少刻苗员外告辞出去，不多时复又进来。少时复有家人到门口探望，一个来一个去，瞧的玉仙愈觉发毛。心中忖度：是这两位老者看出破绽来了？若要被他们看出女扮男装，可要大大的不

---

① 坤派：指女性化。

便，自己总得多加小心方好。酒也不敢往下多喝了。吃毕饭，教将残席撤去，苗员外叫家人预备被盖。天有二鼓，员外说："请相公安歇睡觉罢，今天也是一路的劳乏，咱们明天再谈。"玉仙说："二位老人家也请安歇去罢。"二位老者出去。

玉仙一想，他们却打量于我，倘若措手不及，那还了得，不如自己用些个防备才好。正在思想之间，忽见窗棂之外，有人把窗棂纸戳了一个窟窿。玉仙问："外面是甚么人？"有人答言说："是我们。"玉仙又问："你们是谁？"外面说："本宅中的女眷。"玉仙也就不敢往下再问了，自可将灯烛吹灭，慢慢的就更换了衣襟，仍然换了女装，把链子槊掖好，绢帕罩住乌云，把刀放在旁边床榻之上，盘膝而坐。就听院内来往之人不断，出入之人俱都打着灯火。忽然又有灯笼一到，是苗员外出来问家人："把门户关好了没有？"家人答应说："俱都关好了。"又见苗员外把书房帘儿一启，用灯往屋中一照，说："相公睡熟了没有？"玉仙一着急，把被子往身上一拉，假装躺下，一语不发。苗员外说："既然相公睡熟，我也不便惊动了。"抽身回去。玉仙以为苗员外未能看见，心中想道：这个人总是好人。不料苗天雨早就看明白了。玉仙见苗员外去后，正在盘算事情之时，忽听外边一阵大乱，有男女的声音说："东方玉仙，你好大胆量！如今你偷了开封府的印信，你往哪里逃走？"玉仙一闻此言，吃一大惊非小，怎么他们会知道我的名字？提着刀蹿下床来，把帘子一掀，说："闪开了！""磕嚓"一声响亮，先把桌子扔将出去，自己也就随着桌子蹿在院内。见头一个是苗天雨，挽着胡子，短打扮，手中提着一杆长苗枪。第二个是王忠，也是挽着胡子，短打扮，手中提着一杆花枪。有两个姑娘，每人一口单刀。还有四十余岁的一个妇人，手内也是一口单刀。你道这些人是谁？全是本宅的亲眷，阎英云与郑素花。

这日郑素花上阎英云家中，就听见姑母说，英云许了徐良。正对着阎正芳没在家，与朝天岭打仗，二位姑娘议论，要与山贼前去交手。阎正芳带回信去，不叫他们前来，随后就是阎齐家去，到家中见着姐姐、老娘、素花姐姐，就一提朝天岭的事情，连蒋四爷怎么拿住山上两个人，怎么破滚龙挡，两次探朝天岭，怎么得印是假的，李珍、阮成两个人被捉，君山打败仗，方知他们没死的话说了一遍。老太太问："这印是怎样假法？"阎齐又把金仙、玉仙的事说了一回。说毕，在家不能久待，仍然回庙。二位姑娘把话听在心里，二人一议论，英云假说上舅母家去，瞒哄老太太，把自己应用的东西俱都带好，同着素花，由家中起身，直奔石佛岭，就到了郑素花家中。也是一个小山村，有几十户人家，叫郑家村，树木甚多。英云见了舅母行礼，前文表过，又是舅母，又是老师。素花见了母亲行礼。王氏说：“我正放心不下，朝天岭开兵打仗，道路荒荒，你姑母那里事情怎么样？”素花就把姑父母那里的事情细说了一遍，要同着英云到后山上杀贼去：“他们定于初五日开兵打仗，我们到后山上，杀他们个首尾不能相顾，此事特来告诉母亲。”原来走在路上，姊妹二人早就把这个主意商议好了。王氏一听，说：“那可不行，去不得的。”二位姑娘一定要走，王氏拦自己姑娘可以，这个英云，又明知道他的性傲，纵然当面把他拦下，他也一定要偷着去，更是反为不美。王氏无奈，问素花：“你们要上朝天岭，你姑母知道不知道哪？”二位姑娘本是定妥的主意，瞒哄王氏，故此才说：“这还是我姑母叫我们二人去的呢！”王氏总是放心不下，说：“我同你们去。”又问：“你们从后山上去，投奔哪里？”二位姑娘异口同音说：“奔苗家镇。”一个说找二姑母去，一个说找二姑姨母去。王氏说：“你们胆量实在不小哇！”叫素花：“到院把你三外祖寻来。”不多一时，就把王忠找到。此人保镖为生，外号人称叫飞天豹子，保镖时，镖旗插出去，上面画着一个飞豹，扎撒两个翅膀，是汝宁府五路总镖头。皆因如今上了年岁，有人请也不出去了。又无儿无女，就是孤身一人。王氏这一身本领，全是此人所传。如今请到家中，大家相见，一问甚么事情，王氏本来是请他看家，王忠放心不下，要同着他们一路前往。王氏拾夺了应用的东西，包了两个包袱，将门倒锁，托邻居照应。王忠到家中提了一枝花枪，把他们的包裹穿在花枪之上，与他们担着，还带着些干粮。他走的这道路，不是大路，尽穿山路而走，晚间住宿，就是投山村借宿。走了一天半的光景，就到了苗家镇。

这飞天豹子与苗天雨，论亲戚还算长着一辈，奈因先前是盟兄弟，不以亲戚论，仍论他们把兄弟。到了家中，苗天雨迎接出来，一见二位姑娘，又见王氏与大盟兄，倒很觉欢喜，让至里面，女眷归奔后边，见了郑氏老太太行礼。老太太见着侄女、甥女，爱如珍宝一般，皆因这位老太太无儿无女，直不知怎么亲爱才好。凡是女眷，遇见娘家的人最亲，有句常言：人活九十九，预备娘家作后手。叫二位姑娘挨着他一坐，一问他们的来历，苗老太太吓的浑身乱抖，说：“孩子，你们别上山去。冲锋打仗，那是男子所为，非你们姑娘所办之事。”皆因这位老太太不会武艺，故此胆小。正说话之间，苗天雨同王忠进来，也就问了姑娘一番。苗天雨拦阻二位姑娘说：“不到我家中来，我就不管了；要由我家中上山与贼交战，倘若有险，我担架不住。你们要杀他个措手不及，可也使得，有我们两个老头子上山，足可以胜得了他们。”二位姑娘听见就有些不愿意，旁边有王氏说着，无奈之何，二位小姐对使了个眼色，也不用商量，不约而同，等着初四日晚间，偷跑上山。

苗家预备酒饭，二位姑娘得便把主意定妥，初四日夜间上山。可巧玉仙前来投宿，也是皆因婆子传话说的，英云一听这投宿的由山上下来，心中就是一动，暗暗与素花说：“大概许是那个玉仙，他说叫东方玉，准是他。咱们得便看看他去。”先教家人把员外从屋内请出来，英云告诉了苗天雨一番，二位老者本就有些疑心，看他动作不像男子，不然怎么有许多人观看呢，就是这个缘故。后来让他睡觉，特意见他动作如何。果然不出英云所料，等他睡觉之后，就是英云同定素花、王氏在窗外，听见他在屋中掏链子槊的声音，故此他问是谁，就答道本宅中的女眷。然后还怕不实，教苗天雨假装出来问门，故意往他屋中一看，这可看出破绽来了。他那一蒙头睡觉，正对着苗天雨进去，倒作为没看见他。复翻身出来，告诉姑娘，大家脱长大衣裳，吩咐家人抄家伙，掌灯笼火把，预备锣。苗天雨、王忠在前，二位姑娘与王氏在后，喊叫捉拿东方玉仙。见屋内一掀帘子，先扔出一个小饭桌子来，苗天雨用枪一拨，那张小饭桌子叭嚓坠于地下。随后就是玉仙出来，王忠迎上去就是一枪，玉仙往旁边一闪，用刀往旁一砍，跟着往前就进步，苗天雨对着玉仙后心，抖枪就扎。玉仙一翻身，用刀往外一架，就见背后飕的一声，却是英云蹿上来，对着他脑后朝下就剁。玉仙缩颈低头，一弯腰躲过这一刀。素花把刀往玉仙肋下就扎，玉仙用刀往外一挂。王氏在旁，飕就是 镖，玉仙一扭脸，贴着脖颈边过去，那枝镖几乎打着。听王氏说：“好女寇，真快！”赶上前去就是一刀，玉仙躲过。此一时，刀枪齐上，并且有家人把大街门开了，一筛锣知会各处的猎户，叫在本家中抄家伙，帮我拿贼。玉仙一看势头不好，一拧身蹿上房去，由后坡蹿将下来。二位老者一拄枪，也就蹿上房去，二位姑娘、王氏随后上房，一齐赶下来。玉仙一急，把刀一扔，拉链子槊。苗天雨用枪一扎，玉仙单槊一挂，那槊正打在苗天雨面门之上，噗咚栽倒。要问老者死活如何，且听下回分解。

第一百十八回　英云素花双双得胜　王玉金仙对对失机

且说玉仙把链子槊拉出来，苗天雨用枪一扎，玉仙用左手的链子槊往外一挂那条枪，右手的链子槊对着苗天雨的面门一抖，叭嚓一声，皆因苗天雨上了几岁年纪，手迟眼慢，这一链子槊，打了一个脑浆迸裂。众人见苗天雨已死，一个个咬牙切齿，众猎户侣絮着也全都赶到，虎枪虎叉、大枪杆子大刀，往上一齐乱扎乱砍。皆因是苗员外素常待大众全都有恩，故此见员外已死，一个个豁出性命。玉仙这一阵链子槊，叭嚓叭嚓，打躺下有数十余人。郑素花一拉英云，低声告诉英云几句话，亚侠女点头。素花蹿将上去，对着玉仙迎面就是一刀。玉仙用左手链子槊一挂，素花先把刀抽将回来，玉仙右手链子槊对着素花就抖。素花往后一撤步，一歪身闪躲过去，玉仙又用左手槊对着他打来。素花又一歪身躲过，净等他双槊齐打，才破他的这个招数哪。玉仙不知是计，以为敌人不敢还手，把双槊往外一齐就抖。素花左手早就提着一个鸡爪飞抓，净等着他双槊齐打。玉仙果然把双槊一齐打来，素花用左手的鸡爪飞抓对着他的链子槊往下一砸，连飞抓的绒绳带链子槊的链子全都裹在一处，一时之间不能分开，二位姑娘彼此往自己怀中一夺。英云赶上前去，用刀背对着玉仙脊背，叭嚓一声，玉仙眼前一发黑，噗咚一声趴倒在地，震得他吐了一口鲜血。二位姑娘过来把玉仙捆上。英云先将他手中链子槊夺将过来。

众猎户一看苗员外早已死去，所有之人全是哭哭啼啼。叫众人将苗天雨尸首抬在院内，进了上房，放在床榻上。然后又把玉仙搭来，丢在院落之中。后边老太太一听员外废命，从后边带着丫头婆子哭将出来，走到前厅，见苗天雨头颅已碎，哭的是死去活来。连英云与素花带王氏、王忠等，俱是放声大哭。王氏说："全是我们来的缘故，我们若是不来，焉有这样丧事。待告诉二位姑娘，将这女贼活活祭灵就是了。"英云说："使得。"蹿将出去，在玉仙腿上哧溜哧溜割下两块肉来。第二个就是素花，说："千万可别要他的命。"连男带女，你一刀我一刀，将玉仙割了个鬼哭神号。然后英云开了他的膛，将心掏将出来，用碟摆上，供在苗员外面前，作为祭礼。叫人抬老员外寿木，装殓完毕，天有四鼓，叫猎户把玉仙尸首抬将出去，抛弃山涧之中。出去工夫不大，那几个猎户慌慌张张跑进来说："王员外，可了不得了，我们抬着尸首，正要扔在山涧，从山上下来了两个人，是一男一女，我们扔下尸首就跑，远远听见他们抱尸痛哭，说是他妹子。咱们早作准备，不然可怕他们找上门来。"王忠一闻此言，立刻提枪，英云、素花、王氏叫家人与众猎户掌灯火。

还未出门，就听见外面喊叫："是甚么人杀我的妹子？要无人答言，就将你们这村子杀一个干净！"王忠蹿将出去，见男女二人，都背着个大包裹。你道这二人是谁？一个是金弓小二郎王玉，一个是金仙。皆因初四日早晨有辰刻的光景，并不见西屋内有动静，打发丫鬟过去一瞧，丫鬟回来告诉说杀死了婆子，那小姐不知去向。金仙亲身过去一看，就知玉仙逃走了。回来把话告诉王玉，王玉赶紧奔到大寨，对寨主提说此事，正逢臧能把藏春酒配好，将酒抱过来与大寨主观看。王纪先一听，直气得二目圆睁，说："三弟，你不用瞒我，分明是你暗暗的将他放走，你与我找来，不伤你我兄弟的情面；若找不来，由此你我就要反目。量他就是逃出山去，一个女流之辈，也去不甚远。"王玉一听，诺诺而退，说："小弟找去就是了。"回到本寨见了金仙，一说这段情由，金仙说："依你的主意怎么办？"王玉说："依我主意，从后山追他罢。"金仙说："不如你我二人以追他为名，找着他也一路同走，找不着他，远遁他方，寻个安身之所，也不想位极人臣，也不想紫袍金带，只要吃一碗安乐茶饭。"王玉也就依着金仙这个主意。拾掇了东西，带上应用的物件，背了一个包裹，告诉丫头，可不许你把风声泄漏，如要走露消息，回来我先结果你的性命。丫头连连点头说不敢。二人由后寨出来，守寨的喽兵说："三寨主意欲何往？"王玉说："我们有要紧的事情，不许你们声扬。此事无论是谁，不许告诉。"喽兵说："我们不敢。"二人下了山，顺着盘道，直奔苗家镇而来。越走天就越晚，走到苗家镇南，就有四鼓，只见交界牌前，横躺竖卧，俱是被杀身死的七八个人。王玉好生纳闷，不知是甚么缘故。金仙说："你看前面是甚么人？"金仙一问，猎户扔下玉仙就跑。王玉、金仙身临切近，看是个女死尸，剁的可怜，还是大开膛，细细一看，方才认出来是玉仙。金仙抱尸大哭，王玉也哭了半天，将金仙劝住，说："咱们上村中去骂，大概准是被村中之人所害，村中可有个不好惹的人。"金仙问："是谁？"王玉说："此人叫苗天雨，外号人称坐山雕，咱们山中，连输过他三阵，大概妹子死在他的手内了。"

二人议论，到得苗家镇，在外面一骂，就见由广梁大门蹿出来几个人，头一个就是王忠，二人放下包裹，遂即亮刀。王忠抡枪就扎，王玉与他单刀对花枪，两个人战在一处。那边是金仙与英云、素花、王氏交手。众猎户掌定灯笼火把，一齐喊叫拿贼。金仙一看势头不好，虚砍一刀，蹿出圈外，撒腿就跑，众人就追。金仙回手将刀一扔，将链子锤从腰间解将下来，一扭身回来，将链子锤哗啷哗啷的乱抖。大家一齐喊叫："这个女贼也是这种兵器。"郑素花又将鸡爪飞抓亮出来，迎将上去，净等着他双锤往上一抖的时节，好拿鸡爪飞抓抓他的链子。金仙哪里知道他的利害，果然双锤并在一处，对着素花一抖，叫素花鸡爪飞抓绕在一处，二人彼此一对夺，英云在后，又是一刀背，“叭”的一声，金仙噗咚趴倒在地。英云立刻过来就捆。王玉一看势头不好，打算着要逃窜性命。忽见由山下来了一伙人，全都亮着兵器，往上就闯。头一个就是小义士艾虎，第二个是公子卢珍，第三个是刘士杰，第四个是开路鬼乔彬，第五个是马龙，第六个是张豹，大家一齐向前投奔。你道这些人因何到此？皆因蒋爷与钟雄议论，附耳低言，说的那话就是派些人从后山上来，初五日由后山上去，听见前边炮响，在后山放火，杀他个首尾不能相顾。蒋爷问：“谁愿意去？”这几个人愿意去，遂带着焰硝硫磺引火的物件，全从汝宁府奔到此地。将到后山，一看天色已晚，不敢耽延时刻，来到苗家镇，见那里正在动手。头一个就是艾虎眼快，一见是金弓小二郎王玉，说：“这可是活该，我看你往哪里去！”把刀亮将出来，往上一闯。王玉本就无心恋战，他那口刀又被削为两段，撒腿要跑，迎面叫卢珍用刀砍在肩头之上，噗咚一声栽倒在地。大众也就将他捆上。

王忠过来，见了众人，问了姓名，艾虎等自通名姓。王忠一听，不是外人，先叫姑娘回避。二位姑娘早就把这对链子锤先拿了去了，然后叫人把金仙抬到院中，姑娘俱都回避。王忠让艾虎大众到家内，艾虎等并不推托。到了家中，至上房一看，停定一口棺木。艾虎等俱是一怔，忙一打听，何故这里有一口棺木。王忠就把苗天雨死的原因诉说了一遍。艾虎一听，实在难过，算好把玉仙结果了性命。又问金仙他们因为何故到此。王忠说：“我们不知，大概准是要逃蹿性命。”艾虎问王忠：“你老人家怎么也到此处？”王忠就把怎么要上后山打仗的话说了一回。艾虎说：“这就不用了。我们奉蒋、展二位大人之命，从后山上去，听见炮响，放火烧他们个首尾不能相顾。事不宜迟，我们这就起身。”王忠问：“拿住的这两个人，便当怎样？还是结果他们的性命，还是送在当官？”艾虎说：“你们要打算与苗老员外报仇，就拿他们祭灵；如不祭灵，就把他们交当官处治。”王忠说：“已然有了一个祭灵的了。”艾虎说：“既是如此，就交在当官。”商量已毕，艾虎告辞。王忠说：“你们几位道路不熟，我同着你们一路前往罢。”艾虎说：“你们这里有事，不可同我们前去。”王忠说：“这里事情不要紧，交给他们办理就行。”艾虎说：“要是老英雄与我们同走，大事更好办了。”王忠告诉明白家中的女眷，提了一口短兵器，同着艾虎六位一路起身，家中叫他们看着男女二贼。

出离苗家镇，往山上直走，天明辰牌光景，到了后寨门，不敢上去，静听炮声响动方敢上去。时光不大，就听见号炮惊天，这七个人奔后寨门，遇见看后寨的老喽兵，问说："你们从何处而至？"话犹未了，就作刀头之鬼。艾虎杀了一个，王忠也杀了一个，转眼之间，杀了个干干净净。又往前走，遇有房屋就点起火来，遇人就杀，直到中军大寨。迎面遇见臧能，将要逃命，早被艾虎一把揪住，举起宝刀要剁。若问臧能的生死如何，且听下回分解。

第一百十九回　小英雄火烧朝天岭　众好汉大战马尾江

且说艾虎见着臧能，一把将他扭住，把刀就要剁。臧能双膝点地，苦苦求饶。艾虎说："你是恶贯满盈，还要逃蹿性命，焉得能够！"卢珍说："贤弟且慢，这个人留他的活口才好。"艾虎说："咱们把他放在甚么所在？"张豹说："我扛着他走。"就把臧能按倒，四马倒攒蹄往起一捆，张豹往肩头上一扛。大众各处放火，所杀的人倒不甚多，皆因是阖山的喽兵俱都下山打仗去了。待各处火光一起，全奔大寨栅门，往下走，还有四十里路呢！把个张豹累的喘吁不止，说："我不能扛他了，咱们把他杀了罢。"艾虎说："已然扛了这么远，为何又把他杀了呢？大家换替扛着罢。"沿路之上各店铺的人，遇着就杀了，见着屋子就放火。走到临河寨，天有晌午的光景。众人一看就剩了一只船，艾虎上去，把船上之人结果了性命。大家上船，到了中平寨，又从中平寨抢船。此时竹门大开，就听见军鼓大震，火炮连声，两下正杀在难解难分之时。

说书一张嘴，难说两家话。再说朝天岭就从失了玉仙，叫王玉去找，也并未见着回信，后来得知王玉与金仙也跑了，无奈之何，总得料理第二天打仗的事情。王纪先净是生气，臧能劝解说："寨主总是料理大事要紧，只要成了大事，要甚么样的压寨夫人没有？"王纪先无奈，也就只得是如此了。臧能的主意，初四晚间，叫他们下山，省得明早下山，走四十里地上前打仗，未免的疲乏。今日下山，走这四十里地，一夜之间也就歇过来了，次日一开竹门就打仗，岂不甚妙？王纪先说："先生真是高见。"就留臧能看守大寨，其余喽兵尽都下山。头一天驻扎临河寨，次日五鼓起身，众喽兵饱餐战饭，辰刻齐队，连廖习文并廖习武俱都上船，至中平寨。杨平滚带着四员偏将，早就预备停妥，大寨主一到，就是三声信炮。这一出竹门，水上排列船只，好不威严。

再看君山那边船只，早就摆列得齐齐整整。原来展南侠、蒋四爷、白芸生、邓彪、胡列、闹海云龙胡小纪，初四日就奔到君山的船上。三千户守村的是阎正芳、徐庆、韩天锦、龙滔、姚猛、鲁士杰、史丹、阎齐。如今鲁士杰跟着蒋四爷学了八手锤。这八手锤，教了够三千多遍，才学会了两三手，实在太笨，可有一件好处：只要记住了，永远不忘。也是活该，这庙中后殿佛像的旁边，挂着一对镔铁轧油锤，一问和尚，他也不知道是何年月日挂的。鲁士杰拿着可手，就与和尚讨过来了，如今也把他留在这里，看守三千户。蒋爷与钟雄商量妥当，到次日一队分两队，两队分四队，前后的接应，两旁的护哨，俱已将人派好。号炮一响，两下里亮队，这一阵可不似先前，退后者立斩，只许胜不许败。那边竹门一开，钟雄这里一声令下，头一只大虎头舟迎将出去。

两下里相隔不远，钟雄在船上与对面答话，说："王寨主请了！"王纪先说："钟寨主请了！"钟雄说："王寨主果不失信。"王纪先说："奇男子大丈夫焉有失信之理！"钟雄说："前日与寨主修下战书，今日决一胜负。我有言在先，要打了败仗，情甘意愿把君山让与寨主执掌。王寨主要输给与我，便当怎样？"王纪先说："我要打了败仗，把这座山让与你执掌。言而不信，如畜类一般。"钟雄说："我要败了，不让君山，非为人类。王寨主传令罢，我可要得罪了。"话犹未了，一回手，当就是一飞叉，正叉在王纪先半副掩心甲上，将叉撞回来，坠落在船板之上。钟雄身后就是王锿，唰唰唰唰，所有的暗器，全都打将出去，俱是空费徒劳，打在王纪先身上，俱都被撞将回头。众人知道，王纪先必是金钟罩。两下船只往一处一凑，这一阵好杀，也有在船上动手的，也有钻入水中在水内交战的，转眼之间，就有死于非命的，真称得起强存弱死。杨平滚的船往外一撑，杨平滚手中提定一对三尖刺，正要过来与钟雄交手，钟雄手中提定五钩神飞枪，也要与他较量。皆因王锿蹿到王纪先那只船上，二人交手，杨平滚也要过来与钟雄交战，不料后边"嘣"的就是一刀，杨平滚的头颅坠于船上，那只船上一阵大乱。钟雄一见，好生诧异。又见那人与偏将交手，转眼间，那三员偏将俱死在那人之手。那三个偏将，一个叫刘成，一个叫马泰，一个叫方天保，全死了。那个人又杀喽兵。钟雄见那人骁勇无比，杀了许多喽兵，复又蹿到廖习文船上。廖习文对着他，发出一枝袖箭，那人一矮身躲将过去，扫堂刀就砍在廖习文的腿上。廖习文栽倒在地，被那人回手一刀，就结果了性命。廖习武见他兄弟一死，气冲两肋说："文俊，你反了吗？怎么杀起自己人来了？"一摆双锏，跳到这只船上，早被那人一抬腿踢下船去。在水内，被胡小纪、胡列、邓彪把他捉住，扭往君山后船来了。朝天岭打了败仗，喽兵死的不计其数，后边王纪祖催船接应，迎面遇见金头蛟谢忠、银头蛟谢勇。谢忠蹿上船去，王纪祖一抖三股叉，谢忠翻个筋斗，跳入水中去了。王纪祖一抖身，跳在谢勇的船上，抡叉就砸。谢勇未被杆叉打着，一翻身跳入水中去了。王纪祖又奔了蒋雄的船，也是一抖叉，蒋雄就坠落水中去了。又与侯建交手，也就在三两招数，侯建也被打入水中去了。王纪祖哈哈大笑，自觉连赢了四阵，以为都不是他的对手。他焉知晓是中了人家的计策，别看都跳入水内，打算要在水内拿他。迎面之上，来了一只小船，船面站着两个人，前面那人说："好乌八的，不要猖狂，老西来也！"原来是徐良到了。

前文说过徐良被捉，那武生相公把他捆好，那人扬长而去。少刻，出来几个家人，把山西雁搭到书房外头。不多一时，那武生相公扛着乜云雕从外面进来。那乜云雕本是央求那武生相公，容他在院内暂避一时，相公说："你随我来。"叫他在茅厕内藏着，先拿住徐良，后拿的乜云雕。那相公实在不知二人是谁，皆因听徐良说："他是贼，我是拿贼的。"因此把乜云雕拿住扛进来，也就扔在徐良对面。相公问徐良："你方才说你是拿贼的，在哪里当差？姓甚名谁？"徐良说："我姓徐名良字世长，山西人氏，御前带刀四品护卫。"相公一听，连忙亲解其缚，说："我提个人，你可认识？姓蒋名平字泽长，外号人称翻江鼠。"徐良说："那就是蒋四叔。"那人说道："原来是老贤侄。"徐良说："你就是大叔了。不知大叔贵姓？"那个人说："我姓苗叫苗正旺，外号人称生面小龙神。"徐良说："你老人家就是当初在高家沿治水拿吴泽的那个大叔么？"苗正旺说："正是。"徐良说："你老人家因何在此处居住？"苗正旺说："皆因救了公孙先生、拿住吴泽，是我天伦怕大人奏事，万岁封官，我们急急隐遁了。我有个叔叔在朝天岭后山苗家镇居住，因此我们搬在此处，叫避贤庄，我天伦就死在此处。不料贤侄到此，千万恕我不知之罪！但不知贤侄到此，因为何故？"徐良就把开封府丢印，到此找天伦，朝天岭造反，追下乜云雕的话说了一遍。苗正旺说："原来还有这么件事情。我住在荒村之内，一概不知。贤侄请在这里住着，我自有道理。"徐良说："我展大叔、蒋大叔在三千户还等着我呢，我不回去，他们放心不下。"苗正旺说："无妨，我自派人与他们送信。"徐良无奈，只得在他家内住下。苗相公预备酒饭，款待山西雁。徐良是滴酒不闻，就是用饭。用饭之时，苗相公叫家人别缺了那个人的饮食。苗正旺与徐良谈了半夜的光景，问徐良所学所练，山西雁把自己所学的一一说了一回。苗正旺说："我要在贤侄身上学习一宗暗器，不知贤侄肯传不肯传？"徐良说："只要我所能者，任其所学。"苗正旺说："你把锦背低头花装弩教给与我。”徐良点头应允，每日晚间，教导与他。白昼也有在家的时节，也有不在家之时。这天早早的用饭，苗正旺说：“贤侄我同你瞧瞧热闹去，该你成功之日了。”徐良纳闷，就同着他，带了自己东西，出门到了河沿。苗正旺用手一招，自来一只小船，二人上去，摇摇摆摆，未出山湾就听见一阵轰隆轰隆连声大炮。徐良问：“何处交兵？”苗正旺就把今日对敌的话，细细说了一遍。徐良此时恨不能肋生双翅，飞到那里才好。绕了半天，方才绕到马尾江。徐良说：“苗大叔，我在水内打仗可不行。”苗正旺说：“水中打仗，非得跳船，这只船跳在那只船，那只船跳在这只船才行。似你这身体灵便，水中打仗极其容易。”这句话把徐良提醒，迎面就看见王纪祖连赢了四阵，他一纵身蹿过王纪祖这只船上，王纪祖用三股叉对着他一抖，徐良把大环刀往上一迎，当的一声，把叉削为两段。王纪祖吓的胆裂魂飞，急忙往别的船上一蹿。这时忽见水中纵上一个人来，徐良一看，并不认得。此人约有二十余岁，黄白脸面，细目长眉，一身水衣，手中拿定单拐，正在那王纪祖往船上一蹿，尚未站稳，那人手执单拐打去，当的一声，正打中王纪祖膝盖以下，贼人噗咚落水。

蒋四爷此时正在水中杀那边喽兵，忽见西边来了一个人，穿着一身水衣，尿泡蒙头，一只手拿定单拐，一只手拿定一个铁锤，乱杀朝天岭之人，死的人不计其数，又拿了王纪祖。王纪先见兄弟落水，对徐良就是一槊，徐良用刀一迎，将槊头削落。白芸生蹿到纪先的船上，砍了一刀，王纪先槊杆一迎，芸生撒手一扔刀，一抬腿踢在纪先的手上，王纪先也就丢槊，二人揪扭，纪先力大，把芸生举起来往船上一摔，死尸栽倒。要问后事如何，且听下回分解。

第一百二十回　破朝天岭事人人欢喜　报陷空岛信个个伤悲

且说王纪先力大，白芸生力微，半截槊磕飞刀，芸生踢飞他的槊，二人揪扭，王纪先把芸生举起来，扭项一看，就见山上烈焰飞腾，山上四十里烟云滚滚，黑雾迷漫。王纪先一看断了他的归路，暗暗叫苦。说时迟，那时快，就在他举着芸生一怔的光景，徐良连发了三枚暗器，俱都碰回。用力一摔芸生，就见红光崩现，死尸摔倒于船板之上。列位听明，可不是芸生废命，是王纪先死了。皆因他把芸生举起来微一怔的工夫，芸生急中生计，一回手抽出鱼肠剑来，对着王纪先胸膛之上，扎将进去，王纪先死尸栽倒船板。芸生蹿在这只船上，此时就剩下一个乜云鹏。他又换了一十三节鞭，一看势头不好，有用之人尽行死去，净剩了些喽兵，又见后寨火光冲天，明知事败，三十六着，走为上策。欲要逃走，焉能得够。迎面正遇见艾虎摇着船，上面卢珍、刘士杰、马龙、张豹、乔彬，船上扔着臧能。乔彬一纵身蹿过来，被乜云鹏一抡十三节鞭，打落水中去了。艾虎说："不好，救人！"早有胡列在水中把他一驮，救往君山后船去了。艾虎刚把船一靠，乜云鹏也抡十三节鞭就打。艾虎刀一迎，"呛"的一声，削去了三节。这十三节鞭，长共有一丈三尺，削去三节，长还有一丈，又一提鞭，那船一歪，连船带人，全都翻入水中。原来下面，蒋爷带着胡小纪、蒋雄、侯建、谢勇全在水内等着扛船，见仅剩了乜云鹏这只船，大家全在一边，往起一扛，将船翻了，就把乜云鹏捉住。然后大众俱都蹿上船来。蒋爷为的开发那些喽兵的活命，就喊："所有朝天岭的喽兵听真：你家寨主俱已被捉，也有废命的，你们要知时务，弃暗投明，保你们一条生路；倘若执迷不醒，那时悔之晚矣。"众喽兵闻听此言，全都跪在船上，抛弃兵刃哀告求饶。蒋爷收服了朝天岭那些喽兵，然后钟雄鸣金收兵。众人合兵一处，查点君山人马，死去的五六十人，带着重伤的也有二三十人，俱在后船调养。徐良过来见礼。所有水里拿住人的，俱来报功。蒋爷说："徐良，你上哪里去了？"徐良把始末根由，细说一遍。蒋爷说："你苗大叔现在哪里？"徐良说："方才就在一只小船之上，如今也不知去向。"徐良猛一抬头说："来了！苗大叔，你老人家快来罢，我四叔正要请你哪。"说话之间，苗正旺一笑，说："徐良你看，那朝天岭的寨主，刀枪砍在身上不怕，身边必有宝物在里面套着，还不取去哪。"徐良这才醒悟，立时驾一只小舟，追将过去，到朝天岭那只大船上一找，王纪先尸首踪迹不见。问那船上两个喽兵："你们寨主的尸首哪里去了？"喽兵说："方才有一个人把他扛下船去，不是在那里剥衣裳么？"徐良赶紧奔到小船上，叫他们撑到南岸下船，奔至王纪先那里，再看他的里边衣服，踪迹不见。徐良心中一着急，就见一人肩头上扛着东西，飞也相似的走，只见一个后影儿，穿一身破烂的衣裳，身量不甚高，一直投奔正南。徐良撒腿就追，可就是追他不上，一拐山湾，就已踪迹不见。

徐良垂头丧气回来。此时蒋爷把苗正旺让在船上，大家见礼。说了这几年的光景，蒋爷一听，苗九锡已然故去，叹惜了半天。苗正旺说："四哥，方才水中那一个使拐的，你可认识他是何人？"蒋爷说："不知。"又问："你们那开封府的印，可得在手中？"蒋爷才将没得着的言语说了一遍。苗正旺哈哈大笑，说："可惜，你这翻江鼠哇，如今你们将朝天岭一烧，这印就说在那里，也不去找？"蒋爷闻听这话内有因，说："必然是你们知道，不然绝不能这样问我。”苗正旺一笑，叫自己的家人去请，不多一时，驾一小船，来了二位，一个是沈明杰，还有那个使拐的，身后还有李珍、阮成，四人一同进来见了蒋四爷。此时阎正芳、徐庆等也带了一干人前来道喜，全与苗正旺一见。蒋爷说：“这位我们认识，叫沈明杰。”苗正旺说：“正是，外号人称笑面郎君。这位姓吕叫吕仁杰，外号叫抄水雁子，是我的徒弟。此人是上清宫吕道爷的侄子。”全都一一见了。沈明杰将开封府的印献给蒋四爷。蒋爷问他们这印的来历，沈明杰说：“我与吕贤弟，俱在朝天岭教廖习文武艺，暗器是我教，水性是我吕贤弟教。我们就在山上住着，故此我们上山容易。你老人家进去，我就看见了。我从后窗户钻进去，就把开封府的印拿了起来，我藏在桌子底下去了。你从前面进来，把臧能的印拿去。故此你老人家不知是我拿去。”苗正旺又问道：“他怎么不来？”明杰说：“他不来么？”苗正旺说：“找他去，他不来不行。”蒋爷说：“又是谁？真隐有高人哪！”正旺说：“他算是我个师弟。”去不多时，把这个人找来，倒又认识的，此人就是神行无影谷云飞的徒弟焦文俊。他由尼姑庵救了妹子玉姐，第二天与他师傅会在一处，要将尼姑庵杀个干干净净，被师傅劝住了，雇了驮轿车辆，连他老娘与妹子，找苗正旺，安置在这里。谷云飞离了避贤庄，谁也不知道他准往哪里去了。如今他妹子又许了吕仁杰，他带着老娘，就在吕仁杰同院居住。苗正旺几个人商议，就知道朝天岭是一个国家大患，不定哪时，必有人前来抄山，他们就作为内应。君山与蒋爷一到，吕、沈二位他们里边就得着信了。把徐良安置在苗正旺家内，他们大家议论主意，盗印的盗印，救人的救人。将李珍、阮成两个人救出，安置在沈明杰家里，也不叫他们出来，等初五日，这才带着他们与众人相会。焦文俊来到，也是蒋四爷带着他，全都见礼。徐良说：“苗大叔，有个人剥脱王纪先的衣服飞跑，我也追不上。不知那个人是谁？”焦文俊在旁说：“那就是我师傅。”徐良说：“这就是了。不知山贼里面套着甚么宝物？”苗正旺说：“他身上里面套着一副狻猊铠，你若先前过去，也就得到你的手中了，如今后悔也是晚了。”这谷云飞本是瞧看徒弟来了，可巧遇见这边打仗，自己看看，如若这边不能胜，他就好拔刀相助，见这边已经得了胜，再看王纪先不是金钟罩，身边必有宝物护体，无心中得了这副狻猊铠。自古至今的宝物事情出现，一物必有一制，专诸刺王僚之时，就是鱼肠剑刺透狻猊铠。谷云飞得铠不提。

单说钟雄得来的船只、东西物件无数，就是山中物件，一丝不能到手，全被火中烧化。钟雄犒赏三军，款待大家酒饭。艾虎又将后山拿住金仙、王玉，杀死玉仙的话，学说了一遍。大家一听，很觉欢喜。就叫钟雄暂行奔潼关听旨意升赏，所有拿住的众人，择日回京之时，俱都带往京都，听旨意发落。

等到第四日，有苗家镇十几个猎户抬着金仙、王玉，见蒋大人、展大人回话，蒋爷将两个人留下，重赏猎户。又有潼关总镇知道这个信息，带领四员偏将兵丁等前来。到了船上与大众见礼，问了大众破山之事，蒋爷一一学说了一遍，总镇听了，连连夸奖。又与蒋爷说，王爷不久就要到潼关，大众要走，必须给留下些人才好。蒋、展二位一议论，既要留下，总要能打仗才好。正在未能定准留下谁人之时，忽然喽兵进来报说："四大人，外面有陷空岛之人名叫焦虎求见。"蒋爷说："叫他进来。"焦虎随命而入，见了卢珍跪倒说："公子，大事不好了，我们陷空岛被一伙贼人占了。老爷一腔热血都吐出来了，到如今不知生死。"卢珍一听，噗咚一声栽倒在地。要问陷空岛怎样丢失，且听下回分解。

第一百二十一回　卢员外陷空岛交手　展小霞五义厅施威

且说焦虎报信，陷空岛丢失。皆因白菊花在南阳府，与张鼎臣、纪小泉同奔姚家寨，半路，纪小泉一人私自单走，这二人也没找他，就奔了姚家寨。这天正是姚武的生日，大家与姚武拜寿，白菊花同着张鼎臣与群贼见礼，然后到里面见他姐姐，复至外面落座。姚家弟兄打听他的事故。白菊花就把他怎么被人家追的望影而逃的话一一诉说了一遍，又提徐良是怎样的利害。姚武说："不妨，他们要是陷空岛人氏，我们正好报仇。"白菊花问："怎样报法？"姚武说："我们家中有一个从人，是陷空岛的，他说那里地方宽阔，里面尽多积粮，十年吃不完。趁此时节，那里无人，正好前去抢岛。"白菊花问："此人是谁？"姚武说："此人姓韩叫路忠，皆因与陷空岛有仇，如今在我家里。他给出了一个主意，叫我们抢陷空岛，胜似姚家寨。"白菊花说："把这人叫来，我问问实与不实。"不多一时，韩路忠到，白菊花一见，生的是瘦小枯干，青白面皮，兔头蛇眼，鼠耳鹰腮。白菊花一问，他就将怎么宽阔，里面积粮足有十年吃用，三面是水，一面是山，里面各处都是埋伏，纵有万马千军不能攻破此山，如此这般说了一遍。白菊花一听此言，说："这可是活该！"过完了生日，就打点包袱行囊，预备驮轿车辆马匹，扎拴包裹，粗重物件一概不要。正要起身，忽见报将进来，说："晏舅爷，外面有人找。"白菊花出去一看，是火面判官周龙、玉面判官周凯、张大连、皮虎、黄荣江、黄荣海、赫连齐、王刚、柳飞熊、陈正、秦业、常二怔、胡仁、房书安等人。白菊花见群贼，大家行礼。往里一让，见了黑面判官姚文、花面判官姚武，有认得的，有不认得的，众人相见。姚文说："众位弟兄从何处而至？"周龙就把上南阳府打擂，遇见徐良，力劈王兴祖，拿住东方亮，打死东方清，细述了一遍。姚文说："你们来的正好，这徐良莫不是陷空岛徐庆之子么？"周龙说："正是。"姚文就把要抢陷空岛的话，告诉大众一遍。众人一听，齐都欢喜，愿意前去助一臂之力，齐说："大哥要把这事办好，可算给咱们绿林报过仇来了。"姚文说："这仇是准报了。事不宜迟，咱们这时候就起身。"按人数把马匹全都备好，活该陷空岛有此大难。一个个乘跨坐骑，把大门倒锁。一路之上，晓行夜宿。

这日正到松江府，找了一个客店住下。到掌灯的光景，韩路忠先去探信，过了虬龙桥看了看，那边有三只船，上面俱都点定灯火。韩路忠暗暗欢喜，转身回来，直奔店中。韩路忠说："这才是极巧的机会！我到虬龙桥，往常有四五十只船那里靠着，今天那里停着三只船，咱们先去将这船抢过来，大家上船，再奔陷空岛，那就省事了。"众人一听，皆大欢喜，说："可有一件，咱们这车辆马匹还能上船么？"韩路忠说："那车辆马匹就一概不要了。"饭钱店钱俱已给清楚，复又上了车辆，直奔虬龙桥而来。仍是那三只船，先告诉女眷们不可下车，白菊花、火面判官周龙、周凯三个人把刀亮出来，一纵身，噌噌噌往船上一蹿。可巧船后边有个拉尿的，那人正在那里走动，忽见影影绰绰来了一伙人，蹿上船来，吓的他噗咚跌入水中去了。船上男女一齐问道："是甚么人上船？"连问数次，这里并不答言，直奔船舱外面站定，出来一人杀一个，出来二人杀一双，转眼之间，叱哧咔嚓一阵乱杀，噗咚噗咚全都扔下河去。可怜那老叟、孩童、中年汉、少妇、长女、食乳的孩儿，尽都结果了性命。叫韩路忠把女眷全都接下船来，车内的东西全都搬在船上，车辆马匹任其自去。然后大家上船，直奔陷空岛。不多一时至岛上，叫韩路忠带路，叫妇女们等着，大众一齐过去。过了通天玉犰，韩路忠告诉众人，不可错走，找玉犰的白点而行，至卢家庄，到卢方门首，有韩路忠带领众人直奔五义厅。打更的看见，一问是谁，这里就亮刀杀人。这一杀更夫，可就乱了，那锣当当的一阵乱响，又乱杀那些更夫，那些更夫又一乱跳乱蹿，犹如惊天动地一般，暂且不表。

且说卢方辞官不做，在家中纳福，先是在紫竹院与老夫人一处安歇，如今有了儿妇，有些不便，搬在五义厅安歇。这日夜得一梦，梦见白五老爷由外面进来，告诉此处不可居住。问他因为何故，白玉堂说:“你急速搬出此地，如若不搬，有大祸临身。”又问:“是件甚么事情？”白玉堂说:“你来看。”忽然间见那座五义厅倒塌下来。卢方惊醒，乃是南柯一梦，吓了一身冷汗。这日吃完晚饭，到安人屋中告诉这段情由，行至院中，一声痰嗽。婆子说:“员外到。”安人吩咐请。卢方进屋落座,安人问:“老爷,可曾用过饭了？”卢方说:“饭倒是吃过。昨日晚间，夜得一梦，大大不祥。”安人问:“所得何梦，这等惊慌？”卢方把梦中言语细说了一回。安人说:“梦是心头想，你是思念五弟，方有此梦。”卢方说:“不然，五弟死后，他谁也没给托梦，他与我托过　梦，已经应验，他叫我早离陷空岛，方免大祸临身。”安人说:“如今又不做官，有甚么大祸呢？”卢方说:“天有不测风云，人有旦夕祸福。再说我这几日，肉跳心惊，不知为了何事？”正在说话之间，忽听外面锣声乱响，说声:“不好，你可曾听见？”安人说:“必是哪里失火。”卢方说:“这不是失火的声音，这是四面八方一齐响亮，怎么是失火呢？”夫人一听，果然不错。叫婆子出去看看。婆子一出来，碰见焦虎问:“员外现在哪里？”婆子说:“现在屋中，有甚么事情？”焦虎说:“没有工夫告诉你哪。”急跑至屋中，见了员外，说:“大事不好了！不知哪里来了那些群贼，把五义厅占了。”卢方一闻此言，吓了个胆裂魂飞，幸而好卢方衣服靴子兵刃全在紫竹院安放着呢，立刻叫安人开箱子拿靴子。安人先就吓的魂不附体，如何走得上来，倒是婆子把箱子打开，拿出靴子来。卢方先把长大衣服脱下，用抄包将腰扎住，脱去厚底云履鞋，穿上靴子，由墙壁上把刀摘下来，抽出鞘外。止不住眼泪往下直流，说:“我这一辈子打算用不着你了，替我出了多少力，到如今想不到还得用你。”焦虎在前，卢方在后，一回头告诉婆子，请少奶奶预备兵器，与贼人交手。婆子答应,往后面就跑。卢方问:“贼从甚么地方进来的？”焦虎说:“由前边来的。”卢方又问:“他们怎么进得通天玉犼？”焦虎说:“不知，大概总有我们陷空岛里头的奸细，要是没有里面之人，万也到不了五义厅。”由月样门往五义厅前一跑，就见里面有男有女，把更夫杀得可怜。只有一件好，群贼不往别处去，却是韩路忠说的，离五义厅两箭多远，东西南北就不晓得有甚么埋伏了，故此群寇谁也不敢离了五义厅这个地方。

此时卢方一到，说:“你这一伙强贼、该死的奴才，从何处而来？”卢方刚往上一蹿，迎面就是黑面判官姚文，手中一条铁棍，卢方刚一摆刀，从背后蹿出一人，说:“老员外且慢动手，待我拿他。”卢方一看，是焦得良，乃是焦虎的大儿子。二儿子叫焦得善。焦得良手提一杆花枪，往上就扎，被姚文单手用棍往外一磕，当啷一声，一翻手叭嚓一棍，焦得良闪躲不及，死于非命。这焦姓原是卢方家的义仆，全是受卢姓之厚恩，如今出了这样之事，焦得良一死，焦得善就要上去，破口大骂，说："好贼人，你们是哪里来的？"卢方把他一把揪住，因他是个小孩子，如何能与贼人对手。卢方往上一蹿，摆刀就剁。姚文也打算单手棍一抡，磕飞这口利刃，焉能得够。卢方把刀一抽，姚方一反手要砸卢爷，卢方一低头，跟进去用刀就刺，姚文用棍一撩，当的一声，震的卢方虎口生疼。老英雄将心一横，把死扔于肚皮之外，这口刀上下翻飞。众贼一见，怕姚文不是他的对手，姚武、周龙、周凯、张大连、白菊花等诸人一齐上去，把卢方围住。卢方并不惧怕，也不力乏，东挡西遮，观前顾后，一个人与大家交手。也亏得焦虎与得善父子两个，在卢方一左一右保住了，卢方这才未曾受伤，累的汗流浃背，喘吁不止，暗暗心中忖度：怎么少奶奶还不出来？

皆因少奶奶他在后院，忽听一阵锣鸣，叫婆子出去打听，不多一时，有前边婆子慌慌张张进来说："少奶奶，大事不好了！五义厅被贼人占了，员外爷出去与贼人交手，吩咐也教少奶奶前去助战。"小霞一闻此言，带领四个丫头：金花、银花、铜花、铁花，俱都换了利落衣襟，短打扮，各带袖箭，这些人无事之时全跟着少奶奶学会的袖箭，有打得准的，也有打得不准的。找了一个胖大的婆子，把安人背起来。这婆子也拿了一口单刀，众人从里面往外一闯，来至五义厅前，叭叭叭一阵袖箭，打的群贼晕头转脑，自来就闪开一条道路。焦虎拉着卢方往外就跑。到了通天玉犼，卢方一回头，见群贼又把少奶奶围住，卢方一急，一张口哇的一声把一腔热血全都倒将出来，眼前一阵发黑，往前一栽，被焦家父子一搀，卢方就觉渺渺茫茫，二目往上一翻，浑身冰冷。要问卢方生死如何，且听下回分解。

第一百二十二回　焦虎自己奔潼关送信　蒋平派人到各处请人

且说卢方出来，见贼人围住小霞，心中一急躁，把一腔热血倒将出来，眼前一黑，几乎栽倒，被焦家父子搀住。卢方此时人事不省，撒手扔刀。焦虎把卢方背将起来，焦得善捡刀，过了通天玉犼，展小霞也就随后跟来。群贼哪里肯舍，紧紧的一追，就有生坏心的，要把小霞劫住。那婆子背着老太太先走，少奶奶在后，走通天玉犼。焦得善告诉他们，脚找白点，方能过去。

群贼仍然追赶，也就过了通天玉犼。前面焦虎背着卢方正走，迎面碰见丁大爷、丁二爷，带领四五十人前来。二位丁爷因何得知？皆因是拉屎之人掉在水中，在水内远远望见群贼在船上杀人，又过陷空岛去了。这个人会水，他奔茉花村，与丁兆兰、丁兆蕙送信。丁家弟兄带领众人，撑船过芦苇荡，到陷空岛弃舟登岸，遇见焦虎，一见卢方仅有呼吸之气，叫焦虎先背上茉花村去。又见小霞，也叫他们上茉花村去。丁家弟兄把群贼挡住，用湛卢剑乱削贼人的兵器，群贼败走。丁家弟兄带领众人追至通天玉犼，那里韩路忠叫揭翻板，他们就过不来了。群贼过去，叮当乱揭翻板，丁家弟兄无奈，只得回去。忽见从山窟窿里蹿出一个人来，见丁家弟兄，双膝跪倒。这二人一瞧是费七，说："你作甚么来了？"那人言道："我家四老爷现在潼关，速去找来，可以治这伙群贼。我等在里头，以为内应。引贼来的是我家逃走家人，叫韩路忠，并不知这伙贼的名姓。"丁家弟兄一听，说："同我们上船罢！"同奔茉花村，进书房把卢方搭坐软榻之上，丁兆兰遂写了一封书信，叫焦虎上潼关请蒋平去。

焦虎带着书信，到潼关，说明来历，过了潼关，到马尾江，蒋平把他叫进去，问明情由。卢珍听见，先就昏过去了，大家把他唤醒过来。众人放声大哭，展熊飞在旁劝解说："蒋四哥，咱们大家回去，设法往里夺回就是了。"蒋平说："你焉知晓此岛失之易，得之难。"此时徐庆仍是在啼哭。蒋平说："三哥，此时哭会子也是无益，把陷空岛夺回来，才对得起大哥呢。"蒋平叫南侠、徐良、于义三位拿着开封府的印信先奔京都，见包公禀明此事。叫艾虎上卧虎沟请沙龙去。把拿住的这一干贼人，交在潼关，好好的看守，听候旨意，千万多加小心，也别断了他们的饮食，可也别教他们的余党抢回去。君山之人，就在此处驻扎。所带之人有徐庆、胡小纪、胡列、邓彪、李珍、阮成、史丹、吕仁杰。把徒弟鲁士杰留在这里，他与于奢、韩天锦对劲，叫于奢教他，熟习那八手锤，浑人对浑人，倒好学练。余者众人，都在这里守护潼关。卢珍不必说总要回去的，白芸生也要跟着一路前往。展熊飞问道："蒋四爷，这韩路忠与陷空岛有甚么仇恨？"蒋平说："这个人盗陷空岛的东西，我把他打了一顿，他才行出这样事来。"展南侠说："务必先把这贼拿住，碎剐万剐，方消心头之恨！"蒋平说："要拿先是拿他。"

蒋平带领众人，直奔茉花村，晓行夜住。那日到了茉花村，有人报了进去，丁家弟兄迎接出来，大家见礼。蒋平先打听卢方病的生死轻重，回说现时请医调治，不至有性命之忧，众人这才放心。到里面书房，见卢方昏昏沉睡，蒋平心中一惨，徐庆放声大哭，卢珍哭的死去活来。卢方在软榻之上，微睁二目，见着蒋平，十分欢喜。蒋平过去说："大哥不必忧心，好好保养精神，有吾等在此，准能结果贼人的性命，把我们陷空岛夺将回来。难道说你还不放心么？"卢方点了点头，再问也就不说话，把双睛一闭。徐庆过去说："你可别死呀，你要死，咱们两个人一同死。"卢方并不答言，卢珍跪在那里尽哭。蒋平说："你只是哭，叫你天伦不好受，想主意报仇就是了。"卢珍方才止住眼泪。一问陷空岛，连一点信息全无。

又等了几天，北侠同定黑妖狐智化、云中鹤魏真来到。原来是智化出家之后，同着魏真瞧看北侠去了，正在大相国寺那里，听了这个凶信，连魏道爷一同赶来。进门先看卢方，见卢方昏迷不醒，心如刀割一般。卢方微微睁了睁眼睛。蒋平说："倒不必与他说话了，他心中难受。"请大众退至厅房。北侠、智化打听情由，丁兆蕙把此话细说了一遍。又问蒋平的事情，蒋平把潼关的事情也就说了一回。智化说："我自从出家之后，在寺中，外面的甚么也听不见。"后来议论破岛之事，蒋平说："教我三哥前边引路。"徐庆说："我知道的那道路，谁也不知，到后山奔子午窟，这如今可用着了，就是有些难走。"智化说："不论好走不好走，只要有认得道路之人就好办了。"徐庆说："打算几时去破贼人？"蒋平说："咱们再等等人，现时人还不够哪。"果然沙老员外到了，同着孟凯、焦赤，带着秋葵、凤仙、甘兰娘、甘妈妈，女眷全让在后面去。老员外一见卢方，泪如雨下。蒋平劝解半天，也至上房屋中，一同落座。本打算第二天前去破岛，有午时光景，南侠、于义、徐良从外面进来，同着一个黑面的和尚。大家全都一怔，见那人身高九尺，背阔三停，面如锅底，类若北侠一般。南侠先给引见，这就是冯老爷的叔丈，号为生铁佛，与大众一一相见。蒋平先问开封府的事情，展熊飞就告说，印信呈于包公，剿灭朝天岭的事情，拿住王爷手下的前站二贼，连新来拔刀相助之人，所有大众，与君山立功的花名，包公全都入折本，奏闻万岁。天子降旨，所拿一干人犯，俱都在潼关正法；所有众人，仍在潼关驻扎，等拿获王爷之后，另加升赏。丢陷空岛的事，可没奏闻。包相爷格外给了一纸文书，准其在松江府调兵。韩彰一听了这件事情，一定要来，哭的死过去了几次，我没让他来，开封府无人保护包公，就剩邢家弟兄，如何行哪，我好容易把他拦住。蒋平说："很好，你们来得正好，我们打算今日晚间前去夺岛。"展爷说："四哥多等候一半天再去。"蒋平问："甚么事情？"展熊飞说："我的贱内，他听见此事，也一定要来，并且有冯渊未过门的妻子尹小姐，也在我们家中住着呢。皆因是生铁佛与他姐姐带着他甥女入都，完其姻事，不料冯渊出差，就找到我家中去了，一提却不是外人，就在我家中住着。这位尹小姐听了此事，亦要前来相助，帮着我们拿贼。他们明日准到。”蒋平说：“可以。”南侠说：“我先看看卢大哥去。”蒋平同着到屋中，见了卢方，卢方睁眼看了看南侠。蒋平说：“卢大哥，展护卫帮着夺岛来了。”卢方点了点头，并不多言。展熊飞知道必是心中难受，转身也就出来。到了外面，家人进来报：“沈爷到。”沈仲元从外面进来，大家见礼。蒋平问沈仲元从何而至，沈仲元说：“我要上三教寺见欧阳哥哥，还没到三教寺，先到大相国寺，才知这里事情。我由大相国寺而来。我先看看老哥哥去罢。”蒋平说：“这是可真凑巧，也没想着你到。”沈仲元到屋，看了看卢爷，心中也十分难过。叫了半天，卢方连眼也没睁。沈仲元也打听了一回，蒋平对他一一说了一遍。

到了次日，展太太到，女眷们一听，丁大奶奶、丁二奶奶迎接出去。姑奶奶到家，焉有不迎接之理？连尹青莲俱都迎接进来，全有展太太给一一见过，女眷全都入后院去。忽见一个人从外边跑进来，放声大哭说：“老员外爷现在哪屋里呢？”蒋平说：“你别哭了，他才睡着，有人一哭，他心中慌乱起来了。”这人就是费七，见着大众，磕了一回头。蒋平问：“陷空岛里的事情你可知道？”费七说：“里面的事情，我无一不知，我特意前来送信。”蒋平说：“我们今日晚间就要去破岛。”费七说：“不可！后天是姚文的生日，他们相中了一个地方，在玲珑岛的底下绿荫别墅那里，大家全与他贺寿，要是进去，就可以把他们堵在那里，一个也不能跑。”蒋平说：“你先回去，大员外死不了，你只管放心罢。”费七说：“老爷们二更天足可以进去了。”蒋平说：“二更天准到。”费七说：“是从前山进去，是从后山去？”蒋平说：“一半前山，一半后山。”费七说：“我把前山通天玉犼的翻板放好了，后山独木桥他们可是撤了，不能现安。”蒋平说：“你回去罢，那就不用你管了。”费七回去不提。

到了后天，大家吃完了晚饭，徐庆等换上夜行衣，带上兵器。徐庆、白芸生、艾虎、卢珍、智化、徐良、魏真等人，从后山而入。余者众人，全是二官人预备船只，大家上船，女眷们上了后边那只船，由芦苇塘过去，行至陷空岛。丁家兄弟的家人，连男带女，足有一百余人，陆续上山，过了通天玉犼，穿过五义厅，直奔绿荫别墅。徐庆从子午窟进来，大家全会在一处，到了绿荫别墅，众人一齐嚷拿贼。里面姚文、姚武、白菊花以及姚文的妻子晏赛花、姚武之妻子、丫头婆子，俱在那里欢呼畅饮。忽听外面一乱，房书安说：“不好了！”大家就脱衣服抄家伙。一出门，迎面遇见两个僧人，一黑一紫，一个拿着一条铁棍，一个拿着一根禅杖。姚文、姚武往上一拥，两根棍并举，姚文用棍对北侠就打，北侠用尽平生之力，横着一挡，姚文擎受不住，先撒一只手，那只手也拿不住了，将棍老远丢将出去。不料沈仲元往前一跑，那棍正打在沈仲元太阳穴上，沈仲元呜呼哀哉，归阴去了。后面人全都一怔，还没结果贼人，先损自己一人。北侠一气，一回手叭的一声，就把姚文打死。姚武迎战生铁佛，二棍一碰，当的一声，震得姚武虎口生痛，三五个回合就被生铁佛结果了性命。周龙被徐庆一刀杀死。周凯用刀向吕仁杰砍去，吕仁杰用左手拐一迎，右手的铁锥噗哧一声，正扎在周凯的左眼，回手一拐，结果性命。白菊花一见势头不好，回身就跑，小英雄尾随紧追。要问淫贼生死如何，且听下回分解。

第一百二十三回　众英雄复夺陷空岛　白菊花被杀风雨滩

且说白菊花一跑，众贼无心动手，三尺短命丁也要逃命，被于义一镖，正中太阳穴，立时丧命。王刚、柳飞熊过来一围北侠，三五个回合，先打死一个王刚，后打死一个柳飞熊。陈正、秦业二人围住刘万通，被他未战数合，俱在棍下废命。常二怔过来动手，被魏真一宝剑劈为两半。胡仁死在智化之手。张大连被蒋平一刺，扎在嗓上，结果了性命。黄荣江、黄荣海被展熊飞用宝剑先削了兵刃，然后结果了性命。房书安被邓彪、胡列两人围住，不能取胜，虚晃一刀，撒腿就跑。上了山顶，刚要往后山跑，迎面碰着徐庆，一看这个没鼻子之人，气往上冲，一抬腿把这房书安踢倒，咕噜咕噜滚在半山腰中，可巧有个大山窟窿，噗咚一声坠落下去，大概也就死在里头了。柳旺的刀被丁兆蕙用宝剑削为两段，丁兆兰过来一刀，结果了性命。赫连齐刚要跑，被卢珍在后面追上，一刀结果了性命。晏赛花手中一对铁蒺藜，迎面遇见秋葵，用浑铁棍一碰，当啷一声。两人正在酣战，紧接着又上去几个人，是展太太、展小霞、兰娘儿、凤仙、尹青莲，众人往上一围。还有姚武的妻子，使一对绣绒刀。大家乱杀一阵，战够多时，尹青莲一镖，就先把姚武的妻子打死。然后众人战晏赛花，晏赛花十分骁勇，难以取胜，展小霞乘其不备，将手一扬，一枝袖箭正打在晏赛花咽喉之上，噗咚栽倒。此时大家正在气忿之际，遇见就杀，碰着就砍。又听得呛啷一阵锣鸣，不少人举着灯球火把，拿着长短家伙，原来是费七、费八、陶五、陶六，带领陷空岛众人，早把韩路忠拿住，捆绑在那里，并没杀他。大众往上一围，净杀的是姚家寨的人，连男带女，丫头婆子，一个不剩，杀了个干干净净，真是尸横满地，血染山石。

且说白菊花舍命的一跑，后面这些人，那里肯容他逃跑？跑到前边，一片是水，其名风雨滩。白菊花心中想道，他们全不会水，不如跳入水中，暂避一时。也是他恶贯满盈，阳寿该终。要往前跑，前面人多不敢去，往后跑，后面独木桥又撤去了，明知这滩是一片死水，又不通别处，只可在水中暂避一时，倘若不行，就要死在水内。徐良说："好乌八的！又下水去了。"艾虎赶到，往水内要蹿，徐良一把揪住，说："你的水性焉能行呢？咱们在这里等人罢。"果然少刻全到，李珍、阮成、吕仁杰、北侠等也都到了。徐良嚷叫："何人会水？下去拿人。"吕仁杰先跳入水中，李珍、阮成随后也跳入水中，蒋平也到了。吕仁杰赶到白菊花面前，白菊花用刀就砍。在水中砍人最难，吕仁杰往上一蹿，使了踩水法，露出身子，白菊花用刀一砍，吕仁杰用左手拐一架，右手就是一铁锥，将他左眼砸瞎，白菊花哎哟一声；紧跟着又是一铁锥，把白菊花右眼砸瞎，复用拐打在右手之上。白菊花本打算自杀身死，被拐一打，撒手丢刀。阮成、李珍两人过来把他二臂一拧，拉上岸来，众人乱刀一剁，也是他一世到处采花，不知伤了多少少妇闺女，报应循环，命该惨死。

将他剁完之后，天也要快亮，派人前去到茉花村送信。蒋平派人告诉卢方。卢方听说，心中大喜，病体若好了一般，众人将他抬回陷空岛，他要与大众行礼道劳，蒋平把他拦住，说："众人也不能在此久待。"所有杀死之人，全抛弃在山涧之内，活捉的韩路忠，当着卢方之面，将他凌迟处死，尸首丢在山涧之内。沈仲元尸首，用棺木盛殓，等甘妈妈走的时节，叫甘妈妈带回。蒋平与众人俱要告辞。卢方不叫走，说："等着我的病体痊愈，你们大家再走就是。"蒋平没走，北侠告辞回庙，云中鹤、智化、刘万通也要起身。忽然间潼关信到，宁夏国襄阳王到了潼关，扎营下寨，特来报信。蒋平说："这可不能不走了。"所有之人，全都奔潼关。卢方也不能拦阻了，大家告辞。

非止一日，到了潼关。原来这里早就打上仗了。皆因是蒋平走后，襄阳王在宁夏国得信，乜云鹏、乜云雕已死。信到宁夏国，襄阳王直气得浑身乱抖，几乎把王爷气死。宁夏国的国主说："王爷何必这般大怒，就此兴兵就是了。"襄阳王亲带人马，整整的五万，全是宁夏国之人。襄阳王手下将官：镇八方王官雷英，黄面狼朱英，金鞭将盛子川，三手将曹德玉，赛玄坛崔平，小灵官周通。宁夏国的大将曹雷，有万夫不当之勇，统大兵直奔潼关而来，安营下寨，号炮三声，扎下大营。

这里探马早已报进潼关，总镇盖一臣升帅府厅，与钟雄议论军务大事。先派人八百里加紧上陷空岛送信，后派人在城上多设灰瓶炮子、滚木擂石。聚齐众将，钟雄亲身率领人马，出城另扎一营。又有蓝旗报道，襄阳王下战书，明日打仗。钟雄给一回书，明日正午开兵。先与盖一臣送信。盖一臣带领偏裨牙将，预备战马。明日五鼓，饱餐战饭，掌号齐队。就听那边也是号炮三声，两下里一亮队，真是盔滚滚遮天映日，甲层层万道寒霞。纛旗认标，空中扬摆，两杆黄门旗，黄曲柄伞下，是襄阳王，五龙珍珠冠，黄袍金甲，玉带皂靴。上首有一员大将雷英，四员偏将：盛子川、曹德玉、崔平、周通。左边单有一哨人马，红门旗、大坐纛，一员大将，身高一丈开外，红袍金甲，面如赤灰，红眉金眼，手中提定八楞渗金锤，看那锤分量，实在不小。下垂首黑八卦旗，另有四杆黑方旗子，下面一匹黑马，一个黑人，是道家的打扮，披散着头发，一张黑脸，如墨一般，发髻盖着脸面，直看不出五官来，前后全是头发盖着，怀中抱一竿黑旗。钟雄等不解其故。襄阳王那边也早看出这边的威风了，也是摆列开一字长蛇阵，旗纛认标，就是没有那么些盔甲。总镇大人与偏将披挂，钟雄也披挂，余者众人全都是行常衣服，高矮胖瘦不等。襄阳王一声吩咐："何人出马？"雷英答应："待小臣生擒尔等进帐。"襄阳王嘱咐小心，雷英一催马，手提大砍刀闯将上去，说："对面听着，快叫钟雄答话。"这边报事军肩着令字旗，马前跪倒，说："那边来人请钟主帅出马答话。"钟雄把令旗令箭交与八臂勇哪吒王铼，又一抬腿，摘下五钩神飞枪，跨下一用力催马向前。二人身临切近，钟雄略一住马，说："来者莫非是雷王官？"雷英说："既知吾名，何必故问。王爷待你不薄，一旦之间，归降大宋，如今还敢催马向前，你的良心何在？早早马前受缚，省得雷某费事。"钟雄一笑说："叛臣，你不要任性。我劝你马前归降，免受灭门之祸。"雷英说："我若不拿你，也辜负王爷待我的厚恩。你别走，吃我一刀！"话言未了，人到马到刀也到。钟雄刚要与他交手，背后一人催马向前说："主帅待我拿他。"钟雄回头一看，是神刀手黄寿，手中一口岣嵝古月象鼻刀。二人见面，并不答言，催马撞在一处，抡刀就剁。雷英接架相还，二马相交，两下里画鼓频敲，军威大振，二人大战二十余合，未分胜负。襄阳王一声令下，鸣金收兵，当当一阵锣鸣，雷英说："我王爷鸣金收兵，容你多活一夜，明日再来捉你。"钟太保这里也是一棒锣鸣，黄寿旋马而回，两下撤队，各自回到营中。犒赏三军，准备明朝打仗，至晚间传口号巡更。

次日五鼓，饱餐战饭，巳牌时候，掌号齐队，照头一天一样，两下里全是一字长蛇阵。那边是金鞭将盛子川出马。这边一声吩咐："哪位将官出马？"头一个姓吴叫长道，说："末将出马。"拍马向前，手中一条枪，对着盛子川心窝就刺。盛子川用豹尾金鞭，往外一磕，吴长道就撒手丢枪。二马一凑，盛子川一翻手，吧拉一声，正打在背脊之上。吴长道坠落鞍韂，死于疆场之上。盛子川回去报功。总镇又问："哪位出马？"偏将林维说："末将愿往。"那边是曹德玉出来，外号人称三手将。二人见面，问了姓名，催马交手。林维使一杆花枪。曹德玉使一根水浇竹节鞭。别看林维气力虽单，枪法来得巧妙，二人战了四五回合，曹德玉就跑。林维一贪功，往下就追。曹德玉一回首，巴拉就是一镖，正中林维咽喉，翻筋斗落马。盖一臣又问："何人出马？"有人答言说："末将愿往。"总镇一看，此人姓宋，名叫宋升，手中使一柄青龙偃月刀，拍马向前。那边是赛玄坛崔平，穿黑挂皂半部刚髯，手中使竹节鞭。二人鞭对刀，走了十余合，不分胜负。崔平旋马便走。宋升一追，追了个首尾相连，崔平往旁边一带马，一翻背膊，这就叫回马鞭，正打在宋升胸膛之上，翻身坠马，死于疆场之上。钟雄一看势头不好，连输三阵，与总镇盖一臣商议，盖一臣气往上冲，要亲身出马。后面一员老将说："总镇大人，杀鸡焉用牛刀，待末将擒他。"盖一臣说："老将军小心了。"此人拍马向前，手使一柄巨齿飞连大砍刀，来至战场。那边周通出马，手使枯骨鞭，说："来将通名受死。"老将军说："我乃大宋国潼关总镇麾下先锋官杨寿中是也！你叫何名？"回答道："我乃小灵官周通的便是。"杨寿中说："无名小辈，过来受死。"二人战有二十余回合，不分胜败。别看他上了年岁，银髯飘摆，打上仗，就最奸诈无比。也是活该，二马一冲过去，复又旋马回来，往当中一凑，马失前蹄，被周通一鞭打死。周通回去报功。钟雄一看连伤了四员大将，如何是好？正在为难之际，韩天锦一人当先，并不答言，拉棍往外就跑。对面雷英出马，也未曾通名问姓，二人交手。韩天锦向他顶门用棍砸将下去，雷英翻身落马。欲问生死如何，且听下回分解。

第一百二十四回　襄阳王被捉身死　万岁爷降旨封官

且说潼关这边，连伤四将，全是现任职官。总镇一看这番光景，也觉招架不住，打算亲自出马。这边站殿将军拉棍跑将出去。那边是雷英出阵。一个是在马上，一个是在步下，韩天锦用尽平生之力，大山压顶往下一砸，雷英用刀横着往上一迎，他如何架得住天锦这一棍？二臂一软，连刀杆子带棍，往下一砸，砸了个脑浆迸裂。总镇见了，十分欢喜，吩咐一声催军，画鼓乱敲，以振军威。韩天锦也不懂得那些事情，仍然拉着棍，在那里乱骂。雷英这一废命，襄阳王很觉着有气，伤了他一员大将，又问哪位出马？仍是金鞭将盛子川催马向前。他见雷英被这厮一棍打死，算计主意，逢强智取，遇弱活擒。自己一催马，韩天锦举棍就打，盛子川用膝盖一夹马肚，那马斜着一抢上垂首，韩天锦这棍空磕，力气使的太大，当一声砸在地上，往前一栽。盛子川一翻背，用鞭对着韩天锦打将下来。不料韩天锦一棍打空，也是在气恼之间，用右手一扫，吧的一声，正抡在那马后胯之上，盛子川的鞭刚一粘背脊，他就从马后摔下去了。韩天锦一翻身，叭一棍，将他砸的骨断筋折。这边是仍催打军鼓。那边三手将曹德玉带马出阵，韩天锦是个浑人，想出一个浑招数来，马还未到，单手用棍，向着马腿就是一棍。曹德玉拍马向前，还未能近身，刚要带马斜着一跑，竟然躲闪不开，“咔嚓”一声，马的前腿已折，曹德玉早就甩蹬蹿下马来，不敢交战，往回里就跑，被韩天锦追上，一棍打死。总镇一声令下，鸣金收兵。韩天锦还算懂得，拉棍回身就跑。刚一回队，也不会说甚么，就奔于奢那里。鲁士杰也赶过来，说：“大小子，你连杀了他们几个？”韩天锦说：“杀了三个。”忽见那边红门旗往两旁一闪，咕咚一声炮响，闪出一员大将。钟雄说：“哪位将军出马？”言还未尽，韩天锦拉着棍，又跑出去了。他本是大浑小子，打算是出去就赢哪，可巧正遇见敌手了。

原来，宁夏国的曹雷见王爷这里连输了三阵，他拍马冲上阵来，见又是韩天锦出阵。天锦见这个人，如若跳下马来，也有一丈开外身躯，金盔金甲，烈焰袍，狮蛮带，绣花战靴，面如赤炭，红眉金眼，双插雉尾翎，飘甩一对狐球，跨下一匹胭脂马，鞍韂鲜明，合着一对八楞紫金锤，勒马带锤，临场讨战。韩天锦一到，曹雷说：“来将通名。”韩天锦答言：“我叫爷爷。”曹雷说：“匹夫满口乱道！”韩天锦举棍就打。曹雷使双锤，用尽平生之力往外一架，就听“当啷”一听，韩天锦撒手扔棍，震的虎口疼痛，往后退出好几步去。曹雷锤沉力猛，要不是马快，韩天锦性命休矣。曹雷得手，旋转马来一瞧，天锦早就败下阵去。并不追赶，复又叫阵。钟雄问：“哪位出马？”神刀手黄寿拍马向前。二人见面，通了名姓，神刀手黄寿把刀就剁。曹雷用单锤一挂，

“当啷”一声，撒手扔刀，二马一错，曹雷把右手锤往左肋下一夹，伸右手把神刀手黄寿从马上抓将下来，往地下一摔。喽兵过来，将他捆上。仍又过来讨战。这边花刀杨泰出马，二人交手。杨泰使的是青龙偃月刀，刚往上一递，他也是照样，右手锤往外一挂，花刀杨泰不能抵挡，撒手扔刀，又被他提过去，往地上一摔。喽兵捆起来，搭往那里去了。复又叫战，铁刀大都督贺昆、云里手穆顺，一个在马上，一个步下，二人一齐出阵，马上的是一口阖扇板门大砍刀，一个是一口单刀，穆顺跟着贺昆马后，心想着要暗算敌人，马临切近，早就看见贺昆刀对着曹雷顶门就剁。曹雷用左手锤一挂，右手锤往下一砸，贺昆用刀一架，擎受不住，撒手丢刀，眼看着锤落下来了，一着急滚鞍落马。叭的一声，将那马砸的骨断筋折，丧在疆场。贺昆爬起来要跑，刚一起来，被曹雷手下削刀手擒住。穆顺往起一蹿有一丈多高，手中刀往下就剁。曹雷把左手锤往鞍韂上一挂，右手锤往外一磕，当啷一声，把穆顺的刀磕飞。曹雷一探身躯，伸手就把穆顺的腰带抓住，往上一提，横担在马鞍韂上，旋马便回，要到襄阳王前去报功。金铛无敌大将军于奢拉着铛出来，大叫：“叛贼休走！于将军爷到了。”曹雷回头一看，一撒手把穆顺往地上一摔，叫人绑起来，一旋马，与于奢碰在一处。见于奢身高一丈开外，黄袍黄脸，手提雁翅铛，不容分说，往上就递。曹雷不慌不忙，用锤一挂，当的一声，将铛磕开，用那锤一指说：“黄脸大汉，你要归降我王爷千岁，不愁封侯之位！”于奢说：“放你娘的屁！王爷也没有我将军大。”曹雷问：“你是甚么将军？”于奢说：“我乃站殿将军于奢是也！我若归降你也使得，与你借宗东西。”曹雷问：“借甚么东西？”于奢说：“把你脑袋借给我。”曹雷一听，气往上一冲，撒马抡锤。于奢用雁翅铛对着他胸膛一扎，曹雷用左手锤往外一推，贴着铛杆，右手锤对住铛杆往上一捞，就听当啷一声，将铛头砸弯回来了。于奢出世以来没吃过这样苦头，把两只手虎口震裂，前手实拿不住铛杆，就剩一只手拉着铛往回里就跑，那铛就像耙子一般，把地耙了两道大沟。曹雷又见那边出来一骑马，上面一个小孩子，有十五六岁，穿着一身红衣裳，拿着一对镔铁轧油锤，说：“我杀你来了！”用单锤往下一砸。曹雷倒不忍伤害于他，心想着用单锤一带，将他带下马去。焉知晓两锤一碰，颇觉沉重，刚刚的挂开顶门，就碰了自己的肩头一下。紧跟着那柄锤打下来了，小爷用了个十分力，曹雷用平生之力，锤碰锤，往外一磕，当啷一声，并没磕动，锤到顶门，往下一落，叭嚓一声，把曹雷砸了个脑浆迸裂，栽下马来。小爷说：“杀了一个，还有谁来？”就见右哨黑八卦旗一分，轰隆一声炮响，出来了一个黑老道，黑衣服黑马，黑头发盖着黑脸，身后背定宝剑，头挽道冠，手中抱定黑旗子，马临切近，一抖黑旗子，小爷落马。那边王镓撒马而出，迎面先就是一枪，老道一闪身，一抖黑旗子，王镓落马。又出来两个步下的，谢忠、谢勇刚要施展暗器，被老道一抖黑旗子，二人栽倒在地。谢宽又出阵，老道一抖黑旗子，也躺下了。忽然起一阵大风，襄阳王鸣金收兵。钟雄这里也撤队回去。

钟雄与盖一臣进帐，议论军情，阵亡四员偏将，叫人家生擒了九员大将，如何是好？非等蒋四大人到不行。次日与襄阳王下战书，第十日开兵打仗。第八天上蒋四爷到，大家相见。钟雄先行打听陷空岛的事情，蒋平把前后之事说了一遍，随着就问潼关之事，钟雄就把那边有个妖道，怎么生擒咱们之人、怎么阵亡了四员副将说了。众人一听，全是焦急。徐良说："我今天晚间，到他营中探探虚实再讲。"艾虎、白芸生、刘士杰、吕仁杰、沈明杰、卢珍全都要跟去。蒋平、展昭说："千万小心。"用完了晚饭，天将二鼓，徐良说："四叔要是见里面火光一起，你们立刻点起兵将，杀奔前去。要是我们里头不得手，可就不放火了。"蒋平说："是了，你们总要谨慎方好。"

大家俱换夜行衣靠，出了辕门，直奔对面而来。这几天那边也挖了战濠，也打起半截墙子，上面有人巡更。徐良一飞石打下一个人来，众兵只顾看那人纳闷，这七个人全都蹿将过去，绕至右营，从中军帐后扎了一个窟窿，往里一看，见一男一女，二人对坐谈论军务，却是铁腿鹤赵保与九尾仙狐路素贞。他二人由团城子被人家赶出来了，遂投奔了襄阳王这里。路素贞想了个法子，怕自己一露面，有人认得，因此抹了一脸黑，披散着头发。那个旗子，就是迷魂帕。二人跟着王爷出队，见曹雷已死，正是西北风，自己出阵，连拿了九将，收兵之后，犒赏三军。依着王爷要杀九将，崔平、周通与赵保苦苦的讲情，劝这几人归降，用凉水灌过，九人执意不降，现时幽囚后寨。都知道第十日，方开兵打仗呢。这日晚间，夫妻二人正讲论九将的事情，赵保说："他们在后寨幽囚，总是不好，倘若有人进来救出去，我们岂不白白费力？"路素贞说："我们有这迷魂帕子，他们有甚么样的能人，全不怕，等是日打仗，杀他们个全军尽没。我已改妆成神仙，他们都猜不着我们这个戏法。"

外面徐良一拉大众说："里面言语，你们都听见了没有？"众人说："俱都听真。"徐良说："我们到后寨，先救九将，然后放火，我与老兄弟盗他这个旗子，要动手之时，可全都把鼻子堵住。"众人点头。奔至后面，果然单有一个帐房，里面九个人，都倒缚二臂，垂头丧气，一个个一语不发。徐良众人把二十名兵丁尽都杀死，解了他们的绳子，说了来历，九位各抄家伙，又告诉他们堵住鼻孔，直奔路素贞这里来。艾虎在前边一嚷说:“后营失火！”路素贞抓帕子，同赵保往外一跑。迎面被艾虎给了一刀，赵保一闪就跑。路素贞过来，一抖迷魂帕，被艾虎一刀，正砍在旗杆之上，旗子落地，路素贞就跑。徐良先捡旗子。依着艾虎要追，徐良拦住不教追。赵保早被吕仁杰一铁锤把眼睛砸瞎，又被沈明杰一刀杀死。众人扑奔后面，叫谢宽、谢忠、谢勇、沈明杰、吕仁杰，给他们硫磺焰硝、千里火筒，上后面点草垛去。大家定下主意，全在金顶黄罗帐那里会齐。余者众人，奔黄罗帐而来，迎面遇见巡更的人就杀。到黄罗帐五层围墙，就是黄寿、杨泰、鲁士杰不会高来高去，教他们三个人在外等着，余下之人，蹿将进去。到黄罗宝帐门首往里一看，襄阳王正同着崔平、周通议论后天打仗一事，又看旁边，有许多御林军校。徐良候至众人齐都来到，往里一蹿，乱砍众人。崔平、周通拉肋下宝剑，过来要与这几个人对敌，徐良把迷魂帕子一抖，二人立刻栽倒在地上。襄阳王刚要一嚷，被徐良一抖帕子，王爷就栽倒在地。白芸生把襄阳王往背后一背，用抄包把臀一兜，在自己胸前系了个扣儿。此时御林军、崔平、周通尽皆杀死，大家转身往外一走。就听满营中一阵大乱，四面八方锣声乱响，后边火光冲天，钟雄的营内号炮冲天，众将杀奔前来，把宁夏国的人，如同砍瓜切菜一般。展昭、蒋平两队人马，从左右夹攻来，盖一臣由当中杀来。这一场大战，只杀得天翻地覆，滚汤泼雪，转眼间尸横满地，血水直流，悲哀惨切，鬼哭神嚎。这一阵非寻常可比，直杀到天光大亮，红日东升。宁夏国的兵丁，跑脱了十不存一。路素贞趁此时乱兵之际逃窜，后来配了宁夏国王为妾，余者有名将官，无一名漏网，俱死在乱军之中。钟雄、盖一臣回归大营，查点人数，伤了二三十名兵丁，得来的刀枪、盔铠马匹、锣鼓帐房、金银财帛、粮草等物不计其数。拿来的襄阳王，蒋平给他发髻内放上迷魂药饼，解往京都，将迷魂帕子用火焚化。君山之人，暂且驻扎潼关。蒋平等押解襄阳王入都，进开封府见包公回话。将襄阳王钉镣收监。

次日包公上朝，奏明天子，万岁看明奏本，降旨钦封钟雄为副招讨，盖一臣为正招讨。所有开封府去打仗出力之人，征剿有功，加升二级。钦封刘士杰、鲁士杰、吕仁杰、沈明杰小四杰六品校尉。君山出力之人员，实授五品校尉，于义赏三品护卫将军。襄阳王交开封府审问，亲供回奏。至次日包公入朝，替递谢恩折子，然后请罪，因襄阳王缚上堂口一气身亡，故此请罪。天子降旨，襄阳王已死，以往免究，死后按散宗室例埋葬。宁夏国打来降书顺表，年年进贡，岁岁来朝。徐良奉旨完姻，冯渊奉旨完姻。阎正芳、王忠不愿为官，赏了些金银彩缎。潼关所有得来的东西，尽都赏赐兵丁，兵器等物入库。钟太保仍回君山，于义、于奢入都当差。为国死去的沈仲元、熊威、韩良，赏给四品俸禄，奉旨回原籍入葬。从此国家安定，文忠武勇，军民乐业，五谷丰登，天下太平。

图书在版编目（CIP）数据

续小五义 /（清）佚名著 . —杭州：浙江古籍出版社，2016.6（2020.12 重印）

（古典文库）

ISBN 978-7-5540-0853-9

Ⅰ . ①续… Ⅱ . ①佚… Ⅲ . ①侠义小说－中国－清代 Ⅳ . ① I242.4

中国版本图书馆 CIP 数据核字（2016）第 149667 号

续小五义

（清）佚名 著

出版发行 浙江古籍出版社

（杭州体育场路 347 号　电话：0571-85176986）

网　　址 https://zjgj.zjcbcm.com

责任编辑 徐晓玲

责任校对 余　宏

装帧设计 刘　欣

责任印务 楼浩凯

照　　排 杭州立飞图文制作有限公司

印　　刷 浙江新华印刷技术有限公司

开　　本 880 × 1230　1/32

印　　张 13

字　　数 440 千字

版　　次 2016 年 7 月第 1 版

印　　次 2020 年 12 月第 2 次印刷

书　　号 ISBN 978-7-5540-0853-9

定　　价 22.00 元